L'HOMME DU SOIR

DU MÊME AUTEUR

CHEZ POCKET

BIRDMAN

MO HAYDER

Fille d'universitaires anglais, Mo Hayder est née à Londres. À 16 ans, en 1978, elle quitte brutalement sa famille et exerce divers petits emplois avant de partir au Japon à l'âge de 25 ans où elle réside pendant deux ans. Attirée par le cinéma d'animation, elle s'installe à Los Angeles, mais la violence de ses réalisations lui interdit tout espoir de large diffusion. De retour en Grande-Bretagne, Mo Hayder décide alors de se consacrer à l'écriture. Elle fréquente les milieux policiers, les médecins légistes, et met deux ans à écrire *Birdman* à partir de notes prises sur le terrain. Livre événement de l'année 2000 au Salon international du livre de Francfort, ce thriller a vu ses droits rachetés dans plus de dix pays.
Avec *Birdman*, Mo Hayder, qui dit trouver dans l'écriture un moyen de se libérer de ses angoisses, prolonge le genre du thriller macabre initié par Thomas Harris, l'auteur du *Silence des agneaux.*

MO HAYDER

L'HOMME DU SOIR

Traduit de l'anglais
par Thierry Arson

PRESSES DE LA CITÉ

Titre original :
THE TREATMENT

ISBN : 2-266-13135-4

1

17 juillet

Quand tout fut terminé, l'inspecteur principal Jack Caffery, du SRES, le Service régional des enquêtes sensibles pour le sud de Londres, reconnut que, parmi tout ce dont il avait été témoin à Brixton, ce soir nuageux de juillet, c'étaient les corbeaux qui l'avaient le plus ébranlé.

Ils étaient là quand il était ressorti de la maison des Peach, plus d'une vingtaine à se tenir immobiles, comme voûtés, sur la pelouse du jardin voisin, inconscients des rubans de la police, des curieux et des techniciens. Certains avaient le bec entrouvert, d'autres paraissaient même haleter. Tous lui faisaient directement face — comme s'ils avaient su ce qui s'était produit à l'intérieur de la maison. Comme s'ils avaient éprouvé une joie sournoise devant sa réaction à la scène. Une réaction qui n'avait rien de professionnel. Sa façon non professionnelle de prendre les choses trop à cœur.

Plus tard, il accepterait le fait que le comportement des volatiles n'était qu'un tic biologique, qu'ils ne pouvaient lire dans ses pensées, encore moins connaître le sort de la famille Peach, mais, même en sachant ça, la simple pensée des corbeaux continuait de lui électriser les poils de la nuque. Il s'arrêta au début du chemin, ôta sa tenue de protection, qu'il tendit à un officier du médico-légal, remit ses chaussures qu'il avait laissées près du ruban jaune de la police, se retourna et marcha droit sur les oiseaux. Ils s'envolèrent lourdement, en battant de leurs ailes aux reflets de pétrole.

Brockwell Park, vaste étendue de bois et d'herbe affectant la forme d'un triangle isocèle dont le sommet touche la station de Herne Hill, sert, sur près d'un kilomètre et demi, de frontière entre deux parties très différentes du sud de Londres. Sur le côté ouest de son périmètre, on trouve la partie la plus dure de Brixton — où, certains matins, les employés municipaux doivent étendre du sable sur le macadam pour y assécher les flaques de sang — et, à l'est, Dulwich, avec ses hospices croulant sous les fleurs et la ligne des bâtisses conçues par l'architecte John Soane. Donegal Crescent était niché contre Brockwell Park, avec à une extrémité un pub à la façade condamnée par des planches, à l'autre une épicerie gujarati. Tout cela faisait partie d'une petite cité HLM paisible, avec ses alignements de maisons en mitoyenneté bâties dans les années 1950, sans arbre dans les jardinets, fenêtres et portes peintes d'un marron uniforme. Elles faisaient face à une pelouse galeuse en forme de fer à cheval, où les enfants venaient rouler à vélo le soir. Caffery imaginait sans mal que les Peach aient pu se sentir en sécurité dans un tel environnement.

De nouveau en manches de chemise et savourant l'air frais du dehors, il se roula une cigarette avant de se diriger vers le groupe des officiers qui discutaient près de la camionnette de l'unité scientifique. A son approche, ils firent silence, et il devina ce qu'ils pensaient. A trente-cinq ans, Caffery n'était pas un vétéran couvert de galons, mais la plupart des policiers du sud de Londres le connaissaient. « Un des jeunes-turcs de la police métropolitaine », ainsi l'avait défini la *Revue de la police*. Il se savait très respecté par ses pairs et il jugeait toujours cette attitude un peu bizarre. *S'ils étaient au courant de seulement la moitié de la réalité*... Il pria pour qu'ils ne remarquent pas le tremblement de ses mains. Il alluma sa cigarette.

— Alors ? fit-il en regardant la pochette plastique que tenait un jeune membre du médico-légal. Qu'avons-nous ?

— Nous l'avons trouvée à l'entrée du parc, monsieur, à environ vingt mètres derrière le domicile des Peach.

Caffery prit le sac transparent et le retourna lentement. Une basket Nike, modèle Air Trainer, taille enfant, un peu plus petite que sa main.

— Qui l'a découverte ?

— Les chiens, monsieur.

— Et puis ?

— Ils ont perdu la trace. Au début ils la tenaient pourtant bien.

Un sergent portant la chemise bleue des maîtres-chiens se hissa sur la pointe des pieds et désigna les toits derrière lesquels s'étendait le parc.

— Les chiens nous ont menés le long de l'allée qui file à l'ouest du parc. Mais après environ huit cents mètres, d'un coup, plus rien. (Il considéra le ciel assombri par le crépuscule.) Et bientôt nous n'y verrons plus.

— Exact, il faudrait contacter le soutien aérien, dit Caffery en rendant la chaussure de sport au gars du médico-légal. Et mettez ça sous vide.

— Je vous demande pardon ?

— Il y a du sang dessus. Vous n'aviez pas remarqué ?

Les projecteurs inondèrent d'une lumière crue la maison des Peach, les arbres proches et l'orée du parc au-delà. Dans le jardinet, les membres du médico-légal vêtus de leur tenue bleue caoutchoutée passaient chaque centimètre carré de la pelouse à la pelle à poussière, et, derrière les rubans de la police, les voisins, choqués, murmuraient entre eux et fumaient nerveusement, par petits groupes. Les journalistes étaient arrivés. Et s'impatientaient.

Près de la camionnette de commandement, Caffery considérait la demeure des Peach. C'était une maison construite en mitoyenneté, sur trois niveaux, à la façade recouverte d'un crépi granité, avec une parabole sur le toit, des fenêtres à montants en aluminium et une petite tache d'humidité au-dessus de la porte d'entrée. Il y avait des brise-bise à festons assortis aux fenêtres, derrière lesquelles on avait tiré les rideaux.

Avant aujourd'hui il n'avait jamais vu les Peach, pourtant il avait l'impression de les connaître depuis toujours. Ou plutôt, il connaissait l'archétype de famille auquel ils appartenaient. Les parents — Alek et Carmel — ne faisaient pas partie de ces victimes qui génèrent une sympathie immédiate. Ils étaient tous deux alcooliques, sans emploi, et Carmel Peach avait copieusement injurié les infirmiers pendant qu'ils la menaient à l'ambulance. Leur fils unique, Rory, Caffery ne l'avait pas vu. Quand il était arrivé, les policiers de la division avaient déjà retourné toute la maison pour retrouver l'enfant — ils avaient fouillé les placards, le grenier, et même enlevé la cloison d'habillage de la baignoire. Ils avaient retrouvé une très légère trace de sang sur une plinthe dans la cuisine, et la vitre de la porte de derrière était brisée. Avec un officier du groupe de soutien, Caffery était parti fouiller une maison condamnée, deux numéros plus bas dans la rue. Ils avaient rampé sur le ventre pour entrer par un trou pratiqué dans une porte, à l'arrière, lampe-torche entre les dents, comme dans le fantasme d'espionnage d'un adolescent. A l'intérieur, ils n'avaient découvert que les traces du passage de sans-abri. Pas d'autre signe de vie. Et pas de Rory Peach. Les faits bruts étaient assez graves, et pour Caffery ils semblaient avoir été agencés pour faire écho au drame de son passé. *Ne te laisse pas aller, Jack. Ne laisse pas ce truc te pourrir l'esprit.*

— Jack ? dit le commandant de police Danniella Souness, qui venait soudain d'apparaître à côté de lui. Ça va ?

Il se tourna vers elle.

— Oh, Danni. Bon sang, je suis content que vous soyez là.

— Qu'est-ce que c'est que cette tête ? Votre tronche ressemble au cul d'un chien.

— Merci, Danni, fit-il en se frottant le visage d'une main avant de s'étirer. Je suis de garde depuis minuit hier.

— Et c'est quoi, le topo pour ici ? dit-elle en désignant la maison. Un gosse disparu, c'est bien ça ? Rory ?

— Oui. Nous allons mettre le paquet sur cette affaire. Le gamin n'a que neuf ans.

Souness souffla violemment par le nez et secoua la tête d'un air attristé. C'était une femme solide, d'à peine plus d'un mètre soixante-cinq mais de soixante-quinze kilos dans ses bottes et son costume d'homme. Avec ses cheveux en brosse et sa peau cuivrée de Calédonienne, elle ressemblait plus à une adolescente prête pour sa première sortie qu'à un commissaire de police. Mais elle prenait son travail très au sérieux.

— Bon, l'équipe d'évaluation est là ?

— Non. Nous n'avons aucune certitude sur ce qui s'est passé ici, pour l'instant. Pas de cadavre, pas d'équipe d'évaluation.

— Pff, foutus branleurs.

— Les collègues du coin ont désossé la maison sans retrouver le gosse. J'ai des maîtres-chiens et les gars du groupe de soutien dans le parc, et le soutien aérien devrait être en chemin.

— Pourquoi pensez-vous qu'il est dans le parc ?

— Toutes ces maisons sont adossées au parc, dit-il en indiquant les bois derrière les toits. Nous avons un témoin qui a vu quelque chose sortir du numéro 30 et s'évanouir dans les bois. La porte à l'arrière n'est pas fermée à clef, il y a un trou dans la palissade, et nos gars ont trouvé une chaussure à l'entrée du parc.

— Ça va, ça va, je suis convaincue.

Souness croisa les bras sur sa poitrine et oscilla doucement sur ses talons en observant les techniciens, les photographes et les officiers de la Brigade criminelle. Sur le seuil du numéro 30, un cameraman vérifiait sa ceinture d'alimentation et plaçait la lourde Betacam dans son étui.

— On se croirait sur un plateau de cinéma.

— Les gars veulent travailler toute la nuit.

— Et l'ambulance ? Celle qui a failli me renverser tout à l'heure sur la route ?

— Ah oui. C'était la mère. Elle et le père ont été emmenés au King's Hospital. Elle s'en tirera, mais lui n'a pratiquement aucune chance. Là où il a été frappé, fit Caffery en se plaquant la main sur la nuque, il est foutu. (Il jeta un coup d'œil par-dessus son épaule et, se penchant vers elle, lui dit à voix basse :) Danni, il y a quelques détails dont nous ne parlerons pas à la presse, pour que les tabloïds n'en fassent pas leurs choux gras.

— Quels détails ?

— Ce n'est pas un enlèvement pour récupérer le gosse. Ce sont eux, ses parents. Il n'y a pas d'ex impliqué là-dedans.

— Un enlèvement contre rançon, alors ?

— Impossible. Les Peach ne sont pas précisément les cibles rêvées pour ce genre d'activité. Par ailleurs, si vous examinez tout le reste, vous vous rendrez compte que cette affaire n'est pas ordinaire.

— Hein ?

Caffery coula un regard vers les journalistes, les voisins.

— Allons dans la camionnette, vous voulez bien ? demanda-t-il en posant une main dans le dos de Souness. Je n'ai pas besoin de public.

— Allons-y.

Elle grimpa dans la camionnette du service scientifique et Caffery la suivit en agrippant le bord du toit pour se hisser à l'intérieur. Des pelles, des ustensiles coupants et des plaques à empreintes étaient accrochés aux parois du véhicule. Dans un coin, un réfrigérateur destiné à contenir les échantillons ronronnait doucement. Il referma la portière et poussa un tabouret vers elle. Souness s'assit et il fit de même, face à elle, pieds écartés, coudes sur les genoux. Il posa sur elle un regard grave.

— Eh bien ? reprit-elle.

— Nous avons là un truc plutôt tordu.

— Quoi ?

— L'individu qui leur a fait ça a passé du temps avec eux, d'abord.

Souness se rembrunit et baissa légèrement la tête, comme si elle se demandait s'il ne plaisantait pas.

— Il a passé du temps avec eux ?

— Exact. Près de trois jours. Ils étaient ligotés, menottés, sans eau ni nourriture. L'inspecteur en chef Quinn estime que, douze heures de plus, et l'un ou l'autre serait mort. Le pire, c'est l'odeur.

— Oh, magnifique, lâcha Souness avec une grimace.

— Et puis il y a ces conneries gribouillées sur le mur.

— Bon Dieu... (Souness se renversa un peu en

arrière et se frotta le front.) Ça ne ressemblerait pas à un truc digne de Maudsley ?

— Oui. Mais le gars ne doit pas être loin. Le bouclage du parc est terminé, à l'heure qu'il est. Nous le coincerons avant longtemps.

Il se leva pour sortir de la camionnette.

— Jack ? dit Souness. Il y a autre chose qui vous tracasse ?

Une main sur la nuque, il resta là quelques secondes, à contempler le plancher. Il avait l'impression qu'elle regardait au tréfonds de son âme. Tous deux s'appréciaient, sans savoir exactement pourquoi, mais ils s'étaient coulés très vite dans une collaboration sans anicroche. Il était toutefois des choses que Caffery rechignait toujours à lui dire.

— Non, Danni, murmura-t-il en resserrant le nœud de sa cravate et en priant pour ne pas l'entendre lui révéler ce qu'elle devinait de ses préoccupations. Allons jeter un œil dans le parc, d'accord ?

A l'extérieur, la nuit enveloppait maintenant Donegal Crescent. La lune était basse et rouge dans le ciel.

De l'extrémité de Donegal Crescent, Brockwell Park semblait s'étendre sur des kilomètres, jusqu'à la ligne d'horizon. Ses replis les plus hauts étaient pour la plupart nus, à l'exception de quelques arbres dépouillés sur l'arête et, au point culminant, d'un bouquet d'arbres exotiques à feuillage persistant ; en revanche, sur le flanc ouest, une zone vaste comme quatre terrains de football était couverte d'arbres serrés les uns contre les autres : bambous et bouleaux argentés, hêtres et châtaigniers-marronniers, qui encerclaient quatre étangs aux eaux nauséabondes. Il y avait là la densité de végétation d'une jungle, et en été les étangs semblaient parfois exhaler de la vapeur.

A huit heures et demie ce soir-là, quelques minutes seulement avant le bouclage effectif du parc par la police, un homme seul se trouvait à proximité des étangs et se frayait un chemin parmi les arbres, l'air concentré. L'existence de Roland Klare était solitaire, presque celle d'un ermite, ponctuée de colères soudaines et de périodes de léthargie, et parfois, quand l'envie l'en prenait, il devenait collectionneur. Il se transformait alors en une version humaine du scarabée charognard, et pour lui rien n'était bon à jeter, ni irréparable. Il connaissait bien le parc et venait souvent par ici pour fouiller dans les poubelles et regarder sous les bancs. Les gens le laissaient tranquille. Il transportait avec lui une odeur que personne n'aimait. Une odeur familière, celle des vêtements crasseux et de l'urine.

Mains dans les poches, il regardait avec intérêt ce qui se trouvait à ses pieds. Il ramassa l'objet et l'examina longuement, en le tenant près de son visage car la lumière baissait rapidement. Un appareil photo. Un Pentax, disait le logo. Une bonne marque, même si cet exemplaire était vieux et cabossé. Roland Klare aimait bien les appareils photo. Quelque part dans son appartement, au milieu de tous les objets récupérés dans les bennes à ordures et au hasard de ses pérégrinations, il devait y en avoir trois ou quatre, hors d'usage, et même quelques pièces d'un matériel de développement. Il glissa promptement le Pentax dans sa poche et remua des pieds le tapis de feuilles alentour. Ce matin-là, il y avait eu une de ces fortes averses d'été, mais ensuite le soleil avait brillé sans discontinuer, et même le bas des brins d'herbe était sec. A moins de soixante centimètres de l'endroit où s'était trouvé le Pentax, il découvrit une paire de gants en caoutchouc rose, de grande taille, qui rejoignirent l'appareil photo dans sa poche. Au bout de quelques minutes, comme ses recherches ne donnaient plus rien, il reprit son chemin dans le crépuscule. En arrivant sous le cône de lumière d'un réverbère, dans une rue, il décida que les gants ne méritaient pas d'être conservés. Trop usés. Il les jeta dans une benne, sur Railton Road. Mais le Pentax... Hors de question de s'en séparer.

La soirée s'annonçait paisible pour India 99, l'Ecureuil bimoteur qui venait de décoller de l'hélibase de Lippits Hill. Le soleil s'était couché, la chaleur ambiante et le plafond bas donnaient la migraine à l'équipage du groupe de soutien aérien. Ils avaient accompli les douze passages de surveillance prévus, aussi vite que possible — Heathrow, le Dôme du Millénaire, Canary Wharf et plusieurs centrales électriques, dont celle de Battersea —, et ils étaient prêts à voler au hasard quand la voix du contrôleur aérien retentit dans leurs casques.

— Oui, India neuf neuf d'India Lima.

— Où vous trouvez-vous ?

— Nous sommes sur, euh... (le pilote se pencha un peu en avant pour scruter le tapis de lumières de la cité) au-dessus de Wandsworth.

— Bien. India neuf huit est en mission, mais ils vont être à sec. Coordonnées TQ3427445.

Le pilote vérifia sur sa carte.

— Brockwell Park ?

— Affirmatif. Une disparition d'enfant. Les équipes au sol ont bouclé le périmètre, mais écoutez, les gars, l'inspecteur en charge a été très clair, aucune obligation. Il ne peut pas affirmer que le gosse se trouve toujours dans le parc, ce n'est qu'une possibilité.

Le commandant de l'hélicoptère écarta la branche du microphone de sa bouche et regarda à l'avant du cockpit. Le pilote et le surveillant aérien avaient eux aussi entendu la requête, et ils avaient levé le pouce à son adresse.

— D'accord, fit-il en notant l'heure et le numéro de code du dispatcher sur la feuille de route avant de remettre son microphone en place. OK, on y va, India

Lima. C'est calme, ce soir, nous allons jeter un coup d'œil. Qui aurons-nous en audio ?

— Un certain... inspecteur Caffery. Du SRES.

— La brigade criminelle, vous voulez dire ?

— Affirmatif.

2

Il y avait des éraflures sur le boîtier, là où l'appareil avait heurté le sol quand on s'en était débarrassé, et plus tard, chez lui, dans son appartement en haut de l'Arkaig Tower, une tour HLM s'élevant à la pointe nord de Brockwell Park, Roland Klare constata que le Pentax avait subi d'autres dommages, moins visibles. Après avoir soigneusement essuyé le boîtier à l'aide d'un torchon à vaisselle, il voulut enrouler la pellicule à l'intérieur et s'aperçut que le mécanisme était bloqué. Il tripota l'appareil dans tous les sens, essaya de le forcer, le secoua, mais il ne parvint pas à débloquer l'enrouleur. Il posa le Pentax sur le rebord intérieur de la fenêtre, dans le salon, et regarda à l'extérieur.

Au-dessus du parc, le ciel nocturne était orangé comme un bûcher, et il percevait le bruit d'un hélicoptère, au loin. Il se gratta sauvagement l'avant-bras, sans s'en rendre compte, pendant qu'il réfléchissait à ce qu'il allait faire. Le seul autre appareil en état de marche qu'il possédât était un Polaroïd, mais les pellicules en étant fort coûteuses, le Pentax méritait d'être conservé. Avec un soupir, il reprit l'appareil et tenta encore une fois de débloquer le mécanisme. Il le coinça entre ses genoux pendant qu'il s'escrimait dessus, mais après vingt minutes d'une lutte parfaitement inefficace il fut contraint de reconnaître sa défaite.

Frustré et en nage, il inscrivit une ligne dans le carnet qu'il gardait sur le bureau près de la fenêtre, puis rangea l'appareil dans une boîte de Cadbury en fer-blanc sur le rebord de la fenêtre, à côté d'un tournevis à manche rose fluo, de trois flacons à pilules et d'un portefeuille en plastique marqué de l'Union Jack.

Toutes les prisons de Londres insistent pour être informées du passage dans leur voisinage d'un hélicoptère, quel qu'il soit. Cette simple précaution leur évite de paniquer. A l'approche du toit vitré du gymnase et de la salle de contrôle octogonale, India 99 bascula la radio sur le canal 8 et s'identifia auprès de la prison de Brixton avant de continuer vers le parc. C'était une nuit chaude, sans un souffle de vent, et les nuages bas réfléchissaient le halo doré de la ville qui baignait les toits. L'hélicoptère semblait voler dans une vague de chaleur colorée, son ventre et les pales de son rotor plongés dans un orange électrique. Ils survolaient maintenant Acre Lane, un long alignement pailleté de perles. Ils poursuivirent leur route au-dessus des rues étroites derrière Brixton Water Lane, un labyrinthe de maisons et de pubs, jusqu'à se retrouver brusquement à la verticale de Brockwell Park.

Dans le cockpit, quelqu'un poussa un petit sifflement.

— C'est plus grand que je ne le pensais.

Les trois hommes scrutèrent la vaste étendue sombre sous eux. Devant eux, les lumières de Tulse Hill délimitaient l'extrémité du parc de leur petit scintillement à l'horizon.

— Seigneur ! souffla le surveillant aérien, dont le visage était à peine éclairé par les voyants du tableau de bord. Comment allons-nous faire ?

— Nous y arriverons, affirma le commandant.

De la poche de jambe de son pantalon, il sortit la carte des fréquences radio, régla celle de l'hélicoptère sur le contrôle de Brixton et parla fort dans son microphone pour couvrir le bruit du rotor :

— India neuf neuf à India Delta.

— Bonsoir, India neuf neuf. Nous avons un hélicoptère au-dessus de nous. C'est vous ?

— Affirmatif. Demande liaison avec unité de recherche sur code vingt-cinq.

— Compris. Utilisez la fréquence MPS 6. Vous avez le feu vert, India neuf neuf.

La voix que le commandant entendit ensuite était celle de l'inspecteur principal Caffery :

— Salut là-haut, neuf neuf. Nous vous avons en visuel. Merci d'être venus.

Le surveillant aérien se pencha sur l'écran à image thermique. La nuit n'était pas très propice à ce genre de repérage, car la chaleur accumulée durant la journée poussait le système à ses limites, en rendant tout sur l'écran d'un gris laiteux uniforme. Puis il repéra dans le coin supérieur gauche une silhouette blanche qui tendait les bras en l'air.

— C'est bon, je l'ai localisé.

— Salut, unité au sol, fit le commandant dans le micro. Contents de vous avoir trouvés. Nous avons établi le contact visuel, nous aussi.

Le surveillant orienta la caméra, de façon à englober les silhouettes brillantes dispersées auprès des arbres. Il lui sembla qu'il y avait au moins une quarantaine de policiers, là, en bas.

— Vous avez mis le paquet pour boucler le coin, fit-il à l'adresse de Caffery.

— Je sais. Personne ne sortira de la zone ou n'y entrera cette nuit. Pas sans que nous le sachions, en tout cas.

— C'est une zone plutôt vaste et il y a aussi les animaux sauvages, mais nous ferons de notre mieux.

— Merci.

Le commandant de l'hélicoptère se pencha vers l'avant du cockpit, pouce dressé dans son poing fermé.

— OK, les gars. Au travail.

Le pilote de l'Ecureuil lança son engin dans une lente courbe au-dessus de la partie sud du parc. A environ huit cents mètres plus à l'ouest, ils distinguèrent la tache crayeuse du lac de canotage asséché, et entre les arbres le reflet ardoise des quatre autres pièces d'eau. Ils survolèrent le parc par zones, en décrivant des cercles concentriques à une altitude constante de cent cinquante mètres. Courbé sur son écran, le surveillant aérien ne voyait aucune tache de chaleur. Il manipulait avec précision les commandes de la caméra. Mais si le repérage des policiers au sol avait été aisé, parce qu'ils se déplaçaient en dehors des arbres, ce soir l'écho thermique était particulièrement pauvre et n'importe quoi aurait pu se dissimuler sous la couverture des feuillages. Son système était virtuellement aveugle.

— Il nous faudra de la chance, murmura-t-il au commandant alors qu'ils passaient à un autre secteur. Autant uriner dans le vent (il avait dit « uriner » et non « pisser » parce que tout était enregistré dans le cockpit). C'est exactement ce que nous faisons : nous urinons dans le vent.

Au sol, près du van du groupe de soutien, Caffery et Souness observaient les lumières de l'hélicoptère. L'inspecteur comptait sur lui pour retrouver le petit Rory Peach. Cela faisait maintenant une heure que l'alarme avait été donnée, quand le Gujarati qui tenait l'épicerie voisine avait appelé le 999.

La majeure partie des indemnités de chômage des Peach était dépensée en Superkings, puis en fin de semaine ils n'avaient généralement plus d'argent et s'approvisionnaient à crédit chez l'épicier indien. Or personne n'était venu régler, le lundi matin, et, le soir, l'épicier était descendu dans Donegal Crescent pour réclamer son dû. Ce n'était pas la première fois, avait-il expliqué à Caffery, et non, Alek Peach ne lui faisait pas peur, cependant il avait emmené son berger allemand, et à sept heures du soir il sonnait à la porte des Peach.

Pas de réponse. Il avait tambouriné à la porte sans discrétion aucune, sans plus de résultat. Dépité, il avait repris son chemin avec le chien, vers le parc.

Ils avaient longé les jardinets à l'arrière des maisons de Donegal Crescent et ils venaient de s'engager dans le parc lorsque le chien s'était brusquement retourné et s'était mis à aboyer en direction de la ligne d'habitations. L'épicier avait pensé voir quelque chose qui courait là-bas, mais il ne l'aurait pas juré : une ombre trapue, qui se déplaçait rapidement à partir de la façade arrière de la maison des Peach. Sa première impression avait été qu'il s'agissait d'un animal, à cause des aboiements furieux de son chien qui tirait sur sa laisse, mais la chose avait disparu très vite dans les bois. Sa curiosité maintenant éveillée, l'épicier était revenu au numéro 30 et avait regardé par la fente pour le courrier, dans la porte.

Cette fois il avait compris que quelque chose n'allait pas : des lettres étaient éparpillées sur le sol du vestibule et un message, ou une partie de message, avait été tagué en rouge sur le mur de l'escalier.

— Jack ? lança Souness pour couvrir le rugissement de l'hélicoptère au-dessus d'eux. A quoi pensez-vous ?

— Il est là-dedans, quelque part ! cria-t-il en désignant les bois d'un geste large. Il est là !

— Comment savez-vous qu'il n'en est pas ressorti ?

— Non. (Il mit les mains en porte-voix autour de sa bouche et se pencha vers elle.) S'il était ressorti des bois, je suis sûr que quelqu'un l'aurait vu. Toutes les issues du parc donnent sur des axes principaux. Le gamin est nu, et il saigne...

— QUOI ?

— IL EST NU ET IL SAIGNE. N'IMPORTE QUI NOUS TÉLÉPHONERAIT EN LE VOYANT DANS CET ÉTAT, VOUS NE CROYEZ PAS ? MÊME À BRIXTON.

Il baissa les mains et observa l'hélicoptère. Il avait une autre bonne raison de penser que Rory se trouvait toujours dans les limites du parc : il connaissait les statistiques concernant les enlèvements d'enfants. D'après la plupart des études, si le gamin n'était plus en vie, on retrouverait son corps dans un rayon de huit kilomètres autour du lieu du rapt, et à moins de cinquante mètres d'un chemin. D'autres statistiques à l'échelle mondiale raconteraient une histoire encore plus sinistre : elles prédiraient que Rory ne serait pas assassiné immédiatement, que son kidnappeur le garderait en vie pendant peut-être vingt-quatre heures, le mobile de l'enlèvement d'un garçon de cet âge étant très probablement d'ordre sexuel.

Si Caffery possédait plus qu'une connaissance générale des habitudes et des traits communs aux pédophiles, la raison en était simple : il lui suffisait de retourner vingt-sept ans en arrière dans sa propre existence pour trouver une image similaire de cette situation. Son propre frère, Ewan — alors du même âge que Rory —, s'était évanoui en plein milieu d'une journée ordinaire. Derrière la maison familiale. Rory pouvait très bien avoir subi le sort d'Ewan, quel qu'il ait été. Caffery était conscient qu'il devait en toucher un mot à Souness. Il devait la prendre à part et lui dire : « Peut-être vaut-il mieux me retirer cette affaire. Confiez-la à l'inspecteur Logan ou à quelqu'un d'autre, parce que moi je ne sais pas comment je vais réagir. »

— ET S'ILS NE TROUVENT RIEN ? lui cria Souness.

— NE VOUS INQUIÉTEZ PAS. ILS TROUVERONT QUELQUE CHOSE.

Il colla le microphone de sa radio à ses lèvres et demanda sur la fréquence de l'hélicoptère :

— Neuf neuf, du nouveau là-haut ?

Cent cinquante mètres au-dessus du sol, dans le cockpit plongé dans les ténèbres, le commandant se pencha en avant autant que l'y autorisait le cordon de son casque qui le reliait à la prise dans le toit de l'hélicoptère.

— Eh, Howie ? Ils veulent savoir si nous avons du nouveau.

Il ne pouvait voir le visage du surveillant aérien, courbé sur son écran de contrôle, avec son casque qui masquait jusqu'à son profil.

— Je fais de mon mieux. C'est aussi lisible en bas que de la purée ou un champ de neige. A moins d'un mouvement, tout se confond. Faudrait que le gosse sautille et fasse de grands gestes.

Il changea les contrastes de manière que les sources de chaleur apparaissent en noir sur l'écran. Il essaya en rouge, puis en bleu, car parfois une couleur était plus visible qu'une autre, selon les conditions, mais ce soir la réverbération thermique créée par le plafond trop bas des nuages brouillait toutes les données.

— Vous pourriez faire quelques passages supplémentaires sur la droite ?

— Bien reçu.

Le pilote inclina l'hélicoptère en une glissade qui fit décrire des cercles statiques à l'appareil, tandis que lui-même et le commandant scrutaient à droite la masse des bois. Le surveillant aérien plissa les yeux et joua de ses manettes directionnelles pour orienter sa caméra.

— Qu'est-ce que vous avez ?

— Sais pas. J'ai saisi quelque chose à dix heures, mais...

Sans définition en profondeur, il lui était très difficile de traduire ce qu'il voyait sur l'écran, et dès qu'ils repassaient sur l'endroit, le déplacement d'air engendré par le rotor faisait frissonner les feuillages. Il avait cru entr'apercevoir une source lumineuse de forme oblongue, singulière, à peu près de la taille d'un pneu de voiture. Mais les feuillages frissonnèrent de nouveau et il perdit l'écho.

— *Scheisse*...

Il se pencha un peu plus sur son écran, passa de panoramique à zoom, puis l'inverse.

— Oui, décida-t-il, ils devraient peut-être venir jeter un coup d'œil par ici. (Il tapota du bout de l'index l'endroit sur l'écran.) Vous le voyez ?

Le commandant se courba en avant pour observer l'écran. Il ne distingua rien de spécial, mais il se renversa dans son siège et passa sur le canal de la police.

— Neuf neuf à unités au sol.

— Oui, vous avez quelque chose ?

— Une source de chaleur possible, sans confirmation. Vous voulez vérifier ?

— Affirmatif.

— Bon, il y a un plan d'eau, ou une pataugeoire ou quelque chose dans ce style...

— L'ancien bassin de canotage ?

— C'est ça. Et la forêt commence à, je ne sais pas, deux cents mètres, correct ?

— Ça me semble juste, oui.

Le commandant regarda le point que soulignait toujours l'index du surveillant aérien sur l'écran.

— Si vous partez de l'orée de la forêt, avancez en ligne droite sur environ cent mètres.

— Compris. Merci.

Le commandant étendit le bras à l'horizontale pour ordonner ainsi au pilote de rester en station fixe. Les trois hommes gardèrent le silence, et n'entendirent plus que le son de leurs respirations dans leurs casques, tandis qu'ils observaient les silhouettes lumineuses des membres du groupe de soutien qui traversaient l'écran en direction de la source de chaleur.

— Bon, fit le commandant après quelques secondes, et si on leur donnait un coup de main ?

Il enclencha le Soleil de Minuit — le projecteur ultra-puissant fixé au ventre de l'hélicoptère, qui à courte distance pouvait brûler un homme à travers une paroi en béton. Au sol, dans les broussailles des bois, les hommes suivaient le pinceau lumineux comme l'étoile de la Nativité. Mais sur son écran le surveillant aérien avait perdu la forme luisante de chaleur, en anneau, et il commençait à se demander s'il ne l'avait pas imaginée.

— Howie ? dit le commandant derrière lui. Nous sommes au bon endroit ?

Le surveillant ne répondit pas. Il cherchait à retrouver la source de chaleur.

— Howie ?

— Oui, je crois, mais je...

— Unités au sol à neuf neuf, fit la voix de Caffery dans la radio. Nous faisons chou blanc, ici. Pouvez-vous nous aider ?

— Howie ?

— Je ne sais pas. Je ne sais pas. Il y avait quelque chose, j'en suis sûr...

Il zooma une fois de plus en secouant la tête. Le grondement des moteurs et des pales du rotor, la chaleur et les odeurs l'oppressaient ce soir, et il avait du mal à se concentrer. En bas les hommes du groupe de soutien s'étaient immobilisés et regardaient l'hélico, bras ballants.

— Merde, marmonna-t-il, conscient qu'ils allaient devoir abandonner. Je regarde, mais je ne sais pas...

— D'accord, ça va, trancha le commandant, que l'exaspération gagnait. Où en sommes-nous, pour le carburant ?

Le pilote eut une moue.

— A peu près vingt-cinq pour cent.

Son supérieur émit un sifflement bas.

— Donc il va falloir faire le plein d'ici, quoi ? Vingt minutes ? Howie, votre avis ?

— Ecoutez, je... Non, rien. J'ai dû l'imaginer. Il n'y a rien.

Le commandant soupira.

— D'accord, fit-il en repassant sur la fréquence du contrôle aérien. India Lima, nous sommes courts niveau carburant, nous allons ravitailler à Fairoaks. Je pense que nous n'avons rien ici. C'est bien ça, Howie ?

— Euh, oui, fit le surveillant aérien, mal à l'aise, en passant un doigt entre la jugulaire de son casque et son menton. Je crois que oui. Nous n'avons rien.

Ils revinrent sur la fréquence de la police.

— Neuf neuf à unités au sol. Si vous n'avez rien en bas, ici non plus nous n'avons plus rien.

— Vous en êtes bien certains ? répondit Caffery d'une voix tendue. Vous êtes sûrs que nous sommes au bon endroit ?

— Oui, vous êtes au bon endroit mais nous avons perdu le signal. Il fait chaud, cette nuit, ce qui crée beaucoup d'interférences.

— Compris. Merci du coup de main.

— Désolés que ça n'ait rien donné.

— Merci à vous tous. Bonsoir.

Sur l'écran, le commandant pouvait voir Caffery qui leur adressait un signe de la main. Il remit la radio en contact avec le contrôle aérien.

— Faux signal, nous en avons fini avec le secteur TQ3427445 et nous mettons le cap sur India Foxtrot.

Il nota l'heure sur la feuille de vol et l'hélicoptère s'éloigna dans le ciel nocturne.

Au sol, Caffery observa l'appareil jusqu'à ce qu'il disparaisse au-delà de la ligne des toits, ses feux de position à peine plus visibles qu'un satellite.

— Vous savez ce que cela signifie, n'est-ce pas ?

— Non, admit Souness, non, je ne sais pas.

Il était tard. Les hommes avaient bouclé le secteur où le surveillant aérien avait cru repérer une source de chaleur, et passé chaque centimètre carré au peigne fin. Toujours pas trace de Rory Peach. Ils avaient fini par renoncer, et Caffery et Souness avaient décidé de détacher sur les lieux une équipe spécialisée, qui reprendrait les recherches dans Brockwell Park dès l'aube.

Il restait encore une réunion d'urgence de l'équipe à tenir et les paramètres de recherche à fixer avant qu'ils n'en aient fini pour la nuit. C'est pourquoi, à vingt-trois heures, ils se trouvaient à côté du quartier général du SRES, dans Thornton Heath. Caffery gara sa voiture et empocha les clefs.

— S'il est toujours dans le parc et qu'ils ne parviennent pas à le localiser, cela signifie qu'il ne représente pas une source de chaleur suffisante et qu'il ne bouge plus, expliqua-t-il.

En dépit de ce que cela impliquait sur un plan professionnel, une part de lui-même espérait secrètement que le gamin était déjà mort. Il est des choses auxquelles il vaut mieux ne pas survivre, pensait-il.

— Peut-être qu'il est déjà trop tard, conclut-il.

Souness descendit de voiture avec des mouvements qui trahissaient sa lassitude. Ensemble, ils traversèrent la rue.

— A moins qu'il ne soit pas dans le parc, objecta-t-elle.

— Oh, il y est. J'en mettrais ma main à couper, dit Caffery en glissant son badge magnétique dans le lecteur et en ouvrant la porte pour la jeune femme. La seule question, c'est : dans quelle partie du parc ?

« Shrivemoor » était le nom que la plupart des membres du SRES donnaient à cette vieille bâtisse de brique rouge, d'après la rue très ordinaire dans laquelle elle était située. Les bureaux du service occupaient la totalité du premier étage. Ce soir, toutes les fenêtres étaient illuminées. La plupart des membres de l'équipe étaient déjà arrivés, appelés pendant un dîner, à leur pub favori ou alors qu'ils gardaient les enfants. Les opératrices de la base de données HOLMES, les cinq membres de l'équipe de renseignement, les sept inspecteurs, tous étaient présents, qui erraient entre les bureaux, gobelet de café à la main, en bavardant à voix basse. Dans la cuisine, trois infirmiers à la mine gênée et en tenue de terrain blanche attendaient l'officier en charge des pièces à conviction, censé photocopier la semelle de leurs bottes et enlever cheveux et fibres de leurs vêtements à l'aide d'un ruban adhésif spécial.

Pendant que Souness préparait du café fort, Caffery alla se passer le visage sous le robinet d'eau froide pour se revigorer, puis il regarda ce qu'il avait reçu dans son bac à courrier. Parmi les circulaires, les notes et les rapports d'autopsie, quelqu'un lui avait laissé l'exemplaire de la semaine de *Time Out*. La revue était ouverte à la page dont le gros titre proclamait : « L'Artiste qui transforme le crime en art. » Une photographie de Rebecca, yeux clos, tête rejetée en arrière, un numéro de prisonnier inscrit sur son front.

Rebecca Morant, chouchoute des tabloïds ou véritable talent ? Il faut avoir vécu coupé du monde pour ne pas avoir entendu parler de Morant, une victime d'agression sexuelle devenue une figure incontournable du milieu artistique. Les critiques ont tardé à prendre au sérieux cette Morant aux yeux de lynx et à la beauté d'une douceur trompeuse, jusqu'à ce que sa nomination pour le très couru prix Vincent et une sélection par Becks confirment sa position sur la nouvelle scène artistique...

Caffery referma le magazine et le plaça à l'envers

dans son bac à courrier. *Quel genre de publicité te faut-il encore, Becky ?*

— Très bien, les gars. Ecoutez-moi, fit-il en tapotant le mur avec une canette de Sprite vide. Je sais que vous êtes tous vannés, alors occupons-nous de ça tout de suite, pour en être débarrassés. Nous la visionnerons dans le bureau du commissaire.

Brandissant la cassette vidéo au-dessus de sa tête, il se dirigea vers le bureau qu'il partageait avec Souness.

— Allons, dit-il aux autres. Cela ne prendra que dix minutes, vous pourrez aller vous soulager après.

Le bureau du commissaire était petit, et les membres de l'équipe durent se serrer, et laisser la porte ouverte. Souness se plaça près de la fenêtre, sa chope de café dans les deux mains, tandis que Caffery mettait la cassette dans le magnétoscope et attendait que tout le monde soit là.

— Bon. Vous êtes tous au courant des dispositions générales. Le commissaire Souness se charge des paramètres du porte-à-porte et des recherches, donc que tous ceux qui sont affectés à ces tâches s'adressent à elle après cette réunion. Demain matin à l'aube, nous avons une réunion avec l'équipe de recherche à Brockwell Park, et je veux tout le monde sur le pied de guerre. Gardez ceci à l'esprit : tout ce que je vais vous dire maintenant ne doit pas être connu du bureau de presse. Quoi d'autre ? Nous sommes prioritaires mais nous nommerons un officier de liaison avec l'unité antipédophilie et la commission de gestion des risques à Lambeth. Ah, et il faudra que quelqu'un contacte les gars de la protection de l'enfance, à Belvedere, pour vérifier que Rory n'y a pas déjà été amené. Et maintenant... (Il désigna l'écran vide du téléviseur et inspira à fond.) Avec ce que je vais vous montrer, vous allez immédiatement penser à Maudsley.

Il s'interrompit. A la mention de Maudsley — la

clinique psychiatrique sur Denmark Hill —, deux ou trois des inspecteurs en civil avaient grimacé. Or il ne voulait surtout pas de ça : il désirait que l'équipe pense et fonctionne avec le maximum d'efficacité, sans réactions exagérées dues à la nature du crime.

— Ecoutez, je ne veux pas que vous le cataloguiez « psychotique » d'entrée. Ses actes donnent cette apparence (il scruta les visages qui lui faisaient face), et c'est peut-être exactement ce que leur auteur veut qu'on pense de lui. Il est possible qu'il essaie juste de couvrir ses arrières, que ce soit un pédophile classique assez malin pour fabriquer un écran de fumée et plaider la déficience mentale s'il se fait serrer. Et n'oubliez pas qu'il a été le maître du jeu pendant trois jours. Trois jours. Il a donc parfaitement contrôlé la situation. Pensez à ces trois jours et à leur signification. Est-ce que cela veut dire qu'il savait qu'il ne serait pas dérangé, par exemple ?

Ou bien qu'il prenait un tel plaisir avec Rory qu'il a décidé de faire durer la séance tout ce long week-end ?

Il pointa la télécommande sur le magnétoscope. Donegal Crescent apparut sur l'écran. C'était le crépuscule. Sous l'indication de l'heure, une foule se pressait devant les rubans de la police, pour essayer d'avoir la meilleure vue possible de la petite maison coincée entre ses clones. En silence, les éclairs bleus des gyrophares d'ambulance illuminaient rythmiquement ces visages anonymes. Adossé contre le mur, Caffery surveillait du coin de l'œil les inspecteurs du SRES en train de découvrir les lieux du crime via la vidéo.

— C'est en bordure de Brockwell Park, dit-il d'un ton égal. Pour mieux vous situer, la tour que vous apercevez en arrière-plan est l'Arkaig Tower, sur Railton Road.

La caméra suivit l'allée jusqu'à la porte d'entrée du numéro 30, puis tourna pour faire un panoramique et s'arrêter sur le petit carré de gazon devant la maison, avec les visages des voisins choqués réduits à des ovales blancs sur le fond sombre du soir. Tout endroit visible de la maison des Peach pouvait en retour être un poste d'observation pour un témoin éventuel. La caméra enregistra tout avant de virer sur cent quatre-vingts degrés et de se recentrer sur la maison. Le numéro 30, en métal doré et vissé dans la pierre, emplit l'écran.

— Toutes les portes et fenêtres étaient fermées. (La caméra contourna la porte d'entrée éventrée, ouverte avec un bélier, zooma sur la serrure intacte.) Les collègues du coin ont dû s'introduire de force. La seule issue non verrouillée était la porte de derrière. Nous pensons que c'est par là que le gars est entré. Regardez.

Ils étaient à l'intérieur de la maison, à présent, et le projecteur de la caméra baignait le vestibule de sa lumière halogène. Le papier peint était un peu défraîchi, le tapis de corde protégé par un chemin de couloir en plastique épais. Deux gravures mal encadrées créaient des ombres étirées et tressautantes dans le couloir, et un pistolet à eau gisait sur la première marche de l'escalier. Plus loin, à l'autre bout, une porte. La bande se brouilla un instant, et l'écran fut envahi de zébrures, puis l'image se stabilisa de nouveau. La caméra avait franchi la porte et se trouvait dans une petite cuisine. Un poulet en terre cuite vernissée considérait fixement la caméra, à côté de la huche à pain, et un rideau à carreaux sur la partie supérieure de la porte était agité par la brise, révélant une vitre brisée et des aperçus d'un jardinet plongé dans l'obscurité, avec les arbres du parc au-delà.

— Bien. Ceci est important, dit Caffery en posant le coude sur la télécommande et en s'inclinant pour désigner l'écran. Des morceaux de verre sur le sol, la porte non verrouillée. Ce n'est pas seulement le point d'entrée, c'est aussi celui de sortie. L'intrus brise la vitre de la porte et pénètre dans la maison — estimation de l'heure : un peu après sept heures du soir, vendredi.

La caméra zooma à travers la vitre brisée de la porte pour saisir le petit jardin. Un séchoir en étoile, un vélo d'enfant, quelques jouets éparpillés et quatre bouteilles de lait au contenu jaunâtre.

— Ensuite l'intrus reste dans la maison avec la famille Peach jusqu'à lundi, en début de soirée, lorsqu'il est dérangé. C'est seulement alors qu'il emmène l'enfant et quitte les lieux par cette même porte.

La caméra revint dans la cuisine, où elle fit un panoramique rapide, pour s'attarder sur des marques rouges sur le montant de la porte. Tapotant la télécommande contre sa cuisse, Caffery observait les visages fermés de ses hommes, dans l'attente d'une réaction ou d'une question. Rien. Tous regardaient fixement les traces de sang sur l'écran.

— Le labo pense qu'à ce stade les blessures ne sont pas fatales. L'hypothèse la plus probable est que l'intrus l'a transporté hors de la maison, à travers ce trou dans la palissade, puis dans les bois. Il a sans doute trouvé un moyen d'arrêter le saignement, peut-être avec une serviette ou un linge quelconque, car les chiens ont perdu assez vite sa piste. Bon... (la caméra s'était remise en mouvement), maintenant je vais vous montrer où la famille a été découverte.

Le visage d'une femme passa brièvement devant l'objectif : l'inspecteur en chef Quinn, la coordinatrice sur les lieux, l'officier le plus expérimenté de tout le sud de Londres pour ce genre de tâche. Après avoir réalisé cette vidéo avec Caffery, elle était retournée dans la cuisine pour s'assurer que les débris de verre de l'effraction avaient bien été photographiés et enlevés. Ensuite, elle avait contacté les biologistes du labo criminel, à Lambeth. Pendant que Caffery était avec l'équipage de l'hélicoptère, les scientifiques étaient entrés dans la maison, vêtus de leurs combinaisons protectrices, pour vaporiser un peu partout leurs révélateurs chimiques.

— Alek Peach — le père — a été trouvé ici, menotté par les poignets à ce radiateur, et par les chevilles à cet autre radiateur. D'après les traces qu'il a laissées, on peut déduire dans quelle position il était. (Caffery désigna la grande tache sombre s'étalant sur la moquette entre les deux radiateurs du salon.) Il souffre d'une blessure infligée à l'arrière du crâne, et il ne pourra pas nous parler avant un certain temps. Peut-être jamais. Et le second endroit... vous allez le voir maintenant que nous gravissons l'escalier... c'est là que Carmel, la mère, a été retenue.

Pour l'heure sous sédatifs à l'hôpital, ladite Carmel avait donné un témoignage fragmentaire. Bien qu'un examen rapide n'eût révélé aucune blessure à la tête, on avait estimé qu'elle avait perdu conscience pendant un certain temps. A part la préparation du dîner, le vendredi vers six heures du soir, elle ne se souvenait de rien avant qu'elle se soit réveillée, bâillonnée et ligotée à un tuyau d'eau, dans le placard-séchoir du premier. Elle était restée là jusqu'à ce que l'épicier indien les appelle par la fente de la boîte aux lettres, trois jours plus tard. Elle n'avait pas aperçu l'intrus, et encore moins parlé avec lui. Elle affirmait ne voir aucune raison, d'ordre professionnel ou privé, pour laquelle quelqu'un aurait pu en vouloir à leur famille. Quand les ambulanciers l'avaient sortie du placard, ils avaient disposé la civière de sorte qu'elle se retrouve face à l'escalier. Ils ne voulaient pas qu'elle se retourne et aperçoive le graffiti sur le mur derrière elle.

— Et quand vous verrez cela, fit Caffery en regardant ses collègues, je pense que vous serez d'accord pour que, en dépit de toutes les personnes qui sont déjà passées dans cette maison, ce soit ce détail que nous occultions, devant la presse.

Il se retourna vers l'écran. Le cameraman gravissait les marches, les ombres dansant sur le palier devant lui. Lorsque Caffery avait vu l'inscription taguée, il avait immédiatement compris qu'elle constituerait un élément déterminant pour écarter toutes les confessions fantaisistes.

L'image tremblota, et quelqu'un dans le couloir jura doucement, puis une voix plus forte s'exclama : « Vous avez vu ça ? » Ténèbres. Une seconde, puis la lumière, et l'obturateur de la caméra se referma comme un iris avant de se rouvrir. L'image devint enfin nette. La caméra se rapprocha, pour bien cadrer le message inscrit à la peinture.

♀ DANGER

Caffery arrêta le déroulement de la bande pour permettre à chacun d'examiner l'inscription. Il coupa la vidéo et ralluma l'éclairage de la pièce.

— Nous voulons éclaircir ça d'ici demain. Je n'insulterai pas votre intelligence en vous expliquant pourquoi.

Dans la cuisine de la base de Fairoaks, le surveillant aérien se défit de son casque et se frotta les oreilles. Il n'était toujours pas certain de ce qu'il avait vu.

— J'aurais aimé qu'on puisse chercher avec le réservoir plein, vous savez, dit-il.

Le commandant lui tapota l'épaule.

— On a fait ce qu'on a pu, Howie. Et ils ne savent même pas s'il est toujours dans le parc.

— N'empêche, il s'agit d'un gosse.

— Peut-être que nous pourrions y retourner quand nous reprendrons ?

Mais, pendant qu'on remplissait les réservoirs de

l'hélico, un officier de la police de la route à Purley fut renversé alors qu'il installait un radar. Le chauffard avait quitté son véhicule et courait en direction de l'aérodrome de Croydon, et India 99 décolla pour cette mission. A la fin de leur service, à deux heures du matin, le surveillant aérien avait un peu moins de mal à ne pas penser à cette forme blanche vaguement circulaire qu'il avait cru apercevoir entre les arbres de Brockwell Park.

3

A l'unité de soins intensifs Jack Steinberg du King's Hospital, le protocole soumettait toutes les victimes de blessures à la tête au port d'une minerve crânienne de Codman et d'un respirateur artificiel pendant les premières vingt-quatre heures, que le patient en eût besoin ou non. Même sans la dose massive de médazolame qui circulait dans ses veines, Alek Peach, le témoin clef du SRES, n'aurait pas été en mesure de parler puisqu'il était intubé. Sa femme Carmel était toujours sous l'effet des sédatifs, mais Caffery serait allé à l'hôpital et aurait fait les cent pas dans le couloir toute la nuit si le commissaire Souness n'en avait appelé à son bon sens.

« Ils ne vous laisseront jamais l'approcher tant qu'il est dans cet état, Jack. »

Elle respectait cette détermination de chien affamé chez Caffery, mais elle connaissait aussi très bien les médecins de l'hôpital, et elle savait jusqu'où ne pas les pousser trop loin.

« S'il a besoin d'une transfusion, ils ont promis de nous réserver un échantillon de son sang quand ils l'analyseront, avait-elle ajouté. Nous disposons du rapport du médecin, pour l'instant nous ne pouvons demander plus. »

Il était une heure du matin. Les membres de l'équipe s'étaient partagé les tâches, on avait débloqué des heures supplémentaires et Brockwell Park était bouclé. Souness et quelques autres étaient rentrés chez eux profiter d'une ou deux précieuses heures de repos avant le lever du soleil. Caffery était debout depuis maintenant vingt-cinq heures, mais il ne parvenait pas à se détendre. Il passa dans le bureau du commissaire, trouva une bouteille de Bell's dans un tiroir, en versa un peu dans une chope à café et s'assit au bureau. Ses genoux tressautaient d'eux-mêmes et ses doigts pianotaient sur le combiné du téléphone. Quand il n'y tint plus, il composa le numéro du service des soins intensifs.

Mais le médecin de garde commençait à perdre patience.

— Quelle partie du mot « non » ne comprenez-vous pas ? rétorqua-t-il avant de couper la communication.

Caffery regarda fixement le combiné désormais muet. Bien sûr, il pouvait téléphoner à nouveau, et assiéger le personnel de l'hôpital pendant encore vingt minutes, mais il savait qu'il se heurterait à un mur. Avec un soupir, il reposa le combiné, emplit de nouveau la chope, posa les pieds sur le bureau et resta assis là, cravate défaite, à contempler par la fenêtre les immeubles de Croydon illuminés sur le rideau du ciel.

Cette affaire était peut-être bien celle qu'il attendait depuis toujours — il le savait déjà à cause de ce qui était arrivé à son propre frère, plus d'un quart de siècle auparavant.

Un quart de siècle ? Ça fait déjà si longtemps, Ewan... Combien de temps avant qu'on ne puisse même plus analyser les traces d'ADN ? Combien de temps avant qu'un corps disparaisse complètement dans la terre ? Avant qu'il se transforme en limon...

Cette affaire allait lui poser des problèmes, il en était conscient. Il les avait déjà sentis, lors des pauses durant cette journée, qui se multipliaient comme des bacilles.

Ewan avait neuf ans, à l'époque. Le même âge que Rory. Il y avait eu la dispute — les deux frères dans la cabane suspendue dans l'arbre, qui s'étaient chamaillés pour un motif futile. L'aîné, Ewan, était descendu de leur perchoir et s'était éloigné le long de la tranchée bordant la voie ferrée, pour bouder. Il portait des Clarks marron, un short de la même couleur et un T-shirt jaune moutarde (Caffery était certain de l'exactitude de ces détails — il se les rappelait doublement : pour avoir vécu la scène et pour les avoir retrouvés plus tard sur les affiches de recherche de la police). Personne n'avait jamais revu Ewan.

Jack avait observé les policiers qui fouillaient la tranchée, et il s'était juré de se joindre à eux un jour. *Un jour, un jour je te retrouverai, Ewan...* Depuis, il habitait toujours la petite maison familiale dans le sud de Londres, avec de l'autre côté du jardin, au-delà de la voie ferrée, la maison d'Ivan Penderecki, ce vieux pédophile que tout le monde, y compris la police, soupçonnait d'être responsable de la disparition d'Ewan. Sa demeure avait été fouillée de fond en comble, mais on n'y avait pas trouvé le moindre indice suspect. Ils vivaient ainsi, face à face, Penderecki et Jack Caffery, comme un couple marié depuis trop longtemps et rongé par l'amertume, engagés dans un duel muet et perpétuel. Et toutes les relations amoureuses de Caffery avaient tenté de l'arracher à cette fascination complexe qui le liait au vieux pédophile polonais, au besoin par le chantage affectif, et toutes avaient échoué. Aucune compétition n'était possible. Même pour Rebecca ? Elle aussi aurait voulu qu'il oublie Ewan. *Est-ce qu'il pourrait exister une telle compétition, avec elle ?*

Il avala la dose de scotch, s'en resservit une et prit l'exemplaire de *Time Out* dans sa corbeille à courrier.

Il pouvait l'appeler, il savait où la trouver. Elle dormait rarement à son appartement de Greenwich — « Je n'aime pas la compagnie des fantômes ». Elle débarquait souvent chez lui, tard le soir, et allait directement se coucher. Il la retrouvait les bras autour d'un oreiller, pendant qu'un cigarillo Danneman finissait de se consumer dans un cendrier près du lit. Il consulta sa montre. Il était tard, même pour elle. Et s'il lui téléphonait il faudrait qu'il lui parle de l'affaire Peach, des similitudes avec certaine autre disparition, et il devinait déjà sa réaction. Il ouvrit le magazine.

A propos de la terrible agression sexuelle dont elle a été victime l'été dernier, Morant déclare : « Oui, cette expérience a nourri mon travail, soudainement je me suis rendu compte qu'il est facile de considérer un viol fictif, dans un film ou un livre, et de croire que vous avez compris. Mais en réalité ce ne sont que de simples représentations, qui agissent comme des filets de protection contre la brutalité de l'acte réel. J'ai estimé instructif de faire des maquettes. » Ayant adopté cette devise, en février, elle a alimenté la controverse lorsqu'il a été révélé (une fuite délibérée ?) que les moulages de sexes mutilés figurant dans son exposition HASARD (voir encart) étaient des moulages pratiqués sur des victimes réelles de viols et de violences sexuelles.

En privé, Rebecca ne parlait jamais de ce qu'elle avait subi un an plus tôt. Caffery avait été là, il l'avait vue de très près, alors qu'elle était inconsciente et impuissante, suspendue au plafond : le tableau d'adieu vivant et sanglant d'un tueur. Il était resté assis auprès d'elle pendant qu'elle témoignait pour l'enquête concernant sa colocataire décédée, Joni Marsh, dans la petite chambre d'hôpital de Lewisham. Il pleuvait ce jour-là, et devant la fenêtre le feuillage de l'érable avait dégoutté abondamment pendant toute sa déposition.

« Ecoutez, si cela vous est trop pénible...
— Non. Non, ça ira. »

A cette minute il était déjà à moitié amoureux de Rebecca. A la voir tête baissée, ses longs doigts souples se tordant sur ses genoux tandis qu'elle cherchait ses mots pour expliquer les horreurs qu'elle avait endurées, il l'avait prise en pitié et l'avait aidée à établir son témoignage. Oui, il avait enfreint toutes les règles du manuel, dans le seul but d'abréger cette épreuve pour elle. Il lui avait rapporté tout ce qu'il savait, et elle n'avait eu qu'à acquiescer. Elle était restée très choquée. Pendant l'enquête judiciaire, elle s'était brusquement tue alors qu'elle témoignait, et n'avait pu reprendre son récit. Finalement, le coroner l'avait autorisée à quitter la barre. Aujourd'hui encore, quand Caffery essayait de la pousser à en parler, elle se refermait comme une huître. Ou, ce qui était beaucoup plus irritant, elle éclatait de rire et jurait que cet épisode ne l'avait absolument pas affectée. En public, cependant, elle s'en servait comme d'un accessoire, comme d'une partie de sa garde-robe.

Cette déclaration a déclenché la colère des associations féminines, l'appétit morbide des tabloïds et un jeu du chat et de la souris assez schizophrène entre Morant et la presse. Des ambitions ? « Etre exclue par Giuliani, ce serait assez amusant. » Et la question la plus souvent posée : « Quand allez-vous laisser tomber l'art et embrasser la profession qui vous plaît vraiment, celle de mannequin ? » — Exposition HASARD, Zinc Gallery, Clerkenwell, du 26 août au 20 septembre.

Tant que le monde croit qu'elle tient le coup, se dit-il avec amertume, *c'est tout ce qui lui importe*. Il referma la revue, posa un moment le menton sur ses mains croisées et s'efforça de ne plus penser à elle. Par la fenêtre, au-delà de sa tête inclinée, les lumières du Londres nocturne scintillaient comme des créatures lumineuses des grands fonds. Il se demanda si Rory Peach regardait ces mêmes lumières.

— Café ?

Il sursauta un peu et ouvrit les yeux.

— Marilyn ?

Marilyn Kryotos, la « correspondante » du HOLMES, ce programme permettant le croisement des bases de données criminelles de tout le pays, se tenait sur le seuil du bureau et l'observait. Aujourd'hui, elle avait choisi un rouge à lèvres rose et une robe bleu marine, avec sur l'un des revers une broche de nacre en forme de lapin.

— Tu as dormi ici ? fit-elle, l'air à moitié impressionnée, à moitié écœurée. Dans le bureau ?

— Ça va, ça va.

Il se redressa et se frotta les yeux. L'aube était proche, et le bas des buildings de Croydon commençait à rosir. Une mouche flottait, pattes en l'air, dans la chope de scotch. Il jeta un œil à sa montre.

— Tu es bien matinale.

— « Demain matin à l'aube », lui rappela-t-elle. La moitié de l'équipe est déjà là. Danni est en chemin pour Brixton.

— Merde, grogna-t-il en resserrant sa cravate.

— Tu veux un peigne ?

— Non, non.

— Tu en aurais besoin, pourtant.

— Je sais.

Il se rendit à la station-service ouverte vingt-quatre heures sur vingt-quatre, en face des bureaux, acheta un sandwich, un peigne, une brosse à dents, et revint en hâte, parcourant au trot les couloirs décorés de cartes d'état-major de la région. Il fit un crochet dans la salle des scellés pour y prendre la chemise de rechange qu'il y laissait toujours. Dans les toilettes pour hommes, il ôta sa chemise, aspergea d'eau son torse et ses aisselles, puis se pencha pour mettre son visage sous le robinet. Cheveux mouillés, il alla jusqu'au séchoir, leva les bras et plaça la tête en dessous pour se sécher les cheveux. Il se savait dans l'œil du cyclone. Le pays allait se réveiller, et les télévisions diffuser la nouvelle. Dans la salle des données, le téléphone ne cesserait plus de sonner. En attendant, il faudrait faire avec la paperasserie, arranger une réunion avec le commandant de police de l'arrondissement pour définir un communiqué commun, et lancer une recherche sur toutes les affaires similaires. Le chronomètre s'était déclenché et il devait être prêt. Il rejoignit Kryotos dans la salle des données. Elle lui proposa une chope de café et une boîte de gâteaux.

— Tu as vu ce truc sur Rebecca ? s'enquit-elle.

— Dans *Time Out*, tu veux dire ?

Il prit le café et ensemble ils passèrent dans le bureau du commissaire.

— Elle est très jolie sur la photo, tu ne trouves pas ?

— Très, oui.

Il posa la chope sur le bureau et prit le nouveau manuel criminel — le dossier bleu et blanc à feuilles volantes qui était apparu dans chaque commissariat depuis l'affaire Lawrence. Il le parcourut sans entrain, tout en dressant mentalement une liste de toutes les tâches à accomplir dans la journée.

— J'ai appelé l'hôpital, dit Kryotos. Alek Peach a passé la nuit.

— Sérieux ? fit-il en relevant les yeux. Il peut parler ?

— Non. Il est toujours intubé, mais son état s'est stabilisé.

— Et Carmel ?

— Elle est sortie de l'état de sédation et elle fait tout ce qu'elle peut pour se tirer de l'hôpital.

— Bon sang, je ne m'attendais pas à ça.

— Pas de panique. On lui a adjoint un ange gardien. Elle va s'installer chez une amie à elle.

— Bon. Entre en contact avec le collègue chargé de l'accompagner là-bas et dis-lui d'appeler dès que la cliente est installée.

— C'est *une* collègue.

— Contacte *la* collègue, alors. Dis-lui d'appeler dès que Carmel sera installée. Je viendrai la voir. Ah, au fait, Marilyn, tu pourrais lancer une recherche à Hendon pour moi ?

— Bien sûr.

Elle posa la boîte de gâteaux, prit un stylo et s'assit au bureau de Souness pour jeter sur le papier les mots clefs qu'il lui donna. « Enlèvement », « effraction », « menottage » et « enfant » (entre cinq et dix ans). Il n'avait pas à prendre de précautions dans ce qu'il disait à Kryotos, qui était sans doute la personne la plus équilibrée de l'équipe. Quel que fût le crime traité, elle gérait les informations les plus horribles avec un calme qu'il lui avait envié en plus d'une occasion.

— C'est tout ?

— Non...

Il réfléchit un moment, referma le manuel et le remit en place.

— Voilà : ajoute « délinquant sexuel » à la liste, d'accord ?

— Entendu.

Elle ferma son stylo, se leva et ramassa la boîte de gâteaux. Elle s'arrêta une seconde et sourit en contemplant la chevelure encore emmêlée de Jack. Si quiconque laissait entendre qu'elle ressentait pour l'inspecteur principal Caffery plus que de l'amitié, elle rougissait aussitôt et sortait de son chapeau son mariage sans nuages et ses deux robustes enfants, Dean et Jenna — preuves que Jack et elle n'étaient que des collègues et des amis, et que leurs rapports se limiteraient toujours à ces frontières. La seule personne à être totalement convaincue de ces arguments était Caffery lui-même.

— Pain à la banane, dit-elle en tapotant le couvercle de la boîte. Dean m'a aidée à le faire. Je sais que ça peut paraître un peu dingue, mais tu peux le mettre dans le toaster, ajouter un peu de beurre dessus et, oh, Seigneur, tant pis si c'est moi qui le dis, mais c'est à mourir tellement c'est bon...

— Merci, Marilyn, mais...

— Mais tu prendras autre chose pour ton petit déjeuner ? Quelque chose qui forcément ne sera pas aussi délicieux ?

Il lui sourit.

— Je m'excuse.

— Sais-tu seulement que les autres feraient n'importe quoi pour mon pain à la banane ?

— Marilyn, je n'en doute pas une seconde.

— J'ai le temps, Jack, fit-elle en soulevant la boîte sur sa paume comme une serveuse et en se tournant vers la porte, nez relevé. Un de ces jours, je finirai bien par te faire craquer.

4

18 juillet

La demeure de Mme Nersessian, avec ses fenêtres à petits carreaux et la roue de charrette soigneusement peinte sur la façade, étincelait comme une pierre polie. Il fallut à l'occupante plusieurs minutes pour ôter toutes les chaînes de sûreté de la porte d'entrée. Caffery se rendit compte qu'il avait dû se faire une vague idée de l'apparence qu'aurait l'amie de Carmel Peach ; quoi qu'il en soit, cela ne correspondait en rien à Bela Nersessian : c'était une petite femme aux cheveux roux, à la peau olivâtre, portant de longues boucles d'oreilles et vêtue d'un corsage noir sur lequel ressortaient plusieurs colliers en or. Dès qu'elle vit le badge de Caffery, elle lui agrippa le poignet, avec ses doigts aux longs ongles vernis, et l'attira dans la maison.

— Elle est dans la chambre, la pauvre chérie, elle se repose un peu. Venez.

Ils gravirent l'escalier, passèrent devant des photos de famille encadrées, quatre représentations de la Vierge Marie dans des cadres nacrés, sous un lustre de verre taillé brillant de propreté. Bela Nersessian allait lentement, en se tenant à la rampe et en se tournant à moitié dans sa jupe serrée qui descendait jusqu'aux genoux. Tous les quatre ou cinq pas une idée lui venait, et elle faisait halte pour la lui exposer :

« Moi, à la place de la police, je sonderais ces pièces d'eau, dans le parc », ou bien : « Avant votre départ, si nous disions ensemble une petite prière pour Rory, monsieur Caffery ? Qu'en pensez-vous... ? »

Sur le palier, elle alluma une petite lampe à pied de cristal, tapota un coussin de soie jaune sur une chaise puis se campa devant la porte de la chambre. Elle lissa son corsage et inspira lentement. Enfin, elle frappa à la porte.

— Une visite, Carmel chérie, annonça-t-elle avant d'ouvrir la porte et de passer la tête à l'intérieur. Ah, tu es ici, chérie. Quelqu'un voudrait te voir, d'accord ?

Elle recula en s'effaçant et se hissa sur la pointe des pieds pour murmurer à l'oreille de Caffery :

— Dites-lui que je prie pour Rory, que nous prions tous pour lui.

La chambre sentait le parfum et la cigarette. Il y avait du satin rose partout — sur le lit, le radiateur, la coiffeuse, comme à l'intérieur d'une boîte à bijoux. Cette pièce était située à l'arrière de la maison. Par la fenêtre on avait donc vue sur le parc, mais peut-être la jeune femme policier assise très droite sur une chaise rose, dans un coin, avait-elle craint que cela ne trouble Carmel, car les rideaux étaient soigneusement tirés.

Sa collègue se leva à demi à son entrée et le salua d'un « Monsieur » respectueux avant de se rasseoir. Sur le flanc et tournant le dos à la porte, vêtue d'un ample T-shirt orné du logo de la Coupe du monde de Football 1998 et d'un pantalon blanc, reposait Carmel Peach. C'était une femme aux membres maigres et aux bras rouges et écorchés. Sur le lit, devant elle, un paquet de Superkings, un briquet et un cendrier en cristal. Il ne pouvait voir son visage, mais il remarqua les bandages à ses poignets. Tout le monde le savait, Carmel Peach avait essayé de toutes ses forces d'échapper à ses menottes pour porter secours à son fils.

Il referma la porte derrière lui et demeura immobile un moment. *Tu t'es déjà trouvé dans cette situation, Jack, pas vrai ?* Il se revoyait, bras ballants, sur le seuil de la chambre, tandis que sa mère effondrée pleurait toutes les larmes de son corps. *Mais cette femme, tout ce qu'elle souhaite, c'est que tu te barres d'ici au plus vite.*

— Vous êtes l'officier de police judiciaire, c'est ça ? fit-elle sans se retourner.

— Oui. Je fais partie du SRES. Est-ce que vous vous sentez un peu mieux ?

Elle gardait le regard fixé sur les rideaux.

— Est-ce que vous avez... Vous savez ?

— Madame Peach...

Elle leva brièvement une main, comme pour l'interrompre, puis la rabaissa.

— Dites-moi, simplement.

— Je suis désolé, fit-il en regardant tout autour de la pièce et en secouant la tête à l'adresse de la femme policier, heureux que Carmel ne puisse voir son désarroi. Je suis désolé. Nous n'avons rien de nouveau pour l'instant.

Pendant quelques secondes, elle ne répondit pas. Ses orteils nus se crispèrent, mais ce fut tout. Et puis, alors qu'il allait reprendre la parole, subitement, violemment, elle fit une sorte de saut de carpe sur le lit et s'enfonça les deux poings dans le ventre en grognant et en se contorsionnant. La femme policier fut à son côté en un éclair.

— Tout va bien, Carmel, tout va bien, dit-elle en lui prenant les mains dont elle caressa le dos avec ses pouces. Calmez-vous. Calmez-vous... (Lentement, Carmel se détendit.) Voilà, c'est bien. Nous savons que vous êtes bouleversée, mais vous ne voulez pas vous blesser, en plus, n'est-ce pas ?

Elle regarda Caffery, toujours tétanisé à l'entrée de la chambre. Il aurait dû la rejoindre, c'était lui qui aurait dû tenir les mains de Carmel de cette façon, mais il était incapable d'autre chose que de se souvenir — *Arrête d'y penser !* —, se souvenir de sa mère qui se mordait les avant-bras pendant que la police fouillait le domicile de Penderecki, de l'autre côté de la voie ferrée. Sa mère s'était mordue jusqu'au sang pour extérioriser la douleur qui la rongeait. Il se rendit compte qu'il était complètement désarmé face à la situation actuelle, tout comme il l'avait été devant le chagrin de sa mère.

La femme policier alla se rasseoir. Carmel s'était calmée. Elle semblait se concentrer sur sa respiration car il l'entendit prendre quatre inspirations profondes. Puis elle s'essuya le front d'un revers de main et demanda :

— Et Alek ? Dites-moi, pour Alek.

— Je... Il est toujours au King's Hospital. Ils font tout ce qui est en leur pouvoir pour lui.

— Mais ils ne pourront pas le sauver, c'est ça ?

— Ecoutez, madame Peach, je manquerais à mon devoir si je ne vous conseillais pas de vous attendre au pire.

— Oh, alors fermez-la ! Bordel, fermez-la, vous voulez bien ? s'écria-t-elle avant de se prendre la tête dans les mains. Faites revenir le toubib. Il faut qu'il me donne encore quelque chose. Regardez-moi, bordel ! J'ai besoin de quelque chose de plus fort que ce qu'il m'a donné...

— Madame Peach, je sais combien c'est difficile pour vous. Mais il est essentiel que vous nous disiez tout ce dont vous vous souvenez. Dès que j'aurai votre témoignage, je ferai revenir votre médecin traitant...

— Non, maintenant ! Donnez-moi quelque chose pour que ça s'arrête maintenant !

— Carmel, votre médecin vous a déjà donné quelque chose, et nous faisons tout ce que nous pouvons, tenta la femme policier.

Il avança d'un pas dans la pièce et saisit une chaise

de rotin rose, occupée par un ours en peluche. Il posa ce dernier sur le sol, approcha le siège et s'assit, coudes sur les genoux, buste incliné vers Carmel.

— J'ai mobilisé quinze de mes hommes et vingt policiers en tenue, sans compter je ne sais combien de volontaires. Nous prenons la chose très au sérieux, et nous y consacrons tous les moyens dont nous disposons. Lorsque nous aurons discuté de ce dont vous vous souvenez, je ferai venir ici un officier qui parlera avec vous. Il vous sera spécialement assigné, vous comprenez ? Il sera constamment à votre disposition.

— Mais je ne... (L'angoisse tordit son corps.) Je ne me rappelle rien de ce qui est arrivé. (Elle enfouit son visage dans ses mains et se mit à geindre doucement :) Oh, mon Dieu, mon petit a disparu et je ne me souviens même pas de ce qui s'est passé...

Depuis longtemps déjà, l'Association des nageurs amateurs avait modifié son code de conduite : en adéquation avec la conscience nouvelle de la société face aux abus sur enfants, l'association recommandait maintenant aux moniteurs de limiter au minimum les contacts physiques avec leurs élèves et de donner leurs cours à partir du bord du bassin. Toutes les piscines n'appliquaient pas ces règles, et souvent le choix d'entrer ou non dans l'eau variait selon le maître nageur, mais il y en avait un, au Brixton Recreation Centre, qui appliquait scrupuleusement cette recommandation. Il était arrivé assez récemment dans l'équipe, mais les autres membres avaient bien remarqué la distance que Chris « Fish » (« Le Poisson ») Gummer maintenait avec les enfants qu'il entraînait. De fait, à certains moments, il donnait même l'impression de ne pas les aimer du tout.

« Comme si les gosses le rendaient nerveux », disaient les autres moniteurs entre eux.

Ils l'observaient de loin, dans son caleçon de bain

rouge à cordon, toujours coiffé de son bonnet de bain également rouge, jugulaire sous le menton, alors qu'il ne se mettait presque jamais à l'eau. D'après eux, il ne mettait le bonnet que pour dissimuler une chevelure si fine que de loin il paraissait chauve.

« On se demande pourquoi il fait ce boulot. »

Ils échangeaient des idées sur ce que Gummer leur rappelait — un pingouin, un poisson, une bombe volante. La plupart des noms lui allaient plutôt bien, mais le poisson était probablement l'analogie la plus appropriée, d'où son surnom : un corps lisse, avec une tête plutôt petite et triangulaire, un ventre dodu, des cuisses puissantes mais des mollets comiquement fins, tout comme les chevilles, alors que les pieds, qu'il posait toujours à quarante-cinq degrés, étaient disproportionnés. La fine toison sur sa poitrine et ses jambes semblait disparaître dès qu'elle était mouillée.

« Tu dois avoir les pieds palmés », le raillait-on parfois.

Ce n'était évidemment pas le cas. Après la première remarque, cependant, il les avait examinés avec grand soin pour découvrir que ses orteils, loin d'être aplatis et spatulés, étaient longs et déliés. Toutefois, poisson ou pas, il faisait un maître nageur assez insolite. De plus, il était nettement plus âgé que ses collègues.

« Probablement un pervers.

— Impossible, il n'aurait jamais décroché ce boulot. »

On le leur avait enfoncé cela dans le crâne : cet emploi ne peut en aucun cas être tenu par quiconque aurait été reconnu coupable d'agressions sexuelles. Et la péremption n'existait pas pour cette règle. Ce qui ne les empêchait pas, ce jour-là aussi, d'y aller de leurs commentaires :

— A moins qu'il n'ait pas de casier, marmonna un des maîtres nageurs. S'il ne s'est jamais fait prendre.

— Ou s'il a changé de nom.

— Il ne pourrait pas changer de nom s'il avait un casier, pas vrai ?

— Il ne pourrait pas ? ironisa un des plus anciens maîtres nageurs en faisant craquer les articulations de ses doigts et en surveillant Gummer qui, au bord du bassin, attendait que deux gamines aient passé leur ceinture flottante. Et pourquoi pas ?

Les autres se turent et se tournèrent pour observer Gummer. Il semblait particulièrement tourmenté, aujourd'hui. C'était au tour des « Calmars », les enfants de six et sept ans, et les deux fillettes avaient à l'évidence des problèmes pour attacher leur ceinture flottante.

Gummer n'avait pas l'intention de s'accroupir pour les aider, c'était tout aussi évident.

— Vous êtes un peu lentes, aujourd'hui. Qu'est-ce qu'il y a ?

Derrière lui, deux autres gamins murmurèrent quelque chose. Il se retourna vers eux.

— Quoi ? Qu'est-ce que vous avez, tous ?

Personne ne lui répondit. Dans la galerie, les parents étaient plus nombreux que d'habitude, et certains élèves étaient absents.

— Il se passe quelque chose, dit-il en se retournant vers les deux fillettes. Est-ce que quelqu'un va me mettre au courant, à la fin ?

— Rory, lâcha soudain la plus grande des deux.

C'était une enfant à l'expression solennelle, originaire de Trinidad, aux cheveux coiffés en fines tresses ornées de perles, et qui portait un maillot rose à la gloire des Spice Girls. Les ongles de ses orteils étaient vernis de la même couleur.

— C'est à cause de Rory, dit-elle encore.

— Rory ? répéta Gummer en haussant les sourcils. De qui parles-tu ?

— Rory, de Donegal Crescent.

— Eh bien, qu'est-ce qu'il a ? Qu'est-il arrivé à Rory ? Vous le savez ?

Aucune des deux gamines ne répondit. La plus petite, à la peau plus sombre et portant un maillot deux-pièces, enfouit un doigt dans sa bouche.

— On a vu la police, fit-elle enfin.

— Et la police vous a dit ce qui se passait ?

Les deux fillettes s'entre-regardèrent, puis reportèrent leur attention sur le maître nageur.

— Alors ? Personne ne vous a dit ce qui s'est passé ?

— Non, répondit enfin la plus grande. Mais nous, on le sait quand même.

— Ah, vous savez ce qui s'est passé ? Eh bien, c'est que vous êtes très intelligentes, alors, non ?

Il posa les mains sur ses genoux et se pencha un peu en avant, les yeux étrécis. Il était très conscient de la surveillance dont il était l'objet depuis la galerie — les parents étaient assis ensemble, leurs petits yeux soupçonneux braqués sur lui.

— Alors ? Eh bien, que s'est-il passé ?

— C'est le troll.

— Tiens donc...

Il s'était demandé quand les enfants en parleraient. Il se redressa, ramassa plusieurs bouées et les lança dans le bassin. Après s'être essuyé les mains sur son T-shirt, il se retourna vers les deux fillettes.

— Le troll, hein ?

La plus petite contemplait ses pieds.

— Vous l'avez déjà vu, ce troll ?

— Non, répondit la plus grande.

— Alors comment savez-vous tout ça ? Est-ce qu'une seule de vos amies a déjà vu ce troll ?

La gamine haussa les épaules. Elle recroquevilla les orteils et tira nerveusement sur l'élastique de son maillot, en se tortillant comme si elle avait envie d'aller aux toilettes.

— Vous m'avez entendu ? Est-ce qu'une seule de vos amies a déjà vu ce troll ?

Elle opina du chef, mais sans relever la tête.

— Qui l'a déjà vu ?

— Il y en a plusieurs, dit-elle en laissant son regard errer sur la surface de l'eau, ce qui fit comprendre à Gummer qu'elle mentait. Le troll, il vit dans les arbres du parc.

— Ah oui ?

— Et il a escaladé le tuyau d'écoulement de la maison. Le tuyau de la maison de Rory.

— Je vois.

— Il est monté par là et il les a tous tués. Et puis il les a dévorés dans leur lit.

La fillette en maillot deux-pièces vert se mit soudain à pleurnicher.

— D'accord, d'accord, dit Gummer que ces larmes inattendues rendaient nerveux. Je crois qu'on conclut un peu vite, là. Personne ne sait ce qui s'est passé. (Il se déplaça pour faire écran entre les fillettes et les parents dans la galerie.) Personne ne sait encore si c'était le troll, n'est-ce pas ? Est-ce qu'on le sait ? Eh ? Est-ce qu'on le sait ?

Il réussit à lui arracher une dénégation silencieuse, mais la fillette ne cessait pas de sangloter, un doigt toujours enfoncé dans la bouche. Il se retourna et frappa dans ses mains à l'adresse des autres élèves.

— Bon, allez, il n'y a aucune raison de s'inquiéter. Et maintenant, tout le monde à l'eau. Ceux qui le veulent peuvent prendre une bouée.

Plus tard, alors qu'il rentrait chez lui avec son équipement dans son vieux fourre-tout rouge en bandoulière, il passa devant les grilles du parc et constata qu'elles étaient fermées et pourvues d'un écriteau de la police.

Inhabituellement agité, il poursuivit son chemin et, quand il arriva chez lui, il avala immédiatement ses cachets, avec un peu de café noir. Puis il alla se poster à la fenêtre. Ses mains tremblaient.

Nombre de fenêtres à Brixton offraient une vue sur le parc. Il y avait celles des tours jumelles au nord, celles des bâtisses à moitié construites du Clock Tower Grove Estate, et d'autres, comme celle de Gummer, qui appartenaient aux appartements HLM au-dessus des boutiques d'Effra Road. Il ouvrit la sienne et risqua la tête à l'extérieur. Donegal Crescent était distant d'un kilomètre et demi environ, et il ne put apercevoir les rubans tendus par la police ou le petit groupe de journalistes et de curieux rassemblés du côté de Tulse Hill, mais le calme ambiant le frappa. Par un jour d'été comme celui-là, le parc était en général ponctué des taches de couleur des robes et des vêtements d'enfants ; or aujourd'hui la vaste étendue boisée était plongée dans le silence, et il ne perçut que les bruits légers des insectes et le son lointain d'un autoradio sur Effra Road. Au-delà de la cime des arbres, il aperçut les pelouses vides qui couronnaient la colline. Il referma la fenêtre et tira le rideau.

Carmel pleura longtemps. Caffery et la jeune femme policier avaient échangé un regard embarrassé avant de se concentrer chacun sur la contemplation d'un morceau de papier peint. Enfin l'Ativan produisit son effet, diffusant une substance calmante dans les veines de Carmel, et elle cessa de sangloter. En tâtonnant, elle trouva le paquet de Superkings. Avec des gestes lents et imprécis, elle alluma une cigarette et approcha le cendrier. Alors seulement elle parla :

— Même si je leur ai déjà raconté tout ça ? Dans l'ambulance ?

— J'aimerais l'entendre de nouveau, au cas où un détail nous aurait échappé.

Mais son récit ne donna pas grand-chose de plus que ce qu'elle avait déjà dit à l'inspecteur de la police locale. Ils n'avaient que peu de détails nouveaux. Elle se remémorait ne pas s'être sentie très bien après le dîner, elle avait envoyé Rory jouer à la PlayStation avec Alek en bas, pendant qu'elle s'allongeait dans la chambre. Elle était ennuyée, car ils avaient prévu d'aller en voiture jusqu'à Margate le lendemain, et elle n'avait aucune envie de tomber malade maintenant. C'est tout ce dont elle se souvenait. Ensuite, elle s'était réveillée dans le placard-séchoir. Elle n'avait entendu aucun bruit anormal, n'avait remarqué aucune présence suspecte dans le voisinage et, à l'exception de son léger malaise, rien d'inhabituel ne s'était produit dans les quelques heures précédant le drame.

— On devait partir en vacances le lendemain. C'est pour ça que personne n'est venu nous voir. Ils ont dû croire qu'on était déjà partis, conclut-elle.

— Vous avez déclaré à mon collègue que vous aviez entendu un son qui vous avait fait penser à un animal ?

— Oui. Une respiration. Comme un reniflement. A l'extérieur du placard.

— Quand était-ce ?

— Le premier jour, je crois.

— Cela s'est-il reproduit par la suite ?

— Non. Seulement à ce moment-là.

— Bien. Pensez-vous qu'il y ait eu un animal chez vous ? Que l'intrus ait amené avec lui un chien, par exemple ?

Elle secoua la tête.

— Je n'ai rien entendu d'autre, pas d'aboiement, ni aucun de ces bruits que font les chiens. Et puis ce n'était pas un chien. Ou alors il se tenait sur ses... vous savez... (elle se tapota les mollets), sur les pattes arrière.

— Que pensez-vous que c'était ?

— Je ne sais pas. Je n'ai jamais entendu quelque chose comme ça.

— Pendant tout ce temps, avez-vous entendu Rory, ou Alek ?

— Rory... (Elle ferma les yeux et acquiesça.) Il pleurait. Dans la cuisine.

— Quand cela ?

— Juste avant que vous arriviez tous.

Ces mots provoquèrent un frisson en elle, comme si le souvenir la torturait physiquement. Elle écrasa sa cigarette, en alluma une autre, fut prise d'une longue quinte de toux. Quand enfin elle se fut ressaisie, elle s'essuya les yeux, puis la bouche, repoussa quelques mèches de cheveux sur son front et murmura :

— Il y a quelque chose que je ne leur ai pas dit, la nuit dernière.

Caffery leva aussitôt le nez de son calepin où il griffonnait. La femme policier le regardait fixement, les yeux agrandis par la surprise.

— Je vous demande pardon ? Vous pouvez répéter ?

— Il y a autre chose.

— De quoi s'agit-il ?

— Je pense qu'il a pris des photos.

— Des photos ?

— J'ai vu l'éclair du flash sous la porte du placard. Je l'ai même entendu enrouler la pellicule. Je suis sûre que c'était ça : des photos.

— Que pensez-vous qu'il ait photographié ?

— Je ne sais pas. Je ne veux pas savoir... (Elle se mit à trembler de nouveau, et se frictionna convulsivement les bras.) C'était tellement horrible ! J'étais molle, complètement molle, je suis restée assise là comme une souris terrorisée, pendant trois jours entiers ! Pas un instant je n'ai deviné qu'il allait emmener Rory. Si j'avais compris qu'il allait...

— Ne croyez surtout pas que vous ayez manqué de courage, Carmel. Regardez ce que vous avez infligé à vos bras dans vos efforts pour vous libérer. Vous avez fait tout ce que vous pouviez...

Caffery s'interrompit en comprenant que, s'il continuait, ce petit discours ne ferait qu'aggraver les choses. Il prit son attaché-case posé sur le sol.

— Je sais combien tout cela est pénible pour vous, mais nous avons absolument besoin que vous signiez un document. Ce n'est pas une déposition, seulement deux formulaires. Nous avons trouvé une photo de classe de Rory, et nous aimerions que vous nous donniez la permission de la reproduire, afin de la montrer aux gens. Et je me suis permis de prendre quelques affaires appartenant à votre fils, ainsi que ses cahiers scolaires...

— Ses vêtements ? Ses cahiers ?

— Pour les chiens. Et...

— Et ?

Et pour les prélèvements d'ADN, afin que nous ayons un moyen de l'identifier. Puisque, même s'il n'est pas question que je vous le dise, je pense, madame Peach, que votre fils est probablement déjà mort.

C'était un des mois de juillet les plus chauds que Londres ait connus depuis bien longtemps, et Caffery savait ce qui pouvait arriver à un corps exposé pendant quarante-huit heures à une telle canicule. Si Rory n'était pas retrouvé d'ici le lendemain matin, il ne serait pas question qu'il autorise un proche à identifier le cadavre.

— Et ? répéta la mère.

— Rien. C'est juste pour les chiens. Vous pouvez signer ces formulaires maintenant, si cela ne vous dérange pas ?

Elle accepta d'un hochement de tête et il lui tendit les documents et son stylo.

— Madame Peach ?

— Quoi ?

Elle avait paraphé les formulaires et les lui passait

d'un geste mou par-dessus son épaule, sans se retourner.

— J'ai un petit peu de mal avec l'âge exact de Rory, dit-il en prenant les papiers qu'il rangea dans son attaché-case. Certains des voisins disent qu'il a neuf ans. C'est exact ?

— Non.

— Non ?

Elle roula sur elle-même et pour la première fois lui fit face. Il se rendit compte qu'elle avait un regard complètement éteint, le même que celui de sa propre mère après la disparition d'Ewan.

— Non. Il aura neuf ans en août. Il a huit ans. Seulement huit ans.

Au rez-de-chaussée, Caffery s'arrêta pour remercier Mme Nersessian.

— Mais de rien, mon cher. La pauvre, je ne veux même pas imaginer ce qu'elle traverse.

Une propreté absolue régnait dans le petit salon encombré d'objets — un saladier à punch en argent sur la table cirée, une collections d'animaux en verre de Steuben sur des étagères, également en verre. Sur le canapé recouvert d'une housse en plastique, une fillette aux yeux noirs, d'une dizaine d'années, en short et T-shirt à raies rouges, regardait fixement Caffery sans desserrer les lèvres. Mme Nersessian claqua des doigts.

— Allez, Annahid. Va donc dans ta chambre. Tu peux regarder tes cassettes vidéo si tu veux, mais ne monte pas trop le son. La maman de Rory dort.

L'enfant décolla silencieusement ses cuisses du plastique et sortit de la pièce. Mme Nersessian se tourna vers Caffery et posa la main sur son bras.

— Nersessian. C'est un nom arménien. On ne rencontre pas des Arméniens tous les jours, et il faut que vous sachiez une chose à leur sujet : on n'entre pas chez eux sans être prêt à manger un petit quelque chose.

Elle disparut dans la cuisine, où il l'entendit s'affairer, ouvrant le réfrigérateur et les placards.

— Je vais vous donner un petit loukoum à la pistache, lança-t-elle par la porte, et un peu de thé à la menthe ! Ensuite, nous pourrons prier pour Rory.

— Non, je... Je suis seulement venu vous remercier, madame Nersian...

— Nersessian.

— Nersessian. Je me passerai de thé si cela ne vous ennuie pas, madame Nersessian. Nous nous efforçons d'agir le plus vite possible dans cette affaire, vous comprenez.

Elle réapparut sur le seuil du salon, un torchon à la main.

— Allons donc, mon cher, il faut que vous avaliez quelque chose ! Regardez-vous. Vous n'avez pas une once de graisse. Nous avons tous besoin de manger dans des circonstances pareilles. Pour garder courage.

— Je vous promets de revenir prendre le thé très bientôt. Dès que nous aurons retrouvé Rory.

— Rory... fit-elle en pressant une main sur sa poitrine. Rien que la mention de son prénom ! Pauvre petit ! Mais il est sous la protection de Dieu. Je le sens, au plus profond de mon cœur. Dieu veille sur lui et... Annahid ! s'exclama-t-elle soudain en regardant la porte derrière l'inspecteur. Annahid ! Je t'ai dit...

Caffery fit demi-tour.

— C'est le troll qui l'a fait.

La fillette se tenait sur le seuil de la pièce, et c'est à lui uniquement qu'elle s'adressait, avec la véhémence d'un courrier de la Résistance, ses grands yeux bruns assombris par la gravité.

— Le troll est descendu des arbres, et il l'a fait, lâcha-t-elle.

Mme Nersessian émit un claquement de langue

désapprobateur et chassa Annahid en agitant son torchon.

— Allez, allez ! dit-elle d'un ton sévère.

Puis elle se tourna vers Caffery et, les paupières mi-closes, remit de l'ordre dans sa coiffure pourtant impeccable.

— Toutes mes excuses, monsieur Caffery. Je suis vraiment désolée de cet incident. Mais vous savez les choses que les enfants inventent, de nos jours.

Il y a des maelströms, des tourbillons dans Brixton, comme nulle part ailleurs dans Londres. Le sang chaud et remuant des Caraïbes loge sous les plafonds austères des demeures du dix-neuvième siècle, et depuis les années 1990 une nouvelle catégorie d'habitants a investi ce quartier : la foule des artistes. Blancs, au départ. Et branchés. Ils se sont installés ici pour la « couleur » locale et puis, lentement, insidieusement, ils l'ont chassée. La *branchitude*, en toutes lettres. Sur le quai de la station, un jeune garçon évoquant un Dick Whittington moderne, bandana autour du cou, petit sac à ses pieds, se tenait bras croisés, une jambe repliée, pied posé contre le mur, ignoré par les nouveaux branchés de Brixton qui se bousculaient à coups de mallettes Gucci pour attraper une rame.

Durant ces vacances d'été, les rues fumaient. Les employés de la voirie de Lambeth avaient déjà chassé à grands renforts de jets d'eau les derniers *ravers* dans les entrailles du métro, et le soleil transformait en vapeur les dernières flaques sur le trottoir. Au-dessus du parc, un autre hélicoptère décrivait des cercles et sa carlingue accrochait parfois l'éclat du soleil. La camionnette de reportage d'une chaîne londonienne, attirée par les rumeurs qui couraient dans le sud de Londres, était passée au ralenti, en quête de quelque chose à se mettre sous la caméra. L'équipe à l'intérieur pouvait voir le vieux mouvement de piston des hommes en pleine enquête ; les policiers en uniforme avançaient en formation dans le parc, et d'autres silhouettes sombres, des inspecteurs, sillonnaient les rues avoisinantes.

Bonjour, madame, excusez-moi de vous déranger, je suis membre de la police judiciaire...

C'est à propos de ce qu'ils ont dit à la télé ce matin ? Le gamin ?

On frappait à la porte de chaque maison ; on ressortait par l'allée pour remonter aussitôt celle de la maison suivante.

Il y a eu un incident la nuit dernière. Pourriez-vous nous dire où vous vous trouviez ?

Je n'ai jamais aimé ce parc. Vous voyez ces arbres, là ? Il en sort toutes sortes de... choses. Ça m'inquiète un peu, moi, vous comprenez...

Les hommes de l'équipe de recherche, avec leurs manteaux rouges et leurs bâtons noir et jaune, étaient des professionnels, mais tous éprouvaient une sensation bizarre à fouiller les alentours des plans d'eau. On était en plein été et pourtant sous ces arbres régnait une atmosphère de forêt bavaroise, trop lourde pour Londres. Pour chasser cette impression désagréable ils plaisantaient entre eux, juraient que d'un instant à l'autre un allosaure ou une bestiole de cet acabit allait surgir de la végétation et les charger. Mais le cœur n'y était pas. Aucun d'entre eux ne se sentait très à l'aise. Et, de la surface des lacs, les hommes-grenouilles vérifiaient plus souvent qu'à l'habitude la présence de leurs collègues.

Caffery sortit de chez les Nersessian, roula une cigarette et longea un temps la lisière du parc, d'un faux pas de promeneur. Il n'aimait pas les bois, il ne les aimait pas depuis près d'un an maintenant. Ce n'était pas la vue des arbres, mais l'odeur. Celle des feuilles en décomposition, de l'humidité omniprésente. Cette odeur qui en une inspiration le catapultait onze mois plus tôt — à l'agression de Rebecca, à ce jour dont elle ne voulait pas parler, à ce mur qui se dressait entre eux. Alors la pression dans sa poitrine devenait si intense qu'il croyait qu'en baissant les yeux il verrait son cœur jaillir d'entre ses côtes.

Il tourna le dos aux arbres et observa les deux tours, Arkaig Tower et Herne Hill Tower. A cette distance, émergeant ainsi au-dessus de la forêt, elles offraient quelque ressemblance avec des châteaux du Rhin, mais, dès que l'on se rapprochait, elles apparaissaient pour ce qu'elles étaient : du verre et du béton sales. Au pied de ces édifices rébarbatifs, les préservatifs usagés et les seringues jonchaient le sol pelé ; des épaves humaines dormaient sous le soleil et les nuages de mouches. Une équipe du SRES avait été affectée là. En allumant sa cigarette, Caffery en repéra deux qui se déplaçaient sur les balcons. Il allait repartir vers l'est pour rejoindre ceux qui effectuaient l'enquête de voisinage sur Effra Road, lorsque sa nuque s'électrisa. Soudain il avait la sensation étrange que quelque chose se trouvait juste derrière lui. Le cœur battant la chamade, il fit volte-face. Mais il n'y avait rien, rien que l'équipe de recherche qui avançait en silence dans le parc, les insectes bourdonnant dans l'air trop chaud, la circulation sur Dulwich Road et quelques nuages duveteux suspendus là-bas, près de la ligne d'horizon. Il tira plusieurs bouffées rapides sur sa cigarette, la jeta dans une bouche d'égout. *Bon sang, Jack, et c'est toi qui trouves que les gars sont nerveux...*

Ce fut l'inspecteur Logan, du SRES, qui rendit visite à Roland Klare dans son appartement d'Arkaig Tower. Klare n'aimait pas la police, il ne lui faisait aucune confiance, et ce flic-là semblait particulièrement dédaigneux. En réalité, il lui parut beaucoup plus intéressé par la vue sur Brockwell Park que par les questions qu'il aurait pu lui poser. Planté devant la fenêtre, juste à côté du Pentax dans la boîte à biscuits, il contempla un long moment la cime des arbres.

— Jolie vue, laissa-t-il tomber.

— Oh oui, très jolie vue.

— Bien...

Logan tapota des deux mains le rebord de la fenêtre — tout près de l'appareil photo — et se retourna. Nez plissé, il survola d'un regard soupçonneux l'appartement, passant des piles d'objets hétéroclites sur les tables aux boîtes étiquetées et superposées dans les coins.

Klare ne détourna pas les yeux. Il s'attendait à cette réaction, il savait pertinemment que son système de rangement déroutait quelqu'un qui ne comprenait pas la raison qui le poussait à récupérer et à stocker. Mais tout était propre, personne ne pouvait dire le contraire, et cela excusait le fait que parfois il oubliait lui-même pourquoi il faisait cela, quand et comment tout avait commencé.

L'inspecteur s'assit sur le canapé, croisa les jambes et ramena les pans de son veston sur son ventre.

— Bien, répéta-t-il. A propos de cet incident, l'autre nuit...

— Oui ?

Klare s'assit à son tour. Il avait décidé qu'il pouvait répondre aux questions franchement, mais sans rien dire de l'appareil photo. Il plaça les mains sur ses cuisses, l'une sur l'autre, s'efforça de concentrer son regard et admit que, oui, il avait fait un tour dans le parc la nuit dernière, mais que, non, il n'avait rien vu d'inhabituel.

— Vous en êtes bien sûr ? insista Logan. Réfléchissez bien.

Ce que fit Klare. Il renversa la tête en arrière et ferma les yeux. La découverte de l'appareil photo n'avait rien d'inhabituel, décida-t-il. D'un point de vue personnel, ce n'était pas inhabituel. Idem pour les gants. Il suffisait de ne pas avoir les yeux dans sa poche pour remarquer tout un tas d'objets abandonnés ici et là dans le parc. Et puis, le Pentax avait de la valeur.

Il rouvrit les yeux et secoua la tête avec fermeté.

— Non. Non, rien d'inhabituel.

Et Logan parut se contenter de cette réponse.

Ensuite, Klare se posta à la fenêtre et regarda l'inspecteur quitter la tour, pas plus gros qu'un microbe, si bas au sol. Quand il eut la certitude que l'autre était vraiment parti, il ferma les rideaux du salon, pour repousser le soleil et la vue du parc, ramassa l'appareil photo et reprit ses efforts pour libérer la pellicule. Devant ce nouvel échec, irrité par la visite du flic et son attitude ouvertement désapprobatrice, il s'assit sur le canapé. Le souffle court, il regarda ses mains et ne bougea plus pendant très longtemps.

Pendant ce temps, dans Dulwich Road, Logan rejoignait les autres officiers. Il leva les mains, comme pour dire « rien de neuf ». Il ne soupçonnait nullement à quel point il avait été proche de la seule pièce à conviction qui aurait pu permettre au SRES de résoudre cette affaire.

5

L'illustration de l'artiste sur le grand panneau à l'entrée de Clock Tower Grove Estate, lotissement de la société Hummingbird Houses réparti sur le flanc est de Brockwell Park, montrait des arbres en fleurs et un ciel bleu. Des hommes d'affaires en costume et attaché-case marchaient sur les trottoirs bordés d'arbrisseaux et de réverbères terminés par des globes de verre. Le ciel était limpide, il n'y avait pas de traces de terre laissées par les engins de chantier, pas de fenêtres barrées d'un X en ruban adhésif. Les jeunes hôtesses du service d'accueil expliquaient accortement que l'ensemble n'était pas encore terminé, mais que tout serait prêt et livrable clefs en main pour le printemps, d'ici trois mois, et elles dirigeaient le curieux vers une entrée de côté, dans une rue latérale débouchant sur Clock Tower Walk, où l'on pouvait admirer les maisons mitoyennes de deux étages à l'arrière du lotissement, juste à la lisière de Brockwell Park, avec jardin et garage particuliers, deux cent quatre-vingt-quinze mille livres l'unité, terminées trois mois avant la date prévue. Une rue unique pour les cadres moyens qui financièrement ne pouvaient s'offrir le village de Dulwich, même au prix des plus grands sacrifices.

Une famille avait déjà emménagé, juste à temps pour les vacances d'été. Les balustrades et les boiseries extérieures étaient peintes d'un noir brillant et deux petits lauriers taillés en cône flanquaient la volée de marches menant à l'entrée. Sur le chantier un ouvrier venait souvent s'asseoir sur une pile de poutrelles pendant sa pause déjeuner, et il observait la blonde qui emmenait et ramenait son fils dans une Daewoo jaune citron. L'homme prenait soin de son corps — en ce moment, il suivait un régime riche en protéines — et lorsqu'il avait besoin d'un peu d'inspiration il venait regarder cette blonde. Elle était séduisante, mais pour lui sa surcharge pondérale gâchait sa beauté. En fait, quand il y réfléchissait, toute la famille aurait pu perdre quelques kilos. Ils n'avaient pas l'air en bonne santé. Les cheveux brillants, le teint bronzé, les vêtements de prix, rien de tout cela ne pouvait faire oublier cette graisse en trop, philosophait-il tout en mastiquant ses sandwichs au thon et au pain complet.

Cet après-midi de juillet, il avait passé une bonne partie de son temps à observer les équipes de recherche dans le parc, et il avait même répondu aux questions d'un inspecteur en civil qui était venu sur le chantier. Il rangeait ses outils et s'apprêtait à rentrer chez lui quand il aperçut un homme brun d'une trentaine d'années qui s'arrêtait devant la porte du numéro 5. L'ouvrier supposa qu'il s'agissait d'un autre policier ; cependant l'arrivant ressemblait plus à un type de la City, avec ses cheveux bien coupés, tout comme son costume. La blonde lui ouvrit.

— Bonjour.

Son visage paraissait plus fin sous la masse blonde de sa chevelure. Elle portait un pantalon blanc et un T-shirt marin rayé. Un vieux labrador noir apparut derrière elle.

— Bonjour, répondit Caffery en lui montrant son badge. Je suis l'inspecteur principal Jack Caffery.

— C'est à propos du petit garçon ? Le petit Rory ?

Elle avait de grands yeux aux iris presque argentés. S'il s'approchait assez d'elle, il avait l'impression qu'il pourrait y voir son reflet.

— Oui.

— Entrez, je vous en prie.

Elle saisit le chien par le collier, lui fit exécuter un demi-tour et invita Caffery à la suivre à l'intérieur.

— Venez donc, et refermez la porte derrière vous. Mon fils et moi sommes en train de préparer des truffes au chocolat. Nous avons terminé la partie la plus salissante, mais il faudra attendre que je nettoie un peu.

Elle s'arrêta dans le couloir et ouvrit une penderie. A l'intérieur, elle mit en marche le ventilateur.

— Désolée, il y a une odeur là-dedans... Vous la sentez ?

— Non.

— Mon mari prétend qu'elle n'existe que dans mon imagination.

— Les femmes ont un odorat plus développé que les hommes, paraît-il, fit Caffery avec diplomatie.

— Ah oui ? Ce doit être pour mieux détecter les couches sales.

— Votre mari est là ?

— Encore à son travail. Par ici.

Elle le précéda dans la partie arrière de la maison, une très grande pièce comprenant le salon et la cuisine, que séparait un comptoir posé sur des éléments de rangement. Sur la droite, une cuisine moderne : mobilier scandinave, bois brut et lucarnes, éclairage encastré et rangées de grands bocaux en verre. Sur la gauche, un salon très spacieux, inondé de lumière par les grandes fenêtres. Agencé de façon qu'on puisse préparer à manger, bavarder et regarder la télévision en même temps. Le confort familial moderne.

— Oh, salut ! lança Caffery.

— Salut.

Dans la cuisine se trouvait un gamin de huit ou neuf

ans, aux paupières légèrement tombantes et au nez pointu comme celui d'un elfe, ses cheveux courts dressés sur un front hâlé comme s'il revenait tout juste d'un match de volley sur la plage. L'enfant se tenait très droit, bras ballants, en feignant de n'avoir rien fait de répréhensible pendant que sa mère lui tournait le dos. Il était chaussé de tongs et portait un T-shirt sur un caleçon de bain bleu. Du chocolat maculait tout le pourtour de sa bouche.

— Ah oui, et voici ma petite canaille, Josh, dit-elle en repoussant les cheveux du front de son fils.

Caffery tendit la main.

— Salut, canaille.

— Ça va, maugréa Josh d'un air sombre en lui serrant la main. Je suis dingue, mais pas méchant.

Caffery acquiesça.

— Parfois, les dingues sont les pires.

— Et moi, c'est Benedicte Church, se présenta la blonde en serrant à son tour la main de l'inspecteur. Mais appelez-moi Ben, c'est plus court.

Elle posa les mains sur les épaules de son fils, dans un geste inconscient de protection. Pourtant elle ne ressemblait pas à la mère de famille typique. Elle avait énormément de charme, songea Caffery. Les jambes certes un peu courtes, mais des fesses bien rondes. Il se surprit à penser qu'il en faudrait beaucoup pour se lasser de ce genre de postérieur.

— Allez, dit-elle à l'enfant, va te débarbouiller, d'accord ? Ensuite, nous goûterons les truffes.

Josh passa dans les toilettes et lorsqu'elle entendit le robinet sa mère baissa un peu le menton et s'approcha de Caffery. Son sourire aimable s'était évanoui.

— C'est horrible, vous ne trouvez pas ? lui murmura-t-elle. Ils sont très vagues, à la télé. Je veux dire : est-ce que nous avons des raisons de nous inquiéter ?

— Se montrer prudent n'est jamais inutile.

— J'ai entendu l'hélicoptère, la nuit dernière, dit-elle en désignant le parc d'un mouvement de tête.

Quelques mètres après le grillage de leur petit jardin, à l'arrière de la maison, les arbres dressaient un mur de verdure aussi compact qu'au cœur de la forêt.

— Chaque fois que j'apprends qu'on recherche un suspect, je repense au siège de Balcombe Street. Et je suis sûre que la police va venir les traquer jusque chez nous, et que nous serons pris en otages pendant des jours entiers. Mais c'est toujours pareil, ajouta-t-elle en retrouvant son sourire, la paranoïa distrait les gens qui s'ennuient facilement. Un café ?

— Avec plaisir.

— Et je vous ferai goûter une... (elle désigna le plateau de chocolats)... une truffe, si vous vous sentez le courage de courir ce risque.

Elle remplit deux chopes, prit un sucrier en terre cuite et déposa le tout sur un plateau.

— Je vous en prie, asseyez-vous.

Il s'aventura dans le salon. Ici, les murs étaient d'un orange clair agréable à l'œil, nuance mandarine, songea-t-il, canapés et fauteuils tendus de lin clair lustré ; d'autres détails lui indiquèrent que la situation des Church était aisée — dont le téléviseur grand écran flambant neuf, avec encore un morceau de polystyrène accroché à un angle. Il prit place sur un des canapés face aux fenêtres. Le chien, qui s'était roulé en boule dans un rai de soleil, releva à peine une paupière pour le jauger, avant de reprendre sa sieste. Partout traînaient des cartons de déménagement à demi déballés.

— Vous venez d'arriver ?

Ben prit un carton de lait dans le réfrigérateur et emplit un petit pichet de verre.

— Il y a tout juste quatre jours. Nous sommes les premiers sur tout le lotissement. Et je sais que c'est dingue, mais dimanche nous partons passer dix jours en Cornouailles.

— C'est plutôt bien.

— C'est absolument super, si vous n'avez pas passé les dernières semaines dans les cartons. Cette maison a été terminée en avance sur la date de livraison, alors nous en avons profité. Mais nous ne pouvions pas non plus annuler nos vacances.

Josh réapparut et entreprit une approche stratégique des truffes.

— Nous n'allions quand même pas renoncer à Helston, n'est-ce pas ? Avec les phoques ?

— Nan, dit-il en s'asseyant sur un tabouret et en attirant le plateau de chocolats vers lui. C'est des vrais phoques, qui viennent de la mer.

Le chien se leva avec effort, marcha sans hâte vers Caffery, posa sur lui un regard douloureux et roula sur le dos.

— Salut, toi.

L'inspecteur se pencha et il commençait à gratter le ventre offert de l'animal lorsque quelque chose, juste au-dessus de la limite de son champ de vision, quelque chose, là, dans les bois, bougea soudainement. Il regarda aussitôt par la fenêtre. Pendant une fraction de seconde, il crut voir une ombre foncer entre les arbres, mais quoi que ce fût, animal, effet de lumière ou policier, cela avait disparu. Et Benedicte arrivait avec le café. Il brida son imagination.

— Merci, dit-il en prenant sa chope et en se rasseyant.

Il scruta une seconde la forêt par la fenêtre. Les arbres étaient immobiles, silencieux. Il n'y avait rien là-bas. Rien du tout.

— Vous êtes proches du parc, ici, dit-il d'un ton neutre. Très proches.

— Je sais.

— Où habitiez-vous, auparavant ?

— A Brixton.

— Brixton ? Mais je croyais que nous étions à Brixton, ici.

— Je veux dire le centre de Brixton. Coldharbour Lane. Je ne sais pas à quoi nous voulions le plus échapper : la drogue ou les branchés. Mais je ne connais pas vraiment Donegal Crescent et ce côté du parc... (Elle s'interrompit et regarda vers la cuisine, où Josh utilisait un couteau pour décoller les truffes de la plaque de cuisson.) Apporte-nous donc cette soucoupe, et ensuite tu pourras aller dans la pataugeoire.

— C'est pas une pataugeoire. C'est un...

— Je sais, je sais. Un endroit secret dans l'océan Pacifique, rectifia-t-elle en lançant à Caffery un regard complice. D'accord, apporte cette soucoupe et tu peux aller sur Tracey Island.

— Ça marche.

Satisfait de l'arrangement, Josh glissa du tabouret et vint déposer sur la table basse une petite assiette contenant quatre truffes.

— Parfait, dit sa mère en s'asseyant en face de Caffery. Fais-les passer, et ensuite tu es libre.

— Merci, dit l'inspecteur à l'enfant en prenant une truffe.

— Pas de problème.

Josh avait toujours une trace marron sur le menton, et une empreinte chocolatée séchait sur sa cuisse. Son visage prit une expression sérieuse, et il fronça les sourcils.

— Vous savez que c'est le troll, hein, m'sieur ?

Caffery suspendit son geste, le chocolat à mi-chemin de sa bouche.

— Pardon ?

— Allons, espèce de garnement, dit Benedicte en tirant son fils vers elle par le bas de son T-shirt. Donne-moi une truffe.

Josh baissa la tête.

— C'est le troll, murmura-t-il.

— Bien sûr, mon chéri.

Sa mère prit un chocolat et le mit dans sa bouche tout en levant les yeux au ciel à l'adresse de Caffery.

Mais Josh ne voulait pas en rester là :

— Le troll est passé par la fenêtre, et il a pris l'enfant dans son lit. (Il s'accroupit comme un gnome, afficha une grimace très laide, leva les mains devant son visage, comme des griffes, et il mima une créature en train de grimper.) Il a dû monter le long du tuyau d'écoulement, sûrement... (Il laissa retomber ses mains et regarda sa mère avec gravité.) Il dévore les enfants, m'man, je te jure.

— Josh, vraiment...

Benedicte croisa le regard de Caffery. Elle rougit, embarrassée, puis s'inclina et donna une petite tape sur la cuisse de son fils.

— Allez, maintenant, ça suffit. Nous ne voudrions pas que M. Caffery pense que tu es un bébé, n'est-ce pas ? Tiens, va mettre la soucoupe dans l'évier.

Le troll.

Plus Caffery questionnait Josh et plus les propos de l'enfant se faisaient étranges et embrouillés, pour en revenir toujours à ce fait central : le troll vivait dans les bois et il mangeait les enfants. Benedicte Church était très gênée que son fils prenne les racontars des enfants du coin pour argent comptant.

— Vous savez comment ils sont, ils adorent s'effrayer entre eux, dit-elle. Ils sont tellement impressionnables, à cet âge...

A quel âge ? eut-il envie de répliquer. *A trente-cinq ans, comme moi ?* Parce qu'une image du troll commençait déjà à se former à la limite de sa conscience. En fin de journée, quand il quitta Clock Tower Grove, il était possédé par le besoin irrépressible de s'éloigner au plus vite du parc, alors que le soleil mourant embrasait l'horizon, sur lequel se découpaient les silhouettes des hommes des équipes de recherche, harassés et sans illusion. Une sensation diffuse croissait en lui. Il n'aurait pu définir son origine, ni l'expliquer par des mots. Mais cela viendrait, il en était certain. Cela viendrait.

— Troll ? demanda-t-il plus tard à Souness dans leur bureau commun. Ça a un sens particulier pour vous ? Un troll ?

Souness passa la paume de sa main sur ses cheveux et se rembrunit. Elle revenait de la conférence de presse, et des traces de maquillage marquaient le col de son chemisier. Assise à son bureau, elle regardait fixement l'écran de son nouveau portable et pressait des touches avec le pouce, un peu au hasard.

— Hein ? fit-elle en levant les yeux vers lui. De quoi parlez-vous ?

— Dans Brixton, les gamins n'arrêtent pas de parler d'un troll. Partout où je suis allé, j'ai entendu ce mot.

— Le seul troll que je connaisse est un terme d'argot de San Francisco, et il désigne un vieil homosexuel qui aime ses petits poulets. Ses bébés. Un vieux gay très dégueulasse qui ne veut de rapports sexuels qu'avec de très jeunes garçons. Le méchant corbeau pervers, dans l'arbre, qui guette les poussins au sol, si vous préférez.

— Alors ça signifie seulement un pédophile ?

— Pour ce que j'en sais, ouais.

Il s'assit, appuya le menton sur sa main et contempla son reflet qui se superposait aux longs serpents de lumière de Londres dans la vitre.

— Vous avez reçu le message, à propos des photos ? demanda-t-il. Carmel a eu l'impression qu'il avait pris des photos pendant qu'il se trouvait chez eux.

— Ouais, fit-elle. J'ai déjà mis quelques gars sur cette piste.

— S'il y a des photos qui circulent quelque part dehors... Merde, souffla-t-il en secouant la tête, écœuré.

— Je sais. Vous n'aimeriez pas les voir ?

Il haussa les épaules.

— A votre avis ?

Il était près de minuit, et il fallait qu'ils rappellent les différentes équipes. Personne n'avait rien trouvé. Aucun signe de Rory dans le parc. Aussi Souness avait-elle élargi la zone afin d'englober toutes les rues voisines du parc. On avait fouillé les abris de jardin, les garages, les propriétés désertes. Toujours pas trace de l'enfant. Chaque habitant du quartier avait été interrogé, sans le moindre résultat. Rory Peach avait disparu dans l'une des zones urbaines les plus peuplées de tout le pays sans que personne remarque rien d'anormal. Personne dans Donegal Crescent n'avait entendu le bruit de verre brisé ce vendredi-là, et personne n'avait entendu ou vu l'intrus quitter la maison des Peach avec Rory. Les médias avaient passé la journée entière à harceler le SRES pour obtenir des infos, mais il n'y en avait pas. Ils en savaient à peu près autant que la veille à la même heure. Une phrase dite par un policier à sa mère vingt-cinq ans plus tôt ne cessait de résonner dans l'esprit las de Caffery : « Vous devrez accepter de ne peut-être jamais savoir. » Les gars de l'équipe prenaient très mal cet échec. Depuis deux nuits, un enfant était séparé de sa famille, et il avait fallu remonter le moral à deux des plus jeunes inspecteurs, que guettait une dépression larvée.

— Et bizarrement, dit Souness en éteignant le portable qu'elle empocha, je pense que c'est exactement ce qui vous tracasse.

Caffery, qui avait reculé sa chaise et se demandait s'il n'allait pas ouvrir le fourre-tout où ils gardaient la provision de scotch, se redressa. Il plaça les mains bien à plat sur le bureau et s'immobilisa, presque comme s'il n'avait rien entendu. Puis il lui lança un regard en biais.

— Quoi ?

— Ce que je veux dire, c'est que... (Elle se laissa aller contre le dossier de son siège, ouvrit le bouton supérieur de son pantalon pour donner un peu de confort à son ventre, pour la première fois de la journée.) Voilà : je pense que tout ça ressemble un peu trop à ce qui est arrivé à Ewan.

Ce n'était pas un jugement, elle ne se moquait pas de lui, pas plus qu'elle ne le lui reprochait.

— D'accord, fit-il en levant une main. Vous pouvez arrêter là.

Toute référence à Ewan lui donnait l'impression de réveiller ce qui somnolait vicieusement à la lisière de sa conscience, et d'enfoncer des doigts griffus dans les replis les plus secrets de son esprit. Lui-même ne prononçait que très rarement le prénom de son frère... *Et entendre quelqu'un le faire avec un tel calme, comme si ce prénom n'était pas différent de Brian, ou Dave, ou Gary... C'est... Seigneur, c'est comme de trouver un cheveu étranger dans sa bouche...*

— Je suppose qu'à ce stade je dois vous demander comment il se fait que vous soyez au courant ?

— Tout le monde est au courant.

— Génial. Vraiment génial.

— La moitié de l'équipe B se trouvait à votre soirée lorsque Ivan Penderecki a... Enfin, bon, évitons d'en parler maintenant, d'accord ? Mais Paulina continue de recevoir des renseignements sur lui par l'unité antipédophilie, de temps en temps. A part se faire les ongles et ajouter des zéros à mon découvert, elle a creusé un peu et, euh, un fait intéressant a surgi. Penderecki est cité dans la disparition d'un enfant remontant à vingt-cinq ans. Le nom ? Ewan Caffery. Or il se trouve que c'est le nom de famille d'un certain inspecteur principal Jack Caffery de ma connaissance, et il n'en faut pas plus pour qu'une vieille peau soupçonneuse comme moi en tire certaines conclusions.

Elle ouvrit le fourre-tout, en sortit la bouteille de Bell's, versa deux généreuses rations d'alcool dans des chopes et en poussa une au milieu du bureau avant de se renverser dans son siège.

— Tenez. J'étais au courant avant de commencer à travailler au SRES, Jack. Avant même de vous avoir rencontré.

Caffery attira la chope à lui et s'écroula sur sa chaise.

— Eh bien, alors bienvenue dans mon cauchemar, commissaire Souness. Heureux d'apprendre que vous en profitez depuis aussi longtemps.

— Ah, je vous trouve un peu timoré sur ce coup, vous savez ? Il n'y a pas de loi qui vous interdise de voir ça comme une inquiétude sincèrement amicale, inspecteur principal Caffery.

— Ouais...

Il contempla l'intérieur de sa chope. A mi-hauteur, il vit un cercle de café séché.

— Oh, allons, Jack. J'essaie seulement d'aider, même si je ne suis pas très fine.

— Je sais. Ecoutez, je vous présente mes excuses. Mais je suis un peu...

Il crispa un poing contre sa poitrine.

— Un peu serré par là, hein ? (Elle but son scotch d'un trait et entreprit de se resservir.) Je sais. Je comprends. Et si vous portiez plainte contre Penderecki ?

Elle attendit la réponse, qui ne vint pas.

— Allô, Jack ? Déposez plainte, l'affaire sera rouverte et c'est quelqu'un d'autre qui restera debout toute la nuit à se triturer les méninges à ce sujet.

Il secoua la tête avec lassitude.

— Non, ça va.

— On vous l'a déjà suggéré ?

— Je ne compte plus le nombre de fois. Il est trop

malin. Il retournerait la situation à son avantage, et en moins de deux je serais celui qui se retrouve dans le collimateur de l'opinion, sinon de l'inspection des services. Plainte malveillante, harcèlement, bla-bla...

— Ce n'est pas plutôt parce que vous savez qu'on ne vous autorisera jamais à vous mêler de l'affaire ?

— Il y a cela aussi, oui. Ce détail ne m'a pas échappé.

— Vous êtes un petit peu trop sensible, m'est avis.

— Merci. Je crois que je vais prendre ça comme un compliment.

Souness eut un sourire fugitif.

— Je ne tiens pas à ce que l'affaire Peach vous secoue plus qu'elle ne le doit. Je ne veux pas qu'elle interfère dans votre vie privée. C'est le petit souci que j'ai à votre égard.

Caffery essaya de la remercier d'un sourire. C'était maintenant qu'il devait le dire — qu'il ne devrait sans doute pas du tout s'occuper de cette affaire, qu'elle avait raison, que déjà tout ça débordait et le minait. Au lieu de quoi il s'essuya le front, vida sa chope et déclara :

— Ewan avait neuf ans, Rory en a huit. Je n'avais même pas fait le rapprochement.

Il se leva, alla jusqu'à la porte et héla Logan avant de revenir s'asseoir. L'inspecteur entra un instant plus tard dans la pièce et eut l'air étonné de les trouver ensemble. Il toussota d'un air gêné, comme s'il avait interrompu quelque chose.

— Désolé, fit-il.

— Je veux ajouter un autre paramètre aux recherches. Vous savez comment utiliser le Système de recherches criminelles, n'est-ce pas ?

— Oui, monsieur.

— Demain, demandez à la police du secteur de fouiller dans leurs archives sur les dix dernières années, pour le même mot clef : « Troll ». Cherchez si quelqu'un est au courant de l'existence d'un pédophile dans Brockwell Park qu'on surnommerait le « Troll »... (Il remarqua alors le sourire que tentait de réprimer Logan.) Quoi ? Quelque chose d'amusant ?

— Rien, monsieur.

Mais avant que l'inspecteur baisse les yeux il surprit son rapide regard vers Souness — les boutons supérieurs de son chemisier ouvert, la bouteille de scotch bien entamée devant elle. Caffery avait ôté sa cravate, et les bottes du commissaire traînaient sur le sol.

— Rien, répéta un Logan rougissant en tournant les talons. Le SRC et les archives. C'est parti.

Caffery referma la porte et se retourna. Souness avait posé les coudes sur ses genoux, visage enfoui dans les mains, et riait tant que ses épaules tressautaient.

— Vous arrivez à croire ça ? hoqueta-t-elle en relevant vers lui un visage empourpré par l'hilarité. Oh, j'adore ! J'adooore ! Je me fais mettre par le Casanova de la police métropolitaine ! (Elle essuya son visage.) Non mais, regardez-moi ! Il y a marqué *Gouine de choc* sur mon front, mais ils ne savent toujours pas lire ! C'est comme si un panda géant entrait dans le service, ils diraient : « Ouais, ça ressemble à un panda géant, ça a l'odeur d'un panda géant, mais ça ne peut pas être un panda géant, parce que qu'est-ce qu'un panda géant foutrait ici, hein ? »

Malgré lui, Caffery joignit son rire à celui de Souness. Plus tard, il l'arrêta avant qu'elle ne sorte du bureau :

— Danni, je vous ai mise en retard avec Paulina. Désolé.

Le petit cottage de Caffery semblait endormi. Il gara sa vieille Jaguar fatiguée à côté de la Coccinelle noire de Rebecca et entra en défaisant sa cravate. En dépit de l'heure, elle était toujours éveillée — il entendit du bruit provenant du salon, à l'arrière de la maison, et dans l'entrée il vit une paire de chaussures ouvertes en métal vert, aux talons éraflés, abandonnées au hasard. Il eut une légère hésitation, comme toujours ces derniers temps, en se demandant de quelle humeur elle serait, avant d'ouvrir la porte du salon.

Elle faisait la chandelle sur le canapé et riait en remuant ses orteils nus. Elle portait un short kaki et un de ses T-shirts gris. Une bouteille de Blavod était appuyée de guingois contre un coussin, et un cigarillo fumait dans le cendrier.

— Heureuse ?

— Oh !

Elle laissa retomber ses jambes et se remit à l'endroit sans cesser de sourire. Avec soulagement, il vit qu'elle était calme. Eméchée, mais paisible.

— Tu as l'air bien.

— Bof.

Un CD jouait en sourdine une mélodie douce.

— Suis saoule...

— Espèce de poivrote, dit-il en se penchant pour l'embrasser. Je t'ai appelée toute la journée.

Il passa dans la cuisine, accrocha son veston à une patère au dos de la porte, et prit le Glenmorangie et un verre.

— J'étais à Brixton, avec tout un tas de gens. Ils me prennent pour Dieu, ou quelque chose comme ça.

Il ôta ses chaussures, s'écroula sur le canapé et ouvrit la bouteille.

— Tu n'as pas de pudeur. Tu n'es qu'une petite poule égocentrique.

— Je sais.

Elle fit un long serpent torsadé de sa chevelure châtain, qu'elle passa sur une épaule, et s'assit à califourchon sur lui. Elle avait des jambes de gymnaste bien dessinées, toujours légèrement bronzées, de la couleur de l'huile de sésame. Après une demi-bouteille de scotch, Souness avait un jour admis : « C'est la sorte de femme qu'on ressent juste là, entre les cuisses. » Rebecca posa les avant-bras sur les épaules de Caffery et colla un baiser humide dans son cou.

— J'ai vu quelqu'un que je connaissais aux infos, dit-elle. De dos, mais ça m'a suffi pour savoir que c'était toi. Et tu avais l'air vraiment ébranlé, même à cette distance.

Il but un verre, se resservit et entrecroisa les doigts dans les siens. Ces trois derniers jours, ils n'avaient pas passé beaucoup de temps ensemble — il s'en était rendu compte le matin même, quand le seul crissement léger d'une paire de bas, au bureau, avait fait perler la sueur à son front.

— Tu dois être crevé.

— J'ai une rotation de quatre heures. Je dois être au bureau à cinq heures.

— C'est pour le petit garçon, n'est-ce pas ?

— Euh, oui.

Il lui prit la main et étudia ses doigts, compara ses ongles nacrés aux siens. Celui de son pouce gauche était noir, d'un choc qui ne voulait pas disparaître. Son stigmate personnel, qui remontait au jour où Ewan avait disparu, et qui était là depuis vingt-cinq ans.

— On ne parle pas de ça, d'accord ?

— Et pourquoi ?

Pourquoi ? Parce que Ewan se superposait déjà obstinément à l'image de Rory Peach : *Tu l'as sentie, Becky, je sais que tu as déjà senti la similitude des deux cas et, si nous commençons, si je te laisse m'enferrer dans cette discussion, nous parlerons d'Ewan avant que je puisse tout arrêter, et alors l'ambiance changera et je dirai quelque chose sur toi, peut-être, et Bliss, et...*

— Parce que je suis fatigué. J'ai été sur cette affaire toute la journée.

— Très bien...

Elle réfléchit une poignée de secondes, puis :

— Alors, fit-elle en glissant les doigts sous sa chemise avec un sourire, que penses-tu de ce sujet ? Tu as envie ?

Il soupira et posa son verre sur la table.

— Bien sûr.

Elle eut un petit rire.

— Oui, c'était une question stupide. Quand n'as-tu pas envie, n'est-ce pas ?

— Je croyais que j'en avais constamment marre.

— Non, tu en as constamment envie, voilà la vérité. Tu en as marre seulement entre deux érections.

— Viens par ici... (Il passa les mains sous le T-shirt de la jeune femme.) Tu as vu *Time Out* ?

— Je sais...

Elle entreprit de déboutonner sa chemise. Quand les doigts de Caffery effleurèrent ses seins et qu'il pressa légèrement les mamelons entre le pouce et l'index, elle ferma les yeux.

— Je suis super, hein ? souffla-t-elle d'un ton rêveur, en renversant la tête. Oh, Seigneur, c'est bon... Tu as lu l'article, alors ?

— Oui. Je suis fier de toi.

Mais il mentait. Il se déplaça de quelques centimètres sur le canapé et glissa les mains sur sa peau, qui était comme de l'huile contre ses doigts impatients, sur toute la largeur de son pelvis, puis en remontant sur les muscles fermes de son ventre. Rebecca lui avait dit que son corps s'était métamorphosé depuis que ses œuvres avaient du succès — elle prétendait que sa peau était devenue plus douce, sa taille plus mince ; qu'elle n'avait plus de cals aux pieds et que ces derniers temps elle marchait plus lentement. Mais ce que Caffery voyait était à l'opposé : toute sa personne s'était durcie, comme aiguisée. Et il savait que ce changement trouvait sa genèse dans l'agression. Et Bliss.

Ses dernières créations reflétaient cette métamorphose, en particulier les sculptures. Avant l'agression, le travail de Rebecca était très différent. A présent les couleurs étaient plus rares, et ses œuvres plus violentes. Quelque chose en elle avait changé, mais elle désirait encore Jack. Alors il était là, toujours attiré par elle, d'une façon aussi désespérée qu'impuissante, amoureux d'elle en dépit de ce qu'elle était devenue. La simple odeur d'un de ses cigarillos dans un cendrier suffisait à éveiller son appétit sexuel.

Il rouvrit les yeux et contempla son visage au-dessus de lui, paupières closes, un sourire serein et distant sur ses lèvres. *Je devrais fermer les rideaux*, songea-t-il distraitement, et il jeta un coup d'œil vers le rectangle noir de la fenêtre. Il y surprit la tache blanche d'un visage, l'impression d'un mufle pressé contre la vitre, la vapeur translucide d'un souffle excité sur le verre.

— Merde ! s'exclama-t-il en tirant le T-shirt de Rebecca vers le bas.

— Quoi ?

— Bouge-toi. Vite.

Il la fit rouler sur le côté, bondit sur ses pieds et courut ouvrir la porte-fenêtre. Penderecki avait atteint le bas du jardin et courait vers le grillage. Caffery fonça et parcourut la quinzaine de mètres en quelques secondes, mais son voisin avait tout prévu. Il avait apporté une caisse de lait en plastique dont il se servit pour franchir l'obstacle, puis il se fondit dans la végétation touffue qui envahissait la tranchée de la voie ferrée, ne laissant derrière lui que le son de sa respiration sifflante. Pieds nus et chemise ouverte, Caffery ramassa la caisse et la lança dans sa direction.

— Refais ça et je te tue !

Il s'immobilisa, à moitié nu dans le jardin que sa mère avait planté, et suivit du regard la silhouette abhorrée du vieil homme qui se frayait un chemin dans les broussailles.

— Je suis sérieux ! Je vais te tuer, Penderecki !

Il accrocha ses doigts dans les croisillons du grillage, laissa sa respiration se calmer.

Ce n'est qu'une nouvelle manière pour lui de remuer la fange. Ignore ça. Ignore-le...

Il baissa la tête. Ignorer Penderecki était la tâche la plus difficile qu'il se soit jamais imposée. Parfois sa seule présence de l'autre côté de la voie ferrée était comme la sonnerie du téléphone chez un voisin par un après-midi très calme. Son corps réagissait instinctivement, voulait réagir, alors que son esprit le freinait. *Ne réponds pas, ne réponds pas*. Avec ce don de malignité extrême qui le caractérisait, Penderecki égrenait savamment les provocations, au moins une par semaine : un appel téléphonique étrange un jour, un mot griffonné ou une lettre quelque temps plus tard, pour nourrir Caffery de théories sur le sort d'Ewan. Elles étaient imaginatives, et variées, et Jack avait appris à ne pas en tenir compte.

Ewan était mort sur le coup, percuté par un train dont la vitesse effarante avait transporté son petit corps fracassé très loin de la zone fouillée par la police ; il avait survécu, mais plus tard il était mort de faim dans une caravane où Penderecki l'avait caché, sur un terrain isolé, pendant que la police fouillait sa maison ; il avait survécu et été l'amant de Penderecki jusqu'à cette nuit où, subitement, il avait cessé de respirer ; il était en vie, et en bonne santé, et Penderecki en avait fait un pédophile qui maintenant opérait à partir d'Amsterdam pour alimenter des réseaux... N'importe laquelle de ces lettres aurait pu briser la volonté de Caffery. C'est pourquoi il devait absolument continuer à les ignorer toutes.

Une main se posa sur son épaule. Il sursauta.

— Rebecca ? Désolé.

Il tremblait encore de colère.

— Ce n'est pas ta faute. Ce type n'est qu'une merde.

— Il essaie de me provoquer.

— Je sais, dit-elle en déposant un baiser sur sa nuque. Il ne rend pas les choses faciles.

Il chercha sa réserve de tabac et sa pochette de feuilles dans son pantalon.

— Ouais, grommela-t-il, il n'a jamais rendu les choses faciles.

Elle lui enserra la taille de ses bras et ils restèrent ainsi, en silence, à scruter les ténèbres au-dessus des rails de chemin de fer. A observer la lumière qui éclaira une, puis plusieurs fenêtres dans la maison de Penderecki. Celui-ci semblait avoir décidé de passer à la vitesse supérieure. Depuis un mois, il accentuait la pression. Jack avait trouvé la dernière lettre sur le pas de sa porte trois jours plus tôt seulement.

Cher Jack,

Le momant est maintenant venu de vous dire la vérité sur se qui est arrivé à votre frère, et vous saurez que c'est vrai quand je vous dirais que se que je dis est la vérité, la plus grande des vérités, pas parce que je suis désolé pour vous non mais parce que j'ai des remorts et que vous méritez de connaitre la vérité vraie.

Il n'a pas soufert, Jack, et il n'a pas eu peur parce que c'est se qu'il voulait. Quand je l'ai dépucelé et quand je lui ai dis de sucer ma bite il l'a fait parce qu'il avait ENVIE de le faire. Il m'a dit qu'il ferait n'importe quoi pour moi, que même il mangerait ma merde tellement il m'aimait. C'est vulgaire pour vous et pour moi, mais s'est les mots de votre frère, Jack, de votre seul et unique frère, et je sais que vous comprendrez que ses mots sont SACRE'S et que vous ne croirez pas que je les ai invantés. Et de toute manière il faut que je vous dise que sa s'est terminé parce que s'était un accidant, et rien de plus qu'un accidant, et pas parce que je voulais qu'il lui arrive du mal mais parce que s'était rien qu'un accidant. Il est en paix, maintenant. DIEU NOUS BAINISSE TOUS.

Et maintenant cet espionnage, ces intrusions dans son jardin. Caffery se roula une cigarette. Rebecca l'embrassa encore sur la nuque, puis elle s'écarta et marcha jusqu'au vieux hêtre. Elle pressa les deux paumes contre le fût.

— C'est là que vous aviez construit votre cabane, non ?

Il baissa la tête et alluma sa cigarette.

— Oui.

— Alors... (Elle plaqua l'oreille contre le tronc de l'arbre, comme si elle voulait percevoir son pouls, puis regarda en l'air, vers l'éventail des branches.) Comment pouviez-vous... Oh, je vois.

— Rebecca...

Mais, avant qu'il ait pu l'en empêcher, elle avait commencé à grimper à l'arbre en s'aidant des poignées métalliques vissées dans le bois par leur père pour ses deux fils. Elle s'accroupit tel un gnome dans une fourche de branches. *Etonnant comme un arbre peut convenir au corps humain*, songea-t-il en la contemplant. *Etrange que nous ayons un jour quitté la sécurité des feuillages et des ramures pour les incertitudes du sol...*

— Viens ! lança-t-elle. C'est super, d'ici.

D'une pichenette il envoya la cigarette dans la tranchée de la voie ferrée et, à contrecœur, la rejoignit. Les arceaux d'acier étaient toujours familiers sous ses mains. La nuit était claire, le ciel saupoudré d'étoiles. Quand il arriva à hauteur de Rebecca, il s'adossa contre une branche, les deux pieds calés contre une autre. Derrière elle, au-delà du toit des maisons, le faisceau vert du laser dans Greenwich Park découpait le grand dôme de l'obscurité.

— C'est bien, hein ?

— Peut-être.

Il ne montait que rarement ici. Une fois par an, peut-être, et jamais depuis qu'il connaissait Rebecca. Il avait pensé que le voir perché là, à ressasser le passé, lui aurait déplu. La vue n'avait pas beaucoup changé. Toujours la longue cicatrice de la voie ferrée, et la maison de Penderecki, de l'autre côté : pas repeinte depuis des années, les gouttières à l'abandon, l'arrière couvert de mousse. Aussi incongrue au milieu des autres demeures bien entretenues que celle, condamnée, dans la rue près du domicile des Peach.

Ça va, se morigéna-t-il. *Tu n'établis plus ce genre de liens. Rory n'est pas Ewan et Ewan n'est pas Rory. Reprends-toi, mon vieux.*

— Quand il était bébé, Zeus vivait dans un arbre, chantonna Rebecca qui souriait et laissait pendre ses jambes dans le vide. Il était accroché dans un berceau et nourri par les abeilles. Arrête de penser à lui. (Subitement, elle lui avait saisi la main.) Allons, arrête. Je sais que tu es en train de penser à Ewan.

Il ne répondit pas, mais dégagea sa main et tourna son attention vers la voie ferrée.

— Seigneur, fit-elle en levant les yeux vers le ciel étoilé. Tu ne comprends donc pas ce qui se passe ? Penderecki te fait tellement bien marcher que tu trimballes ça partout avec toi, et plus il te harcèle, plus tu t'enfonces. Tu te laisses bouffer vivant par ça, par Ewan, par ce... (du menton elle désigna la maison voisine)... par ce pervers.

— Plus maintenant, Rebecca...

— Tu parles ! Regarde-toi. Un misérable connard obnubilé, recroquevillé sur son passé, qui sort dans le jardin la nuit avec l'air d'avoir été traîné hors des Enfers par les talons, et tout ça à cause d'Ewan. Tu le portes en toi, Jack, il est avec toi partout où tu vas. La moindre chose te fait exploser. Et maintenant tu as une affaire criminelle à résoudre qui est similaire...

— Rebecca...

— Et maintenant tu as une affaire criminelle à résoudre qui est similaire, répéta-t-elle, et Dieu seul sait ce qui va se passer. Comment parviendras-tu à te contrôler ? Quelqu'un sera blessé, ce sera peut-être même toi. Tu risques même de finir comme Paul...

— Ça suffit, siffla-t-il en levant une main. Suffit.

Il savait ce qui allait suivre. Il savait que Paul Essex, l'inspecteur qui avait participé à la traque frénétique de Malcolm Bliss, personnifiait par sa fin toutes les craintes de Rebecca à propos de son travail. Essex était mort, étendu sur le dos dans une forêt du Kent, son sang imbibant le sol, et Caffery n'avait gardé de lui que son permis de conduire, qu'il avait pris dans le portefeuille de son ami avant de rendre ses papiers à ses parents. Peut-être était-ce ainsi que Rebecca imaginait la fin de Jack Caffery.

— Il n'a rien à voir avec tout ça...

— Oh si ! rétorqua-t-elle avec un claquement de langue exaspéré. Parce que si tu ne te calmes pas, ça risque de t'arriver, à toi aussi. Si tu n'arrives pas à te débarrasser d'Ewan. Et tu le sais. Tu sais que, si tu es poussé à bout, ça peut aller aussi loin que la dernière fois.

Il posa sur elle un regard brûlant.

— Quoi ? Quelle dernière fois ?

— Ah, maintenant tu m'écoutes, hein ?

— De quoi parles-tu ?

Dans l'obscurité, elle eut un sourire dur.

— *Lui* sait *très bien* de quoi je parle. Il sait à qui je fais allusion.

— Becky...

— Retiens bien ce que je te dis, Jack : tu vas recommencer. C'est comme une tumeur maligne qui grandit en toi... (Du bout de l'index, elle lui toucha la poitrine.) Juste là. Et ça va continuer à grandir, et si tu ne pars pas de cette maison, si tu ne pars pas loin de ce pauvre vieux pervers là-bas, si tu restes sur une affaire qui va te mettre de plus en plus à cran, alors, boum ! tu recommenceras et...

— Arrête ! s'écria-t-il en chassant la main de la jeune femme d'un geste brusque. Bordel, de quoi veux-tu parler, à la fin ?

— Je sais, Jack. Je peux le voir en toi. Je sais ce qui s'est passé dans cette forêt.

Interdit, il la regarda fixement. Il avait peur de lui demander ce qu'elle savait. Au cas où elle lui répondrait : « Je sais que tu as tué Bliss. Je sais que ce n'était pas un accident, comme tout le monde le pense. » Pendant un long moment, il resta silencieux.

Rebecca inclina la tête de côté.

— Pourquoi tu n'en parles pas, Jack ?

— Non, Rebecca. La véritable question est : pourquoi toi, tu n'en parles pas ?

— Ah non. C'est de toi qu'il s'agissait, là.

— Non. Si nous nous engageons sur ce chemin, alors d'accord, mais nous parlerons de tout ce qui s'est passé. C'est la règle.

Il se mit à descendre de l'arbre.

— Où vas-tu ?

— A l'intérieur. Pour fuir. Pour te fuir.

— Eh ! lança-t-elle en le regardant qui traversait la pelouse sous le clair de lune. Un jour, tu verras que j'ai raison !

6

19 juillet

Au matin, le mot de Penderecki était embroché sur le sommet du grillage, et trempé par la rosée. Le voisin avait pris la peine d'écrire un message dans la foulée et Caffery, qui d'ordinaire l'aurait froissé et jeté dans l'instant, sans le lire, resta immobile dans la rue, son attaché-case à terre devant lui. Il commença à lire.

Salut, Jack.

Réminiscences étranges de l'enregistrement envoyé par l'Eventreur du Yorkshire. Caffery ne put réprimer un frisson. Il ne se trouvait qu'à quelques mètres de son propre domicile, par une journée d'été, entouré d'arbres au feuillage exubérant, avec des joggeurs, le facteur et la voiture du laitier qui tournaient alentour, et il avait l'impression que quelqu'un avait caressé sa nuque d'un souffle glacé.

Et maintenant, je connais vraiment votre NOM. Il est une saison pour chaque chose, et un tant pour chaque acte sous les cieux. C'est le SEIGNEUR et non VOUS qui m'apellera, quand se sera SA volonté et non LA VOTRE de m'accorder SA bénédiction, afin que l'âme de Son serviteur, à l'heure de quiter son corps, soit par les mains de ses Anges présenté immaculé devant lui. Le mouton appartient aux DIEUX, Jack. Mais le bouc va à senestre. Le mouton se verra accordé le Paradis, le bouc aura DROIT à l'enfer. Et du fond de votre ignoranse vous me regardez dans les yeux et vous pensez voir un bouc. Non ? Vous pensez que je suis un bouc. Mais DIEU dit que la marque du bouc est de regardé au fond des yeux de l'AUTRE (le BON et le PUR) et d'y voir son reflet. PENSEZ à sela, JACK.

Caffery s'assit dans la Jaguar et emplit ses poumons de l'odeur de vieux cuir, déjà tiédi par le soleil malgré l'heure matinale. La marque du bouc ? Cette tumeur maligne qui grandissait en lui et qui un jour le submergerait ? Rebecca l'avait troublé la nuit précédente, avec ses prédictions lugubres. Il se demanda si cela se voyait sur son visage. Etait-il si transparent ? Il se massa les tempes puis mit le contact. Après avoir réglé le rétroviseur, il passa une vitesse et démarra.

A Brixton, la journée lui parut interminable. En fin d'après-midi il se trouvait devant le Lido, en bordure de Brockwell Park, en train de boire un café pris au McDo et de fumer une cigarette. Il se sentait las, extrêmement déprimé. Le sang trouvé sur la basket correspondait à l'ADN récupéré sur les sous-vêtements de Rory Peach, mais il n'y avait toujours aucun signe de l'enfant. L'équipe de recherche avait épuisé les possibilités dans le parc et aux alentours immédiats ; ils continuaient, mais chacun savait que tous les paramètres avaient déjà été vérifiés. Toutes les heures, une rumeur différente courait parmi les hommes : « Ils nous envoient à Battersea, quelqu'un a vu un gosse correspondant au signalement de Rory là-bas, près du fleuve... » Ou bien : « Il y a un pédophile dans Clapham qui habite juste au-dessus d'une usine désaffectée, la moitié d'entre nous va être envoyée là-bas. » L'opération coûtait à présent vingt mille livres par jour au contribuable, mais la vérité était que pas un de la centaine d'appels parvenus à la salle des données n'avait apporté la moindre piste à Caffery et Souness. Ils avançaient à l'aveuglette, et tout le monde en était conscient.

Et puis, à cinq heures et demie, Souness apprit la nouvelle.

— Peach va s'en sortir ! lança-t-elle en accourant dans la rue, son portable à bout de bras. On lui a retiré l'assistance respiratoire : on peut l'interroger.

— Je croyais qu'il était à l'agonie ?

— Je sais. Ils nous accordent vingt minutes, alors autant les utiliser à plein.

Caffery la laissa conduire la Jaguar. Elle le fit sans jamais se départir d'un rictus désabusé. Cette voiture était une vraie voiture, pas comme le roadster BMW rouge qu'elle avait offert à Paulina. (« Elle le conduit comme une vraie minette, Jack, une vraie minette. Le rétro, elle ne s'en sert pas pour vérifier la circulation derrière elle, oh non, non, elle ne regarde dedans que lorsqu'elle croise une poulette qui lui plaît et qu'elle veut admirer son cul. ») La garniture de la banquette arrière avait été réparée avec du Sellotape, et les deux ailes avant retouchées avec de la pâte de fibre de verre. Caffery n'avait pas vraiment désiré cette Jaguar, c'était le seul véhicule qu'il avait pu s'offrir, dix ans plus tôt, mais Souness la mania avec une révérence touchante jusqu'à Denmark Hill.

Le ravalement du King's Hospital battait son plein : chaque conversation, chaque échange était noyé dans le vacarme des travaux. A l'intérieur, l'hôpital ressemblait à une ville, avec ses propres lois, son bureau de poste, son agence de voyages, et même une petite succursale bancaire. Les couloirs cirés couinaient sous les semelles, et les gens se déplaçaient avec une aisance de robot digne de Fritz Lang, à la fois en douceur et de façon déterminée. Le docteur Friendship, un homme grand, en chemise bleue et cravate à motifs rouges, les accueillit devant le service de soins intensifs Jack Steinberg.

— On lui a ôté l'assistance respiratoire, et il n'est que sous analgésique léger. Mais je m'avoue agréablement surpris, et j'estime très encourageante sa réaction à nos soins. Après trois jours sans eau, il était à peine déshydraté. En fait, depuis que nous lui avons retiré l'assistance respiratoire, son état s'est amélioré à tel point que nous l'avons transféré dans cette unité de soins progressifs.

Il passa sa carte magnétique devant le lecteur optique de la porte, qui se déverrouilla. Il les précéda à l'intérieur. Cinq lits étaient alignés le long du mur.

— Nous le préparons à passer dans un autre service, ou même à le laisser sortir. Il récupère étonnamment bien. Nous y voici... (Alek Peach était assis de profil, devant la fenêtre.) Fort comme un bœuf, ce patient. Fort comme un bœuf.

Un taureau, plutôt. En admettant qu'un taureau se soit jamais assis sur son postérieur dans un fauteuil roulant, avec une couverture bleue sur les jambes, il aurait en effet ressemblé un peu à Alek Peach. En dépit de sa posture de malade, il impressionnait par sa taille : ses os devaient être massifs et aussi denses que des barres d'acier pour supporter un tel corps. Ses cheveux noirs, teints, étaient un peu longs, il portait un pyjama vert à carreaux et, sous son siège, étaient accrochés une poche respiratoire en caoutchouc et un sac à sonde creux. Il ne réagit pas à l'approche des deux policiers.

Souness déplaça une chaise pour s'asseoir et Caffery tira les rideaux vert clair autour du lit. Il s'éclaircit la voix et dit :

— Monsieur Peach, vous êtes sûr de vous sentir assez en forme pour cela ?

Peach se tourna lentement vers eux. Ses rouflaquettes noires à la Elvis étaient attaquées par le gris et auraient eu besoin d'une petite teinture. Quand il voulut acquiescer, sa tête parut tomber en avant, comme s'il éprouvait des difficultés à maintenir son poids énorme et qu'elle allait s'incliner sur sa poitrine.

— Très bien, dit Caffery en s'asseyant à côté de Souness. Avant toute chose, sachez que nous sommes désolés pour Rory, monsieur Peach, et que nous faisons tout ce que nous pouvons pour le retrouver.

Au prénom de son fils, Peach ferma les yeux et passa son énorme main sur son visage, pouce sur l'arête du nez et paume recouvrant la bouche. Il conserva cette attitude un long moment, sans respirer. Puis il abaissa la main et lui fit décrire des cercles convulsifs sur sa poitrine. Quand il ouvrit les yeux, ce fut pour fixer le plafond.

Caffery jeta un coup d'œil à Souness avant de commencer :

— Ecoutez, Alek, ce ne sera pas long, promis. Je sais que c'est pénible pour vous, mais cela nous aiderait grandement si vous nous disiez tout ce dont vous vous souvenez — ce que votre agresseur a fait pendant qu'il se trouvait chez vous, où il vous a détenu, s'il s'est ou non absenté de la maison à un moment ou un autre...

La main de Peach s'immobilisa. Son visage se crispa légèrement. Il baissa les yeux et regarda fixement le sol, comme s'il concentrait sa volonté et ses forces. Caffery et Souness attendirent en silence, mais Peach ne disait rien. Ils n'allaient pas tirer grand profit de ces vingt minutes d'entrevue. Caffery se laissa doucement aller contre le dossier de sa chaise et pressa le poing contre son front.

— Pouvez-vous au moins nous dire quel âge approximatif il a ? S'il est blanc, noir ? Quelque chose ?

Alek Peach tourna la tête vers eux. Paupières mi-closes, il leva une main tremblante et marquée par les perfusions, et pointa l'index sur Caffery. Son expression se fit soudain féroce, comme si l'unité de soins intensifs était son salon et Caffery un étranger qui venait d'y faire irruption pour s'installer tranquillement sur le canapé, pieds posés sur la table basse.

— Vous, gronda-t-il (sa poitrine trembla, tendant le coton du pyjama). *Vous*.

Caffery posa un doigt sur sa propre poitrine.

— Moi ?

— Oui, vous.

— Eh bien, qu'est-ce que j'ai ?

— Vos yeux. Je n'aime pas vos yeux.

Dans les toilettes pour hommes, Caffery monta sur l'abattant du siège et boucha l'alarme de fumée du plafond avec une serviette en papier. Il mit le verrou, se roula une cigarette et s'adossa contre le mur pour fumer lentement, ne se décontractant que lorsqu'il éprouva le choc bienvenu de la nicotine qui se diffusait dans son corps. Au lieu de comprendre la détresse de Peach, il s'était irrité de l'hostilité du blessé. Il avait senti sa pression sanguine faire un bond et il avait ramené les jambes devant lui, prêt à se lever d'un bloc. Seul le toussotement et le regard d'avertissement de Souness l'avaient retenu, et il avait réussi à quitter la salle sans claquer la porte.

— D'accord, soliloqua-t-il. Donc, Rebecca a obtenu ce qu'elle voulait. Tu es une petite bombe à retardement qui peut péter à n'importe quel moment.

Il fit tomber la cendre dans la cuvette des WC et se gratta le dos de la main. Elle n'aurait pu mieux se débrouiller. A croire que tout conspirait pour prouver la justesse de son jugement. Comme si elle les avait payés — Penderecki, Peach — pour dire : « La marque du bouc est de regarder au fond des yeux de l'autre et d'y voir son reflet. »

« Vos yeux. Je n'aime pas vos yeux. »

Personne ne saurait jamais, personne ne pourrait deviner à quel point il avait eu la main forcée. Ils ne sauraient jamais que là, au cœur des bois près de l'estuaire, haletant, couvert de sang et emprisonné dans les barbelés, Malcolm Bliss lui avait lancé en plein visage qu'il avait laissé Rebecca morte dans une maison voisine, après l'avoir violée.

Pour cela Caffery l'avait tué, d'une simple saccade du poignet. Les barbelés avaient transpercé la carotide. « Bon sang, avait-il murmuré lorsqu'il avait lu le rapport d'autopsie, j'ai dû serrer plus fort que je ne l'ai cru. » Ce fut tout. Un an s'était écoulé, et il attendait toujours d'être frappé par le remords. Il pensait avoir couvert ses arrières, que tout le monde avait cru à sa version de la mort de Bliss, à l'accident. Jamais il ne s'était douté qu'en le regardant dans les yeux les gens pouvaient démasquer en lui l'assassin, le menteur.

Non, bordel. Tu te laisses convaincre par elle. Il jeta la cigarette dans la cuvette. Si Rebecca n'était pas prête à lui parler de ce qui s'était passé l'année précédente — lui parler, à lui, et non à la presse —, il n'allait pas la laisser déterrer ses sentiments et établir des connexions folles entre Ewan et sa propre incapacité à se maîtriser.

Quand Souness sortit de l'unité de soins intensifs, le cœur de Caffery se serra. Elle s'assit à la place passager et ne prononça pas un mot pendant le trajet de retour à Shrivemoor. De temps en temps elle s'effleurait le visage de la main, là où le soleil l'avait brûlée pendant les deux journées passées dans le parc. Ils avaient espéré que Peach serait en mesure de leur en apprendre assez sur le comportement de l'intrus pour que l'inspecteur en chef Quinn et l'équipe médico-légale puissent se concentrer sur les endroits où l'agresseur était resté plus longtemps, pour y chercher un cheveu, des fibres. Mais l'expression de Souness indiquait que cela ne s'était pas produit.

— Les nouvelles ne sont pas bonnes, je le sens, risqua Caffery lorsqu'ils pénétrèrent dans les locaux du SRES.

Sa supérieure poussa un soupir et laissa tomber le paquet de papiers sur son bureau.

— Non.

Elle s'écroula dans son fauteuil, bouche ouverte, et pressa ses paumes contre ses joues brûlantes. Elle resta ainsi un long moment, à contempler le plafond tout en mettant de l'ordre dans ses pensées. Puis elle bascula en avant, appuya les coudes sur ses genoux et regarda Caffery.

— Nous sommes dans la merde, mon pote. Jusqu'au cou.

— Pas de piste ?

— Oh si, nous avons une piste superbe, vraiment. Le type portait des baskets. Enfin, Peach *pense* qu'il portait des baskets.

— Il le *pense* ?

— Ouais, fit-elle en hochant la tête devant sa déception. Il n'est pas sûr de la marque, mais il a pensé à des baskets bon marché, et il a suggéré des Hi-Tec.

— Des Hi-Tec ? Magnifique. Comme si nous n'avions pas déjà vu ça cent fois dans des dépositions de témoins...

— C'est du premier choix, hein ? (Elle se gratta le menton.) Je l'ai poussé aussi loin que j'ai pu, et il a coopéré. Enfin, je le crois. Je ne pense pas qu'on puisse en tirer plus.

Elle fit pivoter son fauteuil, alluma son PC et entreprit de taper son rapport, afin que Kryotos puisse en transférer les éléments dans le HOLMES :

Le 16 juillet j'étais chez moi, au 30 Donegal Crescent. Avec mon fils Rory, nous jouions sur la PlayStation au sous-sol. Nous devions descendre à Margate le lendemain pour y passer un week-end prolongé. Il n'y avait personne d'autre dans la pièce. Je croyais qu'à ce moment-là ma femme Carmel se trouvait en haut, mais je ne l'avais pas vue ni entendue depuis quelque temps, et vers dix-neuf heures trente je suis remonté pour voir où elle était. Je n'avais rien entendu d'anormal et toutes les portes étaient fermées à clef, et aucune fenêtre ouverte.

Je suis passé dans le couloir et je me suis tourné vers l'escalier. C'est à ce moment que j'ai été frappé par-derrière. Aucun mot n'a été prononcé...

Caffery, qui se tenait à côté de Souness pendant qu'elle écrivait, pointa l'index sur l'écran.

— Il n'a pas entendu la vitre se briser dans la cuisine ?

— Il dit que non.

— Alors ce type apparaît comme ça, dans leur couloir ? Comme le Père Noël ?

— Ça ressemble un peu à ça, oui.

Il se rembrunit, posa la main sur le sommet de l'écran et se pencha tandis que Souness tapait le reste de la déclaration de Peach.

Aucun mot n'a été prononcé et je ne me rappelle rien jusqu'à mon réveil, plus tard, avec un mal de crâne terrible et la gorge desséchée. J'ignore combien de temps j'ai pu rester inconscient. J'étais menotté à un objet lourd, bâillonné et les yeux bandés. Après quelque temps j'ai compris que c'était aux radiateurs que je devais être menotté. Je ne savais pas dans quelle pièce je me trouvais, mais j'entendais ma femme crier, et il m'a semblé qu'elle était dans le couloir qui se trouvait au-des-

sus de moi, et un peu en arrière, j'en ai donc déduit que j'étais dans le salon. Et j'ai reconnu la moquette parce qu'elle est neuve. J'ignore quelle heure il pouvait être, parce qu'il faisait noir, mais quand le soleil s'est levé j'ai vu la lumière à travers le bandeau et j'ai pensé qu'il venait de la direction de la cuisine, située à l'arrière de la maison. Je suis resté comme ça trois jours entiers, pendant lesquels je n'ai jamais vu ni entendu mon fils, même si j'entendais parfois ma femme pleurer ou crier. Je ne sais pas ce qui est arrivé à mon fils. De sous le bandeau, j'ai entr'aperçu l'homme une fois seulement. Je pense qu'il est très grand, plus grand que moi peut-être. Je dirais qu'il approche la trentaine ou qu'il a trente ans, parce qu'il semblait très fort, et il faut l'être pour m'avoir traîné du couloir dans le salon. Il portait des baskets sales, je n'ai pas pu voir la marque, mais ça ressemblait à de vieilles Hi-Tec ou un modèle de ce genre. Il a de très grands pieds. Je l'ai entendu longer le mur, et à un moment il est resté dans le coin de la pièce, accroupi — je l'ai su à cause du son de sa respiration — comme s'il allait bondir, mais il ne l'a pas fait. Je me souviens qu'il reniflait beaucoup, comme s'il sentait quelque chose. Ma femme fait la même chose parfois, elle croit toujours qu'elle peut sentir une drôle d'odeur dans la maison. Le lundi matin, je crois, je me suis évanoui.

Connaissant mon fils, je ne crois pas qu'il aurait quitté la maison volontairement avec qui que ce soit. Je ne sais pas qui est l'homme qui se trouvait chez moi et à ma connaissance il n'y a personne qui nous en veuille, à moi ou à ma famille.

— Et c'est tout.

Souness ouvrit un autre document et commença à rédiger ses commentaires et observations sur l'état d'esprit de Peach, ses aptitudes à s'exprimer, son intelligence, son état émotionnel (à l'évidence Peach s'était montré confus, agité, pleurant à plusieurs reprises, en particulier quand il mentionnait son fils).

— Et les photos ? L'appareil photo ?

— Non, répondit-elle. Carmel a dû se l'imaginer. Je lui ai posé la question, et il ne se souvient absolument pas que l'intrus ait pris des photographies.

— Il est catégorique ?

— Oh oui, je suis revenue à la charge autrement, il n'a pas varié sur ce point.

— Merde.

Laissant Souness terminer sa tâche, Caffery s'assit à son propre bureau et ôta les Post-It que Kryotos avait collés sur l'écran de son ordinateur. Messages : Rebecca avait appelé, quelques journalistes demandaient une interview, Kryotos l'informait qu'elle avait reçu la disquette du programme de recherche du bureau de l'état civil, et qu'elle avait contacté le Service des personnes disparues. D'ici quarante-huit heures, on enverrait au médico-légal de Horseferry Road tout cadavre non identifié découvert dans la zone métropolitaine, mais Caffery savait que cette mesure était purement symbolique, et futile : tout Londres recherchait Rory Peach. Il colla ce dernier Post-It à son doigt et le relut. Où se trouvait Rory Peach ? Et existait-il quelque part des photographies de tout ce qui s'était passé ? Un flash d'appareil photo, le son caractéristique du mécanisme d'avance d'une pellicule. Ce n'étaient pas là des détails qu'on imaginait facilement. Carmel avait-elle tout inventé ? Si tel n'était pas le cas, Alek, lui, ne l'avait pas entendu du salon. Donc, elles avaient dû être prises dans le couloir. *Qu'est-ce que tu veux foutre de clichés de ce pauvre type, pris à partir du couloir ?*

Il se renfonça dans son fauteuil avec un soupir. Il était à court d'idées.

— Si seulement nous avions de l'ADN, nous pourrions lancer une procédure de dépistage dans le coin.

Souness leva le nez de son écran.

— Ouais, et si nous avions un corps, nous pourrions avoir un peu d'ADN.

— Alors, quelle est la prochaine étape ?

— Bah, vous le savez très bien, Jack. Entrevues plus poussées avec les Peach, si les médecins nous y autorisent, établissement d'un profil psychologique des victimes, élargissement des paramètres et, hum... (Elle marqua une courte pause avant de terminer :) Arrêt des recherches dans et autour du parc. Je sais, je sais, ça ne vous plaît pas, mais...

— Non, ça ne me plaît pas du tout. Je persiste à penser que c'est là qu'il se trouve. Comment quelqu'un aurait-il pu quitter ce parc en transportant un gamin qui se débat, sans que personne le remarque ?

— Peut-être que le gosse marchait...

— Personne ne l'a vu. Et puis aucun des vêtements de Rory ne manque. Donc, il était nu.

— Peut-être que l'intrus a apporté ses propres vêtements.

— Rory saignait, il était probablement en état de choc. Non, je n'y crois pas.

— Bon, mais il ne se trouve plus dans le parc à l'heure actuelle, nous sommes d'accord ?

— Admettons, grogna Caffery en cherchant le fourre-tout sous le bureau car il ressentait l'envie de boire un verre. On *dirait* qu'il n'y est plus.

Il brandit la bouteille de scotch, mais Souness refusa d'un mouvement de tête. Elle cliqua pour envoyer le rapport à l'imprimante dans la salle des données et se leva. Après s'être étirée, elle consulta sa montre.

— Bon, il est tard. J'ai besoin de piquer un petit somme.

Elle passa dans la salle des données pour distribuer les exemplaires de son rapport dans les casiers des membres de l'équipe, et pendant quelques minutes Caffery se retrouva seul. Bouteille à la main, il se leva et contempla son reflet dans la vitre, superposé à la vue des gratte-ciel de Croydon. Et si Rebecca avait raison ? Si les gens voyaient le tueur en lui chaque fois qu'ils le regardaient ?

« C'est comme une tumeur maligne qui grandit en toi ; si tu n'arrives pas à te débarrasser d'Ewan et si tu es poussé à bout, ça peut aller aussi loin que la dernière fois. »

Il se versa du scotch dans sa chope à café et le but d'un trait. Il observa son reflet, avec cette cravate verte défaite qui pendait à son cou.

« Ça risque d'aller aussi loin que la dernière fois. »

Elle se trompait, décida-t-il. Elle manigançait tout ça dans le seul but de le faire déménager. Lorsque Souness revint dans la salle, il se tourna vers elle.

— Danni ?

— Oui ?

— Qu'est-ce que ça voulait dire, d'après vous, ce truc de Peach à propos de mes yeux ?

— Bof, Dieu seul le sait, dit-elle en éteignant son ordinateur. Vous savez comment ils sont. Il souffre sans doute de stress post-traumatique. Il s'est probablement senti plus à l'aise pour parler à une femme, même une vieille gouine très laide comme moi.

Elle se redressa, enfila sa veste, le regarda en souriant et lui appliqua une claque sur l'omoplate.

— Vos yeux sont très bien, Jack, croyez-moi. Demandez à n'importe laquelle des minettes de l'équipe s'il y a un problème dans vos yeux, et vous aurez votre réponse. (Elle toussa et lissa les revers de son vêtement des deux mains.) Moi mise à part, évidemment. Je ne compte pas, sur ce coup-là.

7

Il appela Rebecca. Tout le poids de la journée l'écrasait.

— Rendez-vous à la maison. On se préparera quelque chose à manger et ensuite on ira au lit...

Elle se montra très exubérante. Elle se trouvait à Brixton, à une expo privée, dans l'Air Gallery, sur Coldharbour Lane, et elle lui demanda de venir la chercher. Elle accepta qu'ils passent ensuite faire quelques emplettes au magasin Tesco ouvert vingt-quatre heures sur vingt-quatre, pour acheter du riz sauvage, de l'agneau et une bouteille de rouge. Au ton faussement enjoué qu'elle adopta, il devina que sa proposition lui déplaisait. A l'évidence, elle avait envie de rester à cette soirée.

Alors qu'il se garait dans Effra Road, un groupe de jeunes beautés passa devant lui, sans doute arrivées en bus. Elles se déplaçaient à longues enjambées souples, tête rejetée en arrière, avec le visage illuminé des converties, tandis qu'elles traversaient les ténèbres vers les lumières de Brixton Central. Exactement comme si elles ignoraient ce qui s'était produit à moins d'un kilomètre de là, dans Brockwell Park. Mais, après tout, elles n'avaient peut-être jamais entendu parler de Rory Peach. Il rangea ses clefs et traversa Windrush Square pour s'engager dans Coldharbour Lane, en direction de la principale source lumineuse, une grande colonne vivante de chaleur et de couleur : l'Air Gallery, qui s'élevait dans la nuit, grand espace industriel de béton granité et d'acier galvanisé. Alors qu'il approchait il aperçut au pied du bâtiment, dans l'entrée vitrée, Rebecca qui sirotait un cocktail et consultait sa montre avec une nervosité perceptible.

Il se souvenait d'un temps où elle l'aurait attendu calmement, mains dans le dos, son pied gauche posé légèrement sur le droit. A présent, elle se tenait bien campée sur ses deux pieds, dans un blouson de cuir court, un pantalon de treillis rose bonbon et, bien sûr, son tout nouvel accessoire : cette énergie étrange qui semblait la nimber tel un halo malsain.

— Jack.

Elle glissa un bras sous sa veste et l'attira à elle tout en se haussant sur la pointe des pieds pour un baiser. Son nez était frais, son souffle doux et sucré comme du Cointreau. Elle était ivre.

— Je viens juste de bavarder avec quelqu'un du *Times*, et Marc Quinn est ici, tu sais, celui qui a une tête de croque-mort. Il est là, avec Ron Mu.

— Super. Bon, on y va ?

— Et j'ai dit au type du *Times* que je continuais ma série des vagins...

— Je suis sûr que ça l'a passionné.

Il voulut lui prendre le cocktail mais elle agita le verre hors de sa portée en grimaçant. Le liquide était d'une jolie couleur fraise écrasée, et les glaçons tintaient.

— *Diabolo*, chantonna-t-elle en mimant une griffe avec la main. C'est un *Diiii-aaabolo*. Le *Diable*.

Déjà il sentait l'exaspération monter en lui.

— Becky, est-ce qu'on pourrait simplement aller chercher quelque chose pour le dîner et rentrer... ?

Il se tut. Une Japonaise chaussée de bottes à plateforme en PVC zippé et vêtue d'un imperméable en vinyle blanc venait de sortir du bar de la galerie et dévisageait ouvertement Rebecca. Caffery savait que la jeune femme exerçait une attraction presque magique sur les étrangères, mais il n'aimait pas du tout ça. Il se tourna vers l'arrivante.

— Qu'est-ce qu'il y a ?

Pour toute réponse elle le toisa une seconde, puis porta un appareil photo à son visage et, avant qu'il ait eu le temps de réagir, elle avait pris deux clichés.

— Eh !

Mais elle était déjà retournée dans la salle du bar. Il saisit Rebecca par le bras.

— Bon, cette fois il est temps d'y aller. (Il lui prit le verre des doigts et le posa sur le sol.) Allons faire quelques courses.

Ils sortirent. Elle trottait à côté de lui, en souriant et en parlant de tous les journalistes qu'elle avait rencontrés. Il marchait vite, sans vraiment l'écouter. D'où tirait-elle cette gaieté agressive ? Sa métamorphose avait débuté avec la soudaineté d'un accès de fièvre, un mois après la fin de l'enquête criminelle. Durant les premières semaines, alors qu'elle faisait des allers-retours à l'hôpital et que lui-même s'affairait à clore le dossier, un silence d'un calme irréel avait régné entre eux, une période ouatée pendant laquelle le nom de Bliss ne fut jamais prononcé. Et subitement, du jour au lendemain semblait-il, Rebecca s'était mise à parler. Mais pas à lui : à la presse. Avec lui, elle n'évoquait jamais directement le drame.

« Est-ce qu'un jour tu vas accepter d'en parler avec moi ?

— C'est déjà fait. Je t'ai donné ma déposition, non ? »

Et elle s'était plongée dans ses activités artistiques malsaines. Des moulages de vagins d'autres femmes. Pour lui, c'était aussi absurde que décourageant. Parfois, il avait l'impression qu'elle était capable de faire aller son cœur dans une direction opposée à celle de son corps, d'une façon qu'il ne comprenait pas, parce qu'il n'était pas assez sophistiqué sans doute.

— Tu aurais pu te montrer un peu plus gentil, dit-elle alors qu'ils arrivaient au Tesco. Tu ne sais pas qui est cette fille. Peut-être qu'elle travaille pour un journal.

— Et peut-être qu'elle est tout simplement sans-gêne.

— Tu ne comprends décidément rien à rien.

Elle s'attarda un peu derrière lui dans les rayons, et il ne l'attendit pas. Il voulait terminer les courses et sortir de Brixton aussi vite que possible. Inconsciemment, il scrutait le visage des autres clients, et il se demandait si le ravisseur de Rory ne le croisait pas, là, maintenant. Il s'attendait presque à ce que quelqu'un vienne se planter devant lui, pointe un doigt accusateur sur sa poitrine et lui dise : « Pourquoi vous ne le recherchez pas ? Qu'est-ce que vous faites, à traîner dans le rayon pâtes de ce Tesco alors que Rory est toujours porté disparu ? » Il jeta un paquet de riz dans son panier et continua de remonter l'allée. Rebecca le rejoignit enfin.

— Je ne suis pas disposé à te regarder parler à n'importe quelle tête de nœud qui a un stylo ou un micro.

— Ooooo-*wooh*, roucoula-t-elle derrière lui. Mais qu'est-ce qui provoque cette attitude agressive chez toi ?

Sans répondre, il accéléra son pas.

— Ne viendrait-elle pas de l'affaire sur laquelle nous travaillons ? murmura-t-elle en se rapprochant de lui. Tout cela ne nous rappellerait-il pas quelque chose que nous préférerions oublier ? Est-ce que ça expliquerait...

— On change de sujet, tu veux bien ?

— Oh, Jack ! Je plaisantais. (Elle le dépassa, saisit une bouteille de rouge sur un rayonnage et se retourna vers lui.) Tu devrais apprendre à te détendre un peu. Tu prends tout tellement au sérieux...

— Je suis sérieux, Becky. N'insiste pas, fit-il en la contournant. A moins que tu ne cherches quelque chose, à moins que tu ne veuilles vraiment qu'on parle, et de tout, mais je ne crois pas que ce soit ce que tu désires...

— Oooh ! (Elle le rejoignit et lui décocha une petite grimace mutine.) Je me demande bien à quoi tu fais allusion.

— Ce n'est pas amusant.

— Je pense que je suis à même de décider ce qui est amusant et ce qui ne l'est pas. Quand même...

Elle se renversa en arrière et lança le vin en l'air. Elle observa les reflets fugaces sur la bouteille qui tourbillonnait avant de retomber. Elle la saisit au vol et eut un sourire paisible.

— Quand même, c'est moi qui ai été agressée.

— Bon sang...

Dégoûté, il repartit mais elle revint aussitôt à côté de lui. Elle souriait toujours.

— Tu ne peux pas supporter l'idée que je ne sois pas traumatisée alors que toi tu l'es, lâcha-t-elle. Je veux dire : de quoi devrais-je faire mon deuil ? J'ai survécu, non ? J'ai accepté ce qui s'est passé...

— Tu prétends que ce que tu fais prouve que tu as accepté ? Tu peux toujours affirmer à un connard du *Guardian* à quel point ça « nourrit » ton art de l'accepter de cette façon ? Tu as une compréhension perverse de ce qu'est l'acceptation de ce genre de chose, Rebecca.

— Oooh... « Perverse » !

Elle courut en avant de lui et se retourna pour marcher à reculons face à lui.

— *Perrr-verrrse*, chantonna-t-elle.

Une nouvelle fois elle lança la bouteille en l'air, mais faillit bien ne pas la rattraper. Un couple les croisa avec circonspection, en se plaquant contre les rayonnages.

— Ce gars, dit-elle, tu sais...

Tout sourire, elle s'était arrêtée face à Caffery et lui bloquait le passage. Il put alors lire ce qui était imprimé en lettrage blanc sur son blouson de cuir. L'article 5 du règlement intérieur du détenu à la prison d'Alcatraz : *Vos droits : être nourri, logé, blanchi et soigné. Tout le reste est un privilège.*

— Ce gars dit à sa petite amie : « Essayons la sodomie », et elle lui répond : « La sodomie ? Mais ce ne serait pas un peu pervers, ça ? » Et il répond...

— S'il te plaît...

— Et il répond : « Pervers ? Pervers ? Ça, par exemple, c'est un mot un peu fort. Surtout dans la bouche d'une fille de dix ans ! » (Elle se cassa en deux, la bouteille serrée contre un genou, secouée par l'hilarité.) *Une fille de dix ans !*

— Bon, très bien.

Il voulut l'éviter par la gauche mais elle fit un petit bond de côté pour l'en empêcher. Il essaya par la droite, et elle recommença.

— Oh, allez, Jack, lis un peu le manuel du séducteur. Tu es supposé trouver mes plaisanteries irrésistibles. Tu es supposé...

— Est-ce que tu vas finir par *réfléchir*, bordel ! gronda-t-il, la faisant reculer d'un pas, déstabilisée. Est-ce que tu pourrais RÉFLÉCHIR une seule fois ?

Il se pencha en avant, jusqu'à ce que son visage ne soit plus qu'à quelques centimètres de celui de la jeune femme, et poursuivit d'une voix basse et coupante :

— Réfléchis à ce que ça a été pour *moi* de te découvrir, *toi*, Rebecca, *pendue par un putain de crochet au plafond*. Je pensais que tu étais morte ! Il venait de me dire qu'il t'avait violée et tuée. Que penses-tu que j'aie ressenti, hein ?

Elle cligna plusieurs fois des yeux, abasourdie, et

il sentit quelque chose durcir dans sa poitrine. Il jeta le panier au sol, avec les bouteilles qui cliquetèrent, et s'éloigna en cherchant les clefs dans sa poche. *Elle l'a voulu, elle m'a poussé à bout, elle l'a voulu.* Il prenait des inspirations brusques et profondes, s'attendait à demi à ce qu'elle apparaisse, sautillant à côté de lui, et qu'elle lui dise d'avaler un calmant. Il avait eu soudain envie de percer son armure et, plus que tout, de la voir ébranlée, fragilisée, et quand il s'arrêta devant la sortie et qu'il se retourna, il sut qu'il avait réussi.

Elle se tenait immobile au milieu de l'allée, dans la lumière des néons, petite silhouette perdue dans l'immense supermarché, le visage vide de toute expression. Il revint lentement sur ses pas.

— Becky ?

Elle eut un curieux sursaut de la tête, son menton s'abaissa un peu, mais elle ne répondit pas. Il lui prit la main, qui était très froide.

Eh bien, tu l'as fait. Félicitations.

Se détestant et la détestant, il la mena hors du magasin et jusqu'à la voiture. Ils roulèrent en silence et, arrivée au cottage, elle prit une bouteille de Blavod, un paquet de cigarillos et alla se coucher sans manger. Cette nuit-là, ils n'échangèrent pas un mot.

8

20 juillet

A contrecœur, le SRES abandonna les recherches dans la zone du parc et étendit le périmètre de l'enquête de voisinage, en lançant de plus une campagne d'appel à témoins. Fiona Quinn s'était rendue à Donegal Crescent ; le domicile des Peach était toujours sous scellés, pour permettre aux produits chimiques du Service scientifique de réagir, mais cela ne l'avait pas empêchée d'entrer et de saupoudrer le coin de la pièce où, selon le père de Rory, l'intrus s'était accroupi. Au même moment, Alek Peach signait les papiers de décharge pour quitter l'hôpital.

— Quoi ?

Un peu plus tard, ce matin-là, sans même avoir ôté son veston, les cheveux encore humides de pluie, une chope pleine de l'excellent café de Kryotos dans une main, Caffery s'était arrêté sur le seuil du bureau du commissaire. Son expression trahissait l'étendue de son incrédulité.

— Ouais, ce matin.

Souness était assise, le pied droit posé sur le genou gauche, s'efforçant d'ôter un caillou de la semelle de sa botte de cow-boy à l'aide d'un tournevis. Une pile de cartes de Brixton découpées en carrés, qu'avait fournies le programme MapInfo, était posée sur son bureau.

Son coup de soleil avait bruni pendant la nuit, ce qui donnait à ses yeux une teinte bleue plus prononcée, presque pervenche.

— Plus de doute, il ne va pas mourir. Et même s'il agonisait il a décidé que ça irait beaucoup plus vite s'il pouvait fumer des Superking. Le médecin n'a rien pu faire.

— Et il est où, en ce moment ?

— Chez les Nersessian.

L'officier de liaison familiale avait appelé Souness de là-bas et lui avait parlé des larmes d'Alek Peach : « Il n'a pas arrêté, de l'hôpital jusqu'à Guernsey Grove. » Peak avait ignoré Mme Nersessian, qui l'avait accueilli à bras ouverts, le visage figé en un masque de tragédienne, et il était monté directement à l'étage. Il s'était allongé sur le couvre-lit, auprès de sa femme toujours couchée sur le flanc, et l'avait serrée dans ses bras. Ils étaient restés là pendant une heure, sans parler, en fumant des cigarettes à la chaîne, comme si le tabac était le ciment de leur mariage. « Au fait, avait ajouté l'officier, qui avait ingurgité un demi-kilo de baklavas et quatre cafés arméniens, quelle dette Mme Nersessian a-t-elle envers les Peach pour se conduire de la sorte ? » Si elle ne désirait qu'un auditoire sans défense, ne poussait-elle pas un peu loin son rôle de Bon Samaritain ?

Caffery écouta Souness en silence. Il n'avait pas dormi de toute la nuit. Rebecca était restée immobile auprès de lui, les yeux clos, mais il ne pensait pas qu'elle eût beaucoup dormi, elle non plus. Il savait qu'elle revoyait cette image fantomatique d'elle-même, celle de son propre corps disloqué, pareil à un cerf-volant pendu au plafond. Il avait rouvert la cicatrice de toutes ces blessures dont elle ne voulait pas parler, et elle avait réagi aussi violemment que s'il l'avait frappée en plein visage. Il se frotta les yeux.

— Danni ?

— Mmouais ?

— Je vais emmener l'équipe canine dans le parc, juste pour un petit bout de temps.

Elle releva brusquement la tête.

— Hein ? Qu'est-ce que vous racontez ? On a fini, là-bas.

— Non, cette fois je veux les chiens dressés à détecter les cadavres. Nous ne le retrouverons pas vivant, n'est-ce pas ? (Il se massa la nuque.) Je veux dire : plus maintenant...

— Je préfère ignorer cette dernière réflexion, Jack. Mais je ne veux plus vous entendre proférer ce genre de commentaire à la noix.

— Et moi je tiens à aller dans le parc avec ces chiens.

Un long moment, elle le dévisagea.

— Vous, Jack, quand vous avez une idée en tête...

Elle eut une petite moue et reporta son attention sur le caillou qu'elle avait enfin réussi à libérer. Elle le jeta dans la corbeille à papier, s'essuya les mains sur son pantalon.

— Allez-y, faites comme vous le sentez. Mais prenez garde qu'aucun de ces journaleux n'apprenne quelle est la spécialité de ces chiens. Je ne tiens pas à retrouver ça dans leurs torchons.

Dès son arrivée dans la salle des données, Marilyn Kryotos avait ôté ses chaussures, comme à son habitude, avant que le reste de l'équipe n'envahisse les locaux. Elle parlait au téléphone et Caffery attendit de l'autre côté de son bureau, en l'observant. Elle leva les yeux et lui adressa un sourire amical, et du doigt il traça un point d'interrogation dans l'air. Elle termina sa communication et se redressa en enfonçant ses poings dans ses reins.

— C'était l'antenne des Renseignements généraux de Dulwich.

— Alors ?

— Ça.

Elle lui tendit les notes qu'elle venait de prendre. La recherche pour le mot « troll » avait fait ressortir une affaire non élucidée. Une agression sexuelle violente sur un garçon laotien de onze ans, Champaluang Keoduangdy, à côté du plan de canotage asséché de Brockwell Park.

— Je vais essayer de le localiser aujourd'hui, mais, en attendant, nous avons un inspecteur à Brixton qui était présent dans les années 1980 et qui se souviendra peut-être de détails intéressants.

— Pas de suspect ?

— Non. Et ça s'est passé avant qu'on ne crée le fichier des pédophiles.

— Arrange-moi une entrevue avec la victime, et aussi avec l'inspecteur, tu veux bien ?

Dans Brockwell Park, le soleil se levait en illuminant progressivement le ciel derrière le grand monolithe druidique de béton et de verre que semblait être Arkaig Tower ; l'ombre de la tour courait sur le parc, plus dense à son pied. Les deux maîtres-chiens en chemise bleue revêtaient la tenue du médico-légal près de la camionnette. Sur le siège passager, Caffery nota les masques antiputréfaction de marque Sirchie. Les chiens à l'arrière du véhicule n'étaient pas les mêmes que ceux qui avaient été utilisés ces deux derniers jours. Ceux-là reniflaient les cadavres.

— Vous savez, s'ils tombent dessus, les chiens risquent de, hum, détruire certains indices... précisa le sergent avec un certain embarras. On ne peut pas toujours les arrêter, ils sont affamés.

Ils avaient emporté des pieds de porc impropres à la consommation depuis trois jours dans un sac en plastique hermétique pour calmer la faim des bergers allemands s'ils ne parvenaient pas à trouver Rory Peach.

Caffery se frotta l'arête du nez et scruta la ligne des arbres. C'était toujours là, il ressentait toujours cette attirance pour le parc. Il ne pouvait pas encore baisser les bras.

— Oui. Oui, je sais.

Ils commencèrent en partant de la camionnette, pilonnant le sol avec de lourdes sondes métalliques. C'était un rituel familier pour les chiens ; le bruit leur disait pourquoi on les avait amenés ici. Ils se mirent à saliver et à décrire des cercles avec excitation. Caffery eut quelque espoir quand ils enfouirent leur truffe dans les trous laissés par les sondes, qu'ils se glissèrent sous les broussailles et reniflèrent au bord des lacs. Mais il n'y a pas que le système de repérage par image thermique d'un hélicoptère qui soit amoindri par une température trop élevée : la chaleur affaiblit aussi l'acuité olfactive des animaux, et au bout d'une heure ils n'avaient rien trouvé. Les deux maîtres-chiens transpiraient dans leur combinaison et donnaient des signes de découragement, mais Caffery refusait de s'avouer vaincu. Il observait Texas, le plus grand des deux bergers allemands. De temps à autre le chien relevait le museau, comme s'il était distrait, et décrivait un cercle restreint.

— Allons, mon garçon, dit son maître pour le remettre à l'ouvrage. Par ici.

Mais ce fut dans cette attitude singulière de l'animal que Caffery sentit la proximité de la solution. Chaque centimètre carré du parc avait été passé au peigne fin. Il devait y avoir une option qu'il avait négligée et qui pourtant crevait les yeux.

C'est toi qui penses savoir, c'est toi qui te targues de pouvoir te mettre dans l'esprit du tueur, et tu es incapable de voir ce qui s'est passé ici.

« Qu'est-ce qu'un troll, Danni ? »

« Un troll ? Un vieux gay très dégueulasse qui ne veut de rapports sexuels qu'avec de très jeunes gar-

çons. Le méchant corbeau pervers, dans l'arbre, qui guette les poussins au sol... »

Il revit Rebecca, l'autre nuit, lorsqu'elle était accroupie dans la fourche des branches du hêtre, tel un farfadet. *Quand il était bébé, Zeus vivait dans un arbre...* Il songea au gamin dans le Clock Tower Grove Estate qui mimait quelqu'un escaladant un tuyau d'écoulement le long d'un mur. Et soudain il eut la solution. Il avait raison depuis le début. Rory se trouvait toujours dans le parc. Et il pensait savoir où.

A midi trente, pour le déjeuner, Hal Church revint chez lui de son atelier de menuiserie dans Coldharbour Lane. C'était un homme à la carrure impressionnante — avec ses manches retroussées, ses cheveux blond roux qui commençaient à déserter un front hâlé, il avait beaucoup plus l'air d'un artisan que d'un concepteur.

Dans la cuisine, Benedicte rangeait les courses qu'elle venait de rapporter du Tesco. Hal plaça les mains sur les hanches de sa femme, déposa un baiser sur le côté de son cou et l'inclina légèrement pour atteindre un paquet de bretzels dans le placard. Autour d'eux, Josh sautillait comme un petit criquet et allait de sac en sac pour en découvrir le contenu.

— M'man, où est le Sunny Delight ?

— Du Sunny Delight ! gémit Hal en plaquant une main sur le front de l'enfant. Un fils orange. Je vais avoir un fils orange...

— P'paaa ! s'écria le gamin en reculant et en se couvrant le visage des deux mains. Touche-moi pas la chetron !

— Eh, quessia, le môme orange ?

Josh rit et approcha de son père en prenant l'air menaçant.

— Tu me cherches, mec, t'es mal barré.

— Josh ! le réprimanda sa mère, qui sortit une

boule de mozzarella et la plaça sur le plan de travail pour la pizza qu'elle allait préparer. Tu veux bien arrêter de parler de cette façon ? Ce n'est pas amusant.

L'enfant baissa la tête et adressa une grimace de connivence à son père.

— Josh, fit ce dernier. Viens ici.

Il se courba jusqu'à ce que sa tête soit au niveau de celle de l'enfant et lui murmura :

— T'es plutôt malin pour un petit Blanc, tu sais ça ?

Le gamin fit le salut de Brixton.

— T'en veux, mec ?

— Pour l'amour du ciel, arrêtez, tous les deux ! dit Benedicte en enfonçant l'index dans le ventre de son mari. Allez, laisse-le boire un peu de jus de fruit, il a gratté le sol pendant tout l'après-midi.

— Pourquoi tu ne lui donnes pas un paquet de Rothman, pendant que tu y es ? Eh, Josh, tu nous diras quand tu voudras entrer en cure de désintox, promis, fiston ?

L'enfant posa la bouteille de Sunny Delight sur le plan de travail et se hissa sur la pointe des pieds pour prendre un verre.

— Tu sais, p'pa, maman a dû appeler les keufs.

— La *police*, Josh, pas *les keufs*. Où as-tu appris tous ces mots d'argot ?

— La police ? dit Hal en se tournant vers sa femme. Qu'est-ce qui s'est passé ?

Josh essayait d'ouvrir la bouteille avec ses dents. Il interrompit ses efforts pour répondre :

— On a dû appeler les keufs parce que quelqu'un a essayé de voler Smurf.

— Quoi ?

— Je te raconterai tout à l'heure, glissa Benedicte à son mari avec un bref regard significatif en direction de leur fils. Josh, pas avec tes dents, s'il te plaît. Tu peux en avoir besoin.

Elle lui prit la bouteille et se servit de ses propres dents pour arracher la languette plastique de la capsule.

— Et maintenant tu bois tout ton verre, d'accord, jeune homme ? Si tu es sage on remplira la pataugeoire et tu pourras jouer à Tracey Island.

— Ooouais ! approuva Josh, qui se précipita dans la pièce voisine, manquant de peu de renverser sa boisson. Virgil Tracey à Tour de Contrôle, je déclenche la capsule Thunderbird 4 maintenant ! (Il se jeta sur le canapé.) SU-PER !

Quand il fut installé dans le salon, toujours à portée de voix mais absorbé par les dessins animés télévisés, Hal ouvrit le paquet de bretzels, trouva une canette de Hoegarden et se tourna vers son épouse. Toute la journée il employait de l'huile de lin pour travailler le bois d'érable, et l'huile avait coloré la paume de ses mains, ce qui faisait ressortir sa ligne de vie. Il était d'une fidélité sans faille, et sa famille représentait tout pour lui : qu'elle soit réelle ou potentielle, la moindre menace sur son petit monde le trouverait prêt à tout.

— Alors ? Qu'est-ce qui s'est passé ?

— C'était vraiment dingue...

Elle alluma la bouilloire électrique et repoussa une mèche de cheveux qui oscillait devant ses yeux, lesquels restaient fixés sur Josh pour s'assurer qu'il n'écoutait pas. Un épisode des *Simpson* venait de débuter, et l'enfant s'était assis sur le canapé, jambes repliées devant lui, le verre de jus d'orange à ses lèvres. Il était déjà captivé par ce qui se déroulait sur l'écran.

— C'est arrivé devant ce magasin d'articles de camping, sur Brixton Hill. Tôt ce matin. Je l'avais attachée à un poteau parce qu'elle geignait pour ne pas rester enfermée dans la voiture. Je suis au comptoir, en train de payer la glacière pour la Cornouailles, et voilà que je me retourne, et... (elle agita la main en l'air)... et il y a ce type. En train de la brutaliser.

— Il la brutalisait ? répéta Hal avant d'enfourner une poignée de bretzels dans sa bouche. De quelle manière ?

Elle barra ses lèvres d'un index dressé.

— Il la brutalisait *sexuellement*. Il lui avait mis la main entre les pattes arrière.

— *Quoi ?*

— Je sais. Je te l'ai dit, c'est dingue. Il lui avait pris la queue dans une main, pour la soulever, un peu comme on soulève, je ne sais pas, moi, la queue d'une vache. Tu sais, comme font les vétos. Et il était penché en avant et il l'examinait. On aurait dit qu'il... Seigneur, c'est dégoûtant, mais on aurait dit qu'il la reniflait, ou qu'il voulait voir son sexe. Alors j'ai... Eh bien, je me suis mise à crier, et tout le monde dans la boutique s'est tourné vers moi, mais je me suis dit : *Hors de question que je laisse ce maboul s'en tirer comme ça...*

— Qui c'était, ce cinglé ?

— Un Blanc, de grande taille. Il se tenait derrière moi dans la boutique quand j'ai acheté tout l'équipement qui nous manquait pour les vacances. Je l'ai remarqué parce qu'il portait une capuche et qu'il se tenait dans un coin, comme pour ne pas être vu. A ce moment-là, j'ai cru qu'il m'épiait, mais il est sorti et je ne m'en suis plus souciée, jusqu'à ce que je le voie tenir la queue de Smurf en l'air...

— Le fumier...

— Et donc je suis sortie en courant du magasin, en criant et en hurlant comme une dingue... (Benedicte ouvrit le réfrigérateur pour y prendre le lait.) Mais il a descendu Acre Lane au galop, et comme j'avais laissé Josh dans le magasin, il a fallu que je revienne et...

— Bon Dieu...

— Et c'est de là que j'ai appelé la police pour tout leur raconter. Tu te rends compte, cette pauvre Smurf qui est sourde comme un pot, qu'on lui soulève la queue pour regarder son derrière...

— Tu blagues, là.

— Je ne blague pas du tout. J'ai téléphoné à la police. On les a pourtant assez vus ces derniers jours, mais je les ai appelés. Evidemment, ils ne pouvaient rien faire...

Elle se tut en contemplant le contenu du réfrigérateur.

— Et ?

— Oh, dieux du ciel, regarde ça !

Elle claqua la porte du frigo et se tourna vers le salon.

— Josh !

— Qu'est-ce qu'il a encore fait ?

— Il a encore tout changé de place. Josh !

Le gamin tourna vers eux un visage rayonnant d'innocence inquiète.

— Quoi ?

— Viens ici tout de suite !

— Jamais rien entendu d'aussi tordu, dit Hal en reprenant des bretzels. Reluquer le derche de Smurf...

Josh entra dans le coin cuisine. Benedicte se pencha pour lui parler :

— Tu as encore tout déplacé dans le frigo ?

— Non.

— Tu en es bien sûr ?

— Mais oui !

— Si tu mets le lait sur une des clayettes du haut, la bouteille se renverse, je te l'ai pourtant déjà dit. (Elle étudia de nouveau l'intérieur du réfrigérateur.) Eh bien, si ce n'est pas toi, je ne vois pas qui ça peut être. Les lutins du frigo, sûrement ? (Elle prit la bouteille de lait et l'éleva devant la lumière.) Oh, ce n'est pas vrai !

— Beurk ! fit Hal en grimaçant. C'est dégueulasse. Je le sens d'ici.

— Seigneur, gémit sa femme, qui avait pâli. Mais ça empeste l'urine !

— Attends. Donne-moi ça.

Il lui prit la bouteille de la main et, la tenant à bout de bras, alla jusqu'à l'évier. Il alluma le broyeur à déchets, vida la bouteille, la rinça et la jeta dans la poubelle. Puis il éparpilla dans l'évier une poignée de cristaux spéciaux pour l'aseptisation des canalisations et fit couler l'eau jusqu'à ce que le broyeur soit propre.

— Pouah ! Quand as-tu acheté cette bouteille ?

— La date de vente n'était pas périmée.

— Peut-être que le frigo est foutu...

Il examina avec soin l'affichage électronique du thermostat.

— Je m'en occuperai dès notre retour de Cornouailles, conclut-il.

Dans le parc, Caffery prit le jeune sergent à part.

— Je vais vous poser une question qui risque de vous paraître un brin stupide.

— Allez-y.

— Pouvez-vous vous arranger pour que les chiens cherchent *en hauteur* ?

— *En hauteur ?*

Il désigna les arbres.

— Dans les branches.

— Pas de problème.

— Vraiment ?

— Oui, vous savez... (Le maître-chien se frotta le visage et rougit un peu.) Vous savez comment ça se passe, avec les crashs d'avion. Parfois ils s'écrasent, mais tout ne tombe pas au sol, et il reste des... hum, des débris coincés dans les branches. Mais pourquoi ici ?

— Sais pas.

Caffery se retourna pour vérifier que personne d'autre ne les entendait. S'il se trompait, il n'avait aucune envie de devoir s'expliquer.

— Ecoutez, c'est juste une idée. Ça ne coûte rien d'essayer, pas vrai ?

— Bien sûr.

Le sergent alla jusqu'à la camionnette, prit une torche électrique et un bâton en acier galvanisé de la taille d'une canne munie d'une poignée en plastique vert.

— Texas ?

Le berger allemand releva aussitôt la tête et observa son maître qui tapotait le tronc d'un châtaignier avec la canne, avant de la lever vers les branches. L'animal comprit aussitôt ce qu'on attendait de lui. Il trotta jusqu'au sergent qu'il accompagna, queue basse mais museau relevé. Caffery les suivit, à quelques mètres de distance.

Ils effectuèrent le tour du parc. Il était treize heures quand le chien s'arrêta devant un gros charme d'où pendaient des chenilles en rideau. Le berger allemand se dressa sur ses pattes arrière, pattes avant appuyées contre le tronc, et resta ainsi.

Trois jours plus tôt, c'était à cet endroit précis que Roland Klare avait ramassé un Pentax et une paire de gants roses.

9

Caffery, l'officier chargé des scellés et l'inspecteur en chef Fiona Quinn tinrent une réunion rapide pour définir un plan d'action avec le pathologiste, Harsha Krishnamurthi, à la réception du bureau du coroner. Assis autour une table ornée d'un pot de fleurs en soie poussiéreuses, ils discutèrent de la meilleure manière d'autopsier Rory Peach. Ensuite, Caffery se rendit dans les toilettes et s'aspergea d'eau le visage.

Quand il avait scruté les branches et découvert comment Rory avait été abandonné là, sa première impulsion avait été de retourner à Brockley, de pénétrer sans formalité chez Penderecki, de saisir celui-ci par les cheveux et de lui écraser le visage contre le mur avant de le rouer de coups. Le frapper jusqu'à ce qu'il ne bouge plus. Le corps de l'enfant avait été ramassé en boule et ligoté dans cette position, genoux repliés contre le torse, les bras lui couvrant la tête — vu du ciel, il aurait ressemblé à quelque chose de la taille et de la forme d'une roue de voiture. Ses ongles avaient gravé des demi-lunes dans ses joues. Si Rory avait été plus corpulent, s'il avait eu dix ou douze ans, ils l'auraient peut-être repéré plus tôt. Et soudain l'inspecteur songea que, vingt-cinq ans auparavant, personne n'avait pensé à scruter les branchages des arbres, le long de la voie ferrée. Aujourd'hui encore, il découvrait, par hasard, un autre stratagème grâce auquel Penderecki aurait pu dissimuler Ewan pendant que la police fouillait son domicile.

Il s'essuya le visage avec un mouchoir en papier et traversa l'antichambre où les cadavres étaient rangés dans des tiroirs frigorifiques, un carton d'identité glissé dans le porte-étiquette de chaque porte, rose pour les femmes et bleu pour les hommes — *Nous avons un code de couleur selon notre sexe*, pensa-t-il, *pas seulement à la naissance, mais aussi après la mort...* —, et passa dans la salle de dissection. Les murs y étaient carrelés de vert, comme dans une piscine à l'ancienne, et il fut aussitôt assailli par cette vieille odeur familière de boucherie et de sang frais régulièrement épongé. Des tuyaux d'arrosage gisaient sous les tables, créant de petites flaques sur le sol, également carrelé. Deux corps, leur nom inscrit au marqueur noir sur leurs deux mollets, avaient été poussés dans un coin pour dégager de l'espace. Leurs effets et les étiquettes d'identification normalement accrochées à leur gros orteil étaient posés sur un autre chariot, dans des sacs-poubelle d'hôpital en plastique jaune. Les corps étaient ouverts, des serviettes bleues en papier bouchaient la cavité du cou, et un entrepreneur de pompes funèbres en tablier de plastique vert et bottes de caoutchouc était penché sur l'un des deux cadavres, duquel il tirait le serpent des intestins. Il les secoua, comme il l'aurait fait de linges sortis d'une bassine à lessiver.

Rory Peach, qui avait joué au football et collé des décalcomanies sur sa bicyclette, était maintenant une forme circulaire enveloppée dans une feuille de plastique blanc au centre de la salle. Autour de lui se tenaient trois entrepreneurs des pompes funèbres, qui formaient un tableau pour le moins étrange. Ils ne levèrent pas la tête à l'entrée de Caffery. Ces gens constituent une corporation étrange et silencieuse. Parfois secrets, souvent possédés d'un fort esprit de chapelle, et toujours très prosaïques, ils sont le véritable pouvoir derrière le pathologiste, et se chargent de la majeure partie du sale boulot lors d'une autopsie, sans ciller. Caffery ne les avait jamais vus se conduire comme aujourd'hui. Il lui fallut un moment, après qu'ils se furent séparés pour aller prendre des récipients et ouvrir des tuyaux d'arrosage, avant de comprendre qu'il venait de les voir rendre un dernier hommage au gamin. *Bon sang*, se dit-il, *ça ne va pas être facile*.

Harsha Krishnamurthi entra dans la salle, grand et grisonnant, professionnel jusqu'au bout des ongles. Il jouait avec son dernier gadget, un Dictaphone mains libres avec écouteurs. Il le mit en position puis, d'un geste décidé, retira la feuille de plastique recouvrant la dépouille de Rory Peach. Dans la salle, tous se tendirent un peu et retinrent leur souffle.

L'enfant était figé dans une position circulaire, presque comme un chat qui dort, avec les mains plaquées sur la tête. Il donnait l'impression de regarder un point situé sur sa poitrine. Du papier adhésif large et brun, du type qui sert à fermer les cartons, était enroulé autour de sa tête et recouvrait la zone des yeux et de la bouche. Il ne dégageait aucune odeur, comme si son corps était trop propre et trop jeune pour sentir, et sa peau semblait aussi douce que s'il venait de sortir du bain. Krishnamurthi se racla la gorge et demanda à Caffery s'il s'agissait bien du cadavre découvert dans Brockwell Park. L'inspecteur le lui confirma. Les formalités préliminaires étaient terminées.

Tout d'abord, ils ôtèrent les liens. Krishnamurthi trancha la corde avec un soin extrême, à moins de cinq centimètres du nœud : on effectuerait des tests ADN sur les ligatures, et elles seraient analysées par les spécialistes du médico-légal. C'est pourquoi le pathologiste prenait grand soin de conserver intacte leur forme. Il les déposa dans une pochette en plastique. Le photographe tournait lentement autour de la table pour prendre le cadavre sous tous les angles tandis que l'officier chargé des scellés marquait le sac et le fermait avant de le poser sur son chariot.

On répéta cette procédure jusqu'à ce que toutes les cordes soient enlevées du corps, qui alors prit une tout autre apparence. Il était recroquevillé sur lui-même, à l'image d'une jeune araignée en position de défense, et les liens avaient laissé de profonds sillons dans les chairs de ses bras, à ses genoux et ses chevilles. Krishnamurthi bougea avec douceur les jambes minces. Elles se déplièrent sans problème. Le médecin légiste hésita, perplexe. Pendant une poignée de secondes, personne n'osa respirer. Krishnamurthi jeta un coup d'œil à la pendule murale, avant de fléchir le pied de Rory Peach, puis d'examiner le visage et les mains de l'enfant.

— On constate... Euh, oui. (Il releva sa visière en plastique et s'essuya le front avec la manche.) On constate l'apparition de la *rigor mortis*, mais seulement au niveau du visage et dans la partie supérieure du torse. Je vais...

Il marqua une pause, presque imperceptible. Seuls les plus vigilants, dont Caffery, remarquèrent la très légère roseur de l'émotion qui colora ses joues. La flexibilité des pieds avait conduit le pathologiste à envisager l'impensable.

— Je vais prendre la température du foie, termina-t-il.

Caffery se détourna. Il avait assisté à des centaines d'autopsies, dont certaines de victimes beaucoup moins humainement reconnaissables que ne l'était Rory. Il avait vu un homme de quarante ans, réduit à un visage sans traits associé à un morceau de torse, rouler sur la table de dissection. Il avait vu le cadavre d'une jeune fille de quinze ans dévorée par les renards, des yeux jusqu'aux épaules. Il ne se targuait pas de ressentir l'horreur plus profondément que quiconque, mais, comme Krishnamurthi, il connaissait les mécanismes de la *rigor mortis* — il savait ce que signifiait la rigidité des muscles faciaux, et ce que la flexibilité des pieds du cadavre impliquait concernant la mort de Rory. Il ne voulait même pas y penser. Pour la première fois de sa vie, il dut sortir.

Il se tenait dans la réception, des pastilles mentholées dans la bouche, à se frotter vigoureusement les mains l'une contre l'autre, l'afflux de sang lui clarifiant les idées, lorsque la porte s'ouvrit. Souness apparut, qui époussetait sa veste avec autant de soin que si elle venait de traverser un mur de toiles d'araignée.

— Putain de presse, fit-elle en frissonnant. Ils ne perdent pas de temps.

Elle referma la porte derrière elle, se retourna et remarqua immédiatement que Caffery s'évertuait à ne pas croiser son regard, qu'il cherchait une contenance. Sa voix s'adoucit quand elle demanda :

— Ça va ?

Elle s'approcha de deux pas, nota la pâleur autour des lèvres de l'inspecteur.

— Non, ça ne va pas. Vous êtes secoué, hein ?

— Je vais bien. Une menthe ?

— Non, merci.

Elle se mordilla le bout du pouce, jeta un coup d'œil vers la porte de la salle d'autopsie puis reporta son attention sur lui.

— Bizarre. Je suppose qu'à votre place je me sentirais un peu jalouse...

— Jalouse ?

— On a retrouvé le corps de Rory. Il est mort, mais au moins on a retrouvé son cadavre. Ses parents peuvent commencer leur deuil, maintenant. (Elle posa une main sur son bras, dans un geste amical.) Mais vous, pauvre âme en peine ?

Caffery ne répondit pas. Il n'osait pas parler ni même prendre la pochette de papier à cigarette et le tabac dans sa poche, de crainte que ses mains ne tremblent.

— Je, euh, je pense que nous avons une heure pour la mort. D'après la rigidité cadavérique.

— Et ?

— Euh... Si nous allions voir ?

Dans la salle d'autopsie, Krishnamurthi poursuivait sa tâche. Il avait prélevé des parcelles d'ongles, et placé les ciseaux avec celles-ci dans un sac qu'il avait confié à l'officier chargé des scellés. Il avait également ôté le ruban adhésif de la tête de Rory. L'inspecteur en chef Fiona Quinn semblait nourrir quelques espérances : dans les pochettes en plastique regroupées sur un chariot se trouvaient cinq fibres blanches trouvées dans les sillons laissés par les liens sur les poignets du cadavre. Quinn pourrait donc les soumettre à divers examens, spectométrie de masse et chromatographie des gaz, entre autres, afin de définir leur composition et la nature chimique de leur couleur, cela dans le but de comparer ces résultats à tout vêtement d'un quelconque suspect. A présent, Krishnamurthi rompait en douceur la rigidité cadavérique de la partie supérieure du corps, qu'il allongerait ensuite sur la table.

Caffery et Souness allèrent se placer contre le mur. Jack suçotait ses pastilles de menthe, le commissaire se triturait l'oreille de deux doigts, l'air gêné d'assister à cette scène.

Rory mesurait cent vingt-sept centimètres de son talon gauche au sommet de son crâne. Il pesait vingt-six kilos et deux cent trente grammes. Selon l'échelle de Tanner, il était légèrement plus corpulent que la moyenne pour un enfant de huit ans. Une serviette en papier ensanglantée à motifs de fleurs bleu pâle avait été pressée contre son épaule et y adhérait toujours, car elle était restée coincée sous le corps quand il avait été étendu.

Krishnamurthi, le photographe et les entrepreneurs

de pompes funèbres se déplaçaient autour de la table selon un rituel complexe mais bien huilé, chacun agissant quand c'était son tour, sans avoir besoin du moindre signal. Caffery et Souness observaient ce ballet macabre en silence. Ils avaient à l'esprit les mêmes questions : la serviette en papier cachait-elle la source du sang retrouvé dans la cuisine ? Rory Peach avait-il été sexuellement agressé ?

— Je suis en présence du corps relativement bien nourri d'un enfant, dit Krishnamurthi d'un ton posé dans le micro de son Dictaphone, sa voix résonnant curieusement dans la salle immaculée. Le visage présente des marques de boursouflures. Multiples aspects d'un faciès hippocratique. Orbites oculaires proéminentes, globes oculaires affaissés. Pommettes et mâchoire inférieure saillantes. La bouche et le nez apparaissent... (il se pencha et examina le visage de l'enfant avec attention) secs. Recouverts de croûtes. A la palpation, la peau est tendue, donc anatomie microscopique pour rechercher une hyperpotassémie, et je veux aussi une numération du sodium, des niveaux de l'hormone antidiurétique et du plasma sanguin...

— Harsha ?

Krishnamurthi releva la tête et regarda Souness.

— Oui, oui. Dès que je disposerai du résultat des analyses microscopiques, je vous en dirai plus. Et quand j'aurai examiné les capsules des organes.

Le médecin légiste avait la réputation de ne pas donner à la police les réponses immédiates qu'elle demandait.

— A quoi vous attendez-vous ?

— A des capsules poisseuses, collantes, peut-être à des saignements dans le faisceau intestinal.

— Ce qui signifie ?

Il étrécit les yeux et émit un claquement de langue désapprobateur.

— Je vous le dirai quand j'aurai procédé à leur examen. Cela vous convient, j'espère ?

— Très bien, affirma Souness en levant les mains, la dernière chose dont ils avaient besoin étant de s'aliéner sa collaboration. C'est parfait.

— Bon, fit Krishnamurthi en s'inclinant de nouveau pour étudier la gorge de Rory. Il y a une trace mal définie sur le larynx qui indique une sorte de... hum, occlusion de la carotide et de la jugulaire, une sorte de ligature de strangulation, mais pas de pétéchie dans les yeux. Certaines éraflures et des contusions sur le cou. (Il se tourna de nouveau vers Souness.) Mais ce n'est pas la cause du décès.

— Vraiment ?

— Vraiment.

Oui, vraiment, Danni, songea Caffery en contemplant la pointe de ses chaussures. *Ce n'est pas ainsi que Rory est mort, et je pense que je sais déjà comment il est mort.*

— Plus tard, déclara Krishnamurthi, j'aimerais avoir des clichés sous différents éclairages de ces marques, pour voir si nous pouvons en tirer autre chose.

Il recula de trois pas et laissa l'entrepreneur de pompes funèbres retourner le corps, ce que l'homme fit avec des gestes sûrs et précis, sans jamais regarder le visage de l'enfant. Un silence absolu régnait dans la salle de dissection. Le cadavre étendu sur le ventre, les vertèbres de Rory saillaient sous la peau, la serviette en papier était restée collée à l'épaule. Quand il l'ôta, Krishnamurthi ne regarda personne. Il la fit tomber dans une pochette en plastique qu'on lui présenta. Il se pencha sur la blessure et après un moment se redressa.

— Bien, dit-il. Nous aurons besoin qu'un dentiste examine cela.

Sous la canicule de la mi-journée, Josh barbotait dans la pataugeoire, dans sa tenue de Darth Maul, dos tourné aux bois, le visage marqué par une concentration intense tandis qu'il plongeait le Thunderbird 4 au fond de la petite piscine et le laissait remonter à la surface. Le soleil miroitait sur l'eau, et au-delà de la palissade, dans le parc, les moucherons bourdonnaient à l'ombre des châtaigniers.

Sous la véranda, une bouteille glacée de Coke à la main, Hal observait ces arbres. Il apercevait des lueurs blanches et bleues, là où une équipe de la police s'était rassemblée, sur une zone plutôt restreinte. Ils avaient délimité un périmètre avec du ruban jaune autour des buissons. Selon toute vraisemblance, ils avaient trouvé quelque chose. Songeur, il but une gorgée de soda. Il avait été très heureux de quitter le centre de Brixton et leur appartement exigu au-dessus d'un magasin de vins et spiritueux, sur ce qu'on surnommait la « Ligne de Front » ; or il semblait maintenant que les problèmes de Brixton les rattrapaient en haut de cette colline.

La Ligne de Front. A une époque, ils avaient tiré une certaine fierté du cachet qu'avait cette adresse, et pour eux l'existence était rythmée par la pose de pièges à cafards sous l'évier, et les sandwichs au thon accompagnés d'un scotch au café Phoenix, où Hal retrouvait Darcus Howe pour batailler au sujet du révisionnisme. La vie sur la Ligne de Front. Il aimait cela, lui et ceux de la Frontière, qui vivaient avec les vraies gens. Ils étaient là quand avaient éclaté les émeutes de Wayne Douglas, en 95. Il s'était tenu dans la rue, ses clefs dans une main, des livres dans l'autre, à contempler l'incendie du Dogstar. Et sur le seuil de leur maison ou à leur fenêtre, tous les habitants du quartier avaient regardé les feuilles carbonisées qui redescendaient du ciel en pluie.

Mais, avec l'arrivée de Josh, tout avait changé, ils s'étaient sentis investis d'un sentiment de responsabilité. Les hurlements schizophréniques, les agressions, ces jeunes et riches membres de clubs, et les sinistres adeptes de Louis Farrakhan, des Noirs d'une élégance impossible dans leurs costumes taillés au rasoir, qui se tenaient au coin des rues, mains jointes pieusement, avec derrière leurs prunelles l'éclat lugubre de desseins terrifiants — soudain, plus rien de tout cela ne lui avait paru prestigieux ni amusant. Un jour, Josh était entré dans le salon en brandissant Buzz Lightyear. Mais le guerrier miniature était en garde, avec sa nouvelle arme de mort : une seringue, avec les mots À USAGE UNIQUE — INSULINE 100 imprimés sur le piston. Après cet incident, Hal avait décidé de travailler comme un fou pour sortir sa famille du centre de Brixton. C'est toutefois par Benedicte que le salut était venu : elle avait hérité de sa tante décédée en Norvège, et ils avaient pu acheter cette maison neuve, juste assez loin de leur ancien foyer pour que leur sécurité soit assurée. Ici l'éclairage public fonctionnait, il y avait une palissade de sécurité et un long trajet en bus les séparait du mauvais coin de la ville. Pour tout dire, leur nouvelle vie était plutôt douillette.

— Hal !

D'une fenêtre à sa verticale, Benedicte le hélait. Il posa la bouteille de Coca sur le sol.

— Josh, tu restes là, compris ?

Il rentra dans leur maison et gravit les marches, quatre à quatre. Sa femme était figée dans la chambre, au pied du lit.

— Tout va bien ? s'enquit-il.

— Oui...

Elle portait un T-shirt, une culotte rose et des pantoufles en peau de mouton. Elle avait mis des rouleaux dans seulement la moitié de sa chevelure.

— Moi, ça va, dit-elle, mais regarde. Le lit.

Hal constata que sur toute la longueur, du côté où dormait habituellement sa femme, le drap était humide. Comme si Smurf avait grimpé sur le matelas et uriné d'un bout à l'autre.

— Bon Dieu...

— Oh, Seigneur, dit Ben en se passant une main sur le front. Je suis désolée d'avoir crié. Ce n'est pas la faute de Smurf. Elle est vieille et... (Avec un soupir, elle entreprit de retirer la housse de couette trempée.) Quand elle monte sur le lit, parfois elle ne peut pas redescendre aussi vite qu'il le faudrait.

Hal secoua la tête en faisant la moue.

— Tu aurais dû la voir, ce matin. Elle traînait les pattes arrière, dehors, et elle s'est mise à pisser d'un coup. Ça coulait le long de sa patte. C'était... pathétique.

— Je lui ai pourtant donné son médicament, ce matin. Hal, tu sais, je pense toujours que nous devrions chercher un véto dans Helston, juste au cas où... (Elle respirait par la bouche tandis qu'elle tirait sur le drap.) Depuis que Josh est propre, je croyais en avoir fini avec ce genre de corvée...

— C'est probablement dû à toute son excitation, hier.

— Bien sûr, quand un inconnu examine votre sexe, ça vous fait uriner tant vous êtes excitée ! C'est bien d'un homme, ce genre de réflexion ! (Elle fit un tas des draps souillés.) On va lui interdire l'accès à l'étage, Hal, d'accord ? Le soir, on l'enfermera dans la cuisine.

Il soupira.

— A notre retour, il faudra sans doute prendre une décision... (Il mima un pistolet avec sa main et appliqua le bout des deux doigts joints contre la tempe de sa femme.) Pauvre vieille.

— Oh, pour l'amour du ciel, non, je t'en prie.

Elle essuya son visage sur son épaule. Elle ne pouvait supporter l'idée de perdre Smurf. Elle n'avait jamais cru, pourtant, que la chienne vivrait aussi vieille. Sur le médaillon d'identification de son collier, après *Je m'appelle Smurf. Si vous me trouvez, merci d'appeler mes maîtres*, figurait toujours leur ancien numéro de téléphone. Ils n'avaient pas jugé utile de le changer. Et pourtant, Ben n'avait pas vraiment accepté que la fin de Smurf fût si proche.

— Parlons d'un sujet moins triste.

Elle se tourna vers la porte, le paquet de draps à bout de bras, et sortit de la chambre.

Une morsure. Une plaie béante et rougeâtre dans la chair blanche. Rory aurait pu être agressé par un animal carnivore. On distinguait quatre ou cinq autres morsures, moins prononcées, dans la même zone, mais Krishnamurthi n'en vit aucune sur les endroits du corps où les victimes de viol sont en général mordues : l'aisselle, le visage et le scrotum. Seulement au-dessus de l'omoplate. Les morsures aux épaules étaient souvent utilisées par le violeur pour soumettre sa victime. Et quand Krishnamurthi effectua les prélèvements anaux, il trouva autre chose.

— Oui, dit-il en se redressant. Il y a souillure.

Personne ne fit de commentaire. Souness et Caffery échangèrent un regard.

— Vous savez ce que c'est ?

— On ne peut l'affirmer sous cet éclairage. Et pas avant qu'un échantillon ne soit passé au labo, mais je pense qu'on pourra alors formuler une hypothèse.

Souness approuva gravement.

— Je vois.

Elle se tourna vers Caffery, qui acquiesça brièvement. Il enfouit les mains dans ses poches et reporta son attention sur le médecin légiste, lequel poursuivait son examen. Jusqu'à ce que la substance polluante ait été identifiée, ils ne devaient pas formuler de supposition. Il pouvait s'agir de n'importe quoi.

Le photographe inséra une pellicule dans un appareil Kodak pour la prise d'empreintes et pêcha une règle à angle droit bleu pâle dans son attirail. Krishnamurthi s'écarta, et il plaça la règle près de la plaie et régla la mise au point. Souness et Caffery l'observaient en silence, côte à côte. Le photographe terminait les clichés de la dernière morsure infligée à Rory Peach lorsque l'odontologiste arriva du King's Hospital.

M. Ndizeye, diplômé de chirurgie dentaire et adventiste du Septième Jour, portait des lunettes à monture épaisse type Sécurité sociale, et une chemise hawaiienne sous sa blouse blanche. Les coins de ses lèvres étaient perpétuellement relevés, ce qui lui donnait l'air d'afficher un sourire de clown. La transpiration perlait à son front aux reflets acajou tandis qu'il inspectait les plaies, griffonnait quelques notes et préparait le nécessaire pour les moulages dentaires. Dans son dos, les entrepreneurs de pompes funèbres s'entre-regardèrent.

— Qu'en pensez-vous ? demanda Souness. Vous allez être en mesure de tirer quelque chose de ces traces ?

— Oui, oui, répondit Ndizeye, qui attendait avec une impatience palpable que son assistant emplisse l'injecteur de polysilicone. Certaines de ces morsures ont été infligées lentement. (Il se tourna pour examiner la pâte malléable qu'il allait appliquer sur les plaies de Rory, agitant doucement la substance du bout d'un doigt.) Les érosions radiales indiquent que l'auteur des morsures a exercé une succion de la plaie au moment de l'acte. Typique chez les sadiques. (Il sortit un mouchoir d'une de ses poches et s'essuya le front avant de se pencher sur Rory.) Les dents supérieures à gauche, une, deux, trois... et une à droite, peut-être deux. (Il se redressa, avec ses yeux agrandis par les verres correcteurs de ses lunettes, et son éternel rictus.) Oui, je suis satisfait. Je pense que nous obtiendrons une empreinte d'excellente qualité.

Après l'autopsie venaient les examens aux rayons, les tests au sérum antilymphocyte, les photos. L'équipe scientifique apporta ses paravents obscurs mobiles, et Souness et Caffery sortirent, le commissaire pour aller tenir une conférence de presse, l'inspecteur pour retourner à Shrivemoor et transmettre à Kryotos les résultats obtenus dans la journée afin qu'elle les ajoute à la masse grandissante des données collectées sur l'affaire. Quand enfin il décida que la journée était terminée pour lui, tard dans la soirée, il se rendit compte qu'il n'avait pas dîné et qu'il était parcouru de frissons. Le plat à emporter qu'il engloutit à Crystal Palace arrêta les tremblements, mais en arrivant chez lui il fit halte quelques secondes devant la maison, et se mit en condition pour ne rien dévoiler de son trouble.

Il n'aurait pas dû s'inquiéter pour ce genre de détails. Rebecca n'était pas d'humeur à bavarder avec lui de sa journée.

Vêtue d'un pantalon de daim caramel et d'un pull blanc court, elle était allongée sur le canapé. Elle mordillait l'ongle rose de son pouce en fixant d'un regard vide l'écran du téléviseur. Il y avait une pile d'exemplaires de *Time Out* sur la table basse, devant elle. A l'entrée de Caffery, elle n'eut aucune réaction. Ce fut lui qui dut parler le premier :

— Comment te sens-tu ?

Elle lui accorda un coup d'œil vague, comme quelqu'un qui remarque que la fenêtre est restée ouverte et qui n'a pas envie de se lever pour la fermer.

— Mal de crâne.

— C'est tout ?

— Oui.

Il se laissa tomber sur le canapé à côté d'elle, lui passa un bras autour des épaules.

— Je suis désolé, pour hier soir.

Elle ne se recula pas pour lui échapper, ne montra aucun signe d'énervement. Elle continua simplement de regarder l'écran. Soudain il se sentit immensément triste de ce qu'il avait fait la veille, quand il l'avait confrontée à ces souvenirs qu'elle occultait de toutes ses forces. Il comprit que ce soir il lui faudrait faire assaut de douceur.

— Allons là-haut, dit-elle beaucoup plus tard.

Il la suivit dans l'escalier, toujours dérouté par cette étrange aura de silence autour d'elle, et dans la chambre ils échangèrent à peine un mot. Il aurait dû se douter de ce qui allait suivre.

Rebecca aimait qu'il s'occupe d'elle. Ils avaient établi cette habitude dès les premiers temps de leur relation. « En fait, ça a commencé dès la première nuit, avait-elle confié à ses amies. Je n'ai même pas eu à le lui demander. Un véritable miracle. » Il pouvait le faire pendant des heures si elle le désirait. Elle passait ses jambes fuselées sur ses épaules. Parfois elle riait parce qu'il insistait pour poser un pied sur le sol, comme s'il s'apprêtait à courir la seconde suivante. « Que crois-tu qu'il va arriver ? Une attaque commando ? » Ce soir-là, elle ne lui dit rien. Elle souleva les hanches et le laissa la dépouiller de son pantalon en daim. Elle posa les mains sur la tête de Caffery, enfouit les doigts dans sa chevelure en contemplant pensivement le plafond. Après qu'elle eut obtenu son orgasme il se redressa, retira sa chemise, avec laquelle il s'essuya le visage, et il allait se débarrasser de son pantalon quand elle se leva du lit et ramassa ses affaires sur le sol.

— Où vas-tu ?

— Me laver.

— Quoi ?

— Je vais me laver.

Elle sortit de la chambre et il retomba sur le dos, dans le lit. Il se mit les mains sur le visage. Son érection était presque douloureuse tant il était excité. *Qu'est-ce qu'elle fout, bon sang ?* Il écouta le bruit de la vieille tuyauterie, sut quand elle avait fini de se laver, l'entendit sortir de la salle de bains et descendre au rez-de-chaussée. Le réveil sur la table de chevet égrenait les secondes et son érection disparaissait peu à peu. Avec un grognement, il ôta les mains de son visage et resta étendu là, les yeux rivés au plafond, une migraine lancinante lui taraudant le cerveau.

Tu as déclenché une phase nouvelle dans votre relation, Jack. Tout ça, c'est à cause d'hier soir.

Quand elle revint dans la chambre, quelques minutes plus tard, elle avait enfilé son vieux peignoir de bain. Elle s'était peigné les cheveux et tenait un verre de vodka dans une main, un cigarillo dans l'autre. Elle se campa devant la petite bibliothèque en fumant et lut calmement les titres sur la tranche des ouvrages, comme si rien ne s'était passé. Il se leva et vint poser les mains sur ses épaules.

— Ecoute, la nuit dernière... j'ai...

— Ne t'inquiète pas pour ça, lâcha-t-elle en s'écartant. Je vais me coucher, maintenant.

Et ce fut tout. Il resta un moment sur le seuil de la pièce, en se contenant pour ne pas céder à la colère, alors qu'elle écrasait le cigarillo dans le cendrier sur la table de chevet, se glissait sous les draps, relevait les jambes et y posait un livre. Son petit visage aux traits nets était illuminé par la lampe de chevet. L'air concentrée sur sa lecture, elle l'ignorait. Il savait qu'il aurait dû dire certaines choses, des choses qu'il aurait dû être capable de dire. Mais il était exténué, et hanté par les images de l'autopsie de Rory. Et il sentait que le moment serait très mal choisi pour engager une conversation.

— Très bien.

Il tourna les talons et alla dans l'autre chambre.

Il avait partagé cette pièce avec Ewan dans leur enfance — il l'appelait maintenant la « chambre d'Ewan ». Il trouva ses baskets, passa un pantalon de jogging et un T-shirt. Par la fenêtre il jeta un coup d'œil aux lumières dans la maison de Penderecki, de l'autre côté de la voie ferrée, habitude dont sans doute il ne parviendrait jamais à se défaire. Puis il passa la clef de la porte d'entrée à une lanière, à son cou, descendit et sortit en claquant la porte. Il n'avait pas dit au revoir à Rebecca.

Dès qu'il eut refermé la porte d'entrée, elle laissa tomber le livre sur le plancher et se laissa aller sur le lit. Quand le silence fut revenu dans la rue — avec seulement le passage occasionnel d'un véhicule dont les phares balayaient le plafond au-dessus d'elle —, elle se redressa, prit un oreiller et le pressa contre son visage. *Oh, Seigneur, Jack, tout est tellement détraqué...* De ses avant-bras, elle appuya l'oreiller sur son nez et sa bouche, et se mit à hurler.

Elle cria jusqu'à ce que sa gorge soit douloureuse et sa migraine insupportable. Alors elle se calma. Seule la salive avait mouillé l'oreiller. Elle n'avait pas versé une larme.

Avant le cap de la trentaine, il courait pour dépenser son énergie, mais à présent cette activité lui permettait surtout de se vider l'esprit, d'empêcher que ses pensées ne se heurtent aux murs des impossibilités, et cette nuit-là la libération fut presque instantanée. Il avait pleinement conscience de la situation : il voulait que Rebecca parle de ce qui s'était passé, et de son côté la jeune femme désirait qu'il cesse de vivre avec le spectre d'Ewan. En réalité, elle souhaitait qu'il quitte sa maison. En cela, elle était exactement comme les autres, mais en cela seulement. Pour tout le reste il la trouvait unique et irremplaçable. Elle retenait son attention plus que toutes les autres, il l'aimait plus profondément, elle lui plaisait plus que toute autre. Il n'en demeurait pas moins qu'il se refusait à choisir. Il courait en s'efforçant de ne pas y penser, la clef tressautant sur sa poitrine, de concert avec la médaille de saint Christophe de sa mère. Il s'enfonça dans les rues de Brockley, bordées de cottages d'artisans jadis menacés par les bombes volantes de Wernher von Braun. Depuis Ewan, le paysage avait quelque peu changé. A présent, le ciel était envahi par le monolithe de néon de Lewisham, la Citybank, avec son C qui clignotait et grésillait comme un insecticide à ultraviolets. Au pied de cet édifice, à la place des banlieusards aisés, des revendeurs de drogue occupaient les maisons à six grandes chambres sur les avenues proches de Hillyfields, et parfois ils s'entretuaient là, en pleine nuit.

Quand Caffery avait racheté à ses parents la maison où il vivait toujours, il avait à peine plus de vingt ans. La demeure avait jadis été baptisée Sérénité, mais dans les années 1960 quelque plaisantin armé d'un escabeau et d'un peu de ciment à prise rapide l'avait renommée Gethsémani. Le premier acte des Caffery avait été d'effacer la plaque au burin. « Inutile d'attirer la souffrance ici, avait déclaré sa mère. Quiconque vit dans une maison avec ce genre de nom est forcément maudit. » Mais elle n'avait pas réussi à triompher de la maladie. Peut-être avait-elle abandonné les soins trop tôt.

Il continua vers le bas de la rue, son T-shirt trempé de sueur, tourna à gauche et passa devant le cimetière de Nunhead, vers Peckham Rye, ses lacs sombres et ses grands espaces. Soudain, il se surprit à réfléchir à l'affaire de Brockwell Park, à l'assassin de Rory, aux convergences avec sa propre existence. Existait-il un ensemble de pensées et d'actions commun à chaque pédophile de Londres ? Des années en arrière, il avait lu une étude sur le plus grand organisme vivant connu au monde : un champignon souterrain qui s'étalait sur près de seize hectares dans le Michigan. Parfois, il imaginait le réseau pédophile semblable à ce champignon : chaque pédophile vivant son vice, invisible, sous la société — *sous notre nez* —, et connecté par une sorte d'excroissance de chair à tous les autres. Penderecki était un vieil homme, mais il appartenait à ce réseau et Caffery avait la certitude qu'il connaissait quelqu'un qui connaissait quelqu'un qui connaissait quelqu'un... qui connaissait le meurtrier de Rory. Il ignorait le nombre d'intermédiaires qui séparait son voisin du tueur, mais il le devinait assez réduit.

Il revint vers Brockley, traversa la voie ferrée par le pont et son regard s'égara sur les rails. Les arbres avaient encore leur feuillage, lors de la disparition d'Ewan. En pleine nuit, il aurait été aisé de cacher un corps dans les branches de l'un d'eux, pour l'en retirer avant la chute des feuilles. Mauvais sujet de réflexion. Il revint dans la rue de Penderecki et trotta devant les portails brûlés par le soleil, les fenêtres à petits carreaux colorés, les petits porches en retrait, avec leurs paniers muraux et leurs chaussures soigneusement alignées. La fenêtre de la salle de bains de Penderecki était éclairée et Caffery fit halte un moment — juste un moment — devant la maison, pour contempler ce carré de lumière, avec le regard intense d'un papillon de nuit hypnotisé. Le verre dépoli de la fenêtre semblait constellé de diamants lumineux, et il lui fallut quelques secondes avant de s'apercevoir que quelque chose pendait à l'intérieur, quelque chose de long et de coloré, une lanterne en papier peut-être, du genre que les étudiants aiment accrocher dans leurs chambres meublées. Pas du tout le style de Penderecki de décorer son intérieur. A moins qu'il n'ait une bonne raison d'agir ainsi. *Tu devais probablement remarquer ça. C'est le début de quelque chose de nouveau*. Un nouveau tourment.

Il tourna les talons et rebroussa chemin à petites foulées vers sa demeure, vers Gethsémani. Une fois rentré, il se débarrassa de son short et de son T-shirt alourdis de sueur, en pensant à la sensation de claustrophobie qui se dégage d'un alignement de maisons mitoyennes. Puis il s'allongea à côté de Rebecca, dans l'obscurité, et écouta sa respiration.

10

21 juillet

Le lendemain matin, Caffery découvrit Kryotos en larmes dans la cuisine attenante à la salle des données. Il l'attira à lui, et lui plaqua la tête contre sa poitrine, en refermant ses bras sur elle. Ses sanglots redoublèrent, au point que ses épaules tressautaient. La seule fois où il l'avait vue pleurer auparavant, c'était aux funérailles de Paul Essex. Le moment lui parut étrangement intime.

— Ne laisse pas Danni me voir dans cet état, s'il te plaît.

— D'accord, d'accord, voilà. (Sans la lâcher, il referma la porte du pied.) Que se passe-t-il, Marilyn ? C'est à cause des gosses ?

Elle secoua la tête et s'essuya le nez.

— Danni vient de parler à Quinn de...

— De quoi ? fit-il doucement en lui caressant les cheveux. Elle a parlé à Quinn de quoi ?

— De l'autopsie pratiquée sur Rory Peach. (Elle pressa les paumes de ses mains contre son visage.) Les photos sont sur ton bureau. Quinn veut tous ces tests au plus vite. Elle veut que tu appelles.

— Qu'est-ce qui t'a mise dans cet état ?

— Ils pensent que le gosse était encore vivant, dans l'arbre. D'après eux, il est resté vivant pendant deux jours, ligoté, dans les branches. Il a essayé de se libérer de ses liens... Je sais que c'est stupide, mais je ne peux pas m'empêcher de l'imaginer en train de se débattre, avec ses petits bras trop faibles...

Les yeux fixés au plafond, Caffery continua de lui caresser les cheveux. Bien sûr, il l'avait déjà deviné. Il l'avait su quand Krishnamurthi n'avait pas réussi à déplier le petit corps. Quand le médecin légiste avait massé les pieds du cadavre pour voir s'il parviendrait à les fléchir. Et à cause de l'absence d'odeur. Si Rory avait été mort depuis assez longtemps pour que la rigidité cadavérique s'estompe, par ce temps il aurait déjà été impossible à identifier. Or son corps était intact. La *rigor mortis* n'avait même pas eu le temps d'atteindre ses pieds, tant le décès était récent.

— Allons.

Il la serra contre lui. Sous le chemisier, il sentait les rondeurs tièdes des seins. Jamais il n'avait été aussi proche physiquement de Marilyn. De son corps montait ce mélange typiquement féminin de shampooing, de lotion de bain et de rouge à lèvres, mais c'était un parfum très différent de celui de Rebecca. Il se prit à repenser à la nuit précédente, revit Rebecca qui l'abandonnait calmement pour se rendre dans la salle de bains, le laissant étendu sur le lit, avec cette érection soudain ridicule. Comme si elle avait senti le changement du cours de ses pensées, Kryotos se figea. Elle cessa de trembler et se mit à respirer lentement par la bouche. Quand elle s'écarta de lui, elle ne pleurait plus, mais son visage avait rosi et elle évita de croiser son regard. Elle alla s'asseoir devant le terminal informatique et, lorsqu'il se dirigea vers le bureau du commissaire, Caffery remarqua la rougeur à sa nuque.

L'air fraîche et dispose dans son costume Marks & Spencer à la coupe masculine sur une chemise lilas au col ouvert, Souness se tenait devant le bureau et regardait par la fenêtre. A l'entrée de Caffery, elle ne dit rien, se contentant d'indiquer d'un mouvement de tête l'enveloppe bleu et blanc du Service photographique de la police métropolitaine sur le bureau. Il posa son café et sortit les tirages. Après les avoir étudiés, il appela Fiona Quinn.

— Que savez-vous ? demanda-t-elle.

— Eh bien, j'avais deviné une partie des choses hier, répondit-il. Par exemple que sa mort avait pris un certain temps.

— Krishnamurthi nous a demandé si nous pouvions sentir la poire ou le vernis à ongles quand il a ouvert le corps...

— Oui. L'acétone.

— Acidocétose, dit Quinn, qui à l'autre bout du fil remua des papiers. Il était taraudé par la faim. Son corps commençait à puiser dans les réserves de graisse, ce qui a envoyé des acides gras dans son système sanguin.

— Et c'est ce qui l'a tué ? demanda-t-il d'un ton prudent.

— Non. Mourir de faim prend très longtemps. Nous pratiquons des tests de Shear pour déterminer l'indice d'infection et le taux d'hématocrites. Cela ne vous dira probablement pas grand-chose, mais son sang s'était épaissi. Vous vous souvenez du faciès hippocratique ?

— Oui.

— C'est l'aspect que prend votre visage quand vous endurez une déshydratation importante. Il, hum, il est mort de soif.

Oh, bon sang... Caffery s'assit à son bureau. *Bon sang*... C'était vrai, alors. Il songea à la fureur du public qui s'abattrait sur les équipes de recherche et sur l'équipage de l'hélicoptère, parce que tous avaient échoué à retrouver un enfant en train d'agoniser.

— J'ai été étonnée qu'il résiste aussi longtemps, ajouta Quinn, mais Krishnamurthi a reconnu que cela pouvait durer un temps assez long. Le cas le plus extrême dont il ait entendu parler, c'était dans un hospice : quinze jours. A l'inverse, parfois cela ne prend que quelques heures. Tout dépend des circonstances. Pour que la mort survienne, il suffit que le corps perde un cinquième de son poids en fluides.

— Et pour les enfants ?

— Avec eux, c'est plus sérieux. Comparativement, ils ont besoin de plus d'eau que les adultes. De plus, Rory s'est débattu pendant deux journées très chaudes, ce qui a beaucoup accru son besoin en eau. On pourrait même se demander si le tueur lui a donné à boire pendant les trois jours dans la maison. Peut-être le père en a-t-il fait mention dans sa déposition ?

— Non, il n'y a rien à ce sujet dans sa déposition.

Caffery jouait avec un trombone. Souness s'était appuyée des deux mains sur son bureau et regardait toujours par la fenêtre. Il comprit qu'elle avait déjà entendu tout ce que lui disait Quinn.

— Bon, fit-il en fournissant un réel effort pour se concentrer, et ces morsures ? Savons-nous quand elles ont été infligées ?

— Oui, très tard, probablement au moment où il a été emmené hors de la maison. Le sang sur sa basket vient de là.

— Donc il a été ligoté dans l'arbre et abandonné ?

— Ça en a tout l'air.

— Personne n'est revenu auprès de lui ?

— On n'en a aucun indice.

— On peut soumettre quelque chose aux tests ADN ?

— Oui. Vous avez les photos, n'est-ce pas ? Vous pouvez voir le bleu de toluidine utilisé par Krishnamurthi. Il y a eu pénétration, ou tentative de pénétration. Et le contaminant...

— Oui ?

— Du sperme.

Sans s'en rendre compte, Caffery porta une main à son front. *Donc nous avons affaire à un pédophile, il n'y a plus de doute. Allons, tu le savais déjà, ça ne devrait pas t'étonner.* Il jeta un coup d'œil à Souness. Elle contemplait toujours l'extérieur. Il prit un stylo et inspira à fond.

— Bon, alors on peut faire des tests ADN ?

— Eh bien, peut-être.

— Comment ça, « peut-être » ?

Il sentit son hésitation.

— Rory est resté vivant un assez long laps de temps après l'éjaculation de son violeur, vous comprenez, et son corps peut avoir endommagé une bonne partie de l'échantillon. Voyez-vous, quand une victime est à demi consciente, et qu'elle ne bouge pas beaucoup, on peut presque toujours prélever de quoi faire des tests ADN, même après quelques jours. Mais Rory s'est débattu, et dans ce cas il arrive que l'échantillon soit inutilisable...

— Très bien, pratiquez les tests ADN quand même. Et je ne veux pas poireauter deux semaines pour les résultats, comme la dernière fois.

— Si vous le mettez en priorité, ça ira plus vite.

— C'était en priorité l'autre fois, Fiona.

— Mon Dieu, je suis désolée. Mais je ne peux pas toujours imposer ce que je veux au labo.

— Ne vous inquiétez pas. Je vais m'arranger pour que leur patron les secoue un peu.

Avant même l'affaire Rory Peach, l'équipe n'était pas au mieux. Le financement du service était constamment remis en question, ils croulaient sous le travail, avec huit cas de discrimination raciale avérée, la recherche d'un violeur en série dont la dernière victime était un enfant de quatre ans, et les enquêtes sur cinq fusillades liées au trafic de drogue dans leur secteur. Le moral était plutôt bas, comme l'indiquait la façon peu enthousiaste dont ils s'acquittaient des tâches de routine. Affecté à l'enquête de voisinage, l'inspecteur Logan n'avait visité que trois maisons en une journée entière, et Caffery savait que les renseignements collectés ne pourraient pas être introduits immédiatement dans la base de données du HOLMES, car Kryotos était complètement débordée. Pourtant, ils devaient présenter un visage tout différent au reste du monde.

Lors de la conférence de presse du matin, Souness demanda aux journalistes de la presse écrite et télévisée d'observer une minute de silence en souvenir de la victime. Le pays entier était bouleversé : le *News of the World* piaffait d'impatience et se préparait à une campagne nationale de dénonciation. Comme une réponse divine à la machine rugissante que Souness venait de mettre en marche, et alors qu'elle revenait à la salle des données dans sa BMW rouge, du ciel au-dessus de South London se déversa un véritable déluge qui noya les rues en quelques minutes.

A Shrivemoor, Caffery était assis près d'une fenêtre ouverte et contemplait la pluie. Il sentait l'odeur de la terre mouillée et il n'aurait pas été étonné de voir une palme flotter dans le caniveau de la rue en contrebas. Il ferma la fenêtre et alla s'asseoir à son bureau. Par la porte ouverte, il observa Kryotos. Elle semblait s'être reprise et malmenait la base de données du HOLMES avec conviction. Ses larmes dans la cuisine l'avaient surpris : jamais il ne l'avait vue aussi atteinte par une affaire. Jusqu'à aujourd'hui, il l'avait toujours un peu enviée, et s'était souvent demandé pourquoi il ne parvenait pas à garder une distance semblable avec son travail.

Soudain, comme si elle avait senti qu'il la regardait, Kryotos leva la tête. Leurs regards se rencontrèrent mais elle ne rompit pas le contact et n'en parut pas gênée, plutôt perplexe. Caffery eut l'impression que ses pensées étaient affichées sur une grande banderole au-dessus de sa tête et qu'elle les lisait. Elle fronça les sourcils et, mal à l'aise à l'idée d'être aussi aisément percé à jour, il se déroba en lui décochant un petit sourire convenu. Il se pencha en avant, repoussa la porte et se plongea dans l'étude des photos du cou de Rory.

— Dans la colonne des points positifs, la découverte du corps de Rory signifie qu'au moins nous allons bénéficier des résultats des diverses analyses découlant de l'autopsie.

A son retour de la conférence de presse, Souness affectait une attitude résolument constructive. Elle apporta du café et quelques-unes des pâtisseries collantes de Kryotos, secoua la pluie de son manteau, qu'elle posa sur le dossier de son fauteuil.

— Nous avons quelques fibres blanches et, dès que Quinn nous aura isolé un peu d'ADN, nous pourrons envisager une procédure de sélection généralisée.

— Quels vont être les paramètres ? Tous les pédophiles blancs de Brixton qui mesurent plus d'un mètre quatre-vingts ?

— Il faut bien leur donner un os à ronger. Nous en sommes au troisième jour, et la date du rapport de secteur approche... (Elle s'interrompit.) D'accord, Jack. Vous avez encore cet air qui ne trompe pas. Allez, videz votre sac : qu'est-ce que vous avez derrière la tête ?

Il eut un haussement d'épaules.

— Il va recommencer. Très bientôt.

— Ah, je me demandais quand vous alliez remettre ça ! Mon bébé *profiler* sort de son landau.

— Sauf que, cette fois, il prendra toutes les dispositions pour ne pas être dérangé avant d'avoir achevé ce qu'il veut faire. C'est une progression, et il ne va pas s'arrêter aux Peach. Il se prépare à quelque chose de plus achevé. A mon avis, il a déjà choisi sa prochaine victime.

— Oh, pas possible ? railla Souness, qui repoussa son fauteuil et croisa les bras sur sa poitrine. Et d'où vous viennent ces certitudes, si ce n'est pas indiscret ?

— C'est un ex-taulard.

— Pas possible ?

— Oui, il a fait de la taule. Probablement pour le même crime, ou un crime similaire. (Il ôta ses lunettes.) J'ai demandé à Marilyn de consulter la base de données et de mettre à part tous les cas ayant écopé d'une peine avec sursis.

— Est-ce que vous allez vous expliquer, enfin ?

Il poussa les photos vers elle. Personne ne l'avait vu ni n'en avait fait mention à la morgue, et pourtant la nature de ce qui avait causé les marques sur le cou de Rory était aisément identifiable dans les clichés opérés sous lumière bleue alternative.

— Vous voyez ces marques ? demanda-t-il.

— Oui.

— Et vous distinguez ces marques sous-jacentes, ici, et là ?

— Je les vois, oui.

— Alors ?

Souness bascula son siège en avant et resta silencieuse un moment, toute son attention focalisée sur les clichés. Ses yeux suivaient rapidement les traces étranges tandis qu'elle s'efforçait de les rassembler pour former quelque chose d'identifiable. Quand enfin elle comprit, elle fit retomber son fauteuil en arrière.

— Bon Dieu... Evidemment.

Comme beaucoup d'habitants de Brixton, Roland Klare avait suivi les développements de l'affaire de Donegal Crescent à la télévision, et à présent il avait une envie de plus en plus forte de voir les photos qui se trouvaient dans le Pentax. Pas question d'apporter la pellicule à un laboratoire, en admettant même qu'il parvienne à l'extraire de l'appareil. Mais il existait une autre solution. Quand il revint chez lui, cet après-midi-là, il consulta son agenda.

Oui ! Il avait vu juste. Il était certain de l'avoir rangé quelque part dans l'appartement. Il passa dans une des chambres et entreprit de fouiller le capharnaüm qui l'encombrait.

En moins d'une heure, il le retrouva, dans un carton empli d'autres livres : une édition de poche, en assez mauvais état. *Construisez votre propre chambre noire CHEZ VOUS !* La couverture était illustrée de la photo d'un homme en blouse blanche tenant une feuille de papier photographique par un coin et la trempant dans un bac. Klare avait découvert l'ouvrage plusieurs années plus tôt, sur le quai de Loughborough Junction. Très content de lui, il l'emporta dans la cuisine, où il l'essuya avec un chiffon. Puis il se prépara un verre et repassa dans le salon. Au-dehors, des périodes d'ombre et de lumière alternaient. D'énormes nuages roulaient depuis l'horizon, masquant le soleil par instants et délivrant des ondées, mais Roland Klare n'y prêta aucune attention. Il prit un stylo, du papier, s'installa sur le canapé, dos tourné à la fenêtre, et commença à lire.

11

Ce fut seulement dans la soirée que Caffery trouva le temps de rendre visite à l'inspecteur Durham. Il dirigea la Jaguar jusqu'en haut de Beulah Drive, où les allées des maisons étaient de gravier et les routes aussi larges que des boulevards, bordées de marronniers d'Inde qui parsemaient les trottoirs de sève rouge. Dans Norwood, les habitations étaient un peu plus proches des rues, et quand il entra dans Brixton Water Lane la ville referma son étau de pierre autour de lui.

Dans le centre de Brixton, la circulation était déjà dense. Il se gara dans une rue latérale près d'Acre Lane et se faufila entre les véhicules. Les basses des enceintes d'un autoradio résonnèrent dans son ventre comme des coups diffus. Bizarre de se dire qu'il ne se trouvait qu'à un peu plus d'un kilomètre de Brockwell Park. S'il avait pu s'asseoir, Rory Peach aurait regardé en bas de son arbre — *Son arbre ? On dirait que tu crois qu'il l'a choisi !* — et vu ces étendues sombres qui avaient jadis constitué une source de fierté pour la municipalité. L'individu qui avait ligoté l'enfant dans cet arbre avait fait de la prison, ce qui impliquait presque certainement des contacts dans le milieu carcéral — les quartiers spéciaux réservés aux pédophiles étaient pour ceux-ci les maillons clefs de leur réseau, où projets et idées naissaient, et où des amitiés à vie se développaient. Le SRES allait détacher une de ses équipes pour étudier les fichiers de pédophiles et éplucher les résultats des recherches informatiques de Kryotos. Ils parleraient à des pédophiles condamnés dans le secteur de Brixton, tenteraient de s'introduire dans ce vaste monde souterrain. Il pensa à ces connexions invisibles, à ce circuit effrayant qui reliait tous les malades entre eux. C'était inévitable : comme toujours ces derniers temps, il revint à Penderecki.

Penderecki. C'était son visage qu'il avait en tête lorsqu'il traversa la rue en direction du poste de police. Combien de temps encore avant que son voisin ne soit mis sur la sellette ? Combien de maillons le séparaient du tueur de Rory ? Et si ? Et si... ?

L'inspecteur Durham se montra aussi accueillant que coopératif. Il se souvenait très bien de l'agression survenue en 1989.

— Oui, le petit Champ, dit-il. C'était moche.

La fenêtre de son bureau était au même niveau qu'un feu, qui passa au rouge pendant qu'ils parlaient. Dans sa chemise bleu marine et sa cravate écossaise, il travaillait à Brixton depuis quinze ans. Tout en parlant, il jouait avec son double menton, le pinçant et le massant.

— J'ai retrouvé ça pour vous...

Il alla chercher dans le classeur métallique une chemise qu'il plaça devant Caffery avant de se rasseoir.

— C'est à cause de l'affaire Peach, n'est-ce pas ? Vous pensez qu'il y a un lien ?

— Je ne sais pas encore.

Caffery parcourut les documents. En novembre 1989, un garçon de onze ans nommé Champaluang Keoduangdy avait été agressé dans Brockwell Park et blessé si sérieusement qu'il avait dû passer plusieurs jours à l'hôpital.

— Je faisais des recherches sur un pédophile surnommé le Troll, et cette affaire est ressortie.

— Exact. Tout est dans le dossier. (Durham se pencha en avant et prit entre le pouce et l'index la déposition de la victime.) C'est comme ça que Champ a appelé le type qui l'a agressé : le troll. Je n'ai jamais su pourquoi.

Il s'interrompit et scruta le visage de Caffery, qui avait posé les mains à plat sur le bureau et regardait fixement le document devant lui.

— Euh, ça va, fiston ?

Jack ne répondit pas. Il avait l'impression qu'un prédateur venait de s'abattre sur ses épaules, toutes griffes dehors. Il avait devant lui le rapport du médecin. L'agression sur Champ avait été violente, en effet : son assaillant lui avait arraché un morceau de chair à l'épaule. Caffery referma la chemise et tourna son attention vers Durham. Il savait qu'il devait être livide.

— Il a été *mordu* ?

— Vous n'étiez pas au courant de ce détail ?

— Non...

— Oh oui... Ce dingue lui a arraché un sacré morceau de chair à l'épaule. On voit parfois ça, dans les affaires de viol. C'est moche.

— Pas d'autre agression ?

— Seulement le morceau de câble électrique avec lequel il l'a sodomisé, si brutalement que le pauvre gosse est resté en soins intensifs une semaine entière.

De la pointe des doigts, Caffery se massa les tempes. Il entrevoyait maintenant le commencement d'un lien. Il ôta ses lunettes et regarda fixement un point situé juste sous le menton de Durham.

— Dites-moi une chose, avez-vous eu connaissance de certains détails concernant l'affaire Rory Peach ?

— De quel ordre ?

— La blessure est identique. Rigoureusement. Morsure à l'épaule, un morceau de chair presque arraché. Et viol. Il y a eu des saignements anaux.

Pendant quelques secondes, Durham ne dit rien. Ses

lèvres perpétuellement tordues en un rictus qui semblait trahir son scepticisme face à la vie se serrèrent un peu plus. Puis il toussa lourdement et tapota des doigts le bord du bureau.

— Très bien, alors, fit-il en se pinçant le double menton si fort que la peau rougit, très bien. Je vais appeler ma femme et lui dire de mettre de côté une assiette pour le micro-ondes.

A son arrivée le soir, Hal fut accueilli par Smurf dans le couloir. La chienne roula sur le dos et lui montra son ventre rose et pelé, de la même couleur que lorsqu'elle n'était encore qu'un chiot.

— Salut, ma vieille.

Il se courba et lui caressa le poitrail, puis il lança son portefeuille sur la tablette de la fenêtre et passa dans le salon. Après avoir gratifié Josh d'un baiser sur le front, il alla prendre une bière dans le frigo et observa sa femme qui préparait le repas. Ses yeux, d'un gris métallique peu commun, semblaient encore plus brillants ce soir. Le premier cadeau qu'il lui ait offert était une pierre de lune — la même couleur que ses iris.

— Hal, tu es sûr que tu ne sens rien ?

— Je devrais sentir quoi ?

— Je ne sais pas, moi, je sens toujours cette drôle d'odeur.

— Où ça ?

— Là, fit-elle en allant dans le couloir.

Hal la rejoignit, sa canette à la main.

— Qu'est-ce que c'est ? dit-il. Quelqu'un a pété ?

— Hal ! Non. Ça ressemble plus à l'odeur de vêtements très très sales, tu sais, ou alors des ordures.

La cuillère en bois à la main, elle s'était immobilisée et reniflait l'air. Depuis qu'ils avaient emménagé ici, elle sentait tout beaucoup plus intensément. Tout d'abord, elle avait craint d'être tombée enceinte, mais elle prenait la pilule et elle ne ressentait aucun des autres symptômes. Peut-être lui fallait-il un peu de temps avant de s'accoutumer à ce nouvel environnement.

— Tu es sûre qu'on n'a pas oublié de déballer quelque chose ?

— Certaine.

Benedicte avait elle-même rangé toutes les victuailles dans la cuisine. D'ailleurs, ils n'avaient acheté que des denrées sèches ou en conserve.

— Alors c'est ton imagination qui te joue des tours, conclut-il tandis qu'il lui enserrait la taille d'un bras possessif. Tu perds les pédales, vieille femme.

Il voulut faire remonter sa main sous la robe bleue qu'elle portait, mais elle éclata de rire et se dégagea.

— Arrête, vieux pervers fripé. Allez, va me servir un verre pendant que je finis de préparer le dîner. Tu es autorisé à me raconter des histoires cochonnes pendant que je lave les pommes de terre.

Il lui fit un gin-tonic et s'assit dans le salon avec Josh, d'où il la surveilla. Depuis qu'il la connaissait, Benedicte était du genre dodu, et elle se plaignait parfois de son poids. Mais il adorait chaque centimètre carré de son corps, et ils partageaient en secret un goût identique et complémentaire pour les ébats sexuels. Ils s'y étaient initiés avant d'avoir vingt ans, et depuis ils n'étaient jamais allés voir ailleurs. *Regardez-nous. Personne n'irait imaginer que nous sommes des obsédés sexuels.* Leur couple était aussi peu à la mode que possible, et pourtant Hal avait la conviction que si une histoire d'amour valait d'être racontée, c'était bien la leur. Il éprouvait toujours un malaise diffus à la seule idée de la perdre.

— C'est p'pa qui a pété, cette odeur, dit Josh après le dîner, alors qu'il se tenait en pantoufles devant le frigo ouvert, pour une chasse au chocolat nocturne. Il n'arrête pas de péter. D'abord, il pète à volonté.

— Ne sois pas jaloux, gamin.

— Ha-al, Jo-osh, un peu de manières, pour l'amour du ciel !

Hal s'appuya des deux mains sur le plan de travail, se pencha légèrement en avant, crispa le visage et émit un pet. Josh se couvrit la bouche pour étouffer son hilarité.

— Oh, désolé, dit son père. Je ne l'ai pas fait exprès.

Benedicte le toisa d'un air sévère.

— Si, tu l'as fait exprès.

— Non-non, je te promets.

— Qu'est-ce que tu voulais faire, alors ?

— Je voulais faire un pet beaucoup plus sonore. Je voulais qu'il soit fort... comme ça.

Josh fit le tour de la pièce en courant et en riant, tandis que Ben se détournait, dégoûtée.

— Norvège, *zéro point* pour la présentation, lâcha-t-elle en enveloppant les carrés de chocolat restants pour les replacer dans le réfrigérateur. Et *zéro* pour l'originalité. Et arrête de faire des grimaces dans mon dos.

Hal sourit. Il parvenait toujours à faire rire sa femme. Tandis qu'elle emmenait Josh se laver les dents, il se servit une chope de café et alla se camper devant la porte arrière. La cuisine donnait sur un petit patio en cèdre rouge, et une volée de marches menait au jardin carré, couvert d'une pelouse résistante et entouré d'une palissade de deux mètres de haut, afin que leurs dix mètres carrés chèrement acquis de sol anglais jouissent d'une intimité totale. Cela changerait peut-être quand emménageraient les voisins, qui de leurs fenêtres à l'étage pourraient voir Hal tondre la pelouse, ou Josh barboter dans la pataugeoire.

Il observa un instant les fenêtres de la maison la plus proche, toujours sombres, aux vitres barrées d'un X de papier adhésif, puis son regard se perdit vers les mégalithes géants d'Arkaig et Herne Hill Tower, qui se dressaient au loin, à l'autre extrémité du parc, rappel discret qu'ils vivaient toujours à Brixton, en dépit des palissades et de l'éclairage public. Hal eut un petit frisson en prenant soudain conscience de la présence inquiétante du bois tout proche et, comme si soudain la nuit était devenue très froide, il vérifia que la porte était bien verrouillée. Après les événements de la semaine, il avait cessé d'aimer le parc.

Caffery et Durham étaient assis dans le bureau déserté par les autres policiers, et la nuit était bien avancée. Du dehors leur parvenaient le hurlement des sirènes, la pulsation des autoradios dans les ruelles obscures. Les deux hommes n'entendaient rien de tout cela. Ils se trouvaient enveloppés dans un cocon de concentration, au milieu des dépositions et rapports extraits du dossier Keoduangdy. Ils avaient étudié le portrait-robot de l'agresseur, envoyé des demandes de renseignements sur l'adresse actuelle de Champ, vérifié que son casier judiciaire était vierge et cherché à le localiser sur les listes électorales. Trois Keoduangdy habitaient dans Birmingham, deux autres dans Londres est, mais aucun avec ce prénom. Cependant, ils avaient envoyé un fax à Plaistow et à Solihull, et ils n'arrêtaient pas de téléphoner un peu partout. La nuit régnait au-dehors mais ici la lumière restait allumée.

L'agresseur de Champ n'avait jamais été retrouvé. L'enfant qui à l'époque vivait dans Coldharbour Lane n'avait pas pu le voir distinctement et son explication de ce qu'il faisait dans Brockwell Park n'était pas très convaincante. Sa déposition regorgeait de contradictions et d'imprécisions.

— Mais il a été catégorique sur un point, releva Durham. Son agresseur a pris des photos de lui, même après qu'il a perdu connaissance : il se souvient du flash se déclenchant alors qu'il reprenait conscience...

Oh, et il y a autre chose. (Il se gratta le double menton.) Il n'arrêtait pas de lui poser une question plutôt bizarre.

— Laquelle ?

— « Tu aimes ton papa ? »

— « Tu aimes ton *papa* ? » ?

— Oui. « Tu aimes ton papa ? » : c'est une façon de parler chez les pédophiles. Mais c'est le seul détail sur lequel Champ n'a pas du tout varié. Pas un très bon témoin, en fait.

Pour Durham, l'enquête n'avait pas été menée avec toute la diligence requise pour la simple raison que Champ avait montré beaucoup de réticence à parler, pour finalement raconter un peu n'importe quoi, ou bien se contredire.

— Et puis il était laotien. Les gars n'ont pas vraiment forcé. La plupart d'entre eux n'arrivaient même pas à prononcer correctement son nom. Et il n'y a pas eu d'autres agressions similaires, si bien que peu à peu on a enterré l'affaire. Vous savez comment cela se passe.

— Peut-être que le type s'est fait coffrer pour autre chose... (Caffery ôta ses lunettes et en essuya les verres sur la manche de sa chemise.) L'agresseur de Peach a fait de la taule.

Le regard de Durham se fit interrogateur.

— Le gosse avait des marques de ceinture autour du cou.

— Ah, je saisis.

Il savait à quoi Caffery faisait allusion. Une pratique courante en prison. Pour lui, dont la fille ne vivait que pour les chevaux et l'équitation, l'idée que les taulards soumettaient leurs victimes avant de les violer en les étranglant avec une ceinture lui faisait toujours penser à un licol. Il voyait un cheval renâclant qu'on force à la soumission, des cuisses musclées qui lui enserrent les flancs. La conclusion tirée par Caffery était en effet la première qu'un enquêteur aurait avancée en découvrant ces marques sur le cou d'une victime.

— Vous savez, c'est bizarre que vous établissiez un rapport entre le Troll et l'affaire Peach... (Durham tripota son cou et regarda Caffery qui rechaussait ses lunettes et se remettait à étudier les documents étalés devant lui), parce que moi, la première idée qui m'est venue quand j'ai appris ce qui s'était passé à Donegal Crescent, ça a été le canular photographique de Half Moon Lane.

Caffery releva la tête.

— Half Moon Lane ?

— Jamais entendu parler ? Ce n'est pas étonnant, ça s'est passé il y a dix ans, peut-être un peu plus. Rien à voir avec Champ, c'est juste arrivé à la même époque. On a retrouvé deux Polaroïd dans une benne à ordures, sur Half Moon Lane.

— Et ?

— Oh, l'affaire s'est vite dégonflée. C'était une farce. Mais je me souviens qu'on a tous été très choqués, ça je peux vous le certifier. Les flics du coin ont sorti le grand jeu, ils ont diffusé un appel à témoins. Il y avait des affiches dans toutes les stations de métro. « Connaissez-vous cet enfant ? Il est peut-être en danger », etc.

— Je n'en garde aucun souvenir.

— Eh bien, le père... nous l'avions appelé le père, mais nous n'en étions pas sûrs, le père et le gosse étaient tous les deux ligotés, et complètement nus. L'adulte avait une taie d'oreiller sur le visage, la photo avait été prise dans le noir. La propre mère du gosse aurait été incapable de l'identifier, les deux clichés étaient très flous et, si vous voulez mon avis, ils étaient encore moins nets après que les types du labo les ont traficotés pour accentuer les contrastes. Ils voulaient les améliorer, on a vu ce que ça a donné. De toute façon, je n'avais pas très envie d'aller plus loin, vous comprenez.

— C'était réellement un canular ?

— En fait, je n'en suis pas sûr, mais à la fin nous avons décidé qu'il devait s'agir d'une blague, puisque personne n'est jamais venu nous parler de ça. Et puis on n'a retrouvé aucun corps, et aucune disparition n'a été signalée. Les gars de l'unité antipédophilie du Yard ont gardé l'incident dans leurs archives, mais ici, à Brixton, nous n'en avons plus jamais entendu parler.

— Où ont atterri les photos ?

— D'après le labo de Denmark Hill, ici, je suppose, mais nous expurgeons nos archives chaque année, et les pièces ont sans doute été transférées à Charlton ou à Cricklewood. Je peux vérifier les justificatifs d'expédition, si vous voulez.

Durham se leva et, sans cesser de tripoter son menton, regarda Caffery. Puis il se pencha en avant, prit appui des deux mains sur la table et déclara :

— La raison pour laquelle j'avais trouvé cette affaire bizarre, c'est qu'elle s'est produite alors qu'on était encore sur le dossier de Champ, et quand j'ai vu ces photos j'ai eu comme une drôle de sensation. Vous saisissez ce que je veux dire ? Je me suis toujours demandé si ça avait un rapport avec ce « troll », ce type qui a agressé Champ. Vous comprenez, là (il se tapota la poitrine de son stylo), j'avais comme une intuition. Rien de concret, bien sûr, juste une intuition.

12

A midi et demi, quand Caffery rentra enfin chez lui, Rebecca recommença. Cette fois, cela se déroula dans la cuisine. Elle était assise sur la table et buvait de la vodka dans une flûte à champagne ; elle ne lui accorda qu'un très bref regard pendant qu'il se servait un verre. Mais lorsqu'il baissa le store derrière elle, qu'il posa les deux mains sur ses flancs, quand sa veste s'ouvrit et qu'il l'embrassa, elle écarta doucement les jambes et s'offrit de nouveau. Elle le laissa l'amener à l'orgasme par deux fois, et quand il se releva et déboutonna son pantalon elle détourna la tête.

— Désolée, dit-elle avant de se lever, d'arranger sa robe et de quitter la pièce.

Caffery s'obligea à respirer lentement et profondément, les yeux fixés sur la tache humide qu'elle avait laissée sur la table. *Ne cède pas à l'énervement. Ne lui donne pas raison.* Il attendit que son pouls se soit calmé, se reboutonna et la rejoignit dans le salon où elle s'était installée sur le canapé et regardait la télévision sans le son.

— Rebecca...

— Oui ? fit-elle sans le regarder. Quoi ?

— Je connais la raison de ce qui arrive, Rebecca. Je la connais très bien.

— Ah oui ?

— Et il faut que tu en parles. Tu as besoin de parler de ce qui s'est passé.

— Je n'arrête pas d'en parler.

— Je ne veux pas dire *à la presse*. Je veux dire *à moi*. (Avec des gestes impatients, il boucla sa ceinture.) Ou alors laisse-moi tranquille, Becky. A moins que tu ne veuilles me faire une fellation, à moi, au lieu de sucer toute la scène artistique londonienne, laisse-moi tranquille.

Un moment elle parut sur le point de lui répondre, mais elle changea d'idée et laissa tomber ses mains sur le canapé avec un soupir d'exaspération.

— Seigneur ! Mais qu'est-ce qui te prend ?

— Que crois-tu donc qu'il me vient à l'esprit ? Je suis là, devant toi, regarde-moi, avec une putain d'érection, et toi... (il désigna le téléviseur), toi tu regardes cette putain de télé !

— Ne me fais pas la leçon, Jack, parce que toi aussi tu as quelques petites choses que tu n'as pas vraiment analysées...

— D'accord. (Il leva les deux mains pour la faire taire, dans un geste de capitulation.) Je te signale simplement qu'entre nous tout est en train de se casser la gueule. (Il se tourna vers la porte.) Quand tu voudras me parler, tu sauras où me trouver.

— Où ?

— Dans la salle de bains. En train de me branler.

Il se masturba sous la douche, puis enfila sa tenue de jogging et quitta la maison sans un mot, en claquant la porte derrière lui.

Le ciel nocturne avait la couleur de la mer, ce bleu profond qu'on voit parfois en bordure d'un atoll corallien. Il faisait doux, et par la fenêtre ouverte d'une chambre meublée parvenait de la musique. La sueur coula bientôt dans ses yeux, mais il continua de se concentrer sur la façon dont ses talons entraient en contact avec le sol, pour ne pas penser à Rebecca. Pourtant, son esprit ne cessait de revenir à la jeune femme et à l'impasse où ils s'étaient enferrés. Ni elle ni lui n'avait l'intention de céder devant l'autre, et avec le temps il était prévisible que chacun durcirait ses positions. *Bon sang, Rebecca...* Il l'aimait, de cela il ne doutait pas une seconde, il éprouvait pour elle une tendresse réelle dont il aurait du mal à se défaire, mais pour l'instant il ne voyait aucune ouverture dans les positions de bataille qu'ils avaient adoptées.

— Jack, dit soudain Rebecca.

Elle se redressa sur le canapé et se retourna vers la porte. Soudain, elle sentait sa présence avec une telle intensité qu'elle avait presque l'impression qu'il venait d'entrer dans la pièce. Elle enfonça un poing dans son estomac.

— Jack, c'est parce que... C'est parce que je suis blessée. Une grande blessure toute sanglante...

Elle s'interrompit, bouche ouverte, le regard rivé à la porte d'entrée, et s'imprégna de ce qu'elle venait de dire. Puis son visage se décomposa et elle éclata d'un rire aigre devant ce drame stupide.

— Oh, pour l'amour du ciel ! *Je suis blessée !* Blessée ? Pauvre, pauvre petite Becky blessée !

Elle bondit sur ses pieds, alla chercher la flûte de vodka dans la cuisine et revint dans le salon en ondulant des hanches et en tordant sa main libre devant son visage, tel un Shiva aux ongles trop longs. Elle esquissa un pas de danse sur le plancher nu.

— Blessée... Espèce d'imbécile, blessée, *blessée*, blessée !

Elle gardait un peu d'herbe dans une boîte sur la cheminée, et elle chantonna tout en se roulant un joint, sans cesser de siroter sa vodka. Sa langue lui semblait déjà engourdie et pâteuse. Elle s'agenouilla, posa le verre sur le sol et alluma le joint. Après avoir tiré plusieurs bouffées, elle s'écroula soudain sur le sol et s'immobilisa sur le dos, mains sur les yeux.

— Oh, Seigneur, oh, Seigneur, oh, Seigneur...

Ils étaient dans une impasse, tous les deux, devant un mur infranchissable : Jack, qui s'autodétruisait avec le souvenir d'Ewan — et elle était terrifiée des extrémités où cette attitude risquait de le porter —, et, de l'autre côté du champ de bataille, elle, bouche fermée, yeux clos. Tout ce que Jack lui demandait, c'était de s'asseoir et de discuter tranquillement, pour tout évacuer, tout nettoyer. *Je ne t'en veux pas, Jack, je ne t'en veux pas*. Elle désirait lui dire cela, mais elle en était incapable, et c'était là que résidait réellement la blessure. Parce que Jack l'ignorait, mais pendant toute l'enquête concernant Joni, pendant qu'il avait patiemment pris sa déposition à l'hôpital, quand il l'avait doucement poussée à continuer lorsqu'elle s'interrompait, quand elle avait feint de pleurer aux questions du coroner auxquelles elle ne savait comment répondre — même quand elle y avait fait allusion dans la presse —, depuis le début Rebecca se retranchait derrière le même mensonge. Elle osait à peine accepter la vérité. Elle laissa tomber les mains le long de son corps et contempla fixement le plafond. La vérité, c'est que, de l'agression subie dans le petit bungalow du Kent, une année plus tôt, elle ne gardait aucun souvenir.

La chaussée était tiède de la chaleur emmagasinée pendant la journée. Il courait depuis une demi-heure déjà quand il prit conscience de l'endroit où il arrivait. Il venait de déboucher dans la rue de Penderecki et la descendait au trot. Il était arrivé là sans s'en rendre compte, comme guidé par quelque boussole interne. Il ralentit l'allure, scruta les façades.

C'était une de ces rues particulièrement nettes qui rappellent cette atmosphère étrangement irréelle de certaines stations balnéaires, et il s'attendait presque à voir des pancartes À LOUER aux fenêtres, devant les rideaux de dentelle. La demeure de Penderecki se trouvait à mi-distance, anonyme parmi les autres, mais pour Caffery c'était un repère tellement évident qu'elle lui semblait saillir de l'alignement des façades. Il approcha au pas et fit halte devant la grille, sur laquelle il s'appuya des deux mains. Penché en avant, il resta ainsi un moment, à reprendre son souffle, des gouttes de sueur s'écrasant sur l'asphalte du trottoir.

Il oscilla en arrière sur ses talons et considéra la façade. Combien de temps s'écoulerait avant qu'une des équipes ne vienne frapper à cette porte pour questionner l'occupant à propos du Troll ? Combien de temps avant que Paulina, la compagne de Danni, avec son intelligence agile et ses bases de données, ne relève les points communs entre le sort de Rory et ce qui était arrivé à Ewan, vingt-cinq ans plus tôt ? Une fois encore, l'image s'imposa lentement à son esprit, l'envahissant, l'image de doigts se tendant sous la surface du sol. Les doigts de Penderecki touchant ceux du Troll.

Il se redressa. Quelque chose l'intriguait dans la maison de son voisin abhorré. La lumière de la salle de bains était encore allumée et la grosse lanterne vénitienne bariolée de rouge, de jaune et de gris pendait toujours là. Mais, ce soir, elle lui paraissait un peu plus grosse que d'habitude. La mine sombre, il demeura immobile une minute, puis il se décida et poussa lentement la grille.

Il n'avait encore jamais remonté l'allée de ce jardin. Les rares fois où il s'était aventuré jusqu'à cette maison, il était passé par-derrière et avait profité au maximum de l'obscurité, car Penderecki, en tant que criminel, était naturellement très au fait de ses droits et aurait aussitôt demandé et obtenu l'interdiction, pour son voisin trop indiscret, de l'approcher. Le jardinet de façade était envahi par la végétation, les herbes folles caressaient ses chevilles endolories. Au bas de la première marche, il se figea.

La porte d'entrée possédait toujours son verre cathédrale d'origine, décoré d'une colline et d'un moulin, avec les rayons du soleil stylisés en traits noirs. Il gravit les deux dernières marches et instantanément il sut. Il pouvait entendre leur bourdonnement tandis qu'elles suçaient et festoyaient. Puis il les vit, leurs petits corps noircissant les rayons du soleil dans le vitrail, et il comprit que ce qui pendait dans la salle de bains de Penderecki n'était pas une lanterne vénitienne.

Les souvenirs de Rebecca se résumaient à quelques images :

C'est la nuit. Elle est au lit avec Jack.

Au matin ils se réveillent. Dehors, il pleut.

Dès que Jack est parti travailler, elle avale un café et un toast.

Elle remarque que Joni n'est pas rentrée de la nuit.

Elle téléphone à droite et à gauche et découvre que son amie se trouve chez Bliss.

Elle enfile un vieux short et un T-shirt fatigué, et se rend à vélo jusqu'à son appartement.

Ensuite, un blanc.

Un blanc.

Toujours un blanc.

Un éclair lumineux et quelque chose — un couteau ? un crochet ?

Un blanc.

Un blanc.

Une autre lumière — un médecin qui la dirige sur ses yeux.

Un blanc.

Juste une petite égratignure. Ne bougez pas, vous ne sentirez rien.

Un blanc.

Jack, dans son costume de deuil loué, qui se penche

sur son lit d'hôpital en revenant des funérailles d'Essex.

Jack, encore. Il prend son témoignage. Quand elle se passe une main sur le visage, sans oser lui avouer qu'elle ne parvient pas à se souvenir, il la considère avec sympathie et lui souffle une réponse, pour lui rendre les choses plus faciles.

Avez-vous vu Bliss emporter Joni ?

L'emporter ?

Dans le couloir, là où nous l'avons trouvée.

Oh oui, ça. Je... Oui, je l'ai vu faire. Il l'a transportée.

De prime abord, la caractéristique principale de Rebecca était sa force de caractère ; elle la portait comme un manteau d'hiver d'un rouge vif — parfois avec décontraction, parfois avec quelque ostentation. Mais toujours c'était ce qu'on remarquait chez elle. Cela pouvait lui donner une apparence cassante, elle en était consciente, mais elle savait aussi pourquoi elle se conduisait ainsi. Dès son plus jeune âge, elle avait développé cette seconde peau, en se rendant compte que son père ne sortirait jamais de ses obscures apologies métaphysiques, et que jamais sa mère ne redescendrait de là où elle flottait, grasse et droguée à l'imipamine. « La fille d'un professeur d'anglais et d'une beauté souffrant de dépression clinique », ainsi l'avait présentée un journaliste. Rebecca avait mis quelque temps à reconnaître que c'était la raison pour laquelle elle ne pouvait admettre ce trou de mémoire ; c'eût été avouer que sa résistance de façade n'était qu'un mensonge, que pendant un long moment elle avait complètement perdu la maîtrise des événements, qu'elle s'était retrouvée sans défense. Elle ne pensait pas être un jour assez sereine pour en parler calmement. *Comment se peut-il que tu ne te souviennes pas ?*

Depuis maintenant une année elle avait enterré cet épisode, jusqu'à ce qu'elle entende : « Imagine ce que ça m'a fait de te découvrir pendue, Rebecca, pendue à un crochet vissé dans ce putain de plafond. » C'était la première fois qu'elle avait un aperçu de ce qui s'était passé ce jour-là, dans le Kent, et aujourd'hui elle était incapable de voir le visage de Jack penché sur elle sans redouter que celui de Bliss ne s'y superpose. Quelque chose s'était éveillé en elle, quelque chose qui ne la laissait pas allongée très longtemps sans qu'elle s'agite, quelque chose qui l'empêchait de dormir. Elle roula sur le ventre et entreprit de se relever. Il était primordial, vital pour elle, de dissimuler la vérité au reste du monde.

A la maison, il trouva Rebecca endormie. Ou qui feignait de l'être. Deux mégots de cigarillos tachés de rouge à lèvres étaient écrasés dans un cendrier posé près du lit, sur un article à propos du prix Turner. Caffery passa un jogging, un sweat-shirt et des chaussures de marche légères, puis il prit quelques outils dans le placard sous l'escalier et sortit dans le jardin. Il se fraya un chemin dans les broussailles, dépassa la caisse d'Express Dairies que Penderecki avait utilisée pour fuir. La trouée de la voie était calme, le dernier train disparu depuis longtemps, et ici, en contrebas, sous le niveau du reste de la ville, il faisait plus frais. Au loin, les signaux lumineux projetaient de petites taches vertes dans la nuit. Caffery traversa rapidement la voie et perçut le bruissement de la végétation causé par le départ précipité d'un animal. Arrivé de l'autre côté, il tomba sur une sente de renard — à moins que ce ne fût celle de Penderecki ? — qui menait droit vers le jardin du voisin.

Au-delà de la palissade dévorée par l'humidité, l'arrière de la maison était plongé dans le silence et l'obscurité. Il se déplaça d'un pas vif dans le jardin, et sa poitrine se serrait à mesure qu'il approchait. Et maintenant — pourquoi n'avait-il pas regardé avec plus d'attention ? —, le long du bâti métallique de la vieille annexe délabrée, il voyait les mouches qui s'étaient rassemblées.

A l'aide de son couteau suisse, il détacha le vieux mastic autour de la vitre occupant la partie supérieure de la porte de la cuisine, et des écailles de peinture ainsi que des échardes de bois à moitié pourri cascadèrent sur son sweat-shirt. Puis il délogea les clous sans tête et, après un moment, il fut en mesure de sortir la vitre de l'encadrement. Aussitôt, l'air renfermé le frappa violemment en plein visage. Il sentit ce qui se trouvait dans la salle de bains, cette puanteur de viscères humains répandus, l'odeur des morts s'asseyant dans leur tombe et soufflant dans la nuit. Et il discerna le bourdonnement des mouches — *Impossible, bon sang, ça ne peut pas arriver* — quand il passa la main par l'ouverture et ouvrit la porte arrière.

Tout était calme.

— Ivan ?

Il s'immobilisa et compta jusqu'à cent, en guettant une réponse. Elle ne vint pas.

— Ivan ?

Jamais encore il ne l'avait appelé par son prénom.

— Vous êtes là ?

Le silence, toujours. Et le martèlement de son propre sang dans ses oreilles. Il s'aventura dans l'annexe.

En une seule occasion — vingt ans plus tôt, avant que Penderecki ne se méfie de lui et ne verrouille les accès —, Caffery s'était glissé ici, et il avait été très surpris de découvrir à quel point cet intérieur était ordinaire. Royaume des tissus effilochés, envahi par l'humidité, mais très banal. Des tapis à motifs, un appareil de chauffage à gaz, un exemplaire plié du *Radio Times* près du canapé. Du lait dans le frigo, un paquet de sucre sur le plan de travail de la cuisine.

Le foyer d'un homme par deux fois reconnu coupable de pédophilie, et il y avait du lait dans le réfrigérateur et un paquet de sucre sur le plan de travail, et un exemplaire du *Radio Times* dans le salon, comme chez n'importe quel être *normal*. A présent, alors qu'il passait d'une pièce à l'autre, il s'étonnait du peu de changements survenus en deux décennies. La maison était plus petite que dans son souvenir, le papier plus jaune, dont un lé pendait du plafond dans la cage d'escalier, et la moquette luisait de crasse. Un numéro du *Local Shopper* était tombé de la fente à lettres, dans la porte, sur le paillasson, ainsi que plusieurs prospectus des restaurants alentour, mais, hormis les mouches, tout était demeuré à l'identique, tellement même qu'il avait l'impression que son souvenir était recréé devant ses yeux.

Sur le rebord de la fenêtre, au bas de l'escalier, se trouvait le réveil à affichage digital dont se servait Penderecki pour contrôler les appels téléphoniques. Sur le petit boîtier était posée une enveloppe de papier kraft décachetée. Pas de lettre à l'intérieur, mais le cachet de l'expéditeur était celui du service d'oncologie du Lewisham Hospital. Le premier indice. Il le fourra dans sa poche. *Oh, bon sang*, songea-t-il, *faites que ce ne soit pas vrai*. Il pivota vers l'escalier et s'en approcha lentement, dans le crissement des mouches mortes qu'écrasaient ses semelles à chaque pas. Au-dessus de lui, les insectes vivants tourbillonnaient en émettant une seule note qui montait et descendait, comme si la maison respirait avec eux.

A l'étage, toutes les portes donnant sur le palier étaient ouvertes, à l'exception de celle de la salle de bains. Un rai de lumière filtrait au ras du sol. Ici l'odeur était plus forte, et il dut relever le bas de son sweat-shirt, dénudant son ventre, pour s'en recouvrir le visage avant d'appuyer sur l'interrupteur du plafonnier placé au milieu du couloir. Il y eut un très bref éclair de lumière et l'ampoule émit un petit claquement. *Merde*. En passant la main dans l'embrasure d'une porte, il tâtonna et trouva un autre interrupteur. Cette fois, l'éclairage fonctionna, projetant un rectangle jaune sur le palier. Rapidement, en respirant à peine, il jeta un coup d'œil dans les différentes pièces. Deux étaient vides, à part une canette de Coca et quelques mètres carrés de moquette pliés sur le plancher nu. Dans la troisième il découvrit l'endroit où vivait Penderecki.

Le matelas était recouvert de draps de Nylon tellement usés qu'ils en étaient presque transparents. A côté du lit, une pile de journaux, une tasse et une boîte de conserve vide de haricots cuisinés, avec le manche d'une fourchette qui en dépassait. La seule décoration dans cette pièce était punaisée sur le mur en face de la porte : un poster montrant deux jeunes garçons portant des chapeaux de paille et assis sur un appontement en bois, dont l'un avait passé le bras autour des épaules de l'autre. Le cliché datait des années 1970 — trente ans plus tôt, le soleil était d'une couleur différente, plus doux et plus doré que celui du troisième millénaire. Les deux enfants paraissaient avoir l'âge de Jack et Ewan quand... Il fallait qu'il se reprenne.

Merde, merde, merde. Qu'on en finisse.

Il pressa l'étoffe du sweat-shirt sur ses narines, retourna sur le palier et poussa la seule porte close.

Elle s'ouvrit sans problème. Là, devant lui, au milieu de la salle de bains vert pâle, couvert de mouches et oscillant doucement, pendait le cadavre de Penderecki.

Quelque part, un cri. Benedicte combattit les voiles du sommeil et s'assit dans l'obscurité fraîche de la chambre. Son pouls s'était accéléré et sa peau était moite.

— Mamaaan !

— Josh ? J'arrive, ma grenouille !

Elle sortit du lit et courut dans le couloir jusqu'à sa porte. Elle alluma le plafonnier de sa chambre et s'arrêta sur le seuil de la pièce, les yeux plissés. Josh était assis, adossé contre la tête de lit, un oreiller serré contre sa poitrine. Sa mère remarqua aussitôt la crispation des pieds et la chevelure hérissée, comme électrisée. Il regardait fixement un mince espace entre les rideaux.

— M'man... Le troll...

— Tout va bien, mon chéri.

Benedicte alla à la fenêtre et ouvrit le rideau. Le jardin était plongé dans l'obscurité et dans le silence, la fenêtre toujours bien fermée. Au-delà de la palissade, la ligne dentelée des arbres de Brockwell Park se découpait en pourpre sur le ciel étoilé, et au loin les lumières de l'émetteur de Crystal Palace brillaient.

— Il n'y a pas de troll ici, mon chéri. Rien du tout.

Elle referma le rideau, vint s'asseoir au bord du lit, posa la main sur le front fiévreux de l'enfant.

— C'est la faute de maman. Je n'aurais pas dû te mettre ce pyjama en flanelle, il est trop chaud. (Elle entreprit de lui ôter le haut.) Tu es complètement trempé. Je vais te mettre un T-shirt...

— Non !

Josh s'écarta brusquement d'elle et tendit le cou pour voir la fenêtre derrière elle.

— Allons, mon chéri, on est en pleine nuit et maman veut juste te retirer ce pyjama mouillé pour que tu puisses te rendormir.

Il recula vivement les deux mains.

— *Nooon !* Il me regarde. *Il était là !*

— Josh, tu as rêvé tout ça. Le troll ne pourrait pas grimper aussi haut. Ici, tu es au deuxième étage, tu n'as absolument rien à craindre.

— Tout va bien, mon poussin ?

Sur le seuil de la chambre, Hal clignait des yeux

comme un chat ensommeillé. Sa femme se retourna vers lui.

— Oh, chéri, je ne voulais pas te réveiller...

— Ce n'est pas grave, fit-il en observant leur fils assis dans son lit, qui étreignait toujours l'oreiller. Que se passe-t-il, Josh ?

— Il croit avoir vu le troll...

— Non, je l'ai vu, pour de vrai !

— Il a vu le troll à la fenêtre, tu sais, celui du parc.

Hal les rejoignit et déposa un baiser sur le front du petit garçon.

— D'accord. Du calme, maintenant. Tu veux que je vérifie qu'il est parti ?

Josh acquiesça.

Son père alla jusqu'à la fenêtre en sifflotant doucement, colla son nez contre la vitre et contempla le jardin en contrebas. Il feignit de scruter les ténèbres à droite et à gauche, avec la plus grande attention. Après quelques secondes il recula d'un pas, pivota sur ses talons et sourit.

— Bon, c'est fini. Il est parti, maintenant.

— NOOON ! se mit à gémir Josh. Tu ne peux pas le voir comme ça, il se cache sous la fenêtre. Tu ne peux pas le voir si tu n'ouvres pas la fenêtre.

Réprimant un soupir, Hal repoussa complètement les rideaux et ouvrit la fenêtre. Il s'appuya des deux mains sur le rebord et se pencha au-dehors. L'air était délicieusement parfumé, odeurs d'arbres et des eaux verdâtres des quatre étangs du parc. Le crépitement presque imperceptible de l'électricité lui parvenait des projecteurs du chantier, comme la stridulation des cigales. Il fit mine de scruter le jardin.

— Hmmm... Eh bien, il s'est enfui, maintenant. Il n'y a absolument personne en bas. Tu veux vérifier par toi-même ?

Josh s'essuya le nez d'un revers de manche et regarda la fenêtre en clignant des yeux.

— Tu veux venir voir ?

L'enfant secoua la tête négativement.

— Bon.

Hal rapprochait les battants de la fenêtre et allait la fermer quand Benedicte le vit hésiter. Il rouvrit et, étendant un bras à l'extérieur, fit courir ses doigts sur l'extérieur du carreau.

— Hal ?

Il ne répondit pas. Sourcils froncés, il referma enfin la fenêtre avec soin et tira les rideaux.

— Voilà, mon poussin, il n'y a rien dehors. Pas le moindre troll.

Mais sa femme n'aimait pas son expression. Quelque chose clochait. Elle se retourna vers leur fils et s'interposa entre lui et son père.

— Allez, mon poussin. Un bisou sur le nez de maman ?

Mais l'enfant se détourna en maugréant, le visage crispé par la colère.

— Comme tu voudras. Alors dors bien, mon chéri.

A la porte, elle attendit que Hal envoie un baiser à Josh, puis elle éteignit la lumière, referma la porte derrière eux et fit signe à son mari de la suivre au rez-de-chaussée. Dans la cuisine, elle glissa ses pieds nus dans les baskets sales de Hal, prit la torche électrique et sortit dans le jardin. Hal la suivit, en pantoufles.

— Qu'est-ce qu'il y a ? chuchota-t-il.

Elle fit courir le pinceau lumineux autour d'eux et examina la pelouse à la recherche de traces de pas.

— Qu'est-ce que tu as vu, Hal ?

— Hein ?

— Là-haut, fit-elle en braquant le rayon sous la chambre de Josh. Sur la fenêtre ?

— Oh, rien. Juste l'empreinte d'une main.

Benedicte tourna vers lui un visage soudain blafard.

— Une empreinte de main ?

— Chut. Inutile de l'effrayer encore plus.

— Attends une seconde. Maintenant, c'est moi que tu effraies. (Elle s'approcha de la façade et éclaira le parterre de fleurs.) Josh croit avoir aperçu quelque chose et tu me dis qu'il y a une empreinte de main là-haut...

A son tour, il leva les yeux vers la fenêtre.

— C'est à au moins cinq mètres du sol. Il faudrait flotter dans les airs pour arriver jusque-là.

Elle examina le mur. Hal avait raison. Une échelle aurait été nécessaire et il n'y avait aucune marque dans le parterre. Pas d'empreinte de pied non plus. Rien d'anormal.

— Viens, Ben, dit Hal, qui commençait à avoir froid dans son pyjama. Un des ouvriers a dû laisser cette empreinte sur la vitre quand il l'a posée. Et de toute façon...

— De toute façon quoi ?

— Elle est à l'envers.

— Quoi ?

— L'empreinte est à l'envers, dirigée vers le bas, donc elle devait se trouver sur la vitre avant sa pose.

Benedicte soupira. Elle détestait ces terreurs nocturnes. Elle détestait le parc pour sa proximité, juste au-delà de la palissade, elle détestait ce pauvre petit Rory Peach pour s'être fait kidnapper et assassiner. Elle était plus qu'impatiente de partir en Cornouailles. Elle fit courir le rayon de la torche le long du jardinet. La pataugeoire de Josh reflétait le clair de lune, mais aucune onde ne brouillait la surface de l'eau. Tout était tranquille. *D'accord, mais j'ai des excuses d'être nerveuse, quand même.* Un peu à contrecœur, elle éteignit la lampe torche et suivit Hal dans la maison. Elle ferma la porte et tira le petit rideau. Hal était pleinement réveillé, à présent. Il prit une bière dans le frigo et s'appuya contre le plan de travail sans la quitter des yeux.

— Je comprends, dit-il brusquement. J'ai vu Alek Peach. Dans le parc.

— Seigneur ! (Benedicte se passa une main sur le visage et se laissa tomber sur une chaise.) Quand ?

— Quand Josh et moi baladions Smurf, ce matin. Je ne t'en ai rien dit... Je ne voulais pas que tu sois encore plus chavirée.

— Comment va-t-il ?

— Pas bien du tout. Je l'avais déjà vu dans ce coin, en sortant Smurf.

La chienne se leva de l'endroit où elle somnolait dans le salon et arriva en bâillant dans le cliquetis de ses griffes sur le carrelage. Hal se baissa et caressa ses vieilles oreilles sourdes.

— Pas vrai, Smurfy, qu'on l'avait déjà vu ? Mais je ne savais pas qui c'était avant de le reconnaître dans les journaux.

— Que faisait-il ?

— Aucune idée. Il avait l'air de traîner là où...

Il se redressa et but lentement la moitié de sa bière, le regard troublé.

— Il traînait là où on a retrouvé son gamin, termina-t-il.

— J'ai vu l'endroit, murmura-t-elle.

Subitement elle se sentit gênée de s'être rendue là-bas pour satisfaire sa curiosité. Découvrir un tapis de fleurs fanées en pleine forêt avait constitué un choc. Des rubans de papier cramoisi, des cartes, des ours en peluche imbibés de rosée. Rory avait presque neuf ans, avait-elle pensé alors, et il n'aurait sûrement pas apprécié les peluches.

— Je ne sais pas ce qu'ils vont faire de toutes ces fleurs.

— Ils vont là-bas par familles entières, tu imagines ? Comme si c'était une excursion. Et certains gosses portent des T-shirts marqués *Mort aux pédophiles*...

— Je sais, je sais. Alek Peach les a vus ?

— Oh oui. Il a tout vu. Il était planté là, dans les buissons, et il regardait tout ce cirque. Et le regard qu'il a eu en apercevant Josh... Comme s'il avait un fantôme devant lui.

— Pauvre homme...

Elle se leva, passa dans le coin cuisine et rangea la torche électrique dans un placard.

— Vivement que nous partions en Cornouailles, Hal, j'ai vraiment besoin de me retrouver loin de Brixton pendant quelques jours. (Elle déposa un baiser sur la joue de son mari.) Ne reste pas debout toute la nuit.

A quatre heures et demie du matin, le ciel au-dessus des maisons de Brockley prit une teinte bleutée, et seule Vénus resta visible. Près de la fenêtre donnant sur l'arrière de la maison de Penderecki, là où son voisin avait observé tant de fois Ewan et Jack en train de jouer dans leur cabane nichée au creux de l'arbre, de l'autre côté de la voie ferrée, Caffery était assis sur une chaise. Il était encore sous le choc de sa macabre découverte. Les mouches venaient goûter à sa sueur et il ne réagissait pas.

Des années durant, il s'était demandé ce qu'il ressentirait si Penderecki venait à mourir, et c'était arrivé, la fin de toute possibilité pour lui de découvrir un jour ce qu'il était advenu d'Ewan. Assis là, il subissait de plein fouet le choc, et il avait l'impression qu'on le pressait dans un étau pour extraire son essence vitale.

A cinq heures, quand les premiers trains de marchandises passèrent en brinquebalant sur la voie ferrée, Caffery se décida enfin à bouger. De la main il chassa les mouches et se leva, laissant le sang revenir lentement dans ses jambes ankylosées. Les yeux brûlants, il descendit dans la cuisine, ouvrit le robinet de l'évier et s'aspergea le visage d'eau. Ensuite, il se mit au travail.

Quelque part dans cette maison se trouvait la réponse à sa question. Il retourna à l'étage et entra dans la salle de bains. Le bourdonnement et la puanteur lui donnèrent envie de vomir. Tout le corps de Penderecki était en décomposition. Sous ses pieds une flaque de matière s'était accumulée, recouverte d'une couche de mouches. Il dut rester parfaitement immobile pendant de longues secondes avant de vaincre la nausée.

Penderecki avait accroché le nœud coulant à une solive découverte dans le plafond. Le maillet utilisé pour ôter le plâtre gisait sur le sol, et le plâtre dans la baignoire prouvait qu'il avait agi sans perdre de temps. Il était venu ici avec les outils dont il avait besoin, avait creusé un trou dans le plafond, noué la corde à la solive et terminé l'affaire. Le petit tabouret n'était même pas renversé. A côté du siège des toilettes, Caffery remarqua un exemplaire de l'ouvrage de Derek Humphry, *Issue finale : Aspects pratiques de l'autodélivrance et du suicide assisté pour les mourants*. Se protégeant le visage avec le bas de son sweat-shirt, Caffery se pencha et lut. Un paragraphe avait été entouré au feutre, d'un geste colérique : *Si vous estimez que Dieu est le maître de votre destin, ne lisez pas plus avant. Cherchez la meilleure façon de soulager vos souffrances et adressez-vous à un hospice.* Mais il connaissait ce livre, et il sut qu'au dernier moment Penderecki avait abandonné ce qu'il pouvait avoir de foi en Dieu pour se tourner vers les conseils de Humphry : *De la glace empêchera que l'air dans le sac en plastique ne devienne trop chaud...*

Sur le sol il vit un bac à glaçons vide, et la tête de Penderecki était effectivement enveloppée dans une poche en plastique. Dans la mort les chairs avaient gonflé jusqu'à tendre le sac. Une bouteille de vodka était renversée près de la porte, à côté d'une assiette de ce qui ressemblait à du pudding au chocolat. *Rédui-*

sez en poudre vos drogues préférées et mélangez-les à votre pudding favori...

Il n'y avait pas une mouche sur le gâteau. Les insectes se repaissaient trop goûlument du cadavre pour s'intéresser à un pudding. Caffery vérifia qu'il n'avait pas laissé d'empreinte de pieds et referma la porte de la salle de bains derrière lui. Puis il entreprit une fouille méthodique du reste de la maison.

Penderecki était arrivé en Angleterre dans les années 1940 — « Probablement quelque chose en rapport avec la conférence de Yalta », avait finement supposé Rebecca. Elle semblait comprendre les vagues démographiques qui avaient amené l'exilé polonais jusqu'à ce terrain de l'autre côté de la voie ferrée, en face du foyer des Caffery. S'il ne s'était jamais marié, Penderecki paraissait être devenu fanatique d'une religion à laquelle il n'avait pu se raccrocher sur la fin. Son cadavre pendait là depuis combien de temps ? Peut-être trois jours, sans que personne ait rien remarqué. Peut-être avait-il encore quelques proches en Pologne — des coupures de presse dans cette langue, encadrées, ornaient le mur, le genre de cadeau que des parents éloignés pourraient envoyer, mais Penderecki ne possédait quasiment rien d'autre de personnel. Presque soixante-dix ans et les seuls enfants dans sa vie avaient appartenu à d'autres.

Caffery était prêt à démolir les cloisons et les murs s'il le fallait pour découvrir la moindre trace d'Ewan, mais la maison ne lui apprit rien. Il grimpa dans le grenier, où la température était douce et la poussière omniprésente, mais, hormis les nids de guêpes vides accrochés aux solives, il n'y avait rien. Dans une des chambres il découvrit une pile de catalogues de vêtements Hennes pour enfants, rien que de très inoffensif. Penderecki n'était pas stupide. Avec son casier judiciaire, il savait qu'un mandat de perquisition serait délivré au moindre soupçon. Caffery ne trouva rien d'autre.

Dans le couloir il décrocha le téléphone et pressa la touche « bis ». Il tomba sur le répondeur du service d'oncologie du Lewisham Hospital. Il composa le 1471 et le numéro. Encore une fois, le service d'oncologie. Quelqu'un à l'hôpital, lui apprit-on, avait appelé trois jours plus tôt. Depuis, personne n'avait tenté de contacter Ivan Penderecki. Fin de l'histoire.

Où qu'il ait caché les restes de ce qui avait été Ewan, ce n'était pas dans cette maison. Les catalogues n'étaient qu'un indice, Caffery le sentait. Il y avait plus. Quelque part. Mais, bien sûr, cela faisait partie du génie malsain de Penderecki, de son goût pour la dissimulation. Cacher des magazines, des vidéos, des photos. Et le corps d'un jeune garçon.

13

22 juillet

Rentré chez lui, il se déshabilla et mit ses vêtements dans le lave-linge. Il savait trop bien comment la mort imprègne les vêtements. Rebecca dormait encore. Dès son réveil, elle comprit que quelque chose n'allait pas.

— Jack ? Qu'est-ce qu'il y a ? Où étais-tu ?

Il ne répondit pas. Assis sur le bord du lit, dans son boxer-short, il allumait posément la cigarette qu'il venait de rouler. Le soleil filtrait à travers les rideaux, dessinant des formes imprécises au plafond.

— Oh, Seigneur !

Rebecca roula sur le dos et posa la main sur son front. Au cours de la nuit, son maquillage s'était étalé, lui donnant des yeux de panda.

— C'est à cause d'hier soir ? C'est ça ?

Il resta silencieux. Il ne savait pas quoi dire.

Elle s'assit dans le lit et pressa la main sur son bras.

— Jack ? Je suis désolée. Je peux t'expliquer, c'est parce que...

Il lui sourit et lui prit le menton dans sa main. Le geste devait frôler le ridicule, mais il n'en avait cure. Il se sentait très las.

— Il est mort.

— Qui est mort ?

— Penderecki.

— *Mort ?*

— Il s'est suicidé. Je crois qu'il avait un cancer. Il s'est pendu dans sa salle de bains.

— C'est là que tu étais, toute la nuit ?

— Oui.

— Oh, merde !

Elle se laissa retomber sur l'oreiller en clignant des yeux. Un instant, l'espoir envahit Caffery. Il la crut aussi choquée qu'il l'était, et il caressa même l'espoir qu'elle le comprendrait enfin. Puis elle dit :

— Donc tu n'as plus aucune raison de rester ici. Tu pourrais partir et laisser tout ça derrière toi. Tu le pourrais, n'est-ce pas ?

— Non, fit-il, écrasé par l'idée qu'il s'était encore trompé, qu'il était toujours seul. Je ne pourrais pas faire ça. Ici j'ai... (Il se tourna vers la fenêtre.) J'ai tout.

Elle se rassit, lui enleva la cigarette des doigts et tira une longue bouffée.

— Tu veux parler d'Ewan ?

Il n'avait pas l'intention de répondre à cette question.

— Oh, soupira-t-elle. Oui, c'est ça, tu veux parler d'Ewan...

Il la sentit qui lui tapotait sur l'épaule et quand il se retourna elle lui tendait la cigarette sans le regarder.

— Penderecki est mort, mais tu ne vas pas laisser tomber ?

Il prit la cigarette, baissa la tête et contempla l'ongle noir de son pouce. Elle avait raison. Tout aurait dû être terminé. Penderecki était mort. Ewan ne se trouvait pas dans la maison. Il n'avait aucune autre piste à explorer. Il aurait dû être capable de renoncer. Mais non. *Il y a forcément autre chose. Dans un autre endroit, peut-être... Un appentis, un garage... Il a très bien pu louer un garage...*

Il se leva lentement et d'un pas traînant alla se faire couler un bain.

A présent, Roland Klare savait très bien ce qu'il faisait. Il avait compulsé le livre et trouvé la solution adéquate pour l'appareil photo coincé. Il avait besoin d'un sac noir parfaitement clos, dans lequel il pourrait travailler sur la pellicule sans l'exposer à la lumière. Il lui avait fallu quelque temps pour trouver les éléments nécessaires, mais Klare ne manquait certes pas de ressources. La matière première du sac était un vieux blouson crasseux déniché à la banque de vêtements de Tulse Hill. Il l'avait nettoyé puis en avait minutieusement scellé le col, le bas et le devant avec une double rangée d'agrafes, de sorte que la lumière ne pouvait pénétrer. Le résultat n'avait peut-être pas grande allure, mais il l'estimait satisfaisant.

Il ferma le store et s'assit sur le canapé. Le « sac » sur les cuisses, il glissa l'appareil photo dans l'une des manches, jusqu'au corps du vêtement. Puis il ressortit les mains, plaça deux larges bandes de caoutchouc sur les poignets et repassa les mains à l'intérieur, en prenant soin que les bandes remontent sur ses poignets pour bloquer toute lumière. Il trouva l'appareil photo et se mit au travail.

Les mains de Klare étaient un peu trop grandes et maladroites pour cette tâche. Il dut s'y prendre très lentement, et il mordait l'intérieur de ses joues tant sa concentration était intense, en gardant le regard fixé sur un endroit précis du store. Il trouva sans encombre le cliquet d'ouverture du boîtier. Le fond de l'appareil s'ouvrit et il fit courir ses doigts avec précaution à l'intérieur. La pellicule était bien là : il la sentait, coincée dans le rail de déroulement. En prenant garde de ne pas toucher la surface sensible, il tâtonna jusqu'à toucher la bobine. Il y avait un espace très étroit donnant prise à ses doigts en haut de la bobine, et quand il l'accrocha il se rendit compte qu'il ne pouvait la faire pivoter que d'un quart de tour à la fois. Mais aujourd'hui il se sentait armé d'une patience à toute épreuve. Il inspira profondément, ferma les yeux et laissa ses doigts travailler dans l'obscurité, comme ceux d'un lecteur de braille. De la main gauche, il couvrait le mécanisme pour vérifier que les pignons tournaient bien, tandis que de la droite il faisait pivoter la bobine.

Avec ses grosses mains, il fallut à Roland Klare plus d'une heure pour enrouler intégralement la pellicule. Quand il eut fini et qu'enfin il déboîta la bobine avec l'ongle de son pouce, des élancements engourdissaient ses doigts. Il sortit l'appareil photo du sac improvisé, essaya le mécanisme de rembobinage et eut la surprise de constater qu'il ne se bloqua qu'une seconde avant de fonctionner normalement. Il contempla l'appareil d'un air stupéfait. Il le fit tourner en avant, puis en arrière. Sans pellicule à l'intérieur, le mécanisme remplissait parfaitement son office. Peut-être l'ensemble n'était-il pas aussi abîmé qu'il l'avait cru ; la façon dont la pellicule avait été insérée dans l'appareil était peut-être la seule cause de la défaillance. Très content de ne pas avoir à se débarrasser du Pentax, il le replaça dans la boîte à biscuits. Puis il reprit le sac et le secoua.

A l'intérieur, la bobine était en sécurité, mais Klare était maintenant confronté à un autre problème. Il ne savait pas quelle était l'étape suivante. Il lui fallait consulter de nouveau le manuel. Il poussa un long soupir. Il était fatigué et éprouvait le besoin de se changer les idées. Il transporta le sac dans la pièce qui était plongée dans l'obscurité, revint dans le salon et ouvrit le store. Le soleil était haut dans le ciel, au-dessus du parc. Il resta devant la fenêtre un long moment, à observer les arbres brûlés par le soleil.

Dans une cabine téléphonique située près des bureaux de Shrivemoor, la BMW rouge de Paulina et Souness garée quelques mètres plus loin sous le soleil éclatant, Caffery appelait le poste de Brockley pour signaler de façon anonyme le décès de Penderecki. « Ma femme n'a pas vu notre vieux voisin depuis quelque temps déjà, et je me demandais si vous pourriez... » Le coup de fil le rasséréna un peu, l'allégea d'une partie de l'infection. Mais il devait se forcer pour garder l'affaire Peach à l'esprit, pour empêcher ses pensées de revenir à Brockley et aux ombres profondes qui s'étendaient dans la tranchée de la voie ferrée.

Souness était partie prendre son petit déjeuner et les arrivées dans la salle des données se succédaient dans un calme relatif. Les précieuses premières heures, pendant lesquelles il arrive qu'on résolve l'affaire, s'étaient écoulées sans conclusion. Ils pouvaient à présent ranger le dossier Rory Peach dans la catégorie des cas épineux. Ce dont ils avaient un besoin désespéré, c'était du résultat des tests ADN, mais le labo ne s'était toujours pas manifesté.

Kryotos avait échoué à retrouver la trace de Champaluang Keoduangdy. Mais elle avait déposé une enveloppe bleu et blanc sur le bureau de Caffery pendant son absence. L'inspecteur emporta son café dans le bureau du commissaire et retourna l'enveloppe ouverte. Il en tomba deux Polaroïd, dans des pochettes de plastique transparent. C'étaient ceux découverts en 1989 dans une benne à ordures sur Half Moon Lane, ceux qu'il attendait, mais alors même qu'il les examinait son esprit refusait de se concentrer : il retournait sans cesse de l'autre côté de la voie ferrée, dans la maison de Penderecki, à l'étage, dans les placards... *Il y a forcément un autre endroit, une autre cachette...*

— Reprends-toi, s'admonesta-t-il tout haut.

Il se roula une cigarette et appuya fortement ses

talons contre le plancher. Il fallait qu'il se concentre. Il chaussa ses lunettes.

Le premier cliché était celui d'un jeune garçon, huit ou neuf ans peut-être. Caffery savait que c'était un garçon pour la simple raison qu'il était nu de la taille aux pieds. Sinon, l'enfant avait le visage tourné. Il était blanc, très mince, et, d'après sa posture, ses mains, qui demeuraient invisibles, étaient attachées.

Probablement au radiateur blanc contre lequel il était assis. Sur la droite de la photo on distinguait le bord de ce qui ressemblait à une armoire en mélamine sur laquelle était scotché le côté d'un poster. Sur le bord d'un des doubles de la photo, un inspecteur avait dans les années 1980 entouré une zone et écrit en rouge : *pied ?* Caffery étudia la forme. Cela pouvait en effet être un pied humain. Un pied nu, avec les cinq petites taches couleur chair. Les orteils ? Plutôt minces et assez longs. Ceux d'une femme ? Mais non : en observant le second cliché, il put se rendre compte qu'il ne s'agissait pas d'une femme.

Sur celui-là, pris selon un angle légèrement différent, on voyait la forme d'un homme adulte ligoté au point de n'être plus qu'une masse trapézoïdale de membres immobilisés dans des positions impossibles. Le visage se trouvait sur le côté, détourné de l'objectif. Les bras avaient été croisés sur la poitrine, et il était ligoté à l'aide de draps et de taies d'oreiller, comme dans un linceul tire-bouchonné. Derrière lui, l'armoire était pleinement visible — le poster représentait les tortues Ninja — et au-delà on apercevait à moitié un petit enfant blond, dans un flou. Au-dessus de la tête du garçon, le bas du cadre d'une fenêtre. Et c'était tout.

L'année 1989. C'était loin. Caffery s'efforça de rassembler ses souvenirs concernant cette période. A l'époque, il en était à sa première affectation, et il prenait le train pour Luton tous les jours. Il devait sortir avec... Melissa. Ou Emma. Elle ressemblait à Meg Tilly et il adorait ses minijupes et ses vêtements démodés. Cette année-là, près de soixante-dix personnes avaient trouvé la mort dans le tremblement de terre de Loma Prieta, à San Francisco, les Soviétiques avaient quitté l'Afghanistan, le mur de Berlin était tombé, Champ Keoduangdy avait été admis en unité de soins intensifs après avoir été sodomisé à l'aide d'un morceau de câble électrique, et quelqu'un avait abandonné ces Polaroïd dans une benne à ordures de Half Moon Street.

Un canular ? Si tel n'était pas le cas, pourquoi personne ne s'était-il manifesté ? En treize ans, quelqu'un, quelque part, aurait bien révélé quelque chose. Et si ces deux personnes étaient mortes — ligotées à un radiateur dans une chambre d'enfant —, pourquoi n'avait-on pas découvert leurs corps ? Il scruta les photos à la recherche d'autres indices, en faisant glisser son index sur les ombres et les lumières des tirages. Existait-il assez de points similaires entre ces clichés et ce qui s'était passé chez les Peach pour que l'on puisse relier les deux affaires ? Peut-être était-ce une mise en scène — une image des fantasmes du Troll. Et c'était peut-être lui qui se trouvait saucissonné sur le plancher. Mais le gamin, alors ? Un frère cadet ? Les murs, le papier peint magnolia, l'armoire, tout était standard. Il devait exister des milliers de chambres d'enfant identiques.

Soudain il pensa à Carmel, à sa conviction que quelqu'un avait pris des photographies dans leur maison alors qu'ils étaient déjà ligotés. Et cette idée lui fit sentir un obstacle, imprécis, qui empêchait la compréhension de l'ensemble et le déviait de la réalité. Un malaise diffus. Une vague *démangeaison*, aurait dit l'inspecteur Durham. Quelqu'un ne lui disait pas toute la vérité...

Il réfléchit au problème en fumant la moitié d'un

paquet de tabac à rouler et en avalant quatre cafés instantanés, mais quand arriva l'heure de la réunion il n'était pas plus avancé, simplement un peu plus las. Quand il se rendit dans la salle des données avec ses papiers, il conservait dans les narines la puanteur qui hantait la maison de Penderecki.

Au SRES, chacun savait qu'à ce stade de l'enquête ils pouvaient opter pour l'attente des résultats ADN, ou bien continuer d'exploiter d'autres pistes. La réunion avait pour objet de les préparer à une journée entière dans les rues : une équipe irait à Brixton en compagnie d'un officier de liaison détaché du Service de protection de l'enfance ; ils allaient interroger les gamins, leur demander leur version concernant cet être mythique supposé hanter le parc, leur « troll », et prendre très au sérieux ce qu'ils raconteraient. Un autre groupe aiderait Kryotos à rechercher Champaluang Keoduangdy. Un troisième s'occuperait des agresseurs sexuels pédophiles du coin. Ils allaient creuser d'autres trous dans le réseau pédophile du sud de Londres, accentuer la pression ici et là, avec discernement, jusqu'à ce que quelqu'un craque et leur ouvre une piste. C'était pour cette raison que des officiers de l'Unité des agressions sexuelles de Lambeth, ainsi que deux membres de l'Unité antipédophilie de Scotland Yard, avaient été dépêchés en renfort, de Victoria. Paulina, la compagne de Souness, était officier de renseignement pour l'unité, et elle avait sauté sur l'occasion pour suivre le mouvement.

Il paraissait étrange à Caffery que seules deux personnes à la réunion du matin aient semblé détecter la tension qui l'habitait. La première était Kryotos, avec cette compréhension étrange, presque chimique, qu'elle avait de lui. Elle l'avait observé depuis son bureau, sans aucune attitude de défi, avec attention. L'autre était Paulina, qu'il n'avait rencontrée que rarement jusque-là.

Elle était vêtue d'un ensemble bleu pastel et lui faisait penser à une porcelaine brillante posée sur le bureau, à fumer avec nonchalance une cigarette tout en contemplant l'environnement de travail de Souness avec ses yeux aigue-marine. Chaque fois que quelqu'un mentionnait les réseaux pédophiles, Caffery avait l'impression que Paulina allait se tourner vers lui, comme si elle savait à quoi il avait passé la nuit, et qu'elle pouvait percevoir ses pensées. C'était elle qui avait appris à Souness le lien existant entre Caffery et Penderecki, et il s'attendait presque à ce qu'elle en parle maintenant, en braquant ce regard sur lui insondable : « Sur ce point, M. Caffery est peut-être en mesure de nous aider, s'il est en contact avec quelqu'un apte à nous renseigner... »

Elle lui semblait tellement concentrée sur lui que dès la fin de la réunion il s'excusa et alla s'enfermer dans le bureau du commissaire.

Les corbeaux rappelaient à Rebecca un banc de poissons, à leur façon de s'élever ensemble dans les courants ascendants, rasant les toits bas de Greenwich, virant ensuite pour révéler leur ventre sombre, changeant de couleur au même moment. Elle les observait, attablée dans son salon, une tasse de café près de son coude gauche, un cigarillo fumant dans le cendrier. Elle avait froid.

C'était l'appartement qu'elle avait partagé avec Joni, avant l'agression. Jusqu'à ce que Joni soit brisée par Malcolm Bliss et qu'elle... *Oh, Seigneur...* Elle frissonna et prit le cigarillo. Elle aurait dû déménager, bien sûr, abandonner ces lieux désormais maudits et les souvenirs qui les hantaient, et cet escalier menant à la chambre de Joni. Il était très facile d'aller chez Jack et de s'y installer ; il y avait l'odeur de cet homme lorsqu'il se douchait le matin, le parfum de fumée et de ville de son costume lorsqu'il rentrait le soir, la sueur sous ses aisselles quand il revenait de ses joggings, son estomac dur et brûlant contre le sien pendant la nuit. *Oui, tout ça — et son obsession, qui finira sans doute par le tuer*.

Elle se laissa aller contre le dossier de la chaise et regarda autour d'elle. Les volets étaient ouverts, et le soleil dessinait de longs rectangles blancs sur le plancher de chêne ciré. Sur sa droite, le long du mur, ses sculptures étaient alignées sur une table à tréteaux, prêtes à être emportées pour la galerie, le mois suivant. Comme de petits hommes ou des tours miniatures. *Ridicules. Jack a raison : ces sculptures sont ridicules*. Sur sa gauche, rassemblées contre le mur, ses vieilles peintures, celles que Jack aimait tant, celles qu'elle avait faites avant l'agression. Ces œuvres semblaient provenir de deux artistes différents, de deux sources distinctes. Sur la gauche, les anciennes. Sur la droite, les nouvelles. Et entre elles, jaillissant du centre du plafond, brillant doucement et répercutant une lueur discrète sur les murs, un crochet de boucherie.

Hissée sur un tabouret, Rebecca l'avait vissé dans le plâtre le lendemain du jour où Jack et elle s'étaient affrontés, au Tesco. Bien entendu, il ne pourrait pas supporter de poids — et certainement pas celui d'un corps — mais elle l'avait voulu là : elle pensait que sa présence l'aiderait peut-être à percer le mystère de son trou de mémoire. Mais, jusqu'alors, il n'avait eu aucun effet sur ses souvenirs, et l'amnésie était toujours là, comme une absence, un espace doté d'une forme, d'une densité et d'une texture, sous ce crochet, entre les anciennes peintures et les nouvelles sculptures. L'agression. « Comment es-tu allée de là-bas à... » Elle coinça le cigarillo entre ses dents et leva les bras au-dessus d'elle, pour tenter de créer une passerelle, une décharge électrique qui bondirait entre les deux groupes d'œuvres. Elle tenta de se représenter mentalement Malcolm Bliss — elle avait dû se trouver un certain temps dans la pièce en sa compagnie, à l'intérieur du petit bungalow... Et Joni aussi — mais c'était comme de solliciter un muscle trop fatigué, comme de vouloir faire passer ses pensées par le chas d'une aiguille, et subitement, au lieu de Bliss, elle vit les chameaux à pattes d'araignée de Dali ; l'image du bungalow se dissipa et, une fois de plus, elle se retrouva avec le crochet au plafond, et rien d'autre.

Merde, merde et merde.

Elle retira le cigarillo de sa bouche et se leva. Sa mémoire refusait d'obéir, ici, maintenant. Elle se conduisait de façon ridicule. Ridicule et puérile. Elle devait plutôt s'endurcir. Elle repoussa les cheveux de son visage, les rassembla sur sa nuque. Elle allait se rendre chez Jack ce soir, et ils recommenceraient tout, depuis le début.

14

Les « Barracudas » — ceux de dix ans, l'âge exact où les enfants commençaient à poser des problèmes — faisaient leur cirque. Et cela mettait Fish Gummer très mal à l'aise.

— On peut faire un tour, maintenant ?

— Oh oui, m'sieur, on le fait, ce tour !

— Non, non, répliqua-t-il en jetant un coup d'œil à la grande horloge, à l'autre bout de la piscine embuée. Je pense que c'est terminé pour aujourd'hui. Il est déjà plus de la demie...

— Allez, on le fait ! dit une petite Nigériane au corps musclé dans un maillot de bain jaune citron, en sautillant sur place. On fait ce truc... passer entre vos jambes.

— C'est absolument hors de question.

— Les autres profs nous laissent le faire.

— Peu m'importe.

— Vous descendez dans la piscine et nous on passe entre vos jambes...

— Sous l'eau...

— Ouiii, comme des sirènes...

— J'ai dit : non.

Deux gamines nagèrent vers lui. Leurs visages humides et luisants lui souriaient.

— On retient notre souffle comme ça...

Une tête disparut sous la surface.

— Oui, oui, oui ! couina une fillette en roulant sur le dos dans l'eau.

— Non !

Il commençait à se sentir tendu. Les deux élèves avaient atteint le bord du bassin et réprimaient mal une hilarité hystérique.

— C'est ça, fit la troisième, on retient toutes notre respiration...

Elle se pinça le nez et plongea sur place.

— Et vous écartez les jambes... Et on passe entre elles...

Une petite main jaillit de l'eau, chercha à lui saisir la cheville.

— Non !

Il recula précipitamment d'un pas et prit le sifflet pendu à son cou au bout d'un ruban. Son visage était figé en une expression de peur soudaine.

— Maintenant VOUS ARRÊTEZ ÇA ! J'ai dit *non*. Pas question.

La main disparut dans l'eau et tous les enfants revinrent à la surface en crachotant et en toussant. Interdits, ils le contemplèrent fixement dans un silence abasourdi, tout en reprenant leur souffle.

Et puis, à l'arrière du groupe, la petite Nigériane étouffa mal un éclat de rire, une main plaquée sur sa bouche. L'hilarité gagna tous les autres enfants. Ils le regardaient, maintenant, en riant ouvertement. Ils se moquaient de lui. Il avait envie de tourner les talons et de se précipiter dans le vestiaire. A présent, ils savaient comment le déstabiliser, et ils ne s'en tiendraient pas là.

La fin de la journée arriva, et ils n'avaient fait aucun progrès. Les équipes revinrent, petit à petit, et les formulaires d'activités s'empilèrent dans la corbeille de courrier de Kryotos. Ils feraient un rapport de vive voix lors de la réunion du soir, mais Caffery, assis dans la salle des données, à les observer à travers le panneau vitré, savait déjà à leur expression qu'ils n'avaient trouvé aucune nouvelle piste. Avec un soupir il s'adossa au fauteuil et alluma une autre cigarette. Il avait l'estomac noué — il n'avait rien avalé de solide — et la journée avait été longue et épuisante. Le surnom donné par Champ à son agresseur était passé dans le folklore local, mais aucun des enfants interrogés n'avait pu offrir aux policiers le moindre détail concret. Caffery avait demandé à Brixton d'envoyer les clichés de la morsure qu'avait subie Champ Keoduangdy, dans l'espoir que Ndizeye, l'odontologue du médico-légal, pourrait établir si la personne qui avait violé Champ près du lac de canotage, plus de douze ans auparavant, était la même qui avait infligé cette blessure à Rory Peach. Ndizeye avait terminé le moulage dentaire. « Arc de mâchoire adulte avec incisives lisses, donc individu ayant dépassé les vingt ans. Grandes empreintes nettes. La denture peut constituer une signature aussi individualisée que l'ADN, vous savez. » Aussi particulières que soient les dents d'un individu, néanmoins, Caffery savait qu'ils avaient avant tout besoin des résultats du test ADN. A quatre heures et demie, Kryotos entra dans la pièce, sourire aux lèvres.

— Fiona Quinn en ligne, annonça-t-elle en désignant le téléphone. Les résultats ADN.

Il décrocha le combiné et se leva pour regarder par la fenêtre.

— Fiona ? fit-il en se demandant comment sa voix sonnait à l'autre bout du fil. Comment va ?

— Je vais bien, Jack. En revanche, j'ai de mauvaises nouvelles. Les tests n'ont pas permis de définir un profil.

— Pas de profil ?

— Pas de profil.

— Et merde, murmura-t-il en se rasseyant sous le coup de la déception.

— Jack, au moins quatre-vingts pour cent de nos tests ne donnent pas de résultats. Pas de profil, ou alors un profil très incomplet. L'ADN est quelque chose de très fragile...

— Vous m'avez déjà expliqué tout ça, j'espérais seulement que... (Il soupira. Sans profil ADN, il n'y aurait pas de test de masse, et il ne leur restait plus que les moulages de Ndizeye.) Nous n'avons rien d'autre pour travailler ?

— Eh bien, j'ai étudié le coin de la pièce dont Alek Peach a parlé dans son témoignage.

— Et ?

— Rien pour l'instant.

— Les fibres blanches prélevées dans les plaies de Rory ?

— Rien pour l'instant non plus. Mais ça viendra. Et nous examinons toujours sa chaussure millimètre par millimètre. Ensuite, il y a le nitrate d'argent dont les biologistes ont aspergé les murs. D'ici deux jours, nous verrons ce que cela donne. Mais, pour être franche, avec les témoignages que vous avez recueillis nous tâtonnons dans l'obscurité. Et même si ses empreintes sont partout dans la maison, rien ne garantit que le nitrate d'argent les révèle. Priez pour que notre homme ne soit pas végétarien, sinon nous n'aurons rien.

— Ça va, ça va, fit-il en fermant les yeux. (Il avait l'impression de sortir d'une gueule de bois.) Et vous ne pouvez vraiment rien faire du prélèvement de semence ?

— Hum... Je n'ai aucune certitude.

Il rouvrit les yeux.

— Je vous demande pardon ?

— Je ne peux rien affirmer avec certitude.

— Bon sang... siffla-t-il entre ses dents. Je n'y crois pas.

Dans la salle des données, Souness et Paulina venaient d'arriver. Il apercevait le pied droit de Paulina, qui se balançait dans ses sandales luxueuses, avec ses ongles vernis roses, marquant un rythme paresseux. Il détourna la tête.

— Ecoutez, dit-il à Quinn, cela fait plus de deux jours entiers que le médico-légal est sur le coup, et maintenant vous répétez que vous ne pouvez pas...

— Inutile de vous montrer...

— Une chance que nous n'ayons personne ici en état d'arrestation, ou nous passerions pour un ramassis de glands.

— Vous ne m'écoutez pas.

— Si vous croyez que je suis disposé à rester ici le cul rivé sur mon siège, à attendre un coup de fil qui me dira qu'on va peut-être y arriver, ou peut-être pas, autant nous occuper à nous vernir les ongles...

— Jack...

— Dans ce cas, moi je n'aurais pas payé une fortune pour ces conneries, ces putains de microscopes électroniques et tout le matos devant lequel vous vous pâmez, à deux mille livres la minute ! Pourquoi vous ne reconnaissez pas que c'est une magnifique foutaise...

— *Monsieur Caffery !*

— *Qu... quoi ?*

Caffery ferma la bouche et tapota de la pointe du pied sur le sol. Il pouvait presque voir la scène, Quinn et lui, piaffant, les yeux rougis, qui grondaient à travers Londres l'un contre l'autre. Il était conscient d'avoir haussé la voix et il sentait que Kryotos l'observait depuis la salle des données. Et soudain il se vit à travers ses yeux — un type instable, déraisonnable, en train de perdre les pédales à la vitesse grand V. Il prit une profonde inspiration, se détendit un peu, effleura le bord du bureau avec ses doigts et dit d'un ton presque calme :

— Oui, bon, je suis désolé. Quoi ?

— Avez-vous entendu parler du SCA, le système de comptage amplifié ?

— Non.

— Il peut multiplier trente-quatre fois l'échantillon. On ne peut s'en servir que pour les crimes exceptionnels...

— Alors utilisez-le. Vous avez un code pour les dépenses de votre labo. Vous auriez déjà dû le mettre en route.

— C'est ce que j'essayais de vous dire. C'est en train. On l'a déjà lancé.

L'enveloppe se trouvait sur le paillasson quand il entra. La conversation avec Fiona Quinn l'avait achevé pour la journée. Il s'était emporté avec elle — *Tu ne peux pas t'empêcher de prouver que Rebecca a raison, pas vrai ?* — et avait quitté Shrivemoor assez tôt, conscient que le mieux à faire était de rentrer et de se coucher. Il se rendit en voiture jusque chez Sainsbury, y acheta quatre bouteilles de Pinot Grigio, une de Laphroaig, un pack de Coca, du lait et une boîte de Nurofen. Juste avant de sortir du magasin, il vit des bouquets de feuilles de sauge mêlées à des pivoines. Il en acheta deux, pour Rebecca.

Il ramassa la lettre et l'emporta dans la cuisine. Il la posa sur la table et resta un moment immobile, à la considérer. Elle était affranchie au tarif lent, avait été postée le mercredi après-midi... et, d'après l'écriture, venait de Penderecki. La poster avait peut-être été son dernier acte avant le suicide.

Caffery vida les sacs de courses, en s'arrêtant de temps en temps pour jeter un coup d'œil à l'enveloppe. Il plaça une bouteille de vin dans le freezer, une autre dans le frigo, puis chercha un vase dans les placards.

N'en trouvant pas, il sortit une bouteille en plastique de la poubelle, coupa la partie supérieure, décolla l'étiquette et la remplit d'eau. Il y mit les fleurs et plaça le tout sur le rebord de la fenêtre, dans le salon. Ensuite il se roula un joint avec l'herbe que Rebecca conservait dans une boîte d'Oxo et, quand il n'y tint plus, il l'alluma, s'assit à la table et ouvrit l'enveloppe.

Elle ne contenait qu'une unique feuille de papier. Il n'y avait nul besoin d'une note ou d'explications. Le feuillet lui disait tout ce qu'il voulait savoir. C'était un plan.

15

Il mit près de vingt minutes à comprendre ce que représentait le plan. Attablé dans la cuisine, près de la fenêtre ouverte, il tourna le feuillet dans tous les sens, lentement, et le tendit devant la lumière. Le petit rectangle symbolisait une construction en dur, et Penderecki avait inscrit le mot *cottage* à côté. Caffery connaissait le terme argotique pour désigner des urinoirs publics, mais l'échelle curieuse à côté du rectangle ? Un escalier ? Il inclina le feuillet à quatre-vingt-dix degrés, ce qui plaçait l'échelle à l'horizontale. Elle était brisée à la moitié de sa longueur, et une flèche à double pointe réunissait les deux parties. Au-dessus de la flèche, les nombres 10-140. Les barreaux sur la droite étaient numérotés : 141, 142, 143, 144, 145. Il caressa le papier de la pulpe de l'index. Au-dessus du barreau 145 était dessinée une autre flèche, annotée du chiffre 5, avec à sa pointe un X cerclé deux fois.

Il pencha la feuille de quarante-cinq degrés, et brusquement la signification de l'ensemble lui sauta aux yeux. *Bien sûr !* Il se redressa d'un coup sur sa chaise. Son cœur battait la chamade. La ligne de chemin de fer — la taupinière naturelle de Penderecki, qu'il utilisait pour aller et venir : il était là chez lui, au moins autant que les rats et les renards. Les lignes sur la carte représentaient des traverses. Et, dans ce cas, le rectangle symbolisait très probablement les toilettes publiques désaffectées, sur la route, juste après la gare de Brockley. Le X était situé à cent quarante-cinq traverses de la gare.

— Le X marque l'endroit, marmonna-t-il en écrasant le joint dans le cendrier.

Restait la possibilité que Penderecki se paie encore sa tête — même par-delà la mort, il en avait le pouvoir. Il prit des outils dans un placard, un petit appareil photo dans la chambre d'Ewan, et décrocha la clef de la porte arrière du linteau.

— Vaudrait mieux que ce ne soit pas une blague, vieil enfoiré...

Le soleil s'enfonçait derrière les toits, et dans les jardinets, à l'arrière des maisons, le long de la voie ferrée, les enfants criaient, se poursuivaient en cercle ou se pendaient aux agrès des portiques. Caffery suivit un sentier de renard qui courait dans les broussailles, à deux mètres en parallèle de la tranchée. Il se déplaçait sans hâte, avec précaution, tête baissée : la police des chemins de fer, qui détestait la « vraie » police, aurait été trop heureuse de pincer un inspecteur traînant le long d'une voie. Ici le silence était étrange, comme étouffé, suspendu. De temps à autre, un bourdonnement bas s'élevait des rails et, une minute plus tard, un train passait en trombe. Alors un tonnerre continu faisait gronder l'air, et pendant un moment la tranchée semblait retenir son souffle. Puis le convoi s'éloignait et le calme s'établissait de nouveau, tandis que le pollen des fleurs redescendait en planant vers la terre.

Il ne cessait de penser à Ewan, tout en avançant dans l'odeur des rails chauffés par cette journée ensoleillée, mêlée à celle de la graisse et de l'huile des trains. Il se revoyait avec son frère, quand ils couraient dans cette tranchée, jouaient aux cow-boys et aux Indiens, se tendaient mutuellement des embuscades.

Ewan — oh, bon sang... Il essuya la sueur de son front avec son T-shirt. Il se refusait à imaginer ce qu'il risquait de découvrir, plus loin, le long de la voie.

Il arriva devant les toilettes publiques, dont la cloison arrière étalait ses graffiti face aux rails *(Tracii suce les bites — Shaz défonce les chattes)*, les petites fenêtres hautes pareilles à des fentes, brisées ou condamnées avec des panneaux de contreplaqué. Se référant à la carte, il se plaça de façon à tourner le dos à New Cross, avec Honour Oak en face de lui, et il se mit à compter les traverses.

Quinze, seize, dix-sept...

Il enjamba des rats morts, du papier toilette, des canettes de Coca décolorées par le soleil.

Cinquante, cinquante et un, cinquante-deux... Pourvu que ce ne soit pas une mauvaise blague.

Devant la gare de Brockley, le terrain de chaque côté de la voie ferrée était aussi dégagé qu'une plaine alluviale, seulement parsemé de chardons et de patiences, et à environ trois mètres des rails les flancs de la tranchée remontaient abruptement, formant de grands murs de végétation, tellement denses que n'importe quoi pouvait y vivre — des singes capucins, peut-être, qui babilleraient et se balanceraient entre les arbustes sans jamais être vus de quiconque. Un peu plus loin, la structure grêle et solitaire d'une passerelle enjambait la voie, pareille à un pont jeté au-dessus d'un ravin dans la jungle.

Cent quarante-trois, cent quarante-quatre, cent quarante...

La cent quarante-cinquième traverse. Il s'arrêta, lâcha le marteau et resta là, un pied de chaque côté de la traverse, face à la direction indiquée par la flèche sur la carte. Il vit immédiatement que quelqu'un était déjà venu ici, et fréquemment, au point de créer par ses aller et retour une sente entre cette traverse et le pied du fossé ; sous les nouvelles pousses de lierre, le sol était pelé, la végétation morte et écrasée. *Fais-le, ne t'arrête pas pour penser*. Il alla jusqu'au bas de la pente et se mit à écarter les chèvrefeuilles afin de dégager un passage suffisant pour lui. Puis il s'enfonça dans la végétation.

Cela sentait l'ortie romaine et le pissenlit, les excréments de renard et l'huile, et il dut attendre quelques secondes pour que sa vision s'adapte à la pénombre. Il fit halte, essuya la sueur de son visage et essaya de s'orienter. A présent, il pouvait se redresser de toute sa taille. Quelqu'un avait dégagé l'espace de manière à former un dôme de verdure. Face à lui, la pente du ravin, derrière lui un rideau de lierre et de ronces. *Et par terre ? Là, devant ?* Il s'accroupit et tâtonna dans les tiges et les racines desséchées. Il les arracha, pour dénuder le sol.

En dépit de ce qu'il avait espéré, en dépit du fait qu'il s'y était préparé, quand il vit ce qui gisait sous les racines son cœur s'emballa. Il n'arrivait pas réellement à croire ce que ses yeux enregistraient. Un petit cercle de terre, d'une soixantaine de centimètres de diamètre, avait été remué, récemment encore, et peu de pousses y étaient apparues.

Il s'assit auprès du cercle, à côté de ces petites mottes d'argile datant peut-être de l'éocène, posa les mains sur ses chevilles et se mit à trembler.

— On voit le ballon de Vauxhall.

Ayo Adeyami entra directement dans le salon des Church, à l'arrière de la maison, et s'agenouilla sur le canapé pour ouvrir la fenêtre et se pencher à l'extérieur.

— Et là, regarde ! Le London Eye.

— Je sais.

Dans le coin cuisine, Benedicte avait ôté ses chaussures et donnait à Smurf un bol d'eau. Elles étaient sorties pour dîner au Pizza Express, puis elles avaient accepté de laisser les hommes, Hal et Darren, le mari d'Ayo, aller au pub pour boire « juste une petite pinte ». Les deux femmes étaient revenues avec Josh et Smurf. Ayo devait arroser les plantes pendant leur séjour en Cornouailles, et elle n'avait toujours pas visité le nouveau foyer de ses amis.

Visiblement, elle était sous le charme.

— C'est super, ici. Absolument super.

— Je sais.

— Pas la peine de prendre ce ton supérieur.

— Je sais.

Benedicte s'accouda sur les éléments bas et s'adressa à Josh, qui s'était déjà affalé sur la moquette du salon et regardait *Les Simpson*, le menton blotti entre ses deux mains :

— Eh, jeune homme, baisse un peu le son, d'accord ? Allez, sois gentil, nous avons une invitée.

En grommelant son désaccord de principe, l'enfant réduisit le volume et laissa tomber la télécommande.

— Très bien, approuva Benedicte en sortant une bouteille de Freixenet du réfrigérateur. Pour la cheminée, là, dit-elle à Ayo en coinçant la bouteille entre ses cuisses pour la déboucher, on a choisi du calcaire de Travatino...

— C'est du toc, fit Ayo, qui décocha un sourire malicieux à son amie par-dessus son épaule. C'est du béton moulé. Darren en a mis chez nous.

Visage crispé par l'effort, Benedicte luttait toujours contre le bouchon du champagne.

— Oui, mais la plupart des gens me croient quand je leur dis ça.

— La plupart des gens sont stupides.

Ayo se pencha un peu plus sur le rebord de la fenêtre et sourit en offrant son visage à l'air doux du soir. Elle était enceinte de sept mois et portait fort bien sa grossesse. De dos, elle était toujours aussi mince qu'une adolescente, avec ses longues jambes fuselées.

Comme une sculpture dans une robe imprimée, songea Benedicte. *Jamais elle ne prendra un kilo de trop.*

— Il y a quelque chose qui ne me plaît pas dans ces tours, là-bas, dit Ayo en tournant la tête vers la gauche pour observer les deux masses élancées d'Arkaig et de Herne Hill Tower, qui dominaient le parc. Elles sont mauvaises.

— Je sais. Ce sont les géants de pierre qui gardent Brixton.

Le bouchon céda enfin avec un petit bruit et elle emplit deux flûtes de cristal.

— Champagne ?

Ayo referma la fenêtre et se retourna pour s'asseoir sur le canapé.

— Oh, Ben, je suis sûre que le seul fait de penser à boire du champagne est mauvais pour le bébé.

— Allons donc ! Moi j'ai pris de l'acide et de l'ecstasy quand j'attendais Josh.

— Ah, tu vois ! C'est bien une preuve, ça !

— Crois-moi, ça ne peut pas être aussi nocif que toutes ces saloperies qu'on te donne à l'hôpital.

— Oui, j'ai vu une conférence là-dessus : pas de chimiothérapie, pas de radiographie, pas de ribavirine. (Elle étendit les jambes devant elle, étira les pieds, inclina le menton sur sa poitrine.) Seigneur, je n'arrive pas à me rappeler à quoi ressemblent mes pieds. Tu as vu la taille de mes seins ? Darren se croit au paradis. Ah... (Elle prit la flûte que lui tendait Benedicte et la posa sur son ventre en observant Josh, les yeux mi-clos.) Ben ? dit-elle d'une voix innocente.

— Oui ?

— Quand tu attendais Josh...

— Oui ?

— Est-ce qu'il te comprimait la vessie ? La nuit, tu avais envie d'aller aux toilettes toutes les vingt minutes ?

— Ma-man ! geignit Josh en s'asseyant à moitié.

Vous ne pouvez pas arrêter, toutes les deux ? (Il brandit la main puis ouvrit et referma les doigts comme un bec.) Bla-bla-bla-bla...

Ayo le poussa du bout des orteils. En s'esclaffant, Josh roula sur le dos et fit mine de lui décocher des coups de pied.

— Bla-bla-bla et bla-bla-bla...

— A l'aide ! (Elle essaya maladroitement de se lever, renversant un peu de champagne dans le mouvement.) Aide-moi, Ben, ton gosse m'agresse !

— C'est un enfant hyperactif. On devrait le mettre sous sédatifs, commenta Benedicte en aidant son amie à se mettre debout, hors de portée de Josh. Viens, je vais te faire faire le tour du propriétaire. Tu vas découvrir la pièce qui va me sauver la vie.

Les deux femmes montèrent à l'étage avec leurs flûtes, en riant sous les railleries de Josh. Smurf grimpa les marches derrière elles, et cette fois sa maîtresse ne la fit pas redescendre. Dès que l'enfant ne fut plus en mesure de les entendre, Ayo souffla à son amie :

— Ben, qu'est-ce que tu penses de toute cette affaire, toi ? Tu sais, le gamin dans le parc ?

Benedicte alluma le plafonnier du palier.

— Oh ! C'est dingue. Je suis presque heureuse que nous allions nous noyer sous les averses en Cornouailles...

Elle avait suivi les derniers événements à la télévision. Deux membres du Groupe de soutien aérien de la police avaient démissionné à cause de cette affaire, et la BBC y avait consacré cinq minutes en début de journal. Le pire, pour Ben, était le court extrait vidéo pris d'un hélicoptère : une équipe d'une chaîne de télévision avait filmé les recherches dans le parc, le lendemain du rapt, et, après analyse, avait découvert ce qu'elle pensait être Rory Peach. Une petite tache claire recroquevillée dans un arbre. Ils avaient diffusé la bande, agrémentée d'un cercle sur l'endroit soupçonné, et Benedicte avait trouvé le procédé répugnant.

— Je ne veux pas y penser. Pour être tout à fait franche, j'y ai assez pensé à mon goût. (Elle coinça une mèche rebelle derrière son oreille et sourit à Ayo.) Allez, changeons de sujet, d'accord ? Et maintenant, dit-elle d'un ton solennel en posant la main sur la poignée de la première des deux portes, comme je te l'ai dit, voici la pièce qui va me sauver la vie... (Elle ouvrit la porte.) Youpi !

Ayo jeta un œil à l'intérieur. La chambre n'était guère plus qu'un cube de couleur crème avec des rideaux bleus aux fenêtres et un petit rideau festonné au centre du toit masquant une tabatière. L'endroit sentait la peinture fraîche et la moquette neuve.

— Hum, fit-elle avec un sourire. C'est mignon, oui.

— Je sais, ça n'est pas encore vraiment mignon, concéda Benedicte avec une grimace et un petit coup de poing dans le bras de son amie, mais c'est la première fois que j'aurai quelque part où me réfugier quand je voudrai être au calme.

Elle referma la porte et ouvrit l'autre, puis glissa une main à l'intérieur pour actionner l'interrupteur.

— Et ça, c'est la salle de bains.

Elles regardèrent ensemble dans la pièce. Les baskets de Josh, couvertes de la boue ramassée dans les bois, avaient été lavées au jet et laissées à l'envers sur le rebord de la baignoire, pour sécher. Mais il y avait autre chose. Benedicte avança d'un pas et vit que le sol, du petit tapis blanc au pied des toilettes jusqu'à une partie de la serviette de bain qui pendait du bord de la baignoire, était humide. Et l'odeur lui révéla aussitôt la nature du liquide. De l'urine.

— Josh, murmura-t-elle en éteignant la lumière et en claquant la porte derrière elle avant de se diriger vers l'escalier. Attends-moi ici, Ayo. *Josh ! JOSH !*

Elle dévala les marches comme une furie.

Dans le salon, l'enfant redressa la tête. A l'intonation de sa mère, il sut immédiatement que des problèmes s'annonçaient pour lui. A l'approche de Benedicte, il eut un mouvement de recul presque imperceptible et elle s'arrêta net, subitement honteuse de produire cet effet sur son fils de neuf ans.

— Jo-osh...

— Ouais ? fit-il d'une petite voix.

— Ce bazar, là-haut...

Il ne répondit pas.

— *Josh ! Je te parle !*

— Quel bazar ?

— Tu le sais très bien. Dans la salle de bains.

D'étonnement, il ouvrit la bouche et se redressa à moitié.

— Ce n'est pas moi. Je n'y suis même pas allé.

— Eh bien, quelqu'un y est allé, en tout cas. Et ce n'est pas Smurf, parce qu'elle est restée avec moi toute la journée. D'ailleurs, la porte était fermée.

— Ce n'est pas moi, m'man, je te le jure.

— Oh, pour l'amour du ciel !

Elle alla prendre de l'eau de Javel, des gants en caoutchouc et un seau, sous l'évier de la cuisine, et claqua la porte du placard.

— Josh, il va falloir que tu apprennes à cesser de mentir. C'est très important.

A l'étage, elle retrouva Ayo, qui avait commencé à éponger l'urine avec un rouleau de papier essuie-tout.

— Il s'est mis à mentir depuis notre arrivée ici. Comme si tout se détraquait depuis notre emménagement.

— La maison est peut-être maudite.

— C'est même probable.

Benedicte décrocha le sac en plastique de la poubelle, sous le lavabo, et le présenta à Ayo pour que celle-ci y laisse tomber les papiers trempés.

— Elle doit être construite sur un ancien cimetière navajo, dit Ayo sans sourire.

Les moustiques avaient trouvé une proie de choix. Ils tourbillonnaient autour de Caffery, zigzaguaient entre les chardons et les ronces, fondaient sur ses mains pour le piquer. Il avait beau les chasser et essayer de les écraser, ils s'acharnaient, enivrés par l'odeur du sang. Accroupi, en sueur, il continuait à creuser la terre avec le côté arrache-clou du marteau. Le soleil boudeur avait glissé bas, au niveau des toits, et dardait ses derniers rayons à travers la végétation folle du remblai.

Tu aurais pu penser à prendre une torche électrique, abruti.

A chaque endroit creusé, à chaque caillasse retournée, il se relevait et photographiait son travail, ce qui inondait brièvement le petit abri de verdure d'un éclair bleuté artificiel et l'aveuglait. A neuf heures et quart, après deux heures d'efforts infructueux, il ficha pour la énième fois la tête du marteau dans le sol, et le métal heurta une autre matière. Quelque chose qui ne céda pas comme la terre, mais glissa et chuinta. *Oh merde, on y est.* Le cœur battant, il posa l'outil et tomba à genoux pour creuser la terre à mains nues. Dans la faible lumière du crépuscule, il vit le reflet d'une pochette de plastique.

La poitrine soudain serrée, il cessa de creuser. Pendant un instant il crut qu'il allait vomir. Il dut fermer les yeux et se forcer à respirer doucement par le nez pour repousser la nausée.

16

C'était un sac de blanchisserie à carreaux bleus et blancs, muni de grandes anses en plastique, et il ne contenait pas les restes d'Ewan. Caffery le passa à son épaule et rebroussa chemin le long de la voie, du pas fatigué d'un marin portant son sac à bord, à la fin d'une escale. Le sac rebondissait à chaque pas contre son dos et laissait une marque sale sur son T-shirt. La nuit était tombée, la lune s'était levée et il devait marcher lentement pour éviter les orties. Arrivé dans son jardin, il pêcha la clef pendue à son cou, sous le T-shirt trempé. Il traînait les pieds, vaguement déçu, mais il n'avait nullement l'intention de renoncer. Il savait que Penderecki l'avait mis sur la piste de ce sac pour une raison bien précise.

Avec les portes-fenêtres grandes ouvertes, la fraîcheur avait envahi la maison, et il détecta une odeur de cigarillo dans l'air. Rebecca était là. Il ne l'appela pas, ni ne monta à l'étage pour voir si elle se trouvait dans la chambre. Pour le moment, il n'avait pas envie de lui parler.

Il passa dans le salon, décrocha le sac de son épaule et en déversa le contenu sur le sol. Pendant plusieurs minutes, il resta immobile, à contempler ce qu'il avait rapporté. Puis il alla dans la cuisine. Le vin dans le frigo était si froid qu'un glaçon s'était formé dans la bouteille. Il la secoua, l'ouvrit, rinça un verre et le remplit. Immédiatement, le verre s'embruma de condensation et ses doigts s'y collèrent quand il le toucha. Il le vida d'un trait, sans goûter le vin, se resservit, alluma le reste de joint abandonné dans le cendrier, retourna dans le salon. Assis sur le canapé, mains posées sur les genoux, il inspecta ce que Penderecki avait voulu qu'il trouve.

La plus grande part de la pornographie enfantine est d'origine privée. Historiquement, seule une très petite partie a été conçue pour une diffusion commerciale, et à un moment ou à un autre de sa carrière Caffery en avait entrevu différents échantillons. Il avait travaillé aux mœurs avant que ne soit créée l'Unité spéciale antipédophilie, laissant les mœurs s'occuper de la pornographie entre adultes. A cette époque, les responsabilités des deux services se chevauchaient souvent, de sorte qu'il avait déjà vu des exemples d'à peu près tout ce qui était maintenant étalé devant lui, sur le plancher de son salon.

Des exemplaires de *Magpie*, le magazine du réseau d'information pédophile, une pile de revues hollandaises, allemandes et danoises — *Boy Love World, Kinde Liebe, Spartacus, Piccolo*. Deux exemplaires écornés du livre *Show Me*, trois de la publication de luxe hollandaise *Paidika, Le Journal du pédophile*, et d'autres bulletins du début des années 1980. Plusieurs disquettes rassemblées par une bande élastique. Des mots de passe pour des forums de discussion, et une liste photocopiée, avec, inscrit en haut de la feuille :

AVERTISSEMENT ! AVERTISSEMENT !

AVERTISSEMENT !! Si l'un des noms ci-dessous tente d'entrer en contact avec vous dans votre forum de discussion, coupez la communication IMMÉDIATEMENT.

Au fond du sac de blanchisserie, enveloppées dans des sacs-poubelle et scellées avec du ruban adhésif extra-large, il découvrit une série de cassettes vidéo ne portant aucune mention.

Le joint entre les dents, il trancha le ruban adhésif et détacha les vidéos. Il glissa la première dans le magnétoscope, enclencha la touche « lecture » et se rassit sur le canapé. L'écran tremblota. Il savait à quoi s'attendre. Cela faisait des années qu'il n'avait pas visionné une cassette de pornographie enfantine, des années depuis les mœurs, quand il avait dû regarder ces images et qu'il était ensuite resté des nuits entières allongé sans dormir, à essayer, comme tous les nouveaux éléments de ce service, de trouver un endroit dans son esprit où caser ces horreurs. Ou plutôt, car il n'y était pas arrivé, à inventer un moyen pour entourer ce souvenir d'une épaisse muraille. Avec sa plus grande peur, celle qu'ils éprouvaient tous mais dont aucun ne parlait jamais : *Et si, et... oh, bon sang, et si ça m'excitait ?* Ce soir, il était préparé au choc, et ce n'étaient pas les images qu'il redoutait. Son cœur ne cognait pas follement dans sa poitrine à cause des enfants qu'il allait voir maltraités et tourmentés, mais parce qu'il craignait de reconnaître Ewan parmi eux.

La bande se déroulait, et l'écran ne montrait que les taches blanches fugitives des interférences magnétiques. *Est-ce que tu l'identifierais ?* Rien au début. Il se pencha et fit avancer la bande. L'écran continuait d'afficher un carré de nuit parcouru de crépitements de lumière. Avec un clic soudain, la bande arriva à sa fin. Elle ne contenait rien. Il l'éjecta du magnétoscope et la remplaça par une autre. Avance rapide. De nouveau, rien.

— Jack ?

Il redressa la tête.

— Retourne te coucher, Rebecca.

— Qu'y a-t-il ?

— Rien. Vraiment. Retourne te coucher.

Mais il avait piqué sa curiosité. Pieds nus, vêtue

seulement de son short gris et d'une chemisette, elle avança sans bruit dans la pièce et essaya de regarder par-dessus son épaule.

— Qu'est-ce que c'est ?

— Ecoute, Becky...

Il se leva et tendit les mains devant lui pour l'écarter des documents sur le sol et des vidéos.

— Ce n'est rien. Retourne au lit, d'accord ? Allez.

Elle souffla par le nez, avec une pointe de mauvaise humeur.

— Tu vas venir bientôt ?

— Oui, répondit-il sans réfléchir. Je t'apporterai un verre. Promis.

Cela parut la calmer. Elle tourna les talons et repartit vers l'escalier. Caffery resta un moment immobile, hésitant sur la conduite à tenir. Finalement, il emplit deux verres de vin frais et monta à l'étage. Elle était allongée sur le lit, mains derrière la tête. La lampe était allumée et ses cheveux défaits cascadaient sur une seule de ses épaules. Elle avait ôté sa chemisette et lui souriait.

Très bien. Il posa les verres sur la table de chevet et s'assit au pied du lit.

— Rebecca, écoute, commença-t-il, conscient qu'il ne parviendrait pas à endosser le rôle qu'elle désirait, du moins pas maintenant. Je suis désolé.

— Désolé pour quoi ?

Elle roula sur le ventre et avança vers lui sur les genoux et les mains. Elle pressa les paumes contre sa poitrine et lui embrassa les épaules, puis la base luisante de transpiration de son cou.

— J'ai à faire en bas.

— Ce n'est pas un problème.

Elle lui passa les bras autour du cou. Ses cheveux sentaient le cigarillo et son parfum fleuri. Elle se pressa contre lui, ses seins doux s'écrasèrent contre son bras. Malgré lui, il sentit l'excitation le gagner.

— Becky, s'il te plaît...

Elle enfouit le visage au creux de son épaule et laissa courir ses doigts sur son ventre. Les abdominaux de Caffery se durcirent imperceptiblement. Elle glissa une main dans son pantalon. Il lui saisit le poignet et arrêta le geste.

— Non, pas maintenant...

Elle souffla doucement pour le faire taire, dégagea sa main et la replongea dans son pantalon.

— Becky...

— Chut... Pas de problème...

Elle retira soudain sa main, s'assit et fit glisser son short sur ses genoux avant de s'en débarrasser d'un mouvement des pieds. Puis elle se tourna sur un genou, plaça les mains à plat sur le lit et inclina le buste en avant, en lui tournant le dos, hanches relevées. Incrédule, il la contempla. Il ne savait plus que dire ou que faire. Il y avait dans cette situation quelque chose de tellement primitif, de tellement cru, qu'il en restait désorienté. Il se leva, déboutonna son pantalon, qu'il ôta ainsi que son caleçon, puis il se campa derrière elle.

— Baisse-toi un peu.

Il plaqua ses hanches contre le postérieur offert, et elle se pencha un peu plus en avant pour l'aider, au point qu'elle touchait les draps du menton. Elle passa une main entre ses jambes pour le guider.

— Je ne vais pas pouvoir me retenir longtemps...

— Chut...

Il courba le buste en avant et lui couvrit les épaules de baisers, sentit les longs cheveux qui envahissaient sa bouche. Passant une main sous elle, il lui caressa les seins, et ses sens s'aiguisèrent brusquement. Il la pénétra doucement, referma les bras autour de sa taille... et soudain, aussi clairement qu'une cloche, il l'entendit dire :

— Arrête.

Il se figea et rouvrit les yeux. Elle avait tourné la tête vers lui et le regardait fixement par-dessus son épaule. Ses yeux étaient immenses, et très froids.

— *Quoi ?* balbutia-t-il, tremblant de tout son corps sous l'effort qu'il s'imposait pour ne pas bouger. Qu'est-ce qu'il y a ?

— Arrête. J'ai changé d'avis.

— Tu plaisantes ?

— J'ai dit : non. C'est non, lâcha-t-elle sans le quitter du regard. Honnêtement, Jack. Je suis sérieuse.

Mais il était trop tard. Quelque chose dans son bas-ventre ne pouvait plus être stoppé. Il lui saisit les cheveux et lui tira la tête en arrière. Il la pénétra plus profondément, violemment.

— *Jack !*

Elle émit un sanglot et voulut ramper sur le lit pour lui échapper. Il savait qu'il lui enfonçait le visage contre le matelas à chaque coup de boutoir, et qu'elle saignait — une traînée écarlate coulait du coin de sa bouche. Mais il ne s'arrêta pas. Il ne cessa que lorsque le plaisir l'eut embrasé. Alors il poussa la tête de la jeune femme contre l'oreiller, se retira et alla dans la salle de bains. Là il se campa sous le jet de la douche, jambes écartées, tête baissée, en s'appuyant d'une main contre le carrelage froid du mur, et tandis que l'eau tiède crépitait sur sa nuque il se mit à pleurer.

Carmel Peach ne s'était pas trompée à propos des photos prises chez elle. Elles se trouvaient actuellement sur une pellicule, enfermées dans un sac, un sac fabriqué avec un vieux blouson qui gisait sur le plancher de la chambre de Roland Klare.

Il avait passé beaucoup de temps à étudier le manuel de photographie en détail, il avait pris de nombreuses notes pendant sa lecture et dressé une liste de tout ce qu'il lui faudrait. A présent, au cœur de la nuit, il relisait cette liste tout en cherchant dans son appartement les éléments pour composer une chambre noire digne de ce nom. Il avait déjà trouvé la pièce principale, en début de soirée : un agrandisseur, qu'il stockait depuis des mois derrière des piles de magazines. Klare l'avait découvert dans une benne à ordures, non loin de la boutique d'une entreprise de matériel photo, dans Balham. Il était fissuré ici et là, et la minuterie était hors d'usage, mais, dans l'univers de Klare, il n'était rien, absolument rien, qui ne puisse être réparé. A présent, bricolé au mieux, l'agrandisseur trônait dans le placard de la cuisine : l'endroit qui servirait de chambre noire.

Toutefois, pendant qu'il poursuivait ses recherches à travers les pièces, dans les cartons et les recoins de son appartement, il avait commencé à entrevoir un sérieux problème. Klare amassait très vite les trouvailles, si vite qu'en fait il encombrait une pièce en quelques semaines seulement, et qu'il devait effectuer un tri périodique et se débarrasser d'une bonne partie de son butin, qu'il allait alors jeter dans la benne à ordures en bas de l'immeuble, avant de redistribuer le reste de ses trésors dans les différentes pièces. Il lui arrivait parfois de se montrer négligent et de se débarrasser d'objets dont en réalité il n'avait pas voulu se séparer. Bien qu'il eût une cuve de développement en plastique (récupérée au même endroit que l'agrandisseur), qui ressemblait à un Tupperware et était légèrement fissurée *(Note ça : il faudra de l'Araldite)*, une vieille bassine pour rincer la vaisselle dans laquelle il pourrait mettre le bain de fixation, du ruban adhésif pour fermer hermétiquement le placard et plusieurs bacs à litière pour chat qui serviraient de bains de développement, malgré tous ces éléments, en consultant la liste il se rendit compte qu'il lui en manquait encore beaucoup : du révélateur, du liquide de bain d'arrêt, du fixatif, et une ampoule à lumière inactinique. Devant la liste de ces manques, un petit muscle se mit à papillonner au coin de son œil. Du bain d'arrêt

— le manuel disait qu'il pouvait en obtenir avec du vinaigre si nécessaire, mais une lumière inactinique ? Avec le révélateur et le fixatif, cela faisait trois choses qu'il ne pourrait se procurer que dans une boutique spécialisée. Le visage crispé par la frustration, il parcourut l'appartement en marmonnant, vérifia encore qu'il n'y avait pas de bouteilles des précieux liquides quelque part. Mais non ; s'il voulait développer ces photos, il devrait descendre à Balham et dépenser de l'argent.

Par la fenêtre du salon, la lune baignait Brockwell Park d'une clarté argentée, mais Roland Klare se sentait maintenant saisi d'un découragement immense, et cette vue ne l'intéressait plus du tout. Il ferma le store, s'écroula sur le canapé, alluma le téléviseur et resta de longues heures à regarder l'écran sans le voir.

17

Caffery se rendit à Shrivemoor. C'était le seul endroit où aller. Il s'était suffisamment repris pour penser à emporter un costume pour la journée suivante, mettre la bouteille de whisky dans un sac en plastique sur la banquette arrière de la voiture et cacher la majeure partie des affaires de Penderecki dans le placard sous l'escalier. Mais il avait emporté les cassettes vidéo et les disquettes.

Les bureaux étaient déserts. Il alluma tous les néons du plafond, rinça une chope dans la cuisine, l'emplit de pur malt et alla s'asseoir devant la fenêtre, dans le bureau du commissaire, pour contempler le serpent de lumière formé par les phares des véhicules en contrebas.

Eh bien, Jack, tu peux ajouter ça sur ton CV...

C'était un viol, ni plus ni moins. Tout allait bien jusqu'à ce que... Non. Il pouvait triturer les faits, les agencer différemment, chercher des excuses, la réalité restait la même : il s'agissait d'un viol. Il l'avait brutalisée, elle avait saigné de la bouche. Peut-elle cela prouvait-il qu'elle avait vu juste, peut-être était-ce ce qu'elle désirait, lui démontrer qu'il ne se maîtrisait plus. Il se prit la tête entre les mains. Il fallait jouer à tant de jeux, surmonter tellement d'obstacles...

Aux premières lueurs de l'aube, il s'assit à son bureau, face à la fenêtre, et entreprit de se saouler méthodiquement au Laphroaig allongé d'eau du robinet, tandis qu'au-dehors Londres s'étirait lentement pour sortir de la nuit.

Hal Church se leva tôt et s'habilla d'un short en jersey bleu et d'un T-shirt.

— Tu as l'air d'un touriste, dit-il à son reflet dans le miroir. Un touriste ringard.

Il fit le tour de la maison pour fermer toutes les fenêtres, raccorda une lampe à un minuteur de sécurité sur le palier du premier et plaça sa carte de membre du Touring Club d'Angleterre sur le tableau de bord de la Daewoo. Il s'attarda quelques minutes dans le garage, pour profiter du parfum d'essence et d'huile de moteur qui supplantait ici l'odeur de la peinture fraîche et du vernis, omniprésente dans la maison. Le soleil dessinait une ligne éblouissante au ras du sol, sous la porte basculante. Dans la voiture, la banquette arrière était déjà encombrée par la glacière et les vieux Pokémons de Josh. Et il était là : un homme adulte marié, avec son enfant qu'il allait emmener en vacances. Il fut soudain pénétré du sentiment douloureux que son existence lui échappait et s'écoulait trop vite. Il en eut la chair de poule. Où s'enfuyait le temps ? Où s'enfuyait la vie ?

A huit heures, le soleil était déjà chaud dans le jardin derrière la maison, le ciel d'un bleu figé, et sur la surface de la pataugeoire de Josh flottait une fine couche d'insectes morts. Hal la renversa pour la vider. Il saisit le labrador par son collier pour l'empêcher de laper l'eau sale.

— Non-non-non, ma vieille. C'est l'heure de la balade.

A leur retour, Josh dévorait ses Golden Graham à grands coups de cuillère à soupe dans la cuisine. Il portait son T-shirt Obi Wan Kenobi, et Benedicte, qui avait emprunté une chemise en velours côtelé gris à son mari, complétée par un pantalon bleu et des chaussures de plaisancier, bataillait ferme pour ouvrir une conserve de mandarines au sirop.

— 'jour.

Il se courba pour déposer un baiser sur le front de son fils, qui répondit d'un grognement sans cesser de s'empiffrer.

— Bonjour, chérie, dit-il en embrassant Ben sur la joue. Bien dormi ?

— Mouais.

Elle versa les quartiers dans un bol en verre, en mit un dans sa bouche avant de placer le récipient devant Josh. Celui-ci fit la grimace. Hal accrocha la laisse de Smurf au crochet vissé à la porte tout en surveillant sa femme du coin de l'œil. Quelque chose la tracassait, il le voyait bien. Elle emporta sa tasse de café jusqu'au réfrigérateur qu'elle ouvrit, renifla le lait, fronça les sourcils, leva la bouteille devant la lumière, l'inclina d'un côté puis de l'autre, puis en versa un peu dans son café et se retourna vers lui.

— Hal.

Nous y voilà, songea-t-il.

— Oui ?

— As-tu encore laissé Smurf monter à l'étage ?

— Quoi ? Bien sûr que non.

Benedicte ne put réprimer un soupir d'exaspération. Elle n'était pas de très bonne humeur, il y avait encore beaucoup à faire avant le départ et ce qu'elle avait découvert ce matin dans la salle de bains l'avait tout spécialement irritée.

— Elle est allée là-haut et elle a pissé sur le panier où je mets mon linge sale.

Le père et le fils s'entre-regardèrent, et l'enfant étouffa un rire nerveux, ce qui déplut fort à sa mère.

— Ça n'a rien de drôle, tu sais. Tu pourras nettoyer si elle se remet à pisser sur le lit.

— Attends une minute, contra Hal, qui avait recouvré tout son sérieux. Elle était enfermée en bas quand je me suis levé ce matin. (Il se tourna vers leur fils.) Josh, tu ne l'aurais pas laissée monter la nuit dernière, hein ?

L'enfant se tapota les dents avec le manche de la cuillère tout en réfléchissant.

— Non. Elle a dû sortir toute seule de la cuisine.

Benedicte replaça la bouteille de lait dans le frigo et alla se rincer les doigts dans l'évier.

— Il ne reste donc qu'un coupable possible : monsieur Hal Church, levez-vous, face à la cour.

Son mari lui tira la langue.

— Eh bien, je n'ai rien fait, madame Je-Sais-Tout.

Il passa dans le couloir et prit les clefs sur la table du téléphone.

— Où vas-tu ?

— Je vais faire annuler la livraison des journaux pendant notre absence, dit-il en se retournant vers elle, avant de lui tirer la langue de nouveau. Et surtout je veux m'éloigner de toi, Terreur des Pavillons...

Elle lui fit un pied de nez.

— Bon vent !

Hal vérifia que Josh ne pouvait le voir et baissa vivement son pantalon en se cassant en deux, pour lui offrir une vision éclair de ses fesses. Puis il se redressa, se rajusta et sortit en claquant la porte derrière lui. Benedicte eut un reniflement sonore et Josh leva les yeux vers elle.

— Quoi ?

— Rien.

Elle se sourit à elle-même et plaça la cafetière dans l'évier. *Tu sais comment y faire avec moi, Hal chéri, espèce de roublard*. Elle s'affaira dans la cuisine, se cognant ici et là, ferma les paquets de céréales et vida le marc de café dans la poubelle. Ses mandarines englouties, Josh emmena Smurf dans le salon pour regarder *Chérie, j'ai rétréci les gosses* à la télévision.

Sa mère mit les mains en coupe sous le robinet de l'évier et but un peu d'eau. Ce matin, elle avait la langue curieusement pâteuse, comme épaissie dans sa bouche. Puis elle consulta la pendule et se rendit compte qu'il était plus tard qu'elle ne l'avait cru.

— Oh, zut et re-zut, marmonna-t-elle en repoussant une mèche de cheveux qui oscillait devant ses yeux. Plus qu'une heure, Josh. Monte te laver les dents, tu veux bien ?

Ben ferma la porte de derrière et la verrouilla. Au-delà de la palissade, les feuillages des arbres bruissaient sous une légère brise, et le bruit ressemblait au crépitement distant d'une averse. Seigneur, elle détestait ce parc... Elle tira le rideau devant la partie vitrée de la porte et fit demi-tour pour ramasser la vaisselle sale sur la table avec des gestes rapides.

— Josh, dépêche un peu, s'il te plaît.

Il était toujours allongé sur la moquette du salon, du jus de cassis autour de la bouche, son coussin fétiche serré contre la poitrine. *Pourquoi a-t-il besoin de serrer un coussin contre sa poitrine pour se concentrer sur l'écran ? Et il regarde* Ren et Stimpy... *Curieux, je croyais que c'était* Chérie, j'ai rétréci les gosses.

Je deviens folle, se dit-elle encore. *Ce doit être le stress*. Dès le retour de Hal, il faudrait qu'ils partent.

— O-oh, Hal, fit-elle en direction de la porte d'entrée toujours close. Dépêche-toi. Nous allons être en retard, mon chéri.

— Nous allons être en retard, mon chéééri, l'imita Josh depuis le salon.

— Très amusant, dit-elle, une main plaquée sur son front. Josh, il me semble t'avoir dit...

Mais elle était incapable de se remémorer ce qu'elle lui avait dit, à cause des couleurs sur l'écran du téléviseur qui retenaient toute son attention. Elles semblaient avoir été réglées par quelqu'un sous LSD : les rouges étaient saturés, les jaunes de la couleur incroyablement pure du pollen.

— Les plus rouges des rouges, murmura-t-elle en prenant appui sur l'évier. Les plus jaunes des jaunes.

Au-dehors, sous le soleil éclatant, la pelouse ondulait en vagues très lentes. Pendant un moment, elle crut qu'elle allait être malade, et cette sensation très désagréable envahit de nouveau sa bouche. A la réflexion, d'ailleurs, n'avait-elle pas trouvé un drôle de goût à son café ?

— Josh... *(Allons, Ben, ressaisis-toi.)* Josh, maman va s'allonger un peu, d'accord ? Préviens papa quand il rentrera.

— D'accord.

Peut-être que je vais simplement m'allonger là, par terre, ça a l'air assez confortable...

Une tasse lui échappa, glissa dans l'évier. Elle enregistra le lent geyser du liquide brun jaillissant sur l'inox. Elle passa dans la salle de bains, se cogna la hanche contre le lavabo et dut tendre les bras devant elle pour ne pas perdre l'équilibre. Le carrelage paraissait se soulever et se fondre dans les murs, et sa bouche était maintenant tellement sèche qu'elle voulut boire encore de l'eau. *Qu'est-ce qui m'arrive ?* A l'extérieur, une forme sombre et trapue avançait dans le couloir. Elle releva les yeux.

— Smurf ?

Pas de réponse.

— *Josh ?*

Mais son fils ne pouvait pas l'entendre. Il se trouvait dans l'autre pièce, devant le téléviseur allumé. Au lieu de s'inquiéter, elle s'assit sur le sol et se prit la tête entre les mains. Pourquoi diable avait-elle la bouche aussi pâteuse ? Quelque chose effleura son épaule.

— *Hal ?*

— Je croyais que tu aimais cette pièce.

— *Hal ?*

— Tu ne veux pas aller dans ta pièce ?

Ma pièce ? Quelle pièce ? Pourquoi me parle-t-il d'une pièce ?

— Allons.

Une lumière vive, et ses aisselles lui parurent prises dans des étaux.

— Laisse-moi juste un petit moment, Hal. Ça va aller.

Ses épaules étaient douloureuses, sa colonne vertébrale aussi, comme si on la traînait sur un plancher en bois dur. La lumière était aveuglante et, quand elle essaya de parler, sa voix lui parut venir d'une distance infinie.

— Hal...

Sa langue avait tant gonflé qu'elle lui semblait avoir envahi toute sa bouche. Elle voulut appeler Josh, mais plus aucun son ne parvenait à franchir ses lèvres. Elle crut distinguer ses geignements apeurés malgré le tintamarre ridicule de son pouls à ses tempes. Bang-bang-bang. Et ses aisselles lui faisaient tellement mal !

— Ne laisse pas le Troll me prendre, maman ! *Mamaaaan !* Au secours !

Le Troll ? Qu'est-ce que...

Puis quelque chose se balança au-dessus d'elle. Un visage, des yeux vitreux, mi-clos.

— NNNOOONNNN ! s'entendit-elle hurler.

A cet instant elle reprit conscience, quelque part où il n'y avait ni bruit ni lumière, et s'assit, tandis que sa voix résonnait encore dans la pièce vide.

Envers les médias, Souness avait un secret honteux : il lui arrivait de répéter son intervention à venir. A la nuit tombée, Paulina s'asseyait, jambes croisées sur la table de la cuisine, dans sa nuisette, une tasse de thé dans une main, et lui hurlait des questions. Elle adorait endosser le rôle de la reporter hystérique. Parfois, elle serrait le manche d'une raquette dans son poing, en guise de micro, et le brandissait sous la bouche de Souness.

— Qu'avez-vous à dire aux gens qui estiment que Brockwell Park aurait dû être mieux fouillé ?

Dans son pyjama, mains sur les hanches, Souness débitait sagement ses réponses. Mais Paulina se montrait inflexible :

— *Non !* Tu dois montrer plus d'émotion. Il faut me convaincre que tu penses ce que tu dis.

— Et puis quoi encore ? Dans cinq minutes, tu vas exiger que je pleure ? Pas question que je verse une larme devant huit millions de téléspectateurs. Je ne suis pas une de ces fliquettes amerloques mollassonnes, tu piges ?

Ce matin, les séances de répétition avaient payé : elle s'était très bien débrouillée lors du point presse, aucune intervention ne l'avait déstabilisée et, lorsqu'elle avait affirmé aux journalistes qu'elle estimait toute proche l'arrestation du tueur de Rory, elle le pensait. A son arrivée au bureau, vers onze heures du matin, elle avait presque envie de chantonner. Elle fut surprise et quelque peu irritée de constater que son propre bureau était fermé de l'intérieur.

— Jack ?

Par la porte vitrée, elle le vit, assis à sa place, lunettes sur le nez et pieds sur le bureau, la télécommande à la main, le téléviseur tourné face à lui. Il était très pâle et ses cheveux semblaient ne pas avoir connu les dents d'un peigne depuis des semaines. Souness tapota contre la vitre.

Il leva les yeux, éteignit le téléviseur, retira ses lunettes et alla déverrouiller la porte.

— Tout va bien ?

— Ouais... Pas assez dormi, comme d'habitude.

— Ouais, et vous sentez l'alcool. Qu'est-ce que vous regardez ?

— Rien. Les soaps de la matinée.

Il se rassit et se mit deux tablettes à la menthe sur la langue.

Souness se sentit subitement inquiète pour lui. Il paraissait complètement abattu. Elle se pencha et lui ébouriffa un peu plus les cheveux.

— Vous êtes sûr d'être toujours avec nous, Jack ?

— Certain.

— Rien de neuf ?

— Si. J'ai quelques empreintes...

Il se frotta les yeux, bougea la mâchoire pour la décrisper, s'étira et finalement tendit une chemise à Souness.

— Des empreintes... Nom de nom... marmonna-t-elle en passant les clichés en revue. Comment se fait-il que personne ne m'en ait parlé ?

— Du calme, il s'agit d'empreintes laissées par des gants. On les a détectées grâce au nitrate d'argent.

— Le nitrate d'argent, hein ? On ne l'utilise pas pour les empreintes latentes ?

— Exact, mais le type avait quelque chose au bout des doigts de ses gants, et le nitrate a fait ressortir un amino-acide dans la substance. Il pourrait s'agir de sueur — ou bien d'une substance alimentaire, de la viande ou autre chose. Nous avons eu un coup de chance. L'unité travaillait sur le papier peint, mais une partie de l'aérosol a imprégné le sol et c'est là que nous avons trouvé les empreintes.

— Si c'était de la sueur...

— Désolé, fit-il en secouant la tête. J'ai déjà suivi cette piste. Pas d'ADN. Mais évidemment ils cherchent. Comme pour le sperme.

— Si je comprends bien, vous n'avez pas beaucoup d'espoir ?

— Pour les empreintes et l'ADN ? Non.

Il s'étira encore, puis s'appuya des deux coudes sur

le bureau, se plaçant ainsi entre Souness et le magnétoscope.

— Mais nous connaissons le modèle des gants. Le dessin était hachuré en croisillons.

— Des Marigold ?

— Exactement.

— Carmel Peach ?

— Elle ne met jamais de gants en caoutchouc, sauf pour nettoyer les toilettes, à l'étage. Et elle ne les descend jamais au rez-de-chaussée. De toute façon, elle n'achète que la marque Asda.

— Donc, nous savons quoi chercher si nous mettons la main sur ce salopard...

— Tout juste.

Les gants porteurs du motif en croisillons retrouvés sur le carrelage de la cuisine des Peach avaient beaucoup voyagé depuis qu'ils avaient quitté les feuilles de Brockwell Park et que Roland Klare les avait jetés dans une benne à ordures sur Railton Road. La benne avait été emportée le lendemain — juste avant que le périmètre des recherches ne soit élargi — et conduite jusqu'à une décharge, à Gravesend, non loin du fleuve. Ils gisaient sous deux sacs en plastique bleu emplis de gravats, parfaitement invisibles, sauf pour les rats.

Caffery était heureux que Souness soit sortie boire un café, car il préférait être seul. Son estomac se rebellait toujours contre le trop-plein d'alcool ingurgité, et il avait l'impression qu'entre sa cage thoracique et son pelvis il n'y avait que de l'air et de l'électricité. Il éjecta la cassette du magnétoscope et la plaça avec les autres dans son classeur métallique personnel. Elle était vierge, bien sûr, comme les précédentes. Il allait devoir mettre les autres dans la confidence, il n'avait plus vraiment le choix. Le cadavre de Penderecki avait été retiré de sa maison, et les services de l'hygiène publique nettoyaient les lieux : l'histoire d'Ewan était sur le point d'être effacée avec la crasse.

Il se rassit et contacta Rebecca sur son portable. *Il faut que nous discutions*, se disait-il, *nous pouvons nous sortir de ce qui nous arrive, en parlant nous nous retrouverons*. Mais quelque chose lui fit couper l'appel avant qu'elle n'ait le temps de décrocher. Il resta immobile un long moment, inspirant et expirant lentement, puis il changea une fois encore d'idée, replaça le combiné sur son socle et se leva. Il s'en voulait. Il était censé travailler sur une affaire criminelle.

— Très bien, maugréa-t-il. Au boulot.

Il passa dans la salle des scellés pour y chercher les photos prises dans la maison des Peach. Revenu dans le bureau, il resta de longues minutes à les examiner. Il les disposa à côté de celles de Half Moon Lane, puis ajouta les agrandissements des gants que Quinn lui avait laissés. Le sol de la cuisine des Peach, où l'on avait relevé les empreintes des gants en caoutchouc, était recouvert d'un linoléum épais. D'ordinaire, l'équipe n'aurait pas répandu de nitrate d'argent sur ce genre de surface — par aérosol, c'était un vrai coup de pot que le produit ait révélé ces empreintes. Le motif du lino était un treillage où s'entrelaçaient des roses. Caffery se concentra sur le quadrillage serré, en s'efforçant de saisir une piste, de se rappeler ce qui l'avait intrigué lorsqu'il avait étudié les clichés de Half Moon Lane. Mais son esprit ne cessait de faire l'aller-retour entre sa préoccupation actuelle et Rebecca.

La luminosité des photos décrut brusquement et la pénombre envahit la pièce. Il releva la tête. Des nuages bas s'étaient amoncelés au-dessus de Shrivemoor et la pluie se mit bientôt à crépiter sur le bâtiment. Il pivota sur son siège ; dans la salle des données, tout le monde avait arrêté le travail et regardait les fenêtres, avec sur le visage la même expression de crainte respectueuse devant la colère des éléments. Il y avait Kryotos et

Logan, à leur bureau, qui serraient leur chope de café dans leurs mains en observant l'averse. Caffery ôta ses lunettes, alla jusqu'au seuil de la salle et adressa un signe à Kryotos.

Elle posa sa chope et s'approcha.

— Qu'y a-t-il ?

— Marilyn, dit-il à voix basse, tu aurais de l'Advil ?

— Tu as la mine de quelqu'un qui en a besoin, effectivement. Ne bouge pas.

Elle retourna à son bureau et fouilla dans les tiroirs. Dans le coin de la salle, une fenêtre était restée ouverte et le bureau voisin était éclaboussé par la pluie. Caffery allait retourner s'asseoir en se grattant la nuque du plat de son stylo quand soudain, comme si quelqu'un l'avait appelé, il s'arrêta net. Pivotant lentement sur lui-même, il riva son regard à la fenêtre ouverte. Kryotos avait trouvé la boîte d'Advil et se redressait. Elle vit l'attitude de Caffery.

— Oh, fit-elle en fermant la fenêtre et en rassemblant les documents épars sur le bureau. Bon, rien de sérieux. Pas de pertes humaines à déplorer. (Elle rejoignit Caffery et lui tendit la boîte d'antalgiques.) Tiens.

Il prit l'Advil, puis posa la main sur l'avant-bras de la jeune femme et l'emmena dans le bureau. Il la fit asseoir en face de lui.

— Marilyn...

— Oui ?

— Combien d'ondées crois-tu que nous ayons eues cette semaine ?

— Va savoir. Une centaine, sûrement.

— Quand a eu lieu la plus sérieuse ? Tu sais, cet orage, avec le tonnerre et toute la panoplie ?

— Avant-hier, tu veux dire ?

— Non, avant ça.

— La semaine dernière, alors. Il a plu tout le weekend. Et lundi aussi.

— Lundi... Oui, je m'en souviens... (L'orage avait été d'une violence presque tropicale. Après coup, il avait plané sur Londres une odeur saline, marine.) Le jour où nous avons découvert Rory.

— Exact. Pourquoi ?

Il plaça deux comprimés sur sa langue, les avala et se frotta distraitement le front de la main. Il n'était pas très sûr, mais...

— Oh, pour rien. Non, pour rien.

Caffery se rendit dans Donegal Crescent pour parler au commerçant gujarati qui avait donné l'alerte. Il demanda un paquet de tabac, puis montra son badge et commença à poser des questions. Il voulait savoir ce qui avait fait aboyer le chien.

— Je leur ai déjà dit, à vos collègues : le chien a entendu quelque chose qui s'enfuyait. De derrière la maison.

— Mais vous marchiez dans la direction opposée, et vous vous trouviez à plus de cent mètres de distance. Ça s'appelle avoir l'ouïe très fine, vous ne pensez pas ?

L'homme cligna nerveusement des yeux et lui tourna le dos pour prendre le tabac demandé. Caffery sentit que son interlocuteur cherchait comment répondre à sa remarque.

Il décida d'insister :

— Quelque chose derrière vous a peut-être attiré l'attention de votre chien...

Le commerçant fit volte-face. Il déposa le paquet de tabac sur le comptoir et déplaça d'un centimètre une pile d'exemplaires de l'*Evening Standard*.

— Vous ne m'embrouillerez pas, lâcha-t-il en secouant la tête. Je m'éloignais quand le chien a regardé derrière nous.

— Pour quelle raison ?

— Il a peut-être perçu un bruit.

— Un bruit assez fort, alors. Vous étiez à bonne distance de la maison des Peach, donc ça a dû être un bruit plus important que celui de quelqu'un qui court...

Le commerçant acquiesça.

— Quelque chose de plus bruyant que ça, possible.

— Un bris de verre, peut-être ?

— Peut-être. Ou quelque chose comme ça. Moi, je n'ai rien entendu, mais le chien, si. Et ensuite il s'est mis à aboyer. C'est tout.

Caffery trouva de la monnaie au fond de sa poche et régla le tabac. Il aurait pu sourire, mais l'Advil ne faisait pas encore son effet.

— C'est bien ce que je pensais, lâcha-t-il simplement.

A présent, il savait ce qui l'avait tracassé pendant tout ce temps.

Benedicte se trouvait dans la pièce vide au premier étage, sa pièce. Elle la reconnut aux rideaux et à la lumière, ainsi qu'à l'odeur de la moquette récemment posée. Son cœur battait si fort qu'il lui semblait résonner dans son crâne.

— Hal ?

Il y a quelqu'un ?

— Hal ?

Pas de réponse. Elle voulut s'asseoir, mais la pièce entière bascula de côté dans un roulis qui la fit s'écraser face la première contre le sol. Son épaule heurta durement le sol, et elle s'érafla la joue. Pendant une poignée de secondes, elle resta immobile, haletante, son regard glissant de droite et de gauche.

— *H-A-A-L ! Pour l'amour, du ciel, Hal !*

Elle avait le goût du sang dans la bouche.

— HAL !

Elle essaya de ramper vers la porte, pour très vite se rendre compte que quelque chose l'en empêchait. Elle tordit son corps vers l'arrière, vit sa cheville attachée au radiateur par une paire de menottes chromées. *Des menottes ? Quelqu'un s'est donc introduit dans la maison. Je n'ai pas rêvé. Quelqu'un se trouve dans la maison ! Cette forme sombre que j'ai aperçue dans le couloir...* Et soudain, une vague écœurante de compréhension la submergea *(Oh, Seigneur, les Peach...)*, l'image de l'inspecteur s'imposa à elle, puis Josh qui criait que le Troll se trouvait dans le jardin... *Les Peach... Ça veut dire que...*

— Josh ?

Elle se tortilla sur elle-même, griffa la moquette en direction de la porte, tira sur sa cheville bloquée par les menottes.

— JOSH ! Oh, mon Dieu, *Josh... Hal !*

Elle tira violemment sur sa jambe et appuya de son pied libre contre la plinthe.

— *Josh !*

Et subitement, se rendant compte qu'elle ne pourrait se libérer de son attache au radiateur, elle perdit tout bon sens et se mit à tressauter sur le sol de tout son poids en tambourinant des poings.

— *JO-OSH !*

Dans ce millénaire flambant neuf, où tout était fraîchement estampillé et baptisé, et où nul n'allait se coucher avec la certitude de se réveiller avec le même titre professionnel, le SRES, naguère connu sous l'appellation « Section spéciale de la brigade criminelle », se retrouvait sous une nouvelle direction : il était à présent chapeauté par le Groupe de traitement des crimes graves, et ses ordres venaient directement de l'assistant du sous-préfet délégué par Scotland Yard. Chaque semaine, Souness se rendait donc à Victoria pour une réunion avec les « prêcheurs », comme elle les appelait, en allusion aux « expressions de cul-bénit » qu'ils affectionnaient en présence du Grand Chef. Et chaque semaine elle avait maintes raisons de bougonner quand elle retournait à Shrivemoor. Aujourd'hui, elle était revenue quelques minutes seulement avant Caffery de Donegal Crescent. Elle arriva chargée d'un tas de dossiers, avec son téléphone portable et un café du McDo en équilibre par-dessus. Elle posa le tout dans son bureau et s'apprêtait à donner libre cours à son mécontentement lorsqu'elle remarqua l'attention que lui portait Caffery — renversé dans son fauteuil, les bras croisés, attendant qu'elle ait fini de rouspéter pour parler.

— Ah, grogna-t-elle en voyant son expression. Quoi encore ?

— Vous avez quelque chose de prévu pour ce soir ?

Elle ôta sa veste et brancha son portable pour le recharger.

— Euh... Voyons voir, vous voulez dire : est-ce que j'envisageais quelque chose avant de voir la trombine que vous faites ?

— Oui, approuva-t-il. C'est exactement ça.

— J'avais l'intention d'emmener Paulina à la fête foraine de Blackheath...

— Et si vous m'accompagniez plutôt à Donegal Crescent ? Je ne voudrais pas créer la zizanie dans votre vie privée, mais je crois que c'est important.

— Euh...

Elle le regarda de biais, en réfléchissant, émit un claquement de langue et se gratta la tête. Après quelques secondes, elle laissa échapper un soupir résigné et remonta la taille de son pantalon.

— Et me voilà, professionnelle malgré tout. Bon, allons-y. Laissez-moi quelques minutes, le temps de m'humilier auprès de Paulina. Ensuite, je serai tout à vous.

Epuisée, frémissante, Benedicte gisait sur le sol. Elle n'arrivait pas à croire qu'elle respirait toujours. A son visage baigné de larmes collaient des mèches de cheveux. Elle s'était cognée si violemment contre le sol et le radiateur qu'elle s'était entaillé le bras, et du sang maculait le radiateur, le mur et la moquette.

— Josh, sanglota-t-elle. Hal.

Son esprit échafaudait les pires scénarios — Josh déjà mort, ou ligoté dans les branchages d'un arbre, capturé telle une proie animale par cette créature qu'il avait imaginée : le Troll.

— Arrête, murmura-t-elle en se couvrant les yeux d'une main. Il n'existe pas de monstre comme ce troll... Ressaisis-toi.

Mais comment l'inconnu s'est-il introduit dans la maison ? Est-ce que la porte d'entrée est ouverte ? Elle doit l'être... Et Hal ? Que t'est-il arrivé, mon chéri ?

A la teinte de la lumière filtrant à travers les rideaux, ce jaune souffreteux de l'éclairage public, et au silence extérieur, elle devina que la nuit était tombée. Elle avait eu l'impression de ne perdre conscience que quelques instants, mais elle était sans doute restée évanouie toute la journée. Et si c'était la nuit et que Hal n'était pas venu à son secours, elle savait qu'il n'existait qu'une seule raison : il s'était trouvé dans l'incapacité de le faire.

Elle réussit à se positionner sur le dos et glissa la main dans son pantalon. Elle palpa sa culotte. Rien d'anormal. Pas d'humidité suspecte. Elle serra les cuisses ; aucune douleur. Puis elle tâta ses aisselles, qui demeuraient douloureuses. Quelqu'un l'avait traînée dans l'escalier jusqu'à l'étage, et sans ménagement. A présent émergeait en elle un vague souvenir de ses épaules butant de façon répétée contre le bois. Et c'était exactement ce qu'il avait fait à Carmel Peach : elle avait été emmenée à l'étage pendant que Rory et son père restaient séquestrés au rez-de-chaussée.

Elle tourna le visage vers le plancher et mit ses deux mains en porte-voix.

— Hal ? Josh ? Vous m'entendez ?

Silence.

Elle colla l'oreille contre la moquette et se concentra pour détecter le moindre son prouvant la présence de son fils en dessous. De la même manière qu'elle avait retenu sa respiration et gardé l'immobilité pour le sentir bouger en elle, lorsqu'elle était enceinte. Le plus petit mouvement aurait suffi.

— JOSH ?

Silence.

Oh, mon Dieu...

Rien que le silence. Elle essuya ses yeux humides, appela encore, d'une voix rauque et basse, pareille à celle d'un enfant abandonné :

— *Josh ? Hal ?*

Caffery quittait l'artère principale pour entrer dans Donegal Crescent quand il freina brusquement. Il baissa la vitre et pencha la tête à l'extérieur pour considérer le ciel nocturne.

— Qu'est-ce que c'était que ça ?

— Quoi, *ça* ?

— Vous n'avez rien entendu ?

A son tour, Souness baissa sa vitre et sortit la tête de la voiture. Il faisait presque nuit, mais les enfants à bicyclette jouaient encore dans la rue, dans la lumière des réverbères.

— Qu'est-ce que c'était ?

Il eut une moue d'ignorance.

— Aucune idée.

Pourtant, il continuait de tendre l'oreille. Mais à présent il ne percevait que le battement sourd d'un morceau de garage music provenant d'une fenêtre ouverte sur la rue principale, les cris des gamins s'apostrophant et les stridulations lointaines des grillons dans le parc.

Ton imagination te joue des tours...

— Jack ?

— Non, rien. J'ai dû imaginer entendre quelque chose.

Il remonta la vitre et gara la vieille Jaguar près d'une des bennes à ordures municipales de Lambeth. Puis il prit une torche électrique dans la boîte à gants et la brandit devant le nez de Souness.

— Au cas où le compteur d'électricité serait fermé.

— Vous auriez dû vous engager dans les forces spéciales, mon gars.

Une somnolence curieuse régnait sur les habitations de Donegal Crescent : rideaux tirés, fenêtres closes, comme si malgré la douceur de la nuit les habitants s'efforçaient de contenir la réalité hors de leur foyer et feignaient de ne pas avoir vu les affichettes d'appel à témoin collées partout. Le numéro 30 était pourtant différent de ses voisins. Pas à cause des rubans bleu et blanc de la police, mais plutôt en raison de la présence de ce couple devant la façade. Serrés l'un contre l'autre, ils la contemplaient avec la solennité de touristes devant un cimetière militaire, et semblaient écrasés par le drame qui s'était déroulé là. Les services de la ville avaient nettoyé les lieux et posé une serrure neuve sur la porte d'entrée — la municipalité chercherait sans doute à imputer ces frais à l'assurance des Peach, si ceux-ci en avaient une —, mais les Peach n'étaient pas retournés chez eux, ils n'y étaient même pas passés pour prendre des affaires, et, depuis, les gamins avaient maculé les murs de graffiti. Sur le pan de mur à gauche de la porte, trois mots avaient été tagués en noir : *MAISON DU TROLL.*

Souness s'arrêta pour examiner le graffiti. Elle se mit à battre le sol des pieds, comme si elle avait froid.

— Qu'y a-t-il ?

— Euh, rien, répondit-elle en se frottant énergiquement le nez. Non, non, tout va bien.

— Prête ?

— Bien sûr, je suis prête.

Il rompit les scellés et utilisa le passe de l'inspecteur Quinn. Ils n'échangèrent pas un mot. Le vestibule était plongé dans l'obscurité. A leur gauche, dans le salon, la clarté fade de l'éclairage public filtrait entre les rideaux mal tirés et dessinait une bande plus claire en travers du canapé. Caffery tâtonna le long du mur à la recherche de l'interrupteur, mais quand il le trouva rien ne se produisit. L'ampoule était grillée, et quelque part dans les ténèbres devant eux le minuscule compteur électrique émettait un cliquetis discret.

— Je vous l'avais dit.

— Je reconnais.

Il fit courir le pinceau lumineux de la torche le long de l'escalier et sur les murs. *C'est là que ça s'est produit.* Un picotement soudain passa sur sa nuque et il dut résister à l'envie de braquer la lumière sur le salon pour s'assurer qu'ils étaient bien seuls. Le couloir était étroit, les murs pâles, décorés de deux gravures, des marines, de guingois. En avançant vers la cuisine, il aperçut le reflet de son visage dans la vitre devant lui.

Le compteur électrique était près de la cuisinière. Caffery appuya sur le disjoncteur et avec un déclic sourd la lumière inonda la maison. Le réfrigérateur se remit en marche, le plafonnier du couloir revint à la vie et Souness s'arrêta sur le seuil de la pièce. Clignant des yeux, elle survola d'un regard un peu désorienté cette cuisine banale, avec le grille-pain en position stratégique sur le plan de travail et un paquet de Coco-Pops sur le frigo. La poudre révélatrice vaporisée par l'équipe du labo était visible partout — sur le frigo, la porte, le montant de la fenêtre ; des taches vaguement rouges de céruse constellaient le papier peint, et le nitrate d'argent recouvrait les placards. L'odeur de pin de la plaque de bois clouée sur le haut de la fenêtre masquait encore imparfaitement celle, plus ancienne, du sang. Souness et Caffery s'immobilisèrent. Ils se sentaient mal à l'aise dans cette pièce, et songeaient à ce que la famille Peach avait enduré dans cette maison.

Des tremblements incoercibles parcouraient tout le corps de Benedicte. Elle était épuisée d'avoir trop crié, de s'être débattue sans espoir pour libérer sa cheville de la menotte. Maintenant qu'elle avait cessé de s'agiter, maintenant qu'elle était consciente du calme autour d'elle, un son nouveau lui parvint, un geignement bas et douloureux. Il provenait de l'armoire.

Mon Dieu, pensa-t-elle en frémissant de plus belle. *Qu'est-ce que... ?*

Elle avança sur les mains et les genoux aussi loin que le lui permettaient les menottes, puis elle tomba sur le ventre et se mit à ramper comme une anguille, en silence, avec seulement le frottement de la moquette contre son pantalon, jusqu'à ce qu'elle puisse atteindre le bas de la porte de l'armoire avec le bout des doigts. Elle accrocha le bois avec ses ongles et tira lentement, jusqu'à ce que le battant s'ouvre enfin.

— Oh...

Une forme était prostrée au fond du meuble. Benedicte recula vers le radiateur.

— *Smurf ?*

Dans l'armoire, la forme sombre bougea légèrement.

— *Smurf ?*

Le vieux labrador se mit debout avec effort, et l'air siffla dans ses poumons fatigués. Ses griffes grincèrent sur le plancher de l'armoire. Smurf sortit du meuble en oscillant maladroitement. Elle ahanait et prenait soin de ne pas faire porter le poids de son corps sur sa patte avant droite. L'ensemble du membre ne fonctionnait pas normalement et oscillait comme un balancier à partir de l'articulation. En boitillant, la chienne rejoignit sa maîtresse et s'écroula avec un soupir contre le corps de Benedicte. *Mon Dieu, Smurf, qu'est-ce qu'il t'a fait ?* Elle caressa le pelage rude de l'animal, ses pattes noueuses aux tendons durcis par l'âge, la petite boule à l'ergot, jusqu'à ce qu'elle trouve un endroit luisant, mou et humide. L'os était sans doute brisé, et il avait percé la peau avant de rentrer à nouveau dans les chairs. Quand elle effleura cette zone, Smurf gémit et essaya de s'écarter d'elle.

Ce monstre lui a cassé la patte.

Une autre pensée lui vint : un individu capable d'infliger pareil traitement à un vieux chien n'hésiterait pas à maltraiter Josh...

— Oh, Smurf...

Elle enfouit son visage dans la fourrure rêche, respira l'odeur canine de feuilles et d'humus mouillés.

— Mais qu'est-ce qui nous arrive, Smurf ? Qu'est-ce qui nous arrive ?

La chienne tourna la tête dans l'intention évidente de lécher les larmes sur le visage de sa maîtresse, et cette petite démonstration de confiance, de dépendance, réveilla le courage de la jeune femme.

Malgré les claquements incontrôlables de ses dents, elle inspira à fond et se redressa en position assise.

— D'accord, dit-elle en serrant les mâchoires. D'accord. Je vais avoir la peau de ce fumier, Smurf. (Elle caressa le crâne de l'animal.) Tu vas voir.

Elle releva un genou, tira un peu sur sa jambe en se demandant si elle réussirait à lui imprimer une traction assez violente pour briser le tuyau en cuivre. Mais sa cheville était déjà à vif, les chairs luisantes, comme enflammées. Elle s'approcha en repliant les jambes et inspecta les menottes. Quatre vis, à tête lisse guère plus grande qu'une tête d'allumette. Déterminée, elle fit passer la chemise en velours de Hal par-dessus sa tête. Ensuite, elle dégrafa son soutien-gorge, le porta à sa bouche et déchira le tissu pour dénuder l'armature.

Je suis assez forte pour tuer ce salopard. Même si c'est un géant de deux mètres.

Elle sortit la baleine métallique et avec ses dents elle fit sauter l'embout protecteur en plastique. Puis, avec l'extrémité nue, elle s'attaqua aux vis de la menotte. Mais la tige de métal dérapait et ne faisait qu'égratigner le métal.

— Merde, merde et merde... Non, ma vieille Ben, ne laisse pas tomber...

Elle s'intéressa alors au radiateur. Après avoir ôté le robinet en plastique moulé, elle examinait la tuyauterie en cuivre quand Smurf, qui pourtant était sourde depuis des mois, s'assit brusquement et gronda en fixant la porte du regard. Un grondement bas, tremblant.

Benedicte se figea, dans la position d'une sprinteuse au départ, les veines saillant sur le dos de ses mains. La peur remonta le long de son épine dorsale en une lente caresse glacée, et tous ses plans d'évasion et de vengeance s'évanouirent. Quelque chose reniflait le bas de la porte, de l'autre côté.

18

23 juillet

— Par où commençons-nous ?

— Par le début, non ?

Caffery posa sa mallette sur le plan de travail de la cuisine, en sortit ses lunettes et les clichés qui avaient été pris sur place. La pièce avait été dûment inspectée par l'équipe de Quinn : de grandes bandes de lino avaient été ôtées, des parties rectangulaires des rideaux avaient été découpées et la plinthe maculée du sang de Rory était recouverte d'amide et d'étiquettes numérotées. Les verres sur l'égouttoir avaient été saupoudrés de céruse et un grille-pain emporté au labo en était tout juste revenu, avec son cordon de raccordement replié et scotché.

Ils pensaient que c'était ici, dans cette pièce, que la morsure avait été infligée à Rory Peach. Une morsure assez violente pour que le sang de l'enfant coule sur le sol. La serviette en papier avait épongé le reste. Caffery mit ses lunettes, jeta un coup d'œil aux photos de la cuisine et les tendit à Souness. Il tenta d'imaginer la scène : Rory qui se débattait, Alek Peach, enchaîné et épuisé, incapable de bouger, ou tout simplement inconscient. La trace qu'il avait laissée sur le sol y était encore visible.

— Donc il se trouvait là... (Il s'arrêta sur le seuil

des deux pièces, un pied de chaque côté de la barre métallique de séparation, et de la main il désigna la tache laissée par le corps d'Alek Peach.) Entre la cuisine et le salon. Menotté ici (il indiqua le radiateur du salon) et là, à cet autre radiateur.

Souness plissa le nez.

— Il reste des aliments dans le frigo ?

— Hein ? fit-il avec un regard circulaire et en reniflant. Oh, ça, non... Je crois que c'est seulement...

Carmel, Rory et Alek Peach s'étaient tous souillés à un moment ou à un autre pendant ces trois jours. Ils n'avaient pas eu le choix. Fiona Quinn avait été surprise par la quantité d'urine produite par Carmel, suffisante pour stagner sur la moquette du palier.

— Je crois que c'est seulement eux, reprit Caffery.

Souness grimaça et ouvrit le réfrigérateur pour vérifier son contenu. Quelques fleurs de moisi sur les parois, de la poudre à empreintes sur une barquette de beurre et une conserve de légumes au vinaigre dans un rayon de la porte. Sinon, c'était vide. Elle referma le frigo et survola la cuisine du regard. Une mimique sévère abaissait les commissures de ses lèvres.

— C'est vraiment l'origine de cette odeur ? Ces pauvres gens qui se sont fait dessus ?

Caffery passa dans le couloir et s'arrêta au pied de l'escalier. Le pistolet à eau de Rory, couvert de poudre à empreintes, gisait toujours sur la première marche.

— Venez voir ça... C'est ici qu'Alek Peach affirme avoir été agressé. Alors, qu'en pensez-vous ?

Ensemble, ils reportèrent leur attention sur le bout de couloir menant à la cuisine. Puis Souness inspecta le salon du regard.

— Notre salopard est probablement venu de là, fit-elle.

— C'est aussi mon avis. Disons donc qu'il sort du salon et qu'il attaque Peach par-derrière. Pas de sang, mais ce n'est peut-être pas important. Il se peut que Peach ne se soit pas mis à saigner immédiatement.

— Où voulez-vous en venir ?

— Je ne sais pas trop... Je vous demande encore un peu de patience.

Il pointa un bras vers la cuisine, l'autre vers le salon, comme un agent de police réglant la circulation.

— Avant d'agresser Alek, il faut qu'il se soit introduit dans la maison. Par la porte arrière, dans la cuisine. Avant toute chose, il neutralise Carmel et l'emmène à l'étage...

Il gravit les marches deux par deux, faisant cliqueter les pièces de monnaie dans ses poches, et s'immobilisa devant le placard-séchoir.

— D'après l'hôpital, elle a été traînée en haut. Puis il l'a ligotée.

— Seigneur, soupira Souness, qui l'avait suivi, ça sent encore plus mauvais ici.

— Ensuite il redescend, comme ça...

Ils dévalèrent tous deux l'escalier, Souness en se pinçant le nez.

— Et il attend, enfin on peut le supposer, ici. (Il s'arrêta à l'entrée du salon et interrogea sa collègue du regard.) D'accord ?

— Pour l'instant, ça se tient.

Caffery haussa les sourcils.

— Mais...

— Mais quoi ?

— Il aurait fait tout ça dans un silence total ?

Souness secoua la tête, un peu déconcertée.

— Euh... Là, je ne vous suis plus.

— Bon, écoutez. Carmel ne nous est d'aucune aide, n'est-ce pas ? Elle est incapable de nous dire à quel endroit elle a été attaquée, et la dernière chose dont elle se souvient, c'est qu'elle était en train de préparer le dîner. Mais en ce qui concerne Alek... (Il alla jusqu'à la porte voisine de celle de la cuisine et posa la main sur la poignée.) Alek, lui, se souvient. (Il ouvrit la porte et descendit deux ou trois marches.) Alek était là, en bas, avec Rory. Ils jouaient ensemble à la PlayStation. A un moment, il dit s'être demandé ce que fabriquait sa femme.

Souness le rejoignit et scruta la pièce en contrebas. Les murs étaient décorés de souvenirs du Sud profond, pistolets croisés, boucles de ceinture en corne de longhorn, un portrait encadré d'Elvis. La moquette était de haute laine blanche, et dans un coin, sur le bar plaqué de miroirs, était placée la photographie d'Alek Peach jeune, coiffé d'un chapeau de cow-boy et souriant, à côté d'une machine à sous comme on en voit à Las Vegas. Caffery descendit les dernières marches et fit signe à Souness.

— Venez. Je voudrais essayer quelque chose.

Il alluma le téléviseur et tendit la console de la PlayStation à la jeune femme.

— Vous savez jouer à ce truc ?

— Vous seriez étonné. Je suis une vraie championne.

— Je ne suis pas étonné. Mettez le son aussi fort que vous voulez. Au maximum.

Elle s'assit face au téléviseur, les commandes en main, et se tortilla un peu pour trouver une position confortable sur le fauteuil.

— Bon, et alors ?

— Restez là.

Il remonta au rez-de-chaussée, alla dans la cuisine, poursuivi tout ce temps par le vacarme de la PlayStation. Il sortit par la porte arrière et fit ce qu'il attendait de faire depuis tout l'après-midi. Quelques secondes plus tard, Souness apparaissait en haut de l'escalier de la cave.

— Tout va bien ? s'enquit-elle.

— Oui.

— Que s'est-il passé ?

— J'ai cassé une bouteille. Là, juste au-dehors, près de la porte, que j'avais refermée.

— J'ai entendu le bruit.

— Précisément, approuva-t-il, sentant l'excitation qui faisait tressauter un petit muscle au coin de sa bouche. Alors pourquoi Peach n'a-t-il pas entendu le bris de la vitre de cette porte ?

— Vous insinuez qu'il ment ?

— Non. Je crois ce qu'il a dit. Je le crois à cent pour cent quand il déclare qu'il n'a entendu aucun bris de verre le vendredi soir. Parce que... (il étalait les photos sur le plan de travail) parce que je pense que cette vitre a été brisée le lundi.

— Alors là... Désolée, Jack, mais je suis perdue.

Il retourna se placer près de la porte arrière.

— Reprenons, si vous voulez bien. Premier point : les débris de verre sont tombés sur le lino alors que la porte était fermée. Vous voyez, sur les photos ?

— Oui.

— Et c'est la raison pour laquelle nous avons tous pensé, Quinn comme les autres, que l'agresseur s'était bien introduit dans la maison par là. Il brise la vitre, passe la main à l'intérieur et déverrouille pour entrer. Cette porte pivote... (il poussa le battant pour illustrer sa démonstration) vers l'extérieur.

— Donc les débris de verre sur le lino n'ont pas été déplacés.

— Exact.

— Mais ?

Il hocha la tête d'un air entendu.

— Mais si c'est effectivement ainsi que les événements se sont déroulés, Alek aurait dû entendre le bris de verre. Même du sous-sol.

— Et vous en déduisez que...

— ... que ça s'est passé lundi, au moment où l'agresseur quittait la maison. Peut-être que la vitre a dégringolé parce qu'il a claqué la porte trop brutalement, ou alors c'est Rory qui l'a brisée en se débattant. C'est ce bruit que le chien du commerçant a entendu. Regardez... (Il revint auprès de Souness et tapota la première photo.) C'est ainsi que nous avons trouvé la cuisine, à notre arrivée. Avec tous ces éclats de verre sur le sol.

— Oui, et alors ?

— Lundi matin, toute la région a essuyé un gros orage. Si la vitre avait déjà été brisée, ces rideaux auraient été trempés de pluie. Or ils étaient secs. Et les débris de verre sur le lino n'ont pas été déplacés, nous sommes d'accord ?

Elle concentra son regard sur le cliché.

— Euh... Non, en effet. Ils sont tombés et sont restés comme ça, n'est-ce pas ?

— Et tout le temps qu'il est allé et venu dans la maison et donc dans cette pièce, il n'en aurait pas bougé un seul ? Pas une seule fois ?

— Il peut les avoir évités, non ? Les avoir contournés ?

— Alors comment a-t-il fait pour laisser ses empreintes *sous* les morceaux de verre ?

Souness resta silencieuse. Elle se frotta le haut du front jusqu'à ce que la peau de son crâne rosisse à la racine de ses cheveux décolorés.

— Eh bien...

— Etudiez cette photo.

Il lui tendit le cliché pris après qu'on eut retiré les éclats de verre et saupoudré le sol de poudre à empreintes. Il compta avec soin les marques en croisillons sur le lino, puis il se plaça avec les pieds de chaque côté de deux traces brunes à peine discernables tout près de la porte — celles du gant. A l'arrivée de la police, cette partie du sol était sous les débris de verre.

— Les empreintes de notre agresseur se trouvaient

là avant que la vitre ne soit brisée, déclara-t-il. Conclusion logique : ce n'est pas par cette porte qu'il s'est introduit dans la maison.

— Alors par où ? Toutes les autres issues étaient verrouillées. Peach a dit que les flics ont dû recourir à leur foutu bélier pour entrer, et vous avez vous-même constaté les dégâts.

— Justement, dit-il en ramassant les photos qu'il plaça dans sa mallette. Vous savez ce que je pense ?

— Quoi donc ?

Il retira ses lunettes et la regarda fixement.

— Je pense que c'est Peach qui a fait entrer leur agresseur. Et je pense qu'Alek Peach connaît très bien l'identité du salopard qui leur a fait ça.

Les reniflements cessèrent aussi subitement qu'ils avaient commencé. Benedicte retint son souffle. *Réfléchis, Ben, réfléchis. Qu'est-ce que...* Le silence fut interrompu par le son d'un liquide qu'on déversait de l'autre côté de la porte. Elle se colla contre le radiateur.

De l'essence. C'est de l'essence...

Le bruit s'arrêta un temps, puis elle entendit un chuintement. Un gaz ou de l'air comprimé. Il vaporisait quelque chose. *De la laque pour cheveux ? Quelque chose pour allumer un incendie ?* Smurf émit un grondement sourd, et la fourrure à son garrot se hérissa comme la collerette d'un lézard. Dans le couloir, la créature, le Troll, fit demi-tour et s'éloigna d'un pas pesant *(Oh, Seigneur, il a l'air trop lourd pour être humain...)*, en se cognant contre les murs, avant de descendre l'escalier avec une lenteur de pachyderme.

Et soudain, le silence, de nouveau.

Cette respiration ressemblait à celle d'un animal, pas à celle d'un être humain...

— Hal ? JOSH ?

Elle cria si fort le prénom de son fils que Smurf releva la tête et hurla de concert.

Quand elle fut incapable de crier plus longtemps, et comme aucun bruit ne lui répondait, pas même le redoutable crépitement étouffé des flammes, elle s'écroula sur le sol, épuisée et tremblante. Roulant sur le flanc, elle se griffa l'intérieur de l'avant-bras et s'efforça de ne pas imaginer ce qui avait pu arriver à Josh.

Sur Coldharbour Lane, Caffery fit halte devant la boutique de musique Black Dread, afin de permettre à Souness de remonter la rue pour leur acheter dans un petit restaurant des plats à emporter. En attendant, il fuma une cigarette et se perdit dans la contemplation de la faune locale. Un Blanc coiffé d'une casquette à la Sherlock Holmes dealait au coin de la rue, devant la boutique de vêtements Joy, et du Ritzy arrivait un trio de jeunes Noirs, vestes en cuir cintrées, cheveux décolorés et boucs soigneusement taillés. En apercevant le dealer, ils traversèrent pour passer sur l'autre trottoir. Une fille à bicyclette, sa robe indienne constellée de paillettes accrochée dans le garde-boue, cria quelque chose au dealer en passant devant lui.

Caffery alluma une seconde cigarette et s'adossa contre son siège. D'un coup, il se rendit compte qu'il se trouvait juste en face du magasin d'alimentation où Rebecca venait parfois acheter de la mozzarella. La boutique était fermée, mais il se rappelait y avoir accompagné la jeune femme. Les yeux brillants, elle avait semblé intriguée par les boucles de salami de montagne, les bouteilles d'huile d'olive d'un vert profond, les conserves poussiéreuses d'un mets au nom intraduisible : « Probablement *merda d'artista* », lui avait-elle murmuré alors qu'il restait interdit devant l'impressionnant alignement de jambons secs *serrano* pendus à des crochets au fond de la boutique. Il avait craint la réaction de Rebecca si elle voyait ces formes étranges près du plafond. Et maintenant, de la voiture, il les apercevait, silhouettes fantomatiques dans la lumière bleue d'un projecteur insecticide. Il regrettait de ne pas l'avoir prise par le bras ce jour-là, de ne pas lui avoir dit : « As-tu jamais pensé à la façon dont Bliss t'a laissée, suspendue comme ces jambons, comme une pièce de viande ? »

Oh, bon sang, non, je ne vais pas recommencer...

Dans un geste plein de lassitude, il se passa la main sur le visage. Il se demandait à quoi elle pensait en ce moment, où elle était. Il savait qu'elle ne se trouvait pas à la maison, en pleurs, ni en train de se frictionner sous la douche, pas plus qu'elle ne frissonnait, recroquevillée dans une couverture au beau milieu de la salle d'examen médical d'un poste de police, des cernes soulignant ses yeux. Il eut une image d'elle qui le regardait par-dessus son épaule. Que pensait-elle ? *Violeur ?* Peut-être était-elle heureuse qu'il se soit révélé aussi vil qu'elle le disait. Peut-être n'existait-il aucun moyen de revenir en arrière.

— Eh-oh ! (C'était Souness, qui tapotait à la vitre.) Ça ne vous dérangerait pas d'effacer cette expression bovine de votre visage et de me laisser monter dans cette ruine automobile ?

Elle transpirait encore de son séjour dans l'étuve qu'était le magasin. Elle avait pris des soupes de pois pimentées dans des gobelets en plastique et deux petits pâtés de légumes jamaïcains en croûte.

— C'est le mieux que j'aie pu trouver. Pas d'inquiétude, tout est végétarien. Pas de viande de chevreau ou ce genre de truc.

Ils mangèrent sur le chemin du retour à Shrivemoor. Souness réussit à répandre un peu de soupe sur sa cravate et à éparpiller des miettes de son pâté sur tout son costume, mais elle ne parut pas le remarquer. Elle pensait toujours à l'énigme dévoilée par l'inspecteur.

— Alors pourquoi Peach ne crache pas le morceau ? Pourquoi il ne nous dit pas qui c'était ?

Arrivée dans le hall de Shrivemoor, elle sortit son badge magnétique et ils montèrent dans l'ascenseur.

— C'est son propre gosse, bon Dieu !

— La culpabilité. Peut-être qu'il est impliqué là-dedans... Dans le business pédophile, je veux dire. Je ne sais pas, mais il est peut-être tellement mouillé que toute cette affaire est une histoire de représailles contre lui. En ce cas, il se sentirait coupable, non ? Vous ne pensez pas qu'il se sentirait coupable s'il avait fait quelque chose qui aurait plongé toute sa famille dans cette horreur ?

— Je ne sais pas.

Elle regarda fixement son reflet fracturé sur les murs plaqués d'aluminium de la cabine d'ascenseur.

— Il faudrait qu'il soit sacrement coincé par le type qui a fait ça pour ne pas le dénoncer. (Elle soupira.) Mais je suis d'accord avec vous : quelque chose ne colle pas avec le reste.

— De moins en moins de pièces rentrent dans le puzzle. Il a prétendu qu'il ne pouvait pas entendre Rory pendant tout le temps qu'il a été ligoté. Vous ne trouvez pas ça bizarre ?

— Hum...

— S'il ne pouvait pas entendre Rory, comment se fait-il que Carmel l'ait entendu, elle ? (Il leva la main et tapota le plafond de la cabine.) Elle se trouvait à l'étage, et pourtant elle a entendu leur fils sangloter. Alors pourquoi pas Alek ?

— Je me suis déjà posé cette question, dit-elle en lui coulant un regard de biais. Vous croyez qu'il ment ?

— Rappelez-vous les contradictions de leurs témoignages respectifs. Carmel entend le bruit de photos qu'on prend, et pas Alek. Et ce truc des vacances ? Un coup de chance pour leur agresseur, ou est-ce que ce n'est pas une coïncidence, finalement ? Peut-être quelqu'un savait-il qu'ils allaient partir en vacances, et que donc il ne serait pas dérangé...

La porte de l'ascenseur coulissa et Caffery sortit à reculons dans le couloir, sans quitter Souness des yeux.

— Et je n'arrête pas de me poser une question : comment un étranger savait-il qu'ils allaient partir en vacances ? Est-ce que ce ne serait pas plus plausible si notre tueur connaissait déjà les Peach ?

— D'accord, d'accord.

Ils pénétrèrent dans la salle des données. Les écrans d'ordinateur étaient éteints. Comme chaque jour, Kryotos avait lavé toutes les chopes et les avait laissées à égoutter sur un plateau. Souness posa les mains à plat sur le bureau et se pencha vers lui.

— Jack, je crois que vous tenez le bon bout. Je ne sais pas où ça vous mènera, mais je pense que vous avez déniché une piste.

Benedicte gisait sur le dos. Elle était épuisée, et en proie à une soif dévorante. Elle avait exploré chaque centimètre carré de sa prison, en se déplaçant comme un serpent, jusqu'à avoir les coudes à vif. Elle pouvait toucher l'armoire, mais, même quand elle s'étirait au maximum, la porte et la fenêtre demeuraient à un mètre au moins du bout de ses ongles. Elle avait utilisé chaque atome de son énergie pour tenter de desceller le tuyau de cuivre du radiateur, en vain. Elle avait tiré si fort sur les menottes que les chairs boursouflées de sa cheville recouvraient presque entièrement l'acier. Quant aux vis, l'armature métallique de son soutien-gorge en avait simplement raboté la tête.

Les ténèbres avaient envahi la pièce, mais Ben avait très vite appris à estimer l'heure. Le grondement lointain des trains, de l'autre côté du parc, elle l'avait entendu maintes fois quand ils habitaient encore Brixton. Le ciel s'illuminait très brièvement, comme sous l'effet d'une étincelle entre les roues et les rails. Le soir où les Anglais avaient battu les Allemands et remporté la coupe d'Europe, les conducteurs s'étaient salués à coups de sifflet en se croisant. Aujourd'hui, le passage des trains avait une cadence majestueuse dans le calme nocturne, il lui rappelait qu'au-dehors des gens poursuivaient une vie normale, et les pulsations qu'ils dégageaient commençaient à prendre un sens nouveau pour elle. Quand elle n'en perçut plus aucune, elle jugea qu'il devait être entre minuit et une heure du matin.

Du rez-de-chaussée ne lui parvenait aucun bruit. A présent, elle pouvait sentir le liquide qui avait été déversé sur le palier du premier. Ce n'était pas de l'essence, mais de l'urine. Il était monté au premier, et à quelques pas seulement des toilettes de la salle de bains, il s'était vidé la vessie contre la porte. *Dégoûtante petite merde. Non : sois heureuse que ça n'ait pas été de l'essence*, se reprit-elle aussitôt.

Elle s'assit et allongea les jambes en redressant le buste. Tout son corps était ankylosé. De l'urine. Elle avait repoussé cette nécessité dégradante jusqu'à maintenant, mais elle savait qu'il n'y avait plus aucune raison de se retenir.

— Il faut que je me soulage, Smurf, dit-elle à la chienne avant de décider qu'elle n'avait pas à s'excuser. Quand il faut le faire, il faut le faire.

Elle baissa son pantalon et sa culotte sur ses pieds, et dégagea celui qui était libre. Dans un mouvement pataud, elle pivota sur elle-même de manière à se retrouver accroupie face au radiateur. Elle s'y agrippa pour conserver son équilibre et étendit sa jambe nue de côté, aussi loin du pied menotté que possible. Maintenant son pantalon hors de portée d'une main, elle se laissa aller et lutta contre l'envie de pleurer tandis que la moquette sous elle devenait mouillée et tiède. Elle pria pour qu'ils soient sortis de cet enfer avant qu'elle n'ait d'autres besoins à satisfaire.

Soudain, dans le couloir du rez-de-chaussée, quelque chose bougea. La porte d'entrée claqua. Benedicte resta parfaitement immobile devant le radiateur, le pantalon en boule autour de sa cheville menottée, osant à peine respirer.

Il est parti ? *Mais alors, et...*

— *Josh ?*

Sa voix s'éleva jusqu'à l'hystérie et, oubliant sa situation, elle sautilla au bout de son lien comme un animal blessé.

— HAL ? JOSH ? JOSH... RENDEZ-MOI MON ENFANT ! JOSH !

Elle martela le mur des deux poings en criant, en gémissant. Enfin, elle s'écroula sur le sol et resta là, allongée sur le dos, dans sa propre urine. Elle se cacha le visage dans les mains et pleura.

Au fond d'un placard, dans la salle des données, Caffery dénicha une bouteille poussiéreuse et visiblement oubliée de mauvais gin Tesco, ainsi que du Schweppes éventé. Avec Souness ils avaient passé une heure devant le terminal informatique de Kryotos. Ils avaient terminé le Laphroaig et discuté de la suite à donner à l'enquête. Ils en étaient arrivés à la conclusion que Bela Nersessian était la personne à interroger. Ils la convoqueraient au bureau et commenceraient en douceur, par des questions d'apparence anodine concernant Alek Peach, sa vie privée, ses affaires s'il en avait. L'officier de liaison avait arrangé la rencontre pour le lendemain, et Caffery en avait éprouvé comme un regain d'espoir. Souness, elle aussi, se montra satisfaite de cette nouvelle orientation. A onze heures du soir, elle déclara qu'elle en avait assez pour la journée.

— Et vous devriez suivre mon exemple, lança-t-elle depuis le seuil de la salle où elle s'était arrêtée pour gratter une tache de soupe solidifiée sur sa cravate. Crevé, vous ne me serez d'aucune utilité, Jack.

— Je sais, dit-il avec un geste conciliant. Je lève le camp dans une minute.

Il mentait. En réalité, il n'avait pas du tout l'intention de rentrer chez lui. Après le départ de Souness, il prit le sac de Penderecki dans le classeur qu'il avait fermé à clef et s'assit avec une chope de gin tonic tiède devant lui sur la table. Regard fixé sur la fenêtre, il échafauda des théories en rapport avec les cassettes vidéo. A plusieurs reprises il souleva le combiné téléphonique, puis raccrocha. Rebecca n'avait pas appelé et il ne savait pas comment aborder leur nouveau problème. *Tu es au bord du précipice, Jack.* A onze heures et demie, il empila les cassettes, ôta ses lunettes et composa le numéro de son portable.

Elle répondit d'une voix légèrement voilée.

— Rebecca, où es-tu ?

— Au lit.

— Chez moi ?

— Non. Chez moi. Dans *mon* lit.

Il l'imagina, au chaud sous la couette, somnolente, un de ses longs bras cuivrés en travers de l'oreiller, sa chevelure rejetée au-dessus de sa tête en un long serpent, comme une sirène en train de plonger.

— Ecoute, commença-t-il avant de prendre une profonde inspiration pour pouvoir continuer : Je suis réellement désolé, Rebecca. Je t'aime, vraiment, je...

Il contempla les lumières de Croydon en cherchant comment présenter la chose. *Mais je ne peux pas aller plus loin comme ça. Et je ne peux pas tout lâcher, je ne peux pas abandonner cette maison, et je ne te comprends plus...*

— Je suis navré, Rebecca...

— Tu me plaques, c'est ça ?

— Non, je... Ecoute, j'ai vraiment essayé, j'ai fait

des efforts, mais il t'arrive quelque chose et on dirait que je ne fais qu'aggraver la situation...

— Tu l'aggraves, c'est sûr. Tu me plaques, n'est-ce pas ?

Il ne put retenir un soupir.

— Que voudrais-tu que je fasse, après ce qui s'est passé l'autre nuit ? Tu ne peux pas continuer avec moi, après ça. Tu ne veux pas de ça...

— *Ne me dis pas ce que je veux !* s'exclama-t-elle d'une voix aiguë. Comment te permets-tu de me dire ce que je veux ? *Moi-même* je ne sais pas ce que je veux, alors comment *toi*, tu le saurais ?

Elle s'interrompit d'un coup et il entendit sa respiration lourde, comme si elle combattait les larmes. Il entortilla nerveusement le cordon du téléphone autour de son index.

— Ecoute... si ça peut te soulager, va porter plainte. Explique-leur que je t'ai violée. Répète-leur aussi ce que tu as dit à propos de Bliss.

— Quoi ?

— Va déposer plainte. Je suis sérieux. Finis-en. Je ne nierai pas.

C'était une proposition suicidaire, et si elle l'exécutait tout son monde s'écroulerait, mais soudain il se rendait compte que cela n'avait plus d'importance pour lui.

— Tu es dingue... souffla-t-elle.

— Non. J'assumerai les conséquences. (Il marqua une pause, puis :) Rebecca ?

— Quoi ? fit-elle, sa voix paraissant de plus en plus lointaine et faible.

— Je suis désolé. Vraiment.

— Ah.

Elle raccrocha.

Bon sang. Il resta assis, dans une immobilité totale, pendant un très long moment, le regard rivé au combiné qu'il tenait toujours dans la main, devant son visage. Enfin il raccrocha à son tour, se frotta les yeux et le visage du plat des mains.

— Bordel de merde...

Qu'est-ce que tu as fait ? Mais qu'est-ce que tu as fait ? Comment as-tu pu foutre tout en l'air à ce point ?

Il avait été le premier surpris des propos qu'il lui avait tenus. Rien n'avait été prémédité. *Qu'est-ce que ça fait ?* s'interrogea-t-il. *Qu'est-ce que ça fait de s'autodétruire ? Tu te sens mieux ? Libre ?*

Il soupira profondément et pressa la pointe des doigts contre son front.

Alors tout est fini, non ?

Il ne pourrait pas dormir, il le savait, ni rentrer chez lui. Il se vida lentement les poumons, puis roula une cigarette qu'il fuma en regardant la nuit par la fenêtre. Il écrasa le mégot dans le cendrier, se leva, prit l'enveloppe posée sur le rebord de la fenêtre. Il en sortit les photos de Half Moon Lane, les étudia pendant plusieurs minutes puis les rangea. Dans la salle des données il déconnecta le lecteur portatif de disquettes, sur l'ordinateur de Marilyn, et retourna dans le bureau du commissaire, où il le brancha sur le sien. Il prit les disquettes de Penderecki dans son classeur métallique et s'assit.

Les disquettes étaient numérotées de 1 à 9 et chacune contenait une centaine de fichiers récoltés sur des sites Internet russes et en rapport avec des groupes d'internautes en mouvement perpétuel. Caffery avait suivi un stage d'une journée à Hendon, dont il avait surtout retenu que la police était sous-équipée pour traquer les expéditeurs de ces photos. La délivrance d'un mandat concernant un site était très longue à obtenir, et les pédophiles ne l'ignoraient pas. Dès qu'ils sentaient le danger d'être localisés, ils passaient sur un autre fournisseur d'accès. Parmi les fichiers, Caffery trouva des envois sécurisés par l'emploi de mots de passe pour accéder aux sites, des conseils pour masquer les paramètres de ces sites, des annonces pour les logiciels utilisés par la police « pour nettoyer les secteurs de votre disque dur avant ces douteuses *visites techniques de soutien* qu'on peut vous proposer ». Il trouva l'adresse d'une boîte à lettres sécurisée où l'on pouvait laisser des fichiers, une série entière de photos tristement célèbres de « Kindergarten », des relais pour des sites web russes de « Lolita », des envois à des groupes d'internautes avec des noms de fichiers familiers : FreshPetals.jpg, Buds.jpg, SweetAngel.jpg. Cette nuit-là il visionna tout ce qu'on peut imaginer en matière de pornographie enfantine : certaines photos étaient suffisamment anodines pour figurer sur papier glacé dans un livre d'art, des enfants blonds en T-shirt et en short, ou le torse nu moucheté par le soleil filtrant à travers des feuillages. Mais, à l'autre extrémité du spectre, des fichiers lui soulevèrent le cœur, aussi endurci fût-il. Il dut boire encore un peu de gin tonic et presser la main sur son ventre. Certains clichés étaient tellement recadrés qu'il était impossible de définir le sexe de l'enfant.

Il continua de travailler avec l'espoir de découvrir un indice dans un coin d'image. *(Mais, bordel, qu'est-ce que tu espères voir ?)* D'un coup, il se renversa dans son fauteuil et lâcha la souris. Il était une heure et demie du matin, les bruits de circulation au-dehors s'étaient dissipés depuis déjà bien longtemps. Il pivota lentement sur son siège, et une sensation étrange l'envahit quand ses yeux se posèrent sur la pile de vidéocassettes. Une idée lui avait traversé l'esprit. Il venait tout simplement de comprendre pourquoi il n'y avait rien sur ces bandes.

Il se rendit dans la salle des scellés, prit une des paires de gants en caoutchouc fin dans le stock — quand il donnerait ces cassettes, il ne voulait pas que le reste de l'équipe pense qu'il avait agi comme un pédophile chevronné —, emplit sa chope et éteignit toutes les lumières. *Mais tu as le comportement classique d'un pédophile, Jack. Imagine qu'on te surprenne en ce moment, un type fatigué, en pleine nuit, avec sa bouteille de gnôle et ces vidéos dégueulasses...* De retour dans le bureau, il prit son vieux couteau suisse dans la poche de sa veste, approcha une chaise et positionna la lampe d'architecte avant de se mettre au travail.

Rebecca était assise dans son salon. Une vodka orange bien tassée dans la main, elle contemplait son reflet solitaire dans la fenêtre enténébrée, à quelques pas d'elle. Au-delà, les lumières de Canary Wharf scintillaient, ainsi que les grandes citadelles froides bordant le fleuve, mais elle les remarquait à peine. Elle frissonnait.

— Bon, très bien... Super, dit-elle. Tu ne t'y attendais pas. Mais tout ira bien, il suffit que tu restes calme et que tu replaces les choses dans leur contexte.

Elle vida le verre en deux fois, très vite, et regarda ses mains. Elles tremblaient toujours.

— Reprends-toi, pour l'amour du ciel. Ce n'est pas la fin du monde.

Elle passa dans la cuisine, s'assit à la table et remplit son verre. Vodka : la boisson secrète, l'alcool des véritables alcooliques. Celui que préférait sa mère. La vodka n'a pas d'odeur, dit-on. Mais Rebecca pouvait très bien en sentir le parfum douceâtre. Elle avait appris à le détecter quand sa mère lui donnait le sein : bébé, le goût de la vodka était mêlé à celui du lait maternel, et pendant des années cette odeur dans l'haleine de sa mère l'avait fait saliver.

Elle but cul sec, grimaça et considéra la ligne que formait la pulpe d'orange dans le verre vide. *Allez, reprends-toi. Peut-être qu'avec Jack on n'aurait jamais dû...* Elle se leva, faillit perdre l'équilibre, se redressa et alla rincer le verre dans l'évier. Puis elle se servit une autre vodka, et s'extasia de la façon dont le jus d'orange se diluait dans l'alcool huileux et clair. Oui, ça avait l'air bon. Et ça avait effectivement bon goût. Tellement bon goût, d'ailleurs, qu'elle avala le tout et se resservit dans la foulée. Par la porte ouverte elle apercevait les petites sculptures ridicules alignées dans le studio.

— Ton œuvre ! lança-t-elle d'une voix forte en levant son verre pour porter un toast.

Rien que leur présence donne des allures de putain de sex-shop à ton appart, ma chérie. Elle devrait peut-être les détruire. *Ce serait un geste grandiose, très artistique... Oui !* Elle avala l'alcool d'un trait, posa le verre et traversa le studio d'un pas décidé, en réussissant à ne presque pas vaciller. Cette apparente sobriété l'emplit d'aise. Mais en arrivant à la porte elle avait oublié ce qu'elle projetait. Elle fit demi-tour en secouant la tête et en pestant intérieurement, revint à la table de la cuisine et prit la bouteille de vodka qu'elle brandit devant la lumière du plafonnier. *Mince, j'en ai déjà beaucoup bu... Je devrais peut-être arrêter ? Mais non, c'est différent. Complètement différent.*

Elle emporta le verre suivant dans la salle de bains, d'une démarche un peu plus hésitante car l'alcool commençait à faire effet, et se campa devant le miroir.

— A la tienne, dit-elle à son reflet. A toi et à Jack.

Rebecca avala la vodka en trois gorgées successives, et le verre cogna contre ses dents. *Je survivrai*, pensa-t-elle. L'instant suivant, une nausée soudaine broya son estomac et remonta dans sa gorge. Elle ferma les yeux, s'appuya d'une main sur le bord du lavabo et s'obligea à respirer très lentement. *Quoi ? Tu voulais vraiment finir mariée avec un flic ? Imagine ça : le matin, boire le café avec les autres femmes de flics, vous plaindre mutuellement de vos heures de solitude et peut-être, si tu avais eu de la veine, tu aurais pu partager un ou deux cognacs avec ton mari le dimanche, au bar du club de golf ?* Elle rouvrit les yeux et cessa de vaciller pour fixer du regard la femme à l'air hébété dans la glace.

— Oh, tire-toi, toi ! fit-elle en frappant le miroir du plat de la main. Allez, barre-toi !

Elle se pencha sur le lavabo pour rincer le verre, mais quelque chose devait poisser ses doigts car le verre lui échappa et, malgré son mouvement réflexe pour le rattraper, elle ne réussit qu'à l'effleurer et à le pousser vers le robinet. Il rebondit et se brisa sur la porcelaine.

Rebecca resta un moment à contempler le lavabo, tandis que le bruit roulait dans son crâne. *Merde, Becky, tu es saoule.* Elle revint dans la cuisine et prit un verre propre pour se resservir. *Fais attention avec la vodka, ma vieille.* Elle ne voulait surtout pas avoir la gueule de bois, et elle décida donc d'arrêter après celui-là. *Le frigo*, pensa-t-elle distraitement, *pourquoi fait-il autant de bruit ?* Puis elle se dit qu'il lui fallait retirer les éclats du lavabo, pour ne pas risquer de se couper. Elle posa le verre, soudain déterminée à ne plus avaler une goutte d'alcool *(Arrête maintenant, d'accord ? Avant de faire une connerie...)*, prit un vieux journal sous l'évier et retourna en hâte dans la salle de bains. Mais elle marchait trop vite et glissa sur quelque chose, et avant de comprendre ce qui lui arrivait elle se retrouva assise sur le sol, le journal toujours serré dans une main.

Elle resta ainsi un moment, à regarder le mur en clignant des yeux, telle une de ces poupées aux paupières battantes, en se demandant si elle devait en rire. Oui, elle devait en rire. Elle devait en rire et se remettre debout, mais elle n'en avait pas l'énergie, et la pièce commençait à tournoyer autour d'elle. *Lève-toi, Becky, allez, relève-toi...*

Elle se remit péniblement debout, en s'agrippant au porte-serviettes. La tête lui tournait toujours. Elle allait nettoyer tous les éclats de verre, ensuite elle prendrait deux aspirines et se mettrait au lit, et tout irait bien. Le porte-serviettes se détacha du mur dans une pluie de plâtre et lui resta dans la main. Elle se sentit basculer en arrière, et sa tête heurta le bord de la baignoire. Immobile, une jambe repliée sous elle, les cheveux dans les yeux, elle éclata en sanglots.

Ce fut un des sites web russes baptisés « Lolita » qui produisit le déclic. Le nom, *Lolita*. De son passage à la Brigade des mœurs il gardait le souvenir d'un lot de ces infâmes vidéocassettes Rodox/Colour Climax Lolita. Pour les numéros 1 à 12, les vendeurs hollandais avaient pris la précaution d'exporter les films sans leur boîtier, de façon qu'en passant aux rayons X la bande ne ressemble pas à une cassette et n'éveille pas les soupçons des douanes ou des employés des postes. Une bonne partie de la production pornographique entrait dans le pays par ce stratagème. Mais Caffery se demandait si Penderecki n'était pas allé encore plus loin, en termes de précautions.

Courbé sur les cassettes comme un bijoutier de l'East End, cigarette au coin de la bouche, lunettes descendues sur le bout du nez, il dévissa le boîtier de plastique avec soin. Celui-ci émit un craquement et il l'ouvrit lentement, comme un livre rare, avant d'ôter les deux axes crantés en plastique blanc. Il plaça la cigarette dans le cendrier et porta la bande à sa bouche. Il la pressa entre ses lèvres, et lorsqu'il les écarta la bande resta collée à sa lèvre supérieure. Exactement ce qu'il avait pensé : la surface enregistrable se trouvait à l'intérieur. La bande avait été retirée des bobines, retournée et remise en place.

Il lui fallut près de vingt minutes pour enrouler la bande dans le bon sens. Il referma ensuite le boîtier, inséra la cassette dans le magnétoscope et braqua la télécommande sur l'appareil.

« Il n'y a pas grand-chose de surprenant dans la pornographie enfantine, lui avait dit un des inspecteurs des mœurs travaillant à la Section antipédophilie, dans les années 1980. Une fois qu'on s'est fait à l'idée que les participants sont des gosses, le reste n'est pas fondamentalement différent de la pornographie adulte. Evidemment, le plus dur, c'est d'arriver à oublier qu'il s'agit de gosses. Si vous n'y parvenez pas, vous êtes baisé, si vous me pardonnez l'expression. »

Caffery se prépara, s'assit et attendit que le déferlement d'impressions, la panique, la tristesse le submergent. Et ce fut ce qui se produisit : alors qu'il visionnait les cassettes, tout lui revint, en un peu moins douloureux cependant. Et cette fois il se rendit compte que ce qu'il voyait l'irritait. *Et voilà*, songea-t-il, *tu t'es presque accoutumé à ces saloperies. Presque résigné.*

D'où viennent tous ces enfants ? se demandait-il. *Où sont-ils, maintenant ?* Cette fillette blonde qu'il regardait, dont la taille ne devait pas dépasser un mètre, immobile devant une coiffeuse rose et or, en socquettes festonnées, les cheveux coiffés en queue de cheval. Qui était-elle ? Où se trouvait-elle aujourd'hui ? Que lui avaient-ils dit pour la convaincre qu'il était naturel et agréable de sourire en écartant les jambes pour la caméra ?

Il fit défiler des scènes mal éclairées, tournées dans des caravanes, des chambres d'hôtel, sur un balcon en plein soleil — on apercevait au loin les fanions d'un terrain de golf. Peu à peu il comprit ce sur quoi il était tombé : ces vidéos n'étaient pas la collection personnelle de Penderecki, c'était beaucoup plus sérieux. C'étaient les originaux, il en avait la certitude : leur qualité et la manière dont elles avaient été stockées suggéraient qu'il s'agissait de bandes-souches. Caffery avait l'intuition qu'il venait de découvrir le trésor d'un cercle de pédophiles que Penderecki avait dissimulé près de la voie ferrée.

— Merde...

Il se leva, étira les bras pour les dégourdir et fit rouler sa tête sur ses épaules pour se débarrasser de la raideur qui avait gagné sa nuque. Il alluma une autre cigarette et fit les cent pas dans le bureau, en fumant et en contemplant l'écran. En toute logique, il devait maintenant alerter l'unité antipédophilie. Mais ce qu'il devait vraiment faire, il le savait, c'était téléphoner à Souness chez elle, la réveiller et lui demander de parler à Paulina. Et pourtant... Pourtant, Penderecki l'avait mis sur cette piste pour une raison précise. Il écrasa la cigarette et passa dans la salle des données, où il verrouilla la porte ouvrant sur le couloir avant de revenir dans le bureau. Jusqu'à ce qu'il ait saisi la nature exacte du message ou du tourment que Penderecki lui avait destiné par l'intermédiaire de ces cassettes, il les conserverait.

Onze bandes de vingt minutes chacune. Presque quatre heures. Elles semblaient ne constituer que cinq épisodes différents, dont certains occupaient trois cassettes, et il devina d'après la qualité des enregistrements et les différences vestimentaires que ces séances s'étaient étalées sur une dizaine d'années, peut-être plus. Il travailla méthodiquement, en visionnant une bande tandis qu'il retournait et rembobinait la suivante. Du travail à la chaîne pour un seul homme : rembobinage, visionnage ; rembobinage, visionnage.

A six heures du matin il avait pris connaissance du contenu de toutes les cassettes, et il n'y en avait qu'une seule qu'il voulait revoir. Sans doute l'enregistrement le plus choquant de tout le lot, pour la simple raison que l'auteur des sévices qui se penchait sur le canapé de cuir pour baisser le pantalon du petit garçon — de dix ou onze ans, estima Caffery — et pratiquer sur lui une fellation était une femme. Elle apparaissait dans quatre autres bandes, mais ce fut celle-là qu'il remit dans le magnétoscope.

Quand elle fut incapable de verser une larme de plus, Benedicte s'allongea sur le dos, parallèlement au radiateur, pour essayer de soulager sa cheville menottée. Elle s'imagina être redevenue une enfant... Le visage de sa mère se trouvait au-dessus du sien, aussi réconfortant et protecteur que le dessous d'une aile, et elle souriait avant de l'embrasser et de lui souhaiter bonne nuit. Elle repensa à Josh, son petit Josh, lorsqu'il n'était encore qu'un bébé, si neuf dans la vie qu'une part d'elle-même avait été jalouse parce qu'elle ne serait plus jamais aussi neuve... Hal saisissant Josh sous les aisselles et l'élevant à bout de bras au-dessus de sa tête, et les petites jambes potelées du bébé ravi qui s'agitaient comme s'il cherchait à nager dans l'air. Et ces nuits où il avait des poussées de fièvre, quand Hal surveillait ses éruptions cutanées, terrorisé à l'idée que leur fils avait peut-être contracté une méningite qui l'emporterait. Ils avaient toujours su qu'il existait des zones de ténèbres dans ce monde : Sarah Payne ; Jason Swift ; un gamin renversé par un camion dans Camberwell ; un autre, qui était tombé du quatorzième étage. Elle revit Josh allongé sur le ventre devant le téléviseur, qui se grattait une croûte de sang séché au genou, et elle qui ne pensait qu'à lui ôter ses chaussettes pour couvrir de baisers ces petits orteils si mignons. Il pourrait se promener dans toute la maison avec ses bottes pleines de boue, griffonner sur les murs, casser toutes les vitres avec son ballon, lui voler sa vie, la couvrir d'injures — si seulement elle pouvait le revoir ne serait-ce qu'une fois. Si seulement elle pouvait de nouveau sentir l'odeur de ses cheveux. Juste une fois, par pitié...

Peu avant l'aube, Benedicte s'assoupit malgré elle et glissa dans une somnolence fiévreuse traversée d'éclairs de lumière et de voix qui résonnaient dans son crâne.

A Croydon, le bas du ciel cisaillé par la ligne des immeubles s'était éclairci jusqu'à une teinte opaline. Il était près de six heures du matin, et au rez-de-chaussée de Shrivemoor le sergent Tannoy aboyait des ordres à tout le bâtiment. Personne n'entrerait dans la salle des données avant encore deux heures. Caffery visionnait une fois de plus la cassette, tout en jouant avec une feuille de bloc-notes frappée de l'insigne de la police métropolitaine de Londres. La femme sur la vidéo devait peser entre quatre-vingt-dix et cent kilos. Elle avait un nez aplati de boxeur, une vilaine peau, des cheveux aile de corbeau trop brillants, et elle portait une camisole noire et des mules en satin. Le gamin regardait parfois en direction de la caméra, comme pour demander : « Je fais comme il faut ? », et la matrone brune affichait des moues obscènes tout en lui grattant l'intérieur des cuisses de ses ongles vernis, décorés de motifs noirs et écarlates. Au début de l'enregistrement, elle entrait dans la pièce et s'asseyait sur le canapé, et pendant un instant elle passait assez près de la caméra pour qu'on distingue un tatouage sur le haut de son bras : un cœur derrière des barreaux de prison. Sans même s'en rendre compte, Caffery avait reproduit ce motif sur la feuille de papier.

Il n'avait pas été frappé uniquement par l'apparence de la femme et sa façon désinvolte, presque détachée, d'abuser du gamin sur le canapé : il s'étonnait de l'imprudence incroyable avec laquelle elle se dévoilait. Peut-être parce que, en général, ces cassettes étaient destinées à être copiées et éditées, la quasi-totalité d'entre elles révélait un minimum d'indices sur les pédophiles mis en scène. D'habitude, les adultes participant à ce genre de film ne montraient jamais leur visage. Les éléments permettant une identification étaient également masqués : draps tendus devant les bibliothèques, étiquettes enlevées des vêtements portés par les enfants. Sur Internet, la grande majorité des scènes étaient retravaillées à l'aide de programmes informatiques de dessin pour en effacer tout ce qui pouvait donner une indication sur le lieu ou les personnes. Or ici Caffery avait vu des visages, des disques, des titres de CD. Et ce tatouage. Sur trois des vidéos il pouvait même entendre des conversations murmurées hors champ, des commentaires et des propositions de sévices futurs à infliger à l'enfant. Caffery réussit à percevoir des noms : Stoney, Rollo, Yatesy. Il nota tout avec soin.

Les bandes où figurait la grosse femme brune n'étaient pas sonorisées, mais celle-ci contenait un grand nombre d'indices visuels exploitables. Derrière le canapé en skaï mangé par la pelade était placé un meuble verni à vitrine, éclairé par en dessus, et il distinguait des verres ornementaux, une pile de cartouches de Silk Cut, une photographie dans un cadre doré. Mais l'élément le plus important se trouvait sur la première partie de la bande. Caffery arrêta le défilement, rembobina. Passa en mode « lecture ». La femme se levait et traversait la pièce. Il rembobina et elle traversa la pièce à l'envers, s'assit sur le canapé et croisa les jambes. Stop. Lecture. Elle décroisa les jambes, se leva et traversa la pièce. Stop. En arrière. Retour au canapé. Stop. Lecture. En arrière, en avant. Il finit par arrêter la bande au passage désiré.

Pendant qu'elle traversait la pièce, elle passait brièvement devant une fenêtre. Les rideaux soyeux et brillants étaient imparfaitement tirés et, bien que cela durât moins d'une demi-seconde, Caffery avait aperçu un éclat jaune très net. Hypnotisé par l'écran, il passa en lecture image par image, et la grosse femme se mit à avancer par saccades jusqu'à ce qu'apparaisse la tache jaune entre les rideaux. Il mit sur « pause ».

Déchirant la première page de son bloc-notes, il prit un stylo. Son pouls s'était emballé. Sur cette image fixe, il voyait très exactement ce qu'était cette tache jaune. Au-dehors, devant la fenêtre de cette pièce, quelqu'un avait garé une voiture. L'espace de deux images, la plaque d'immatriculation était lisible, bien que légèrement de biais. Il griffonna le numéro et passa dans la salle des données.

L'ordinateur PCN2 pouvait trouver une identité d'après un indice comme celui-ci en quelques secondes. A six heures cinq, il savait qui était le propriétaire du véhicule, et Phoenix, la base de données nouvellement connectée au PCN2, lui en avait révélé beaucoup sur cette personne. Toute cette affaire commençait à prendre forme. Il repoussa le fauteuil à roulettes loin de l'ordinateur et le déplaça avec les pieds jusqu'au bac à courrier, près du poste de travail de Kryotos. Il y prit la liasse de formulaires Actions que Kryotos devait taper dans le HOLMES. Il voulait savoir si pendant la journée l'unité antipédophilie avait envoyé un de ses membres parler à un certain Carl Lamb, de Thetford, dans le Norfolk.

19

24 juillet

Le calme régnait dans le couloir, troublé seulement par le cliquetis du minuteur électrique de sécurité sur le palier. Pas un craquement du plancher, pas un souffle d'air. A six heures et demie, le minuteur éteignit le plafonnier du palier. Du sable de chantier apporté par les chaussures de quelqu'un était visible sur le tapis de l'escalier et on avait écrit à la bombe sur les murs. Du couloir, on apercevait les lettres DANG peintes en rouge. Quiconque gravissait les marches pouvait découvrir les dernières lettres en arrivant au tournant de l'escalier et en regardant le mur près de la porte de la chambre d'amis : ER. Le graffiti était donc DANGER. Près de ce mot on avait dessiné un cercle au-dessus d'une croix, symbole de la femme.

Caffery quitta Shrivemoor avant l'arrivée de quiconque et emporta avec lui toutes les cassettes de Penderecki. La Coccinelle noire n'était pas garée devant sa maison, et quand il eut vérifié dans chaque pièce il fut presque déçu de constater que Rebecca n'avait pas décidé de le défier et ne l'attendait pas dans la chambre, assise sur le lit, en fumant un de ses cigarillos. Les draps avaient été changés, elle avait lavé les anciens, les avait placés dans le séchoir. Elle n'avait pratiquement pas laissé d'autre signe de son passage.

— C'est ce que tu voulais, murmura-t-il. Et c'est ce que tu as obtenu.

Il enveloppa les vidéos dans deux sacs en plastique qu'il ferma hermétiquement avec du ruban adhésif, et plaça le tout dans le coin le plus sombre du petit placard sous l'escalier, dont il referma ensuite la porte à clef. Puis il prit une douche, dormit comme une souche pendant deux heures — sur le canapé, car le parfum de Rebecca flottait toujours dans la chambre — et, juste avant dix heures du matin, se réveilla. Après avoir avalé un café tiède, il sortit et monta dans la voiture. La journée s'annonçait chaude. Il portait une chemisette, des lunettes de soleil, et il garda la vitre de sa portière baissée. Ainsi accoutré et dans cette pose décontractée au volant, il ressemblait à un agent de sécurité gouvernementale d'un Etat du sud des Etats-Unis, le Texas par exemple.

Carl Lamb était décédé le mois précédent. A en croire son casier judiciaire et ses antécédents carcéraux, sa mort avait rendu le monde un peu plus sûr, mais les autorités n'avaient jamais su qu'en plus de ses autres méfaits il était pédophile. Aucun renseignement n'établissait la moindre connexion entre lui et Penderecki. Son casier judiciaire parlait surtout de coups et blessures volontaires, de vols aggravés avec effraction, et de toute une série d'escroqueries à la carte bancaire. Mais, en s'intéressant à ses séjours en prison, Caffery découvrit qu'il s'était retrouvé à Belmarsh à la même époque que Penderecki. Les pièces du puzzle commençaient à s'assembler, et Penderecki avait voulu que ce soit Caffery qui le recompose.

Lamb avait une sœur toujours en vie, Tracey Lamb, âgée de quarante-deux ans, dont le casier judiciaire restait assez peu édifiant. Elle n'était passée par la case prison que pour de brefs séjours. Tout en traversant le

Suffolk, avec ses villages paisibles lovés dans les rosiers grimpants, ses colombiers blancs et ses amas de sel luisant au soleil, Caffery se demanda si Tracey Lamb avait un tatouage sur le bras droit.

Les routes se faisaient de plus en plus désertes à mesure qu'il approchait de la partie la plus pauvre de cette région, au nord, là où elle se diluait dans le Norfolk. Ici les gens vivaient dans des fermes isolées ou dans des habitations délabrées qui, construites le long des routes, avec pour seul décor les carcasses de voitures sur le bas-côté et, de temps à autre, une station d'essence fantôme, ses pompes rouillées et sa dalle de ciment craquelée, envahie par les herbes folles. Cette contrée sentait le sang et la désolation. *Vous pourriez faire n'importe quoi ici, personne n'en saurait jamais rien...*

Le visage de Rebecca s'imposa à son esprit une fois, mais il put le chasser sans difficulté. Il pouvait la repousser où bon lui semblait, dans le sillage de la Jaguar ou dans les champs qui s'étiraient autour de l'automobile sous l'éclat du soleil maintenant à son zénith.

Il rata presque l'embranchement, que masquait à moitié un boqueteau d'arbres. La route au-delà était en mauvais état, et à l'entrée un panneau rouillé pendant à un poteau annonçait *Pneus pour 4 X 4*. Il dut freiner et faire marche arrière, puis engager la Jaguar sur le chemin, lequel se transforma très vite en une succession d'ornières et de nids-de-poule. L'enchevêtrement des arbres de chaque côté créait une sorte de tunnel végétal. Entre les fûts serrés, il aperçut des formes dépassant à peine des champs d'orties alentour : des amas de parpaings, de vieilles caravanes abandonnées, des châssis automobiles, une citerne rouillée aussi haute qu'un homme. Une centaine de mètres plus loin, il arrêta la voiture et en descendit. Il serait plus sûr de continuer à pied, l'herbe étoufferait ses pas. Immédiatement, il fut frappé par le calme qui écrasait les lieux. Le seul son audible était le bourdonnement de moustique d'un avion à réaction du côté de Honnington, où se trouvait une base de la Royal Air Force.

Après une autre centaine de mètres, il atteignit la lisière d'une clairière dissimulée au reste du Norfolk par un anneau de sycomores imposants. Aucun mouvement perceptible. Sur sa droite se dressait un hangar en tôle rouillée, avec sur le linteau les mots VOITURES DE SPORT en un lettrage approximatif dont la peinture s'écaillait. La double porte ouverte laissait voir des restes de matériel : un appareil de levage, de vieux fûts d'essence marqués Elf et une pile de toits de Land-Rover. Derrière le hangar, de l'autre côté d'un espace cimenté miné par les mauvaises herbes, il repéra les murs en crépi granité d'une maison, un cube aussi avenant qu'un abri antiatomique, dont les fenêtres étaient presque masquées par des orties géantes. Et en tendant l'oreille il finit par entendre le son d'un téléviseur. Il fit quelques pas et vit, garée le long de la maison *(Bon sang ! Bingo...)*, la Fiat de la cassette. Un rouleau de grillage était posé contre son flanc, le véhicule était cerné par les orties, les ressorts de ses sièges éventrés saillaient, mais c'était bien la même voiture. La vidéo avait donc dû être tournée de l'autre côté de cette fenêtre. Il se rapprocha encore.

Les rideaux étaient tirés et il dut avancer très près pour distinguer quelque chose par le mince interstice entre les deux pans de tissu. La lueur de la télé dansait sur les murs. A l'intérieur régnait la pénombre, mais il sut immédiatement qu'il contemplait la pièce de la vidéo. Encombrée de meubles, avec ses murs ornés d'huiles encadrées sans valeur, une pendule dorée, quatre cartouches de Rothman importées sur l'étagère. *C'est bien ça.* C'est alors qu'il l'aperçut.

La femme était assise sur le canapé, dans la pièce envahie d'ombres, et une lumière bleuâtre révélait son visage. Elle portait une culotte en Nylon clair et un vieux soutien-gorge. Ses cuisses enrobées de vagues de graisse étaient tellement énormes qu'elle ne pouvait serrer les jambes et les gardait écartées en V. Ses cheveux blonds, dont la frange cachait son front, étaient sévèrement tirés sur le sommet du crâne et maintenus en place par une bande noire, révélant ses petites boucles d'oreilles en or. Près d'elle étaient posés un cendrier, une chope et un paquet de Silk Cut. *C'est elle ? Les cheveux sont différents... La femme sur la vidéo était brune. Une perruque. Bien sûr : pour tourner, elle a mis une perruque*. Elle posa sa cigarette dans le cendrier, éleva un petit gobelet de plastique à sa bouche et y cracha une substance épaisse et brune. Puis elle s'essuya les lèvres, replaça le gobelet sur les replis de son ventre et se concentra de nouveau sur l'écran du téléviseur. Un tatouage s'étalait sur le haut de son bras droit.

A l'arrière de la maison, la porte était verrouillée. Il revint donc à l'avant. La peinture s'écaillait et sur la véranda le bac d'un barbecue était empli d'eau de pluie et d'insectes morts. Il jeta un coup d'œil par la fenêtre et vit la femme par la porte ouverte de la pièce, à l'autre bout de la maison, ses jambes baignées dans la lueur bleutée dispensée par l'écran. Il tambourina contre la vitre.

Dans le salon les grosses jambes tressautèrent comme sous l'effet d'une décharge électrique. Elle se leva d'un bond, faisant tomber quelques objets à terre, tourna son large visage affolé dans sa direction. Il recula d'un pas, retira ses lunettes de soleil et attendit. Bientôt, il perçut sa respiration haletante de l'autre côté de la porte.

— Qui c'est, bordel ?

— Tracey ?

— Merde, j'ai demandé qui c'était !

— Jack Caffery.

— Qui ça ?

— Jack Caffery.

— Jamais entendu ce nom.

Elle engagea la chaîne de sûreté dans la rainure, fit tourner le verrou et entrouvrit de quelques centimètres. Son faciès bouffi apparut dans l'entrebâillement, et ses yeux délavés clignèrent sous la lumière du soleil.

— Qui vous êtes, d'abord ?

Elle avait pris le temps de passer une robe de chambre rose en tissu léger. En dépit de la chevelure blonde tachée de nicotine, c'était bien la femme de la vidéo. Elle avait les dents d'un vieux lapin.

— Qu'est-ce que vous voulez, hein ? J'achète rien, moi.

— Etes-vous seule ? Il y a quelqu'un d'autre ici ?

— Qu'est-ce que ça peut vous foutre ?

— Caffery, répéta-t-il. Jack Caffery.

— Je suis censée comprendre de quoi vous parlez, là ?

— C'est Ivan Penderecki qui m'a envoyé.

Son expression changea.

— Hein ?

— Ivan Penderecki. Vous savez bien de qui je parle. Un ami de votre frère.

A ces mots elle prit les clefs qui pendaient à un crochet, ôta la chaîne de sûreté et sortit. Elle ferma à clef la porte derrière elle et resserra les pans de sa robe de chambre.

— Me racontez pas de baratin. Il vous a jamais envoyé ici.

— Non, vous avez raison. Il ne m'a jamais envoyé ici, parce qu'il est mort. C'est dans les vidéos que Penderecki gardait pour vous que j'ai découvert la trace de votre frère.

Les lèvres de Tracey Lamb s'entrouvrirent. Elle restait plantée là, ses gros bras croisés sous sa poitrine flasque, la bouche molle dessinant un rictus mauvais.

— Vous êtes qui ?

— Inspecteur principal Jack Caffery. De la police de Londres.

Il s'était attendu à une réaction et il était prêt. Elle fit volte-face et voulut remettre la clef dans la porte. Il avança de deux pas et la saisit au niveau des biceps.

— Quoi ? hurla-t-elle. Lâchez-moi !

— Restez tranquille, je veux juste vous parler.

— Je parle pas à des enculés de flics !

— Restez tranquille, Tracey !

Elle abandonna l'idée de se réfugier dans la maison et se lança sur le côté, brisant son emprise. Elle fonça le long de la maison. Mais il la rejoignit et la coinça contre le mur.

— Je ne plaisante pas, Tracey. Restez tranquille.

— Allez vous faire foutre. Lâchez-moi.

Elle baissa un peu la tête, et il vit qu'elle armait un coup de pied visant son entrejambe. Une rapide esquive de côté, digne d'un torero, puis il lui saisit le poignet droit dans le mouvement et lui tordit vivement le bras dans le dos.

— Oh non, il ne faut jamais frapper un homme aux couilles.

Tracey Lamb avait déjà été arrêtée, et elle connaissait toutes les ficelles pour s'en sortir. Elle essaya de bloquer son bras au niveau du coude, mais Caffery la saisit par les cheveux, déplaça ses pieds et remonta l'avant-bras avant qu'elle puisse tenter quoi que ce soit.

— *Aaaïeee !*

— Eh oui. Bon, soyez raisonnable, maintenant, Tracey.

— Otez vos putains de pattes de moi !

Elle se débattait, se contorsionnait et donnait des coups de pied. Elle réussit à refermer une main sur la sienne et lutta pour desserrer son étreinte.

— Vous m'avez caressé les nichons ! hurla-t-elle.

Il n'y avait personne pour l'entendre, mais il connaissait ce genre d'attitude. Même pendant l'arrestation ils commençaient à échafauder un stratagème pour porter plainte ensuite contre la police.

— M'avez caressé mes putains de nichons...

— Allez, ça suffit, maintenant.

Il eut un moment d'hésitation et regarda autour de lui dans la clairière. Où l'emmener, à présent ? La voiture.

— Allez.

Il la traîna en arrière le long de la petite allée. Elle l'avait griffé et il saignait de la main. Un corbeau ou une corneille croassa au-dessus d'eux et s'envola d'un des grands arbres voisins. Arrivé devant la Jaguar, il la poussa sans douceur sur le siège passager et referma la portière à clef. Elle se tortilla pour passer sur le siège conducteur, mais il avait déjà contourné l'avant de la voiture. Il s'assit derrière le volant et la bloqua d'une violente bourrade.

— En arrière. A moins que vous n'ayez envie des menottes ?

— Salopard...

— Je suis sérieux. Je vais vous mettre les pinces.

— Espèce de fumier ! fit-elle avant de souffler et de s'avachir contre le dossier de son siège.

— C'est mieux. Et maintenant...

Il mit le contact et ouvrit la ventilation au maximum. Il n'avait pas une goutte de sueur, alors que le visage de Lamb était rouge vif et qu'elle haletait.

— N'essayez pas de sortir. Tenez-vous tranquille.

— Me parlez pas comme ça ! (Elle s'assit en avant sur son siège et pointa vers lui un index jauni par la nicotine, qui tremblotait légèrement.) Qui vous êtes, je m'en fous, mais vous me parlez pas comme ça, enculé de flic ! (Elle respirait avec peine, par à-coups rageurs.) J'aurais dû deviner que vous étiez un flic, rien qu'à vous voir. Ces putains d'yeux mauvais. C'est typique des flics de venir taper sur une femme ! Ouais, c'est bien un truc de putain d'enculé de flic, ça !

— On se calme, d'accord ? (Il se pencha vers elle et elle tressaillit.) Relax. (Il décrocha la ceinture de sécurité.) Je ne vais pas vous toucher.

Alors qu'il étirait la ceinture en travers de son large torse, Lamb baissa la tête et enfonça les dents dans son bras.

— Merde ! Bon sang...

Il la saisit par les cheveux et lui tira violemment la tête en arrière, en la secouant comme un chien enragé.

— Lâche ! Allez, lâche, espèce de tas de merde !

Elle émit un hoquet étranglé et desserra enfin les mâchoires. Il examina brièvement les marques grises et les points sanglants sous la peau.

— Vacherie, marmonna-t-il.

Il roula jusqu'à une petite aire de stationnement en bordure de l'A 134, en face d'un relais électrique aux murs couverts de graffiti qui s'élevait au centre d'un champ abandonné. Il gara la Jaguar de façon que le côté passager se trouve tout contre une haie très dense, coupa le moteur et se tourna vers elle.

— Ecoutez, pour commencer je vais vous mettre dans l'ambiance, d'accord ? dit-il en sortant son tabac et son paquet de feuilles de la boîte à gants pour se rouler une cigarette. J'ignore pourquoi l'unité antipédos n'a pas de dossier sur vous, mais je peux vous le promettre, dès que je leur aurai parlé de vous, ils ne vous lâcheront plus. Vous risquez dans les... combien ? Entre sept et dix ans ? Mais bon, pour l'instant ils ne savent rien. Et devinez qui peut garder cette situation en l'état ?

— Je suis pas une balance, si c'est à ça que vous voulez en venir.

Les boucles d'oreilles en or pendaient de façon précaire à une longue entaille verticale dans chaque lobe, étirée par le port de bijoux pesants durant des années. Il aurait juré qu'on pouvait voir le ciel et les arbres à travers, chaque fois qu'elle bougeait la tête.

— Si c'est pour ça que vous êtes venu, vous fatiguez pas. Je suis pas une balance, répéta-t-elle.

— J'aimerais que vous me disiez si l'un ou l'autre des amis tarés de votre frère avait l'habitude de mordre ses victimes. Hum ? Quelqu'un de Brixton, qui aimerait mordre les jeunes garçons ?

Il humecta la bande collante du papier, roula la cigarette et l'alluma, puis il la pointa vers Lamb.

— Ça devient sérieux, maintenant, Tracey. Très sérieux. Je veux des noms. Je veux les noms de tous les amis de Carl.

— C'est une putain de blague, hein ? Personne me retourne, moi. Allez vous faire mettre.

— Vous vous êtes fait une spécialité des jeunes enfants, n'est-ce pas ? Vous et Carl apparteniez à un cercle de pédophiles. J'ai vu les vidéos.

— Elles sont truquées, connard de flic. Truquées.

— Ah oui ? Bon, primo, vous mentez. Mais admettons que ce soit là votre ligne de défense. En ce cas, bienvenue dans le royaume de la photo truquée à caractère pédophile. Le ministère de l'Intérieur vous a devancée sur le terrain, et on peut aussi vous faire tomber pour photos truquées. Au passage, sachez que je n'ai jamais entendu personne, pas même quelqu'un ayant deux fois plus de bon sens que vous, qui ait ce genre de défense. Pour l'originalité, je vous accorde dix sur dix.

— J'ai rien fait.

— Vous mentez.

— Pas du tout ! C'était le truc de mon frère, pas le mien ! Toutes ces vidéos étaient à lui, moi je ne savais même pas que...

— Vous continuez à mentir. Je vous ai identifiée sur une de ces bandes...

Il écrasa la cigarette dans le cendrier et inspecta les marques sur son bras, pinçant la peau pour voir si elles saigneraient.

— Vous aviez une perruque, mais vous avez sexuellement agressé un garçon qui ne devait pas avoir plus de onze ans... En fait, peut-être qu'il était encore plus jeune, je ne suis pas très doué pour évaluer l'âge d'un enfant. Bref, vous l'avez forcé à subir vos attouchements, pas vrai ? (Il baissa le bras et la regarda droit dans les yeux.) Vous savez, cette vidéo qui commence avec vous sur le canapé. Le gamin que vous sucez. Et il y en a trois autres dans le même registre.

— Lâchez-moi, maintenant, dit-elle en se frottant la poitrine. J'ai les poumons en mauvais état, et le toubib a dit que tout stress peut être dangereux.

— Et vous, ne jouez pas au petit jeu de la menace. Personne n'en aura rien à battre si vous passez l'arme à gauche, à part quelques pauvres vieux pédophiles.

— Il y a aucun mal à ce que je faisais, grogna-t-elle, son visage s'empourprant. Il le voulait, ce gars. Il en avait envie. Vous n'avez pas vu ? Un type se fait pas sucer s'il ne le veut pas.

— Tracey, ce n'était qu'un gosse. Légalement, à cet âge, il n'est pas en mesure de prendre une décision. Et vous n'aviez pas le droit de le mettre dans une position où il était obligé de...

— Vous me mettez la pression, là... (quelque chose gargouillait dans sa gorge) je commence à être vraiment stressée...

Elle passa plusieurs fois une langue rapide sur ses lèvres ; puis se pencha brusquement en avant.

— Ne dégueulassez pas ma voiture, nom de Dieu !

— Si je peux pas cracher, je vais suffoquer.

— Oh, bordel de merde...

Il s'inclina vers elle, descendit la vitre de sa portière et lui poussa la tête au-dehors. Elle cracha dans la haie, et le jet épais éclaboussa des feuilles de cerfeuil sauvage à hauteur d'épaule.

— Charmant, grommela-t-il en la tirant à l'intérieur.

Il la plaqua contre le dossier de son siège. Elle demeura un moment immobile, à cligner des yeux, et soudain elle enfouit son visage dans ses mains et se mit à sangloter de manière pitoyable.

— Oh, bon sang ! soupira-t-il.

— Qu'est-ce que vous allez me faire ? gémit-elle. (Il remarqua que son nez commençait à couler.) Qu'est-ce que vous allez faire ?

Par la vitre de sa portière, Caffery observa les véhicules qui filaient sur l'A 134. Tracey Lamb le déprimait.

— Me remettez pas en taule, s'il vous plaît. Je veux pas retourner à l'ombre.

— Vous n'irez pas, si vous m'aidez.

— Mais je connais aucun de ces types qui mordent les gosses !

— Je ne suis pas convaincu. Pas du tout.

— C'est la vérité, dit Tracey en pleurant sans retenue.

— Oh, bordel, arrêtez un peu ! Fumez une clope et arrêtez ce cirque.

Elle s'essuya le nez et le regarda lui rouler une cigarette, qu'elle accepta. Il la lui alluma et elle fuma pendant un moment, le temps de recouvrer son calme. Il la surveillait avec la plus grande attention, et il se rendait compte — comme elle, très certainement — que tout ce qui avait précédé n'était qu'un subterfuge, et qu'il devrait en venir au point important pour lui. Il s'appuya d'un coude sur le volant et se tourna vers elle.

— Ecoutez, fit-il, soyez franche avec moi. Mon nom ne vous dit vraiment rien ?

— Quel nom ?

— Caffery.

Elle secoua la tête négativement. La morve coulait d'une de ses narines.

— Mais vous avez entendu parler du petit garçon de l'autre côté de la voie ferrée ?

Il vit que la phrase avait retenu son attention, au léger frémissement de ses lèvres et à son regard soudain fuyant.

— Vous êtes au courant, pour le gamin de l'autre côté de la voie ferrée, n'est-ce pas ? Penderecki vous en a parlé, pas vrai ?

— Euh...

— Que s'est-il passé, Tracey ? Hein ? Que s'est-il passé ?

— Je... Euh...

Ses yeux allaient d'un point à un autre, très vite, et il sut qu'il était sur la bonne piste.

— Allons, Tracey, où Penderecki l'a-t-il emmené ?

— Pourquoi vous voulez le savoir ?

— Peu importe la raison, dit Caffery, qui se massa les tempes du bout des index. Ce qui importe, c'est ce qui va *vous* arriver si vous ne me le dites pas.

Elle le dévisagea d'un regard sautillant, comme si elle réfléchissait à quelque chose, et peu à peu son expression changea.

— Oui, souffla-t-elle enfin (dans ses prunelles, une lueur soupçonneuse dansait). Je croyais que vous vouliez savoir, à propos d'un type qui mord les gamins. C'est ce que vous avez dit. Un type qui mord les petits garçons.

— Eh bien, plus maintenant. Maintenant, je vous interroge à propos du petit garçon de l'autre côté de la voie ferrée.

— Et comment ça se fait que vous êtes venu seul ici, hein ?

— Je suis le seul à être au courant.

— Vous m'arrêtez ?

— Je le ferai si vous m'y obligez.

— Non, vous le ferez pas. (Ses yeux brillaient comme de fausses pierres précieuses. Elle l'avait percé à jour.) C'est pas officiel, hein ? (Son sourire découvrit des dents jaunes de lapin.) Vous bossez pour quelqu'un. Y a du fric là-dessous. Vous êtes en cheville avec quelqu'un d'autre.

— Dites-moi simplement la vérité.

— La vérité ? La vérité vraie ?

— Oui.

Elle ne répondit pas. Ils s'affrontèrent du regard un long moment. Finalement, elle haussa les sourcils et eut un rictus moqueur.

— *Quoi ?*

— Je sais pas. Je sais pas ce qui lui est arrivé.

Il serra les dents et se prit la tête dans les mains, dans un geste d'une extrême lassitude.

— Bon sang, cessez de vous payer ma tête. Je suis sérieux, Tracey, arrêtez vos conneries. Je veux savoir où ils l'ont emmené.

— J'en sais rien. Honnêtement, j'en sais rien. Tout ce que je sais, c'est qu'Ivan a pas voulu le dire à mon frère, c'est tout. Je sais rien, je le jure.

20

Caffery se sentait épuisé. Il alluma une autre cigarette, la fuma lentement, sans parler. *Et merde.* Il la croyait quand elle affirmait ignorer l'identité de l'assassin de Rory, mais il devinait qu'elle en savait plus que ce qu'elle avouait sur Ewan. Allait-il se laisser aspirer par cette affaire une fois de plus, et renifler au hasard, aveuglément, tel un chien désespéré que torture la faim ? *Oh oui, mon vieux, je pense que c'est ce que tu vas faire...* Il imagina Rebecca affichant un sourire narquois, fumant un cigarillo et décryptant froidement son comportement. *Penderecki n'est plus, mais tu aimes toujours être bringuebalé à droite et à gauche dès qu'il est question d'Ewan.*

Non, songea-t-il. *Pas cette fois*. D'une pichenette il expédia le reste de la cigarette au-dehors. Il démarra et fit avancer la voiture de quelques mètres. Puis il stoppa et se pencha pour ouvrir la portière du côté passager.

— Je vais revenir, dit-il. Quand vous aurez eu le temps de bien réfléchir à tout ça.

Elle contempla avec méfiance les orties qui jaillissaient des fissures de la route.

— Je sors pas de la bagnole en culotte. Vous pouvez pas me raccompagner jusqu'à la maison ?

Il déboucla sa ceinture de sécurité et la poussa sèchement.

— Non. Allez, giclez de là.

Elle sursauta.

— Eh, salopard, qu'est-ce vous croyez que vous faites, là ?

— Dehors, j'ai dit !

— Fumier ! cracha Tracey Lamb en s'extrayant de la voiture. Fumier de flic !

— Ouais, c'est ça, dit-il en refermant la portière. A la prochaine.

Sous sa robe de chambre, elle était en sous-vêtements, et elle se retrouvait pieds nus sur une aire de stationnement distante d'au moins trois kilomètres de sa maison, mais il n'en avait cure. Qu'elle aille se faire foutre. Il s'éloigna en accélérant, mains crispées sur le volant pour maîtriser leur tremblement. Il suivit l'A 12 jusqu'à Londres et entra dans la City avant d'obliquer au sud en direction de Shrivemoor. Il avait l'intention d'aller directement tout raconter à Souness à propos de la cache de Penderecki, puis de rentrer chez lui et de dormir. Dormir... Cette seule idée était aussi agréable à son esprit que la perspective d'une boisson glacée pour un homme à demi mort de soif dans le désert.

La Jaguar risquant la panne sèche, il s'arrêta à la station-service qui se trouvait en face des bureaux de Shrivemoor pour prendre de l'essence. Il faisait chaud : le soleil trônait sans partage dans sa position de midi et calcinait à loisir les pelouses dans les jardinets. Il contempla la rue d'un regard absent pendant qu'il emplissait le réservoir de la Jaguar, repensant à la manière dont il avait mis en pratique le diagnostic que Rebecca avait formulé sur lui — tout le temps qu'il avait passé dans la voiture avec Tracey Lamb, il avait lutté contre l'envie de lui enfoncer ses dents de lapin au fond de la gorge. Avec une petite grimace dépitée, il replaça le pistolet de distribution sur son support, puis revissa le bouchon du réservoir. Il était fatigué de tout cela. Caffery était las de s'épuiser pour un enfant qui lui était inconnu — subitement, il lui était égal qu'ils retrouvent ou non l'assassin du petit Rory Peach, et même s'il avait existé une autre famille ligotée quelque part, avec leur enfant nu et terrifié, cela ne l'intéressait plus.

Il gara sa Jaguar sur le côté, alla jusqu'au guichet pour payer et acheta une glace pour Kryotos. Il traversait la surface cimentée de la station, rendue brûlante par le soleil, quand quelqu'un arriva en trottant de Shrivemoor.

— Monsieur Caffery !

Instinctivement sa main se figea là où elle était, sur sa poche de poitrine où se trouvait son portefeuille. Il regarda qui venait de le héler : un homme de grande taille, à la peau très blanche et aux cheveux blonds et fins ondulant comme ceux d'un bébé, qui s'arrêta à quelques pas de lui. Malgré la canicule, il était vêtu d'une chemise en velours fermée de boutons à pression et d'un pantalon de même matière, et tenait à la main un vieux sac Argos contenant quelques effets.

— Vous êtes l'inspecteur Caffery, dit-il en mettant une main en visière pour abriter ses yeux. Je vous ai vu à Brixton.

— Nous nous sommes déjà rencontrés ?

— Non, j'ai été interrogé par un de vos hommes. C'est lui qui m'a donné votre nom.

— Et vous êtes... ?

— Je m'appelle Gummer. Je suis, hum... (Il jeta un coup d'œil méfiant par-dessus son épaule.) Il y a quelques petites choses dont j'aimerais vous parler, en rapport avec l'affaire Peach.

— Ah.

Caffery restait immobile. La politesse aurait sans doute voulu qu'il échange une poignée de main avec Gummer, mais il soupçonnait ce type d'être plus à même de lui balancer un sermon que de lui fournir un quelconque renseignement lié à l'enquête. Il ressemblait à quelqu'un qui a une théorie. A moins que ce ne soit un journaliste qui essayait de l'amadouer.

— Ce serait plus facile si vous preniez rendez-vous.

D'un geste vague, Gummer désigna les commerces, plus bas dans la rue.

— Nous pourrions peut-être... Je pourrais vous offrir un café. Ils n'ont pas voulu que je reste dans vos locaux, et j'ai dû attendre sous le soleil.

— Ils auraient sans doute préféré que vous téléphoniez avant de venir.

— Ça doit être ça, oui...

Gummer se mit à arranger sa chemise dans son pantalon, et à présent Caffery constatait que son maintien se faisait quelque peu voûté, comme s'il craignait de s'être trop découvert, d'avoir montré trop d'élan dans ce petit sprint à travers la rue.

Soudain, Caffery se sentit désolé pour lui. Il abaissa sa main, qui était restée à hauteur de son portefeuille.

— Bon, de quoi vouliez-vous me parler ?

— Je vous l'ai dit, la famille Peach. Vous savez, ceux qui habitent Donegal Crescent ? (Il croisa les mains sur sa poitrine en imprimant une étrange petite inclinaison à son bassin, comme si ses mains avaient été entravées en travers de son torse, telles celles d'un pharaon.) Vous savez, ceux qui ont été ligotés ?

— Oui, ça peut paraître surprenant, mais je suis au courant.

— J'ai une théorie.

Ah, j'avais vu juste. Je t'ai percé à jour, mon gars.

— Ecoutez, monsieur Gummer, un rendez-vous serait peut-être plus indiqué. Nous pourrions faire tout cela officiellement.

Il pivotait sur ses talons pour partir mais Gummer vint se placer devant lui.

— Non.

— D'accord. Alors prenons rendez-vous maintenant.

— Non. Venez boire un café avec moi.

— Si c'est tellement important, pourquoi vous ne me le dites pas, tout simplement ? Maintenant ?

— Je préférerais prendre un café avec vous.

— Je préférerais que vous preniez rendez-vous.

— D'accord, d'accord.

Gummer baissa les yeux et regarda ses baskets au cuir grisé et aux lacets défaits. Il faisait passer son poids d'une jambe sur l'autre, dans une attitude de grand gamin embarrassé. Son visage commençait à rosir.

— Est-ce que... euh, est-ce que quelqu'un vous a parlé d'un genre de croque-mitaine ? Un troll ?

Le mot éveilla instantanément l'intérêt de Caffery.

— Où avez-vous entendu ça ?

— C'était dans le journal. Un petit garçon s'est fait violer par lui dans le parc.

— Je vois, dit Caffery, redevenant prudent. Et quand cela s'est-il produit ?

— Il y a longtemps. Le gosse s'appelait Champaluang Keoduangdy.

— Vous le connaissiez ?

— Non. J'ai lu tout ça dans les journaux, à l'époque.

— Mais vous vous souvenez de son nom ? C'est pourtant un nom difficile à mémoriser.

— Je l'ai appris par cœur. A l'époque, j'habitais Brixton. C'est le troll qui a fait ça, vous savez.

Il donnait l'impression de rougir de tout son corps.

— C'est ce que vos enfants vous ont dit ?

— Non, non. Pas *mes* enfants... (Il enfonça les mains dans ses poches et bougea un peu plus ses pieds.) Je... je n'en ai pas.

— De quoi ?

— D'enfants. Je n'ai pas d'enfants.

— Alors qui vous a parlé du troll ?

— Les enfants à qui j'enseigne. A la piscine. Les petits en parlent tout le temps. Et... (il releva la tête et rencontra le regard de Caffery) je me demandais si la police le savait.

— Mais nous parlons de ce que les enfants aiment à imaginer, non ? Quel est le rapport avec les Peach ?

— Ils ne sont pas idiots, les enfants. S'ils parlent d'un troll dans les bois, d'un troll qui les épie quand ils sont couchés dans leur lit, peut-être que vous devriez prêter attention à ce qu'ils racontent. Qui que ce soit qui a violé Champaluang, il n'est pas sorti de l'imagination d'un enfant.

— Là, vous avez raison, fit Jack en plaçant une main en coupe sous la glace, de crainte qu'elle ne coule. Monsieur Gummer, un de vos élèves a-t-il déclaré l'avoir réellement vu ? Le troll ? Avez-vous entendu l'un d'entre eux dire qu'il l'avait vu ou que le troll l'avait approché ?

— Ce n'est pas parce que aucun ne l'a vu qu'il faut négliger ce qu'ils racontent. Vous devriez explorer toutes les pistes qui se présentent.

— Oui, et c'est précisément ce que nous...

— Et il y a autre chose, l'interrompit Gummer, qui était maintenant dans un état de fébrilité visible. J'ai lu quelque part que les Peach s'apprêtaient à partir en vacances quand ils ont été agressés. C'est vrai ?

— Si vous l'avez lu, ce doit être vrai.

— Eh bien, peut-être qu'il faudrait se demander si ce détail n'a pas son importance.

— Je pense que cela aura traversé l'esprit de tout enquêteur. S'il fait son boulot. Vous ne croyez pas ?

— S'il fait son boulot, oui...

Laissant la phrase inachevée, Gummer soutint le regard de Caffery avec un air de défi. L'inspecteur réprima une grimace. Il était las de cette petite joute oratoire en plein soleil. Il leva la glace devant le nez de l'autre.

— Vous voyez ? Elle fond. Il faut que j'y aille.

Gummer oscillait toujours d'un pied sur l'autre.

— La police, vous n'acceptez jamais qu'on vous aide...

— Je suis désolé.

— Vous êtes tous aussi mauvais les uns que les autres. (Il roula son sac en boule.) C'est vous qui avez toutes les théories, mais si quelqu'un d'autre vient vous en proposer une, non, non, c'est vous les rois du château, pas vrai ? Vous n'écoutez personne.

— Monsieur Gummer, ce n'est pas vrai...

— Pas étonnant que personne ne vienne vous raconter ce qui se passe, maugréa Gummer en s'éloignant d'un pas traînant. Pas étonnant... Les rois du château...

Immobile sous le soleil féroce, Caffery observa cet homme étrange qui traversait la rue d'un pas lourd et chaloupé. Il attendit que la haute silhouette eût disparu au coin de la rue, puis s'élança vers Shrivemoor.

Bela Nersessian se trouvait dans l'entrée, au rez-de-chaussée, et attendait l'ascenseur en respirant lourdement. Elle portait un pull pailleté à col ras, des cuissardes noires serrées, et trois sacs de courses étaient disposés stratégiquement autour d'elle. Caffery avait oublié qu'elle devait venir ce jour-là.

— Bela, fit-il.

— Bonjour, mon cher. Je vais prendre ça. (Elle tendit la main vers la glace, puis désigna ses courses d'un mouvement de tête.) Et si cela ne vous dérange pas...

— Allons-y.

Il lui confia la glace, ramassa les sacs et ils montèrent dans l'ascenseur, Bela se tenant à son bras.

— Je suis à vous aussi longtemps qu'il vous plaira,

annonça-t-elle. Annahid est partie au cinéma avec son père.

Quand la porte de la cabine se referma, elle sortit un mouchoir de son sac à main à chaînes dorées et s'essuya la nuque, puis le plongea dans son pull, entre les seins et sous les aisselles. Elle décocha un sourire contrit à Caffery.

— Désolé, très cher, mais il faut bien que je sois présentable.

Souness les accueillit à la sortie de l'ascenseur. Les traits tirés de Caffery l'inquiétèrent.

— Tout va bien, Jack ? lui murmura-t-elle alors qu'ils menaient Bela dans le bureau du commissaire. Vous avez l'air sur le point de vomir...

— Ouais. Je vous raconterai plus tard.

Il apporta la glace à Kryotos avant de rejoindre Souness. Assise, et ayant toute l'attention de son auditoire, Mme Nersessian se retrouvait dans son élément. D'un de ses sacs elle sortit un paquet de figues et deux paquets de biscuits Garibaldi.

— Les figues sont très bonnes, dit-elle en les couvant du regard et en pressant un ongle verni dans la chair molle du fruit. Oui, parfaites. La figue est l'aliment du pauvre, monsieur Caffery. Pleine de calcium, excellente également pour les intestins. Quand vos intestins fonctionnent bien, votre cerveau fonctionne bien aussi. Et vous allez avoir besoin d'un cerveau qui fonctionne bien, pas besoin de vous le rappeler, n'est-ce pas ? dit-elle en éparpillant des biscuits sur le bureau, avec un sourire encourageant à l'adresse de Caffery. Eh bien, que vous arrive-t-il donc pour que vous soyez aussi maigre ? Votre femme ne vous nourrit pas assez ?

— Madame Nersessian...

— Appelez-moi Bela, mon cher. Je suis peut-être une mère, mais je ne suis pas encore une vieille femme, et vous, ma chère, ajouta-t-elle en se penchant en avant et en posant une main sur le poignet de Souness, vous direz peut-être que je me mêle de ce qui ne me regarde pas, mais est-ce que votre mari vous a déjà critiquée sur votre poids ? Non que j'y voie à redire, personnellement, et d'ailleurs certains hommes préfèrent en avoir trop que pas assez, c'est bien naturel, n'est-ce pas, mais...

— Bela, coupa Caffery, nous aimerions parler d'Alek.

Elle se tourna vers lui et ses bijoux tintèrent.

— Ah oui ! En voilà un autre qui aurait besoin de manger un peu plus. Vous le verriez, il ne fait que marcher dans le parc toute la journée. Pauvre homme, pauvre homme, quelle horreur cette famille a dû endurer... (Elle pressa ses deux mains l'une contre l'autre dans un geste de supplication et roula des yeux vers le plafond.) Le Seigneur nous épargne à tous ce qu'ils ont vécu...

Abaissant les mains, elle choisit une figue dans le paquet et la mit dans sa bouche pour aussitôt la mâcher avec application.

— Bien entendu, reprit-elle, si j'étais la police, je les aurais relâchés un peu plus facilement que vous ne l'avez fait. Et je leur aurais annoncé la nouvelle avec un peu plus de tact. Mais je ne vous critique pas, bien sûr.

— Bela, parlons de Carmel. Comment va-t-elle ?

— Votre inspecteur a essayé de lui parler, mais elle continue de regarder fixement le mur.

— Nous avons appris cela. Vous a-t-elle parlé, à vous ?

— Seulement à Annahid.

Elle prit une autre figue et courba le buste pour mieux choisir sa prochaine victime.

— Elle pleure un peu quand elle est avec Annahid, mais peut-être que c'est une bonne chose.

Souness remua sur son siège.

— Bela, à propos d'Alek : il ne travaille plus depuis déjà quelque temps, n'est-ce pas ?

Elle redressa la tête aussi vivement que si Caffery s'était soudain levé pour la gifler.

— Cet homme est en deuil, rétorqua-t-elle d'un air convenablement offusqué. Il n'a pas le temps de se soucier du travail. Il vient de perdre son fils.

— Je pense que l'inspecteur principal voulait dire *avant*...

— Avant ? Oh... (Elle se tamponna la lèvre supérieure, où perlait de la transpiration.) Oh, *ça*. Eh bien, avant, il avait une discomobile, vous savez ? Il adore ses disques et l'Amérique. Vraiment, il aime les Etats-Unis, son rêve est d'aller vivre là-bas, et il faut dire qu'il a un petit quelque chose de Presley, avec ses cheveux noirs coiffés comme ça. Le plus grand rêve de sa vie, c'était d'emmener Rory à Graceland. Bien évidemment, vous comprenez pourquoi la famille n'a jamais approuvé son mariage avec Carmel, mais pour ma part je n'ai jamais rien eu contre lui. Ni contre Carmel. (Elle agita un paquet de Garibaldi sous le nez de Caffery.) Allons, mon cher. Faites-moi plaisir.

Il prit un biscuit, la dernière chose dont il avait envie, et le posa en équilibre sur le bord de sa chope de café.

— Merci. Vous parliez du travail d'Alek, sa discomobile...

— Oh, je n'irai pas prétendre que c'était l'homme le plus travailleur au monde, et puis il y a eu tous ces problèmes, ce qui n'a pas rendu les choses plus faciles pour lui, mais n'en parlons pas. Ils ne forment pas une famille traditionnelle, voyez-vous. Elle, c'est une *odar*. Mais n'allez pas croire que je le lui reproche, à lui, bien sûr.

— Excusez-moi, vous avez dit une... *odeur* ?

— Une *odar*. Une étrangère. Elle n'est pas des nôtres.

— Des vôtres ?

— Pas arménienne, si vous préférez.

— Et Alek Peach est arménien, lui ?

— Oh oui, répondit-elle en clignant des yeux d'un air un peu gêné. Enfin, pas de cœur, si vous me comprenez, mais il est arménien, oui. Oh, je sais, je sais... (Elle effleura le bras de Caffery avec la pointe de ses ongles au vernis doré.) Il a les yeux bleus. Chez nous, les yeux bleus ne sont pas rares, tout comme chez vous, mon cher. Tout le monde croit que nous sommes iraniens, mais il n'en est rien. Regardez-moi (elle ôta ses lunettes à monture d'écaille), vous voyez ? Vous voyez ?

— Oui, je vois.

— Ils sont bleus, dit-elle en remettant ses lunettes, et ce qui est encore plus intéressant, c'est que nos arrière-grands-pères, le mien et celui d'Alek, étaient amis. Ils ont combattu côte à côte contre les Turcs, et ils sont morts ensemble aussi, d'ailleurs. Nos grands-parents ont été envoyés à Paris, et...

— Mais... Ce n'est pas un...

— Pas un nom arménien ? Non, bien sûr que non. C'est ce que je vous disais : je pense qu'il a honte de ses origines.

— Il a changé de nom ? Il l'a anglicisé ?

Caffery sentait les yeux de Souness posés sur lui ; l'intérêt de sa collègue croissait.

— Seulement son nom de famille. Pas Alek, évidemment, il l'a gardé comme ça parce que ça ne sonnait pas...

— Et son véritable nom ? Quel est le nom d'origine d'Alek ?

— Vous ne parviendrez pas à le prononcer, répliqua-t-elle avec un geste un peu hautain de la main. Si vous n'y arrivez pas avec Nersessian, vous n'y arriverez certainement pas mieux avec Pechickjian.

Après que Caffery l'eut abandonnée sur l'A 134, Lamb n'avait eu d'autre choix que de rentrer à pied chez elle. Un trajet de près de trois kilomètres. *Comme une conne en sous-vêtements*. C'était une journée teintée de bleu pâle, et au loin le doigt de fumée de la raffinerie de sucre de Bury St. Edmunds était visible au-dessus des arbres. Peu de véhicules empruntaient cet axe, le macadam était tiède sous ses pieds nus et elle vit une unique cabine téléphonique au bord de la route, autour de laquelle tournait en reniflant un petit chien au pelage moucheté. Mais, même si elle avait eu vingt pence pour appeler un taxi, elle n'aurait pas eu l'argent pour payer la course. Depuis la mort de Carl, la situation s'était dégradée. Il ne restait plus que quatre cartouches de Silk Cut, le réservoir de la Datsun était presque vide et les indemnités de chômage ne réglaient même pas les dettes courantes. Et pour couronner le tout, il semblait bien qu'elle avait maintenant les flics aux basques.

Tracey n'avait personne à interroger sur la visite de l'inspecteur Caffery. Le seul vers qui elle aurait pu se tourner était son frère Carl. Ils étaient restés ensemble pendant les trente ans qui avaient suivi le décès de leurs parents, dans une ambiance que bien des gens auraient qualifiée de malsaine. Ils avaient eu tant en commun, « jusqu'aux mêmes dents qui manquent », aimait à dire Carl en retroussant la lèvre supérieure pour démontrer son propos devant qui voulait bien l'écouter. Les siennes, il les avait perdues à Belmarsh, et Tracey, eh bien, il devait bien reconnaître que c'était lui qui les lui avait fait sauter une année, le jour de la Saint-Patrick. Carl avait beaucoup d'« amis », elle en avait rencontré quelques-uns lorsqu'ils avaient tourné les vidéos.

Elle fit halte un moment sur le bas-côté de la route, se courba en avant et expulsa un gros crachat brunâtre dans les fougères. Une voiture passa en klaxonnant. Par la lunette arrière du véhicule, elle vit des visages hilares. Elle posa les mains sur ses genoux et se redressa avec peine. Son regard se fixa sur le ruban de macadam, là où il disparaissait dans l'horizon ouaté par la brume de chaleur. Il ne fallait pas qu'elle se laisse avoir comme ça. Dès qu'elle serait rentrée, elle prendrait l'agenda de Carl et elle appellerait ses amis, pour leur demander conseil. Elle n'aimait pas trop les contacter. Certains n'avaient pas toute leur tête, Carl lui-même l'avait reconnu, et ils étaient prêts à tout faire avec n'importe qui ou n'importe quoi. « Il y en a qui se l'astiqueraient dans le pot d'échappement d'une vieille Cortina, plaisantait parfois son frère. Mais d'une Cortina en bon état, bien sûr. » Il fallait qu'elle fasse quelque chose.

Elle reprit sa lente progression sous le soleil. Elle avait mal aux pieds. Si l'on exceptait quelques véhicules, elle n'avait vu personne depuis plus d'une heure, seulement un vieil homme aux cheveux gris en salopette qui pillait les détritus industriels dans la décharge, près de West Farm. Elle tourna vers Barnham, dépassa les baraquements militaires à l'abandon, avec leurs fenêtres murées et leurs portes condamnées par des planches, puis contourna le vieux hangar industriel. Elle avançait très lentement. Toutes les cinq minutes, elle devait s'arrêter pour reprendre son souffle et cracher. Ses poumons n'avaient jamais été en bon état, depuis le début.

« Ça n'a rien à voir avec tes soixante clopes par jour, pas vrai, Tracey ? raillait Carl quand elle se penchait sur son gobelet en plastique pour y laisser tomber un gros crachat sombre. Rien à voir du tout ?

— Va te faire foutre », répondait-elle invariablement en lui présentant son majeur dressé, et Carl riait, et ils se remettaient tous deux à regarder la télé. Il lui manquait, Dieu qu'il lui manquait...

Elle atteignit enfin le petit chemin qui traversait les champs, longea la carrière abandonnée et continua vers le garage, la plante de ses pieds en sang. Le garage était situé très en retrait de la route, mais elle poursuivit son effort, en boitant de plus en plus. De temps à autre, un chasseur à réaction venu de Honnington fonçait dans le ciel en déchirant l'air, pour disparaître en quelques secondes à l'horizon. Mais en dehors de ce vacarme fugitif, tout autour d'elle était calme, calme et parfaitement immobile sous le soleil. Elle connaissait si bien les champs alentour, ce chemin et la grille... Carl avait loué le garage et la maison à la mort de leurs parents. Il avait alors dix-neuf ans, et Tracey treize. Elle avait très bien compris dans quelles sortes d'affaires son frère travaillait. Elle l'avait compris en voyant les empilements de portières aux vitres explosées, les poinçons de châssis volés et le matériel de numérotation. Il y avait toujours un véhicule désossé posé sur des parpaings dans le garage, des plaques minéralogiques cachées dans la cuisine, et un van Transit ou un vieux Ford garé sous une bâche goudronnée dans l'arrière-cour. Carl lui permettait d'y jeter un coup d'œil, puis rabattait la bâche et se barrait les lèvres de l'index. « Ne dis jamais rien de cette bagnole, compris ? Tu ne l'as jamais vue. » Parfois on leur livrait une voiture qui avait besoin « qu'on lui refasse une beauté ». Alors Carl travaillait toute la nuit sur un Discovery ou un Bronco anonyme, et l'éclairage puissant dans le garage illuminait les ténèbres. Il lui arrivait aussi de ramener des gens, de la même manière qu'il ramenait de la ferraille : ils venaient et repartaient, de jour comme de nuit, et passaient dans la petite baraque en parpaing pour charger des autoradios et des sacs débordant de marchandises diverses. Tracey avait grandi dans le rugissement des Harley qui montaient et descendaient le chemin. Il y avait toujours quelqu'un de passage, qui dormait dans la baignoire, ou recroquevillé dans un sac de couchage crasseux, dans un coin du garage, un défilé ininterrompu de types qui venaient et repartaient et, entre-temps, aidaient Carl à refaire la peinture des véhicules (et dans d'autres activités également, Tracey en était sûre). Les « jeunes délinquants », comme elle les avait surnommés, parce qu'ils semblaient toujours évadés d'une maison de correction. « Et ça aussi, tu n'en dis pas un mot, Trace. Pigé ? » Autour de Carl, tout le monde était passé par la case « prison » à un moment ou un autre de son parcours, y compris l'adepte des morsures auquel l'inspecteur Caffery avait fait allusion.

« Celui-là, il est vraiment spécial, avait dit Carl. Il répète que les femmes sont de vrais nids d'infections. Tu aurais dû le voir, il enfile toujours des gants en caoutchouc avant de s'occuper des garçons, rapport à leur mère qui les a sûrement touchés. » Il habitait Brixton et, bien que l'inspecteur Caffery n'ait pas précisé où l'enfant avait été mordu, Tracey soupçonnait fort que c'était aux épaules. N'importe, son instinct lui disait que ce n'était pas après le fanatique des morsures qu'en avait le policier, qu'il s'intéressait beaucoup plus à autre chose, ou à quelqu'un d'autre. Dans sa façon de poser des questions, elle avait senti qu'il dissimulait ses véritables mobiles, et c'est seulement quand il s'était mis à l'interroger sur le garçon de Penderecki qu'elle avait pensé qu'il en venait enfin à ce qui le préoccupait vraiment.

Le garçon de Penderecki. Tracey savait ce que le vieux Polonais avait infligé au gamin, bien sûr, mais on ne lui avait jamais révélé son identité, ni d'où il venait. Et à en juger par le mur de silence que Carl avait imposé autour de ce sujet, il y avait gros à parier que ce gosse comptait beaucoup pour quelqu'un d'important. Quelque part, il y avait de l'argent en jeu. Et peut-être fallait-il chercher là la raison de l'intérêt de Caffery.

Lamb s'arrêta une nouvelle fois. Elle n'était plus très loin du but, à présent. Elle pouvait voir les reflets d'ardoise, sous le soleil, des véhicules abandonnés par Carl, à la limite de la carrière : une vieille Triumph, une caravane recouverte de mousse, un Ford complètement désossé. Encore dix minutes avant d'atteindre le garage. Pourtant elle resta là, immobile, la douleur lancinante de ses pieds oubliée, remarquant à peine la couvée de faisans qui s'élevaient des arbres en criaillant. Quelque chose émergeait des profondeurs paresseuses de l'esprit de Tracey Lamb. Quelque chose qui concernait l'inspecteur Caffery. Peut-être ne représentait-il pas le début de ses problèmes, après tout. Et s'il en était la solution ?

Roland Klare avait passé la matinée à prendre des notes. Il avait analysé toutes les possibilités, et finalement dressé une liste de ce qui, pensait-il, couvrirait tous ses besoins sans atteindre une somme extravagante : quelques feuilles de papier photographique, un litre de fixatif et un peu de poudre Kodak D76. Le manuel était très clair : il risquait d'endommager la pellicule s'il n'utilisait pas un éclairage inactinique, mais il avait décidé de tenter sa chance quand même et avait ajouté une lampe rouge de vingt-cinq watts à sa liste. Après avoir retourné ses poches, fouillé les tiroirs et les vieilles bouteilles de cidre pleines de menue monnaie, il était parvenu à la somme de trente livres. Il avait mis le tout dans un sac-poubelle dont il avait entortillé le haut avant de le balancer sur son épaule.

Toutes ces pièces pesaient un bon poids, et le trajet jusqu'à l'arrêt de bus fut long. Une fois assis à l'arrière, le sac-poubelle à ses pieds, il remarqua les coups d'œil intrigués des autres passagers. Mais Klare était habitué à ce que les gens changent de place pour ne pas rester auprès de lui, et il demeura très calme, l'esprit ailleurs, jusqu'à ce que le bus arrive à Balham.

Il sortit juste devant la vitrine du photographe, ce magasin dont il fouillait régulièrement les poubelles, et avant même d'y penser il contournait la bâtisse pour se rendre à l'arrière. Il posa son sac de pièces sur le sol, redressa une vieille caisse et grimpa dessus. Sur la pointe des pieds, il put regarder à l'intérieur de la grande benne à ordures. Son cœur se serra. Elle ne contenait rien qu'un carton d'oranges de Jaffa vide. Il redescendit de son perchoir en s'essuyant les mains avec résignation, ramassa son sac et revint vers la devanture du magasin.

21

Pas plus Caffery que Souness ne parvenaient à croire ce que l'ordinateur leur exposait. Ils restèrent assis un long moment à contempler l'écran en silence, leurs fauteuils séparés de quelques pas. Ils étaient entrés dans le Fichier central de la police nationale et avaient obtenu un numéro du FCJ, le Fichier des casiers judiciaires, pour Alek Pechickjian. Attentat à la pudeur sur mineur. Condamné en 1984 à deux ans ferme.

— Non, murmura Caffery en secouant la tête. Non, je n'arrive pas à le croire. Ce n'est pas parce qu'il a un casier que...

— Avec un attentat à la pudeur ? Sur mineur ?

— Bon sang...

Il se prit la tête dans les mains. Son esprit était en ébullition. La première agression de Peach remontait à avant 1985 et n'avait pas encore été reportée sur informatique — ils avaient adressé un e-mail aux Archives générales pour qu'on leur envoie la microfiche correspondante —, mais la deuxième, à l'occasion d'une bagarre dans un pub au cours de laquelle un jeune homme de dix-sept ans avait perdu un œil, s'était produite fin 1989, soit peu après celle de Champ et le supposé canular de Half Moon Lane. Caffery fixait l'écran d'un regard incrédule. Tous les points flous dans la version donnée par Peach des événements survenus au 30, Donegal Crescent — quand il affirmait qu'il n'y avait pas eu de photos, qu'il n'avait jamais entendu Rory pendant ces quelques jours, ou encore le fait que sa femme et son fils étaient déshydratés, mais pas lui —, tous ces points d'interrogation qui subsistaient ici et là semblaient se rejoindre silencieusement autour de Caffery.

Il se leva et alla prendre le portrait-robot de l'agresseur de Champ dans son dossier, tous les clichés des lieux du crime, et étala le tout sur le bureau.

— Qu'est-ce que vous en pensez ?

Souness se pencha pour étudier les documents et eut une petite moue.

— Sais pas. Et vous ?

— Moi non plus. (Il réarrangea les photos.) Ça pourrait coller. Ce coup qu'il a reçu à l'arrière du crâne, vous croyez qu'il aurait pu...

Ils étudièrent tous deux la marque laissée sur le sol par le corps d'Alek Peach, né Pechickjian.

— S'il a menotté cette extrémité d'abord... dit Souness en pointant l'index sur un tirage, et ensuite les mains, vous savez, Jack, il aurait très bien pu, oui...

— Non, non, non. Attendez.

Caffery repoussa ses cheveux en arrière. Ils avaient demandé à Bela Nersessian de quitter la pièce un moment, et elle se trouvait dans la salle des données avec Kryotos. Il apercevait le haut de sa chevelure rougeoyante qui apparaissait par moments au bas de la partie vitrée du mur, comme si elle se hissait de temps à autre sur la pointe des pieds pour tenter de regarder dans la pièce. Il se rapprocha de Souness et baissa la voix :

— Non, regardez bien. Il serait parti en courant par l'arrière lorsque l'épicier a frappé à la porte... Puis il aurait grimpé à cet arbre, abandonné Rory, et serait revenu chez lui pour se ligoter... Tout ça avant que la police...

Il laissa sa phrase en suspens en voyant que Souness hochait lentement la tête. L'épicier avait dû refaire tout le trajet jusqu'à sa boutique pour alerter la police, et Peach aurait donc eu largement le temps de monter toute cette mise en scène. Caffery et Souness avaient tous deux entendu parler de ce genre de stratagème — le graffiti de maniaque sur le mur était également très prisé par les faussaires. Et tous deux en avaient vu assez pour savoir que les coupables peuvent, s'ils le désirent vraiment, se placer dans des situations inimaginables et s'infliger des blessures horribles. Caffery pensait non seulement aux morts autoérotiques — pauvres égarés de la vie retrouvés emmaillotés dans des sacs de couchage, affublés de masques de caoutchouc, le visage obscurci par de vieux sous-vêtements, menottés au plafond, à des poulies — mais aussi à d'autres qu'on pouvait aisément prendre pour des victimes d'assassinat : il avait un jour vu un suicidé qui s'était ouvert le ventre, en avait tiré les intestins et les avait coupés en morceaux avec des ciseaux de couture, une autre qui s'était immolée par le feu dans le coffre fermé à clef d'une voiture. Il savait trop bien comment un meurtre peut être travesti en suicide, et un suicide en meurtre.

— « Est-ce que tu aimes ton papa ? »... dit-il doucement.

— Hein ?

— Champaluang Keoduangdy. C'est ce que son agresseur lui a dit : « Est-ce que tu aimes ton papa ? »

— Et alors ?

— C'est un point.

Il se redressa sur son siège, les yeux brillants. Soudain son voyage infructueux dans le Norfolk, sa situation inextricable avec Rebecca, tout cela le déprimait un peu moins.

Souness prit les photos et les examina, serrant les lèvres en une expression dubitative.

— Une minute. Quand on l'a trouvé, il était à moitié mort.

— Mais il s'est remis, n'est-ce pas ? riposta Caffery, qui fit reculer son fauteuil. Il s'est remis très vite. Un vrai petit Lazare. Le médecin était abasourdi par un rétablissement aussi rapide.

— Il s'était pissé et chié dessus. Assez fort, comme mise en scène, non ?

— Il a sans doute repensé à Gordon Wardell.

— Quoi ?

— Vous ne vous souvenez pas ? dit Caffery en ôtant ses lunettes. Un des détails qui leur ont mis la puce à l'oreille a été que Wardell ne s'était jamais souillé durant tout le temps qu'il avait passé ligoté. C'est comme ça qu'ils ont deviné que c'était lui l'assassin de sa femme. Si ce détail n'a pas été disséqué et commenté dans les journaux, de Brixton à Birmingham, Danni, je vous invite à déjeuner.

Elle poussa un soupir.

— Je n'aime pas ça, Jack, mais je crois bien que vous avez raison. (Elle se leva et remonta son pantalon dans un geste machinal.) Alors, on fait quoi, maintenant ?

— J'aimerais un test ADN. Pas vous ?

— Combien de temps cela va-t-il prendre ?

Caffery quitta son fauteuil à son tour.

— Aucune idée. Mais c'est sans importance. Nous avons une autre solution.

Souness resta dans la salle des données afin d'arranger une réunion d'urgence pour l'équipe, tandis que Caffery se préparait à raccompagner Bela à Guernsey Grove. Souness prit l'inspecteur à part alors qu'ils se dirigeaient vers l'ascenseur. Elle baissa la tête et lui murmura à l'oreille, de façon que Bela ne puisse pas entendre :

— Vous alliez me dire quelque chose, Jack ? Vous aviez quelque chose à me dire ?

Mais il était tellement impatient de revoir Alek Peach, pour le jauger à la lumière de ces nouveaux éléments, qu'il secoua la tête.

— Non, ce n'était... rien. Vraiment. Rien du tout.

Il était de nouveau en selle. Il voulait savoir si, après tout, Alek Peach ne les menait pas en bateau depuis le début. Cette hypothèse le mettait hors de lui, et lui permettait d'oublier tout le reste. Il ne sentait plus sa fatigue.

Expliquer la situation à Bela sans vendre la mèche ne fut pas aisé :

— Notre équipe du médico-légal a découvert des marques de dents sur de la nourriture, dans la cuisine des Peach. Nous allons demander aux victimes d'accepter un moulage dentaire, juste au cas où ils auraient laissé cette empreinte...

— Eh bien, je suppose qu'Alek n'est pas là. Il est sorti ce matin, dès le lever du jour.

Elle le fit entrer dans la maison aseptisée. Ses bracelets tintaient mais son visage était fermé.

Il tourna son attention vers le salon. Tout y était calme. A cet instant, l'horloge plaquée or dans la vitrine se mit à sonner.

— Pas de problème, affirma-t-il. S'il n'est pas là, je l'attendrai.

Elle accrocha son sac à une patère fixée derrière la porte.

— Regardez donc s'il n'est pas dans le jardin. Pendant ce temps, je vais vous préparer un petit *snoorj*, une petite demi-tasse, pour vous aider à garder le moral.

— Ça ira, Bela, non merci.

Il entra dans la cuisine. Des chapelets de noix marinées dans le sucre pendaient au-dessus de l'évier, pareils à des mobiles taillés dans le bois. Il déverrouilla la porte donnant sur le jardinet et sortit dans le petit patio au sol cimenté. L'éclat du soleil lui fit plisser les paupières. Le jardin était bien entretenu, avec l'installation pour le séchoir à linge au centre exact du petit carré de pelouse. Mis à part la bicyclette rose Barbie d'Annahid appuyée contre l'abri de jardin neuf, l'endroit était vide. Il referma la porte, la verrouilla. Dans la cuisine, Bela branchait la bouilloire.

— Merci quand même, pour le café, dit-il.

— Vous êtes bien sûr que vous n'en voulez pas ?

— Sûr et certain, merci. Cette affaire est une course contre la montre.

— Vous avez besoin de prendre quelques kilos. Je sais qu'elles disent toutes que vous êtes très séduisant comme ça, mais la séduction n'est pas forcément synonyme de bonne santé, mon cher.

Elle le suivit dans l'escalier, en respirant lourdement, et quand elle comprit qu'il allait monter au deuxième elle l'agrippa par la manche.

— Vous n'allez pas déranger Carmel, n'est-ce pas ? Je crois que vous devriez vous abstenir, elle n'a pas besoin qu'on lui rappelle tout ce qui s'est passé. Ce ne sont pas mes affaires, mais quand même, il me semble que vous pourriez montrer un peu plus de tact...

Sans l'écouter, Caffery alla droit jusqu'à la porte, qu'il ouvrit. La pièce était emplie de fumée et baignait dans la lumière dorée du soleil. Carmel était allongée face à la fenêtre, avec des cigarettes et un cendrier à portée de main. Elle fit rouler sa tête en arrière pardessus son épaule pour voir qui venait d'entrer. Derrière elle, son attention concentrée sur le jardin et une cigarette coincée entre ses doigts qui pendaient par la fenêtre ouverte, se tenait Alek Peach. Il portait une chemise Arsenal en Nylon et un jean délavé.

En arrivant, Caffery ne savait pas trop à quoi s'attendre. Alek Peach avait dû anticiper cette visite, il l'avait sans doute entendu au rez-de-chaussée, mais il paraissait calme et il prit son temps pour faire demi-tour. Il tira une dernière fois sur la cigarette, l'écrasa entre les mégots qui jonchaient déjà le rebord de la fenêtre, pivota lentement sur lui-même. Son large visage était plus rougeaud, plus imbibé de sang que dans le souvenir de Caffery, mais la méfiance habitait toujours son regard. S'il fut étonné de voir l'inspecteur sur le seuil de sa chambre, le souffle un peu court comme s'il était excité, Peach n'en montra rien.

En pleine confusion, Smurf décrivait des cercles en traînant la patte. Elle poussait de petits gémissements entre ses halètements tandis qu'elle cherchait la meilleure position, et ses griffes bruissaient sur la moquette. De la blessure à sa patte sourdait un liquide clair et poisseux, et la pauvre bête s'était déjà soulagée par deux fois dans un coin de la pièce. Benedicte comprit que l'animal cherchait maintenant de l'eau. Il était assoiffé. *Moi aussi, Smurf, moi aussi.* Allongée sur le dos, elle écoutait le passage des trains qui ponctuait l'écoulement des heures. De sa langue gonflée, elle explora l'intérieur de sa bouche. Elle s'était humecté les lèvres à de si nombreuses reprises qu'elle sentait maintenant leur bord. Pendant un moment, hier, elle avait cru qu'ils étaient sauvés. Durant la matinée, le carillon de la porte d'entrée avait retenti.

OUI ! Le cœur de Benedicte lui était monté dans la gorge.

« *Je suis ici ! ICI !* »

Des clefs dans la serrure.

Des clefs ?

La porte s'était ouverte et, dans un nouveau déferlement de panique et de désespoir, elle avait réalisé son erreur. Elle avait entendu ses pas dans l'escalier — il gravissait les marches en hâte — puis le martèlement furieux contre la porte. Elle s'était recroquevillée contre le radiateur, bras repliés sur la tête. Vaincue.

Et il avait répété ce manège plusieurs fois pendant la journée, entrant et sortant par la porte principale. Il la claquait quand il partait et actionnait le carillon à son retour, pour vérifier que les lieux étaient sûrs, qu'en son absence personne n'était arrivé qui eût gâché sa petite fête. Benedicte savait qu'il utilisait son jeu de clefs — elle percevait un son distinctif quand il jouait avec le porte-clefs : ces effets sonores irritants, à la Space Invaders, que Josh adorait, le bip des vaisseaux spatiaux, les rafales d'armes futuristes qui résonnaient dans le silence. Chaque fois que le Troll rentrait, Benedicte se roulait en une boule tremblante mais silencieuse. Elle ne voulait pas le renseigner sur quoi que ce soit, et surtout pas qu'il sache si elle était encore en vie. Et à chacun de ses départs elle roulait sur le ventre et criait à travers le plancher, en priant pour que quelqu'un l'entende.

Les trains lui indiquaient que le Troll était parti depuis maintenant plus de quatre heures. Et s'il ne revenait pas ? Cela signifierait que tout était peut-être déjà fini, et que Josh...

Et l'agence de location, pour le cottage en Cornouailles ? N'allaient-ils pas donner l'alerte ? Un ouvrier du chantier voisin serait certainement intrigué par les allées et venues suspectes du Troll, à moins qu'Ayo ne décide de revenir plus tôt que prévu. Ou bien un voisin regarderait par la fenêtre du garage, apercevrait la Daewoo à l'intérieur, prête au départ, avec leur repas qui pourrissait dans la chaleur et qui bombait le couvercle du Tupperware...

Smurf cessa de tourner en rond dans la pièce et s'allongea dans un coin. Elle posa la tête sur sa patte avant valide, l'air désespérée. Sa blessure commençait à sentir, et Benedicte avait vu de grosses mouches se poser sur la plaie. Aussi avait-elle déchiré une manche de la chemise de Hal pour en faire un pansement sommaire. Mais les petits charognards ailés ne désarmaient pas. Cela brisait le cœur de Ben. Même s'ils étaient secourus dans un instant, elle le savait, Smurf ne survivrait sans doute pas à ce qu'elle avait enduré. La chienne était trop vieille, beaucoup trop vieille.

— Tout va bien aller, ma fille, murmura-t-elle à l'animal. Ce ne sera plus long, maintenant, Smurf, je te le promets.

Dans la voiture, Peach se plaignit sans discontinuer. Le matin même il avait eu des nausées, et il ne se sentait pas d'attaque pour aller Dieu sait où. Il enchaînait excuse sur excuse. Caffery ne desserra pas les dents jusqu'à Denmark Hill.

Le docteur Ndizeye les attendait devant la King's Dental School, tout sourire et le visage en sueur. Sous sa blouse blanche ouverte il portait un T-shirt arborant le logo *Programme alimentaire mondial* en bleu.

— Monsieur Peach, dit-il en lui prenant d'autorité la main, qu'il serra, venez avec moi.

Il les emmena dans un bureau qui lui servait également de salle de travaux pratiques lorsqu'il endossait le rôle de pathologiste consultant dentaire. La pièce était vaste, un peu en désordre. Un fauteuil moderne d'odontologiste occupait le centre de l'espace, et sur le rebord de la fenêtre un antique goniomètre disparaissait sous la poussière. Il y avait peu de choses aux murs : quelques radiographies de crânes, un portrait pris en studio d'un Américain souriant (*Robert S. Folkenberg*, disait la plaque dorée), et la photo d'une femme et de deux filles visiblement habillées pour la messe ou ce genre d'occasion. Une infirmière silencieuse en blouse bleue disposait une série de boîtes sur une serviette en papier.

— La journée est magnifique, commenta Ndizeye en ouvrant la fenêtre. Mais, comme toujours, le soleil se lève sur le bien comme sur le mal, sur le juste comme sur l'injuste.

Derrière les verres épais de ses lunettes, ses yeux semblaient regarder simultanément dans des directions opposées, et sa bouche ne se départissait pas de son sourire de clown, même quand il parlait. Caffery dut se répéter que la remarque de Ndizeye ne s'adressait pas à lui. Tandis que Peach s'installait sur le fauteuil et fixait le plafond du regard, les bras le long du corps, l'infirmière attacha un bavoir à son cou par une bande velcro. Caffery trouva une chaise en aluminium et s'assit dos à la fenêtre. Tout en suçotant une pastille mentholée, il observa le dentiste qui s'affairait.

— Je vais d'abord prendre une empreinte, ensuite nous radiographierons les côtés et nous ferons un orthopantogramme, disait-il en croisant les mains derrière sa nuque. Pour avoir une vue d'ensemble. D'accord ?

Alek acquiesça. Il n'avait pas prononcé un mot depuis leur arrivée. Son visage était rouge, comme enfiévré, mais il fit montre de patience pendant que Ndizeye essayait les divers boîtiers en acier pour l'empreinte.

— Très bien, dit le dentiste en rinçant le dernier boîtier, le plus grand. C'est un U14, donc je pense que nous procéderons en trois étapes. Vous êtes un homme assez imposant, monsieur Peach.

L'infirmière mélangea l'alginate rose avec de l'eau chaude, et du bol contenant la mixture s'éleva une odeur rappelant vaguement celle des violettes et du plastique tiède. Ndizeye remplit l'intérieur du boîtier avec la mixture.

— Bien, nous allons simplement relever ces lèvres...

Il prit les lèvres de Peach sur ses doigts et plaça le boîtier avec soin, de façon que des bulles s'échappent de la pâte et que l'ensemble se cale proprement dans la scissure, cette fissure entre la joue et la gencive.

— Ne bougez pas pendant environ une minute...

Mais Peach tourna la tête de côté. Son visage luisait de transpiration. Il essaya d'enlever le boîtier, et de la salive coula sur ses lèvres.

— Je vais...

— Restez calme, ordonna Ndizeye, qui s'efforçait de garder son patient dans la bonne position. Prenez de profondes inspirations par le nez.

— Je vais vomir...

Il roula sur le côté, étendit les mains devant lui et se leva à l'aveuglette, en titubant. Le boîtier tomba sur le sol, et ses baskets glissèrent dans l'alginate.

Ndizeye se pencha et tapota le bord de l'évier.

— Ici, pas par terre, s'il vous plaît.

Caffery se leva, saisit Peach par le bras et l'orienta vers l'évier. Peach y arriva juste à temps. Un filet d'un liquide brunâtre comme du café jaillit de sa bouche. Pantelant, il vomit.

Ndizeye éclata de rire. Il prit quelques serviettes en papier à un distributeur mural et essuya la sueur de son visage.

— Ne vous inquiétez pas. Certaines personnes réagissent comme ça. Je vais pulvériser un peu d'anesthésique de surface au fond de votre bouche pendant que nous ferons le moulage du bas.

— Je crois que je suis malade.

Peach s'agrippait au rebord de l'évier. Il releva la tête, et un long filament de salive s'étira depuis sa lèvre inférieure. Son visage était maintenant d'un rouge brillant, et les veinules autour de ses yeux d'un bleu prononcé.

— Je ne crois pas que...

— Venez.

Caffery le prit par un bras et l'aida à regagner le

fauteuil. Il lui fourra une tasse à bain de bouche et une serviette en papier dans la main.

— Nettoyez-vous.

— Je ne vais pas bien.

— C'est ce que nous voyons.

— Je pense que je vais patienter jusqu'à ce que vous vous sentiez mieux, déclara Ndizeye en arrachant une autre serviette en papier au distributeur avant de se diriger vers l'évier. Oui. Nous allons attendre que vous alliez mieux.

Peach ferma les yeux. Sa tête roula lentement de droite et de gauche, comme s'il avait du mal à lui trouver une position confortable. Il tamponna sa bouche avec la serviette et but un peu d'eau. Puis il croisa les bras sur sa poitrine en calant ses mains sous ses aisselles.

— C'est bon ? s'enquit le praticien.

Il acquiesça faiblement.

— Vous vous sentez mieux ?

— Je crois.

Ndizeye passa la serviette sur les parois de l'évier et ouvrit le robinet pour en nettoyer le fond. Il s'arrêta pourtant et considéra d'un air perplexe le fluide brun qu'avait craché Peach.

— Monsieur Peach, avez-vous mal au ventre ?

Peach hocha la tête. Ses yeux paraissaient minuscules dans sa large face rubiconde.

— Vous permettez que je tâte votre abdomen ?

Peach ne dit rien pendant que Ndizeye le palpait doucement. Caffery pouvait voir que la peau était tendue, le ventre dur comme un tambour.

— Qu'y a-t-il ?

— Prenez-vous de l'ibuprofène, monsieur Peach ? s'enquit le dentiste. Prenez-vous un quelconque anti-inflammatoire ?

Avec un grognement sourd, l'intéressé fit « non » de la tête. Ndizeye lui palpa les mains.

— Bien, dit-il en appuyant d'un genou sur le bouton à la base du fauteuil, permettant à celui-ci de se mettre à l'horizontale. Je pense que nous devrions faire venir un confrère pour vous examiner.

Parmi les photos des « suspects de premier plan » punaisés sur le mur de l'unité antipédophilie, au troisième étage de Scotland Yard, figurait celle d'une femme prise de trois quarts, à partir de la taille, assise près d'un rideau rouge. Une brune à l'embonpoint flagrant, qui portait un soutien-gorge noir et dont la chair était tellement ridée que dans la lumière crue du plafonnier elle semblait avoir pris une rafale de mitraillette en travers du ventre.

Personne ne connaissait son identité. Le cliché était tiré d'une vidéo que l'unité avait découverte au début des années 1990. Le film avait été nettoyé et soumis aux habituels procédés permettant d'en améliorer la qualité, mais, à part les deux canettes de John Smith et un verre vide sur la table de chevet, le seul signe distinctif était le tatouage de la femme. Un cœur derrière des barreaux. Le labo photo de Denmark Hill avait travaillé sur une image dans laquelle la femme se trouvait suffisamment proche de l'objectif pour que le tatouage et son visage soient visibles ensemble. Ce cliché occupait le mur depuis que Paulina avait rejoint le service. « Je suis tellement habituée à ces visages, avait-elle un jour confié à Danni Souness, que si j'en croisais un dans Waitrose je ne le remarquerais probablement pas. »

Lorsqu'elle arriva aux bureaux du SRES ce soir-là, la femme de la photo constituait le cadet de ses soucis. Ce qu'elle voulait savoir, c'était ce qui avait bien pu mettre Danni dans une humeur aussi détestable. Son amie faisait les cent pas dans la salle des données, ramassait un document, aboyait des instructions, et elles étaient déjà en retard de vingt minutes pour la table réservée chez Frederick. Quand Paulina comprit qu'elle ne déciderait pas Danni à accélérer la manœuvre en restant assise à son bureau et en la couvant d'un regard assassin, elle alla tranquillement dans le bureau du commissaire, s'assit dans le fauteuil vacant de Caffery et inclina la tête d'un air nonchalant. Elle repoussa une à une les cuticules de ses ongles avec l'index de chaque main. Elle faisait mollement tourner le fauteuil dans un sens, puis dans l'autre.

Souness la trouva dans cette position vingt minutes plus tard. Elle se plaça derrière le dossier du siège, se pencha et déposa un baiser sur le sommet du crâne de Paulina.

— Je suis désolée, chérie.

Paulina renversa la tête en arrière pour la regarder.

— Tu veux annuler ?

— Notre principal suspect vient d'être emmené aux soins intensifs. Je t'invite demain soir. Qu'en dis-tu ?

Paulina eut un haussement d'épaules fataliste.

— Bah, m'étonnerait qu'on puisse avoir une table avant la semaine prochaine, mais ce n'est pas grave...

Souness ne se rendit pas compte qu'elle s'en tirait étonnamment bien. Elle ignorait que Paulina aurait pris la chose beaucoup plus mal si elle n'avait été très intriguée par la découverte d'un griffonnage très singulier, là, devant elle, sur le bureau.

22

25 juillet

Le petit placard dans sa chambre transformé en chambre noire était prêt. Klare referma la porte, la scella avec du ruban adhésif, alluma l'ampoule rouge et s'assit sur le tabouret. La boîte était sur ses genoux, le livre ouvert sur le plateau de l'agrandisseur devant lui.

L'illustration dans le livre montrait la main d'une femme utilisant un ustensile particulier pour ôter le couvercle de la boîte — l'argent de Klare ne lui avait pas permis cet achat, « mais on peut le remplacer par un simple ouvre-boîte », avait affirmé le vendeur en le dévisageant d'un air curieux. Et il avait dit vrai. L'ouvre-boîte remplissait parfaitement ce rôle, le couvercle avait cédé en une seule pesée, et à présent la pellicule pouvait être transférée dans la petite cuve de développement.

Klare ressortit l'ouvre-boîte du sac, le laissa tomber sur le sol, humecta son pouce et tourna les pages jusqu'au chapitre suivant. Langue entre les dents, concentré sur le livre, il suivit les instructions dans leurs moindres détails. Tout d'abord il coupa l'amorce puis, de sa main droite, il glissa la cuve de développement dans le sac. Il remit en place les bandes élastiques, ouvrit la cuve et, après avoir tâtonné un bon moment, il réussit à accrocher la pellicule à l'axe central. Il appuya sur le bouton pour que la spirale enroule la pellicule, referma soigneusement et sortit la cuve.

— Et voilà...

Il se releva, posa la cuve de développement sur le plateau de l'agrandisseur et se rendit dans le salon pour préparer la poudre Kodak D76.

Smurf émettait un ronflement inquiétant et les grosses mouches bleues s'amoncelaient sur la blessure à sa patte. D'où venaient-elles ? se demanda Benedicte. De nulle part, semblait-il, ou bien elles avaient été magiquement secrétées par les murs, la moquette, les rideaux. De temps en temps, lorsque la chienne cessait de ronfler, Benedicte pouvait entendre le silence qui régnait dans la maison : pas un mouvement, pas un craquement, pas un murmure, seulement le bourdonnement discret des mouches, et le changement de température progressif à mesure qu'un autre jour d'été s'écoulait.

Mais quelque chose était différent. Benedicte le ressentait plutôt qu'elle ne le savait. La nuit précédente, le Troll n'était pas revenu. Elle n'osait imaginer ce que cela signifiait pour Josh.

Il doit exister un phénomène chimique lié au désespoir et à la colère impuissante, se dit-elle plus tard, car soudain elle se sentit possédée d'une détermination croissante. Une sensation étrange, surnaturelle, l'avait envahie. Un calme froid, presque inhumain. Sa colonne vertébrale lui parut se durcir et, puisqu'elle se savait condamnée, elle prit la décision qu'il lui fallait absolument voir son fils et son mari une dernière fois. Quoi qu'ils aient subi, elle voulait les revoir, revoir leurs yeux.

Elle examina une fois de plus les menottes. Elle fit courir ses doigts le long de la tyauterie en cuivre. Dans le *National Enquirer*, elle avait lu des histoires de bûcherons transportant leur propre bras sectionné sur des kilomètres de forêts de noyers et de sapins. Peut-être devrait-elle s'arracher le pied — les journaux disaient que Carmel Peach avait bien failli s'amputer en tentant d'échapper à ses menottes. *Mon Dieu, est-elle meilleure mère que moi, parce qu'elle s'est presque coupé une main ?*

Elle se rassit et survola la pièce du regard. Rien qui pût lui être utile. Des paumes, elle suivit la plinthe, cherchant le fil du téléphone, mais elle ne trouva rien. Elle se rassit et pressa les mains contre le radiateur, en sollicitant encore son cerveau harassé. Et si elle essayait de parvenir sous le plancher ? Peut-être de trouver un raccord dans la tuyauterie ? De séparer les deux tronçons et ainsi libérer les menottes ?

— Même si cela doit me tuer, murmura-t-elle. Même si cela doit me tuer...

« Non, pas encore lui », murmurèrent entre elles les infirmières du service des soins intensifs quand Alek Peach y fut amené.

L'endoscopie avait révélé un ulcère. Le docteur Friendship savait reconnaître instantanément ce type de pathologie fréquemment due à un stress violent : un choc psychologique intense pouvait bloquer les intestins et engorger l'estomac de sang, et bien que les patients se voient prescrire systématiquement de la cimétidine, il arrivait que l'un d'entre eux revienne quelques jours après sa sortie parce qu'il « pissait le sang par la bouche », comme Friendship le disait si élégamment. L'équipe ayant pratiqué l'endoscopie avait injecté une dose d'adrénaline dans l'ulcère de Peach, pour tenter de juguler la perte de sang, mais il semblait bien que le problème s'était déjà développé en péritonite, une affection potentiellement fatale s'ils ne parvenaient pas à lui faire prendre assez d'antibiotiques. Cette fois, Friendship ne voulait courir aucun risque : les médias étaient assez gênants comme ça, et il avait bien l'intention de protéger la vie d'Alek Peach comme Cerbère gardait les Enfers.

Ayo Adeyami n'était pas de service quand Peach avait été admis. Elle arriva au matin, fraîche comme une rose après trois jours de repos — le premier pour récupérer de tout le champagne qu'elle avait bu avec Ben, le deuxième consacré au shopping et le dernier passé allongée sur le canapé, à sentir le bébé bouger en elle —, sans s'attendre le moins du monde au chaos qui l'accueillit. Des policiers en tenue gardaient chaque issue, et toutes les infirmières étaient visiblement à cran. Une des plus jeunes, celle qui parfois rendait Ayo folle avec ses ragots, avait naturellement une histoire à raconter sur les Peach. Cette fois, même Ayo dut admettre que cela valait le coup de lui prêter une oreille complaisante. Quand le service fut un peu plus calme, elles s'assirent toutes deux dans la salle de repos des infirmières pour grignoter des petits pains au fromage et boire un café pris au distributeur. Les fenêtres étaient ouvertes, et une brise délicieuse balayait la pièce. Dans le couloir, un policier en armes et gilet pare-balles était assis près de la porte.

— Ecoutez bien, d'accord ? dit l'infirmière à Ayo en plaçant négligemment une main sur le côté de son visage pour masquer sa bouche par rapport au policier. Ma sœur, vous savez ?

— Oui.

— Eh bien, elle est secrétaire médicale, et devinez pour qui elle travaille ?

— Je ne sais pas.

— Pour *leur* médecin. Celui des Peach.

En dépit de ses réserves, Ayo sentit qu'on lui offrait une rumeur de premier choix. Elle jeta un coup d'œil en direction de la porte, puis se tourna sur sa chaise, de façon que son ventre porte confortablement contre le dossier. Fronçant les sourcils, elle se rapprocha de sa collègue et lui murmura :

— Pas possible ?

— Si. Bref, elle a reçu un coup de fil de la mère, il y a un mois environ. Elle était en larmes, elle a dit qu'elle voulait voir le docteur, parce que son homme avait frappé leur fils à cause de...

— Mon Dieu, dit Ayo en regardant nerveusement autour d'elle. Ce n'était pas dans les journaux.

— Justement. Elle voulait voir son médecin traitant parce que le petit avait uriné partout, sur les affaires et la moquette, enfin, c'était très bizarre, quoi.

— Un gamin de huit ans ?

— Oui, oui.

L'infirmière humecta deux doigts et s'en servit pour coller une de ses boucles à sa joue. Le policier leur jeta un coup d'œil distrait. Elle lui décocha un sourire convenablement niais, comme si elles discutaient du dernier épisode de *Friends* ou de *X-Files*, puis elle se retourna vers Ayo et couvrit de nouveau sa bouche :

— Elle n'est jamais venue à son rendez-vous. Ensuite, tout ce qu'on a su, c'est qu'on avait admis le père à l'hôpital et que le petit était, enfin, vous savez...

— C'est dingue...

— Oui, pas vrai ?

— Très étrange...

Ayo se tapota les dents de l'ongle d'un doigt, en pensant à un enfant urinant au lit. Exactement ce qu'avait fait la vieille chienne de Ben. Et Josh dans la salle de bains de ses amis.

— Alors vous pensez que c'est pour cette raison qu'ils sont ici maintenant ?

— Ouvrez bien les yeux, je crois que nous allons le savoir très bientôt.

Rebecca avait froid. Au-dehors le soleil était éclatant, les toits de Greenwich déployaient un éventail de bruns sous le bleu du ciel, mais elle n'avait pas froid à cause de la température extérieure. Ce qui la glaçait était en elle. Dans la cuisine elle vida les sacs de courses : trois cartons de jus d'orange, du lait, deux bouteilles de vodka et un plat cuisiné de poulet à l'estragon. Elle savait qu'il fallait qu'elle mange. La veille, elle était restée ivre toute la journée, n'avait rien avalé de solide et avait dormi seulement trois heures, pour se réveiller sous la caresse du soleil, la peau moite et les cheveux collés au front. L'appartement était sens dessus dessous, pendant la nuit elle avait cassé un autre verre, dans le living cette fois, et il y avait des mégots de joints partout. Rien à manger dans la cuisine, où une bouteille de Bailey's, ouverte depuis plus d'un an, chauffait au soleil sur le rebord de la fenêtre. La tête lui tournait tant qu'elle avait dû inspirer à fond avant de prendre les clefs et de s'aventurer au-dehors pour aller chercher de l'aspirine. Et maintenant, une main sur le front, elle contemplait ses achats. Pas d'aspirine. Elle était sortie pour en acheter, et était revenue avec de la vodka.

Seigneur... Elle ne se pensait pas capable d'affronter de nouveau l'éclat du jour. Oubliant son besoin d'aspirine, elle dénicha un verre poussiéreux au fond du placard, le rinça, ouvrit l'une des bouteilles de Smirnoff et se versa une vodka orange. Légère. Juste pour calmer ces élancements dans son crâne et la renvoyer au lit. Elle n'allait pas s'enivrer de nouveau, non, mais c'était si difficile de dormir quand le soleil était levé... Elle sentit la boisson, la fit tourner dans le verre, la goûta. Après la première gorgée, le mélange ne lui parut pas spécialement amer, plutôt doux, même. Elle retroussa les manches de sa chemise et emporta le verre dans le salon. Elle ferma les volets et se sentit tout de suite mieux. Le soleil entrait par la cuisine, aussi y retourna-t-elle pour descendre le store. Elle en profita pour se resservir un peu de vodka.

— Jack, murmura-t-elle en revenant dans le salon d'un pas mal assuré, oh, Seigneur, Jack...

Dans la pièce réservée aux proches des malades, à l'unité de soins intensifs du King's Hospital, Caffery s'éveilla en sursaut, comme si quelqu'un l'avait appelé par son nom. Il resta allongé un moment, en clignant des yeux et en s'efforçant de se remémorer les raisons de sa présence en ce lieu. La nuit précédente, Souness était venue ici, et ensemble ils avaient essayé de faire pression en douceur sur le docteur Friendship. Mais, pour les professionnels de la santé, la police se situait assez bas dans l'échelle des priorités, et la réponse avait été sans appel : non, pas encore. « Nous avons une vie à sauver. Quelle que soit votre motivation, cela devra attendre la stabilisation du patient. »

Souness était donc rentrée chez elle avec Paulina, et Caffery avait passé une nuit de plus loin de son foyer, à dormir sur une couchette, dans cette pièce, en attendant des nouvelles. La salle réservée aux familles des patients aurait tout aussi bien pu se situer à l'aéroport de Gatwick. Mais il y avait la douleur et les larmes. Une jeune femme atteinte d'une hémorragie cérébrale massive était arrivée dans le service durant la nuit, et son mari, incapable de regarder le visage de son épouse agonisante sur l'oreiller, était assis dans un coin, à l'écart, et gardait les yeux fixés sur le sol devant lui, sans bouger. Il semblait à peine conscient du bébé dans le siège de voiture, qui pleurait, grimaçait et serrait ses petits poings sans pressentir l'importance de ce qui se passait dans la salle voisine.

Caffery se mit lentement en position assise et se frotta les yeux. Après ces heures passées sur une banquette inconfortable, une raideur très désagréable tétanisait sa nuque. Il se dirigea droit vers l'entrée principale de l'unité de soins intensifs, en défroissant sa chemise en chemin et en se recoiffant des deux mains. Il était temps d'agir. Le policier en armes le laissa entrer, mais la responsable du service était très grande, très enceinte et résolue à ne pas permettre qu'il importune son patient.

— Je suis navrée, monsieur, mais comme le docteur Friendship vous l'a expliqué hier soir, vous serez autorisé à interroger le patient quand celui-ci sera physiquement en état. Jusque-là, j'ai pour consigne de ne pas vous laisser le voir. Vous pouvez attendre ici avec l'officier, si vous le désirez.

— Ecoutez, j'étais avec M. Peach quand il est tombé malade. Je ne veux le voir qu'un petit moment...

— M. Friendship vous fait dire qu'il regrette. Pas pour l'instant. (D'un mouvement du menton, elle désigna le policier assis dans un renfoncement près de la porte.) On a déjà permis sa présence ici.

— Et je vous en remercie. Euh... Je suppose que même si je vous implorais...

— Non, vraiment, répondit-elle avec un sourire de commande. J'en suis navrée, vous savez. Honnêtement, j'en suis navrée.

— Ce n'est pas grave. (Il se gratta la nuque et porta son attention sur le recoin où se trouvait le policier.) Je peux rester un peu ici ? Au cas où il y aurait du changement...

— Il n'y en aura pas.

— Bon, d'accord, mais je peux rester ici quand même ?

— Je ne vois pas comment vous en empêcher, mais ce que je viens de vous dire reste valable tant que M. Friendship n'en aura pas décidé autrement.

— Très bien. Merci.

Il retira sa veste et s'assit en face de l'officier en uniforme, étira les jambes et suivit des yeux la responsable qui s'éloignait à petits pas décidés. Dans la réserve, une infirmière qui déballait un carton de tubes de ventilation le dévisageait. Elle avait des yeux immenses. Le policier adressa un signe de tête à Caffery, mais ils n'échangèrent pas un mot. Après un temps, l'infirmière prit un tube endotrachial et retourna auprès de son patient. La responsable du service réapparut et vint droit vers Caffery. Elle s'adossa contre le mur et croisa les bras.

— Dites-moi, pourquoi est-ce tellement urgent ?

Il se leva à moitié, en pensant qu'elle avait changé d'avis.

— Nous voulons simplement lui parler de ce qui s'est passé.

— C'est terrible, ce que cette famille a enduré...

— Horrible est le mot qui convient. Et Dieu fasse que cette horreur ne frappe personne d'autre.

— Oh non, ne dites pas des choses pareilles.

— Ces cinglés ne s'arrêtent pas à une victime. Ils y prennent trop de plaisir.

— Arrêtez. Vous n'êtes pas sérieux, là, n'est-ce pas ?

— Aussi sérieux qu'une crise cardiaque.

Elle se rembrunit.

— Nous n'utilisons pas ce genre d'expressions par ici.

Il se redressa complètement et vint se placer devant elle. Il lut le nom figurant sur le badge épinglé à sa blouse.

— Toutes mes excuses, Ayo. Je ne voulais pas vous offenser.

Elle sourit et ébaucha un mouvement de la main vers son badge, avant de se reprendre, un peu gênée, un peu flattée. Pour la première fois depuis des mois, elle aurait voulu ne pas avoir ce ballon de football sous son pull.

— Pas de problème. C'est horrible, la façon dont ça s'est produit, n'est-ce pas ?

Il se pencha un peu plus vers elle.

— Oui, horrible. L'agresseur du petit garçon est à

l'évidence quelqu'un de très intelligent. Et je suis certain que si je pouvais parler à M. Peach j'obtiendrais la dernière... (il referma le poing) la dernière pièce du puzzle, vous comprenez ? Mais bon... (Il regarda autour de lui.) Ça ne dérange pas si j'utilise les toilettes, ici ?

— Pas du tout. Repassez la porte, c'est la première sur la droite, fit-elle en lui indiquant le couloir.

— Merci.

Dans les toilettes, Caffery s'enferma et compta jusqu'à cinq. Puis il fit demi-tour et fonça vers le service des soins intensifs. Il écrasa la sonnette avec insistance. Ce fut Ayo qui ouvrit.

— C'est un de vos patients ? demanda-t-il aussitôt.

— Pardon ?

— Sur le sol, dans les toilettes. Il a un goutte-à-goutte, alors j'ai pensé que...

Désorientée, Ayo hésita une seconde sur la conduite à tenir.

— Il est affalé, juste derrière la porte. Vous voulez que j'appelle quelqu'un ?

— Le médecin ! dit-elle en s'élançant dans le couloir, son badge tressautant sur sa poitrine. Poste des infirmières, composez le 455 pour passer un message par les haut-parleurs !

— Compris.

Il attendit qu'elle ait franchi les portes, adressa un petit signe au policier et pénétra dans le service.

La moquette céda assez aisément — comme du sparadrap qu'on détache de la peau —, accompagnée du petit claquement des broquettes qui sautaient. Benedicte gratta pour ôter la thibaude, s'allongea sur le sol et colla l'oreille contre le plancher dénudé. Pendant un moment elle resta dans cette position, et goûta un certain réconfort au contact granuleux du bois encore imprégné de l'odeur des grandes forêts canadiennes sous la pluie. Mais elle devait continuer. Elle inspira profondément, s'assit et considéra la surface qu'elle avait dégagée.

La baguette de maintien, hérissée de broquettes, était clouée aux lattes. Benedicte prit l'armature métallique de son soutien-gorge et en glissa la pointe sous la baguette aussi loin que possible.

— Eh, Smurf, murmura-t-elle, regarde donc Wonder Woman.

Elle ôta sa chemise, s'en entoura les mains et tira sur l'armature. Avec un craquement, la baguette se souleva et se détacha d'un coup du parquet.

— Bon.

Rapidement elle roula sur elle-même et examina son œuvre. De la baguette saillait un alignement serré de broquettes, pareilles aux dents d'un requin. Un outil. Ou une arme. Elle se rassit, glissa en avant sur les fesses, replia les jambes devant elle pour se rapprocher le plus possible du radiateur, posa la baguette sur le tuyau de cuivre. Elle imprima à cette scie un mouvement de va-et-vient régulier. Elle n'allait pas attendre ici de mourir. Non. Elle allait trouver de l'eau, et elle allait s'échapper. C'était aussi simple que cela.

Le calme régnait dans le service des soins intensifs, troublé seulement par les bips discrets des moniteurs ou un bruit de succion occasionnel lorsqu'une infirmière testait un aspirateur en collant l'extrémité contre sa main. La salle comprenait dix-huit lits et les infirmières dans leurs blouses bleues et leurs chaussons blancs se déplaçaient sans bruit entre les patients. Nulle part on n'enregistrait de signe d'agitation, encore moins de panique. Caffery avait presque l'impression de les observer à travers une baie vitrée. Personne ne l'apostropha quand il traversa la salle. Une jeune femme se tourna bien vers lui avec un regard interrogateur, et il crut avoir perdu la partie — elle allait le questionner, appeler ses collègues, la sécurité — mais elle se contenta de lui sourire et s'éloigna en poussant un goutte-à-goutte à roulettes devant elle.

Alek Peach se trouvait dans une chambre séparée ne contenant que deux lits, dont le second était inoccupé. Caffery vérifia que c'était bien lui par la vitre de la porte, puis entra dans la pièce et referma sans bruit derrière lui. Peach était allongé sur le dos, yeux clos, bras le long du corps, sur les couvertures. Des cathéters évoquant des serpents reliaient ses bras et sa poitrine à toute une série de poches suspendues au-dessus du lit. Certaines étaient claires et contenaient des traitements liquides, d'autres, plus colorées, des éléments de nutrition. Une au moins l'alimentait en sang. Des lignes lumineuses de différentes couleurs sautaient et zigzaguaient sur les écrans des moniteurs alignés.

Caffery ferma les rideaux entourant le lit pour l'isoler, puis il s'approcha de Peach, posa les deux poings sur le bord du matelas et se pencha jusqu'à ce que sa bouche effleure l'oreille du malade.

— Il est temps que vous soyez réglo avec moi, Alek.

Les paupières de Peach papillonnèrent. Sa tête bougea légèrement et un petit grognement franchit ses lèvres.

— Je me contrefous que vous ne soyez pas en état de me parler, vous m'entendez ? Je m'en contrefous.

A la verticale du lit, sur un écran, le tracé reproduisant le rythme cardiaque s'agita soudain. Quelque part dans l'hôpital, dans le bureau des infirmières certainement, Caffery entendit une alarme qui se déclenchait. Il se rapprocha encore.

— Si c'est vous et que vous avez agi avec quelqu'un d'autre, vous allez me dire qui. Que vous mouriez, je m'en tape, mais je ne laisserai pas un autre gosse subir le sort de votre fils.

L'expression du malade changea. De la pointe d'une langue curieusement pâle, il s'humecta les lèvres. Il cligna deux ou trois fois des yeux et brusquement les ouvrit pour les faire rouler de côté et d'autre. Sous l'effet de la surprise, Caffery faillit reculer d'un pas. Il lisait tant de colère dans ces prunelles vitreuses qu'il en resta interdit. Puis, de la bouche de Peach s'échappèrent quelques mots, prononcés trop bas pour qu'il en perçoive le sens.

— Quoi ? Répétez.

Alertée par les alarmes, une infirmière venue de la salle de repos apparut dans l'encadrement de la porte.

— Monsieur, s'écria-t-elle d'un ton outragé, je dois vous demander de quitter les lieux... (Derrière elle, dans le service, quelqu'un réclamait la sécurité, d'une voix proche de l'hystérie.) S'il vous plaît !

Mais les lèvres de Peach remuaient toujours et Caffery se pencha de nouveau pour comprendre ce qu'il voulait lui dire.

— Quoi ? Répétez, bon sang !

Au moment où la responsable du service arrivait pour jeter l'intrus dehors, Peach ouvrit la bouche une nouvelle fois, et ce qu'il dit fut assez clair pour que tout le monde l'entende :

— *Allez vous faire foutre.*

L'eau sourdait de la fente dans le tuyau. On ne pouvait même pas dire qu'elle en coulait, c'était plutôt une fuite à peine perceptible, et une seule goutte mettait plusieurs minutes à se former. Benedicte y colla sa bouche et aspira. Ce fut tout juste suffisant pour humecter sa langue et lui laisser un goût métallique. Elle pressa ses lèvres craquelées contre le tuyau avec l'énergie désespérée d'un bébé, forma un vide et réussit non sans mal à tirer une autre goutte. Elle rapprocha son corps et enserra le radiateur d'un bras, mais après une vingtaine de minutes elle avait obtenu moins d'un dé à coudre d'eau et elle était épuisée. Elle se laissa retomber sur le dos en haletant.

Reprendre son souffle lui demanda beaucoup de temps. Quand enfin elle eut retrouvé une respiration apaisée, elle amena Smurf près du tuyau et essaya de l'encourager à lapper la fissure. Le labrador se détourna avec un soupir.

— D'accord, Smurf, tu restes là, dit Benedicte, requinquée par le succès, même relatif, de son entreprise. Ce ne sera plus très long, maintenant.

Elle reporta son attention sur le plancher. Sur les planches, entre ses mains, se trouvait un trou laissé par un nœud sur le côté de l'une des lattes. Elle pouvait l'élargir suffisamment pour y glisser les doigts. Et si cela ne marchait pas, elle avait déjà arrêté sa décision : elle utiliserait la baguette de maintien pour se cisailler la cheville. Cette pensée ne la révulsait même plus.

La salle des données bourdonnait d'activité. L'équipe s'était reposée, et maintenant qu'elle détenait de nouvelles pistes elle était impatiente de reprendre le travail. Caffery avait fait un saut chez lui pour se doucher et se changer, et il n'avait vu aucun indice du passage de Rebecca. Il se sentait à présent frais et dispos, et propre. Il était déterminé à parler de nouveau à Peach, à accentuer encore la pression. Et si le docteur Friendship ne voulait rien entendre, peut-être serait-il plus réceptif aux arguments de Souness.

Il entra dans la salle des données au moment où le téléphone de Kryotos se mettait à sonner. La jeune femme décrocha et coinça le combiné entre son menton et son épaule. Les deux mains posées à plat sur le bureau, elle contemplait une pile de formulaires tout en écoutant son interlocuteur. Caffery approcha et la regarda en face.

— Pour toi, articula-t-elle en silence.

— D'accord. Je prends l'appel à côté.

Elle transféra l'appel dans le bureau du commissaire. Caffery y entra, adressa un signe de tête à Souness et prit la communication.

— Caffery.

— Jack, dit Fiona Quinn d'une voix qui semblait un peu essoufflée, je voulais que vous soyez le premier au courant. Nous venons de recevoir les résultats du test d'ADN.

Il ferma la porte et poussa le fauteuil vers le bureau. Son pouls s'était brusquement accéléré.

— Bon sang... Et ?

— Et nous avons un profil masculin complet. Complet. Aussi clair et net que les illuminations de Noël dans Oxford Street.

Caffery claqua frénétiquement des doigts pour attirer l'attention de Souness. Elle releva la tête, étonnée.

— *Quoi ?*

— *ADN*, souffla-t-il.

Se propulsant grâce à ses talons, elle fit rouler son siège vers Caffery. Elle s'arrêta tout près de lui et tendit l'oreille pour saisir la conversation. Il dut presque l'empêcher de lui prendre le téléphone.

— Qu'est-ce que nous avons, Fiona ?

— Vous n'allez pas le croire.

— Peut-être que si. Mettez-moi à l'épreuve.

Le ciel au-dessus de Brockwell Park était d'un bleu serein, festonné de quelques nuages lourds à l'horizon. Roland Klare aurait pu profiter de ce spectacle par ses fenêtres, mais à ce moment précis il se trouvait dans le placard, baigné dans une lumière rouge. Langue pointant entre les dents, il découpait le négatif et plaçait la première longueur dans l'agrandisseur.

Il approchait du but et dut maîtriser le petit tremblement qui secouait un de ses genoux alors qu'il montait et descendait l'objectif d'agrandissement pour que l'image corresponde aux dimensions de la feuille de papier. Il régla la netteté, éteignit l'ampoule rouge et alluma la lampe de l'agrandisseur. Un triangle blanc cascada sur le papier, d'une définition parfaite dans l'obscurité du placard — exactement comme dans le manuel. Le compte-pose était brisé mais Klare avait trouvé la parade : il avait lu quelque part que la prononciation du mot « photographie » correspondait à une seconde. Il prit donc place sur le tabouret, regard fixé sur le papier, mains entre les jambes, et murmura d'une voix monocorde :

— Une photographie, deux photographies, trois photographies...

Quand les vingt secondes furent écoulées selon cette méthode, il éteignit la lumière de l'agrandisseur et, éclairé seulement par la lumière inactinique, transporta le papier jusqu'au bac où il avait préparé le révélateur. Il glissa le papier dans le liquide, le fit tournoyer un peu pour qu'il soit complètement immergé, sans cesser de compter :

— Cent deux photographies, cent trois photographies...

Devant ses yeux, le miracle se produisait. Il cessa de compter. L'image prenait forme. Elle n'était pas très nette, et il faisait trop sombre sous cet éclairage pour voir correctement, aussi fit-il passer rapidement le tirage dans le bain d'arrêt puis dans celui de fixation, et il eut toutes les peines du monde à rester immobile pendant qu'il attendait le temps requis. Enfin il prit le tirage dégouttant, se rendit dans la cuisine et le passa sous le robinet. L'image était un peu floue, soit à cause de l'agrandisseur endommagé, soit parce que la définition d'origine n'était pas bonne. Le cœur battant la chamade, Klare passa dans le salon et brandit la photo devant la fenêtre, à la lumière du soleil.

23

Le service avait retrouvé son calme, et le seul bruit audible était le bourdonnement occasionnel de l'équipement d'alarme. La journée était très douce et, devant la fenêtre entrebâillée dans le bureau des infirmières, une petite brise estivale gonflait les rideaux et s'insinuait à l'intérieur. Dix minutes avant l'heure du déjeuner, une des infirmières parcourut en silence le couloir. Elle s'arrêta devant la chambre à deux lits, comme si un détail venait de la frapper, et resta là un moment, un pied légèrement en retrait, avant de tourner la poignée et d'entrer. Elle referma la porte derrière elle. Moins d'une minute plus tard, elle ressortait rapidement, d'un pas plus raide et plus sec.

Ayo était à juste titre possédée par une certaine fierté professionnelle. Habituée à s'occuper des malades critiques, elle éprouvait rarement des difficultés à s'accorder à la vibration humaine chez ses patients, et jamais elle n'avait eu de problème pour trouver sous les tuyaux et les appareillages le pouls de leur âme. Mais lorsqu'elle avait ouvert la porte et contemplé Alek Peach gisant sur son lit, elle s'était sentie perdue. Il n'était comparable à aucun malade... Elle avait eu l'impression de voir une coquille vide, une enveloppe corporelle sans contenu. Il respirait, son cœur battait, ses fonctions vitales étaient stables, mais toute chaleur avait déserté cet homme.

Ayo se demanda où s'était enfuie sa compassion. Quand il avait ouvert les yeux et les avait posés sur elle, elle avait instinctivement reculé d'un pas. Elle devait le reconnaître, cet homme lui faisait peur. Très vite, avant qu'il ait eu le temps de parler, elle avait quitté la chambre, et maintenant, alors qu'elle parcourait le service, elle décida qu'elle allait demander à l'inspecteur Caffery ce qu'il voulait à Peach, pour quelle raison exacte la présence d'un garde armé était nécessaire dans le service, pourquoi il lui avait menti dans le seul but de s'introduire auprès de cet homme. D'ordinaire, la police ne faisait garder une chambre que si son occupant avait été victime d'un règlement de comptes et avait besoin d'une protection. Ou s'il était suspect dans une affaire grave.

Cette pensée l'arrêta net, et elle se retourna pour jeter un coup d'œil vers la chambre de Peach. Derrière la partie vitrée de la porte, une ombre se mouvait. Ce n'était que l'infirmière qui changeait le goutte-à-goutte, mais Ayo frissonna quand même. *Dieu du ciel, Ayo, va donc t'excuser auprès de cet inspecteur. Dis-lui que tu es désolée pour ce matin, mais que tes ordres viennent d'en haut... Et tu pourrais aussi lui avouer que tu disjonctes un petit peu, et lui faire part de ces idées bizarres qui te sont venues.*

Oui. Cela lui donnerait quelque chose à raconter à Benedicte quand elle reviendrait. « *Je suis seulement allée prévenir la police, en fait.* » Elle imaginait la scène : les Church, épuisés par le trajet en voiture, arrivant dans l'allée, la voiture couverte de sable ; ils lèvent les yeux et voient que leur porte d'entrée a été enfoncée et que toute leur maison est interdite d'accès par les rubans jaunes de la police. « *Je suis vraiment très ennuyée, Ben, mais j'avais découvert quelque chose de bizarre, j'avais découvert que Rory Peach avait pissé sur des choses chez eux — tu sais, comme*

Josh. Seigneur, Ben, je dramatise tout et n'importe quoi, pardonne-moi. »

Elle fit un effort pour chasser ces pensées de son esprit *(Pour l'amour du ciel, ma vieille, reprends-toi, ou ton pauvre bébé aura une folle pour mère)*, mais elle ne pouvait échapper à la sensation que Peach la suivait de son regard étrange, qui pouvait l'atteindre, même à cette distance.

La photographie que Roland Klare brandissait devant la fenêtre montrait un homme sodomisant un garçon. A l'expression et à la posture de l'enfant, l'homme le prenait de force. Le visage du violeur était flou, légèrement tourné de côté, mais Roland Klare l'avait vu souvent, ces derniers temps. Tous les journaux en avaient parlé, ce week-end. C'était le visage d'Alek Peach.

Au même instant, des dizaines de mètres plus bas, un policier faisant sa ronde passa en bas d'Arkaig Tower. Soudain nerveux, Roland Klare ferma les rideaux. Le flic ne pouvait le voir à une telle hauteur, il le savait, mais il se sentait quand même plus en sécurité, à examiner la photographie sur le canapé. Il s'y assit, le cœur battant.

Tous les membres du SRES en restaient confondus. L'ADN prélevé sur le corps de Rory appartenait à son père, Alek. Et il y avait plus : les fibres trouvées dans les plaies de l'enfant avaient été identifiées. Elles provenaient du T-shirt que Peach portait pendant la supposée agression contre sa famille. Alors même qu'il clamait n'avoir ni vu ni entendu son fils pendant tout le temps qu'ils étaient emprisonnés dans leur propre maison, des fibres de son T-shirt avaient réussi à s'immiscer sous les cordes qui ligotaient Rory. Et alors même que les enquêteurs commençaient à s'interroger sur son compte, ils avaient tenu à l'écart deux personnes qui s'étaient toujours demandé — simple suspicion, notez bien — si M. Peach n'avait pas l'habitude de cogner sur son fils de temps à autre.

— Le vacarme des pièces qui tombent en place est assourdissant, commenta Souness.

Assise devant son ordinateur, elle envoyait des e-mails tout en sirotant à la paille un Dr Pepper. Elle leva les yeux de l'écran et regarda Caffery qui s'était arrêté à l'entrée du bureau.

— Et alors ? Vous n'avez rien de mieux à faire que de glander avec l'air de ne pas en avoir l'air ?

Il avança dans la pièce et ferma la porte.

— Danni, écoutez...

— Oh, bon Dieu, soupira-t-elle. Je vous connais trop bien. Vous voulez quelque chose, pas vrai ?

— Oui : que vous parliez à ce connard du King's Hospital pour moi. Disons que vous feriez ça par amitié. Il ne m'accordera pas la permission de parler à Peach.

— Ne vous inquiétez pas pour ça, Jack. Laissez le temps à Alek de se remettre, et nous lui tomberons sur le râble.

Mais elle vit aussitôt que cela ne lui suffirait pas. Elle repoussa le clavier, se renversa dans son fauteuil et croisa les mains sur son ventre.

— Jack ? Vous ne l'avez pas arrêté, n'est-ce pas ? Le temps écoulé n'est pas à prendre sur nos trente-six heures légales de garde à vue ?

— Non.

— Il est sous bonne garde et n'ira nulle part, correct ?

— En effet.

Elle ouvrit les mains.

— Alors qu'y a-t-il ? Où est l'urgence ? Laissez le médecin se la jouer à sa manière...

Il se laissa choir dans son fauteuil et se frotta les yeux avec lassitude.

— Oh, bon sang... Ecoutez, je ne sais pas comment je le sais, mais je peux vous promettre que cette affaire n'est pas aussi simple qu'elle le paraît. J'ai la certitude que le Troll a pris quelqu'un d'autre en otage, Danni. Une fois qu'il se sait en sécurité à l'intérieur d'une maison, qu'il a ligoté et bâillonné tout le monde, il peut aller et venir à son aise...

— Jack...

— Et s'il a attaqué une autre famille, combien de temps croyez-vous qu'ils survivront ? Quatre jours ? Par ce temps, sans aucune blessure, disons cinq jours, s'ils ont *vraiment de la chance*. (Il se leva brusquement, tourna les talons et ouvrit la porte.) Et maintenant, *s'il vous plaît*, parlez à ce connard du King's Hospital.

Benedicte s'échinait à scier les lattes avec la baguette de maintien, mais ses tremblements s'accentuaient et elle se sentait de plus en plus mal. Maintenant qu'elle savait leur tortionnaire absent, elle ne souciait plus du bruit qu'elle faisait. Des fibres de bois aussi fines que des cheveux avaient commencé à se détacher, puis de tout petits copeaux. Régulièrement elle devait s'arrêter pour reprendre son souffle, et elle restait alors assise, les jambes en V de chaque côté de la zone du plancher qu'elle attaquait. Puis elle basculait sur le flanc et collait ses lèvres au tuyau du radiateur pour aspirer autant d'eau qu'elle le pouvait dans sa bouche desséchée. Elle faiblissait, mais elle refusait de renoncer.

Elle mit près de trois heures à creuser une ligne d'environ un demi-centimètre de profondeur. Un fragment de bois s'était détaché, de la taille d'un sucre, laissant un trou dans le plancher où elle pouvait insérer deux doigts. Abandonnant la baguette de maintien, elle glissa l'armature métallique de son soutien-gorge dans l'orifice et réussit à la faire resurgir dans le trou laissé par le nœud. De la sorte, elle avait créé une poignée de fortune. Assise sur le sol, les pieds appuyés contre le bas du mur, elle saisit les deux extrémités de l'armature et tira. Les vaisseaux sanguins à ses tempes lui parurent gonfler dangereusement sous l'effort. *Est-ce que les veines pourraient éclater ?* songea-t-elle. *Est-ce qu'elles pourraient exploser, comme ça ?*

Londres était en train de fondre sous la canicule. Dans Brockwell Park, la terre était craquelée de longues fissures, et sur le marché de Brixton les filles évoluaient d'un pas léger dans les rues, vêtues seulement de shorts en toile et de hauts de bikini en coton, leurs cheveux ramenés en houppe avec des rubans roses. Sur le bord de la piscine à l'eau tiédie, Fish Gummer se sentait très las. Depuis sa rencontre avec l'inspecteur Caffery, un sentiment latent d'irritation le taraudait. *C'est la dernière fois que je parle à la police*. La classe du jour était celle des « Loutres », des enfants de huit et neuf ans. Il s'immobilisa et observa avec attention l'alignement des élèves devant lui, les bras pendants le long du corps, tels des pingouins affublés de bouées de bras multicolores.

— Eh bien ? Qui manque ?

Les gamins s'entre-regardèrent.

— Josh, dit un des garçons avec un sourire édenté.

Josh Church. Nouveau dans cette classe. Il n'était venu que deux fois, déposé à la porte de la piscine par une grosse voiture jaune.

— A-t-il prévenu l'un d'entre vous qu'il ne viendrait pas aujourd'hui ?

Les enfants parurent indécis. Josh était un nouveau venu, et aucun d'entre eux ne le connaissait très bien, ni ne se souciait qu'il soit là ou pas.

— Très bien, dit Gummer avant de lancer un coup

de sifflet. Vous prenez un flotteur si vous en avez besoin, et tout le monde à l'eau.

L'inspecteur Logan se tenait sur le seuil de la salle des données, une tasse de café à la main, et il était plongé dans l'examen de sa cravate comme s'il craignait de l'avoir tachée. Lorsque Caffery s'arrêta auprès de lui, il lâcha la cravate et le regarda d'un air coupable.

— Oui ?

— Combien de maisons avez-vous faites dans l'enquête de voisinage ?

— Euh... Je... C'est que, vous savez, j'ai voulu les faire à fond, et...

Caffery enfonça les poings dans les poches de son pantalon et se rapprocha de Logan pour lui murmurer à l'oreille :

— Bon. Je viens tout juste de consulter vos fiches d'heures supplémentaires, et je les ai comparées au nombre de témoignages que vous avez enregistrés cette semaine. Il y a comme un petit problème...

Logan savait très bien ce qu'il voulait dire. Il baissa les yeux.

— Mais vous pouvez rattraper le coup, poursuivit son supérieur à voix basse en jetant un coup d'œil vers Kryotos, laquelle avait les pieds posés sur le bureau et était au téléphone. Il y a une carte mise à jour et des instructions dans mon casier. Allez taper à vingt portes avant le coucher du soleil, et on n'en parle plus.

L'inspecteur resta sans réaction jusqu'à ce que Caffery soit reparti. Alors il rajusta sa cravate et se tourna vers Kryotos.

— Quelle mouche l'a piqué ? lui souffla-t-il.

Avec un haussement d'épaules, elle fit tourner son fauteuil.

— Ça y est !

Cela lui avait pris presque cinq heures, mais enfin Ben sentait le bois craquer entre ses mains. Elle le griffait de ses doigts maintenant en sang, et peu à peu une partie suffisante de la latte céda pour lui permettre de voir l'espace sous le plancher. Elle se pencha et y passa la tête. La cavité mesurait quelque vingt-cinq centimètres de profondeur, et l'air confiné y était tiède. Des tuyaux et des fils électriques venus du côté de la maison s'éloignaient dans l'obscurité. Elle ne détecta pas d'odeur de moisi, seulement celle du bois neuf et du mastic. Elle se redressa, s'assit et arracha ce qui restait de la latte, puis elle glissa de nouveau la tête dans le trou.

Et maintenant ? Tout près de ses yeux se trouvait une boîte de dérivation vissée à une solive, d'où des tentacules de fils blancs partaient en étoile dans toutes les directions, comme une petite pieuvre. Un des fils était raccordé à l'extrémité d'un cylindre noir qui dépassait du placoplâtre. Ben mit un moment avant de comprendre qu'elle avait devant elle la gaine métallique d'un appareil d'éclairage — celui du plafonnier de la cuisine. Il était un peu plus gros qu'un bol, et placé dans un orifice circulaire.

Mon Dieu... Ce genre de lampe, elle en avait la certitude, était simplement poussé de force dans le placoplâtre, sans rien pour le fixer, ni vis, ni clou. Elle se remémora comment Darren, le mari d'Ayo, en avait délogé un pour le réparer, dans leur cuisine à Kennington. Elle se rappelait très bien que la lampe pendait au bout de son fil.

Elle s'allongea sur le ventre, posa sa paume sur l'extrémité de la lampe et poussa vers le bas. Avec un bruit d'aspiration, l'appareil se descella et tomba hors de sa vue. Les fils retinrent le poids de l'ensemble, et la lumière du jour venue d'en bas envahit l'espace entre le plafond et le plancher. Ben retint son souffle.

Le plafonnier oscillait comme un pendule un mètre plus bas, les fils cognaient contre le périmètre du trou, mais rien ne se produisit, personne ne se rua dans l'escalier pour venir marteler la porte, et elle se sentit assez de courage pour approcher son visage du trou et voir ce qu'il y avait en dessous.

Elle s'allongea avec les bras étendus devant elle, dans la position d'une élève obéissante pendant un cours de natation : « Les doigts pressés ensemble, les enfants », et elle pensa à Josh qui sortait en courant de la piscine et qui sautait dans la voiture : « M'man, c'est quoi, l'aquadynamisme ? » Le plafond de placoplâtre émit un craquement sinistre sous son poids. Horrifiée, elle recula et ressortit la tête du trou, dans un mouvement si précipité que des clous et des agrafes s'accrochèrent à ses cheveux.

— Oh, mon Dieu, mon Dieu...

Elle resta accroupie là une dizaine de secondes, haletante, s'attendant à ce que le plafond s'effondre sous elle. Puis, comme rien de tel ne se produisit, son pouls reprit peu à peu un rythme plus normal. Elle repoussa les cheveux de son visage et, avec mille précautions, se pencha de nouveau. Cette fois, elle se montra plus prudente. Elle prit appui sur ses mains largement écartées, comme un lézard, et glissa lentement la tête dans le trou, aussi furtivement qu'un chat en chasse, jusqu'à ce qu'elle puisse voir l'orifice circulaire laissé par le boîtier du plafonnier.

La cuisine était bien éclairée. Trois mètres plus bas, Hal gisait sur le carrelage. Sur le dos. Son visage presque à la verticale du trou.

Oh, mon Dieu, Hal...

Ses pieds étaient relevés selon un angle bizarre, chaque cheville ligotée à la large poignée du four. Ses mains avaient été écartées au-dessus de sa tête et attachées avec du fil électrique aux pieds de la machine à laver. On lui avait ôté son short, puis on le lui avait remis à une seule jambe, en le maintenant avec les cordes élastiques prises sur la galerie de la Daewoo. Sa bouche était couverte d'un large morceau de ruban adhésif marron. Une grande tache en couronne, créée par ses propres déjections, l'entourait. Ben se rendit compte qu'elle l'entendait ronfler, comme s'il s'était simplement lassé de tout cela, comme s'il avait trop mangé le soir de Noël et s'était assoupi en regardant *Le Magicien d'Oz*.

Elle bougea la tête de façon que sa bouche se trouve face au trou et murmura :

— *Hal ?*

Parallèle à Brixton Hill, le long de la vieille rivière Effra, enterrée depuis le siècle dernier, court Effra Road, sur une colline qui relie les pentes plus basses et plus chics de Brixton aux cités HLM du côté de Streatham. Sur cet axe, par l'une des journées les plus chaudes de l'année, l'inspecteur Logan gravissait la côte, sans hâte excessive. Le soleil avait chauffé les pavés, et le policier avait l'impression de « cuire dans son propre jus », selon une expression qu'il affectionnait. Dans les jardinets, des chats dormaient sous les buissons, remuant de temps à autre les oreilles pour chasser les insectes. *Bon Dieu*, pensa-t-il, *ce que je ne donnerais pas pour m'humecter le gosier avec une Red Stripe bien fraîche...*

Devant lui, plus haut sur la gauche, s'étendait le nouveau lotissement, Clock Tower Grove — il en apercevait les drapeaux et les panneaux publicitaires —, et au-delà une poutre en béton se balançait dans les griffes d'une grue. Des maisons plus imposantes se dressaient de l'autre côté, en bordure du parc. Il allait devoir vérifier si certaines étaient terminées, et si on y avait emménagé. Il essuya la sueur qui perlait à son front. Il lui restait dix-huit adresses à contrôler, et il n'avait pas l'intention de traîner à l'une ou l'autre. Si personne ne répondait, il passerait à la suivante.

Dans le même temps, au numéro 5, Hal ouvrit les yeux et crut voir un ange. Les yeux, tout d'abord, pareils à des miroirs, qui semblaient refléter toute la pièce. Puis la douce géométrie d'un visage aimé dans un cadre circulaire.

Benedicte ?

— *Hal*, murmura-t-elle.

Et pour la première fois, il se dit qu'ils avaient peut-être une chance de s'en sortir. Il voulut relever la tête pour répondre, mais il était ligoté de manière à ne pouvoir bouger. Ses espoirs s'évanouirent et des larmes noyèrent ses yeux.

— Hal, dit-elle d'une voix enrouée. *Josh ?* Est-ce qu'il est...

Il braqua les yeux de côté, pour lui montrer la direction.

Elle s'écarta du trou et essaya de se repositionner afin d'avoir l'angle qui lui permettrait de regarder dans le salon. Dans cet espace confiné, elle pouvait sentir la température irrégulière de l'air et sa propre haleine. Comme si toute sa tension, toute sa fatigue s'étaient converties en substances chimiques qui alourdissaient son souffle. Elle glissa la tête dans le trou jusqu'à ce que ses yeux arrivent sous la ligne du plafond. Elle tourna son regard dans le bon sens. Et se figea.

Attaché au radiateur dans le salon, Josh était recroquevillé, jambes repliées, menton sur les genoux. Malgré son teint grisâtre et son évidente grande fatigue, il conservait une expression calme. Le regard fixe était concentré sur la corde qu'il essayait de dénouer. Sur le poignet qu'il avait déjà libéré on voyait des traces profondes, rouges et luisantes, et la peau était à vif autour de sa bouche, là où s'était trouvé le carré de ruban adhésif qu'il avait arraché.

— *Josh ?* fit-elle, doucement d'abord parce qu'elle ne pouvait croire à ce qu'elle voyait, puis plus fort : JOSH !

Il ne réagit pas immédiatement et continua d'examiner les cordes. Il ne brisa la transe dans laquelle il s'était muré qu'après plusieurs secondes. Alors ses yeux roulèrent vers le plafond, et il cligna plusieurs fois des paupières.

— Josh !

— M-maman ?

Son fils avait changé. Son visage paraissait émacié, ses yeux immenses. Il ressemblait à Hal, à un petit Hal de vingt ans, avec les veines saillant sur son front et ses mains. Pauvre enfant. Il tendit une main vers elle, sans un mot, la paume tournée vers le ciel, comme s'il voulait lui caresser le visage. Pour vérifier qu'il ne rêvait pas. Puis il baissa le bras, se détourna et se remit à tirer sur ses liens.

— *Josh !*

— Papa est malade, murmura-t-il sans la regarder. Il ne peut pas parler.

— Je sais, mon chéri. Est-ce que tu as bu quelque chose ?

Il fit « non » de la tête.

— Pas du tout ?

— Un tout petit peu.

Il refusait toujours de la regarder. *C'est déjà un petit homme*, songea-t-elle, *déjà un grand petit homme.*

— Comment tu te sens ? Dis-moi. Tu n'as pas mal au ventre ?

— Je me sens drôle. J'ai soif, maman.

— Nous allons te trouver à boire.

— Maman, je ne voulais pas, mais je me suis fait pipi dessus. Excuse-moi.

— Oh, mon chéri, ça ne fait rien, ne t'inquiète pas.

Seule à l'étage, avec ses doigts en sang et son esprit harassé, Ben luttait contre les larmes. Ce petit garçon, dont elle avait redouté qu'il ne soit la première victime du Troll, était assis et s'en sortait très bien. Il s'était presque détaché. Au lieu de sangloter et de désespérer de son sort, comme elle l'avait fait, il avait mis toute sa détermination à tenter de se libérer.

— Le méchant monsieur est parti, maintenant ?

— Oui, répondit Josh. Il est parti. Il est affreux et la police va le frapper et le mettre en prison et le tuer.

— As-tu entendu quand maman appelait ?

— Oui. Mais je ne pouvais pas répondre parce que j'avais un truc sur la bouche.

— Ce n'est pas grave, mon chéri. Je t'aime.

— Moi aussi, je t'aime.

— Qu'est-ce que tu es en train de faire ?

— Je défais la corde. Et après je viendrai te délivrer. (Il resta silencieux un chapelet de secondes, avant de demander, sans la regarder :) Maman ?

— Oui ?

— Peut-être qu'il a tué Smurf, parce que... (son menton tremblotait) parce que je ne sais pas où elle est.

La gorge de Benedicte se serra.

— Oh, Josh, tu es un petit garçon tellement gentil, tellement intelligent... et tellement courageux ! Ne te fais pas de souci pour Smurf, elle est avec moi. Elle ne se sent pas trop bien mais elle est ici, dans la chambre, et elle est très impatiente de te retrouver. Elle t'envoie tout son amour et un gros coup de langue sur la joue... (Elle s'interrompit en voyant que les doigts de son fils étaient écorchés.) Josh, je t'aime, mon chéri. Maman t'aime beaucoup, beaucoup...

Dans l'entrée, le carillon tinta. Josh redressa la tête d'un coup et braqua un regard plein d'horreur vers la porte. Ben sentit son sang se glacer. Non ! Elle ne pouvait pas le croire.

— Josh, souffla-t-elle. Dépêche-toi. Allez, mon bébé, vas-y...

Hal se trémoussait frénétiquement et en silence sur le sol. La voix de Ben prit des accents hystériques :

— *Dépêche-toi, Josh, pour l'amour du ciel, dépêche-toi ! Va-t'en !*

L'enfant tirait avec frénésie sur ses liens. Il mordit la corde, et le sang sur ses doigts macula sa bouche.

— *Vite !*

Il tira plus fort encore, sans quitter la porte des yeux. D'une seconde à l'autre il s'attendait à ce que le monstre apparaisse dans l'entrée. Benedicte vit son petit garçon prendre une décision.

— *Non !* s'écria-t-elle.

Un autre craquement s'éleva du placoplâtre et une fissure y naquit.

— *Non, Josh ! Sauve-toi ! Je t'en supplie, SAUVE-TOI !*

Mais il n'aurait pas pu se libérer à temps. Il ramassa le carré de ruban adhésif et le pressa sur sa bouche avec ses deux mains. Puis il pivota sur lui-même, cacha la corde derrière lui et se plaça le dos contre le radiateur. Le cœur de Ben s'arrêta et elle laissa échapper un gémissement torturé. Des larmes coulèrent de ses joues et chutèrent par le trou, sur le carrelage de la cuisine, tout près du visage de Hal.

Le carillon retentit une nouvelle fois.

Tous trois se figèrent. Ben cessa de pleurer, Hal de se tortiller sur le sol. Josh interrogea sa mère du regard. Le Troll ne sonnait jamais plus d'une fois. Pendant un long moment, ils n'osèrent même pas respirer. Le carillon tinta encore, et dans l'entrée ils entendirent le clapet de la boîte à lettres qui claquait sur son cadre.

— Oh-eh ? fit une voix masculine. Oh-eh ?

La police. Ayo a peut-être envoyé quelqu'un. Peut-être...

Benedicte allait répondre, mais quelque chose l'en empêcha, l'instinct de survie peut-être, une pulsion plus ancienne que ses propres cellules. *Non, c'est une manœuvre. C'est lui. Ce ne peut être que lui.*

Dans le salon, Josh s'était remis à batailler avec la corde.

— Josh, ne dis rien, ne bouge plus, souffla-t-elle. Reste tranquille.

Il lui obéit et adopta une immobilité de statue. Dans le silence, elle entendit son cœur qui cognait à un rythme fou dans sa poitrine. *Tout va bien*, se dit-elle. *Si c'est la police, ils vont se rendre compte que quelque chose n'est pas normal. Ils vont entrer et nous libérer. Mais si c'est lui je ne bouge pas...*

Le carillon résonna une fois de plus dans le silence. Elle se mordit la lèvre inférieure, et son regard implorant cloua Josh sur place. L'écho s'éternisa dans l'air. Pour quiconque se trouvait dans le jardin, devant la porte de chêne laqué des Church, avec son double vitrage et ses joints thermiques, la maison devait sembler totalement inhabitée.

Souness entra dans la pièce, posa les deux mains à plat sur le bureau et se pencha vers lui.

— Bon.

— D'accord, fit Caffery en jetant son stylo devant lui. C'est pour le sermon ?

Elle acquiesça.

— En effet. Je viens de parler au toubib. Nous avons eu une sacrée prise de bec à propos de mon inspecteur préféré.

— Super.

— Jack, à quoi pensiez-vous ? grommela-t-elle tandis qu'elle approchait un siège et s'y asseyait. Vous imaginez comment l'avocat de Peach va s'en donner à cœur joie ?

— Je m'en fous, Danni, il faut que je l'interroge. Le Troll détient quelqu'un d'autre. J'en ai la conviction.

Elle ferma les yeux une seconde, serra les lèvres et soupira.

— Jack, vous me forcez la main. J'ai parlé au divisionnaire, et sa réponse a été des plus claires : vous avez votre homme, débrouillez-vous pour boucler l'affaire, et gardez vos forces pour les interrogatoires de Peach dès qu'il ira mieux. Nous avons une autre priorité qui nous est tombée dessus ce matin : ils exigent que ce violeur de Peckham soit retiré de la circulation, et nous n'avons pas les effectifs pour ce qui, vu froidement, est maintenant un drame domestique. Nous n'avons pas...

— On devrait peut-être me dessaisir de cette affaire, d'ailleurs...

— Ne dites pas n'importe quoi...

— Peut-être que j'ai perdu le sens des réalités...

— Oh, je vous en prie, épargnez-moi le mélodrame... (Elle se tut, car Caffery venait de se lever.) Jack ? J'aimerais que vous essayiez d'envisager la situation de mon point de vue, juste une seconde...

Il ramassa ses clefs, son tabac et son paquet de papier à rouler.

— J'aimerais vous faire plaisir, Danni. Mais pour être tout à fait honnête avec vous, je ne sais pas si je serais capable de m'enfoncer la tête dans le cul à ce point.

Souness bondit sur ses pieds et agita un index comminatoire sous le nez de l'inspecteur. Ses lèvres crispées avaient pris une teinte rose malsaine.

— Ne me parlez pas sur ce ton, Jack ! Je n'ai rien fait pour le mériter. Je pourrais vous sanctionner pour ça.

— Merci beaucoup.

Il fourra quelques papiers dans un tiroir, qu'il referma, avant de repousser d'un geste ferme son fauteuil sous le bureau. Soudain, son amour du travail l'avait abandonné.

— Bon, je crois que je vais y aller, maintenant. Puisqu'il n'y a rien d'autre à faire que d'attendre les doigts de pied en éventail que Peach daigne aller mieux...

— Très bonne idée, tirez-vous ! gronda-t-elle en se frottant le front jusqu'à en avoir mal tant elle était furieuse. Un peu de repos ne pourra que vous être bénéfique.

Mais, alors que Caffery allait se diriger vers la porte, Kryotos apparut avec un formulaire vert.

— Quoi ?

— Un appel de l'hôpital.

Souness passa devant Caffery et prit le document.

— Pas de problème, Marilyn, je les ai déjà contactés sur une autre ligne.

— Non, il ne s'agit pas de l'hôpital, mais du sergent en faction. Aux soins intensifs. C'est à propos d'Alek Peach. Ils veulent qu'un de vous aille là-bas. De toute urgence.

Le silence s'était de nouveau abattu sur la maison et le pouls de Benedicte avait ralenti. Mais à présent elle se demandait si elle ne s'était pas trompée.

— Josh... Ecoute, Josh : est-ce que tu peux te libérer de tes liens ?

Il acquiesça et se remit à mordre furieusement dans la corde en Nylon.

— D'accord, mon chéri, d'accord. Maintenant, écoute-moi bien. Dès que tu seras libre, va dans l'entrée et ouvre la porte. Tu vas dans l'entrée et tu ouvres la porte.

Le regard de l'enfant, agrandi par la peur, passa de son père à sa mère.

— Vas-y, mon chéri. Je te le promets, tu ne risques rien. Mais fais vite.

Une dernière saccade et il se libéra. Il se mit debout. Il vacilla un peu, les jambes ankylosées, et dut s'appuyer d'une main contre le mur. Tendant les bras devant lui comme s'il avançait dans les ténèbres, il tâtonna jusqu'à l'évier de la cuisine. Il ouvrit le robinet et se baissa pour boire sous le jet d'eau. Benedicte pouvait presque sentir la fraîcheur délicieuse de l'eau. Quand il se redressa, un peu hors d'haleine, le menton trempé, elle lui murmura :

— C'est très bien, Josh. Va ouvrir la porte d'entrée, maintenant.

Mais l'enfant sortit un verre du placard, l'emplit d'eau et alla s'accroupir auprès de son père. Il ôta le ruban adhésif qui bâillonnait l'adulte, posa le bord du verre contre les lèvres de Hal et versa un filet d'eau dans sa bouche. L'adulte regimba un peu, faillit s'étrangler, puis avala la première gorgée avec avidité. Sa pomme d'Adam montait et redescendait très vite le long de sa gorge. Benedicte refrénait son impatience et observait la scène en résistant au désir de pousser Josh à l'action. Le petit garçon s'était assis à côté de son père. Du plat de la main il lui essuya le front, puis il lui donna encore à boire.

— Après, c'est ton tour, maman, dit-il.

— D'accord, mon chéri. Mais d'abord, va ouvrir la porte. Va ouvrir la porte en premier, il y a peut-être quelqu'un dehors qui est là pour nous aider.

— Oui, m'man.

Il posa le verre sur le carrelage et se remit debout, en chancelant un peu. Il regarda encore son père, qui se tortillait et tournait la tête de côté et d'autre. Ses lèvres remuaient et il essayait de dire quelque chose. Josh prit la direction de la porte en se tenant aux meubles de la cuisine pour progresser. Bientôt, Benedicte ne vit plus que le bas de ses jambes, puis ses pieds quand il fut dans l'entrée. Son petit garçon, si fragile... Elle l'entendit qui ouvrait la porte.

Elle resta immobile, les yeux écarquillés au niveau du plafond, comme une caméra de surveillance. Pendant plusieurs minutes, aucun son ne lui parvint de l'entrée. Elle l'imagina qui était simplement sorti à l'air libre. Peut-être s'émerveillait-il du spectacle des oiseaux bleus qui survolaient le parc.

La porte claqua et elle vit passer des formes devant la cuisine. Celle d'un homme de grande taille, aux cheveux sombres, et celle de son fils, qu'on ramenait dans la pièce avec l'attitude familière d'un aîné guidant son jeune frère dans un centre commercial. A ceci près que Josh pleurait en silence.

Elle aurait dû se démener furieusement, déchirer ses propres chairs pour tomber dans la cuisine avant que quelqu'un ne moleste son fils, mais l'instinct lui ordonna de remonter hors du trou, de hisser le fil électrique pour remettre en place le plafonnier. Elle se tordit la cheville et la douleur incendia sa jambe, mais elle ne cria pas.

Elle connaissait cette silhouette. Elle connaissait cette personne. Et à présent tout s'expliquait.

Caffery gara la Jaguar dans le parking et s'engouffra dans la bâtisse. Il gravit les marches deux par deux, et dans le couloir le couinement de ses semelles sur le linoléum luisant fit s'arrêter les aides-soignants qui poussaient des fauteuils roulants.

Il continua de courir. Devant lui les portes du service de soins intensifs s'ouvrirent. Une infirmière les franchit en hâte. Elle pressait une serviette en papier sur le tablier de son uniforme. En l'approchant, il vit la grande tache sombre sur la serviette, et quand il la croisa il sut que c'était du sang.

La porte s'ouvrit de nouveau, cette fois sur l'officier de police. Il était livide, mais ses mains étaient rouges.

— Là-dedans, dit-il à l'inspecteur.

Caffery le contourna et se rua dans le service.

Dans le bureau des infirmières, la fenêtre était

ouverte et une brise légère soufflait jusque dans le couloir. Il arriva dans la chambre. Autour du lit de Peach, les rideaux avaient été tirés et deux infirmières au visage fermé nettoyaient en silence le sol et les murs. Eclairés de l'intérieur comme une lanterne de Halloween géante, les rideaux montraient une énorme tache sombre, un grand éclaboussement de sang, presque de la taille d'un être humain. Et sous le lit, là où les deux femmes passaient à présent une serpillière, aussi brillante et noire qu'une plaque de PVC noir, une mare de sang s'élargissait vers les pieds de Caffery.

A trois kilomètres de là, dans Brixton, l'inspecteur Logan savourait enfin une bière Red Stripe au Prince of Wales. Très vite, il avait laissé tomber sa mission et avait redescendu la colline. Il truquerait son rapport, voilà tout. Tout le monde savait que Jack Caffery avait perdu les pédales depuis quelque temps : probablement influencé par sa barje de petite amie, avec ses statues de pelvis et ses joints. L'inspecteur principal Jack Caffery était cinglé, personne n'aurait osé le dire mais tout le monde l'avait constaté. Il vous tombait dessus à bras raccourcis, sans raison. Et Logan n'avait pas du tout apprécié ses sous-entendus menaçants concernant les heures supplémentaires. *Jeune-turc, mon cul, ouais !* songea Logan en allant se chercher une autre bière au comptoir.

24

Dans le Norfolk, la forêt surplombant la carrière était plongée dans un silence que seul troublait le crépitement de la pluie sur les feuillages. Toutes les dix minutes environ, un véhicule passait sur la route, distante de huit cents mètres. Certains conducteurs avaient allumé leurs phares, alors qu'on était en plein milieu de journée. Tracey Lamb tira sur sa cigarette et s'adossa contre le flanc de la vieille Datsun rouillée. Elle contempla les épaves automobiles sans les voir. Elle se sentait sûre d'elle, et assez satisfaite. En rentrant, la veille, elle avait pris le « livre » de Carl et était allée s'asseoir dans sa chambre, sur le lit qui avait été la fierté de son frère, avec les montants de bois laqué noir et argent, et le miroir à la tête, et elle avait entrepris d'appeler ses amis. Aucun d'entre eux ne semblait au courant de la mort de Penderecki — ils ne s'en souciaient pas, de toute façon —, et quand elle les informa de la visite de l'inspecteur Caffery ils cédèrent tous à la panique.

« Bordel, Tracey ! N'apporte pas ta merde sur le pas de ma porte !

— C'est pas seulement *ma* merde... »

A l'autre bout du fil, il y avait alors la compréhension horrifiée de ce que cela signifiait.

« Tracey ? *Tracey, d'où tu téléphones ?* Ne me dis pas que tu le fais de chez toi ?

— Pourquoi ?

— Espèce de pauvre conne, tu es encore plus tarée que je ne le pensais... »

Et l'autre coupait la communication. Quand elle fut arrivée à la dernière page du répertoire, le téléphone arabe avait fonctionné à plein, et tous les numéros sonnaient « occupé ». Elle était restée assise là, fumant cigarette sur cigarette, parmi les haltères de Carl, ses ceintures de force et sa collection de DVD. Elle avait envie de pleurer. Les portes se fermaient et on la laissait dehors. Sans ressources.

D'accord, allez tous vous faire foutre. Tous, jusqu'au dernier, ramassis de pervers. Tas d'enfoirés, j'aurais dû tous vous balancer à ce Caffery, tiens !

Ensuite, elle sécha ses larmes. Elle jeta la cigarette dans les broussailles, se redressa de toute sa taille et cracha un peu. Ici l'herbe et les fougères montaient haut, elles étaient drues et poussaient comme bon leur semblait. C'était la petite clairière qu'avait choisie Carl pour se débarrasser des véhicules douteux. A l'autre bout, au-delà des carcasses et parmi les primevères, si près du bord qu'on craignait à tout instant qu'elle ne tombe dans la carrière, était installée la caravane. Elle était vieille, la pluie l'avait couverte de vert par endroits, et les fenêtres en acrylique éraflé étaient doublées d'une couche de condensation. Les lettres pelées sur son flanc rappelaient les velléités de Carl de la transformer en stand de hot-dogs. Les affaires n'avaient pas décollé, mais l'enseigne peinte subsistait, et on apercevait toujours le placard peint au pochoir : *Hot-dog, 15 pence*, ainsi que le passe-plat, condamné par des clous, qu'il avait découpé dans le flanc. Les « jeunes délinquants » séjournaient dans la caravane quand ils venaient. Ils se saoulaient toujours au cidre White Lightning et allaient vomir dans la carrière. Carl, qui avait toujours du boulot pour une paire de bras supplémentaire, aimait bien leur compagnie, surtout au début des années 1990. A l'époque, il s'était débrouillé pour dénicher une licence lui permettant de ramasser les épaves d'accidents. « Maquillage et revente », qu'ils disaient, et la plupart de ces ruines mécaniques refaisaient surface dans les rues grâce à un coup de main des « jeunes délinquants » : peinture neuve, quelques soudures, un bon boulot de carrossier et des vitres intactes. « Virez-moi ces vitres rayées ! », beuglait souvent Carl. Il les payait avec des cigarettes et du gin achetés en duty free lors de ses virées à Calais pour renouveler sa réserve personnelle de bière, ou bien il leur donnait les autoradios à refourguer, à condition que les gosses parviennent à convaincre les proches éplorés qu'il n'y avait rien à sauver dans la carcasse de la voiture. Combien de fois Tracey avait-elle vu un des « jeunes délinquants » planté dans le garage, en train d'expliquer à un couple pourquoi il ne pouvait pas récupérer l'autoradio de la bagnole de leur défunt rejeton : « Il est complètement hors d'usage, ça ne vaut vraiment pas la peine de le prendre, d'accord ? » Et quand les autres insistaient : « Je ne voulais pas vous le dire, mais si vous voulez l'autoradio, pas de problème. Seulement, je dois vous prévenir : il y a du vin rouge partout dessus, mélangé à une substance encore pire qui a bousillé le lecteur de cassettes. » En général, ce dernier argument concluait la discussion.

Ils avaient découpé des voitures comme des animaux dans un abattoir. Chaque pièce récupérable était récupérée. Carl était vraiment malin. Le seul truc qu'il n'avait pas su prévoir, c'était son cancer. Il l'avait chopé, comme un cadeau, pour son quarante-huitième anniversaire.

« C'est une tradition familiale, chérie. C'est comme ça que ta mère a canné, c'est comme ça que tu partiras. » Il avait toujours été maigre, mais à sa mort il l'était encore plus — comme un évadé de camp de concentration, se disait-elle souvent. Et après sa disparition, les autres avaient perdu tout intérêt et s'étaient égaillés dans la nature ; le vent venu des marécages s'était mis à souffler dans le garage toujours ouvert, et il était depuis le seul à faire grincer les tôles rouillées.

Tracey prit les clefs et monta dans la vieille Datsun. Elle avait chaud en dépit de la pluie, et immédiatement les vitres se couvrirent de buée. Elle alluma la radio, effectua un demi-tour et conduisit le long de la carrière. La voiture cahotait au gré des nids-de-poule. Des fougères humides et des orties giflaient le pare-brise, et derrière elle la petite fenêtre à rideau de la caravane rapetissa jusqu'à disparaître dans la forêt.

Elle avait un plan, et elle venait de faire les premiers pas pour le réaliser. Il n'y avait plus rien ici pour elle. La mort de Carl l'avait laissée sur le sable. Elle ne savait même pas comment elle paierait le loyer du mois suivant. Pour tout dire, elle ignorait jusqu'à son montant, ou si Carl avait eu un arrangement avec le propriétaire. Bon sang, elle n'avait même jamais vu le propriétaire. *Tu m'as toujours tenue à l'écart de l'argent, pas vrai, Carl ?* Mais elle avait quelques idées. Une fois, vingt ans plus tôt, Carl était parti à Fuengirola — il connaissait des gens là-bas, avec qui il était en affaires. C'est la seule occasion où il avait quitté l'Angleterre, et à son retour il avait raconté des histoires de cocktails sirotés sur des yachts et montré sur une photo un petit village dont les maisons écrasées par le soleil ressemblaient à des sucres blottis en bas d'une montagne. L'endroit semblait tout bonnement paradisiaque, avec les oliviers, les fleurs aux couleurs éclatantes qui cascadaient en grappes sur les murs. Tracey Lamb était persuadée que là-bas elle serait heureuse. Et elle pensait que la clef de ce bonheur, l'argent qui transformerait ce rêve en réalité, pourrait bien venir du désir qu'éprouvait l'inspecteur

Caffery de découvrir ce qui était arrivé au garçon de Penderecki.

Ayo surgit de derrière les rideaux, chargée d'un bassin hygiénique empli de clamps en plastique et de serviettes ensanglantées.

— Oh, dit-elle en plaquant une main sur sa poitrine. Vous m'avez fait peur.

Ce séduisant inspecteur, de nouveau — celui à qui elle avait un moment envisagé de confier ses folles théories à propos de Ben et de Hal, et comment Josh urinait partout. Peut-être lui en parlerait-elle, cela l'amuserait sûrement, et il verrait qu'elle ne lui tenait pas rigueur de son petit subterfuge de l'autre jour.

— Que s'est-il passé ?

Elle regarda derrière elle le lit sur lequel Alek Peach grognait doucement.

— Il s'est mis dans tous ses états en sortant de sédation. Il a arraché sa transfusion à l'artère radiale. Ça semble bien pire que ça ne l'est en réalité.

— Mais... tout ce sang ?

— Nous lui en transfusions quand il s'est énervé. Ces taches proviennent de celui contenu dans la poche pour la plus grande partie, pas du sien. Il n'est pas en danger.

— Très bien, dit Caffery en avançant vers le lit. Alors je vais lui parler maintenant.

Ayo s'interposa habilement.

— Hum... Je suis désolée, mais le docteur Friendship ne m'a toujours pas donné la permission...

— Il cherche surtout à me tenir à l'écart, non ?

— Peut-être devriez-vous lui en parler, dit-elle, une main levée vers la porte. Je suis désolée, vraiment. S'il ne tenait qu'à moi...

— Ayo, écoutez-moi, souffla-t-il. C'était lui. C'est lui le coupable. Il a tué son fils.

L'infirmière ravala ce qu'elle allait dire. *Alors c'est un suspect. Ils auraient dû nous prévenir.*

— Allez, Ayo...

Elle ferma les yeux mais garda la main levée.

— Je... je vous remercie de m'avoir mise au courant, mais je suis désolée, je ne suis pas censée prendre en compte ce que vous pensez qu'il a fait.

— Oh, bon sang ! grogna-t-il. Vous autres, foutues bonnes âmes...

Elle rouvrit aussitôt les yeux.

— Ce genre de propos n'est pas nécessaire.

— Je le sais. (Désemparé et frustré, il jeta un regard circulaire sur la chambre.) Mais vous venez de me prouver qu'en fin de compte vous n'en aviez rien à foutre. Est-ce que vous avez lu les articles de journaux consacrés à Rory, au moins ? Vous avez lu ce que ce type, allongé là, lui a fait ? A son propre fils ?

Ayo déglutit péniblement, sentit la tension monter en elle.

— Je vous ai déjà expliqué ma... notre position, alors... (Elle posa une main sur son ventre. Le bébé venait de donner un coup de pied, comme pour lui signifier qu'il était en colère à cause de son attitude.) Alors, si vous voulez bien avoir l'obligeance de partir maintenant, s'il vous plaît... Je vous en prie, respectez-nous, d'accord ? Ou je devrai appeler la sécurité.

— Merci, Ayo, siffla-t-il. Merci pour votre compréhension. (Il ouvrit la porte pour sortir.) Je saurai m'en souvenir.

— Et ne revenez pas avant que nous vous appelions ! lui lança-t-elle dans le couloir. Ce ne sera pas avant plusieurs jours, certainement.

Ses mains tremblaient. Elle posa le bassin hygiénique et retourna au bureau des infirmières. Elle s'assit et se concentra sur sa respiration, attendant que les battements de son cœur s'apaisent. Une de ses jeunes collègues remarqua son trouble.

— Eh, tout va bien ?

— Je n'en sais rien. Je crois que oui.

Elle renversa la tête en arrière et respira par le nez. Son pouls était toujours trop rapide, et elle se sentait nauséeuse. Sans doute une sorte d'attaque d'angoisse. Voyant son visage moite et ses mains tremblantes, l'autre infirmière alluma la bouilloire électrique.

— Je vais vous faire une camomille. Dans votre état, il ne faut pas que vous soyez stressée.

— Oh, merci. Vous êtes adorable.

Ayo s'installa plus confortablement sur la chaise et plaça ses deux mains sous la courbe de son ventre. *Bon sang, il a seulement élevé la voix, et regarde dans quel état tu es ! Tu es fin prête pour entrer en travail avant terme. Ce pauvre, pauvre enfant...* songea-t-elle pour la millième fois, obsédée par cette horrible histoire comme le serait toute future mère.

— Désolé si j'ai réagi trop vite, dit le policier de faction devant la porte des soins intensifs, en se balançant d'un pied sur l'autre. J'ai seulement entendu les alarmes, et les infirmières qui s'excitaient... Alors j'ai pensé qu'il valait mieux vous prévenir.

— Vous avez bien fait, le rassura Caffery, dont le portable se mit à sonner. Appelez-moi à n'importe quelle heure, et en particulier...

Il pêcha le téléphone dans sa poche, appuya sur la touche OK et posa le pouce sur le microphone.

— En particulier dès que l'aimable docteur Friendship nous accordera la permission de venir, entendu ? (Il se détourna pour répondre à son interlocuteur :) Allô ? Ici Caffery.

— C'est moi. J'ai entendu quelque chose.

Il eut un instant de doute avant d'identifier la voix. Il salua le policier d'un signe et s'éloigna dans le couloir.

— Tracey, dit-il dès qu'il fut hors de portée, répétez ce que vous venez de dire.

— J'ai entendu quelque chose qui pourrait vous intéresser. Quelque chose en rapport avec notre discussion.

— Non, tout va bien, nous avons réussi seuls, finalement.

A l'autre bout, Tracey marqua une petite pause avant de saisir le sens de ses propos.

— Je parle pas de Brixton, dit-elle enfin, mais du garçon de Penderecki.

Benedicte demeurait là où elle s'était recroquevillée. Les yeux lui cuisaient, et ils brillaient de peur. Elle avait voulu se battre, sauver sa famille. Au lieu de quoi elle avait déguerpi et était restée là, pelotonnée sur le sol, à haleter et sangloter dans la pénombre. *Une sale petite trouillarde*. Si on la renversait sur le dos, elle conserverait la même position, comme une grosse mouche desséchée, parce qu'elle était paralysée par la terreur.

Et une unique pensée résonnait dans son crâne : *C'est un monstre. Josh avait raison... un monstre*.

Des lèvres épaisses et rouges, une peau blafarde, sans poil. Comme Blanche Neige, sa chevelure noire était tellement abondante et brillante qu'elle ne semblait pas réelle — plutôt sortie d'une pub pour shampoing. Ses baskets étaient éraflées, sales, et son pantalon de survêtement en Nylon rouge Adidas taché. En dessous, elle imaginait des jambes couvertes d'une épaisse toison et terminées par des pieds fourchus. Et il portait des gants en caoutchouc rose. Benedicte savait très bien où elle l'avait déjà vu : un matin, dans la boutique de matériel de camping de Brixton Hill. Il s'était tenu derrière elle une minute, leur tournant le dos comme s'il ne voulait pas être vu, sa capuche rabattue sur son visage. Et ensuite dans la rue, quand il maintenait la queue de Smurf soulevée et l'examinait. A présent, elle avait la quasi-certitude que c'était de Josh qu'il se cachait, ce jour-là. Josh le connaissait-il ? Etait-ce uniquement Josh qui l'intéressait ? Soudain, son sang se figea dans ses veines. *Les Peach, ils étaient supposés partir en vacances, eux aussi.* L'avait-il entendue lorsqu'elle parlait au vendeur de leur séjour prochain en Cornouailles ? Qu'avait-elle dit, au juste, dans la boutique ? Quelque chose à propos d'un long trajet en voiture, et — *Oh, Seigneur, oui...* — il avait certainement entendu ses propos, car elle avait même précisé au vendeur la date de leur départ. Il avait très bien pu les suivre jusque chez eux, et les épier depuis ce jour. En ce cas, tout était sa faute, à elle, Benedicte.

Subitement Smurf, qui était allongée à côté d'elle, releva la tête et se mit à hurler, une longue plainte suraiguë, le son qu'on entend lorsque la douleur vient de plus profond que la peau et les muscles.

— Chut...

Benedicte essaya de calmer la chienne. Elle la caressa, voulut l'amener près du tuyau fissuré pour qu'elle boive, mais le vieux labrador se détourna et reposa la tête à plat sur le sol. Ben se rassit et se mit à prier. *Oh, Ayo, Ayo... Je t'en prie, viens vite. Il faut que tu t'aperçoives que quelque chose cloche. Je t'en supplie...*

Il avait plu, mais à présent le soleil régnait en maître sur le Suffolk. Il brillait à travers les saules écimés, transformant la route en patchwork de lumière et d'ombre. Caffery traversait ces tunnels de verdure, passait devant des fermes, des genévriers décoratifs au milieu de pelouses bien entretenues, entre des haies d'érables taillés. Ses mains étaient moites. *Rebecca a raison. Tu éprouves un tel besoin morbide d'être persécuté que tu sautes sur la moindre occasion.* Tracey

Lamb, ce tas de graisse et d'égoïsme enveloppé dans une peau humaine, n'avait qu'à mettre une main derrière son dos, le regarder droit dans les yeux et dire « Devinez ce que j'ai dans ma main » pour le mener par le bout du nez. A la seule idée qu'elle puisse être en mesure de lui apprendre quelque chose sur Ewan, il était prêt à tout risquer.

Pendant quelques minutes, juste après la sortie de Bury St. Edmunds, il eut l'impression qu'il était suivi. L'éclat du soleil sur un pare-brise, une calandre qui brillait dans le rétroviseur, une voiture rouge, basse, du genre sport. Elle était derrière lui depuis plusieurs kilomètres déjà. Il régla le rétroviseur en se demandant qui pouvait être sur sa trace. Et la réponse lui vint aussitôt. C'était évident.

Rebecca avait parlé.

Bordel de merde, Rebecca, tu l'as fait, tu as tout raconté... Bien sûr. Elle leur avait tout déballé, y compris ce qu'il avait fait à Malcolm Bliss. Le cœur battant, soudain paniqué, il accéléra tout en ouvrant le vide-poche pour y prendre un atlas routier. L'asphalte filait sous les roues de la Jaguar et l'aiguille du compteur glissa de cent dix à cent trente. Pour avoir suivi un stage de pilotage à Hendon, il maîtrisait maintes techniques et ficelles pour filer une voiture ou en semer une. La plupart dépendaient d'une bonne connaissance des environs immédiats, et il déplia une des cartes sur le volant en calant l'atlas avec les genoux. Il trouva Thetford, corna le coin supérieur de la page et jeta un coup d'œil dans le rétroviseur.

Sa main abandonna l'atlas routier. Il n'arrivait pas à y croire. L'autre voiture avait disparu au loin. Il était seul sur la route.

— Merde.

Il maintint la trajectoire de la Jaguar et regarda plus longuement dans le rétroviseur. Mais non, il n'y avait rien ni personne derrière lui. La route était vide. Il prit son portable et vérifia s'il avait reçu un message — si quelque chose s'était produit, Souness l'aurait immédiatement prévenu, pour lui donner une longueur d'avance, il en était sûr. Mais il n'y avait aucun message, et la route derrière lui était déserte. Il avait tout imaginé. *Si ça ne te met pas la puce à l'oreille...*

Il posa le portable sur le siège passager, y joignit l'atlas routier et continua de rouler pendant trois kilomètres à vive allure. Le sang bourdonnait à ses tempes. Il était sacrement perturbé, se dit-il en constatant le tremblement de ses mains. Dès son retour à Londres, il raconterait tout à Souness et Paulina. Et tout ça parce que Lamb l'avait appâté. En son for intérieur, il savait que cela n'irait pas plus loin. *Ne te remets pas à espérer.*

Il se le répéta tant de fois pendant qu'il traversait le Norfolk — ses maisons aux issues condamnées, en bordure d'axes déserts, entre deux serres industrielles à l'abandon — que lorsqu'il trouva Lamb assise sur les marches, devant la porte arrière de son taudis, il s'était convaincu de ne pas croire à ce qu'elle pourrait lui dire.

Elle portait des jambières claires, des sandales jaunes à haut talon et un T-shirt à l'effigie de Shania Twain, et naturellement elle fumait une cigarette.

— Tracey, dit-il, que voulez-vous ?

Elle tira une bouffée, le contempla à travers la fumée et sourit.

— Vous voulez un peu de thé ?

— Pas vraiment, non.

— D'accord.

Elle l'avait observé pendant qu'il descendait de voiture, sa chemise d'un blanc éblouissant sous le soleil, et elle avait attendu sans bouger qu'il traverse la distance les séparant. Oui. Elle ne s'était pas trompée. Elle le lisait sur son visage. Et alors qu'il s'approchait, quand il ôta ses lunettes de soleil, elle le vit jeter un coup d'œil, un seul, en arrière vers la route. Et ce petit mouvement lui dit tout ce qu'elle voulait savoir. *Il devrait pas être ici. Il le sait. Il est bien aussi ripou que je le pensais. J'avais raison. Ça va être du gâteau...*

— Pour qui vous bossez ?

Il désigna la maison d'un mouvement du menton.

— Vous pourriez baisser la musique ?

— Je vous ai demandé pour qui vous bossez !

Il soupira.

— Je ne travaille pour personne. Je suis flic. Je vous l'ai déjà dit, il me semble.

— Alors ce gamin, celui de Penderecki, qui c'est qui peut bien s'intéresser autant à lui ?

— Moi, c'est tout.

— Foutaises, ça. (Elle tira encore sur sa cigarette, qu'elle pointa ensuite vers lui.) Je les connais, les types dans votre genre. Il y a une histoire de pognon derrière tout ça, pas vrai ? Je sais pas qui était ce gamin, mais vous savez ce que je pense ? Je pense que quelqu'un tient vraiment beaucoup à le savoir. Et quand quelqu'un veut vraiment savoir, il y a toujours du fric qui circule...

Elle s'essuya les mains sur ses jambières crasseuses, passa une mèche de cheveux derrière son oreille et grimaça. Elle se racla la gorge et cracha devant elle.

— Cinq mille.

— Quoi ?

— Cinq mille et je vous déballe tout...

— Cinq mille livres ? Est-ce que j'ai l'air d'un... ?

— Je plaisante pas. Cinq mille et je vous dirai exactement ce qui s'est passé.

— Allez au diable, Tracey. Vous bluffez. Et je n'ai pas à payer pour obtenir des informations de vous. Je suis le dernier rempart entre vous et les mœurs, et je n'hésiterai pas à...

— Oh non, fit-elle avec un lent rictus. Vous allez me filer le pognon.

— Pas question. (Il contempla le ciel et chercha les clefs dans sa poche.) Vous n'êtes qu'une grande gueule.

— Je suis votre indic. Vous devez m'enregistrer. Vous l'avez fait ?

— Bien sûr que oui.

— C'est vous qui mentez ! railla-t-elle. Je les connais, les types dans votre genre... Vous êtes pires que les gens comme moi, parce que vous, vous pouvez utiliser la loi à votre profit. Oh oui, vous êtes bien pires.

— Ne me menacez pas, Tracey...

— Cinq mille, et je vous montrerai ce qui s'est passé.

Il tourna les talons.

— Vous vous croyez dans un film, Tracey...

— *Ecoutez-moi !*

— Il n'en est pas question, dit-il en marchant vers la voiture et en faisant un geste de la main pour la congédier. Il n'en est foutrement pas question.

— Vous seriez très, très surpris d'apprendre ce que j'ai découvert. Ce que mon frère savait depuis longtemps...

Elle se leva en hâte. Elle était résolue à ne pas le laisser partir. Il représentait son billet gagnant et il s'éloignait dans la cour ensoleillée.

— Vous seriez très surpris d'apprendre ce qui est arrivé au garçon de Penderecki et tout ce que je peux vous dire sur lui...

Caffery pressa le pas et elle se mit à trottiner derrière lui, bras tendus. Les talons de ses souliers pointillaient le sol comme le bec d'une poule qui picore.

— Ecoutez, je vous raconte pas de salades. Pourquoi je le ferais ? Je peux vous montrer exactement ce qui lui est arrivé. Pas vous le *dire*, vous le *montrer*.

Caffery fit halte, se retourna et agita l'index devant elle, dans un geste de mise en garde.

— Tracey, arrêtez vos conneries. Je ne le répéterai pas !

Plusieurs corbeaux s'envolèrent des arbres derrière lui, et elle fut effrayée par la façon dont leurs ailes semblaient assombrir le ciel, comme si les oiseaux voulaient souligner les paroles de l'inspecteur.

— Je repars pour Londres, continua-t-il. Je vais tout balancer au Yard. Et ne vous avisez pas de me téléphoner pour m'emmerder avec vos histoires à dormir debout !

— Mais...

— Mais rien du tout.

Il fit tournoyer les clefs autour de son doigt et alla droit vers sa voiture. Elle resta plantée là, près d'une vieille Fiat dévorée par la rouille.

— Et merde, marmonna-t-elle après quelques secondes.

La Jaguar remonta l'allée. Tracey regarda le vol des corbeaux qui s'éloignaient dans l'immensité bleue du ciel. Quand ils eurent disparu derrière la cime des arbres, elle fit demi-tour et repartit vers la maison en boitillant.

Plus tard, elle se rassit sur le pas de la porte et contempla fixement le hangar, les vieux moteurs rouillés, et les toits de la Land-Rover recouverts par le chèvrefeuille. Elle avait presque oublié la cigarette coincée entre ses doigts. Ce fut seulement quand le bout incandescent lui brûla les phalanges qu'elle la jeta. Se renfrognant, elle se courba vers le sol, repoussa ses cheveux en arrière et cracha une grosse masse de mucosités sur le mégot. Elle écrasait le tout du talon, pour ne pas risquer de glisser dessus plus tard, quand elle entendit des roues sur le gravier. Gagnée par une nervosité subite, elle redressa la tête.

— Oh, merde...

Elle se leva, la respiration sifflante, déverrouilla la porte et se hâta d'entrer dans la maison. *Peut-être qu'il était sérieux, et que les cognes sont en route...* Elle avait parcouru la moitié du couloir quand la voix s'éleva devant elle.

— Tracey ?

Elle stoppa net, au niveau de la porte de la cuisine. Elle avait le cœur dans la gorge. Elle déglutit lentement, appuya ses ongles rongés contre le chambranle et se pencha pour regarder dans le couloir. Il se tenait immobile sous le soleil, devant la porte d'entrée, mains dans les poches, le visage dur. Une guêpe s'était introduite dans la maison et se cognait rageusement contre le plafond.

— Quoi ? lança-t-elle. Qu'est-ce que vous voulez encore ?

— Trois mille.

— Quoi ?

— J'ai dit : trois mille. Je vous donnerai trois mille livres.

Roland Klare aurait pu dire à la police qu'ils devaient chercher quelqu'un d'autre que le seul Alek Peach. Oh oui, il aurait pu le leur expliquer en une seule phrase. Il s'agenouilla sur le canapé, pressa les mains et le nez contre la vitre et considéra les jolis arbres et les pelouses desséchées de Brockwell Park. Une de ses jambes était secouée par un tressautement involontaire. Les photographies pendues en ligne dans la chambre noire montraient clairement Alek Peach en train de violer son fils. Mais ces mêmes clichés prouvaient autre chose de façon indubitable : Alek Peach n'avait pas été seul dans la maison à ce moment précis. Quelqu'un d'autre avait participé, ce quelqu'un qui tenait l'appareil photo.

Klare émit un petit claquement de langue et pianota des doigts contre la vitre en se demandant ce qu'il convenait de faire.

— Hum, oui, murmura-t-il.

Il s'écarta de la vitre et se retourna vers le salon en se frottant les mains nerveusement.

25

Caffery arriva à Shrivemoor juste après six heures du soir, et alors qu'il se garait il repéra Kryotos, vêtue d'une veste couleur crème, qui montait dans la voiture de son mari. Il traversa la rue pour la rejoindre. Il posa les deux mains sur le toit du véhicule et vérifia qu'aucune voiture n'approchait.

— Du nouveau ? interrogea-t-il. Logan est rentré ?

— Rentré et reparti. Il a photocopié quelques formulaires et les a laissés dans ton casier. Rien de neuf.

— Et merde, grommela-t-il en se penchant pour saluer le mari de Kryotos. Excusez.

— Pas de problème.

La jeune femme boucla sa ceinture de sécurité en jetant un regard méfiant à son collègue. Il avait de nouveau cet air hagard qui ne présageait jamais rien de bon.

— Il y a quelques messages pour toi. Ce dentiste, tu sais, il a téléphoné. Et aussi un type du nom de Gummer. Et West End Central a retrouvé la trace de Champ Keodua-machin, si tu veux toujours le voir.

— Et Peach ?

— Pas de changement. (Elle fit un petit signe en direction des fenêtres de la salle des données, où le soleil se reflétait sur le filtre argenté antiexplosion.) Danni est toujours là-haut.

— Merde.

— Je sais. Elle n'est pas de très bonne humeur.

Il se redressa et appliqua une claque sonore sur le toit de la voiture.

— Bon, merci, Marilyn. A demain.

La salle des données était déserte, et Danni se trouvait dans son bureau, où elle remplissait ses formulaires de service pour le mois écoulé. Posée à côté d'elle, une bouteille entamée de Glenfiddich — cadeau de la journaliste d'un tabloïd paraissant le dimanche qui avait fait un article sur le *profiling* géographique : Caffery et Souness lui avaient expliqué les dessous de l'affaire Rossmo/Barwell, et elle en avait tiré trois articles.

— Danni ?

Elle leva la tête.

— Ah, c'est vous, lâcha-t-elle avant de se replonger dans son travail.

Il s'arrêta à l'entrée de la pièce, mal à l'aise, sans savoir s'il devait rester ou partir. Quand il comprit qu'elle paraissait décidée à ne pas lui adresser la parole, il alla s'asseoir dans son fauteuil, croisa les mains sur son ventre et tourna son attention vers la fenêtre. Avant longtemps, Souness céda.

— D'accord, fit-elle en signant le dernier formulaire. Allez-y, crachez le morceau.

Il posa les mains à plat sur son bureau et prit le temps de réfléchir à la meilleure façon de présenter les choses.

— Je... Ecoutez, pour ce matin...

— Oui ?

— Je vous présente toutes mes excuses.

Elle pinça les lèvres et ses petits yeux d'un bleu perçant se posèrent sur lui. Avec beaucoup de méfiance.

— C'était hors de proportion, poursuivit-il. Je n'apprécie pas tellement cette affaire, pour des raisons que vous connaissez très bien, et je crois que je n'ai pas assez dormi ces derniers temps... Enfin, bref, je suis désolé.

— Je vois, fit-elle d'un ton sec, ses lèvres conservant leur expression dubitative.

Elle tapota du stylo sur le bureau, l'air songeuse. Elle parut sur le point de dire quelque chose, changea d'avis et se frotta le front de sa main libre. Puis elle étira les bras en l'air et regarda par la fenêtre.

— Oh, et puis merde, dit-elle à mi-voix. Je suppose qu'il faudra bien que je finisse par vous pardonner.

— Ah, soupira-t-il. Merci pour la mise en scène.

— Pas de quoi. (Elle s'enfonça l'auriculaire dans l'oreille et le secoua énergiquement, en le gratifiant d'un regard en coin.) « Je ne sais pas si je serai capable de m'enfoncer la tête dans le cul à ce point. » Vous n'auriez pas pu trouver une métaphore un peu plus élégante ?

— La prochaine fois, je promets de faire un effort.

— Bonne idée, répliqua-t-elle en faisant pivoter son fauteuil pour se retrouver face à lui. Bref. Dites, vous avez vu ça ? (Elle avait croisé les mains sous son ventre et le secouait doucement.) J'ai perdu du poids. (L'air soudain très sérieuse, elle le dévisagea.) Et vous n'avez pas dit quelque chose à propos d'un dîner que vous me devriez ?

— J'ai dit ça, moi ?

— Oh oui. Si vous vous trompiez en affirmant que les détails concernant Gordon Wardell avaient été repris dans tous les journaux, vous vous étiez engagé à m'inviter à dîner.

— Et je m'étais trompé ?

— Aucune importance. Je suis votre patron.

— J'avais raison, alors.

— Possible.

— En fin de compte, j'étais bien obligée de vous

pardonner, Jack. Je n'avais pas de moyen de transport aujourd'hui : Paulina a pris la BMW.

Ils ne discutèrent pas du choix du restaurant. Ils montèrent simplement dans la Jaguar et Caffery roula dans Brixton comme si c'était évident et qu'en sous-sol la rivière Effra les guidait. A ses limites, dans ces zones où la poudre aux yeux des night-clubs et des galeries d'art n'était pas encore parvenue, le quartier était encore dangereux. Des hommes en survêtement maculé de boue et coiffés d'un chapeau de paille roulaient des yeux en direction des étoiles et déclamaient leur folie à la lune. Ici les lumières des réverbères avaient été éteintes à coups de carabine à air comprimé tirés des cités HLM, et le seul éclairage était celui des cubes froids d'ultraviolet dans les boutiques, installés là pour empêcher les drogués de venir se piquer sous les porches en rendant leurs veines invisibles. Dans le centre de Brixton, la vie nocturne n'avait pas encore commencé, il était encore trop tôt : le Bug Bar, le Fridge, le Mass étaient encore plongés dans le silence. Ce coin ne se transformerait pas en une petite Ibiza avant minuit. Alors il y aurait des embouteillages et des beautés dignes des Baléares qui se dresseraient à travers le toit ouvrant des voitures pour saluer le monde à leurs pieds. Malgré tout, quand ils se garèrent dans Coldharbour Lane, Caffery fut agréablement surpris par la luminosité et la chaleur relatives de l'endroit.

Il fit halte devant un distributeur de billets.

— Juste pour prendre une quarantaine de livres.

— A votre place, je prendrais plus. Je ne suis pas bon marché, vous savez.

Souness se tenait mains dans les poches, dos tourné à Caffery, s'efforçant de remporter le combat de regards qui l'opposait à la clocharde avec le bébé, assise tout près du distributeur. Caffery vérifia son compte. Le chiffre qu'il avait proposé à Tracey n'était pas dû au hasard. Il savait jusqu'où sa banque accepterait d'étendre son découvert à court terme. Trois mille livres. *Qu'est-ce que tu pourrais t'offrir avec trois mille livres ?* Il avait beau se répéter *C'est une menteuse, une ancienne taularde finie, lessivée*, l'espoir niché dans son cœur, cet espoir pathétique, ne cessait de le harceler : *Et si, et si, et si...*

Il empocha l'argent, vérifia d'un regard alentour que personne ne les épiait, puis désigna Coldharbour Lane de la tête.

— Bon, on va dîner, donc ?

La population immigrée noire, qui naguère avait fait de ces quelques rues son territoire, avait majoritairement été repoussée du centre de Brixton vers les ruelles étroites de la périphérie. Peu de pubs fréquentés par les Noirs subsistaient encore — ces endroits où, si vous y étiez entré un samedi après-midi, vous auriez vu des jeunes gens qui jouaient aux dominos, criaient, se donnaient de grandes claques sur les cuisses, ouvraient leur portable pour raconter la dernière anecdote à un ami absent. Presque tout Coldharbour Lane était occupé par des commerces satisfaisant aux besoins de la nouvelle population, et Caffery et Souness jetèrent leur dévolu sur un établissement proche de la place, le Satay Bar, avec ses murs tapissés de miroirs et ses fleurs exotiques jaillissant de hauts vases de verre. Ils commandèrent des Malay kebabs, avec deux parts de riz et deux bières Singha, et s'installèrent à une petite table près de la devanture. Souness s'assit confortablement, déboutonna sa veste et posa son bip sur la table entre eux.

— J'aime bien, ici, dit-elle en regardant par la vitre. Cette artère est si foutrement à la mode qu'en restant assis assez longtemps, à faire le guet, de temps à autre vous verrez passer une gosse de riche. Une de ces petites nanas avec ces seins maousses... Vous savez bien de quoi je parle...

— Non, je ne sais pas.

Souness eut un sourire malicieux et piqua une kebab avec sa fourchette.

— Premier signe de dépression, ça.

— Quoi donc ?

— La perte d'intérêt pour le sexe.

— Je n'ai pas perdu mon intérêt pour le sexe.

— Oh, mais bien sûr, railla-t-elle en pointant la kebab vers lui, le jour de votre mort, voilà le jour où vous ne vous intéresserez plus au sexe, Jack Caffery.

Il déroula la serviette en papier pour prendre ses couverts. Il considéra la nourriture un moment, puis posa les coudes sur la table et se pencha vers sa collègue.

— Danni, vous êtes dans la police depuis combien ? Quinze, seize ans ?

— Vous êtes loin du compte. Je sais bien que j'ai conservé un visage d'ange, mais j'aurai fait mes trente ans dans seulement neuf années.

— Bon, vous vous souvenez du jour où vous avez mis l'uniforme pour la première fois ? Vous vous souvenez de ce qui vous passait par la tête à cette époque ?

— Oh oui. J'étais très excitée. Et j'ai déclaré mon homosexualité dès l'instant où je suis entrée à Hendon, figurez-vous. Mais, dit-elle aussitôt avec emphase et non sans un petit mouvement de la kebab, je ne m'en suis jamais servie, Jack. Même quand le monde a évolué et que j'aurais pu m'en servir, je ne l'ai jamais fait. (Elle mordit dans la brochette et mâcha posément, tout en poursuivant :) Bien sûr, ça ne signifie pas que je n'ai jamais baisé un petit cul. Non. Ou une petite chatte.

— Et ça vous plaît toujours ?

— De baiser une petite chatte ?

Il sourit.

— Le boulot.

— Ouais. J'adore. A chaque instant.

— Et vous n'avez jamais eu le sentiment que vous y étiez entrée pour de mauvaises raisons ?

— Non. (Elle enfourna quelques fourchettées de riz et survola le restaurant du regard avant de se concentrer sur un point situé quelque part à la verticale de la tête de Caffery.) Mais il faut dire qu'il ne m'est rien arrivé de comparable à ce qui vous est arrivé lorsque vous étiez gosse...

Caffery s'éclaircit la gorge et baissa les yeux sur son assiette. Il savait que Souness attendait qu'il saisisse la perche. D'un coup, il n'avait plus très faim.

— Vous le savez, n'est-ce pas ? fit-il en affrontant de nouveau son regard. Vous savez que je suis entré dans la police parce que j'avais l'idée idiote que j'allais retrouver Ew... mon frère.

— Ouais, pas besoin d'être un génie pour avoir compris ça.

— Le problème, Danni, c'est que je ne parviens pas à m'en dépêtrer. Je tombe sur une affaire comme celle de Rory Peach et me revoilà âgé de dix ans, poings levés et prêt à me battre contre le monde entier...

— Bon, de temps en temps vous êtes en rogne. Et alors ?

— Et alors ?

Il sortit son tabac et se roula une cigarette avec dextérité.

— Alors ? Eh bien... (Il alluma la cigarette.) Un jour ou l'autre ça ira trop loin, je le sens. Un jour, quelqu'un va me pousser un peu trop et je ferai quelque chose que je ne pourrai jamais réparer.

Il tira une bouffée, renversa la tête en arrière et ferma les yeux un instant. Puis il expira lentement la fumée et posa la cigarette sur le bord du cendrier.

— Tout est une question de recul. C'est comme ça qu'on dit, non, une « question de recul » ? Prenez ce que j'ai fait à l'hôpital, comment j'ai essayé de vous convaincre que quelqu'un...

— Ah, minute, coupa Souness. Je sais ce que vous allez dire.

— Vraiment ?

Elle trempa la viande dans la sauce aux cacahuètes et arracha un morceau de la brochette d'un coup de dents.

— Ouais, et j'y ai réfléchi, de mon côté. Vous pensez qu'il y a quelqu'un d'autre. Une autre famille de victimes. En ce moment.

— Vous voyez ? Je vous l'avais bien dit, je suis comme un chien qui ne veut pas lâcher son os.

— Je vous comprends, Jack, dit-elle en mâchant vigoureusement sa viande. J'en ai parlé au divisionnaire. Je peux vous donner deux membres de l'équipe. Utilisez-les comme vous le voudrez. Je vous demande juste de les ramener avec le sourire aux lèvres. Entendu ?

Il la regarda fixement.

— Vous plaisantez ?

— Pas du tout. Il se peut que votre idée soit juste. Et maintenant, au lieu de rester là bouche bée comme un crétin, dites merci.

Il secoua la tête, encore incrédule.

— D'accord : merci, Danni. Merci.

— De rien. Eteignez-moi *ça* (de sa brochette, elle désigna la cigarette) et mangez. Vous avez la mine de quelqu'un qui a tout intérêt à faire un bon repas.

Il écrasa la cigarette, mais quand il tira l'assiette vers lui il se rendit compte qu'il était incapable de se concentrer sur la nourriture.

— Qu'est-ce qui s'est passé dans cette maison, Danni ? Qu'est-ce qui a bien pu s'y produire, bon sang ?

Avec les dents de sa fourchette, elle fit tomber ce qui restait de sa brochette dans la sauce.

— Très simple. Rory Peach a été violé. Par son

père. C'est ce qui s'est produit, alors inutile de se voiler la face.

— Mais que se passait-il au sein de cette famille pour qu'ils en arrivent là ?

— Je l'ignore, avoua-t-elle avant de piquer un morceau de bœuf qu'elle fourra aussitôt dans sa bouche. Je me demande souvent ce qu'on éprouve quand on viole. C'est une de ces choses qui intriguent les femmes — pas le fait d'être violé, mais le fait de violer. Pas très politiquement correct pour une vieille gouine, hein ? (Elle but une gorgée de Singha et s'essuya les lèvres.) Une fois, j'ai eu une petite conversation avec un violeur, et vous savez ce qu'il m'a dit ? Je me souviens de chacun de ses mots, parce que c'est à ce moment-là que j'ai compris : je pouvais toujours me comprimer la poitrine et me couper les cheveux à la garçonne, jamais je ne saisirais réellement ce qu'un homme ressent. (Elle regarda Caffery droit dans les yeux.) Il m'a dit : « C'est comme si votre cœur saillait de votre poitrine, comme si vous mordiez du cuir si fort que vos mâchoires craquent, c'est comme l'érection ultime, comme si votre queue devenait un prolongement de votre âme... » (Elle harponna un autre morceau de viande.) Propos de cinglé, hein ?

Caffery se leva brusquement.

— Eh, vous allez où ?

— Vous voulez une autre bière ?

— Euh, oui, fit-elle, un peu surprise. Ouais, une autre bière.

Elle continua de mastiquer en le suivant des yeux pendant qu'il allait au comptoir. Qu'avait-elle dit pour provoquer cette réaction ? Pas de doute, il avait un problème. Parfois, il avait le regard d'un lion tenu en laisse. Quand il revint avec les bières, il avait recouvré son calme de façade.

— Jack, qu'y a-t-il ? Allez, dites-le-moi.

— Je crois que je vais appeler Rebecca.

— Ah oui, Rebecca. Comment va-t-elle ?

— Bien.

— Chouette. Transmettez-lui mes amitiés, alors. (Elle avança la main vers l'assiette de Caffery.) Je vois que vous n'en voulez plus ?

— Non, non, je vous en prie.

Elle transféra sa viande dans son assiette et s'y attaqua avec le même enthousiasme. Le repas se termina rapidement, et Caffery n'eut pas besoin de l'argent qu'il avait tiré au distributeur.

Au téléphone, la voix de Rebecca était indistincte.

— Jack ! Où suis-je ? Je veux dire, Seigneur... (Elle prit une inspiration brusque.) Désolée, je voulais dire : où es-tu ?

— Ça va ?

— Je... je ne sais pas trop. Je suis saoule, je crois... Je me sens paumée, Jack.

— Où te trouves-tu ?

— A la galerie, tu sais ?

— Celle où je suis venu te chercher l'autre fois ?

— Oui, je crois.

— Je ne suis pas loin. Attends-moi, j'arrive.

A vol d'oiseau, le Satay Bar ne se trouvait qu'à une centaine de mètres de l'Air Gallery. Il entra dans la grande salle, ses yeux fatigués scrutèrent la fumée, glissant sur les panneaux d'aluminium suspendus, les colonnades en résine moulée, les aiguilles de lumière au tungstène, sans s'attarder sur les visages absents de toutes ces personnes à la pointe de la modernité. Quand enfin il repéra Rebecca, au premier étage, il resta un moment à l'observer, comme devant une vision d'un autre monde.

Dans une vitrine éclairée étaient exposés quatre mannequins anatomiques dans un liquide coloré. En face, sur des chaises alignées, étaient assises quatre filles au pâle visage d'Européennes de l'Est et à la coiffure géométrique. Elles écoutaient avec la même expression absorbée l'homme installé dans le canapé tendu de plastique rouge en face d'elles. Il était grand et cultivait un air artistement maladif dans son col roulé noir. Caffery reconnut un des journalistes d'une émission sur l'art programmée en fin de soirée sur Channel 4.

— Comme les fenêtres obstruées de Michel-Ange dans la bibliothèque des Médicis, ce sont des vagins qui ne vont nulle part, pérorait-il d'une diction trop nette. Ils inversent l'ordre naturel d'une société phallocentrique. Ils créent l'organique, le *semblant d'organe* où le point de vue obsessionnel masculin croit imposer un espace. Ils disent : « Regardez ! Voyez la *tribalité*, voyez la *vaginalité* — ne l'ignorez pas ! »

Pendant qu'il parlait ainsi de son œuvre, Rebecca demeurait là, assise à côté de lui. Pelotonnée dans un creux du canapé, elle était vêtue d'un T-shirt et d'une jupe bleu libellule. Son menton touchait sa poitrine, ses mains enveloppaient mollement une bouteille ouverte d'absinthe posée sur ses genoux nus et, bien que personne ne parût le remarquer, elle dormait.

Caffery vint s'interposer entre le quatuor et le canapé, et tendit la main vers elle.

— Becky ? Allons, Becky...

Le journaliste s'interrompit et leva les yeux vers l'intrus.

— Oui ? fit-il en posant une main sur sa poitrine. Vous m'avez posé une question ?

Caffery s'inclina pour examiner le visage de la jeune femme.

— Rebecca ?

Elle ne réagit pas. Depuis leur dernière rencontre, elle s'était fait couper les cheveux, maintenant hérissés en petites touffes autour de son mince visage barbouillé de maquillage. Le trop-plein d'eye-liner s'était accumulé au coin de ses yeux et elle était l'illustration parfaite d'une victime d'accident de voiture après une soirée trop arrosée entre adolescents. Une petite fée ivre.

— Becky, allez...

Il lui prit la main, écarta en douceur les doigts de la bouteille et bougea un peu.

— Jack ? (Elle ouvrit les yeux, qui parcoururent en zigzag le visage penché vers elle.) Jack ?

Elle avait l'haleine chargée. Il récupéra la bouteille et la posa sur la table basse.

— Allez, on y va.

Il passa un bras autour de ses épaules et se courba un peu plus pour lui enserrer la taille.

— Elle part ? demanda le journaliste d'un ton prudent.

— A ton avis ? fit Caffery sans le regarder.

Avec un haussement d'épaules, l'autre reporta son attention sur son auditoire féminin.

— Mais Cornelius Kolig, par exemple, approcherait différemment le sujet de l'abus sexuel...

Les jeunes femmes décroisèrent et recroisèrent les jambes avec l'ensemble parfait d'une troupe de danse. Ignorant Rebecca, elles dévoraient le journaliste du regard, buvaient le nectar de ses paroles.

— Bande de connes, dit soudain Rebecca en repoussant Caffery. Vous ne voyez pas que tout ça, c'est de la foutaise ?

Elle prit la bouteille d'absinthe sur la table et la brandit autour d'elle. Le liquide clapotait comme des émeraudes fondues dans la lumière, éclaboussant le sol. Les filles la regardaient sans comprendre, manifestement inquiètes.

— Ce n'est qu'une énorme fumisterie. Vous ne pigez pas ? Et c'est de vous qu'on se fout !

Elle s'arrêta une seconde, vacilla un peu, comme si elle était surprise de se retrouver debout. Soudain, elle jeta un regard désespéré autour d'elle.

— Oh... Jack ?

— Oui, allons-y.

— Je veux rentrer...

Ses épaules s'affaissèrent et elle se mit à pleurer.

— Je veux rentrer à la maison, répéta-t-elle entre deux sanglots.

Il réussit à le faire sortir du club sans attirer l'attention. Une fois dehors, lorsque l'air frais de la nuit la gifla, elle réagit lentement et leva des mains lourdes pour se frotter les bras. Mais elle ne résista pas quand il l'installa sur le siège passager de la Jaguar et qu'il boucla sa ceinture de sécurité.

— Je veux rentrer...

— On y va.

Il la repoussa contre le dossier du siège, lui mit les mains sur les genoux. Elle laissa sa tête se caler contre la vitre de la portière pendant qu'il roulait en silence à travers Dulwich. De temps en temps, il lui jetait un coup d'œil. Il se demandait pourquoi elle s'était laissée glisser à ce point. Pourtant, Rebecca possédait un instinct de survie profondément enraciné, c'était la première chose qu'il avait remarquée chez elle, la caractéristique qui l'attirait et le repoussait le plus. Il était impensable de la voir aussi désemparée, aussi vulnérable. Dans la lumière des phares des véhicules qui les croisaient, son visage paraissait gris, ses lèvres bleuâtres.

Ils s'arrêtèrent à un feu rouge dans Dulwich, à côté d'une maison couverte de planches blanches — ils auraient pu se trouver dans un village amish, en Pennsylvanie, plutôt que dans le sud de Londres —, et de la main il lui caressa le crâne, et ces petites touffes de cheveux.

— Rebecca ? Ça va ?

Elle ouvrit les yeux et quand elle le vit elle lui adressa un petit sourire confus.

— Salut, Jack, murmura-t-elle. Je t'aime.

Il lui sourit à son tour.

— Ça va aller ? Tu te sens bien ?

— Non, dit-elle, soudain prise de frissons. Pas vraiment.

— Qu'est-ce qu'il y a ?

Elle s'agita soudain, tâtonna le long de la portière pour trouver la poignée, tandis que ses pieds martelaient le plancher de la voiture.

— Becky ?

Mais avant qu'il ait pu se ranger le long du trottoir elle avait ouvert la portière, sorti la tête à l'extérieur, et elle vomissait sur le macadam. Son corps tremblait, les larmes noyaient ses yeux.

— Oh, bon sang, Becky...

Caffery lui massa le dos d'une main, tout en surveillant les véhicules derrière eux dans le rétroviseur. Il fallait qu'il se gare au plus vite. Elle tremblait et sanglotait sans retenue. D'une main elle s'essuya la bouche, tandis que de l'autre elle essayait de refermer la portière.

— Je suis désolée, je suis désolée...

— Ça va, un moment, juste un petit moment...

Le feu passa au vert et il changea de file pour se garer le long du trottoir. Effondrée sur son siège, elle pleurait spasmodiquement, une main sur la bouche. Le mascara coulait sur ses joues. Il ne se rappelait pas la dernière fois où il l'avait vue dans un tel état.

— Viens ici, dit-il en voulant l'attirer à lui.

Elle le repoussa.

— Non, ne me touche pas. Je suis dégoûtante.

— Becky ?

— J'ai pris de l'héro. J'ai pris de la blanche.

— Tu as pris quoi ?

— De l'héroïne.

— Bordel... (Il leva lentement les yeux vers le toit de la voiture.) Quand ?

— Je ne sais plus. Il y a deux ou trois heures...

— Mais pourquoi ?

Elle posa sur lui un regard un peu vitreux, qui tanguait, et il se demanda comment il avait pu ignorer tous ces signes.

— Je voulais essayer.

— Est-ce qu'il faut que tu essaies toutes les saloperies qui existent ?

Elle s'essuya encore la bouche, sans répondre. Arrivées à leur hauteur, les voitures ralentissaient pour voir ce qui se passait, s'il y avait une dispute, ou mieux, une scène croustillante à surprendre. Il se pencha et referma la portière du côté passager, afin que la lumière intérieure n'offre pas aux curieux une scène parfaitement éclairée.

— Et c'est la première fois ?

Elle acquiesça.

Il fit redémarrer la Jaguar.

— Bon, je ne vais pas te faire la morale. Je vais te ramener à la maison.

A Brockley, il l'envoya se laver pendant qu'il lui préparait du thé. Elle s'assit comme une enfant sur le lit, mains serrées autour de la chope de liquide brûlant. Elle avait passé une de ses chemises, et sur son visage trop pâle se lisait toute sa détresse.

— Je vais appeler un médecin.

— Non, je vais bien. (Elle contemplait le fond de la chope.) Je me sens mieux, maintenant... Est-ce que tu... (Elle n'osait pas le regarder.) Est-ce que tu veux bien venir au lit ?

Il s'immobilisa sur le seuil de la pièce, une main posée de chaque côté de l'encadrement, et secoua lentement la tête.

— Non ?

— Non.

— Je vois.

Elle garda le silence quelque temps, comme si elle

tournait et retournait en esprit cette fermeté inédite chez lui. Et soudain elle lâcha la chope et se cacha le visage dans les mains. La chope roula sur le lit et tomba sur le plancher, où elle se brisa.

— Oh, Jack ! sanglota-t-elle. Je suis perdue...

Il revint s'asseoir sur le bord du matelas et lui massa la nuque.

— D'accord, d'accord.

— Je ne sais plus où j'en suis. Avant je le savais toujours, mais là je... je ne sais plus...

Ses pleurs redoublèrent, si violents qu'elle paraissait les verser pour tout ce qu'elle avait pu perdre dans sa vie, toutes les déceptions qu'elle avait subies, même les plus insignifiantes. Les larmes roulaient sur ses joues, brûlantes.

Il l'étreignit de ses deux bras, déposa des baisers sur ses cheveux.

— Becky, tu ne peux pas continuer comme ça.

Ses épaules étaient secouées par des vagues de tremblements, et sa nuque était devenue brûlante. Elle secoua la tête.

— Je sais, balbutia-t-elle. Je sais.

— Que vas-tu faire pour arrêter ça ?

— Je ne sais pas encore, je...

Elle se frotta les yeux et prit plusieurs inspirations profondes en luttant pour se maîtriser.

Il inclina la tête pour voir son visage.

— Rebecca ? Qu'est-ce que tu comptes faire ?

Elle essuya les larmes sur ses joues. Sa respiration s'était calmée.

— Alors ?

— Euh... (Elle détourna la tête.) Je vais... Je ne sais pas, je vais dire la vérité, je suppose.

— D'accord.

— Non, je parle de la vérité vraie. (Elle leva les mains, les laissa retomber.) Jack...

— Quoi ?

— J'ai... j'ai menti. Un peu... (Elle hésita, puis :) Non, pas un peu, beaucoup. Jack, je t'ai menti, depuis le début je te mens et maintenant je suis tellement désolée de tout ça, et c'est parce que je mentais que nous en sommes là et tout est ma faute et je suis...

— Eh, chut, calme-toi, d'accord ? Sur quoi as-tu menti ?

— Tu vas me détester pour ça...

— Sur quoi as-tu menti ?

— Sur Malcolm.

— Comment ça ?

Elle inspira à fond et ferma les yeux pour parler comme si elle récitait un poème mémorisé dans la douleur :

— Je n'ai aucun souvenir de ce qui s'est passé, Jack. La dernière chose dont je me souvienne, c'est d'avoir pris ma bicyclette pour aller chez lui. Et puis plus rien, jusqu'au moment où tu te rendais aux funérailles de Paul.

Un silence. Elle rouvrit les yeux, les braqua sur lui.

— Jack... Je sais que j'ai tout bousillé, et j'en suis désolée... Je pensais que, je ne sais pas, je pensais qu'il y avait quelque chose qui n'allait pas chez moi si je ne me rappelais rien ou... ou...

Il ôta les mains de ses épaules et ils restèrent assis sans dire un mot pendant un très long moment. Ainsi donc, c'était la raison première. Il repensa au témoignage qu'elle avait fait à l'hôpital, à l'enquête, au cadavre de sa colocataire dans le couloir, à elle, pendue dans la cuisine. Et soudain il se rendit compte qu'elle venait de faire un pas vers lui, et cela modifia un peu ce qu'il avait sur le cœur.

— C'était pour ça, nos problèmes de sexe ?

— J'avais peur, je me disais que j'allais me remémorer tout au moment où nous serions en train de... Oh, merde ! (Elle se frotta les yeux des deux poings.) Je sais, c'est ridicule.

— Parce que j'ai essayé de te faire penser à tout ça ?

Elle acquiesça et se mordilla la lèvre inférieure. Tout le maquillage de ses yeux était parti, et ses cils étaient nus, très fins.

— Tu n'as pas porté plainte, n'est-ce pas ?

— Bien sûr que non. Tu n'as pas cru que... ?

— Oh, Rebecca, souffla-t-il en l'attirant à lui et en enfouissant le visage dans ses cheveux hérissés. Bon sang...

26

26 juillet

— Oui, allô ?

Une voix de femme sur le répondeur dans l'entrée, qui résonnait dans toute la maison. A l'étage, allongée sur le sol près du radiateur, Benedicte se réveilla en sursaut et rampa en aveugle vers le son.

— Ce message s'adresse à M. et Mme Church. J'espère être au bon numéro. Je m'appelle Lea et je représente l'agence immobilière de Helston. Nous, hum... nous vous attendions dimanche au Lupin Cottage de Constantine, et je vous téléphone parce que nous n'avons pas de nouvelles de vous et que nous voulons simplement vérifier qu'il n'y a aucun problème. Et, hum, le fait est, monsieur Church, le fait est que nous n'avons pas eu d'annulation officielle de votre part pour le séjour au Lupin Cottage. En conséquence, je suis navrée de devoir vous le dire, mais si vous ne nous contactez pas dans les plus brefs délais vous perdrez vos arrhes. Alors, si vous avez eu un contretemps, merci de me passer un coup de fil pour m'avertir. Voilà. (Un court silence.) Voilà. C'est tout. Eh bien, hum... au revoir.

— Non ! hurla Benedicte.

— Ah oui, j'oubliais : il est près de neuf heures du matin et nous sommes jeudi. Je vous rappellerai durant le week-end si je n'ai pas de vos nouvelles d'ici là. Merci.

Un déclic annonça la fin du message, et le répondeur rembobina la bande.

— Fumier ! *Fumier !* (Benedicte tendit tout son corps vers la porte et hurla :) *Je te tuerai !* (Elle martela le plancher de ses deux poings ensanglantés.) Espèce de connasse, toi et tes putains d'arrhes ! Pauvre conne !... *Hal ! Josh ! Vous m'entendez ? Vous m'entendez ? Je vous aime tant...*

Tracey Lamb était de bonne humeur. Elle sortit ses rouleaux favoris, de gros rouleaux roses qui luisaient comme des biscuits couverts de sucre glace, et enroula ses cheveux autour. Quand la mise en plis fut terminée, elle ne les retira pas. Elle vaporisa un peu de laque sur l'ensemble, chaussa des bottes de caoutchouc et, une tasse de thé à la main, un seau empli de babioles dans l'autre, les clefs et son gobelet-crachoir dans la poche distendue de son gilet de laine, elle sortit de la maison par la porte de derrière, en rêvant de sangria et de cigarettes fortes et bon marché. Elle chantonnait en pensée.

Elle conduisit la Datsun jusqu'à la carrière et la gara face aux arbres. Un chien très maigre à la robe tachetée était assis dans les broussailles et observait la caravane.

— Tire-toi, bâtard !

Elle décocha un coup de pied en direction de l'animal, qui battit en retraite sous la haie. Ses pattes étaient tellement tordues que son ventre touchait presque le sol.

— C'est ça, tire-toi. Allez.

Elle posa la chope de thé sur le capot d'une vieille Ford Sierra et pêcha les clefs dans sa poche. Carl lui avait toujours dit de mentir à propos de ce qu'elle gardait dans la caravane, mais il était mort, maintenant, et elle ne voyait plus aucune raison de lui obéir.

Enlacés et fourbus, Caffery et Rebecca dormirent ensemble dans le lit de l'inspecteur. Elle avait posé son visage sur la main de Jack, et il pouvait le sentir se crisper et grimacer pendant qu'elle rêvait. Elle avait gardé sa culotte et son T-shirt, et bien qu'il eût un bras passé autour d'elle il s'arrangeait pour que leurs corps ne soient pas collés l'un à l'autre. Au matin il écarta son bras en douceur, pour ne pas la réveiller, et quitta le lit. Il prit une douche, se rasa avec soin, passa un costume italien de bonne coupe, cadeau d'une ex-petite amie, mit sa cravate grise Versace et répéta mentalement le petit discours qu'il avait concocté à l'intention de son banquier.

Quand il descendit au rez-de-chaussée, Rebecca s'était levée et préparait le café dans la cuisine. Dans son jean et avec cette coupe de cheveux, elle avait de faux airs de garçonnet. En le voyant, elle poussa un sifflement admiratif.

— Bon sang, tu es magnifique.

Il lui sourit.

— Où vas-tu ?

— Au bureau.

Il ajusta sa cravate et se servit un café. Elle paraissait reposée. En fait, si l'on prenait en compte son état de la veille, elle semblait incroyablement bien. Pendant un moment il se prit à espérer que leur couple renaîtrait, alors qu'assis à la table il la regardait s'affairer devant le frigo. *Tout peut s'arranger*, se dit-il, avant de penser malgré lui : *Peut-être que c'est l'héroïne qui a cet effet. Ce n'est pas ce qu'on dit, que dans les premiers temps où on prend de l'héroïne, on semble tenir une forme superbe ?* Puis il se rappela ce qu'il devait faire ce jour-là, et songea qu'en toute justice il devait annuler cette visite à la banque, fournir lui aussi un effort, en retour de celui de la jeune femme, et ces pensées le déprimèrent si vite qu'il eut instantanément un début de migraine. Il vida sa tasse, se leva et déposa un baiser sur le front de Rebecca.

— Il faut que j'aille au bureau.

Après son départ, elle sortit dans le jardin et s'allongea sur le dos dans l'herbe. La journée s'annonçait magnifique : un ciel limpide, avec seulement quelques nuages isolés qui se poursuivaient. Elle essaya d'analyser ce qu'elle éprouvait. C'était une étape importante, très importante, qu'elle venait de franchir. Elle avait fait un bras d'honneur à l'un des critiques d'art les plus respectés de Londres, et certainement il était maintenant plus que temps de défaire le reste. Mais elle ne parvenait pas à se convaincre qu'elle avait mal agi ; chaque fois qu'elle essayait d'être rigoureuse et d'y réfléchir posément, ses pensées s'éloignaient du sujet, comme une bulle de savon. Peut-être à cause de l'héroïne — *et peut-être que c'est pour ça que les junkies supportent de vomir les premières fois, juste pour profiter de ce délicieux engourdissement de l'esprit...* Les effets n'auraient-ils pas dû se dissiper depuis longtemps ? Elle avait le sentiment que quelque chose de primordial s'était produit, qu'on l'avait orientée dans la bonne direction et qu'elle devait se sentir à la fois effrayée et euphorique. Mais elle repensa à Jack, elle le revit qui déposait un baiser sur sa nouvelle coiffure *(Jack, tu ne t'es pas énervé, tu ne m'as pas ordonné de partir)*, et elle sut que tout allait bien, après tout, et qu'elle avait le droit d'être très calme. Quand elle posa les mains sur ses joues, elle se rendit compte avec étonnement qu'elle souriait.

Le cerveau est un peu comme un haricot au bout de sa tige, qui flotte dangereusement dans le crâne au milieu d'un liquide protecteur. Ses tissus ne peuvent être comprimés sans dommage, pas plus qu'il ne peut survivre à une période, même très courte, sans oxygène. C'est pourquoi il existe maintes façons d'endommager cet organe fragile autant qu'insondable : il peut être poussé contre le crâne par un épanchement de sang ou une tumeur, il peut être privé d'irrigation par un traumatisme ou un choc, il peut être secoué à l'intérieur de la boîte crânienne si brutalement que les tissus conjonctifs en sont arrachés, il peut être comprimé vers le bas par un hématome jusqu'à ce qu'il soit presque pressé dans l'orifice qui se trouve à la base du crâne. Si un jeune enfant est violemment poussé en arrière et tombe à la renverse sur un sol de ciment, par exemple, il existe un risque très sérieux que son cerveau, réagissant aux forces de succion et aux lois de l'accélération et de la décélération, soit rejeté en arrière puis *en avant*, et qu'il heurte la paroi osseuse diamétralement opposée à celle ayant reçu le choc. Ce phénomène particulier est une blessure « par contre-coup », et c'est exactement ce qu'Ivan Penderecki avait infligé au garçonnet qu'il avait tenu emprisonné dans une cabane glaciale perdue dans les marais de Romney.

Par un caprice du destin, Carl Lamb assista à toute la scène. C'était par une froide nuit d'octobre, dans les années 1970, et il se tenait devant la fenêtre de la cabane. Il fumait une cigarette en attendant que le Polonais en ait fini avec le gamin pour prendre la suite. Une bagarre avait éclaté, et quand l'enfant était tombé Lamb avait immédiatement compris que quelque chose clochait : il n'y avait pas de sang, mais la dilatation des yeux du gosse et sa soudaine mollesse étaient bien plus sinistres.

— Oh, merde, grogna-t-il, et la panique monta en lui. Qu'est-ce qu'on va faire ?

Mais pour Penderecki, la question n'était pas ce qu'*ils* allaient faire, mais ce que *Carl seul* allait faire. C'était *lui* qui s'occuperait du problème et de l'enfant.

Lamb était jeune, à peine plus de vingt ans, et Ivan Penderecki lui inspirait une crainte certaine, car à l'époque c'était lui le chef incontesté de leur cercle. Aussi Carl obéit-il sans protester. Il ramassa le petit corps brisé, en songeant que d'ici quelques minutes ce serait certainement un cadavre. Un cadavre qu'il faudrait bien enterrer. Pendant le long trajet jusque chez lui, avec l'enfant sur la banquette arrière, qui se tortillait sous la couverture, il passa devant des réservoirs, des lacs, et même devant la Tamise qui serpentait sous la lune vers l'estuaire. Il aurait pu s'arrêter ici ou là, et se débarrasser du gosse sans attendre, mais il n'en avait pas le courage. Dans sa courte existence, il avait commis beaucoup de méfaits, mais jamais il ne s'était débarrassé d'un corps. Quelque chose, la couardise peut-être, à moins que ce ne fût un sentiment de responsabilité dans les événements, le poussa à continuer de rouler.

De retour dans le Norfolk, il installa l'enfant sur le canapé, alla prendre une bière, mit de la musique et s'assit dans son fauteuil pour regarder le pauvre gosse mourir. Il se demandait ce qu'il allait faire de lui ensuite, s'il serait capable de découper le cadavre en morceaux sans avoir la nausée. Les minutes s'étirèrent en heures. Le visage du gamin gonfla de manière monstrueuse. Les heures se transformèrent en jours, il respirait toujours, et un filet de salive argentée le reliait à l'oreiller. Sa jambe et son bras droits se recroquevillèrent comme les serres d'un oiseau, mais le troisième jour, lorsque Carl posa une main sur son épaule et le secoua, le gamin se redressa d'un bloc et vomit sur son T-shirt jaune moutarde.

— Connard !

Tracey, alors encore adolescente, était furieuse de cette intrusion dans son monde. Elle sortit d'un pas alourdi par la colère et alla fumer une Marlboro près du garage, dos tourné à la maison. Carl l'ignora. Il fit les cent pas dans la pièce en regardant le gosse et en se demandant s'il ne devait pas le tuer tout de suite. Ou bien l'emmener jusqu'à l'autoroute et l'abandonner sur le bas-côté. Mais il ne savait pas quels souvenirs l'enfant gardait de la nuit dans la cabane, ni qui il pourrait identifier. Bien sûr, il existait une autre solution : emmener l'enfant à Londres et le laisser à Penderecki, mais le Polonais représentait toujours une perspective très intimidante. Bref, il était coincé. Il examina le gosse, et chercha à définir s'il vaudrait quelque chose pour quiconque. Le côté droit de son visage était irrémédiablement détruit, gonflé et tiré vers le bas, comme s'il était de cire fondue. Il bavait continuellement. De fait, il était inutilisable. Pendant les quelques jours suivants, Carl résolut maintes fois de le supprimer. Mais en un nombre égal d'occasions il découvrit qu'il n'avait pas le courage de passer à l'acte. Et puis, soudain, un fait mit un terme à son indécision. Soudain, Carl remarqua que le gamin changeait.

Le processus était certes lent, mais graduellement, presque miraculeusement, sa paralysie faciale se corrigea d'elle-même et il cessa de baver. Il grimaçait et se balançait d'avant en arrière, comme un bébé qui essaie de sortir d'une chaise haute, et quand, un mois plus tard environ, il se leva et tenta de marcher, son pied droit pointa vers le sol comme le sabot d'un cheval. D'une certaine manière, Carl n'éprouva pas trop de difficultés à fermer les yeux sur ces bizarreries physiques. De nouvelles possibilités se présentaient à lui.

La modification de l'attitude de son frère n'échappa évidemment pas à Tracey. Elle en fut heureuse. Il était moins revêche et ne s'emportait plus au moindre prétexte. Une nuit, elle entendit des bruits provenant de la salle de bains, qui se répercutaient dans toute la maison, des cris animaux et le son assourdi d'un corps qu'on frappe contre une baignoire métallique. Quand elle monta à l'étage sur la pointe des pieds, elle vit

Carl qui sortait de la salle de bains, le sourire aux lèvres. Il transpirait, et il évita de croiser son regard. Alors elle sut, sans trop pouvoir ni vouloir se l'expliquer, qu'à partir de ce jour le petit garçon serait le jouet très spécial de son frère.

Elle avait vu juste. Quand il se saoulait le week-end, Carl descendait de l'étage en T-shirt et caleçon, une cigarette vissée à la bouche, et il entrait dans le salon où elle regardait la télévision en compagnie du gamin. Il ne parlait jamais, pas plus qu'il ne claquait des doigts ou qu'il ne faisait un signe quelconque. Il se contentait d'allumer le plafonnier. L'enfant et elle levaient alors les yeux vers lui, et il attendait que le gosse sorte de la pièce en boitant. Ces soirs-là, Tracey montait le volume sonore du téléviseur et fumait un peu plus qu'à l'accoutumée, en faisant de son mieux pour ne pas penser à ce qui se passait à l'étage. Après ces séances, le gosse se retranchait des jours durant dans une absence totale de communication. Il restait assis dans un coin, se balançait interminablement d'avant en arrière, une couverture sur la tête, en émettant une plainte basse continue.

— Tu n'as qu'à te dire que c'est notre jeune frère, lui conseilla Carl. Imagine qu'il est né comme ça, et c'est tout, d'accord ? Et nous allons l'appeler... Je ne sais pas, moi, Steven, tiens.

Et c'est ainsi que l'enfant devint Steven, leur frère demeuré. Les « jeunes délinquants » aimaient bien le rosser, pour s'amuser. Tracey le découvrait souvent prostré sur le flanc, gémissant sur le ciment du garage, dans l'huile de moteur. Après quelques années, Carl perdit tout intérêt sexuel pour lui. Steven s'était mis à fumer en cachette et à déchirer des photos de Debbie Harry et de Jilly Johnson dans les numéros de *News of the World*, pour les scotcher sur le mur. Un matin, Carl s'était réveillé et avait trouvé une pile de pneus en cendres dans le garage, par la faute d'un mégot mal éteint de Steven. Il lui avait cassé le nez, pour lui apprendre. Steven n'avait plus un corps d'enfant, et à présent Carl errait dans la maison en tempêtant à la moindre occasion, contre lui ou tout ce qu'il rencontrait sur son chemin : Tracey, les voitures dans le garage, les « jeunes délinquants ». Steven était devenu un jeune garçon trop vite grandi qui n'excitait plus du tout Carl, lequel n'avait ni l'énergie de s'en débarrasser ni les tripes pour le faire. Il prit l'habitude de l'enfermer dans sa chambre dès le soir venu, avec un seau de toilette et rien d'autre. « C'est pour ton bien, petit enculé. »

Tracey était satisfaite. Il semblait bien que Steven approchait de la fin de sa vie utile. Mais un jour, par hasard, Carl découvrit que le garçon exécutait depuis quelque temps déjà le travail qu'il donnait aux « jeunes délinquants ». Pendant qu'ils étaient assis avec leur cidre en bouteille plastique et qu'ils l'observaient, c'était Steven qui traînait les piles de vitres de portière ayant un numéro d'identification gravé dans le verre pour aller les détruire dans les arbres. C'était Steven qui travaillait avec la meuleuse pour effacer les codes de série des châssis. Et c'était Steven qui grandissait et devenait de plus en plus musclé et plus efficace dans le garage. Il était incapable de formuler une phrase, mais il savait souder une plaque sur un numéro de châssis en quelques secondes. Carl eut alors une révélation. Si Steven pouvait abattre les tâches qu'il confiait aux « jeunes délinquants », pourquoi gaspiller plus longtemps son gin et ses clopes ? Avant longtemps il le mit officiellement au travail, et l'adolescent devint un petit singe couvert de cambouis, qui redressait les tôles, les coupait, les soudait. Carl était aux anges. « Je n'ai même pas besoin de lui trouver un masque quand il repeint une bagnole, disait-il, de toute façon il ne se rend compte de rien. Absolument excellent. » A présent, tout « jeune délinquant » qui n'était pas invité dans la chambre de Carl devenait indésirable, et la caravane resta vide pendant de longues périodes.

Et brusquement, sans signe annonciateur, un jour Steven prononça le prénom de Penderecki. Carl dressa aussitôt l'oreille.

— Qu'est-ce que t'as dit ? interrogea-t-il en posant un regard acéré sur l'adolescent par-dessus le *News of the World* qu'il parcourait. Qu'est-ce que c'était ?

— Ihhh-Fann.

— C'est quoi, ça ? demanda Carl à sa sœur, qui se tenait non loin et se rongeait les ongles d'un air renfrogné. Qu'est-ce qu'il a dit ?

— J'en sais foutre rien, moi.

— Ii-fann.

Carl laissa tomber le journal et se leva d'un bond.

— Merde alors ! Il a dit « Ivan ». C'est ça, hein ? Tu as dit « Ivan » ?

— Unng !

Steven renversa la tête en arrière et ses mains jaillirent pour se rejoindre sous son menton.

— Qui c'est, Ivan ? voulut savoir Tracey. Son vrai prénom ?

— Non, c'est celui de Penderecki, pas vrai, Steven ?

— Uh-uhh.

Il avait des iris étranges, toujours en mouvement, qui voletaient sous les paupières comme des feuilles mortes sur la surface d'un lac par grand vent.

— Redis-le. Qui c'est qui t'a cassé la tête, hein ?

Silence.

— Allez, satané connard, qui t'a tabassé comme ça ? C'est Penderecki ?

Silence.

— Steven ? Est-ce que c'est Penderecki qui t'a cassé la tête ?

Un soudain sursaut, et les yeux roulèrent de droite et de gauche.

— Ung !

— Qui ça ?

— BbeMBe-rrrr-dhi...

— C'est ça ! s'exclama Carl, abasourdi. Et qui c'est qui t'a aidé ? Hein ? Après, qui c'est qui t'a aidé ? C'est moi ? C'est Carl ?

— Ung-ung !

Il hocha la tête en roulant encore des yeux, ce qui signifiait « oui ». Carl s'assit sur le canapé. Dans ses prunelles brillait une lueur étrange.

— Cette merde de Polak ! s'écria-t-il en frappant du poing fermé dans la paume de son autre main, tandis que Tracey reculait prudemment. Je le tiens, cette petite merde !

D'après les explications de son frère, Penderecki vieillissait, il devenait de plus en plus inactif et perdait tout intérêt pour les petits garçons. Il en arrivait à oublier qu'il avait quelque chose entre les jambes, et c'était là son point faible. Carl ajouta qu'il pouvait maintenant faire comprendre au Polonais ce qui était réellement arrivé au gamin, et que très vite Penderecki lui mangerait dans la main. Cela, Tracey le comprit. Son frère disposerait d'un endroit où atterrir à Londres quand bon lui semblerait, il profiterait des contacts de Penderecki s'il le désirait, il aurait un autre lieu où entreposer sa collection de vidéos si les choses devenaient risquées au garage.

— Ou si je dois partir, pour une raison ou une autre. Il les gardera et il y fera aussi attention qu'à sa putain de vie, s'il sait ce qui est bon pour lui. (Carl était maintenant de bien meilleure humeur.) Bon, Tracey, tu ne dois dire à personne qui est Steven, pigé ? Et surtout pas à ce putain de Polak. S'il se pointe ici pour un autre motif, ne dis rien. S'il faut causer avec lui, c'est moi qui m'en chargerai.

C'est ainsi que Steven devint membre à part entière de la maisonnée, et que par la force des choses ils s'accommodèrent de sa présence. Il avait un chapeau préféré — un bonnet à pompon au sigle de Manchester United, qu'il portait bas sur le front et qu'il avait baptisé « Bobah », sans que personne sache pourquoi. S'il n'avait pas son couvre-chef à portée de la main il se mettait à pleurer, et quand elle avait envie de l'embêter Tracey cachait Bobah jusqu'à ce que Steven soit pelotonné sur le sol de la cuisine, en larmes. L'incident terminé, il semblait ne lui en tenir aucun grief, et une minute plus tard il avait tout oublié. En fait, Tracey se rendit compte que sa mémoire était des plus limitées depuis qu'il était arrivé dans le Norfolk. Il adorait le chocolat et s'empiffrait de caramels, et au long des années il tomba amoureux de Madonna, Kylie Minogue et Britney Spears. En l'absence de son frère, Tracey aimait tourmenter Steven. Elle lui faisait nettoyer la maison. Assise sur le canapé, pendant qu'elle appliquait du vernis sur ses ongles de pieds, elle l'écoutait qui dans le couloir nommait chaque tâche qu'il accomplissait. « Bouh-ièè, nan » signifiait : « La poussière, maintenant. » « Ihah-teuh », c'était l'aspirateur, et « éh-oillé » voulait dire « nettoyer ».

— Pourquoi tu le supportes ? demandait-elle parfois à Carl. C'est un putain de mongol. Pourquoi tu t'accroches à lui ?

— Tracey, c'est pas tes oignons.

Mais elle estimait que cela la regardait. Elle était assez finaude pour deviner que Carl ne lui disait pas tout au sujet du jeune garçon. Elle aurait parié qu'il y avait autre chose concernant Steven. Peut-être avait-il un rapport avec quelqu'un d'important ; connaissant son frère comme elle le connaissait, elle subodorait une histoire d'argent quelque part.

Lorsque Carl mourut, Tracey se retrouva en charge de leur « petit frère ». Elle avait envisagé d'approcher Penderecki — elle tournait et retournait cette idée de chantage quand elle regardait les feuilletons télévisés en fumant des Silk Cut à la chaîne —, et puis l'inspecteur Caffery avait frappé à la porte, et tout avait pris un sens. A présent, elle comprenait pourquoi Carl avait gardé le gosse. C'était bien une question d'argent. Comme elle l'avait toujours pensé. Elle n'était pas aussi lente d'esprit que son frère s'était plu à le lui répéter, finalement.

La première chose à faire était de trouver un endroit où cacher Steven. Elle n'avait aucune envie que cette fouine de flic revienne et le découvre un balai à la main, dans la maison, avec son sourire idiot sur les lèvres. La veille, elle l'avait donc fait monter dans la Datsun — « Tu peux emmener Bobah » — et elle l'avait conduit à la caravane au bord de la carrière.

— Plus tard, je t'apporterai Britney.

— Bihh-néé...

— Je l'apporterai ici aussi. Promis.

Et elle le fit. Elle lui apporta tous les posters de la chanteuse, ainsi que la cassette et le baladeur que Carl avait offerts à Steven quatre Noëls plus tôt. Elle lui avait également donné une quantité généreuse de chocolat et de Coca-Cola. Ensuite elle avait cadenassé la caravane et avait fumé une cigarette dehors, sous la pluie, en regardant passer les voitures sur la route, avec leurs phares allumés, en se disant qu'elle était très courageuse et très intelligente. Et aujourd'hui, jour où Caffery était supposé venir par l'A 12 avec l'argent, elle se sentait encore plus courageuse. Le soleil brillait, le ciel était dégagé. Elle marqua une courte pause devant la caravane, le temps de cracher sur le sol. Il fallait qu'elle trouve un moyen de prouver que Steven était bien le « garçon de Penderecki ». A l'intérieur, il suivait très approximativement une chanson — « Ooopsh, Ah di-diii guèèn ». *Connasse de Britney Spears*, songea-t-elle. La seule cassette qu'il possédât, et dont il semblait ne jamais se lasser. Il l'avait écoutée des centaines de fois, et il ne connaissait toujours pas les paroles. Elle ouvrit le cadenas et entra dans la caravane. Les rideaux étaient humides de condensation et l'intérieur sentait le moisi.

Elle posa le seau sur la couchette, à côté de lui, souleva un des écouteurs de son casque.

— Ecoute, Steven... Steven ?

Il lui sourit en hochant la tête.

— Tesss...

Elle lui rendit son sourire en s'efforçant de paraître calme. Elle lui retira le casque, le posa sur la couverture et éteignit le baladeur.

— J'ai une question à te poser, d'accord ?

Il resta un moment interloqué. Ses yeux bondirent à droite, puis à gauche, il mit une main sur l'autre, puis le contraire.

— D'accord ?

Il parut alors se concentrer. Il acquiesça avec une telle vigueur que ses talons heurtèrent le plancher.

— Corr.

— Bien. Ecoute-moi. Tu te souviens du nom du type de Londres ?

Steven cessa de hocher la tête. Il émit un petit son étranglé et son regard se déroba pour s'arrêter sur le poster de Britney Spears collé à la porte. En tenue rouge et blanc de pom-pom girl, elle était allongée sur le capot d'une camionnette jaune.

— Steven ?

Il leva et abaissa la tête à plusieurs reprises, et elle vit qu'il essayait d'articuler un mot. Elle se rapprocha de lui.

— Quoi ? Qu'est-ce que tu dis ? (Il enfouit son index dans une narine.) Non, ne fais pas ça. (Elle lui écarta la main d'un geste sec.) Allez, petit enculé, tu le connaissais, hein, le type qui t'a cassé la tête, tu te souviens ?

Il se rembrunit et son regard se voila. Il baissa le

menton et tourna la tête vers la fenêtre. On aurait pu croire qu'il riait. En réalité, il acquiesçait.

— Tu te souviens de lui ?

— Uuuungh.

— Il s'appelle comment ? Steven, son nom ?

— Iiih-faann...

— Ivan ? C'est ce que tu as dit ? Ivan ?

— Ungh, répondit-il en hochant vigoureusement la tête, heureux de lui faire plaisir.

— Parfait. Maintenant, si quelqu'un te demande : « Qui t'a fait ça ? » tu réponds : « Ivan, Ivan Penderecki. »

— Iih-fann Beemmb-bbemmmb... (Il semblait sur le point de sangloter, tant il éprouvait de difficultés.) Iih-fan Bemmberedith ! lâcha-t-il d'un coup.

Cela suffirait. Tracey se rassit, satisfaite, et alluma une cigarette. Elle se sentait sûre d'elle, à présent. Très sûre d'elle. Sur la paroi de la caravane, en jean et T-shirt bleu clair, Britney Spears leur souriait dans Times Square noyé sous le soleil.

De la Jaguar garée devant la banque, à Lewisham, Caffery téléphonait à Souness :

— Je ne vais pas venir ce matin. Je suis désolé, mais j'ai... Je ne sais pas, j'ai dû manger quelque chose de pas frais...

— Oh, bon Dieu, Jack ! grogna Souness en regardant les deux policiers qui patientaient dans son bureau. Ils sont assis là comme des gosses attendant que leur père arrive pour leur dire quoi faire...

— Ça va, ça va, passez-les-moi.

Il parla pendant dix minutes à l'un des deux hommes, et lui donna les paramètres de la zone qu'il voulait voir couvrir en enquête de voisinage. Logan avait déjà fait la partie à l'ouest du parc, ils s'occuperaient de la partie à l'est. Ensuite, il discuta avec Kryotos et lui demanda de contacter Champaluang

Keoduangdy pour arranger une rencontre à l'heure du déjeuner.

— Le déjeuner ? Je croyais que tu étais à l'article de la mort ?

— Marilyn, s'il te plaît, j'ai juste besoin de me reposer un peu.

— D'accord, je marche, je ne dirai rien.

— Le téléphone sera décroché. Si tu as besoin de m'appeler, fais-le sur le portable.

— Compris.

Après cette conversation, il ôta sa cravate et la mit dans sa poche. Il s'était senti pareil à une gravure de mode lors de son entretien avec le banquier, mais il avait obtenu l'argent — qui se trouvait à l'intérieur d'une enveloppe marron, dans la poche intérieure de sa veste — et il disposait donc de la somme pour traiter avec Lamb. *C'est pathétique. Tu es tellement obsédé que tu vas dépenser plus d'un mois de salaire pour écouter les divagations d'une ex-taularde à la dérive, et déjà tu as menti à tout le monde.* Mais il se fit une promesse : après avoir vu Lamb, il balancerait toute cette histoire aux oubliettes. La Jaguar prit la direction du Norfolk. Il baissa la vitre mais n'alluma pas la radio. S'il n'obtenait rien de nouveau aujourd'hui, tout serait terminé : il transmettrait tous les éléments en sa possession à l'unité antipédophilie, et il annoncerait à Rebecca qu'elle avait enfin ce qu'elle voulait et que l'histoire d'Ewan était définitivement close. Mais tout en conduisant il ne pouvait s'empêcher de jeter des coups d'œil dans le rétroviseur, et les prunelles qu'il y voyait brillaient d'espoir, comme s'il s'attendait vraiment à s'arrêter devant chez Lamb et à voir Ewan apparaître en gambadant au coin de la maison, dans le soleil, toujours en short, avec son T-shirt jaune moutarde.

Pense plutôt à ce que tu vas réellement voir.

Une vieille chaussure d'enfant, ou un fragment d'os,

probablement. Trois mille livres, et son prix lui serait remis avec un cérémonial digne d'une relique sainte. *Je tiens dans ma main un fragment authentique de la Vraie Croix.* Ou une carcasse d'animal verdie par son séjour dans la terre. Il savait qu'il allait se faire avoir, et il souhaitait seulement réussir enfin à se débarrasser de cette bulle d'espoir coincée dans sa poitrine.

Tracey Lamb comprit à l'instant où elle posa un pied dans la maison. Elle ne les avait pas vus arriver, car ils avaient eu la prudence de cacher la voiture, mais elle sut instantanément. Elle laissa tomber le seau et fit demi-tour pour verrouiller la porte. Un bras en uniforme jaillit devant elle et brandit le mandat à cinq centimètres de son visage.

— Mademoiselle Tracey Lamb ?

— Vous avez pas demandé la permission d'entrer chez moi !

Elle repoussa la main de l'officier et pivota sur ses talons pour regarder dans le couloir.

— Je vous ai pas donné la permission !

— Nous n'en avons pas besoin, mademoiselle Lamb. Vous étiez absente.

— Non ! Espèces de fumiers !

Ils retournaient méthodiquement toute la maison. Ils étaient partout, en bras de chemise, ignorant ses protestations. Ils entraient dans les pièces en ajustant leurs gants de caoutchouc blanc. En haut de l'escalier elle vit un escabeau placé sous la trappe d'accès au grenier, et sur la dernière marche les hauts talons élégants et les chevilles bronzées d'une femme. Elle n'apercevait que le bas de ses jambes. Elle entendit les pas de quelqu'un au-dessus, entrevit l'éclair d'une torche électrique.

— Tirez-vous de mon putain de grenier ! mugit-elle du bas de l'escalier.

Un policier plaça les deux mains sur ses épaules.

— Mademoiselle Lamb, vous feriez mieux de nous laisser terminer.

— Enfoirés... Oh, mon Dieu...

Elle savait n'être pas de taille. *Caffery — ce fumier — ce putain de fumier de fils de pute !* Elle se laissa glisser sur le sol et se prit la tête entre les mains.

— Enfoirés, gémit-elle.

La femme policier descendit avec précaution l'escabeau et passa un vieux carton à chaussures bleu, couvert de toiles d'araignée, à son collègue qui attendait en bas. Il descendit l'escalier.

Lamb le vit arriver vers elle et la colère l'envahit. Elle lui agrippa la jambe.

— Comment vous osez prendre mes affaires ! Rendez-moi ça ! Rendez-le-moi !

Le policier essaya de libérer sa jambe en tenant le carton à chaussures à bout de bras, hors de portée de Tracey, mais cette dernière s'accrocha.

— Oh ! s'écria-t-il. Aidez-moi ! Que quelqu'un vienne détacher cette furie !

— Mademoiselle Lamb, dit un autre officier, ce carton contient des preuves...

— Je sais ce qu'il contient ! C'est mon putain de carton à chaussures...

— Détachez-la...

Avec une rapidité inattendue, Lamb bondit sur ses pieds et lança son bras. Le coup porté au policier fut assez fort pour qu'il lâche le carton, dont le contenu se répandit sur le sol. Pendant un instant tout le monde s'immobilisa devant les images éparpillées. Même Lamb fut momentanément tétanisée par ce qu'elle voyait. Elle resta immobile, le buste penché en avant, les genoux légèrement fléchis, le visage livide.

— Tracey, ne rendez pas les choses plus difficiles qu'elles...

— Va te faire foutre !

Il y avait là une trentaine de photographies, du

modèle ancien, avec un liseré blanc. Elles montraient une fillette blonde, de six ans peut-être, assise sur un banc de jardin. Sur certains clichés, elle portait un mini-short, avec un bavoir orné d'un lapin de dessin animé, brodé, et des bretelles. Ses cheveux étaient coiffés en arrière, avec un mouvement sur les épaules rappelant la mode des années 1960, mais pour les adultes. Sur certaines photos elle jouait avec un ballon de plage ; sur d'autres, le bavoir était abaissé et elle exhibait fièrement son torse blanc et mince, la tête inclinée de côté pour l'objectif. Sur deux clichés, qui avaient glissé vers la porte, entre les pieds écartés d'un policier plutôt embarrassé, la même enfant se trouvait sur un lit, à califourchon sur le visage d'un homme adulte. Sans mini-short ni culotte.

— Non... (Lamb tomba en avant, son visage s'écrasant sur les clichés.) Elles sont à moi, les prenez pas, je vous en prie !

Elle battait des bras sur le sol, à la manière d'un nageur épuisé qui essaie de rester à la surface, et elle rassemblait les photos sous elle. Elle avait perdu une de ses bottes de caoutchouc.

— Allons, mademoiselle Lamb. (Quelqu'un posa la main sur son épaule.) Relevez-vous. Et rabaissez votre jupe.

— Me touchez pas avec vos putains de sales pattes ! dit-elle en écartant la main du policier. Lâchez-moi !

Craignant sans doute qu'elle ne roule sur le dos pour lui décocher des coups de pied — ou pire, qu'elle ne lui en montre encore plus de ce qui se trouvait sous sa jupe —, l'officier recula d'un pas et du regard appela ses collègues à la rescousse.

— Mademoiselle Lamb, dit la femme policier, il s'agit de preuves accablantes. Si vous ne nous laissez pas les rassembler, nous serons contraints de vous arrêter. Vous ne voyez donc pas ce que cette pauvre gamine subit sur ces photos ?

Gisant telle une grenouille géante sur le sol, tous ses membres s'agitant en même temps, Tracey Lamb se figea. Les deux policiers échangèrent un regard étonné, en se demandant quelle pouvait être la cause de cette réaction soudaine. Alors Lamb roula sur le flanc et se couvrit le visage des deux mains. Sa poitrine tressauta sous les sanglots, des larmes créèrent des miroirs sur ses joues devenues brusquement très rouges.

— Mademoiselle Lamb, il faut vous relever. Avez-vous vu... ?

— Oui, j'ai vu, et oui, je sais ! geignit-elle. Evidemment que j'ai vu ! Qui vous croyez que c'est, cette gamine, tas de connards ? Hein ? « Cette pauvre gamine », *vous savez qui c'est ?*

Deux officiers durent la traîner hors de la maison et jusqu'à la voiture, en contournant les bidons d'essence rouillés, et le vieux treuil à moteur recouvert de lierre. Un des policiers sortait d'un stage d'une journée à Hendon pour se perfectionner dans les techniques d'arrestation en conditions difficiles. Lorsque arriva la Jaguar de Caffery, il venait de menotter Tracey Lamb, et celle-ci était en état d'arrestation. Il était onze heures du matin.

Il fallut attendre midi avant que les documents légaux soient remplis et signés, et que Tracey Lamb soit officiellement inculpée de l'agression sexuelle sur mineur prouvée par la vidéo. Les membres de l'unité antipédophilie venus de Scotland Yard avaient apporté la bande. Ils l'avaient depuis dix ans déjà, et ils n'avaient jamais cessé de chercher à identifier la femme qui y apparaissait. Une perruque, lui expliquèrent-ils, ne faisait pas grande différence. Après son inculpation, ils approuvèrent l'officier responsable des gardes à vue lorsqu'il décida de la mettre en liberté sous caution.

Dehors, sur la pelouse bien entretenue, devant le commissariat, Lamb alluma une cigarette et resta là un moment, sans se soucier des ouvriers en bâtiment qui entraient et sortaient pour aller chercher des sandwichs dans le commerce voisin. Elle contemplait la silhouette inachevée de la cathédrale, et les nuages qui glissaient maintenant en rangs serrés dans le ciel. *Merde*. Elle n'arrivait pas à le croire. Ils l'avaient avertie qu'elle risquait d'autres inculpations pour infraction aux lois réprimant les publications obscènes, inculpations qui « pourraient survenir au cours de l'enquête », mais l'avocat commis d'office, Kelly Alvarez, une petite femme aux allures de Mexicaine en tailleur bleu marine, lui avait affirmé que ce n'était pas aussi grave qu'elle le croyait. Ils ne disposaient que d'une cassette, et les photos d'elle enfant aideraient à la disculper. « Elles permettront de démontrer l'influence écrasante exercée sur vous par votre père et plus tard par votre frère. Ne vous inquiétez pas, Tracey, avec un peu de chance nous devrions nous en tirer avec une peine avec sursis. »

Mais elle ne pouvait pas l'accepter. Elle avait déjà été coffrée, bien sûr, et elle avait purgé quelques petites peines à droite et à gauche, mais ce qui la tourmentait le plus, c'était l'argent. Quand on l'avait traînée dans la voiture de police, elle avait aperçu Caffery. Il se tenait sous les arbres et observait la scène avec une expression ébahie. Elle n'avait pas su quoi penser.

« Comment ils m'ont trouvée ? avait-elle demandé à l'avocate. Qui m'a balancée ?

— Ils avaient la vidéo depuis des années, avait répondu Alvarez.

— Mais comment ils ont su que c'était moi ?

— Je finirai bien par l'apprendre, je vous le promets. Pour l'instant, ne vous inquiétez pas outre mesure, Tracey. Ce n'est pas la fin du monde. »

— Bien sûr que non, c'est pas la fin de ce putain de monde, maugréa-t-elle tout en s'éloignant du commissariat.

Elle descendit les rues ensoleillées de Bury. *Comme une clocharde, avec tes bottes de caoutchouc. Non, ce n'est pas la fin de ce putain de monde*.

Lamb fit halte en voyant une voiture qui lui était familière, embusquée comme un chat au coin de la rue. Elle tourna vivement les talons et marcha dans la direction opposée, en relevant l'encolure de son T-shirt comme si cela pouvait la rendre invisible.

Caffery l'avait vue arriver et faire demi-tour. Il démarra. Il était tendu, au point que ses yeux en étaient douloureux. Durant ces quelques heures qu'avait passées Lamb au commissariat, tout lui était devenu clair. A présent, il savait qui l'avait filé sur les routes de campagne, la veille. LA BMW rouge de Souness. Rebecca n'était pas allée à la police, tout venait de cette fausse blonde, Paulina, avec ses yeux bleus d'enfant et sa voiture de luxe. Officier de renseignement pour l'unité antipédophilie, dans la salle des données elle s'était accrochée à lui dès son arrivée. Elle avait dû entendre parler du décès de Penderecki, et elle l'avait gardé à l'œil. Souness n'avait rien dit à son sujet lors du dîner de la veille. Pourtant, elle devait être au courant — elle savait que Paulina avait pris la BMW —, alors à quoi rimait toute cette comédie de confiance et de tolérance mutuelles la veille au soir ? Et maintenant il attendait d'avoir le premier indice pour être certain que Souness ou l'unité antipédophilie avaient parlé à l'inspection des services — il les entendait déjà : « Faisons donc le compte de vos infractions au code de discipline, voulez-vous ? Trafic d'influence, abus d'autorité... » Il savait que tout allait lui tomber dessus. Mais il lui restait le temps de faire une dernière tentative.

Il fit rouler la voiture au pas et arriva au niveau de Lamb avant qu'elle puisse bifurquer dans une rue adjacente. Il descendit la vitre du côté passager.

— Tracey.

Elle fit mine de ne pas l'avoir entendu et continua de marcher. Il dut la dépasser légèrement avec la Jaguar, qu'il rapprocha du trottoir, avant de se pencher vers elle, une main sur le volant, et de lui dire :

— Tracey, écoutez-moi. Rien de tout ça ne vient de moi, je vous le jure. Je n'ai rien à voir avec la perquisition. (Il devait plaquer sa main libre sur la poche de sa veste pour empêcher la grosse enveloppe de tomber.) L'argent est là.

— Il est un peu tard, non ?

— Non, nous pouvons toujours discuter. Tracey, discutons.

Elle s'arrêta. Sa lèvre inférieure coincée sous ses longues incisives, elle se pencha un peu pour essayer de voir ce qu'il avait dans sa poche intérieure. Elle était tellement fascinée par l'idée de l'argent que ses lèvres étaient humides, comme les babines d'un chien qui a senti la piste du gibier. Il la tenait.

Elle se rapprocha d'un pas. Lentement, il écarta le pan de sa veste, pour lui montrer le haut de l'enveloppe. C'est ça, voilà, encore plus près... Dans le rétroviseur d'aile de la Jaguar, il aperçut quelqu'un qui traversait la pelouse devant le tribunal. Son coup d'œil fut très bref, mais pendant une fraction de seconde Caffery craignit d'être vu avec Lamb, et cette réaction spontanée fit tout capoter. Quand il la regarda de nouveau, le lien était brisé. Elle avait vu l'éclat dans ses yeux, le reflet dans le rétro. D'un coup, elle avait perdu le peu de confiance qu'elle pouvait encore avoir en lui, pour l'argent. Elle recula d'un pas, scruta les alentours du tribunal d'un regard soupçonneux.

— Tracey...

— Quoi ?

— Allons, parlez-moi.

— Non. J'ai rien à vous dire. D'abord je mentais, l'autre fois.

Elle s'écartait peu à peu de la Jaguar.

— *Merde*. (Du poing il frappa le volant et remit la voiture en marche.) *Tracey*...

— J'ai rien à dire. Je mentais. Vous êtes pas idiot à ce point, vous vous doutiez bien que je mentais.

Elle tira une dernière fois sur sa cigarette et jeta le mégot par la vitre baissée à l'intérieur de la Jaguar. Puis elle croisa les bras sur sa poitrine et s'engagea sur les pelouses de l'abbaye, où la voiture ne pouvait pas la suivre.

27

Caffery refusait de se laisser affecter par la situation. Il fit comme il avait dit et résolut de tirer un trait sur ce pan de son passé. Il avait déjà perdu assez, ce matin. Une cigarette entre les dents, il rectifia sa cravate en s'aidant du rétroviseur intérieur, chaussa ses lunettes de soleil et sortit son portable de sa veste. Que faisait Souness en ce moment même ? Etait-elle assise dans son bureau, à décompter les minutes qui la séparaient du moment où il passerait la porte et où elle pourrait le soumettre à un feu roulant de questions concernant Tracey Lamb et le Norfolk ? Il était temps de tout mettre à plat.

— Eh bien ?

— Eh bien quoi, Jack ?

— Vous n'avez rien à me dire ?

— A quel sujet ? Vos gars ne sont pas encore revenus. Ils devaient vous appeler directement, de toute façon, non ?

— Rien d'autre ?

— Ecoutez-moi, Jack. Je déteste jouer les emmerdeuses, mais j'ai la direction générale qui m'envoie des e-mails, le divisionnaire qui me tarabuste au téléphone, et, oh, juste un ou deux rapports à rédiger pour le dossier, alors, avec tout le respect que...

Il se renversa dans son fauteuil et contempla l'alignement de hêtres bordant l'allée qui courait jusqu'à l'abbaye. Elle n'était pas au courant. Souness n'était pas au courant. Bon sang, qu'est-ce que tout cela voulait dire ?

— Jack ? Je ne veux pas vous raccrocher au nez, mais...

— D'accord, Danni. Désolé. Passez-moi Marilyn, vous voulez bien ?

Kryotos accepta de recontacter Champ pour convenir d'un autre rendez-vous. Champ se trouvait dans le West End — il voulait un déjeuner gratuit et si Caffery était libre pour deux heures trente, ils pourraient se rencontrer dans Soho. Il prit donc la M11, avec Canary Wharf en point de mire pendant près d'une heure pendant qu'il se rapprochait de Londres. A deux heures moins le quart il entrait dans Soho et se garait dans un des parkings hors de prix du quartier. Il se rendit dans une agence de sa banque et déposa de nouveau les trois mille livres sur son compte. Puis il marcha d'un pas tranquille jusqu'à Shaftesbury Avenue.

A vingt-quatre ans seulement, Champ était déjà propriétaire d'un magasin de vente au détail d'appareils électriques dans une des rues derrière Chinatown.

— Je sais gravir l'échelle sociale, vous voyez. Je réussis ici avec mon nom laotien parce que je suis presque complètement de sang chinois.

Il gardait sur le visage les traces d'une acné sévère, mais ses cheveux étaient propres et plaqués par du gel, et il portait avec une certaine aisance un costume Armani gris ardoise et des chaussures de cuir blanc immaculé.

— Tant que je reste à ma place, je suis tranquille. Je comprends le *guanchi*, vous voyez.

Les garçons qui profitaient du soleil dans Soho Square levèrent les yeux et les regardèrent passer.

Ils choisirent un restaurant italien réputé dans Dean Street. Des assiettes d'Amalfi peintes à la main décoraient les murs, et des bouteilles de strega et d'amaretto étaient rangées sur une étagère dominant l'entrée de la cuisine ouverte. Caffery opta pour un poisson et s'assit dos à la devanture. Il observa Champ qui entortillait ses *spaghetti alle vongole* autour de sa fourchette. Il se penchait sur la table tout en mangeant, pour éviter que la sauce tomate ne tache son costume.

— Quand c'est arrivé, ils sont sortis de partout, tous ces Bons Samaritains qui voulaient m'aider. Moi, je l'ai jouée profil bas. Je travaillais, vous comprenez.

— Vous travailliez ?

— Quand c'est arrivé. Ce type était un client.

— Un client ? répéta Caffery, qui se demandait si la base de données n'avait pas commis une erreur. Mais vous n'aviez que...

— J'avais *presque* douze ans, et ce n'était pas le premier. (Il avala un bloc de spaghettis et pointa sa fourchette sur Caffery.) Vous aimeriez sans doute m'entendre dire que j'ai été profondément blessé par tout ça, pas vrai ? Par ces hommes ? Mais certains d'entre eux avaient plus de temps à me consacrer que ma propre mère. J'ai été retiré à sa garde pendant douze mois, quand j'avais deux ans. (Il mâcha, puis avala.) Ils m'ont trouvé sur mon petit lit avec une demi-livre de merde dans ma couche, et j'étais là, sans bouger ni pleurer. (Il enroula des spaghettis sur sa fourchette et les engloutit avec voracité.) C'était une salope, ma mère, et elle l'est restée. (Sans cesser de mâcher, sans quitter Caffery des yeux, il sortit de sa poche un morceau de papier.) J'ai retrouvé ça pour vous. C'est comme ça qu'il est entré en contact avec moi.

C'était une petite annonce passée dans un journal local :

J'ai 18 ans, mais suite à un accident je n'en parais que 10. Appelez le...

Caffery repoussa le morceau de papier sur la table, en direction de Champ.

— Vous aviez onze ans et vous passiez des petites annonces ?

— Déjà, à l'époque, j'étais un malin petit singe asiatique. On a l'esprit vif, vous savez, et on se glisse dans des fissures où GI Joe ne pourrait jamais passer. Regardez où j'en suis, aujourd'hui. Vous savez pourquoi ? Parce que je ne me suis jamais laissé accrocher par la dope comme tous les autres. Et croyez-moi, à l'époque c'était l'éclate tous azimuts, avec came de première, méthédrine, la totale, quoi. Mais moi, j'ai économisé l'argent. (Il agita sa fourchette devant Caffery, l'air sentencieux.) Je vous l'ai dit, je suis presque entièrement chinois.

— Il vous a questionné à propos de votre père ?

Champ eut un reniflement ironique.

— Ouais, c'est vrai, j'avais oublié. C'est le premier truc qu'il m'a dit, au téléphone. Il m'a demandé si j'aimais mon père. Mon « papa ». A l'époque, je n'ai pas pigé, mais maintenant je sais que c'est juste une façon de parler, chez eux.

— Et il a pris des photographies de vous ?

— Je n'ai jamais montré mon visage à l'objectif, mais ce qui m'a fait flipper, c'est que je suis sûr qu'il a pris des photos de moi quand j'étais hors service. Après que j'ai tourné de l'œil, quoi. (Il essuya son assiette avec du pain et eut une moue dégagée, comme si la chose ne l'avait pas spécialement traumatisé.) Croyez-moi, avant ce soir-là je pensais savoir ce que c'était, un type bizarre. Certains aiment que vous fassiez des trucs, si je vous racontais vous ne me croiriez pas. Il y en avait qui aimaient le jaune. Vous savez ce que c'est ?

— Hum... Oui.

— D'autre le marron, ou le rouge. Vous savez, le fist-fucking. Eh, vous êtes flic, rien de ce que je dis là ne peut vous choquer, pas vrai ?

Caffery contempla le poisson dans son assiette.

— En effet.

— Mais celui-là, il était complètement déjanté. D'abord il me dit qu'il veut veiller sur moi. Il me répète qu'il viendra et qu'il me surveillera, qu'il a envie de me voir dans mon lit.

— A quoi faisait-il allusion, d'après vous ?

— Aucune idée. C'était probablement juste son charabia de taré. Bref, il se met à me tripoter et à se chauffer en même temps qu'il parle, et moi, je dis un truc du style : « Eh, minute, protège-toi, on n'est plus au Moyen Age. C'est l'ère du caoutchouc... », mais quand je me tourne pour vérifier, je me rends compte qu'il n'a quasi rien à mettre dans une capote. Un truc ridicule, comme ça... (Il écarta son pouce et son index de trois centimètres.) Jamais rien vu d'aussi petit. La Bite du Nain, un petit doigt de gamine. Et il ne bandait même pas. Il n'y arrivait pas. Mais évidemment, il avait autre chose en tête... (Champ fourra un morceau de pain dans sa bouche.) Et quand il m'a enfoncé ce truc dans le fion, j'ai tourné de l'œil.

Une main posée à plat de chaque côté de son assiette, Caffery garda la tête baissée quelques secondes. L'ongle noirci de son pouce semblait pourpre sur le jaune de la nappe.

— On ne l'a jamais arrêté ?

— Non. Il n'a jamais recommencé. Il a tout stoppé. D'un coup. Et je ne l'ai jamais revu. Je l'avais surnommé le « troll », tellement il était grand et laid. J'en ai parlé aux autres garçons du circuit, et le surnom est resté, comme un genre de légende. Et plus tard les autres gosses, je veux dire les petits sans histoire des cités, ils se sont mis à parler du Troll dans les bois, ils ont inventé des jeux où ils couraient en criant, comme s'ils étaient poursuivis par lui. Enfin, ils se sont fait tout un cinéma sans savoir, quoi.

— Nous pensons l'avoir identifié.

Champ ne cessa pas de mastiquer. Il rassembla

quelques débris de palourde sur un autre morceau de pain qu'il avala.

— Je m'en suis douté quand vous m'avez appelé. C'est qui ?

— J'ai ici une photo. Vous croyez que vous pourriez le reconnaître ?

— Ouais. Ouais, je le reconnaîtrais. Sûr et certain. Les cheveux noirs, mais lui, il n'était pas noir, non, non, c'était un Blanc avec les cheveux très noirs, brillants (il leva une main vers sa tête), comme les miens. Et il était très balèze. Dans les deux mètres. Mais il était jeune, hein. Pas plus de seize ans.

— Seize ans ? Vous avez déclaré à la police qu'il devait avoir une vingtaine d'années.

— Ouais, bon, je n'avais que onze ans, à l'époque, alors il me semblait vraiment vieux. Mais je suppose qu'il n'était pas tellement plus âgé que moi.

Caffery demeura silencieux un long moment. Bouche entrouverte, il regardait fixement les tasses rangées sur le percolateur à cappuccino, sous le torchon blanc mis à sécher. Champ continuait de mâcher tout en l'observant.

— Un problème ? finit-il par demander.

Caffery ferma la bouche et baissa un peu la tête. Il poussa son assiette de côté et chercha son attaché-case sous la table.

— Je vais vous montrer la photo, en ce cas, pour voir si vous vous souvenez bien de lui.

— Jamais je ne l'oublierai, le Troll.

Champ prit tout son temps pour examiner le visage de Peach sur le cliché, avant de secouer la tête.

— Non. Ce n'est pas lui.

— Vous en êtes sûr ?

— Certain, dit-il avant de poser sa fourchette et de se tamponner les lèvres avec la serviette. Bon, un dessert ?

— Qu'est-ce que c'est que ce putain de bordel que tu as mis ?

Tracey Lamb était furieuse. Pendant qu'elle était au commissariat, Steven avait essayé de sortir de la caravane — il s'était jeté de tout son poids ici et là, mais n'avait réussi qu'à fendre une des fenêtres en plastique et à renverser son seau. A présent, il était assis sur le bord de la couchette et se balançait d'avant en arrière, la tête entre les mains.

Elle dispersa un peu de Dettol sur le sol puis lui saisit la main et le força à se lever.

— J'ai pas été absente aussi longtemps que ça. Eh, petit enfoiré ? Alors, pourquoi tout ce bordel ?

— Trééée-iiiih...

Sa lèvre inférieure saillait, et il donnait l'impression d'être sur le point de fondre en larmes.

Elle lui fourra une serpillière dans la main et le poussa à genoux.

— Allez, nettoie-moi tout ça. Vas-y, nettoie, petit enculé.

Il se mit à bouger la serpillière sur le plancher, et Tracey s'assit sur la couchette pour fumer une cigarette en le regardant. Sur le chemin du retour, elle avait bien réfléchi au problème posé par Steven. Lors de son arrestation, elle avait tout d'abord pensé que Caffery l'avait piégée, que l'inspecteur n'était pas un flic véreux, qu'il ne travaillait pas pour quelqu'un, contrairement à ce qu'elle croyait jusque-là. Mais pendant l'interrogatoire, pendant qu'elle se calmait et qu'elle se creusait la tête, elle avait commencé à se demander si elle n'avait pas fait erreur. Elle avait senti Caffery aussi méfiant qu'elle envers l'unité antipédophilie. Quand il était venu, la veille, il s'était montré très nerveux et avait passé la moitié du temps à regarder pardessus son épaule, comme s'il savait que quelqu'un risquait d'arriver d'une minute à l'autre. Et pendant l'arrestation, ce matin, il n'avait pas voulu se montrer

— il avait jeté un coup d'œil aux voitures et s'était dissimulé dans les arbres avant qu'un des policiers ne l'aperçoive. Il ne s'était pas attendu à leur venue. *Il est bien aussi véreux que je le pensais. Et quand je suis sortie du tribunal, qu'est-ce qu'il y avait dans sa poche de poitrine, si c'était pas le pognon ?*

Kelly Alvarez avait promis de dire à Tracey comment l'unité antipédophile l'avait localisée. Scotland Yard enquêtait peut-être déjà sur elle. En ce cas, on pouvait imaginer que Caffery avait appris qu'elle allait tomber et qu'il avait simplement essayé de devancer la meute. Peut-être voulait-il vraiment Steven. *Alors les trois mille livres sont peut-être pas perdues, Trace...* Elle décida de l'appeler le lendemain, après l'audience à Narey, pour tenter une fois encore de le piéger. Elle écrasa la cigarette dans l'évier. Quelle que soit la nature réelle des motivations de Caffery, elle savait que le débile à quatre pattes devant elle était beaucoup plus important pour lui que ce pervers de Brixton, avec ses photos de cinglé et ses obsessions hygiéniques.

Les « Barracudas ». Pas le poisson, bien sûr, qui n'aurait pas survécu dans l'eau chlorée.

« L'eau a un goût bizarre à cause du chlore, disait Gummer aux enfants nouvellement arrivés. Et on met du chlore dans l'eau pour une raison précise : c'est un produit qui nous protège contre les germes et toutes les mauvaises choses qui peuvent se trouver dans l'eau. »

Mais les Barracudas n'avaient nul besoin qu'on leur explique l'utilité du chlore. Ils en savaient déjà beaucoup trop. Ces enfants étaient à un âge dangereux. Tous les maîtres nageurs avaient été instruits non seulement de leurs propres responsabilités envers les élèves, mais aussi de la nécessaire vigilance envers tout signe suspect alentour. Et Gummer savait que les enfants en costume de bain attiraient plus que leur part d'intérêt douteux. Une fois, un homme était monté dans la galerie et à la vue de tous il avait pris des photos des enfants en train de nager. Gummer n'avait pas donné l'alarme, il s'était seulement placé bien en vue, au bord du bassin, et il avait agité les mains jusqu'à ce que l'autre déguerpisse. Gummer en avait été soulagé. Il ne voulait pas que la police vienne l'interroger sur l'incident et qu'avec leurs questions il se mette à penser aux mauvaises choses. Ils le verraient sur son visage. *Mieux vaut ne pas être interrogé du tout.* Aussi, l'inconnu était reparti avec ses photographies, sans être inquiété.

Des photographies...

Debout au bord de la piscine, dans son T-shirt et son bonnet de bain, Gummer repensait à celles qu'il conservait chez lui, celles d'un gamin de neuf ans, beau, si beau. Il les avait disposées sur les murs, dans une chambre du fond de son appartement. Personne ne poserait de questions à leur propos, personne ne les verrait, puisque jamais personne ne venait ni ne viendrait chez lui. Il laissa son esprit vagabonder et jouer avec ce sujet, et la première image qui lui vint fut celle de Rory Peach. Un garçon, dénudé, bras croisés en travers de la poitrine. Ligoté à un radiateur. Ce détail du radiateur n'avait jamais été mentionné dans les journaux, mais il le savait réel. Puis Gummer pensa à Josh Church et à... *l'autre série de photos. Où sont-elles ? Dans la maison de quelqu'un ?* Affichées aux murs ? Il se demanda si la police les retrouverait un jour...

— Regardez, je suis une sirène !

Gummer se raidit. Les Barracudas, les filles en particulier, s'approchaient toujours trop près pour qu'il se sente à l'aise. Si l'une d'entre elles le frôlait, il avait immédiatement la chair de poule.

— On peut faire ce truc, maintenant ?

Ils sautaient dans l'eau peu profonde. Un ou deux

sortirent de l'eau, s'allongèrent à plat ventre sur le carrelage et frappèrent l'eau des deux jambes.

— On veut faire ce truc !

— Non, je ne veux pas.

— Si !

Dans le bassin une fillette écarta les jambes et les bras comme pour faire la roue.

— Je me tiens comme ça et ensuite vous devez passer entre mes jambes en nageant...

— Non, nous ne travaillons pas cet exercice dans cette classe.

Les enfants qui sortaient du bassin le rendaient nerveux. Trop nombreux, trop rapides à se rassembler, tels des pingouins prenant d'assaut un rocher émergé. Et, lorsque la nervosité le gagnait, son visage s'empourprait, jusqu'à son cou et ses avant-bras.

— Je crois que vous devriez tous retourner dans le bassin.

— Et on va passer en nageant entre vos jambes.

Ils connaissaient son point faible et c'est par là qu'ils l'attaquaient, maintenant. Sur le bord du bassin ou batifolant dans l'eau autour de ses jambes, pareils à des grenouilles géantes, ils le tiraient par les mains pour le faire tomber dans la piscine, ils le frôlaient, le défiaient.

— Et après vous passerez en nageant entre nos jambes à nous.

— Non, il n'en est pas question...

— Nous sommes toutes des sirènes. Regardez...

— Lâchez-moi !

Gummer s'était mis à trembler. Ce matin il avait pris ses médicaments, mais la tension couvait toujours en lui, qui menaçait de le submerger. Il avait envie de pleurer. Les fillettes *grouillaient* autour de lui, tiraient les poils de son corps. *Il ne pouvait pas supporter qu'elles le touchent — il était très important qu'elles ne le touchent pas*. Ce n'était pas bien ce n'était pas bien non ce n'était pas bien et il allait...

— STOP !

Sa voix se répercuta contre les murs de la piscine. Les autres maîtres nageurs et les quelques spectateurs dans la galerie le regardèrent tous.

— *Arrêtez ça tout de suite !*

Un coup de sifflet assourdissant, et une ou deux têtes aux cheveux plaqués, luisantes comme de jeunes phoques, surgirent à la surface. Les enfants étaient surpris par la violence de l'éclat.

— *Quand je dis non, c'est non !*

Autour de lui, les fillettes s'écartèrent. Elles n'avaient plus du tout envie de jouer. Il tremblait de la tête aux pieds, son visage était presque aussi rouge que son bonnet de bain. Mais cette fois aucune gamine ne se moqua de lui.

— Très bien ! tonna-t-il en désignant les vestiaires. La leçon est annulée pour aujourd'hui. Vous avez démontré que vous ne suiviez pas le règlement, alors la leçon est annulée.

Caffery n'était pas en avance, mais il n'y avait pas de place libre dans le parking du King's Hospital, et il dut garer la Jaguar à mi-chemin de Brixton, dans une petite rue. En revenant vers l'hôpital, par deux fois il se mit à courir, comme si une dépense d'énergie physique pouvait imposer le silence à son esprit envahi d'images et de voix qui se reliaient entre elles sans raison. *Peach, Alek Peach, ce n'était pas vous il y a dix ans, mais c'était bien vous avec Rory. Que se passe-t-il ? Est-ce que vous copiez quelqu'un ?* Cela n'avait aucun sens. De frustration, il avait envie de se frapper le front. Il était exaspéré, exténué, quand il fit halte dans le grand couloir pour prendre un café à un distributeur.

— M. Caffery.

Il se retourna. Ndizeye se tenait à quelques mètres, de profil comme s'il traversait le couloir quand il avait remarqué l'inspecteur. Il tenait une série de radios sous un bras et ses lunettes avaient glissé jusqu'au bout de son nez luisant.

Merde, je ne l'ai pas rappelé. Caffery se redressa.

— Monsieur Ndizeye... Toutes mes excuses, j'avais l'intention de... Euh... (Il laissa sa phrase en suspens et baissa les yeux sur le gobelet de plastique vide.) Comment va la famille ?

— Très bien, merci. Ma famille est une bénédiction.

Il remonta ses lunettes sur son nez et s'approcha en regardant Caffery placer le gobelet sous le bec verseur de la machine. Ndizeye ne parlait pas, et l'inspecteur sentait qu'il l'observait, avec son étrange sourire de clown aux lèvres. Vaincu, il laissa le gobelet en place et lui fit face.

— Vous vouliez peut-être... me parler, à propos de cette affaire ? Vous pouvez soumettre votre demande de remboursement à notre chef de bureau.

— C'est déjà fait.

— Ah, bien, bien.

Ndizeye s'inclina légèrement en arrière et plaça les radios sur son ventre rondelet.

— Eh bien, dit-il, je suis désolé que ça ne se soit pas passé aussi bien que vous l'escomptiez.

— Moi aussi, croyez-moi.

— Y a-t-il une autre personne qui vous intéresserait ? Pour que je fasse ses moulages dentaires ?

— C'est très possible si un autre élément apparaît, mais pour l'instant nous avons une preuve tangible grâce à l'analyse ADN. Le représentant du ministère public voudra très certainement vous interroger au tribunal, mais cela ne se produira pas avant quelque temps.

Ndizeye vint s'appuyer d'une main contre la machine à café.

— Expliquez-moi : vous dites que vous avez une preuve *tangible* ?

— Oui, grâce aux tests ADN. Ils prouvent que Peach est bien le fumier qui a sodomisé son propre fils. Désolé pour la formulation.

Derrière les verres épais, les yeux de Ndizeye clignèrent plusieurs fois.

— Alors qui diable l'a mordu ?

— Je vous demande pardon ?

— J'ai dit : qui a bien pu mordre Rory ? C'est la même personne qui a mordu ce gosse dans le parc, il y a des années, mais ce n'est pas Alek Peach.

C'était un coucher de soleil singulier. On eût dit que la terre basculait sur son axe ou qu'un vent solaire s'était égaré et se mêlait à une lumière rose venue d'une autre galaxie. Caffery roulait à vitesse réduite dans Brixton, aussi consciencieux qu'un conducteur en chasse cherchant des passantes à aborder. Il regardait les fenêtres éclairées des maisons et se posait beaucoup de questions. Il finit par se garer dans Dulwich Road et traversa le parc à pied, accompagné par le sifflement du vent dans les branchages.

Le numéro 30 n'était plus considéré comme lieu d'un crime, et donc en théorie il lui aurait fallu l'aval de Carmel Peach pour y entrer, mais elle se trouvait toujours chez les Nersessian et, de toute façon, il avait conservé un double de la clef du cadenas. Le calme régnait dans Donegal Crescent — aucune voiture n'y circulait. Ici les seuls sons étaient ceux d'un téléviseur dans le salon d'une maison voisine, et les aboiements d'un chien dans un jardin. Sa lampe torche alourdissait sa poche, et son poids le réconfortait.

A l'intérieur, l'entrée était plongée dans la pénombre, l'atmosphère amère, salée, renfermée, chauffée et réchauffée. Il voulut actionner l'interrupteur et suspendit son geste en se souvenant que Souness avait fermé le compteur à clef et posé celle-ci sur le boîtier avant de partir. Il alluma donc sa lampe électrique et suivit rapidement le faisceau dans la cuisine. Il réenclencha le compteur. Le plafonnier inonda la pièce de lumière, tandis que le frigo redémarrait bruyamment. Il resta immobile un instant, frémissant, tous les sens aux aguets. Le passage dans le couloir — avec le salon silencieux sur sa droite, la porte vers la cave sur la gauche — avait hérissé les poils de sa nuque. *Ça ne te ressemble pas...* Il fallut un moment pour que se calment les battements de son cœur.

Il ouvrit le réfrigérateur. L'intérieur était couvert d'une fine pellicule de poudre à empreintes étalée par Fiona Quinn, doublée d'une couche noire et grise de microbes. Cela rappelait un lit de rivière et des champignonnières, mais il planait une autre odeur dans la maison. Celle-là même qui avait intrigué Souness lors de leur dernier passage. Cette fois, elle était plus forte, plus définie. Il débrancha le frigo, retourna à l'entrée de la cuisine et alluma le plafonnier du couloir. Tout y était comme dans son souvenir : les gravures encadrées au mur, le chemin de couloir plastifié, pour protéger la moquette, le pistolet à eau de Rory en bas des marches. Et l'odeur. Plus forte aujourd'hui.

Il renifla en s'efforçant d'en déterminer la nature particulière. Elle ressemblait à celle, douceâtre, chez Penderecki, mais ce n'était pas tout à fait cela. Presque l'odeur de la mort. *Est-ce quelque chose que les gars du labo n'ont pas trouvé ? Quelque chose dans cette maison que personne n'a vu ?*

Ou quelqu'un d'autre dans cette maison. Quelqu'un qui s'était trouvé ici avec les Peach.

Il rangea la torche dans sa poche et alla jusqu'au pied de l'escalier. La dernière chose dont Peach disait se souvenir, c'était de s'être tenu là, en train de regarder vers le haut des marches. Caffery accrocha sa veste à la rampe d'escalier et gravit lentement les degrés. Plus il montait, plus l'odeur s'intensifiait. Arrivé sur le palier, il posa les mains sur la porte du placard. Le message s'y trouvait toujours, égratigné là où Quinn avait pris des échantillons de la peinture. « Danger femelle », ou « féminin ». Ce petit placard avait constitué le foyer de Carmel Peach pendant plus de trois jours. Elle était restée là-dedans, broyée par la douleur, les poignets en sang, et elle avait écouté son fils pleurer au rez-de-chaussée.

Si ce qu'elle avait déclaré était la vérité.

Il ouvrit la porte. Il y avait un ballon d'eau chaude au fond, surmonté de plusieurs étagères. Sur la plus haute, une pile de serviettes. Caffery renifla. Il s'accroupit et sentit la moquette. Ici, jusque devant la porte du placard, elle avait été imbibée par l'urine de Carmel, et l'odeur dans le couloir lui revint soudain en mémoire, si violemment qu'il se boucha presque le nez. *Mais ce n'est pas cette odeur que tu recherches, c'est autre chose*... Il se releva et contempla le palier.

La chambre principale était située sur l'avant de la maison, avec la salle de bains en face. Le plancher grinça sous lui quand il alla jusqu'au bout du petit couloir. Il alluma et regarda dans les deux pièces. Silence. La lumière des réverbères dans la rue teintait d'orange les rideaux. Un exemplaire du magazine *Hello !* était posé sur la coiffeuse, devant les produits de beauté de Carmel, alignés en une parade muette et statique. Un gilet et une paire de chaussettes gisaient sur le sol. Dans la salle de bains, les jouets en plastique de Rory étaient regroupés dans un panier sous le lavabo. Caffery éteignit toutes les lumières et retourna sur le palier. *Il les épie — il les épie quand ils sont au lit*. Il passa devant le placard — *le placard de Carmel* — et se dirigea vers l'arrière de la maison. La chambre de

Rory. Il ouvrit la porte et marqua une pause sur le seuil.

La pièce formait un carré parfait, à la verticale de la cuisine, éclairé par une grande fenêtre. Quinn avait fermé les rideaux pour éviter les regards indiscrets, mais par un interstice on apercevait les arbres du parc, que le vent agitait. Ici, l'odeur était plus forte.

Caffery eut la soudaine sensation d'une présence derrière lui. Il fit volte-face d'un bloc. Le couloir était silencieux et désert. Seule la lumière des réverbères créait un faible halo dans la chambre principale. *Si tu te mets à imaginer des trucs, maintenant...* Il parcourut la chambre de Rory sans hâte. Il ramassa quelques jouets, en retourna d'autres, en essayant d'imaginer quelqu'un regardant par la fenêtre et épiant Rory depuis le parc. Wolverine le toisait d'un poster des X-Men affiché près du lit, des peluches du WWF étaient éparpillées sur la moquette — *Essaie d'imaginer Rory accroupi ici, qui s'amuse avec tout ça, pendant qu'on l'épie.* Il se retourna. Dans le petit morceau de vitre visible entre les rideaux, le reflet de l'ampoule nue brillait d'un éclat aveuglant. Il éteignit et ouvrit les rideaux. De l'autre côté de la palissade abîmée, les arbres dressaient leur barrière à moins de cinquante mètres.

Il me répète qu'il a envie de me voir dans mon lit...

C'était une de ces nuits sans nuage où le vent semble garder les étoiles pures et où le ciel ne paraît jamais vraiment noir. Dans le parc, les arbres frissonnaient avec ensemble sous la caresse du vent. Caffery restait immobile, laissant son attention parcourir la pièce derrière lui, s'attarder sur le haut des murs, le pourtour de la porte, le plafond, le toit au-dessus de lui et de l'autre côté de la fenêtre, les murs extérieurs, l'allée dans le jardin, jusqu'à la palissade et au-delà, dans la nuit — et les bois. Quelqu'un assis dans un de ces arbres pouvait-il voir dans cette chambre ? Quelqu'un qui aimait grimper dans les branches ?

Il alla s'allonger sur le lit de Rory. Il sortit la torche électrique de sa poche et la posa sur son ventre. Il avait une conscience aiguë de la fenêtre dénudée sur sa droite. Mains croisées derrière la tête, il regarda fixement le plafond, en se demandant s'il s'attendait à quoi que ce soit — qu'une créature jaillisse du dehors à travers la fenêtre pour atterrir sur lui ? *Des endroits secrets. Il y a toujours quelque part un endroit où cacher des choses.* Jamais celui auquel vous vous attendez. Ses déplacements dans la pièce avaient déclenché une lente rotation de la lanterne vénitienne au plafond, juste au-dessus du lit. Il la contempla rêveusement, qui tournait, et tournait, et il pensa à Ewan — est-ce que tout finit par revenir à son point de départ ? Le duvet décoré des personnages de South Park sentait l'adoucissant textile et, très faiblement, les feuilles d'arbres. Caffery ferma à demi les yeux et se coula dans ce parfum qui lui rappelait la cabane dans l'arbre. Tracey Lamb... Mentait-elle... ou savait-elle réellement quelque chose ?

Il se rassit brusquement. La torche roula au bas du lit et tomba sur le plancher avec un claquement sec. Une mouche venait de sortir de la rose de plastique à la base du plafonnier.

Il se mit debout sur le matelas et tendit les doigts vers la rose qu'il tourna sur son axe pour qu'elle soit face à lui. Il y avait un petit orifice carré dans le plastique. Il passa les doigts à l'intérieur, tâta les bords du trou. Le carré était aussi net que s'il avait été découpé avec un cutter.

Le sang battait à ses tempes dans le silence de la pièce. *Fiona ? Fiona, ce n'est pas toi, n'est-ce pas ? Qu'est-ce que le labo aurait pu chercher en prenant un échantillon d'une rose en plastique ?*

— Hal, j'espère que tu t'amuses bien en Cornouailles. Ici c'est Darren, mon pote. Bon, je te verrai à ton retour, mais Ayo voulait que j'appelle pour vous dire qu'elle n'arrive jamais à trouver le temps de passer chez vous, tu comprends, et elle est vraiment désolée. Mais c'est qu'il y a eu du nouveau : le bébé est arrivé la nuit dernière. (Il marqua un temps de silence et Benedicte se l'imagina, embarrassé, s'efforçant à la décontraction, celle d'un homme responsable, alors qu'il se dandinait nerveusement d'un pied sur l'autre.) Il est arrivé un peu tôt, un mois en avance, en fait, parce que Ayo a été complètement stressée par un truc au boulot, à cause d'un flic, un cogne, comme dirait Josh, et il a bien raison. Bref le petit Errol, ah oui, c'est son nom : Errol, eh bien il est avec les prématurés, en couveuse. Il va bien, mais... (Il s'interrompit de nouveau et parut chercher ses mots.) Oh, mon pote, ne t'inquiète pas pour nous, tout ira bien, le petit va bien, c'est juste que nous ne sommes pas passés arroser les plantes chez vous, et je te présente toutes nos excuses. Mais dès que vous rentrerez on ouvrira une bonne bouteille et on fêtera l'événement, promis. Voilà, c'est tout. A bientôt, vous deux. Bises.

Benedicte était adossée contre le radiateur, le visage dans les mains.

Elle avait la migraine, des crampes dans les bras et les jambes, et malgré la fuite d'eau du tuyau sa bouche était toujours envahie par une substance si pâteuse qu'elle avait du mal à la fermer. Les journaux avaient dit qu'avec la chaleur actuelle Carmel Peach serait morte dans les vingt-quatre heures si on ne l'avait pas découverte. La respiration de Smurf devenait de plus en plus oppressée, et la jeune femme savait que la santé de la chienne déclinait rapidement. Elle était si vieille, trop vieille — ses yeux étaient ternes, et depuis quelques heures elle ne bougeait plus. Elle ne faisait plus que haleter et gémir de temps à autre. Ben baissa les mains et respira profondément, pour refouler les larmes qui menaçaient. Ayo avait eu son bébé, et Josh, Hal et elle allaient mourir.

Caffery trouva une serpillière dans un placard de la cuisine et l'emporta à l'étage. Il alluma tout l'éclairage au premier et s'arrêta sous la trappe d'accès au grenier. Des endroits secrets. Le grenier est un des endroits les plus courus chez les enfants « fugueurs ». *Toujours vérifier derrière le réservoir d'eau (la citerne).* La première équipe avait fouillé le grenier du numéro 30 à la recherche de Rory. Avaient-ils négligé un détail révélateur ?

Il alluma sa lampe torche et poussa doucement la trappe, qui s'ouvrit sans heurt, et lorsqu'il se mit sur la pointe des pieds et qu'il tâtonna, il trouva l'interrupteur et le pied garni de caoutchouc d'une échelle pliante, en acier, suspendue dans l'ouverture. Il alluma et la voûte striée du toit s'éclaira comme une église. Il coinça la torche électrique dans sa ceinture, au niveau des reins, fit descendre l'échelle et grimpa.

Caffery était de grande taille, et le toit se révéla trop bas pour qu'il puisse se tenir debout sans courber la tête. Le grenier était propre : des caisses héritées d'un vieux déménagement, l'une marquée *Vêtements Rory*, une autre *Cuisine*, des rouleaux d'isolant orange et dans le coin, noyés dans les ombres, un sapin de Noël en plastique et un grand sac Woolworth plein de guirlandes rouges. Les toiles d'araignée tendues à travers le plafond s'accrochaient à l'ampoule électrique comme des accessoires de train fantôme. Il détecta à nouveau cette odeur curieuse. Il y avait quelque chose, ici, quelque chose que tous avaient raté. Il pivota lentement sur lui-même, à trois cent soixante degrés, pour repérer tout élément incongru, et il vit ce qu'il cherchait.

C'était à l'autre bout du grenier, juste au-dessus du

lit de Rory : un petit tas indistinct, étalé comme de la boue dans la pénombre, et survolé par des mouches.

Il avança sur les solives, une main sur la bouche — *Tu as peur de ce que tu risques de découvrir ?* A deux pas du tas il s'arrêta et d'une main chassa les mouches. Il contemplait des restes de nourriture — hamburgers à demi mangés et abandonnés dans leur boîte en polystyrène, gobelets du McDo, serviettes en papier froissées. Un peu plus loin, sur la gauche, un tas de matière fécale, recouvert de quelques serviettes. Et au milieu de tout cela un cercle avait été dégagé dans le voile d'isolant, au centre duquel une spirale de lumière jaune électrique montait à la verticale. Quand il s'approcha et qu'il se pencha sur le trou, il vit juste sous lui le duvet South Park.

Quelqu'un avait campé ici — quelqu'un s'était reposé, avait vécu ici, mais aussi épié Rory dans sa chambre, déféqué, et ce quelqu'un s'était probablement masturbé. *Fumier.* Il se redressa et regarda autour de lui. A deux mètres, appuyé contre le mur mitoyen, se trouvait un panneau fibreux. Quand il voulut le soulever il se rendit compte que la plaque était très légère. Il la plaça de côté. Posant une main sur le mur nu, il se pencha pour examiner ce qu'il y avait derrière.

Bon sang, ce fumier est malin.

Une dizaine de parpaings avaient été ôtés. Posant chaque pied sur une solive, Caffery remonta ses manches et, très lentement, comme s'il cherchait à localiser un objet tranchant, il passa la main dans le trou. Dans l'obscurité du grenier voisin, sa main tâtonna à l'aveuglette le long du mur. Il désengagea son bras, prit la torche électrique et éclaira ce qu'il avait devant lui : un grenier identique à celui où il se trouvait, si l'on exceptait qu'il n'y avait pas de bric-à-brac, que la forme de la trappe était dessinée par la lumière du couloir en dessous et qu'on percevait le son assourdi d'un téléviseur au rez-de-chaussée. Il braqua le faisceau lumineux sur le mur opposé et vit ce à quoi il s'attendait. Une autre plaque.

Quelqu'un s'était frayé un chemin par les greniers des maisons mitoyennes pour atteindre celle où habitait Rory Peach.

Il éteignit la torche électrique, descendit du grenier et sortit. Marchant au milieu de la rue, les mains dans les poches, il contempla les toits. Toutes ces maisons étaient collées les unes aux autres, avec des toits peu pentus. Aucun de ces greniers n'était suffisamment spacieux pour que les occupants pensent à le rendre habitable, et une personne ayant quelques notions rudimentaires d'architecture pouvait sans écueil majeur aller d'un bout à l'autre de la rue en passant par là. Il suffisait à l'intrus de trouver le moyen d'entrer dans une des maisons de l'alignement et...

Il s'arrêta net.

Deux numéros plus bas que la demeure des Peach se trouvait la maison condamnée que l'officier du groupe de soutien et lui-même avaient fouillée le premier jour. *Bon sang, oui*... Il prit le portable dans sa poche et chercha à se remémorer le numéro de Fiona Quinn.

28

Une hyène laisse des empreintes, Fiona Quinn le savait. Comme elle avait toujours su que le Troll en avait laissé, quelque part à l'intérieur du numéro 30 ; jusqu'alors, elle ignorait seulement dans quel endroit précis. C'est un problème fréquent pour les enquêteurs des labos de police : sans des descriptions précises des témoins pour les diriger, ils cherchent un peu au hasard. Ils ne pouvaient pas recouvrir la maison entière de poudre pour repérer les empreintes, il fallait qu'on leur dise où concentrer leurs efforts. Mais à présent, avec cet étrange campement à étudier, toutes sortes de possibilités se faisaient jour. Elle pourrait effectuer des tests ADN sur les fèces, et elle avait l'espoir de trouver d'autres traces de fluides corporels dans le grenier — salive, sang ou sperme — qui lui offriraient un portrait complet du Troll.

Vêtue de sa combinaison qui lui donnait des allures de fantôme et qui surtout la protégeait de sa lampe à ultraviolets, elle se déplaçait avec précaution dans le grenier. Elle avait surnommé le « Scénescope » l'équipement qu'elle avait apporté : son bazooka personnel. L'appareil était en fait une combinaison, un projecteur à ultraviolets couplé à une caméra, et il permettait de détecter la moindre trace de fluide corporel.

Caffery se souvenait d'une époque où cet appareil nécessitait quatre hommes pour être déplacé, et il se rappelait avoir entendu dire que les techniciens dépêchés sur le lieu de l'explosion d'une bombe à Brighton s'étaient assis dans le couloir et s'étaient servis de leurs pieds pour pousser le grand frère du Scénescope, le Crimescope, dans l'ascenseur. Aujourd'hui, le même appareil tenait dans une valise. Mais les mesures de sécurité entourant son utilisation demeuraient draconiennes. Caffery, Souness et le reste de l'équipe scientifique s'étaient installés dans la chambre parentale, aussi loin que possible de la source d'ultraviolets. Ils regardaient tous l'écran de contrôle, et le seul son audible était celui du ventilateur du Scénescope, doublé par instants du craquement des solives signalant la progression de Quinn au-dessus de leurs têtes. La caméra retransmettait à l'écran de contrôle un cercle de lumière bleue, pareil à un projecteur glissant sur des surfaces granitées qui sous cet éclairage ressemblaient à de la peau vue au microscope. Puis le cercle bleu passa sur quelque chose de nature organique. Aussitôt une lumière blanche intense envahit l'écran, et Quinn sut où gratter pour son prélèvement.

— Vous voyez ça ? fit Caffery en tapotant l'écran de l'index. C'est le trou dans le plancher. Il observait Rory par là.

— Que se passe-t-il ? dit Souness à mi-voix.

On l'avait appelée au gala de charité où elle se trouvait, à Victoria, et elle était là, toujours vêtue d'un costume de soie noire avec nœud papillon. Elle avait rechigné à quitter cette soirée, mais si Caffery avait espéré déceler dans son attitude un détail indiquant qu'elle était au courant pour Paulina et Lamb, s'il avait guetté de la tension dans sa voix, il n'y en avait pas. Elle était venue immédiatement, en s'arrêtant seulement au commissariat de Brixton pour prendre Palser, le policier qui le premier avait fouillé le grenier. Assis dans un coin, il regardait fixement ses mains, et tout dans son maintien trahissait son embarras. Souness lui tournait le dos, pour lui laisser le temps de méditer un peu sur son inefficacité.

— Et c'est quoi, ce truc avec notre copain le dentiste ? demanda-t-elle à Caffery en dégrafant son nœud papillon puis son col cassé. Et Champ ?

— Les moulages ne correspondent pas à ceux de Peach. Et Champ ne l'a pas identifié. Il est certain à cent pour cent qu'il ne s'agit pas de lui.

— Alors il y aurait eu une erreur dans l'analyse ADN ?

— Quinny m'a affirmé qu'ils allaient recommencer tous les tests, mais...

— Mais quoi ?

— Je ne sais pas, dit-il en mordant la cuticule de son pouce à l'ongle noirci. Je ne sais pas...

Ils désiraient monter dans le grenier en compagnie de Palser, afin d'avoir sa version des événements, et quand Fiona Quinn eut terminé ils se rendirent tous sur le palier. Elle les rencontra au bas de l'échelle.

— Nous avons beaucoup d'éléments à exploiter, affirma-t-elle avec une évidente satisfaction.

Elle retira ses lunettes de protection et cligna des yeux. Pour la première fois depuis quarante minutes, sa vision du monde ne passait plus par un tube cathodique.

— Jack, je vous promets de tirer quelque chose de tout ça.

— En douze heures, ce serait possible ?

— Pourquoi ? Que se passe-t-il ? (Elle ouvrit la fermeture Eclair de sa tenue, qu'elle fit tomber sur ses hanches.) On ne m'a pas tout dit, apparemment. Les objectifs ont changé ?

Caffery se passa une main sur le menton, où naissait déjà une ombre de barbe.

— Il y a un peu de ça, en effet. Si je vous racontais ce que nous imaginons, vous ne me croiriez pas.

— Vous voulez que le labo refasse tous les tests ?

— Oui.

— Entendu, répondit-elle avant de se tourner vers Palser, à qui elle adressa un bref sourire de sympathie. Tout va bien ?

— Oui, marmonna-t-il en évitant de croiser son regard.

— Parfait. C'est fini pour moi, là-haut, vous pouvez y aller.

Tous trois grimpèrent à l'échelle, Palser toujours silencieux. Ce fut seulement quand il commença à leur montrer la manière dont il avait procédé pour la première fouille qu'il reprit un peu de mordant :

— Personne ne m'a dit de chercher des restes de nourriture, protesta-t-il. Je cherchais un gosse. Personne n'a rien dit à propos de la nourriture...

— Mais tout était déjà là quand vous avez fouillé ce grenier ? Tout ce qu'on y voit maintenant ?

— Oui, enfin, je ne me souviens pas de... Ça ne sentait pas comme ça.

— Et ça ? lança Caffery. Vous l'avez remarqué, lors de votre passage ?

Il était accroupi à l'extrême bord du toit, là où il touchait les solives, et en faisant porter son poids sur ses mains il regardait en bas, vers la sous-face — la section sous les solives faisant saillie sur le toit. Quelqu'un avait retiré les planches de recouvrement et avait ainsi dégagé une vue parfaite sur le jardin à l'arrière de la maison. Six mètres plus bas, il vit deux bouteilles de lait non lavées. Quelqu'un s'était bricolé un poste d'observation. En se mettant à plat ventre et en se penchant un peu dans le vide par ce trou, on avait le visage directement en face de la fenêtre de Rory.

Au-dehors, la nuit était d'une fraîcheur inhabituelle, comme si toute la chaleur s'était évaporée vers le ciel. Caffery et Souness observèrent un moment les étoiles.

Le vent leur ébouriffait les cheveux mais chassait également les odeurs qui persistaient dans leurs narines. Les portes de la camionnette du service scientifique étaient ouvertes, et ils pouvaient voir les techniciens occupés à découper les échantillons en lamelles et à congeler ce qui pouvait l'être. Ces derniers temps, ils congelaient très souvent les échantillons. Personne n'aurait pu expliquer exactement pourquoi, mais l'ADN sortait des prélèvements congelés avec une netteté beaucoup plus grande que des prélèvements restés à température ambiante. Caffery se roula une cigarette et contempla le ciel, la faucille argentée de la lune — si lumineuse et si solide qu'elle semblait avoir été découpée et collée sur la voûte céleste. Il imagina Tracey Lamb regardant cette même lune. *Pas maintenant — pas ça maintenant...* Il reporta son attention sur Souness.

— Danni ?

— Oui ?

— Y a-t-il quelque chose que vous souhaitez me dire ?

Elle le considéra d'un air surpris.

— Non. Je devrais avoir quelque chose à vous dire ?

— Non.

— Qu'est-ce que ça signifie, alors, ces questions sibyllines ? Qu'est-ce qui se passe ?

— Oh, rien, dit-il en allumant posément sa cigarette. Non, rien.

Il la croyait. Elle ignorait tout. S'il y avait une relation entre Paulina et ce qui était arrivé à Lamb ce matin-là, Souness n'en savait rien.

Rebecca était consciente que cette journée avait profondément modifié le cours de son existence. A la façon d'un film passé en accéléré, elle avait réellement senti le processus se dérouler, comme une nouvelle couleur qui l'aurait envahie. Une sorte de dégel, peut-être. L'héroïne ne devait plus avoir d'effet, pourtant elle était toujours possédée par un calme presque surnaturel — comme si, enfin, elle se trouvait face à la bonne direction. En un coup de fil à son agent elle avait annulé l'exposition de Clerkenwell et décidé d'accepter toutes les offres en souffrance concernant les œuvres qu'elle avait choisi de conserver. A mesure que la journée s'écoulait, la rumeur se propagea, ajoutant un intérêt momentané qui peu à peu s'accentua, jusqu'à ce que son agent ait tout vendu :

— Je te le dis, Rebecca, je suis à mon bureau et par la fenêtre j'aperçois les rues de Soho. Eh bien, je vois surtout la ruée et la frénésie. Ils en bavent. J'aurais pu leur vendre le siège de tes chiottes, coco !

Elle passa la journée chez Caffery, allongée sur le dos dans le jardin. Elle fuma ses cigarillos à la chaîne, le portable collé à l'oreille, abasourdie par les montants qu'on lui communiquait. Elle contempla les volutes de fumée qui s'élevaient paisiblement dans le bleu du ciel et réfléchit à cet étrange basculement du destin. Et elle se demanda ce qu'il en penserait, comment il réagirait envers elle. *Je ne t'en voudrai pas si tu me dis simplement d'aller me faire foutre, Jack. Je ne t'en voudrai pas.*

Tard cette nuit-là, quand il rentra, il avait le teint grisâtre et paraissait exténué. Il vida les poches de sa veste, la mit dans le sac pour le nettoyage à sec puis alla prendre une bière dans le réfrigérateur.

— Il existe dans ce monde des fumiers très malins, lâcha-t-il. Très malins, oui.

Mais quand elle essaya de lui en faire dire plus, il s'y refusa. Il retira son pantalon, qui rejoignit la veste, et passa dans la salle de bains, en chaussettes et chemise.

Pendant qu'il se douchait elle ouvrit une bouteille de vin. Le verre en était bleuté, et elle aimait sa teinte à la lumière. Elle l'emporta au premier, emplit deux verres. Elle posa celui de Jack sur le réservoir de la chasse d'eau, avec la bouteille, et sirota le sien tout en cherchant par où commencer.

— J'ai annulé l'expo, annonça-t-elle finalement, appuyée contre le lavabo, en surveillant sa silhouette dans la douche.

— Quoi ?

— J'ai dit : j'ai annulé mon expo au Zinc.

Il ouvrit le rideau plastifié en ôtant le savon de ses yeux.

— Hein ?

— Je vends toutes les pièces qu'on veut bien m'acheter. Y compris celles que je croyais vouloir garder. En fait, c'est déjà fait. Je les ai toutes vendues.

— Becky...

Il ferma les robinets, saisit une serviette et essuya son visage pour mieux la voir.

— Becky, tu ne peux pas. Tu ne peux pas faire ça.

— Oh si, je peux.

Elle prit le verre sur le réservoir de la chasse d'eau et le lui donna. Le savon coulait encore de ses bras, de ses jambes et de son torse. Quelques jours auparavant, elle l'aurait détaillé du regard, elle lui aurait sans doute dit qu'il avait un corps très excitant, mais ce soir elle ne voulait pas se montrer aussi désinvolte.

— Je peux le faire et je l'ai fait. Et devine quoi... (Elle tourna son verre entre ses doigts, le regard baissé sur le vin, gênée.) Je vais aller voir un thérapeute. (Elle eut un petit sourire un peu crispé.) Je sais, beurk, alors promets-moi de ne le dire à personne.

Il ne répondit pas. Il lui tourna le dos et s'assit sur le rebord de la baignoire. Il semblait absorbé par la contemplation de son propre verre de vin. A cet instant précis, elle aurait donné cher pour connaître ses pensées. Après un temps il passa les jambes hors de la baignoire et lui tendit la main.

— Viens ici.

Elle lui prit la main et sans se lever il l'attira sur ses cuisses. Il l'entoura de ses deux bras.

— C'est bien, dit-il. C'est vraiment bien.

Rebecca inclina la tête et sourit sans qu'il la voie dans le creux de son cou. Au passage, son visage prit un peu de savon. L'eau imbibait son T-shirt.

— Mon T-shirt est mouillé, dit-elle. Regarde ça.

— Si on allait au lit ? Pour voir si cette fois ça marchera ?

Elle lui sourit.

— Sauf que tu es couvert de savon.

— M'en fous. Allons-y.

Et ils se glissèrent sous les draps, mouillés et savonneux. Il la débarrassa de son T-shirt et s'en servit pour s'essuyer la poitrine, le ventre, les jambes, avant de jeter le vêtement trempé sur le plancher et de s'appesantir sur elle tout en essayant de dégrafer son soutien-gorge.

— Becky, si c'est sous l'effet d'un petit joint...

— Oh, arrête, railla-t-elle en feignant de lui décocher un coup de poing à la pointe du menton. Ne te moque pas de moi. Tu sais bien que ce n'est pas ça du tout.

— Je le sais, oui.

Il souriait en lui ôtant son short, il souriait quand il pressa son corps musclé et encore humide contre le sien, et elle dut se retenir pour ne pas lui dire en face et à haute voix, comme une idiote :

— Je suis sûre, complètement sûre que ça va aller.

29

27 juillet

Tracey Lamb devait se rendre à l'audience de Narey ce matin-là, mais elle ne voulait pas découvrir à son retour que Steven avait de nouveau tout chamboulé dans la caravane. Elle posa quelques Coca et du chocolat sur la banquette.

— Viens t'asseoir ici. On va jouer à un jeu.

Les friandises et la perspective du jeu le déridèrent. Il s'assit sur le lit recouvert de son sac de couchage et se mit à se balancer d'avant en arrière. Il souriait et son rictus découvrait les espaces entre ses dents pourries par trop de sucreries.

— Un veeeu, un veeuuu.

— C'est ça. Donne-moi tes mains.

Il les tendit. L'attention que lui portait Tracey l'enchantait.

— C'est bien. Maintenant bouge plus, pendant que je...

Elle se servit de fil électrique pour lui lier ensemble les poignets, puis elle fit passer le fil derrière lui et en entoura lentement son torse. Elle riait et le chatouillait pour qu'il ne s'inquiète pas.

— Bon. C'est amusant, hein ? Tu vois ce que c'est, ce jeu ? Pour voir si Tracey est assez forte pour ligoter Steven. Tu vois ? Steven peut toujours se détacher, hein ?

— Vvouuiiii, approuva-t-il en souriant.

Elle se leva et passa l'extrémité du fil dans les poignées du placard, puis autour des loqueteaux des fenêtres et derrière la table. Il pouvait maintenant bouger dans un cercle d'environ un mètre. Il était en mesure d'atteindre l'évier, mais pas les fenêtres ni la porte. Ainsi il ne commettrait aucun dégât.

Elle recula et s'essuya les mains sur ses jambières.

— Voilà. Et maintenant je parie que Steven est capable de se sortir de ça. Steven est trop intelligent pour Tracey, pas vrai ?

— Vvoouuiii !

— Je veux voir ça. Vas-y, sors-toi de là. D'accord ?

— 'korr...

Il sourit en se balançant, et ses yeux se révulsèrent en rythme. Il se débattit, se contorsionna, et le fil électrique se resserra autour de ses poignets jusqu'à ce que la chair soit boursouflée et que les veines saillent à son cou. Bras croisés, tête inclinée de côté, Tracey l'observait. *C'est ça, essaie donc de te dépêtrer de ça, petit enculé.*

Et soudain il se libéra. Il tira brusquement en avant et, l'instant d'après, il agitait les bras comme un bébé qui veut que sa mère le prenne. Il souriait largement.

— Aah-yééé !

Oh, salopard de petit enculé. Elle décocha un coup de pied dans la table.

— Ouais, super. Tu y es arrivé, hein ?

— Koorrr ! Koorrrr !

— D'accord, encore. On va le refaire.

— Voouuiii ! s'exclama-t-il, surexcité.

— Mais plus difficile, pour corser le jeu.

Elle alla chercher une deuxième longueur de fil électrique et un câble de remorque huilé dans le coffre de la Datsun. Elle laissa libre une des mains de Steven mais cette fois, bien qu'il se soit contorsionné pendant dix minutes tandis qu'elle le surveillait d'un regard froid, il ne parvint pas à se défaire de ses liens. Finalement, saucissonné sur la couchette comme une dinde de Noël, il leva les yeux vers elle et sourit. Il était essoufflé, mais ravi que le jeu se déroule aussi bien.

Du bout du pied, Tracey poussa le seau de toilette vers lui.

— Bien essayé. Bon, je serai pas absente longtemps. Je reviens cet après-midi. (Elle approcha son visage du sien et sourit.) Et alors, si tu as été sage, peut-être que tu rencontreras quelqu'un de spécial.

— Sur la liste 103, le numéro sept, monsieur, indiqua l'huissier au juge. Mlle Tracey Jayne Lamb. Représentée par maître Kelly Alvarez.

La cour d'assises et le tribunal d'instance de Bury St. Edmunds se tenaient dans un bâtiment de brique rouge au plafond très haut, situé derrière le terrain où se dressaient les ruines de l'abbaye. L'intérieur n'était que boiseries et moquette. Vêtue d'un ensemble crème un peu passé et d'un chemisier de soie rouge, Kelly Alvarez était assise sur le banc de la défense. A sa droite, sur le banc des prévenus, Tracey Lamb attendait patiemment. Elle serrait contre elle son gobelet-crachoir et mâchait avec application un gros bubble-gum à la fraise.

Le clerc lut l'énoncé du chef d'inculpation :

— Tracey Jayne Lamb, vous êtes accusée d'association de malfaiteurs en vue de commettre des agressions sexuelles sur d'autres personnes inconnues, en infraction aux lois en vigueur.

Le juge se rembrunit en regardant Tracey, comme s'il ne l'avait pas encore remarquée et qu'il était maintenant quelque peu choqué par sa présence dans ces lieux.

Il ôta ses lunettes, pressa les mains à plat sur le bureau et redressa le buste.

— Mademoiselle Lamb, vous comprenez qu'il s'agit là d'une infraction très grave, qui ne peut être jugée ici. Nous ne sommes réunis aujourd'hui que pour fixer une date à l'audience de renvoi et discuter de la question d'une éventuelle libération sous caution.

Lamb le gratifia du sourire sarcastique qu'elle aurait eu s'il lui avait demandé si elle connaissait l'alphabet. Elle poussa la boule de chewing-gum dans un coin de sa bouche, cracha dans son gobelet et se redressa.

— Oui, je comprends.

Le juge ferma les yeux en réprimant une moue de dégoût et se tourna vers le représentant du ministère public.

— Vous dites que vous ne vous opposez pas à une liberté sous caution ?

— En effet.

— Vous êtes certain de ne pas désirer vous y opposer ?

— Tout à fait certain.

— Vous savez que j'ai le droit de casser cette décision.

— Oui, je...

— Parfait, coupa le juge, qui frappa le bureau de son stylo. Parce que c'est sans doute ce que je vais faire.

— Votre Honneur, dit Alvarez en se levant si vite qu'elle fit tomber son crayon devant elle, il me paraît important de souligner le caractère très ancien de cette infraction. De plus, rien ne prouve que l'accusée soit toujours en contact avec une des victimes...

Tracey mâcha un peu plus énergiquement. Elle concentrait toute son attention sur le juge. Personne ne lui avait dit qu'elle risquait de ne pas obtenir la libération sous caution. Elle ne l'avait même pas envisagé.

Le représentant du ministère public s'était levé à son tour et s'adressait au juge :

— Votre Honneur, sur ce point nous sommes d'accord avec la défense.

Alvarez coinça une mèche de cheveux derrière son oreille.

— Et l'accusée n'a commis aucune infraction pendant les huit années écoulées. Mlle Lamb a été laissée en liberté sous caution par la police, et elle s'est présentée à l'heure aujourd'hui pour la comparution. Rien ne permet de supposer qu'elle ne se présenterait pas à l'audience de renvoi. De plus... ajouta-t-elle tout en consultant les documents étalés devant elle, elle habite au même endroit depuis trente ans, et l'infraction présumée s'est produite il y a huit ans. Quant à mon estimé confrère de l'accusation, il a déjà précisé qu'il ne s'opposerait pas à la libération sous caution et qu'il ne demanderait pas qu'elle soit assortie de conditions spécifiques.

— Un moment, un moment, dit le juge en se grattant le crâne. Nous parlons là d'un délit particulièrement grave. Il ne s'agit pas de vol à l'étalage. Nous devons réfléchir à la question avec le plus grand soin.

— Votre Honneur, l'interrompit Alvarez, je souhaiterais m'entretenir quelques instants avec ma cliente...

Le juge s'installa de biais dans son grand fauteuil à haut dossier et s'appuya sur un des accoudoirs sculptés.

— Eh bien, pourquoi pas ? Allez-y.

Alvarez se tourna à demi pour converser avec sa cliente, qui leva vers elle ses yeux proéminents.

— Je veux lui offrir une sécurité, murmura-t-elle à Tracey. Connaissez-vous quelqu'un qui pourrait verser quelque chose... ?

— Vous aviez dit que j'allais sortir d'ici.

— Vous allez sortir, ne vous inquiétez pas, affirma l'avocate en se mordillant nerveusement la lèvre inférieure. Et regardez l'accusation, ils ne s'y attendaient pas non plus. Mais il faut que je puisse proposer quelque chose au juge. Avez-vous quelqu'un qui pourrait proposer une somme d'argent pour... ?

— Non, je connais personne !

Tout allait de travers. Si elle ne bénéficiait pas de la liberté sous caution, alors Steven... *Non, il arrivera bien à se détacher... Peut-être.* Mais quand elle l'imaginait en train de tirer sur les nœuds du fil électrique ou d'essayer de les couper avec ses dents, elle se rendait compte qu'il avait peu de chances de parvenir à ses fins.

— Vous m'avez jamais dit que je sortirais pas d'ici !

Alvarez baissa les yeux.

— Tracey, réfléchissez bien, je vous en prie... Il n'y a vraiment personne parmi vos connaissances qui serait en mesure de... ?

— Maître Alvarez ? lança le juge, que l'impatience gagnait.

— Oui, Votre Honneur, je suis en train de voir si je peux offrir une sécurité financière... (Elle se retourna vers Tracey.) Vous êtes bien sûre que vous ne connaissez personne... ?

— Non. Je vous ai déjà dit non.

— Maître Alvarez, j'ignore si quiconque pourrait offrir une sécurité financière à votre cliente, mais la question est de toute façon de pure forme. Car j'ai le sentiment que Mlle Lamb pourrait bien être tentée de ne pas se présenter à la prochaine comparution...

— C'est pas vrai...

— Votre Honneur ! dit l'avocate en revenant à sa place. Votre Honneur, l'accusée s'est présentée au tribunal aujourd'hui. Elle était parfaitement consciente de la gravité des charges retenues contre elle, et pourtant elle s'est présentée ici. Je suis certaine que Mlle Lamb se conformera à toutes les conditions qu'il vous plaira de lui imposer. Elle se présentera aux contrôles judiciaires que vous estimerez appropriés. Elle demeurera à son adresse actuelle.

Mais le juge secoua la tête d'un air de regret.

— Ecoutez, ce n'est pas à moi de vous apprendre votre métier, mais il s'agit d'un délit très grave. Et par le passé la prévenue a fait l'objet de condamnations...

— En effet, mais pour des faits sans rapport avec ceux qu'on lui reproche aujourd'hui.

Le juge attendit qu'Alvarez se soit calmée pour reprendre la parole :

— Elle connaît la longueur de la peine qu'elle encourt...

Il nota quelque chose et s'adressa à voix basse au greffier.

— En conséquence, c'est non, conclut-il avant de se tourner vers Lamb. Aucune des conditions que vous pourriez proposer ne me suffirait. Mademoiselle Lamb, veuillez vous lever.

Elle obéit mécaniquement, le regard fielleux.

— Je vous ai déjà dit que je ne peux statuer ici sur une affaire d'une telle gravité, et à cause de sa nature même et des témoins qui pourraient être appelés à déposer, j'estime plus opportun pour la bonne administration de la justice de transférer l'affaire dans un lieu où l'on pourra étudier dans de bonnes conditions les preuves apportées par les enregistrements vidéo. Me comprenez-vous ? (Il n'attendit pas la réponse et poursuivit :) En attendant, et parce que j'estime sérieux le risque que vous décidiez de ne pas vous représenter devant la cour, je vous place en détention préventive. Vous reviendrez devant nous dans une semaine à dater de ce jour, c'est-à-dire le 3, et nous réexaminerons la situation. Merci. (Il se tourna vers le greffier et demanda :) Nous pouvons passer à l'affaire suivante ?

Le matin. Ses bras étaient sans force, et il y avait autre chose : un étrange frémissement dans l'air, comme si la pièce allait se briser en deux. Pendant la nuit, Smurf avait vomi quelque chose qui ressemblait à des grains de café dans de l'eau sale, et quand Benedicte avait vu ses prunelles éteintes et le mucus accumulé au coin de ses babines, elle avait compris. D'un bras elle entoura le cou de la vieille chienne et elle pressa ses lèvres contre son oreille.

— Smurf, je suis désolée.

Elle l'avait trouvée douze ans plus tôt. C'était alors un chiot au poil luisant qui attendait un maître au Battersea Dogs' Home. Elle l'avait ramenée à la maison au bout d'une laisse en tissu rouge. A l'arrêt du bus, l'animal avait dansé autour de ses chevilles, et sa queue s'agitait joyeusement tandis que ses griffes cliquetaient sur le sol. Smurf transformait les jours de lessive en enfer. Chaque paire de chaussettes disparaissait. Elle adorait barboter dans les vagues avec Josh quand ils séjournaient en Cornouailles, et comme ils n'étaient pas certains de sa date de naissance ils avaient fixé son anniversaire à la Saint-Valentin. A présent, son haleine sentait l'ammoniac et elle avait les plus grandes difficultés à respirer.

— Je t'aime, ma vieille Smurfy.

Elle s'allongea à côté de la chienne et appuya la tête contre celle de l'animal. Elle sentit l'œil cligner, et elle se frotta contre les poils rêches de sa fourrure. Elle embrassa Smurf, juste sous l'oreille, là où la peau était douce, et l'animal bougea un peu, avec un soupir bas. Sa queue se leva à moitié et elle posa une patte maigre sur le pied nu de sa maîtresse.

Ce n'est pas la peine de lutter, à la fin il n'y a que le mal, quoi que tu fasses, aussi dur que tu te battes, tu ne peux pas construire de murs assez hauts.

Trente secondes plus tard, quand elle releva la tête, Smurf avait cessé de respirer.

Caffery se réveilla tôt, avant l'heure souhaitée, avec le visage d'Alek Peach à l'esprit. A côté de lui, Rebecca dormait. Il posa la tête sur sa main et la regarda respirer, avec sa petite frimousse de lutin très lisse et très paisible. Mais le visage de Peach refusait de s'effacer de ses pensées. Il roula hors du lit et alla dans la salle de bains.

L'indicible s'était produit au 30, Donegal Crescent, et Caffery commençait à penser qu'Alek en était la principale victime vivante. Il s'évertua à s'en convaincre tandis qu'il se douchait, puis quand il prit son café et entreprit de repasser une chemise. Lorsqu'il partit, Rebecca n'avait pas quitté les bras de Morphée. Il ne la réveilla pas, et, quand il arriva à Shrivemoor, c'est à Alek Peach qu'il pensait.

Il écouta le rapport des deux inspecteurs sur leur enquête de voisinage et leur attribua un nouveau secteur pour la journée.

— Appelez-moi pour n'importe quelle raison, entendu ? Absolument n'importe quelle raison.

Une fois qu'ils furent partis, il demanda à Kryotos de contacter les Archives centrales pour obtenir l'intégralité du dossier Peach. Elle le reçut à onze heures.

— Tu es prêt à ça ? dit-elle en s'asseyant dans le bureau du commissaire et en posant le registre des jugements rendus sur ses genoux.

Elle paraissait d'une vitalité et d'une santé étonnantes ce matin, comme si la lumière dans la pièce se réfléchissait sur sa peau. Il ne s'en sentait que plus las.

— J'ai trouvé qui était la victime de cet attentat à la pudeur.

— Je t'écoute.

— Carmel Regan. Sa future femme. Elle était à deux jours de son treizième anniversaire, lui avait dix-neuf ans. Evidemment, le père de Carmel n'a pas apprécié et l'a envoyé derrière les barreaux. Mais ils sont restés ensemble même pendant qu'il purgeait sa peine. Et il y a autre chose : Quinn a reçu les premiers résultats pour ce qu'on a ramassé dans le grenier.

— Et ?

— Ils ne correspondent pas au profil de Peach.

Caffery entrecroisa les doigts de ses deux mains et inclina la tête à droite et à gauche, pour se débarrasser de la raideur tenace dans sa nuque.

— Ah, je pensais bien que tu allais me dire ça... Bon sang, Marilyn, je n'arrive pas à le croire. Tout ça n'a pas de sens.

— Je sais. Et ce n'est pas tout.

— Quoi encore ?

— Ils ont refait les analyses ADN sur la personne qui a violé Rory, et...

— Oh non, grogna-t-il. Ne me dis pas ça...

— Les résultats sont identiques à la première fois. Alek Peach.

A son arrivée, Caffery accueillit Souness sur le seuil de la salle des données. Il avait bien réfléchi à ce qui semblait impossible.

— Il faut que nous allions parler à Alek Peach, déclara-t-il. Je crois savoir ce qui s'est passé. Et je pense que nous devrions lui affecter un psychologue.

— Mais pour quelle raison ?

— Parce qu'il a été victime de violences sexuelles.

Le nom de Tracey Lamb était inscrit sur le tableau dans l'aile de réception de la prison de Holloway. Une visite était prévue pour elle à quatorze heures. A treize heures quarante-cinq, ils l'emmenèrent avec d'autres détenues dans la cellule d'attente. « Le coin des putes », comme était déjà surnommée cette pièce lors de son précédent passage dans ces murs.

— Vous êtes dans la salle 1.

Bien sûr : celle avec la télé pour la preuve par vidéo, tout près du poste de surveillance, pour qu'ils puissent l'épier.

— Voici votre casier.

Avec un rictus agressif à l'intention de la gardienne, Lamb humecta son pouce et son index, et s'en servit pour éteindre la cigarette qu'elle mit dans le casier pour la terminer plus tard.

— Et le reste, ordonna la gardienne en secouant le casier.

Docilement, Lamb sortit les autres cigarettes roulées de sa poche. Elle avait un peu de tabac — en tant que détenue de préventive elle avait droit à trente livres par semaine pour l'achat de ses affaires de toilette et de son tabac.

Trois mille livres. Imagine... Trois mille, en main propre.

— Allez, salle 1. On y va.

On l'escorta hors de la cellule d'attente et le long du couloir vitré jusqu'à la pièce où Kelly Alvarez l'attendait, une quantité de papiers divers étalés devant elle, sur la table.

— Bonjour, Tracey.

— Ouais, qu'est-ce que vous me voulez ?

— Je voudrais juste régler les derniers détails pour votre libération sous caution, la semaine prochaine. Cette fois, je tiens à ce que nous soyons fin prêtes. Il nous faut quelque chose à leur proposer.

Elle posa sur sa cliente un regard anxieux.

Tracey s'assit en face d'elle avec une moue méprisante.

— Vous m'avez jamais dit que je risquais de pas être libérée sous caution aujourd'hui.

— Je sais, je sais. Et je suis désolée de ce qui s'est passé, Tracey.

— Je me serais carapatée si j'avais su ce qui m'attendait.

— Tracey, ce juge est réputé pour son intransigeance. J'en ai parlé au représentant du ministère public après l'audience, et il était aussi surpris que moi. (Son sourire découvrit des dents jaunies.) Mais nous ferons une nouvelle demande la semaine prochaine et cette fois il n'y aura aucun problème.

— Ah ouais ?

Elle releva le menton et dévisagea Alvarez. Dans une semaine, Steven ne serait peut-être plus vivant. S'il ne parvenait pas à se libérer, il serait toujours là-bas, attaché aux placards et à la table, à l'intérieur de la caravane. *Sept jours... Combien il peut tenir ? Et qu'est-ce que je foutrai d'un cadavre, bordel ?* Qu'avait-il à boire et à manger ? Le Coca et le chocolat qu'elle lui avait apportés le matin même, un peu d'eau dans une bouteille sous l'évier...

— Et pourquoi vous êtes si sûre que je sortirai la prochaine fois ?

— Ah, mais parce que j'ai rassemblé quelques tuyaux très intéressants... (Elle eut un grand sourire d'autosatisfaction.) La semaine prochaine, le juge que nous avons vu aujourd'hui sera en vacances. Lui a la réputation d'être opposé aux libérations sous caution, mais la prochaine fois ce sera un autre juge et il n'y aura aucun problème, je vous le promets.

Lamb acquiesça, mais elle demeurait songeuse. Habitués à toujours se méfier et à détecter les boniments chez ses interlocuteurs, ses sens aiguisés étaient parfaitement réglés sur certaines fréquences, et ils lui avaient déjà révélé que Kelly Alvarez n'était pas faite pour la profession d'avocat. Elle sentait en elle une idéaliste qui désirait de toutes ses forces contenter ses clients, et elle savait aussi comment tirer le meilleur parti de cette faiblesse fondamentale.

— Vous avez découvert comment ils me sont tombés dessus ?

— Ils avaient une vidéo de vous.

— Une seule ?

— La seule, répondit Alvarez en sortant sa copie de son sac. Vous voulez la visionner ?

— Non... Qu'est-ce que je fais, là-dedans ?

— Vous... (L'avocate toussota dans son poing fermé.) Vous agressez sexuellement un jeune garçon.

— Vous l'avez vue ?

— Oui.

— Et ? Ça se passe où ? Je suis habillée comment ?

— Vous êtes sur un lit.

— Avec un dessus-de-lit léopard ?

— C'est bien ça. Ils avaient cette cassette depuis des années, précisa Alvarez d'un ton de sympathie. Je pense que ça devait arriver, Tracey. Le seul point positif, c'est que tout cela s'est passé il y a très longtemps. Ils n'ont rien de récent. Il ne sera pas difficile de convaincre un jury que c'est pour vous un passé complètement révolu.

— Pas de trucs sur Internet ?

La direction que prenait la conversation faisait naître chez l'avocate un malaise diffus.

— Euh... non, dit-elle prudemment. La vidéo est la seule preuve présentée jusqu'à maintenant.

— Bon.

Caffery avait dit qu'il détenait au moins quatre autres vidéos d'elle, sans parler des réseaux de Carl sur Internet. S'il avait été en rapport avec son arrestation, l'inspecteur aurait sans doute versé le tout au dossier. Lamb se passa les mains sur le visage et jeta un regard vers le poste de surveillance. Puis elle se retourna vers Alvarez, se pencha sur la table et dit à voix basse :

— Bon. Et je vous ai demandé de vous renseigner sur l'inspecteur Caffery.

— Oui, répondit l'avocate, qui semblait heureuse de changer de sujet. J'ai demandé à l'accusation, et on m'a répondu qu'il n'avait jamais été question de ce Caffery.

— Vous êtes sûre ?

— Sûre et certaine. J'ai posé des questions, ici et là. Il travaille dans un service complètement différent qui n'a absolument rien à voir avec l'unité antipédophilie, et j'ai la certitude qu'il n'est en aucune manière impliqué dans l'enquête vous concernant. Pourquoi ? A quoi pensez-vous ?

— Oh, à rien.

Bien au contraire, elle réfléchissait furieusement. Ses pensées s'entrechoquaient en avalanche dans son cerveau. L'argent du flic n'était pas encore perdu pour elle.

— Alors, pour vous, la semaine prochaine je serai libérée sous caution ?

— Oh oui. Je peux vous le garantir.

30

Caffery ne mit pas longtemps à s'apercevoir que Carmel Peach était sous médication. Pendant la nuit, Alek avait été transféré dans une chambre annexe, dans un nouveau service. Assise au bout du lit de son mari, Carmel piquait laborieusement les oignons dans un bol de minestrone et les déposait sur une serviette en toile. Elle donnait l'impression qu'on avait gommé toute couleur de sa peau, qu'elle n'était plus qu'une enveloppe vide et desséchée. Elle avait écaillé le vernis de ses ongles, qui parsemait maintenant son T-shirt et son jean, et à l'entrée de Souness et Caffery elle leva les yeux vers eux mais ne les reconnut pas. Son esprit les ignora et elle concentra de nouveau toute son attention sur la soupe.

— Alek, dit doucement Souness en s'asseyant près de l'alité tandis que Caffery allait baisser le store, Alek, savez-vous pourquoi nous sommes là ?

— Pour me faire souffrir un peu plus ?

Il portait un T-shirt noir et argent à la gloire d'Elvis et était adossé contre trois oreillers empilés. Ses favoris avaient été taillés pour en éliminer les touches de gris, et on avait scotché un dessin d'enfant sur le côté de la table de chevet : Kenny, de South Park, avec en bas de la feuille *Rory* écrit au feutre marron. Il baissa les yeux et contempla ses grandes mains.

— Mais vous ne pouvez plus me faire de mal. Plus

maintenant. Alors faites ce que vous avez à faire, et partez.

Caffery s'assit de l'autre côté du lit. Il était très conscient de l'intimité que la proximité de Peach créait.

— Nous sommes désolés, dit-il. Nous sommes venus pour vous dire que nous sommes désolés. *Je* suis désolé, mais il y a toujours quelque chose que vous ne nous avez pas dit, Alek. Quelque chose qui s'est produit chez vous... (Il s'éclaircit la voix et continua :) Quelque chose s'est produit avant que Rory ne soit enlevé. Nous avons une idée, mais nous aimerions l'entendre de vous, parce que...

Il s'interrompit. Carmel avait brusquement redressé le buste. Sans un mot elle jeta la serviette sur le sol, se leva, enfila sa paire de vieilles baskets et fit le tour de la pièce d'une démarche saccadée, en chantonnant la musique d'une publicité pour voiture. Elle prit des objets et les redisposa en produisant le plus de bruit possible. En voyant son expression, Alek se cacha le visage dans les mains et secoua la tête avec désespoir. Caffery se pencha vers lui et parla d'une voix douce, mais suffisamment forte pour couvrir les bruits causés par Carmel :

— Je suis désolé, Alek, si cela vous paraît de l'insensibilité, mais il faut le faire.

— Da-da da *da* ! chantait maintenant Carmel à pleins poumons. (Quand Caffery se tourna vers elle, il vit qu'elle le fusillait du regard.) Da-da da *da* !

— Ma chérie, dit Peach, va attendre dehors.

Furieuse mais en silence, elle saisit son sac à main, y prit ses cigarettes et son briquet, sans quitter Caffery des yeux, et sortit de la chambre à grands pas. La porte claqua derrière elle. Il fallut quelques secondes à l'inspecteur pour ne plus voir cette image de la rage impuissante. Il rompit enfin le charme et interrogea Souness du regard. Elle haussa très légèrement les épaules.

— Monsieur Peach, essaya-t-il de nouveau en parlant d'une voix plus normale. Alek...

La mâchoire de Peach bougea, comme si sa langue était un énorme crachat qu'il devait avaler ou expectorer. Il écarta le bol de soupe mais ne dit rien.

— Nous comprenons ce que vous pouvez ressentir. Nous avons un officier spécialement formé, qui a suivi des cours pour, hum, pour aider les gens qui sont dans ce genre de situation...

Ostensiblement, Peach tourna la tête vers Souness.

— Il est venu juste pour ça ? Pour me parler de vos formations spéciales ?

Caffery étouffa un soupir.

— Je comprends combien cela peut vous être difficile, Alek.

— Ah ouais ? (Il braqua un regard glacial sur l'inspecteur.) Vous pensez vraiment que vous comprenez, hein ?

— Oui, je pense que je...

— Vous pensez vraiment que vous comprenez ! répéta-t-il en brandissant en l'air ses poings crispés. Un connard de flic vient ici *me* dire, à moi, qu'il peut *comprendre* ce qui m'est arrivé ! Vous n'avez même pas idée de ce que nous avons enduré...

— Ce que je veux dire, c'est que...

— *Non !* s'écria-t-il en pointant l'index sur le visage de Caffery. Laissez-moi *vous* parler de ce que c'est que de *comprendre* ! (Sa tête tremblait, les tendons saillaient à son cou.) Parce que je vais vous le dire pour rien ! Mais j'espère bien qu'un jour vous *comprendrez* vraiment. J'espère qu'un jour il vous arrivera la même chose. J'espère que vous vous sentirez comme je me sens, pour que quelqu'un puisse venir vous faire un baratin sur ce que c'est que de *comprendre*, bordel ! De votre vie vous n'avez jamais eu devant vous un choix aussi horrible que celui que j'ai eu à faire. *Jamais*. (Le souffle court, il se laissa aller contre les oreillers.) Vous n'avez pas d'enfant. Je le lis dans vos yeux.

Caffery regarda le dessin de Rory. Il savait qu'il aurait dû éprouver de la sympathie pour Alek Peach, qu'il aurait dû être terriblement navré de ce qui lui était arrivé. Mais, une fois de plus, cette colère folle montait en lui, telle une poussée d'adrénaline irrésistible. Tout ce qu'il espérait en offrant sa sympathie était une acceptation honnête et directe. Il s'obligea à une nouvelle tentative.

— Monsieur Peach, tout ce que je...

— Ne me dites rien.

— Je veux seulement...

— Et moi je ne veux pas de votre compréhension.

Et merde. Furieux à son tour, Caffery bondit sur ses pieds et contourna le lit. En silence, il articula pour Souness : « J'essaie seulement d'aider. »

Elle se détourna de Peach, étendit le bras et toucha le poignet de l'inspecteur.

— Laissez-moi faire, d'accord ? souffla-t-elle.

— Allez-y.

Jack alla s'écrouler sur une chaise, dans un coin de la chambre. Il avait abandonné tout espoir d'arriver à un résultat avec Alek Peach. Assis, les jambes allongées devant lui, la tête au creux d'une main, il observa la scène.

Souness se frotta le front en cherchant la meilleure façon de présenter la chose.

— Bon, Alek, nous pensons que l'intrus vous a forcé à faire quelque chose à Rory... (Elle se tut. Peach respirait difficilement, et il contemplait ses mains avec colère.) Nous ne nous sommes jamais trouvés confrontés à une telle chose, c'est pourquoi nous avons besoin que vous coopériez avec nous, mais je crois que pour commencer nous avons besoin d'une déclaration de votre part...

Silence. Du fond de la pièce, Caffery observait. *Elle ne réussira pas. C'est un connard patenté.*

— Nous sommes vraiment désolés, dit-elle en posant sa main sur celle de Peach. Mais il faut que nous l'entendions de votre bouche, avec vos propres mots.

Soudain Peach bascula la tête en arrière, et des larmes brillèrent au coin de ses yeux, puis coulèrent sur son visage. Il se vida les poumons en un long soupir douloureux.

— Ça n'a plus d'importance, de toute façon. Je suis mort, maintenant. Je suis mort, oui, et tout ce que je pourrai vous dire n'a plus aucune importance. (Il leva une main blessée et toucha sa poitrine du bout des doigts.) Vous pouvez me voir, assis dans ce lit, à l'intérieur de ma peau, mais en réalité je ne suis pas là, vous comprenez ? Je ne suis pas réellement là.

Avec l'intérieur du poignet, il tenta d'entraver l'écoulement des larmes.

— Oh, mon Dieu, mon Dieu...

Quand ce fut fini, Souness et Caffery firent halte à l'extérieur du service pour régler leurs montres. Tous deux étaient d'une pâleur singulière. Quand Peach s'était finalement décidé à parler, il leur avait livré la vérité crûment, dans toute son horreur. Il avait tout admis. Oui, quelque part il existait des photographies de ce qui s'était passé, oui, il avait menti en affirmant n'avoir ni vu ni entendu son fils, et s'il n'était pas déshydraté c'était parce que lui et Rory avaient eu droit à un peu d'eau pendant ces trois jours, parce que leur agresseur avait une bonne raison pour qu'ils conservent leurs forces. Enfin, la tête basse, alors que les larmes tombaient sur son pyjama, il reconnut avoir été forcé au pire, à l'inimaginable. Le Troll avait menacé Alek de jeter son fils par une fenêtre du premier étage sur le sol en ciment de l'arrière-cour s'il ne s'exécutait pas.

Quand l'entretien toucha à sa fin, ils tremblaient tous les trois. Caffery avait saisi toute la dimension de son erreur. Entendre la vérité de la bouche de Peach l'avait réduit à un silence atterré.

Souness prit deux cafés à un distributeur et ils sortirent dans la lumière écrasante du soleil. Il faisait trop chaud à l'intérieur de la voiture. Ils ouvrirent donc toutes les portières et s'assirent à l'avant, les pieds sur le macadam, pour siroter leur café.

Après un moment, Souness orienta le rétroviseur vers elle pour examiner son visage. Elle ôta une petite saleté du coin de son œil.

— Eh bien, fit-elle, où est-ce que tout cela nous mène ?

Caffery ne répondit pas. Il était assis pieds écartés, coudes posés sur les genoux, et il regardait fixement dans son gobelet. Peach leur avait raconté la panique du Troll quand la sonnette avait retenti, comment il pleurnichait quand il avait foncé dans la cuisine pour sortir. Mais Peach avait toujours les yeux bandés, et il était incapable de leur donner une meilleure description de l'agresseur. Pourtant, une chose qu'il avait dite était restée gravée dans l'esprit de Caffery.

— Jack ? Je vous ai posé une question.

— Euh, oui, excusez-moi.

Il termina son café, écrasa le gobelet de plastique dans sa main et consulta sa montre.

— Bon, mes gars devraient être rentrés de leur enquête de voisinage, à l'heure qu'il est. Ça ne vous dérange pas de vérifier leurs résultats pour moi ?

— Et vous, vous serez où ?

— Je rentre chez moi.

— Vous allez me larguer ici, en plein milieu de Camberwell ?

— Non, je vous ramène d'abord. (Il mit le contact.) Vous méritez bien ça, après ce que vous venez de faire.

Souness, qui écartait les pans de son col et soufflait à l'intérieur pour tenter de se rafraîchir un peu, se figea quand elle entendit cela. Elle tourna vers lui un regard soupçonneux.

— Jack, il n'y avait pas de compliment caché dans votre phrase, n'est-ce pas ?

— Il ne faudrait pas que ça vous monte à la tête. Allons-y, fermez votre portière.

C'était la première fois depuis une éternité qu'il rentrait chez lui aussi tôt. Le soleil illuminait les coins poussiéreux de la maison, et les vitres des fenêtres avaient besoin d'être nettoyées. Le témoin du répondeur clignotait. Il posa son attaché-case sur le canapé, ouvrit la porte-fenêtre et écouta le message assis au bord du jardin, tout en ôtant ses chaussures et ses chaussettes.

« C'est moi, Tracey. Je suis en détention provisoire. »

Pieds nus, il revint dans la cuisine.

— Ça ne m'intéresse pas, Tracey, dit-il au répondeur. Tu n'es qu'une menteuse et j'ai arrêté de jouer.

« Ils m'ont pas accordé la conditionnelle et je suis en préventive à Holloway, si vous voulez me voir... »

Elle hésita, comme si elle était sur le point d'ajouter quelque chose, et Caffery suspendit son geste alors qu'il plongeait le bras dans le frigo pour prendre l'unique canette de Heineken cachée au fond. Il regarda en direction du salon.

« Voilà, quoi, c'est là que je suis. Vous pourriez m'apporter des clopes, ajouta-t-elle, pathétique. Enfin, si vous voulez bien. Et une carte téléphonique. »

Mais bien sûr, salope, songea-t-il en claquant la porte du réfrigérateur. *Toujours prête à marchander pour baiser les autres, hein ?*

— Qui est Tracey ?

Surpris, il se tourna vers Rebecca dans l'escalier.

— Je n'ai pas vu ta voiture dehors, éluda-t-il.

— Il n'y avait pas de place, je l'ai garée au coin de la rue. (Elle descendit deux marches pour avoir les yeux à la même hauteur que lui.) Qui est Tracey ?

Il soupira et évita son regard.

— Eh bien ?

— C'est sans importance.

Il se détourna et se dirigea vers la cuisine. Il savait que s'il lui disait la vérité cela entraînerait une nouvelle dispute. Ce que Rebecca voulait entendre, c'était que lui aussi faisait quelque chose en retour des efforts qu'elle consentait, qu'il laissait tomber son obsession au sujet d'Ewan. Elle n'avait certainement aucune envie d'apprendre à quel appât il mordait encore.

— Ce n'est personne, dit-il platement.

Elle descendit la dernière marche.

— Jack, dis-moi la vérité. Jack...

— Non. Tu n'aimerais pas l'entendre.

— S'il te plaît.

Il fit volte-face.

— Quoi ? Je viens de te dire que ça te déplairait, alors restons-en là, d'accord ?

Elle ne cilla même pas.

— Dis-moi simplement qui est cette Tracey.

— Quelqu'un qui me tient par là. (Il mit une main sur son sexe.) Si tu veux vraiment le savoir, c'est quelqu'un qui me tient par là et qui s'amuse à serrer.

— Pourquoi ?

— Laisse tomber, lâcha-t-il. C'est en rapport avec Ewan.

Elle resta silencieuse. Sans même s'en apercevoir, elle creusait un petit trou dans le bois de la rampe avec l'ongle de son pouce. Il se tourna pour repartir mais elle l'arrêta.

— Jack.

— Quoi ?

— Ça va, tu sais.

— Quoi ?

— A propos d'Ewan. Ça va. Tu ne peux pas changer ta vie parce que ta névrosée de petite amie le veut...

Il était mortifié. Attablés dans la cuisine, ils discutèrent et Caffery lui avoua tout : l'histoire des vidéos (« Elles sont dans le placard sous l'escalier depuis tout ce temps »), comment il était allé voir Tracey, l'arrestation, son passage à la banque de Soho avec l'argent liquide, comment il s'était juré d'oublier tout ça, en vain. Assise en face de lui, Rebecca l'écoutait en fumant, l'air songeuse, l'interrompant à l'occasion pour poser une question. De temps à autre il devait se répéter que cela se produisait réellement, qu'ils en parlaient calmement, que Rebecca ne rejetait pas tout en bloc, qu'elle ne formulait aucune remarque assassine.

— Jack, dit-elle, les yeux fixés sur l'extrémité de son cigarillo, tu sais, c'est vrai, tout ça me retourne. (Elle passa une main sur son visage, puis se pinça l'arête du nez entre le pouce et l'index.) Mais... (elle baissa la main et le regarda) c'est seulement parce que j'ai peur. Seulement parce que j'ai peur en voyant cette tension qui t'habite. J'ai peur que tu ne finisses par blesser quelqu'un, ou toi-même.

— Moi aussi, marmonna-t-il en secouant la tête. Moi aussi, tu sais, ça me fait... (Il lui couvrit la main de la sienne.) Rebecca...

— Oui ?

— Il faudra que nous en reparlions plus tard.

— Ça va, franchement, je vais bien.

— Il faut que je continue. Je suis sur un truc.

Elle se leva de sa chaise.

— Je comprends. Ne me laisse pas te ralentir.

— Je pense que tu devrais sortir.

— Pourquoi ?

— Fais-moi confiance. Je pense que tu devrais sortir.

Roland Klare prit l'appareil photo dans la boîte, mit le tout dans un sac et quitta l'appartement. Il faillit laisser tomber ses clefs en fermant tant il était anxieux. Il transpirait, mais sa décision était prise. Le moment était venu.

L'ascenseur le déposa au rez-de-chaussée sans s'arrêter une seule fois durant la descente. Il sortit sans hâte d'Arkaig Tower et fit halte dans la rue. Ses lèvres remuaient sans qu'il prononce un seul mot audible. Il hésitait sur le chemin à emprunter. Un ou deux passants lui jetèrent un regard curieux, mais il était habitué à ce genre de réaction et il se contenta de leur tirer la langue *(Laissez-moi tranquille, je fais ce qui doit être fait...)* et prit à droite, dans Dulwich Road, le sac serré contre sa poitrine.

Deux passants s'arrêtèrent et observèrent un moment cet individu excentrique, avec ses vêtements sales et trop grands, qui s'éloignait à grandes enjambées. Mais bien vite ils reprirent leur chemin et ne pensèrent plus à lui. C'est ainsi, à Brixton : il faut toujours s'attendre à de l'inattendu.

Il était cinq heures de l'après-midi quand il trouva ce qu'il cherchait. Dès que Rebecca fut sortie dans le jardin, avec une tasse de thé et un magazine, après avoir promis de frapper à la porte-fenêtre si elle désirait rentrer, il sortit les cassettes vidéo du placard et ouvrit son calepin. A un moment, dans son récit douloureux entrecoupé de sanglots, Peach avait dit quelque chose qui l'avait frappé : « Il n'arrêtait pas de répéter que tout sentait le lait. A un moment, il s'est mis à renifler partout dans la pièce en se plaignant de cette odeur. Tout sentait le lait, d'après lui. » Caffery savait que c'était quelque part dans un des enregistrements, mais il ne parvenait pas à relier ces mots à une scène spécifique. Il consulta les notes griffonnées dans la salle des données et élimina la plupart des vidéos — plusieurs n'étaient pas sonorisées, dans d'autres une unique voix murmurait d'un ton autoritaire les instructions à un petit enfant qui clignait des yeux devant la caméra. Mais dans trois des enregistrements on entendait des conversations à voix basse, et c'étaient celles-là que Caffery voulait visionner. C'était une bribe de phrase, quelques mots en apparence anodins, qu'il recherchait, et quand il les trouva son cœur se serra.

Il détestait cette bande en particulier parce que l'enfant en question — un garçonnet d'environ neuf ans — faisait visiblement de son mieux pour être courageux, pour satisfaire les adultes et, pis que tout, était clairement honteux de son corps dénudé. Il était enrobé pour son âge et ce n'est pas ce qu'on lui demandait qui paraissait le gêner le plus : il donnait l'impression de surtout redouter de ne pas être à la hauteur, et d'être trop gros pour son rôle.

La vidéo avait été tournée dans une salle de bains, d'une propreté étonnante. En fait il s'agissait d'une salle de bains comme on en voyait beaucoup dans les maisons de banlieue, dans les années 1980. Les murs étaient d'un rose pâle, le chambranle de la porte s'ornait d'un motif floral rose et gris, et les serviettes moelleuses sur le porte-serviettes étaient roses et blanches. Un lavabo en forme de coquillage, avec des robinets dorés. La scène avait peut-être été enregistrée en hiver, car à certains moments le gamin frissonnait. Les deux autres acteurs de la vidéo, des adultes, étaient affublés de masques de caoutchouc.

« Un vrai petit goret », murmura quelqu'un hors champ.

Puis quelque chose que Caffery ne put comprendre mais qui se terminait par le mot « mollasson ».

« Couine comme un cochon, ordonna une autre voix, réjouie. J'ai dit : couine comme un cochon.

— Qu'est-ce que tu en penses, Rollo ? », s'enquit une autre voix masculine.

Caffery se pencha un peu vers l'écran.

« Il sent, dit une voix monocorde, inintéressée. Il sent le lait. »

Un bruissement, et le bruit d'un objet qui tombait, hors champ. La scène s'interrompit, et quand l'image revint la baignoire était pleine et le gamin dedans, sur le dos, se soulevant pour exposer ses organes génitaux.

« Bon, c'est pas mal. Maintenant, caresse-toi... »

Caffery arrêta la bande et revint en arrière de quelques secondes, avant de repasser en mode « lecture ».

« Un vrai petit goret (inaudible) mollasson.

— Couine comme un cochon. J'ai dit : couine comme un cochon.

— Qu'est-ce que tu en penses, Rollo ?

— Il sent. Il sent le lait.

— Bon, c'est pas mal... »

Il rembobina de nouveau. Lecture :

« ... cochon.

— Qu'est-ce que tu en penses, Rollo ?

— Il sent. Il sent le lait.

— Bon, c'est... »

Retour en arrière. Lecture :

« Il sent. Il sent le lait.

— Bon... »

En arrière. Lecture, à nouveau. Caffery tournait les phrases dans sa tête.

Il sent. Il sent le... sent le lait... sent. Il sent le lait... Rollo ? Il sent le lait. Bon, c'est pas mal... Qu'est-ce que tu en penses, Rollo ? Il sent, il sent le lait, qu'est-ce que tu en penses, Rollo ? Rollo ? Rollo ?

Caffery pêcha son portable dans la poche de sa veste. Il avait tout juste le temps de s'inscrire et de rejoindre le nord de Londres dans les embouteillages avant que les visites ne commencent à Holloway.

Au contrôle de la prison il donna l'identité d'Essex, M. Paul Essex, et se servit du permis de conduire de son défunt partenaire pour appuyer son mensonge. Il ne voulait pas que quiconque voie le nom de Jack Caffery sur la liste des visiteurs, et encore moins qu'on sache qu'il était de la « maison ». Il coupa son portable et le mit avec ses autres effets personnels dans le casier vitré qu'on lui attribua. Puis l'officier de service lui tamponna la main avec une encre invisible, son laissez-passer, comme un adolescent dans une boîte de nuit.

Il était venu ici des dizaines de fois, mais quelque chose d'inhabituel se produisit pendant cette visite. Il s'en rendit compte alors qu'il suivait la bande colorée au sol qui guide les visiteurs et quand il passa l'examen froid et programmé des matons (« Ouvrez la bouche, monsieur, et soulevez la langue. Tournez légèrement la tête à droite... Bien, à gauche maintenant). Il se rendit compte qu'aujourd'hui il voyait ce rituel de sécurité avec d'autres yeux — *Parce que tu es de l'autre bord, à présent, que cela te plaise ou non, tu as basculé de l'autre côté.* Voilà donc ce qu'on ressentait devant la mécanique bureaucratique implacable, quand on éprouvait sa menace omnipotente. La femme gardienne ne lui accorda pas un regard lorsqu'elle passa la main dans sa ceinture et qu'elle secoua le devant de son pantalon.

— Merci, monsieur.

D'un geste elle lui indiqua la direction à prendre.

Devant le parloir, un officier tenant en laisse un chien dressé à détecter les stupéfiants passait le long de la file. L'animal sentit certainement l'inconfort de Caffery car il hésita près de lui, tourna un peu la gueule et le contempla d'un regard froid — *On dirait qu'il sait de quel côté tu es vraiment.* Mal à l'aise, Jack ouvrit son col et détourna les yeux. Il était très conscient de l'attention du gardien près de lui. *Pour l'amour de Dieu, barre-toi, le cabot...* Finalement, le berger allemand s'éloigna le long de la file et s'arrêta devant une femme avec un bébé dans un siège de voiture. Peut-être le chien s'intéressait-il à l'enfant, car on essayait parfois de passer de la drogue dans les couches des bébés.

— Madame, dit l'officier, si vous voulez bien venir avec moi...

— Monsieur... Essex, annonça le garde à l'entrée du parloir en pointant le nom sur son écritoire.

Il déverrouilla la porte et indiqua la première table numérotée.

— La une, indiqua-t-il sobrement.

La première table de « réception », dans la rangée réservée aux détenues de moins d'une semaine, était la plus proche du surveillant de la salle. Caffery s'assit sur la chaise de plastique rouge et regarda autour de lui. Des plaques de polystyrène pendaient à moitié du plafond, la moquette luisait de taches de thé — dans une rencontre à forte charge émotionnelle, on renversait souvent son gobelet, il avait vu la chose cent fois. L'officier ouvrit la cellule d'attente et le murmure bas des conversations monta d'un cran quand les détenues en sortirent au sein d'un nuage de fumée de cigarettes. Caffery ne leva pas la tête. Il resta là, à contempler ses mains, jusqu'à ce qu'elle arrive. Elle fut l'une des dernières à entrer dans la salle. Elle portait un T-shirt bleu pâle et un pantalon de jogging remonté sur les mollets, et était pieds nus dans ses baskets. Il remarqua le bracelet de cheville. Ses cheveux étaient tirés en arrière, elle avait mis des boucles d'oreilles. Elle avait son gobelet-crachoir à la main. Avec une lourdeur exagérée, elle se laissa choir sur le siège bleu en face de lui. Ses petits yeux brillèrent quand elle inspecta ses vêtements, son visage, son regard.

— Vous êtes venu sous un autre nom, dit-elle. J'ai demandé aux matons qui c'était, et on m'a répondu Essex.

— Un vieil ami à moi, dit-il en cherchant de la monnaie dans sa poche. Que voulez-vous, Tracey ? Un thé ? Un café ?

— Nan. Vous m'avez apporté des clopes ?

— Vous savez bien que je ne peux pas les apporter ici. Vous êtes au courant du règlement.

— Tant pis, dit-elle sans émoi.

Elle jubilait de l'avoir fait venir ici avec un simple coup de fil. Mais elle n'allait pas abattre ses cartes la première.

— Pourquoi vous êtes venu, hein ?

Il se pencha en avant, et ses mains se crispèrent sur la petite table qui les séparait.

— Qui est Rollo ?

— Hein ?

— Rollo. Dans les vidéos de Carl.

— Qu'est-ce que vous lui voulez, à lui ? L'approchez même pas, les flics, il les surine.

— Il habite dans Brixton, près du parc, n'est-ce pas ?

— Et alors ? cracha-t-elle en se grattant nerveusement l'intérieur du bras. Qu'est-ce qu'il vient foutre dans nos affaires ?

— Quel est son véritable nom ?

— Pour qui vous me prenez ? Une conne ? Je ne vous dirai rien.

— Vous me direz ce que je veux savoir, Tracey, ou bien certains de vos actes passés vont revenir vous hanter...

Elle le toisa d'un regard furibond.

— Nan... Nan, vous avez plus la trouille que moi de vos collègues antipédo. Et vous allez pas leur donner les autres vidéos parce que vous les avez plus. Vous les avez déjà revendues... (Elle cracha dans son gobelet, s'essuya la bouche.) Je le connais, votre petit jeu. Je sais avec qui vous êtes en cheville.

Il ne répondit pas. Il pressa les paumes sur le bois de la table. Derrière elle, dans la crèche, les enfants criaient et couraient en cercle. Un bébé gisait sur le dos et agitait bras et jambes pendant qu'on le changeait. Lamb croyait qu'elle menait le jeu, mais elle lui en avait déjà révélé plus qu'elle ne le pensait.

— Très bien, dit-il en se levant. C'est toujours un plaisir de vous voir, Tracey.

— Attendez !

Elle se dressa à demi. Une lueur de désespoir passa dans ses prunelles.

— Attendre quoi ? rétorqua-t-il.

Elle jeta un regard furtif au garde et baissa la voix :

— Vous avez rien demandé sur le garçon, le garçon de Penderecki.

Elle se rassit lentement et baissa les yeux avant d'ajouter :

— Je croyais qu'on allait discuter...

Il se courba vers elle.

— Non, Tracey. Je suis las d'être mené en bateau par des gens comme vous.

— Je sais quelque chose.

— Je ne le pense pas. Vous me mentez, mais ce n'est pas la première fois et, croyez-moi, ça n'a rien de nouveau pour moi.

— 1975, murmura-t-elle. A l'automne.

Caffery s'apprêtait à une réponse cinglante, mais la date le laissa pantois. Il scruta son visage, en se demandant s'il avait bien entendu. *Comment sait-elle quand ça s'est produit ?* Abasourdi, il se rassit d'un bloc sur la chaise et se prit la tête entre les mains. Il resta ainsi plus d'une minute. Il la méprisait, il la détestait, il avait envie de la frapper — elle venait de le poignarder en plein cœur, elle faisait tourner la lame dans la plaie, et il demeurait là, sans défense.

Avec lassitude il baissa les mains et redressa la tête.

— Allez-y, alors. Déballez votre baratin.

— Nan...

Elle le considérait d'un air maussade. Elle se gratta sous une aisselle, renifla bruyamment, releva le nez et balaya la salle d'un regard distant, avant de fixer son attention sur le plafond.

— Nan, il va falloir faire mieux que ça. C'est pas facile, hein ?

Elle se racla la gorge et cracha dans son gobelet. Après s'être essuyé la bouche d'un revers de main, elle haussa les sourcils et le toisa en réprimant mal un petit rictus méprisant.

— C'est à vous de me convaincre. A vous de prouver que vous avez rien à voir avec les antipédo. Parce que c'est bizarre qu'ils viennent renifler partout juste après vous, pas vrai ?

Il hocha la tête et la considéra froidement, en se caressant le menton d'une main, à la manière d'un thérapeute jaugeant les problèmes d'un patient. Si elle l'avait mieux connu, Tracey Lamb ne serait pas allée plus loin. Elle ne l'aurait pas provoqué plus avant.

— Alors ? railla-t-elle en inclinant la tête de côté. Allez, c'est à votre tour d'être *très* gentil avec moi...

En une phrase, elle venait de dépasser la limite. Il était déjà trop tard. Et c'est d'une voix très calme qu'il déclara :

— Ne jouez pas avec moi, Tracey. Parce que si je vous revois un jour dans la rue, je vous tue.

— Oh, fit-elle d'un ton condescendant, eh bien alors allez vous faire foutre, parce que peut-être que je sais rien du tout, finalement.

Il se mit debout sans hâte.

— Quelle surprise ! lâcha-t-il. Mais la différence

entre nous, c'est que moi je pense ce que j'ai dit, et que je le ferai.

Il marcha jusqu'à la porte, en relevant sa manche pour bien montrer le tampon de sécurité. Une gardienne avec un trousseau de clefs au bout d'une longue chaîne apparut auprès de lui et le guida jusqu'à un petit boîtier noir dans lequel elle lui mit la main.

— Sous la lumière ultraviolette. Voilà.

Le tampon sur sa main s'éclaira. Elle déverrouilla la porte et la lui ouvrit. Il pivota à moitié vers Lamb qui s'était levée et le suivait d'un regard brûlant. Elle articula quelque chose et prit une expression interrogative, mais Caffery se retourna. Il remercia la gardienne et passa la porte. Il tremblait de la tête aux pieds.

Bordel de merde. Lamb se laissa retomber sur sa chaise et décocha un coup de pied dans la table avec mauvaise humeur. Elle n'arrivait pas à croire qu'il soit parti. Elle s'était trouvée si près de réussir. Si foutrement près. Elle regarda autour d'elle, toutes ces mères avec leurs bébés, et elle sut que désormais elle était seule. Totalement seule.

Elle enfonçait ses ongles dans le plastique du gobelet quand elle vit que le surveillant ne la quittait pas des yeux.

— Ouais ? fit-elle, mauvaise. Qu'est-ce que vous regardez ?

31

La salle des données se vidait pour la journée. On avait éteint la plupart des ordinateurs et Kryotos avait lavé toutes les tasses et les chopes. Elle enfilait sa veste et allait partir quand elle le vit qui sortait de l'ascenseur. Elle connaissait Caffery et savait qu'il ne fallait pas essayer de discuter avec lui lorsqu'il arborait cette expression. *Mon Dieu, ce regard...*

— Allons-y, alors, dit-elle simplement.

Elle retira sa veste sans même attendre qu'il parle et se rassit. Elle ralluma son vieux PC et tapa les champs de recherche qu'il lui communiqua : peines de prison à partir de 1989, agressions d'officiers de police à l'aide d'un rasoir ou d'un couteau, et les adresses dans le secteur SW2, en particulier dans le périmètre de Brockwell Park.

— Où avez-vous glané toutes ces données, Jack ?

En bras de chemise et bretelles, Souness apparut. Elle tenait une tasse de café dans une main, une fiche dans l'autre. Elle sortit de son bureau et d'un pas nonchalant vint se placer derrière Kryotos et Caffery.

— D'où sortez-vous tout ça ? interrogea-t-elle de nouveau.

— Simple intuition.

Il sentit qu'elle braquait son regard perçant sur lui, et il tourna un peu la tête pour qu'elle ne puisse pas voir son visage.

— Jack ?

Il se mit à marcher vers le bureau, mais Souness l'avait coincé et elle semblait décidée à prendre tout son temps pour obtenir les réponses qu'elle désirait.

— Ne me fuyez pas, Jack, dit-elle en le suivant sans hâte. Je vous connais trop bien.

— Je voudrais juste un petit moment d'intimité, Danni, grommela-t-il en s'asseyant à son bureau. *Si ce n'est pas trop vous demander.*

Mais elle avait fait halte sur le seuil de la pièce et sirotait paisiblement son café, appuyée contre le chambranle.

— Jack Caffery a un petit secret bien à lui...

Elle jeta un coup d'œil par-dessus son épaule, avança d'un pas et ferma la porte derrière elle. Elle posa sa tasse sur le bureau et se pencha pour lui murmurer à l'oreille :

— Jack, j'aimerais beaucoup que vous m'en disiez un peu plus.

Il se tourna vers elle et répondit sur le même ton :

— Que suis-je supposé vous dire ? Hein, Danni ?

— Vous êtes supposé me tenir au courant s'il vous arrive quelque chose, quelque chose qui pourrait affecter votre travail dans la police.

Il s'adossa dans le fauteuil et leva les mains en signe de reddition.

— Très bien. Allez-y, videz votre sac. J'attends.

Elle barra ses lèvres d'un index dressé.

— Chut... Pourquoi l'amour de ma vie s'intéresse-t-elle soudain autant à vous, Jack ? Pourquoi Paulina s'est-elle mise à vous glisser dans la conversation tout le temps ? (Elle désigna le téléphone.) Je viens de l'avoir au bout du fil, et sans avoir l'air d'y toucher, comme elle sait si bien le faire, elle a orienté la conversation sur vous.

— Je ne sais pas, Danni. Et vous ?

— Ne soyez pas sarcastique avec moi. Si elle cherchait juste à comparer les marchandises, pour un éventuel petit coup hétéro, histoire de se changer les idées, je comprendrais. Vous avez tout ce qu'il faut pour éveiller l'intérêt, je dois vous reconnaître ça. Mais il ne s'agit pas de ça, n'est-ce pas ? C'est tout autre chose.

Il resta silencieux. Souness scrutait son visage de très près. Il baissa les yeux et contempla sa main posée sur le bureau, ouvrant et refermant les doigts. Il ne voulait pas être le premier à le dire. Il voulait qu'elle ouvre le feu.

— Qui est-ce ? finit-elle par demander. Hein ? Qui a réussi à vous mettre dans une rogne pareille ?

— Personne.

— Vous mentez. Vous vous êtes absenté tout l'après-midi et maintenant vous revenez avec l'air d'être prêt à déchiqueter quelqu'un à mains nues. Et c'est cette même personne qui vous a refilé les paramètres de recherche que vous venez de donner à Kryotos.

— Non.

— S'il y a un problème, je ne viendrai pas vous aider. Vous en êtes conscient ?

— Ce ne sera pas nécessaire.

— J'oublierai jusqu'à votre nom si je dois protéger mes arrières.

Il acquiesça.

— On n'en arrivera pas là. Je vous le garantis.

— Jack ? dit Kryotos en ouvrant la porte.

Elle souriait. Souness se redressa comme un enfant pris en faute, et abandonna instantanément son expression fermée de joueur de poker.

Caffery recula son fauteuil.

— Marilyn, qu'est-ce qu'il y a ?

— Ça, répondit-elle en brandissant une feuille d'imprimante. Il a été détenu dans la Section 41. Un vrai dingo. Je peux rentrer chez moi, maintenant ?

Elle avait quelque raison d'être aussi contente

d'elle. Aux données qu'on lui avait fournies, l'ordinateur avait répondu par une identité, une seule.

Quand il le lut, Caffery maugréa :

— Je connais ce nom.

Et il tendit la feuille à Souness.

Personne ne répondit quand ils frappèrent à la porte. Ils avaient tambouriné et appelé le locataire par son nom, et maintenant le petit palier sans moquette était cerné par un groupe de voisins sortis sur le pas de leurs portes, bras croisés, avec les bruits de la télévision dans le salon derrière eux. Caffery souleva le clapet de la fente à lettres et regarda à l'intérieur.

— Qu'en pensez-vous ? lui glissa Souness, à côté de lui.

Pas plus elle que lui n'avait mentionné Paulina pendant le trajet jusqu'ici. D'un accord tacite, ils avaient décidé de laisser tomber ce sujet pour le moment.

— Il n'est pas là, répondit Caffery.

— Vous en êtes sûr ?

— Oui.

Il se redressa et ôta sa veste, qu'il confia à Souness avant de desserrer le nœud de sa cravate.

— Il est ailleurs. Probablement avec une ou plusieurs autres victimes.

— Oh, Seigneur tout-puissant, dit-elle, comprenant ce qu'il s'apprêtait à faire et se retournant vers les voisins. Si vous voulez bien tous rentrer chez vous, il n'y a rien à voir.

Des deux mains elle fit des gestes comme pour les renvoyer chez eux. Lentement, à contrecœur, ils reculèrent et refermèrent leurs portes.

— Jack, siffla-t-elle, nous ne savons même pas si c'est lui.

— Nous le saurons très bientôt.

Il vida les poches de son pantalon, lui donna une poignée de menue monnaie et ses clefs.

— Bon Dieu, j'espère que vous vous souvenez comment on remplit un formulaire de dommages en propriété...

— Si je m'en souviens ? railla-t-il en reculant d'un pas. Je pourrais le remplir en dormant.

Il décocha un coup de pied violent dans la porte.

— Police !

Sa voix se répercuta contre les murs du petit palier, et les clapets des fentes à lettres cliquetèrent. Un deuxième coup de pied. Le panneau trembla, parut sur le point de céder, mais les deux serrures Yale tinrent bon.

— En bas, c'est un verrou, Jack...

— J'ai vu. POLICE !

Cette fois il frappa près des serrures et ressentit une vive douleur au niveau du genou. La Yale du haut fut arrachée de son logement par le choc, mais le verrou du bas resta en place. Il recula en sautillant sur l'autre jambe.

— Putain de saloperie...

— Ecoutez, dit Souness en tapotant ses poches pour trouver le portable, vous n'y arriverez jamais comme ça. Appelons l'équipe d'intervention avec le bélier.

— D'accord, d'accord, laissez-moi seulement essayer encore une fois...

Il prit un pas d'élan et appliqua le troisième coup de pied à l'endroit exact qu'il visait, à une douzaine de centimètres du verrou. Le panneau, plus fin au centre de la porte, se fendit. Le coup suivant, son pied passa au travers.

— Et voilà.

Il retira son pied, entraînant dans le mouvement des échardes de bois, et entreprit aussitôt d'élargir le trou. Enfin il put glisser la main à l'intérieur et ouvrir le verrou.

Ils scrutèrent prudemment le couloir enténébré. Souness rempocha son portable et tendit à Caffery sa veste et ses clefs. Puis elle franchit le seuil de l'appartement. De l'intérieur provenait une odeur de renfermé. Elle hésita, plongea la main dans sa poche pour y prendre sa torche électrique.

— Vous êtes sûr qu'il n'est pas là ?

— Sûr.

Mais il avait répondu dans un chuchotement. Il alluma le plafonnier et ils contemplèrent le couloir sans bouger. C'était un couloir standard d'appartement HLM, qui se terminait à quelques pas sur une porte. Pas de moquette sur le plancher. Les murs étaient tapissés d'un papier peint gaufré et de chaque côté du couloir se trouvaient deux portes peintes.

— Quelqu'un ?

Silence.

— C'est la police, monsieur Klare.

Silence.

Du palier de derrière s'éleva le couinement d'un autre clapet de fente à lettres qu'on soulevait.

— Foutus voyeurs, grogna Souness, qui du pied repoussa la porte d'entrée.

Caffery s'était approché de la première porte. Mains levées, paumes en avant, il avait une expression d'une douceur étrange, comme s'il sentait la chaleur filtrant de la pièce, derrière.

— Jack ?

Il ne répondit pas. Les poils de ses bras se hérissèrent sous la chemise. Au stylo, en lettres minuscules, quelqu'un avait écrit sur la porte, très nettement, le mot *Danger*.

Il se tourna vers Souness. Il souriait.

Dehors, la nuit arrivait. De la fenêtre du salon, ils pouvaient voir le ciel à des kilomètres à la ronde — des nuages aussi grands que des cathédrales au-dessus du parc, et à l'horizon la lueur rosissante du crépuscule. Souness passa quelques appels pour mobiliser la police locale, prévenir les voitures de patrouille et organiser une surveillance de l'appartement. Elle demanda aussi la venue de l'équipe scientifique afin de prélever un peu d'ADN du suspect et de vérifier la concordance avec les autres échantillons déjà en leur possession.

— Bon, fit-elle, jetons un œil à cet appart avant que la cavalerie ne débarque.

Ils firent monter les ascenseurs au dernier étage et les bloquèrent. Ils coincèrent la porte de l'escalier de secours en position ouverte. Si Roland Klare rentrait chez lui entre cet instant et l'arrivée d'autres policiers, ils voulaient l'entendre gravir les marches. Ils se répartirent la fouille de l'appartement : après avoir enveloppé ses mains dans des sacs de congélation en polyéthylène, Souness s'occupa du salon. De son côté, Caffery se chargeait de la salle de bains et des deux chambres. Ils n'allumèrent l'éclairage que dans les pièces dépourvues de fenêtre. Dans les autres, ils se contentèrent de la faible clarté du jour déclinant. Très vite ils découvrirent que l'appartement de Klare avait tout de l'entrepôt de rebuts : tous les objets imaginables étaient stockés ici, d'une collection d'aspirateurs à un chat-huant empaillé sous une cloche de verre. Certains coins étaient incrustés de crasse accumulée — l'odeur dans la salle de bains poussa Souness à se pincer le nez —, et le réfrigérateur débordait de nourriture pourrie. Que Klare soit le responsable du désordre dans le grenier des Peach n'aurait rien eu d'étonnant. Mais dans d'autres endroits de l'appartement régnait un état de propreté scrupuleux. La cuisine était récurée de fond en comble. A certains endroits, le plan de travail avait été frotté avec une telle frénésie que des copeaux de Formica étaient partis, laissant voir la couche blanche sous le revêtement. Des habits étaient rassemblés dans une grande bassine sur le plan de cuisson. Les sols, sans moquette, étaient d'une propreté frisant l'obsession.

Dès qu'elle commença à fouiller, Souness trouva quelque chose d'intéressant.

— Eh, Jack, lança-t-elle, venez voir ça !

Il passa dans le salon et la rejoignit devant le bureau à cadre métallique. Sa silhouette se découpait sur le ciel crépusculaire. Elle regardait dans un tiroir ouvert.

— Qu'est-ce que c'est ?

— Me le demande...

Elle prit l'objet et tous deux l'examinèrent. C'était un vieux carnet fermé par une bande élastique.

— Qu'est-ce que vous en pensez ?

Il lui souleva le coude pour que le carnet soit plus proche de la fenêtre et qu'il voie mieux. Les mots *Le Traitement* avaient été soigneusement inscrits, sans doute au pochoir, dans un encadré sur la couverture, et les pages cornées étaient couvertes de formules et d'explications détaillées, le tout en un griffonnage minuscule et fiévreux. La seule vue de ces textes donna la chair de poule à Caffery.

— Prenez-le, dit-il.

Souness glissa le calepin dans un sac à congélation qu'elle plaça dans la poche intérieure de sa veste. Puis elle se tourna vers le salon.

— Allons-y, ne traînons pas.

Ils s'affairèrent pendant dix minutes encore, sans trop savoir ce qu'ils cherchaient. Dans le porte-revues, Souness découvrit une carte postale non utilisée représentant un bambin en couches avec la légende : J'AI HORREUR DE VOUS DÉRANGER AVEC UN PROBLÈME PERSONNEL... Elle ouvrit le rabat, à l'intérieur duquel était écrit : MAIS JE SUIS TRÈS EXCITÉ. Dans la chambre, aplatie et rangée dans un tiroir, Caffery dénicha une poupée gonflable de garçonnet, avec à la couture de la cheville une étiquette rédigée en japonais. Ils étaient au bon endroit, plus aucun doute n'était permis. L'ambiance ici était des plus étranges, comme s'ils se trouvaient dans un musée hors du temps, avec toutes les collections de Klare exposées sur des tables pliantes en métal, du modèle qu'on voit dans les ventes d'occasion. Caffery remarqua qu'aucun de ces objets n'était en contact avec le sol, tout était placé en hauteur, sur ces tables, et cette singularité lui fit penser à la façon dont Rory Peach avait été perché, qui n'était pas sans rappeler l'habitude des grands fauves de hisser les carcasses de leurs proies dans les arbres.

Il réfléchissait toujours à cela quand, dix minutes plus tard, il ouvrit la porte d'un placard dans une des chambres et tomba sur ce que, en fin de compte, ils espéraient trouver depuis le début, sans se l'avouer.

— Eh, Danni, lança-t-il, vous avez un moment ?

Elle vint du salon, en soufflant et en slalomant entre les tables pour le rejoindre.

— Qu'est-ce que vous avez ?

— Je ne sais pas.

Il tâtonna, trouva l'interrupteur et l'actionna.

— Lumière rouge, commenta Souness en cherchant à percer du regard la pénombre du placard. Pas très rassurant.

— C'est une chambre noire.

— Hein ?

— Une chambre noire. Regardez.

Il désigna une petite table en plastique encombrée de matériel : des bouteilles de produits chimiques, une paire de gants en caoutchouc, des bacs, une lampe montée sur un support qui, supposa-t-il, servait au tirage des photos. Placée à l'écart du reste, à une extrémité de la table, se trouvait une boîte à biscuits en fer-blanc, scellée avec du ruban adhésif marron.

— Tout l'équipement du photographe amateur, dit-il.

A l'aide de son couteau suisse, il coupa le ruban adhésif et retira le couvercle. Il regarda ce qu'il y avait à l'intérieur et jura doucement.

— Qu'est-ce que c'est ?

— Nous y sommes. Des photos.

Il confia sa torche électrique à Souness et sortit les tirages de la boîte.

— Regardez...

Elle braqua le rayon lumineux sur les clichés. Sur le papier, des visages humains la regardaient. Les images étaient légèrement floues, mais elle crut identifier les personnes qu'elles montraient. Elle reconnut le linoleum strié qui recouvrait le sol.

— Bon Dieu... marmonna-t-elle. Rory Peach ?

— On dirait.

Elle prit la première photo et l'examina.

— Bon Dieu, répéta-t-elle. Pauvre gosse...

Elle tenait dans la main Alek et Rory Peach, et la vérité sur ce qui s'était passé au 30, Donegal Crescent. Tout le sang reflua de son visage.

— Il ne suffisait pas qu'il meure, commenta-t-elle à mi-voix. Il fallait qu'il subisse cette horreur avant.

— Je sais.

Caffery fouillait la boîte. Sous les clichés de Rory Peach, il trouva un vieux Polaroïd. Un enfant vêtu de draps déchirés, un bâillon sur la moitié du visage, les mains croisées sur la poitrine comme un pharaon. Il reconnut le papier peint. Et le poster des tortues Ninja.

— Il avait raison, murmura-t-il en tendant la photo à Souness. Il avait foutrement raison. Ce n'était pas un canular.

— Qui avait raison ?

— L'inspecteur Durham. (Il y avait d'autres tirages du même enfant sous le premier.) Vous voyez ? C'est la famille de Half Moon Lane.

— Bon Dieu de bois, mais qu'est-ce qui leur est réellement arrivé, alors ?

— Je l'ignore...

Au fond de la boîte, sous les Polaroïd, il trouva la photo d'un jeune garçon, visage enfoui dans un tapis de feuilles mortes, son pantalon et son slip baissés sur ses genoux. Champaluang Keoduangdy, douze ans plus tôt, une des premières victimes de Roland Klare.

— Bon sang, souffla-t-il. Tout est là.

Il souleva la boîte et trouva quatre autres clichés placés en dessous. Ceux-là montraient un gamin attaché à un radiateur. Un radiateur blanc, contre un mur couleur mandarine. L'enfant était allongé sur le flanc. De race blanche, il semblait avoir approximativement le même âge que Rory Peach. Il portait des sandales, un T-shirt bleu et un short — tout comme la jeune victime de Half Moon Lane. Son visage était à moitié dissimulé, mais on apercevait un morceau de ruban adhésif marron masquant le coin de sa bouche, et on avait ouvert son short pour le baisser sur les cuisses. Il ne s'agissait pas de Rory Peach, ni du gamin de Half Moon Lane. Quand elle vit la photo, Souness tapa du pied.

— Oh, nom de Dieu ! grommela-t-elle. Je crois que vous aviez raison...

— La famille suivante ? dit-il en la regardant. Vous pensez que ce sont ses dernières victimes ?

— Ouais, ça ne m'étonnerait pas. Allez, on ramène tout ça à Shrivemoor.

Elle coinça la torche électrique dans sa ceinture et entreprit de rassembler les photos qu'elle replaça dans la boîte à biscuits. Elle referma le couvercle, prit la boîte et le sac-poubelle, et se faufila entre les tables jusqu'à la fenêtre de la chambre pour jeter un coup d'œil à l'extérieur. Dans la rue en contrebas, les véhicules de police arrivaient, aussi subtilement que les fourmis se regroupant autour du nid, et se massaient au pied de l'immeuble.

— Parfait, la cavalerie est en place.

Il referma la porte de la chambre noire improvisée et contourna les tables.

— Bon, avant de partir je veux fouiller le placard qui se trouve dans le couloir.

— Je croyais que c'était fait.

— Eh non. Allons-y.

Dans l'entrée il fit halte quelques secondes, la main posée sur le bouton de la porte. Logan était venu ici le tout premier jour de l'enquête. Caffery se souvenait d'avoir vu le nom de Roland Klare dans les rapports, mais le graffiti *Danger* était tellement minuscule que l'inspecteur avait très bien pu ne pas le remarquer. Il essaya de s'imaginer la taille de la pièce au-delà. Une autre chambre ? Pas de clenche, seulement un bouton en cuivre. Un autre placard ? *Comme pour Carmel Peach, enfermée dans un placard, avec ce même graffiti d'avertissement sur la porte*.

— Allons, Jack, dit Souness, qui se tenait derrière lui, la boîte en fer-blanc pressée contre son ventre. Nous n'avons pas encore...

— D'accord.

Il poussa la porte, qui s'ouvrit sans résistance, et il se retrouva devant un autre petit placard. L'ampoule avait été retirée de la douille et il fallut un moment à sa vision pour s'accoutumer au manque de lumière. Mais quand enfin il put discerner ce qui se trouvait dans le réduit il dut agripper les montants du chambranle pour conserver son équilibre.

— Qu'est-ce que c'est ?

Il s'essuya la bouche en grimaçant.

— Euh... Je n'en suis pas sûr. Vous pouvez éclairer ça ?

Souness lui passa la torche électrique. Il l'alluma et le faisceau balaya l'espace exigu. Au fond du placard se trouvait un réservoir en verre, haut d'environ un mètre, semblable à un aquarium de belle taille.

— Il y a quelque chose au fond.

— Eh bien, alors, allez voir ce que c'est.

Bien sûr, pas de problème. Le réservoir était aux deux tiers plein d'un liquide opaque, et il y flottait une forme imprécise, un ton plus sombre. *Il y a un truc qui flotte là-dedans, mais ce n'est pas le problème...*

— Allons, Jack, finissons-en.

— Ça pue. Vous êtes sûre de ne pas vouloir aller voir vous-même ?

— Trouillard.

— Alors allez-y.

— Pas question. C'est un boulot de mec, ça.

— Evidemment...

Il inspira à fond et avança dans le placard, en dirigeant le rayon lumineux vers la droite et le bas.

— D'abord, il y a quelque chose par terre. Des vêtements. (Ils pourraient toujours les examiner plus tard.) Quant à ce réservoir...

Il approcha, l'éclaira, et immédiatement il vit ce qui flottait dans le liquide jaunâtre : d'autres vêtements. Il recula d'un pas.

— Bon sang, maugréa-t-il.

— Qu'y a-t-il ? voulut savoir Souness.

— De la pisse. Ce machin est rempli d'au moins trois cents litres d'urine.

— Nom de nom...

— Putain de taré...

Caffery braqua la torche sur le réservoir en verre. Il distingua un coupe-vent en Nylon, à fermeture Eclair, un survêtement à capuche, trois paires de pantalons de jogging. Roland Klare remisait des vêtements dans soixante-cinq centimètres d'urine.

— Quel putain de taré, ce type...

Benedicte se sentait fiévreuse, étourdie. Sa peau la démangeait, et des plaies s'étaient ouvertes à l'intérieur de ses lèvres, contre les gencives, à force de sucer la fuite au tuyau de cuivre. Le bout de ses doigts était à vif d'avoir tant griffé le plancher. Repousser le cadavre de Smurf aussi loin que possible lui avait pris un jour entier. Elle avait recouvert l'animal avec la chemise de Hal, mais les mouches s'étaient débrouillées pour se glisser en dessous et elles continuaient de profiter du plus succulent festin qu'elles aient jamais connu. Elles proliféraient, et il lui semblait que leur nombre avait doublé chaque fois qu'elle rouvrait les yeux.

Parfois elle était consciente d'être éveillée, et parfois elle n'en était pas certaine. Ses yeux étaient gonflés dans les orbites, des nappes mouvantes de lumière dansaient devant elle, et il lui arrivait d'y voir des scènes de sa vie, des scènes de bonheur et de confort laiteux ; là elle était en compagnie de Hal, Josh et Smurf, toute la famille rassemblée, assise sur la pelouse. C'était l'été : ils portaient des shorts. La boîte de Pocari Sweat de Josh sur les marches, la radio allumée, les brins d'herbe fraîchement coupés collés au dos des cuisses de leur fils quand il se levait pour aller dans la pataugeoire... Puis elle entendait les pleurs de Josh au rez-de-chaussée, et des coups sourds, comme s'il cognait son petit corps contre le mur pour exprimer son angoisse, et un grognement bas, animal.

Ben, allons, Ben, réveille-toi, maintenant.

Josh ? Inondée de sueur, le cœur affolé, elle ouvrit les yeux. La pièce était plongée dans les ténèbres. Le clair de lune, sur le plafond. Et là-bas, dans le coin, la forme grise de sa pauvre chienne morte. Elle était éveillée. Réellement éveillée. Etait-ce Josh qui avait pleuré ? Elle roula sur le flanc pour presser l'oreille contre le plancher et écouta. Rien.

Elle avait tout imaginé.

Plissant les paupières en se concentrant, elle s'efforça de revenir à l'image de Josh et Hal assis dans l'herbe. Mais son cerveau semblait engourdi, dilaté, et elle avait l'impression qu'il comprimait l'arrière de ses yeux. Elle ne parvint pas à revoir leurs visages. En seulement cinq jours son fils et son mari avaient été réduits à des images floues — Josh à une frêle ombre sans défense, aux mains tendues, et Hal à une forme sombre dans le lit auprès d'elle, la nuit.

— Oh, Josh, murmura-t-elle. Hal, Josh, je vous aime...

La maison était silencieuse et elle referma les yeux. Loin au-dessus du toit, elle entendit le passage d'un avion. Elle eut soudain l'image de l'intérieur de l'appareil baigné dans la lumière, une très jolie lumière rose alors que le soleil levant faisait la course avec l'avion ; Hal et elle en route pour Cuba, à une époque où personne ne se rendait là-bas, quand il fallait effectuer un nombre aberrant d'escales dans les Caraïbes avant d'atteindre enfin sa destination. Il avait absolument tenu à se rendre à Cuba pour visiter les usines de meubles de Holguin. Elle plaça les mains devant ses yeux et imagina la mer qu'elle avait toujours voulu connaître, une mer magique, celle de Cortès, peut-être. Une mer mystérieuse où viennent s'accoupler les baleines, où l'on peut entendre un chant étrange au-dessus des eaux, au crépuscule...

Tout en rêvant elle fut parcourue de mouvements convulsifs. Elle gisait sur le sol, enchaînée au radiateur, et les mouches se posaient sur ses paupières closes.

En descendant les escaliers de l'entrée d'Arkaig Tower, Souness ralentit l'allure. Dans l'ascenseur elle avait commencé à feuilleter « Le Traitement », le petit vademecum délirant trouvé dans un tiroir, et à présent elle était tellement absorbée dans sa lecture qu'elle s'arrêta presque. Caffery fit halte et se retourna vers elle.

— Danni ?

— Foutrement magnifique, dit-elle en appuyant cette déclaration d'un petit sifflement bas. C'est foutrement magnifique.

— Quoi donc ?

Elle leva les yeux vers lui.

— Tout est là-dedans. Tout.

Il rebroussa chemin et se pencha sur son épaule pour lire :

— « Exposition critique à l'une des... » Qu'est-ce que c'est que ce charabia ?

Il voulut lui prendre le carnet mais elle résista.

— Laissez ça, dit-elle. « Odeurs de lait. Très déplaisantes. Grande densité de prolactine... »

— C'est quoi, la prolactine ?

— Comment je le saurais ? (Elle referma le carnet et le glissa dans sa poche.) On rapporte ça à Shrivemoor pour l'étudier en détail. On y apprendra peut-être où se trouvent les dernières victimes de ce dingue. (Elle regarda autour d'elle les rues désertes.) Merde. Où est garée la bagnole, au fait ?

Ils organisèrent une réunion d'urgence pour décider de la meilleure manière de traquer Roland Klare, et pendant qu'ils attendaient que les autres arrivent, ils préparèrent du café dans le bureau du commissaire. Caffery appela Rebecca pour s'excuser.

— Non, franchement, Jack, ce n'est pas grave du tout. Je voulais regarder une rediff d'*Eurotrash*, de toute façon.

S'il l'avait pu, il l'aurait embrassée pour cette réaction. Souness appela Paulina et pendant qu'elle parlait Caffery s'assit et contempla son reflet dans les vitres de la fenêtre. Il écoutait la conversation et attendait qu'on prononce son nom, mais en vain, et dès qu'elle eut raccroché sa supérieure se remit à lire le carnet du Troll. Il en fut soulagé. Leur arrangement demeurait toujours valable. Roland Klare était le seul sujet qu'ils aborderaient ce soir.

Assis épaule contre épaule, tels des enfants à l'école, ils lurent ensemble « Le Traitement » du début à la fin, sans presque échanger un mot. Ils étaient conscients d'avoir sous les yeux le compte rendu, minute par minute, de la folie de Klare, avec tous ses raisonnements aberrants couchés sur le papier. Pour tout ce que le document leur révéla sur ses mobiles et ses comportements compulsifs, Souness aurait tout aussi bien pu découvrir au fond du tiroir, enrobé dans du papier, son cœur nu et battant toujours. Ils apprirent tout de ses rituels et de ses phobies, de son amour pour les poches d'air enténébrées loin au-dessus du sol, de la manière dont il avait maîtrisé Carmel Peach. Le carnet leur dit son impuissance, et pourquoi il avait désiré regarder Alek Peach en train de violer son propre fils, son besoin irraisonné d'utiliser son urine pour « purifier et neutraliser ». Ils découvrirent également pourquoi il portait des gants, et cela n'avait aucun rapport avec une quelconque précaution pour ne pas laisser d'empreintes, comme ils l'avaient pensé. Puis, dans l'un des derniers feuillets, Caffery lut un passage qui déclencha en lui une véritable décharge d'adrénaline.

Identification d'une nouvelle source/famille terminée... Pénétration du foyer de la nouvelle source demain... Vérifier et neutraliser tous endroits habités par élément femelle (fait !).

Famille d'août : l'enfant convient, le père convient. Problèmes : 1. La Femme. 2. Le chien femelle.

— Il ne parle pas des Peach, n'est-ce pas ? dit Souness. Ils n'ont pas de chien.

— Non. C'est la famille suivante...

Caffery sentit ses pensées s'orienter vers un souvenir diffus. Un chien... Et ces photos d'un garçon contre un radiateur — les murs mandarine clair, le radiateur d'un modèle récent, plat, blanc... Et cette ligne dans son souvenir. *Une colline vue par la fenêtre ? Des arbres ?* Il n'aurait pu dire à combien de portes il avait frappé durant les premiers jours, ni si les deux inspecteurs détachés aux enquêtes de voisinage étaient repassés dans tous ces foyers depuis, mais le souvenir continuait de le narguer, aux frontières de sa mémoire consciente. Et juste au moment où il allait le capturer et y associer un nom, le carillon de l'ascenseur tinta dans le couloir et il perdit le fil de ses pensées. Il se retrouva à regarder la photographie d'un enfant sans nom dans une chambre anonyme, et un carnet empli de griffonnages.

— Merde, merde et re-merde, maugréa-t-il.

Fiona Quinn et deux officiers des scellés s'arrêtèrent à l'entrée de la salle, comme s'ils s'attendaient à un comité de réception plus nombreux.

— Nous sommes les premiers ?

Souness et Caffery répondirent de concert.

— Oui, entrez donc.

Ils servirent du café puis invitèrent Fiona à s'asseoir.

— On a fait des tests, pour Carmel Peach ? s'enquit Caffery.

Quinn fronça les sourcils. L'attitude de ces deux inspecteurs chevronnés dopés à l'adrénaline la rendait nerveuse.

— Des tests pour quoi ?

— Des drogues ? Un sédatif ?

— Personne ne me l'a demandé. Quand j'ai lu les dépositions, j'avais déjà...

— Vous possédez toujours un prélèvement sanguin ?

— Oui. Je le soumettrai à tous les tests.

— Et est-ce que vous avez prélevé un échantillon d'urine chez les Peach ? Il avait pissé dans la maison, non ?

— Il y avait de l'urine partout, c'est exact. Vous ne vous souvenez pas ?

— Vous en avez prélevé un échantillon ?

— Nous suivions vos ordres. Personne ne nous a dit qu'il avait uriné dans la maison.

— Mais vous venez de dire qu'il y en avait partout.

— Nous avons pensé que c'étaient eux, les Peach.

Caffery et Souness se rassirent lourdement.

— Euh, je ne pouvais pas savoir, d'accord ? plaida Quinn.

— Non. Ça ne fait rien. Ce n'est pas votre faute.

La réunion stratégique d'urgence dura jusqu'à deux heures du matin. Un représentant du préfet y participa et le commandant d'arrondissement écourta un dîner au club de golf pour revenir à Shrivemoor. Pendant les entretiens, Caffery ne cessa de regarder les Polaroïd, en particulier celui du gamin recroquevillé contre le radiateur blanc. Des murs mandarine. Où les avait-il déjà vus ? Ce fut quand il s'intéressa une fois de plus au visage flou de l'homme des clichés de Half Moon Lane que sa mémoire s'agita. Il y avait quelque chose dans la forme de la tête, la position dans laquelle il avait été ligoté, bras croisés sur la poitrine... S'il n'avait été dans un tel état d'épuisement, s'il avait mieux dormi récemment, il aurait pu se souvenir. Mais il n'y parvenait pas. Dès la fin de la réunion, ils partirent en voiture pour Brixton et Arkaig Tower. Ils tapotèrent contre la vitre de la Mondeo bleue garée discrètement à l'écart, en vue de l'entrée de la tour. Le chef de l'équipe de surveillance les fit monter et ils s'installèrent en silence à l'arrière. Caffery roula et alluma une cigarette. Il avala des pastilles mentholées en scrutant les rues désertes à cette heure. Il laissait sa mémoire chercher le souvenir précis. *Le chien... Où ai-je vu un chien, bon sang ?* A cinq heures du matin, il finit par céder à la fatigue. Il s'endormit sans ôter ses lunettes, une cigarette intacte entre ses doigts, la tête renversée en arrière sur le dossier de son siège.

32

28 juillet

Cette nuit-là, Tracey Lamb dormit peu. Dans le dortoir des admissions, elle avait passé son temps à importuner les trois autres détenues en suçotant les cuticules à vif de ses ongles et en rallumant toutes les dix minutes la même cigarette roulée sur laquelle elle ne tirait qu'une fois avant de l'éteindre avec soin entre deux doigts. Elle reprenait peu à peu confiance. Dans moins de six jours, elle bénéficierait de la liberté sous caution, et ensuite elle filerait. Ce qui signifierait une autre offre à Caffery, et il devait forcément exister un moyen de le faire craquer.

Elle s'était convaincue que Steven serait toujours en vie à l'heure de son retour, que le Coca, le chocolat et la bouteille d'eau sous l'évier seraient suffisants, s'il n'avait pu se libérer de ses liens, et au matin elle se sentait assez sûre d'elle pour passer à l'action. Les matones avaient décidé qu'elle ne présentait pas un grand risque et que, si on l'autorisait à conserver une carte téléphonique, elle ne s'en servirait pas pour s'ouvrir les veines. Aussi, à la première heure, elle se rendit aux téléphones et utilisa deux unités pour appeler Caffery. Elle avait laissé chez elle le numéro de son portable, et elle n'avait trouvé que celui de son domicile dans l'annuaire. Il était encore tôt, mais le répondeur s'enclencha. Après une seconde d'hésitation, elle murmura dans le combiné :

— C'est moi... Tracey...

Il pleuvait, et le crépitement obstiné de l'eau sur le toit de la voiture finit par réveiller Caffery. Cela, et le sifflotement bas et ennuyé de l'officier de surveillance assis à côté de lui. Il se redressa sur son siège en bâillant, tourna la tête de côté et d'autre. La radio jouait en sourdine, et l'horloge du tableau de bord indiquait dix heures moins le quart. Mécontent, il se frotta les yeux avec les poings. Il avait dormi plus longtemps qu'il ne l'aurait souhaité.

La journée s'annonçait maussade. La pluie noyait les fenêtres aux vitres embuées et les prises d'air du tableau de bord avaient dessiné un trou argenté très net sur le pare-brise. L'autre policier dormait encore, la tête inclinée sur une épaule, une boucle d'oreille incrustée dans une joue. Peut-être parce qu'elle était la seule femme dans sa voiture, elle avait instinctivement croisé les bras sur la poitrine dans son sommeil.

Caffery se pencha en avant pour regarder à travers le pare-brise.

— Il n'y a rien qui bouge, là-bas ?

L'officier croisa son regard dans le rétroviseur.

— Non, rien.

— Bon.

Il chercha son tabac dans ses poches et entreprit de se rouler une cigarette. Il venait de l'allumer et allait se caler confortablement sur son siège pour poursuivre l'attente lorsqu'un détail dans la posture de la femme policier endormie déclencha soudain en lui une association d'idées.

Il se figea, cigarette à mi-chemin de sa bouche, la regarda fixement. Plus particulièrement ces mains croisées sur sa chemise, pareilles à celles d'un pharaon, comme si elle tenait une amulette. Il était tellement concentré et silencieux dans sa fascination qu'après un moment l'autre policier commença à s'en irriter.

La pluie noyait Brixton. Elle s'était transformée en une soupe indéfinissable faite de sang de poisson et de jus divers qui coulait dans les caniveaux du marché. Quelques petits détails seulement trahissaient le dispositif policier mis en place pour capturer Roland Klare — deux uniformes de plus dans la rue, et deux voitures de patrouille sur la voie à sens unique. Caffery se trouvait devant la piscine couverte et contemplait les grandes vitres embuées. Tout le chlore et les cris poussés par les nageurs semblaient avoir fini agglomérés contre ces grandes plaques de verre. Avec l'aide de Kryotos et d'un habitant d'Effra Road, il avait remonté la piste de Gummer jusqu'à cette piscine. Quatre jours plus tôt, lorsque Gummer l'avait abordé devant le commissariat et lui avait parlé de Rory Peach ligoté, il avait eu ce geste peu banal de croiser les mains sur sa poitrine. Or Caffery s'en souvenait très bien maintenant : c'est exactement de cette façon que le père et le fils de Half Moon Lane avaient été attachés. Les photos étaient anciennes, et floues, mais Chris Gummer pouvait fort bien correspondre à l'adulte figurant sur ces clichés.

Il resta un moment planté devant la façade vitrée, à observer les nageurs. Deux grosses femmes coiffées de bonnets roses à fleurs étaient assises dans la pataugeoire. De leurs mains elles agitaient l'eau autour de leurs hanches trop larges. Non loin d'elles, un groupe d'hommes chauves, voûtés, aux bras maigres, en pleine discussion. A l'autre extrémité du bassin, là où se trouvait la plus grande profondeur, des enfants criaient et sautaient des plongeoirs. Chris Gummer ne semblait voir personne.

Il portait un bonnet de bain et tirait son long corps blafard au rythme d'une brasse molle, en tenant la tête bien haut hors de l'eau, les yeux mi-clos et la bouche s'ouvrant et se fermant comme celle d'un poisson.

C'est lui, songea Caffery. *C'est bien lui...*

Il toqua à la vitre. Gummer leva les yeux, le vit et se remit à nager en direction de l'autre bord de la piscine, avec une énergie nouvelle. Caffery frappa de nouveau à la vitre, mais cette fois Gummer ne lui accorda pas même un regard.

— Comme tu voudras...

Il pesa sur la poignée rouge du système d'urgence et pénétra dans la piscine. Quelque part, une sonnerie d'alarme se déclencha et les maîtres nageurs à leur poste regardèrent autour d'eux sans comprendre. Gummer venait d'atteindre le bout du bassin, et il comprit aussitôt ce qui se passait. Ses collègues se mirent à jouer du sifflet. Il s'accrocha au rebord carrelé, s'essuya les yeux et observa Caffery qui venait vers lui.

— Quoi ? fit-il en se déplaçant vers la partie haute du bassin.

— Sortez de là. Il faut que je vous parle.

— De quoi ?

— Sortez et je vous le dirai.

Une femme aux cheveux en brosse, en short et tongs, bondit devant Caffery. Elle s'interposa entre lui et le bassin, talons joints, dos très droit, tel un gendarme arrêtant une voiture, un bras tendu devant elle à l'horizontale, paume ouverte à la verticale. Sans doute pensait-elle que la seule férocité de son expression suffirait à stopper cet intrus.

— Ouais, ça va, ça va... (Il sortit son badge de sa poche et le lui fourra sous le nez.) Dégagez.

— Je dois penser au bien-être des autres nageurs...

Mais son assurance avait été ébranlée par l'identité de l'arrivant, et elle s'écarta de deux pas.

— Vos chaussures, monsieur, dit-elle platement.

— Allez, Chris, appela Caffery en suivant la progression de l'autre. Nous avons à discuter. Il y a quelques petites choses que vous avez omis de me dire.

Gummer avait les yeux rougis, et l'ourlet élastique de son bonnet de bain lui comprimait la peau du front.

— Allez-vous-en ! dit-il en faisant basculer son corps à la verticale pour poser les pieds au fond du bassin. J'ai voulu vous parler, et c'est vous qui avez refusé de m'écouter !

D'une poussée il s'écarta du bord et commença à nager vers le centre de la piscine, ses longs bras blancs brassant l'eau autour de lui. Caffery marcha calmement jusqu'à l'extrémité de la pataugeoire et entra dans l'eau sans hésiter, vêtu et chaussé. Les nageurs s'éparpillèrent, choqués par le spectacle de cet homme déterminé qui avançait parmi eux. Au milieu du bassin, Gummer venait de comprendre que la partie était perdue. Il se tourna vers l'inspecteur, leva les mains et bredouilla :

— D'accord, d'accord. Ça suffit.

Ils s'installèrent dans un coin du café pour parler. Tous deux sentaient le chlore, et le pantalon de Caffery était mouillé jusqu'aux genoux. Un groupe d'adolescents en blousons de sport FILA chahutaient à la table voisine. Ils ne cessaient de courir jusqu'au distributeur pour acheter des friandises. Caffery leur tournait le dos et regardait Gummer, attablé en face de lui, qui avait pris une tasse de café et deux barres chocolatées. Il en retira les emballages, les brisa en quatre morceaux égaux qu'il disposa symétriquement sur l'assiette en carton devant lui. Jusqu'à la fin de leur conversation, il n'y toucha plus.

Caffery fit tomber un peu du tabac épargné par la baignade sur une feuille à rouler.

— Ecoutez, Chris, je regrette d'avoir dû agir de la sorte. Mais il fallait absolument que je vous parle.

— C'est moi qui avais absolument besoin de vous parler, l'autre jour.

Gummer avait passé une chemise à carreaux usée jusqu'à la trame par endroits, et l'eau dégouttait de ses cheveux de bébé sur son col. Son visage luisait comme un œuf dur écaillé.

— Et c'est pour ça que je suis allé jusqu'à Thornton Heath. Mais ça n'a servi à rien, n'est-ce pas ?

— Désolé, Chris. J'ai compris la leçon.

Gummer haussa les épaules et laissa son regard errer quelque part au-dessus de la tête de l'inspecteur. Ses yeux étaient rougis sur les bords. Caffery alluma sa cigarette et rapprocha le petit cendrier en fer-blanc.

— Dites-moi, Chris, comment avez-vous été au courant, pour Champaluang ?

— Je vous l'ai déjà expliqué. C'était partout dans les journaux.

— Et c'est la première fois que vous entendiez quelqu'un mentionner le Troll ?

— Oui. Vous auriez dû m'écouter.

— Vous avez raison. (L'air pensif, Caffery faisait tourner la cigarette entre ses doigts.) Corrigez-moi si je me trompe, Chris, mais quand vous avez entendu parler de Champaluang, vous avez dû vous demander, enfin, aidez-moi si je fais erreur sur ce point, mais quand vous avez entendu parler du Troll, vous avez dû vous demander si ce n'était pas le même individu qui s'était introduit chez vous...

Gummer prit une très brève inspiration, presque un hoquet. Ses lèvres remuèrent, mais il ne prononça aucun son. Il baissa les yeux et ses épaules s'affaissèrent en avant tandis qu'il serrait ses mains dans l'étau de ses genoux. Caffery nota qu'il s'était mis à trembler.

— Chris.

Il ne redressa pas la tête et l'inspecteur tapota sa cigarette sur le bord du cendrier en contemplant son crâne, dont la peau rosée apparaissait sous la chevelure trop rare. Il se demandait comment poursuivre. Puis :

— Je pense que le Troll s'est trouvé dans votre maison à une époque, Chris, il y a très longtemps, peut-être. Exact ?

L'autre ne répondit pas. Caffery repensa aux photos de Half Moon Lane, dans sa poche. *Si je les lui montrais ? Et si je me trompe ?*

— Présentons les choses autrement, reprit-il. Certaines personnes ont des idées vraiment tordues, pas vrai ? Vous ne trouvez pas que c'est incroyable, les trucs grâce auxquels certains prennent leur pied ?

Gummer se tassa un peu plus sur son siège. Il gardait les yeux fixés sur les morceaux de barres chocolatées.

— Par exemple, certains individus peuvent avoir le fantasme de regarder un homme violer un enfant, disons. Pensez-vous que ce soit possible ?

Gummer toussota et plaqua les mains sur son visage, en pressant le coin de ses yeux du bout de l'index et du pouce. Caffery remarqua que la peau de son crâne avait brusquement rosi.

— Un jeune garçon, par exemple. Certaines personnes pourraient avoir ce fantasme, à votre avis ?

Gummer laissa tomber ses deux mains à plat sur la table et respira profondément par le nez. Il avait fermé les yeux, et Caffery voyait bouger les globes sous le voile des paupières.

N'abandonne pas...

— Un père en train de violer son fils, par exemple...

— Je ne suis pas pédophile ! dit-il brusquement en rouvrant les yeux. J'aimais mon fils plus que tout.

— Pourquoi n'êtes-vous pas allé voir la police ?

— J'ai essayé de le faire. J'ai essayé de vous parler. Mais vous avez refusé de m'écouter.

— Je veux dire : à l'époque. Quand c'est arrivé.

Il secoua la tête violemment, à droite et à gauche, comme un gamin boudeur.

— Non, non, non et non. Ma femme a dit : non. Il ne fallait surtout pas aller voir la police.

— Elle ne voulait pas que la vérité soit connue ?

— Ça vous étonne ?

— La police aurait pu faire quelque chose, non ?

— Ah oui ? (Il tripota le poignet élimé de sa chemise, regarda le chocolat.) Ils auraient pu empêcher ma femme de me quitter ? Ils auraient pu l'empêcher de m'enlever mon fils ?

— Je n'en sais rien, reconnut Caffery. Je n'en sais rien.

— Elle l'a emmené. Elle ne pouvait pas supporter que je m'approche de lui, après. Et aujourd'hui, j'ignore où ils sont.

Il tira de son sac fourre-tout une photo. Elle était vieille, et rafistolée avec du ruban adhésif transparent. Il fit glisser le poignet de sa chemise sur sa main, essuya avec soin un endroit de la table et déposa le tirage dans un geste très doux.

— Votre fils ?

— Mon fils, oui. A neuf ans. J'ai d'autres photos de lui à la maison, mais celle-là est ma préférée. Regardez ça... (Il s'efforça d'aplatir les bords cornés, sans succès.) Elle est dans un de ces états... J'ai eu beau y faire très attention, elle a fini par s'abîmer, après tout ce temps. Ma femme se trompe sur mon compte, vous savez. Je ne suis pas un pédophile. Ce n'est pas parce que quelqu'un fait quelque chose comme ça qu'il voulait le faire. Et encore moins qu'il veut le refaire. Je ne suis pas pédophile.

— Mais les enfants ? interrogea Caffery en désignant d'un mouvement de tête la piscine voisine. Pourquoi travailler là ?

— Je ne les touche pas. Jamais ! Mais j'aime les enfants, vous comprenez, ils représentent mon seul lien avec... Elle m'a enlevé mon... (Il secoua la tête, désemparé.) Je ne suis pas pédophile.

— Je sais. Et je sais aussi que vous n'aviez pas le choix.

Il observa le visage crispé de Gummer. Il détestait cela, faire cracher aux gens leurs souffrances les plus secrètes.

— Il a menacé de tuer votre fils si vous refusiez, n'est-ce pas ?

Gummer acquiesça lentement. Une larme laiteuse coula du coin de son œil et s'écrasa sur la table.

— C'est ce qu'il a dit, n'est-ce pas ? insista Caffery. Qu'il tuerait votre fils ?

— Il était prêt à lui défoncer le crâne avec un pavé. Un pavé pris dans le jardin derrière la maison, si je refusais. Oh, Seigneur...

Il plongea la main dans son sac fourre-tout et en sortit un flacon de pilules. Il en fit tomber deux dans le creux de sa main et les goba immédiatement.

— Qu'est-ce que c'est ?

— Pour me calmer.

Il rangea le flacon puis s'avança sur son siège et présenta à Caffery l'intérieur de ses poignets. Des cicatrices les parcouraient. Il dévisagea l'inspecteur. Les larmes noyaient ses yeux rougis, et on aurait pu croire qu'ils baignaient dans le sang.

— C'est mal, je sais. C'est mal de baisser les bras. Mais parfois l'existence semble tellement inutile, tellement vide...

Les adolescents autour du distributeur s'étaient rendu compte que Gummer pleurait et, un à un, ils se retournaient vers lui. Caffery se pencha sur la table et dit à voix basse :

— Chris, je pense qu'il serait plus indiqué d'aller ailleurs pour parler de tout ça. Vous voulez bien venir avec moi au commissariat ?

Gummer donna son assentiment d'un simple hochement de tête. Par la fenêtre il contempla les rues mouillées de pluie, en se mordillant la lèvre inférieure.

— C'est aussi ce qui est arrivé à cette famille, les Peach ?

Caffery se leva et murmura :

— Il est vraiment très regrettable que vous n'ayez parlé de rien, à l'époque.

— La vie était très différente, à l'époque.

L'agression sur Champaluang s'était produite quelques jours avant que son épouse ne quitte Gummer. Ce dernier avait lu les articles dans les journaux locaux, et il avait été frappé par le fait que l'homme surnommé le « Troll » par Champ était ce même adolescent qui avait détruit son existence. Par la suite, il avait épluché la presse chaque jour, mais jusqu'à la sinistre intrusion à Donegal Crescent il n'avait relevé aucun incident portant la signature du Troll. Quand il arriva à Shrivemoor, en compagnie de Caffery, ils découvrirent pourquoi.

Pendant onze ans, Klare était resté enfermé dans un établissement psychiatrique hautement sécurisé. Kryotos avait tout son dossier sur son bureau et en faisait des photocopies quand ils entrèrent dans la pièce.

— Il a poignardé une femme policier à Balham, en 1989. Il venait d'essayer d'enlever un petit garçon à la sortie d'un supermarché.

C'était là son premier délit, croyait-on, en tout cas celui qui l'avait fait entrer dans le circuit psychiatrique. Il avait fêté son dix-huitième anniversaire depuis quelques jours seulement. La femme policier l'avait poursuivi et coincé dans la cage d'escalier d'un immeuble HLM. Klare l'avait alors agressée avec un canif. L'enfant n'avait subi aucune violence physique, mais la femme policier avait souffert de plusieurs entailles aux mains.

— L'accusation d'enlèvement n'a pas été retenue,

expliqua Kryotos. (Assis sur une chaise près de la porte du bureau du commissaire, Gummer donnait l'impression d'être au bord des larmes.) Les parents du gamin n'ont pas déposé plainte, ils ne voulaient pas imposer l'épreuve d'un procès à leur enfant, et on a donc poursuivi Klare uniquement pour voies de fait sur représentant de la force publique.

Reconnu coupable, il avait été interné onze ans, en vertu des lois de protection de la société contre les personnes mentalement instables. Il y avait de cela quinze mois, on avait jugé son état stabilisé grâce au traitement à la clozapine, et l'ordre d'internement avait été levé. Il avait été envoyé pendant un an dans un centre de réadaptation et, en avril, il avait été relâché.

— Même si j'avais eu le temps d'entrer dans le HOLMES toutes les données récoltées lors des enquêtes de voisinage, son nom ne serait pas ressorti, expliqua Kryotos. Il a été condamné pour voies de fait, par pour tentative d'enlèvement sur mineur. Il serait passé au travers... (Elle s'interrompit un instant et considéra Caffery qui se tenait devant elle, l'air hagard.) Tu pues, Jack. Tu sens la piscine.

— Merci, Marilyn.

— Pas de quoi. Tu veux un sablé ?

— Non, merci, Marilyn.

— Un jour je vais arrêter de t'en proposer.

— Non, tu ne le feras jamais.

Souness et le reste de l'équipe se trouvaient à Brixton. Caffery installa Gummer dans le bureau du commissaire et lui demanda de lui raconter toute l'histoire par le menu.

Tout avait commencé en 1989. Les Gummer avaient prévu de partir en vacances, et leurs amis, qui étaient au courant, n'avaient jamais su qu'ils ne s'étaient pas rendus à Blackpool comme annoncé, ni même qu'ils n'avaient jamais quitté Brixton. Mais quelque chose s'était produit durant ces congés, tous les proches de la famille l'avaient senti, car les Gummer ne devaient plus jamais être les mêmes par la suite. Personne ne sut rien du grand jeune homme qui était apparu comme par magie dans le couloir de leur petite maison. Personne ne sut jamais qu'il avait ligoté la femme de Chris dans la chambre, à l'étage, et qu'il avait tagué un X sur l'intérieur de la porte. Personne ne sut jamais quel acte horrible le père avait été obligé de perpétrer sur son propre fils, ni qu'ensuite, prostré dans un coin et sanglotant, il avait dû regarder Klare tenter de violer l'enfant de neuf ans. Mais le Troll était impuissant. Rendu furieux par la frustration, il avait mordu le gamin à l'épaule, si sauvagement qu'il lui avait arraché un morceau de chair.

Caffery était sincèrement désolé pour Gummer, qui restait assis près de la fenêtre, les bras entourant ses jambes, les épaules basses. L'homme regardait sans la voir la pluie qui ouatait Croydon de grisaille. Mais l'inspecteur devait savoir.

— S'est-il servi d'une ceinture ? Pour étrangler votre fils ?

— Non. Pas de ceinture. Mais il l'a frappé. Et il l'a mordu.

C'est donc un truc que ce fumier a appris plus tard, en prison...

— Il a dit quelque chose ? Quelque chose en particulier, dont vous vous souviendriez ?

— Non. Je me suis repassé cent fois toute cette horreur en pensée. Oh, bien sûr, il a donné des *excuses*, vous pouvez imaginer de quel genre : ce n'était pas sa faute, il n'y pouvait rien mais il fallait qu'il le fasse, etc.

— Il *fallait* qu'il le fasse ?

La bouche de Gummer se tordit comme au souvenir d'une saveur répugnante sur sa langue.

— Oh oui... A plusieurs reprises, il a dit qu'il ne pouvait pas s'en empêcher, qu'il fallait qu'il se soigne.

Pour moi c'était de la pure folie, une excuse complètement délirante...

— « Le Traitement ».

Gummer s'interrompit.

— Quoi ?

— « Le Traitement », répéta Caffery à mi-voix en se remémorant le petit carnet dans le tiroir, avant de reporter son attention sur Gummer : Désolé, ce n'est rien. C'est simplement qu'il est schizophrène, à notre avis. Il est...

— Il est fou. Voilà ce qu'il est.

— Oui, sans doute... (Caffery pianota des doigts sur le bureau, puis :) Bref. Poursuivez, Chris, je vous en prie.

Après l'agression, Gummer avait tenté de persuader sa femme qu'ils devaient aller tout raconter à la police. Mais elle avait refusé et, en quelques phrases assassines, elle lui avait expliqué ce qu'elle pensait : s'ils allaient parler à la police, le monde entier saurait que Chris Gummer était un violeur d'enfants. Un violeur d'enfants ! « Ne le dis jamais à personne. Ce sera notre secret, jusqu'au jour de notre mort. » Mais vivre avec ce secret avait fini par devenir un fardeau trop lourd pour la mère. Elle avait pris ses disques, ses vidéos de gym de Jane Fonda, et leur fils, et elle était partie en laissant Gummer à Londres, sans rien, ni draps, ni serviettes, ni oreillers. Juste une bouteille de ketchup presque vide dans le frigo et la conviction qu'il était un pervers à cause de ce qu'il avait fait.

— Avec mon fils, conclut-il. Mon propre fils. Je ne l'aurais jamais cru possible, et pourtant c'est arrivé.

— Dans cette maison, il y avait un grenier ?

— Oui.

Caffery s'imagina Klare, accroupi dans les combles, telle une araignée patiente, qui observait et attendait le moment propice pour apparaître et assouvir ses désirs pervers sans être dérangé.

— Je pense qu'il est passé par là.

— Je sais.

— Vous savez ?

— Je m'en suis rendu compte après coup. Il est parti par la porte d'entrée, mais par où était-il venu ? J'ai découvert un peu plus tard ce qu'il avait laissé dans le grenier, quand j'ai pris une échelle et que j'y suis monté... En y repensant, je me suis souvenu que ma femme avait senti quelque chose d'anormal, quelque temps déjà auparavant.

— Avant ?

— Oui. Elle n'arrêtait pas de se plaindre d'une prétendue odeur nauséabonde dans la maison. Moi je ne sentais rien, mais elle, ça la rendait folle, elle voulait absolument s'en débarrasser avant notre départ en vacances. Elle répétait qu'une bestiole était sans doute venue crever sous le plancher. Si je l'avais laissée faire, elle aurait démonté toute la baraque. Et aujourd'hui je regrette de ne pas avoir...

Il se tut. Caffery venait de se redresser si brusquement sur son siège que c'était comme si une main invisible l'avait tiré par le col en arrière.

— Votre femme a senti l'odeur provenant du grenier *avant*...

— Elle s'en plaignait tout le temps. Personnellement, je ne détectais aucune odeur anormale, mais il paraît que les femmes ont un odorat plus fin que les hommes...

Caffery avait disparu dans la salle des données. Des doigts, il effectua un court roulement de batterie sur le bord du bureau de Kryotos.

— Marilyn. Où est Danni ?

— Elle vient de téléphoner. Elle pense être de retour dans un quart d'heure environ.

— Bien. Je peux te laisser Gummer jusqu'à son

retour ? Tu pourrais lui préparer du thé, ou un truc de ce genre ?

— Je lui donnerai des sablés. Où vas-tu ?

— A Brixton. Dis à Danni que je l'appellerai plus tard.

33

Qu'est-ce qui l'avait tirée de ce long sommeil semblable à une transe ? La voix ? C'est ce que pensa Benedicte. Une voix d'homme, qui murmurait. Elle ouvrit les yeux. Une mouche avançait prudemment sur la croûte de fluides solidifiés qui recouvrait le museau de Smurf. Couchée sur le flanc, la jeune femme regardait fixement l'insecte, tout en essayant de déterminer si elle rêvait ou si elle percevait réellement la voix d'un homme dans la cuisine au rez-de-chaussée.

Hal ? Etait-ce son mari ? *Que se passe-t-il ?* Elle redressa la tête. Hal était peut-être en train de parler à Josh. *Oui, on dirait bien que c'est ça. Je ne l'ai pas entendu partir parce que j'étais endormie.* Elle roula sur le ventre, posa les mains à plat sur le plancher nu. La peau de ses bras avait pris un aspect parcheminé, translucide, et elle s'attendait presque à voir noircir les veinules sur le dos de ses mains. Sa gorge était tellement sèche qu'il lui semblait qu'elle n'était plus qu'une longue blessure tétanisée à partir du cou.

Une autre phrase prononcée.

Hal ?

Avec effort elle rampa sur le côté et engagea sa tête dans le trou entre les lattes. Chacun de ses mouvements prenait un temps infini et faisait tanguer sa vision, brouillant sa perception de la lumière et des volumes. Elle tendit la main et la remua jusqu'à toucher l'appareil d'éclairage. L'ampoule était brûlante, elle sentait sa chaleur sous sa paume tandis qu'elle poussait doucement l'ensemble vers le bas. Avec un crissement léger, le plafonnier tomba dans le vide pour se balancer au bout du fil électrique. Epuisée, haletante, elle demeura un long moment immobile. *Je suis malade*, songea-t-elle. *Il nous assassine à petit feu.* Elle rassembla toute son énergie et tendit le visage dans l'ouverture. Immédiatement, elle sentit un air différent sur sa peau, un air sec chargé de l'odeur salée d'une litière animale.

Il est toujours là.

Elle voulut revenir en arrière, mais elle se rendit compte qu'elle en était incapable. Ses bras n'avaient plus aucune force, et elle ne pouvait que rester dans cette position et observer ce qu'il y avait sous elle.

Hal avait disparu, du moins elle ne voyait plus que la tache reproduisant grossièrement sa silhouette, là où il était resté étendu. A sa place, le fauteuil rembourré qui d'habitude se trouvait près de la fenêtre, dans le coin salon. Et sur ce siège, le visage détourné d'elle, trois mètres plus bas, le Troll. Il s'était dévêtu pour ne garder que son T-shirt et son pantalon, et il se tenait accroupi sur le fauteuil, comme un singe, les mains entre les jambes.

Lentement, sans faire de bruit, elle emplit ses poumons d'air. *Tu aurais dû t'en douter, tu aurais dû...* Il avait allumé tout l'éclairage et fermé les rideaux. Près de lui, sur le sol, était posé un appareil photo. Il ne l'avait pas entendue lorsqu'elle avait délogé le support du plafonnier, tant son attention était focalisée sur un point invisible pour elle, dans le salon. Son visage était crispé et empourpré, et le diamant d'une goutte de salive brillait sur sa lèvre inférieure. Elle constata alors qu'il avait débouclé sa ceinture et ouvert sa braguette. D'une main il se massait le sexe. *Oh, mon Dieu...* Une brusque nausée monta dans la gorge desséchée de la jeune femme. Il interrompit sa masturbation, le temps de cracher dans sa paume, et Benedicte aperçut la forme blanchâtre et ridiculement atrophiée de son pénis. Pas même en érection.

— C'est ça, murmura-t-il. C'est ça...

Ben se mit à trembler. Elle voulait lui cracher dessus, l'écraser en lui hurlant toute la fureur qui l'embrasait. Mais elle était paralysée. Pathétique. Hypnotisée par l'horreur.

— Bien, dit-il encore. C'est bien, oui...

Que regarde-t-il ? Oh, mon Dieu, est-ce que Josh voit ça ?

De la lèvre inférieure du Troll, molle et humide, s'étirait à présent un filet de salive, et les mouvements de sa main s'accélérèrent. Benedicte ferma les yeux. Les ténèbres dans sa tête tourbillonnaient, déchirées par des éclairs douloureux. *J'imagine tout ça. Rien n'est réel. Je suis toujours en train de rêver.* L'obscurité ondulait et basculait autour d'elle. Puis elle entendit quelque chose. Quelqu'un pleurait.

Josh ?

L'empathie naturelle qui la liait à son fils la torturait.

Josh ? Elle rouvrit les yeux. *Josh...*

— Ça suffit, tire-toi, maintenant. Tire-toi.

Le Troll repoussa une mèche sombre de son front, descendit du fauteuil et entreprit de retirer la ceinture des passants de son pantalon.

— A mon tour.

Il enroula la ceinture autour de son poing, très serré. Son jean lui tomba sur les chevilles, et il s'en extirpa en faisant un pas de côté. Ses jambes étaient arquées comme celles d'un bouc. Il disparut presque complètement du champ de vision de Benedicte. Du salon monta un long gémissement désespéré.

C'était Hal. Son cri étouffé par un bâillon.

Elle ne pouvait pas le croire.

Elle n'apercevait plus que les pieds du Troll, mais elle pouvait deviner le reste. Un cri fragile. Celui d'un petit garçon. Sans réfléchir, elle enfonça un peu plus sa tête dans le trou.

— *Non !* Laissez-le tranquille !

Soudain, le silence. Les pieds en bas s'étaient immobilisés.

— *Je vous préviens. Ne le touchez pas ou je vous tue ! Je vous tuerai !*

Pas un bruit. Elle n'entendait que les battements monstrueux de son cœur. Et brusquement, surgi de nulle part, le visage du Troll qui apparaissait sous le sien, dans la cuisine. Elle sentit son haleine, elle vit le sang sur ses dents. *Oh, mon Dieu...* Elle eut un brusque mouvement de recul et son oreille heurta le bord des lattes déchiquetées. La douleur la précipita de nouveau vers le bas. *Non !* Le plâtre émit un craquement sinistre. Elle chercha frénétiquement un point d'appui avec ses deux mains, et sa jambe libre effectua des cercles effrénés. A tout moment elle s'attendait à sentir son haleine fétide sur son visage. Elle l'entendait qui haletait, et on eût dit qu'il avait peur. *Mais de quoi a-t-il peur ?* Pendant une fraction de seconde elle vit ses yeux où brillait la panique, et les mains qu'il plaquait sur sa bouche comme si c'était *elle* qui le terrifiait. Puis un reniflement sonore, et il se mit à geindre. Ses lèvres tremblaient. Elle rassembla toutes ses forces, pesa des deux mains sur le plancher, et cette fois elle parvint à dégager sa tête du trou. A cet instant précis, le carillon de l'entrée retentit.

Caffery se tenait devant la porte, sous la pluie. Il avait fait le tour du périmètre de l'ensemble de Clock Tower Grove, était passé devant les énormes engins de construction et un amoncellement de rouleaux de câbles électriques — *Champ, je ne pourrai jamais plus voir un câble électrique sans penser à Champ* —

jusqu'à ce qu'il arrive à Clock Tower Walk, derrière le grillage de sécurité. Toutes les maisons étaient inoccupées, à l'exception du numéro 5. Là, les rideaux étaient fermés. En découvrant ce détail, il se mit à trotter le long de la petite rue, jusqu'à la porte d'entrée. Il écrasa le bouton du carillon avec le pouce.

— Madame Church ?

Il sonna encore, en maintenant son pouce sur le bouton. Le silence régnait à l'intérieur. Se hissant sur la pointe des pieds, il jeta un coup d'œil par la partie vitrée de la porte du garage. Une Daewoo jaune citron se trouvait là, dans la pénombre. Il savait qu'il se trompait peut-être, mais il se souvenait de la femme qui lui avait ouvert, plus d'une semaine auparavant. Elle lui avait parlé d'une odeur bizarre qu'elle sentait chez elle, tout comme l'épouse de Gummer, et Souness chez les Peach. Il se rappelait le chien. Il souleva le clapet de la fente à lettres.

— Madame Church ?

C'est alors qu'il détecta l'odeur d'urine dans l'entrée. *Bon sang, il y a un animal ici.* Des emballages de fast-food jonchaient le vestibule. Quelque part au fond de la maison, il percevait le son d'un téléviseur. Et au sommet des marches, quelque chose avait été écrit en rouge sur le mur, avec une peinture en aérosol.

Il laissa retomber le clapet et chercha nerveusement son portable.

— Ecoutez-moi bien, Jack, lui dit Souness d'un ton sans réplique. Ne pénétrez pas dans la maison, c'est bien compris ? Vous nous attendez, Jack. Vous n'entrez pas.

— Promis.

Il le pensait. Il rempocha le portable et resta devant la porte close, en tenant sa veste au-dessus de sa tête pour se protéger de la pluie. Il faisait passer le poids de son corps d'une jambe sur l'autre, alternativement, sans cesser de scruter la façade puis la rue. Les minutes s'écoulèrent sans qu'aucune voiture de police apparaisse. Et soudain, il y eut un bruit à l'intérieur. Caffery regarda par la fente dans la porte et entrevit une silhouette qui jaillissait de la cuisine. Une forme massive et indistincte qui transportait quelque chose dans ses bras. Instantanément, Caffery sut qu'il y avait du sang. En hâte il ôta sa veste, l'enroula autour de son bras et frappa la vitre du coude, d'un coup sec. Passant la main à l'intérieur, il ouvrit le verrou puis la porte et se précipita dans le vestibule. Dans la cuisine planait une forte odeur animale. *Que s'est-il passé ici ?* Tout l'éclairage était allumé, les rideaux soigneusement fermés. Et là, sur le carrelage, tremblant et couvert de ses propres excréments, son pénis flétri pendant de son short ouvert, gisait un homme. M. Church, à n'en pas douter. Il vit l'inspecteur et referma aussitôt les yeux en détournant la tête. *Bon Dieu* ! se dit Caffery. *Non, ne t'occupe pas de lui pour l'instant, trouve le gosse avant tout*. Le plancher du premier grinça au-dessus de lui et il leva la tête. A présent, il savait ce que Klare transportait.

— *Police !*

Il se rua dans le couloir, happa d'une main la rampe et se propulsa dans l'escalier. En haut des marches il s'arrêta et tendit l'oreille, le cœur battant.

— Par ici, dit faiblement une voix de femme. Par ici...

Il pivota d'un quart de tour. Le palier était plongé dans la pénombre, et il y flottait une odeur d'urine qui prenait à la gorge. Devant lui, un autre escalier montait dans l'obscurité, derrière lui une porte, une deuxième à sa gauche, et une troisième à sa droite, sur laquelle était inscrit en rouge *Danger*.

— Madame Church ?

— Ici (la voix était à peine audible, à présent). Ici...

— Ne bougez pas. Je reviens tout de suite.

— Mon petit...

— Ne vous inquiétez pas. Tenez bon.

Elle se mit à sangloter mais Caffery résista à sa première impulsion, qui était de la secourir. *Assumer les priorités. Elle est hors de danger, dans l'immédiat. C'est le gamin qu'il faut sauver.* Au-dessus de sa tête, un léger craquement. Il se tourna vers l'escalier. *Où est ce putain d'interrupteur ?* Il tâtonna le long du mur, sans résultat. Le plancher craqua encore là-haut, et cette fois il perçut un son, aussi clairement que s'il s'était trouvé sur un lac. Celui d'un enfant qui pleurait, à l'étage supérieur. Il n'appelait pas, ne gémissait pas, comme s'il n'espérait même pas être entendu et secouru. Il pleurait, tout simplement. *Son prénom ? Réfléchis, Jack...* Il posa une main sur la rampe de l'escalier et là, sur le mur, au niveau de ses yeux, il vit la photo d'un petit enfant donnant à manger à une chèvre. Le gamin souriait.

D'un coup, le prénom lui revint.

— Josh ? cria-t-il face à l'escalier. Josh, je peux t'entendre. Je suis de la police. Tout ira bien, maintenant. Mais je veux que tu restes où tu es, d'accord ?

Les pleurs cessèrent. Silence. Caffery inspira lentement et gravit les deux premières marches.

— Josh ?

Rien d'autre qu'une respiration si ténue qu'elle aurait pu n'exister que dans son imagination.

— Josh ?

Quelque chose se renversa dans l'obscurité au-dessus de lui.

Bon sang...

Il se colla contre le mur mais ne fut pas assez rapide. Heurté en plein torse, il fut projeté au bas de l'escalier. Vainement, ses mains griffèrent le mur pour trouver une prise à laquelle se retenir. Il percuta violemment la porte de la salle de bains, et son portable sauta de sa poche, pour voler dans l'escalier menant au rez-de-chaussée. Puis le silence, de nouveau.

— Josh ?

L'enfant était tombé au pied des marches, à un mètre de lui. Nu, le souffle coupé et visiblement en état de choc. Du papier adhésif marron le bâillonnait.

— Josh ? murmura Caffery. Ça va aller ?

L'enfant leva les yeux vers lui. Il avait le regard vitreux. Les larmes avaient tracé des sillons blanchâtres sur ses joues, et ses poignets étaient ligotés avec du ruban adhésif. Caffery se releva et ouvrit la porte de la salle de bains.

— Entre là, Josh. Vite.

Il n'eut pas à se répéter. Le gamin s'accroupit en vacillant, tel un petit animal sauvage, nu et ensanglanté. Dans la pénombre Caffery distingua le trou sanguinolent à son épaule, et son cœur se serra.

— Entre là et n'allume pas. Je reviens.

Il referma la porte sur l'enfant et se tourna vers l'escalier.

— KLARE, ESPÈCE DE FUMIER !

Il attendit. Pas la moindre réaction.

Il gravit une marche, s'immobilisa, tous les sens aux aguets. Qu'est-ce que... ? Là-haut, le crissement de l'aluminium. *L'échelle d'accès au grenier. La putain d'échelle du grenier*. Il s'élança en avant et monta les dernières marches trop vite pour prêter attention aux détails — un petit palier, une porte ouverte sur une chambre là-bas, à l'autre bout, l'échelle dépliante qui menait aux combles... et Klare qui l'escaladait, aussi silencieusement qu'il le pouvait.

— ARRÊTE-TOI, ORDURE !

Il fonça, saisit les montants métalliques alors que le Troll atteignait le sommet de l'échelle. Les mains de Caffery se refermèrent sur l'aluminium juste sous les chevilles de Klare, et l'échelle émit un craquement torturé sous l'effet de leurs poids conjugués. L'autre disparut par la trappe et il sentit son odeur, entendit les solives geindre sous ses pas. Il gravit les derniers échelons, déboucha dans le grenier enténébré. Juste au-dessus de lui, la pluie crépitait sur les tuiles du toit. A l'autre bout, Klare disparut dans l'obscurité. *Oui, bien sûr, c'est par là que tu passes, fumier. La maison mitoyenne.* L'odeur fugace de nourriture avariée lui irrita les narines alors qu'il se ruait en avant. Il heurta rudement de l'épaule les parpaings, trouva l'ouverture entre les deux maisons et s'y engouffra sans hésiter, déchirant au passage une jambe de son pantalon. Dès le mur franchi, d'instinct il s'accroupit, mains tendues devant lui. Ici, aucune lumière. Il resta immobile une poignée de secondes, et en profita pour reprendre un peu son souffle. A l'autre extrémité des combles, une tache de lumière troua subitement l'obscurité, illuminant Klare par en dessous. Il venait de soulever la trappe.

— Stop !

Mais l'autre dépliait déjà l'échelle vers le palier du deuxième étage. Caffery avança rapidement en sautant lestement d'une solive sur l'autre. Son cœur battait à se rompre. *Tu es en train de réduire l'espace de réaction, souviens-toi de ton entraînement. « L'espace de réaction est là pour vous sauver la vie, si vous le pénétrez vous devez savoir très exactement pourquoi, et à quoi vous attendre. Demandez-vous si c'est l'endroit approprié pour... »*

Klare était très agile. Sans un bruit il s'était laissé glisser le long de l'échelle, si vite qu'il semblait à peine la toucher.

Caffery atteignit la trappe, s'y coula tant bien que mal et descendit précipitamment l'échelle en se cognant les genoux contre les barreaux. Il atterrit sur un palier en cours d'achèvement, au plancher recouvert d'un tapis de corde et aux murs magnolia. Par la porte ouverte, il eut la vision fugitive d'une salle de bains dont l'évier et le siège de toilettes étaient encore emballés dans un épais plastique transparent. Sur sa droite, le crâne de Klare disparut dans l'escalier menant au premier. Le Troll se cogna encore contre le plâtre du mur, laissant dans l'air derrière lui la piste de sa puanteur. Caffery s'élança à sa poursuite, arriva à l'étage inférieur et pivota sur lui-même pour dévaler aussitôt l'escalier suivant. Il atteignit le rez-de-chaussée à pleine vitesse, et sa cheville droite se tordit sous lui quand les cartons étalés sur le sol glissèrent sous son poids. Il rétablit son équilibre in extremis et se rua vers la cuisine où Klare venait d'entrer.

— L'ordure ! gronda l'inspecteur.

Il stoppa net sur le seuil de la pièce, qui était identique à celle des Church.

Roland Klare agrippait des deux mains la clenche de la porte donnant sur le jardinet arrière. Arc-bouté en arrière, il tirait de toutes ses forces pour l'ouvrir. Mais la porte était verrouillée.

— ON NE BOUGE PLUS ! hurla Caffery.

Assume tes responsabilités, Jack ! Allez, un peu de discipline, merde ! Quel est ton objectif immédiat dans cet environnement ? Le sujet, la porte...

— J'AI DIT : ON SE FIXE !

Hors d'haleine, le Troll fit volte-face. Son T-shirt gris était remonté sur son torse, découvrant son ventre blafard, et ses cheveux fins collaient à son visage. Il leva les mains devant lui.

— Non... Non ! *Ne me touchez pas !*

— Qu'est-ce que ça veut dire, « Ne me touchez pas » ? Je vais t'arrêter, sale petite merde !

— Non ! (Caffery enregistra la tache humide sur l'entrejambe de son pantalon.) Non, non, s'il vous plaît, s'il vous plaît, non...

Il recula d'un pas en se plaquant les mains sur les oreilles.

— Je ne voulais pas... (Il s'écroula d'un bloc près

de l'évier, enfouit son visage dans ses mains.) Je ne voulais pas...

— Tu ne voulais pas faire ça ? grinça Caffery. Je n'arrive pas à le croire ! *Tu ne voulais pas ?* Qu'est-ce que tu voulais, alors, hein ? Qu'est-ce que tu voulais, dis-moi ?

Il avança d'un pas et lui décocha un coup de pied bien ajusté dans les côtes flottantes. Klare émit un geignement bas mais ne tenta pas de résister, aussi l'inspecteur le frappa-t-il une deuxième fois.

— Je t'ai posé une question : qu'est-ce que tu voulais, alors ?

Le visage du Troll était déformé par une grimace pitoyable. Il s'enfonça les ongles dans les cheveux.

— Laissez-moi tranquille. Non...

— Qu'est-ce que tu voulais quand tu as laissé ce pauvre gamin *mourir* ? Hein ? *Tu voulais quoi ?*

Il le frappa encore, plus sèchement, une fois au flanc, et une autre au creux des reins quand Klare se tourna.

— Je te parle, espèce de sale petite merde. *Qu'est-ce que tu voulais ?*

— S'il vous plaît, non, s'il vous plaît... Je ne voulais pas... Mais il le fallait. C'est la seule façon. Mais je n'ai jamais voulu ça...

— Tu l'as déjà dit, *ordure* !

Il lui assena deux coups de pied, un dans la poitrine, l'autre en plein visage. Du nez cassé de Klare jaillit un geyser de sang.

— Tu as déjà dit que tu ne voulais pas ça, saloperie de merde !

Il s'écarta et parcourut la cuisine sur toute sa longueur en pressant ses ongles dans ses paumes. Le Troll marmonnait des propos incompréhensibles. Le sang inondait son menton et maculait déjà le carrelage.

— Qu'est-ce que tu voulais quand tu as laissé ce pauvre type allongé dans sa propre merde, hein ?

— Non, je vous en prie, ce n'est pas ma faute, il fallait que j'applique le traitem...

— Ta gueule !

Caffery traversa encore une fois la cuisine, si rapidement qu'il faillit déraper sur la flaque de sang qui s'élargissait devant le Troll. De toutes ses forces, il le frappa dans les côtes.

— J'ai dit : ta gueule !

— *Jack !*

Il fit volte-face. Il haletait et son visage tétanisé par la fureur était baigné de sueur. Souness se tenait immobile dans le couloir, flanquée de deux membres du groupe de soutien en gilet pare-balles et casque antiémeute. Livide, elle posa les yeux sur Klare, couvert de sang, puis sur Caffery, aussi rigide qu'une statue au centre de la cuisine, aussi imprévisible et dangereux qu'un tigre pris au piège.

— Nom de Dieu, mais qu'est-ce que vous faites, Jack ?

En milieu d'après-midi, de lourds nuages s'amoncelèrent si bas dans le ciel qu'ils semblaient posés en équilibre sur les cheminées, et les fenêtres s'éclairèrent comme si le soir était tombé anormalement tôt sur Londres. Allongée sur le lit de Jack, Rebecca somnolait. Elle avait mal dormi, la nuit précédente. Après l'appel de Caffery à vingt-trois heures, elle avait erré dans la maison, sans se soucier de la télévision restée allumée. Elle s'était répété qu'il saurait garder la maîtrise de lui-même, que ce n'était plus un enfant, qu'il parviendrait à se contrôler. Elle n'avait bu que deux vodkas et personne n'avait téléphoné pour lui dire : « Mademoiselle Morant, il vaudrait mieux vous asseoir pour entendre ce que j'ai à vous annoncer... » En toute logique, elle n'avait donc aucune raison de s'inquiéter. Elle avait occupé sa matinée à faire le ménage dans la maison, en vraie petite femme d'intérieur, et avait même trouvé le temps de prendre la Coccinelle pour aller chez Sandsbury et revenir sous la pluie avec des provisions de fruits et de vin. A son retour, le témoin lumineux du répondeur clignotait. Il n'y avait qu'un seul message. Elle n'avait pas l'habitude d'écouter la voix enregistrée de Jack, mais alors qu'elle rangeait les courses dans les placards et le frigo de la cuisine, le téléphone sonna, et cette fois elle entendit le message :

« C'est encore moi. Je voulais m'assurer que vous aviez bien reçu l'autre message à propos de lundi. C'est lundi, hein, à une heure. Voilà... »

Rebecca s'était figée, un sac de mandarines dans la main, regard tourné vers l'entrée. C'était la voix de Tracey. *Non. Pas maintenant, quand tout commence à marcher pour nous deux...* Au ralenti, elle avait posé les fruits sur la table et était passée dans le couloir. En se mordillant la lèvre, elle avait appuyé sur la touche « lecture ». La bande avait commencé à se dérouler. Un court silence, comme si elle avait dû rassembler tout son courage pour parler, puis la voix éraillée de Tracey : « C'est moi... Tracey... Vous me remettez ? Euh... Pour le truc dont on a parlé, vous savez ? Bon, je vais avoir la libération sous caution lundi, alors si vous voulez en savoir un peu plus, vous me comprenez... » Une pause, pendant laquelle Rebecca l'avait entendue tirer sur sa cigarette. « Je serai chez moi vers une heure. Vous savez où c'est. » Un petit nœud d'anxiété s'était formé au creux de l'estomac de la jeune femme. Une sensation d'autant plus horrible qu'elle était farouchement déterminée à ce que tout aille bien. Elle avait de nouveau écouté les deux messages et écrit dans sa paume, à l'aide d'un feutre, *Tracey/1 h/lundi*. Ensuite, elle avait rembobiné la bande. Les messages de Tracey demeuraient enregistrés, mais la lampe témoin ne clignotait plus et Caffery n'aurait aucune raison d'écouter le répondeur, sauf si elle l'y incitait. *Tu pourrais tout faire mieux. Enterrer l'ensemble à jamais. Il n'a pas besoin de savoir. Tout pourrait simplement disparaître... Maintenant que Penderecki est mort, peut-être qu'il finira par oublier, et que plus jamais notre couple ne sera menacé par le passé...*

Arrête, pour l'amour du ciel...

Elle avait jeté un regard en arrière, vers la cuisine.

Un petit verre, peut-être, pour te calmer ?

Mais non, *non*. Pas question qu'elle fasse marche arrière. Elle avait terminé le rangement de ses achats, nettoyé encore la cuisine, mis le linge sale dans la machine à laver et mangé un sandwich. Puis elle était montée à l'étage. Dans la chambre elle avait retiré son jean et son T-shirt, s'était allongée sur le lit et laissée glisser dans un demi-sommeil.

Elle était toujours là, somnolente, quand la Jaguar se gara devant la maison, en fin d'après-midi. Il revenait bien plus tôt qu'elle ne l'avait pensé. Surprise, elle se leva en hâte et alla jusqu'à la fenêtre. Repoussant le rideau d'une main, elle l'observa tandis qu'il descendait de voiture. Il fit halte une seconde devant le petit portail et considéra la façade d'un air préoccupé, comme s'il réfléchissait ou qu'il essayait de se remémorer un numéro de téléphone, ou les propos exacts de quelqu'un. Le vent balaya la pluie de côté, et l'averse gifla le feuillage des arbres, dont les branches ployèrent légèrement. Jack rompit son immobilité et pénétra dans le jardin. Elle l'entendit qui entrait dans la maison, lançait ses clefs sur la petite table de l'entrée, gravissait rapidement l'escalier. Elle enfila une de ses chemises et sortit sur le palier. Par la porte ouverte de la salle de bains, elle le vit qui se penchait au-dessus des toilettes. Il s'appuya des deux mains sur les côtés de la cuvette, dans la position de quelqu'un qui s'apprête à vomir.

— Jack ? fit-elle. (Il ne se retourna pas.) Jack, ça va ?

Il secoua la tête. Elle posa la main sur son dos. L'eau de pluie coulait du pantalon de Caffery sur le carrelage. Elle était teintée de rouge.

— *Jack ?*

Il cracha dans la cuvette des toilettes.

— Oui ?

— Tu as du sang sur toi, Jack...

Il baissa les yeux vers le sol.

— Oui. C'est bien du sang.

— Est-ce que tu... Tu n'es pas blessé, au moins ?

— Non.

— Non ? répéta-t-elle en sentant le soulagement l'étourdir. Alors... Oh...

Elle se couvrit la bouche d'une main. En bas, le carillon tinta.

— Jack ? Mon Dieu, non, Jack... Que s'est-il passé ? Qu'est-ce que tu as fait ?

— Tout va bien. Je me suis arrêté...

— Comment ça, tu t'es arr...

— Je me suis arrêté avant de...

— Avant de quoi, pour l'amour du ciel ?

— Avant de... Oh, et merde.

Le carillon résonna de nouveau, avec plus d'insistance cette fois.

— Tu peux aller ouvrir, s'il te plaît ?

— Jack, je t'avais prévenu...

— Becky...

— *Quoi ?*

— La porte.

— La porte ?

— La porte d'entrée.

— Oh... Oui, d'accord, j'y vais.

Elle descendit l'escalier en courant presque, et chaque seconde augmentait sa panique.

J'ai besoin de ce verre. J'ai besoin de ce verre. Et,

Jack, je suis désolée mais je ne te parlerai pas de Tracey maintenant. Je vais mentir...

Elle ouvrit la porte et se retrouva face au commissaire Danniella Souness. Elle avait le visage cramoisi, tapait du pied et soufflait comme un taureau furieux.

— Danni...

Souness entra sans attendre d'y être invitée. L'eau dégoulinant de ses vêtements forma très vite une petite flaque à ses pieds.

— Becky, où est-il ?

— Qui ? Ah oui... A l'étage, dans la salle de bains. Danni, que se passe-t-il ?

Après avoir encore craché dans la cuvette des toilettes, Caffery s'essuya la bouche d'un revers de la main. Oui, il avait voulu tuer Klare. Quand son pied s'était enfoncé dans la chair et la graisse de ses reins, c'était Penderecki qu'il frappait. Lorsque le Troll avait gémi et tenté de se protéger, c'étaient les gémissements de Penderecki, ces gémissements qu'il n'avait jamais eu la satisfaction d'entendre. Sa fureur avait été assez intense pour tuer, et elle ne se dissipait pas. Elle était toujours là, qui tendait son estomac comme un nouveau muscle.

— Vous dégobillez ?

Souness était arrivée sans faire de bruit derrière lui, et elle l'observait, les bras croisés sur la poitrine.

— Non.

— Alors quoi ?

— Une envie, c'est tout.

— Mouais. Ça ne m'étonne pas. Moi aussi j'aurais envie de me vider la panse si j'avais laissé un suspect dans un état pareil.

Rebecca apparut sur le seuil de la pièce.

— J'ai besoin d'un verre, annonça-t-elle d'une voix mal assurée. Quelqu'un veut m'accompagner ?

— Non, Becky, pas maintenant.

Souness posa les mains sur ses cuisses et se pencha pour examiner le profil de son inspecteur.

— Je dois régler un petit truc. Avec lui. Il s'est foutu de moi. Et il a désobéi à mes ordres.

— Il le fallait, répliqua-t-il en se redressant un peu et en prenant de courtes inspirations. Vous savez bien qu'il le fallait.

— La ferme, Jack. Klare a été amené au central de Brixton, et j'ai besoin de vous là-bas. Je ne peux pas boucler ce dossier toute seule.

— Non. Retirez-moi l'affaire.

— Quoi ?

— Dessaisissez-moi.

Elle regarda autour d'elle, avec l'air de prendre à témoin la salle de bains tout entière.

— Je rêve ! Qu'est-ce que c'est que ces conneries ?

Il se releva complètement, passa devant elle et ouvrit le robinet du lavabo. Après y avoir bu un peu d'eau, il déclara :

— Vous avez vu ce que j'ai fait. Vous ne pouvez pas laisser passer ça.

— Qu'est-ce qu'il a fait, Danni ? intervint Rebecca.

— Vous avez vu ce que j'ai fait, Danni, insista Caffery.

— Ouais. J'ai vu un enfoiré de merde, plus précisément un tueur d'enfants, qui venait juste d'opposer une résistance déplacée à son arrestation. Et je vais vous apprendre un truc marrant, j'ai vérifié avec les deux officiers du groupe de soutien, je leur ai demandé si c'était aussi ce qu'ils avaient vu. Eh bien, devinez quoi ? J'avais raison. Je ne l'ai pas imaginé. Ils ont vu exactement la même chose que moi.

Caffery secoua la tête.

— Non, Danni...

— Il arrive qu'un suspect résiste à son arrestation. Dans ces cas-là, il arrive également qu'il prenne quelques gnons. Eh oui, ça arrive, en particulier aux enfoirés de l'acabit de ce Klare...

Dans le miroir accroché au-dessus du lavabo, il la regarda gravement.

— Vous pensez vraiment pouvoir me couvrir ?

— Je le pense, oui.

— Vous aviez dit que vous ne le feriez pas.

— Ah... Paulina pourrait vous donner un cours entier sur moi et mes promesses. Enfreindre mes règles perso est un petit luxe que je m'accorde de temps à autre, pour me récompenser de tout le boulot que j'abats.

— Très bien, si c'est ce que vous voulez.

Il se passa la langue à l'intérieur des joues. Il ressentait le besoin de lui montrer, de lui expliquer à quel point il était impliqué dans cette affaire. Il voulait qu'elle comprenne jusqu'où son obsession pouvait le mener.

— Attendez-moi ici.

Il sortit de la salle de bains et dévala les marches. Sous l'escalier, il ouvrit le placard et le vida du bric-à-brac qu'il contenait jusqu'à ce qu'il trouve ce qu'il cherchait au fond du réduit. Tout serait enfin révélé. Maintenant. Il remonta à l'étage.

Dans la salle de bains, Rebecca demeurait silencieuse. Souness avait refermé l'abattant des toilettes, s'était assise dessus, jambes écartées. Elle tambourinait des doigts sur le plastique au rythme de la chanson qu'elle se jouait mentalement. Il déposa le carton devant elle, prit son couteau suisse dans sa poche et coupa le ruban adhésif.

— Qu'est-ce que c'est ? s'enquit Souness. Qu'est-ce que nous avons là ?

Il ne répondit pas. Du coin de l'œil, il vit Rebecca croiser les bras et se rembrunir. Il ouvrit le carton et en renversa le contenu sur le sol. La collection de revues pédophiles de Penderecki s'étala sur le carrelage. Un magazine glissa jusqu'aux pieds de Rebecca, ouvert sur la photo en noir et blanc d'une fillette. Elle pressait un vibromasseur contre sa joue, comme elle l'aurait fait avec sa peluche préférée. Rebecca contempla un moment la photo, avant de refermer le magazine avec la pointe de sa chaussure. Puis elle s'assit sur le rebord de la baignoire et se prit la tête dans les mains.

— Ça, dit Caffery d'une voix rauque en se redressant face à sa supérieure. Ça...

Les deux femmes gardèrent le silence. Rebecca se massait nerveusement le cuir chevelu en regardant ses genoux. Souness croisa ses jambes dodues et referma les pans de sa veste.

— Vous voyez ? Vous voyez tout ça ? (Du pied, il poussa le tas de revues et de cassettes vidéo.) Voilà pourquoi Paulina s'est tant intéressée à moi. J'avais gardé tout ça sans en parler à personne. C'était à Penderecki. J'aurais dû tout confier au service antipédophilie, mais j'ai caché ces saloperies ici parce que je pensais que je pourrais y trouver un indice sur Ewan...

— Jack ! l'interrompit Souness.

— Quoi ?

— Je suis au courant.

— *Quoi ?*

— Je suis au courant. Je sais tout, pour Tracey Lamb. Depuis hier.

— Alors pourquoi n'avez-vous pas... ? Ah, Paulina vous a parlé, c'est ça ? Alors vous savez aussi que le service antiP est après moi.

— Euh... non. C'est là que vous faites erreur. Si Paulina est « après vous », comme vous dites, ce n'est pas le cas des gars de l'antiP. (Elle soupira.) Elle leur a communiqué le nom de Lamb, en expliquant qu'elle était tombée sur ce tuyau par hasard, en interrogeant un de ses indics. C'est une fille réglo, ma petite Paulina. Elle sait combien je vous apprécie. Et elle sait aussi ce que cette merde de Penderecki vous a fait subir.

Elle se leva et alla jusqu'à la petite fenêtre située au-dessus des toilettes, qu'elle ouvrit. Une lumière verdâtre entra dans la salle de bains.

— Celle-là, n'est-ce pas ? fit-elle en parlant de la voie ferrée.

— Oui, répondit-il.

Souness posa son imposante poitrine sur le rebord de la fenêtre pour se pencher et mieux voir.

— Et c'est là qu'Ewan a été vu pour la dernière fois ?

Il s'approcha et referma la fenêtre.

— Exact. Danni ?

— Oui ?

Elle tourna la tête vers lui. Il la regarda droit dans les yeux.

— Retirez-moi de cette affaire.

— Oh, bon Dieu...

Elle baissa la tête et se frotta si vigoureusement le front et les joues qu'ils rosirent.

— Bon, voilà ce qu'on va faire : on laisse tout en plan pour cette nuit. Ça nous donnera à tous le temps de nous calmer un peu. Je m'occupe de Klare. (Elle posa la main sur le bras de Caffery.) Prenez quelques jours, entendu ? Ensuite, nous rédigerons ensemble votre rapport de l'arrestation de Klare. Aucune envie que l'inspection des services s'intéresse à vous. Ce serait très vite le tour de tout le SRES. Quant à ça... (du pied, elle repoussa le tas de revues et de cassettes), je ne veux plus en entendre parler. Je sais que vous ferez ce qui convient pour régler ce problème.

Avec un léger soupir, elle releva la taille de son pantalon.

— Et maintenant, pour ce verre, Becky...

— Vous avez changé d'avis ?

— D'après vous ?

Souness se campa devant la porte-fenêtre du salon pour boire le scotch allongé de Coca que Rebecca lui avait servi dans le plus beau verre en cristal de Caffery. Elle parla peu, sirotant son cocktail. Elle ressemblait à un châtelain qui surveille ses terres, une main dans la poche de son pantalon, se hissant sur la pointe des pieds de temps en temps pour scruter la maison de Penderecki, au-delà du jardin détrempé. Quand elle l'eut fini, elle tendit le verre à Rebecca.

— Merci.

Plus tard, après le départ du commissaire, Rebecca se versa un verre de vin et se plaça au même endroit. Elle s'absorba dans la contemplation du jardin et du hêtre dans les branches duquel les enfants Caffery avaient construit une cabane avec quelques planches, bien des années plus tôt. Au-dehors, la pluie tombait dru. L'odeur fraîche de terre et d'herbe humides lui parvenait malgré la porte-fenêtre close. Elle avait l'estomac serré. *Il faut qu'il fasse quelque chose. Il ne peut pas continuer comme ça...*

— Becky ?

Il se tenait à l'entrée de la pièce et paraissait plus harassé que jamais. Si las que la peau autour de ses yeux semblait enflammée. Il donnait l'impression de contenir une pression énorme.

— Ça va, Becky ?

Elle ne répondit pas. *Reste tranquille. Tu n'as pas à lui dire quoi que ce soit.*

— Becky ?

Elle serra les lèvres et détourna la tête. Elle avait mal, à présent. Elle alla dans le vestibule et enfonça la touche « lecture » du répondeur. Caffery vint se placer derrière elle, et la voix de Tracey Lamb envahit la petite maison :

« C'est moi... Tracey... Vous me remettez ? Euh... Pour le truc dont on a parlé, vous savez ? Bon, je vais avoir la libération sous caution lundi, alors si vous voulez en savoir un peu plus, vous me comprenez... Je serai chez moi vers une heure. Vous savez où c'est. »

Rebecca fit demi-tour et se retrouva face à Caffery. Il avait le visage très pâle. Une lueur étrange brillait dans ses prunelles. Il avança d'un pas, et avant qu'elle puisse réagir il lança le répondeur sur le sol. L'appareil se brisa en un amas de plastique, de circuits imprimés et de fils, tandis que le mécanisme rembobinait et déroulait spasmodiquement la bande magnétique et que le témoin lumineux clignotait follement. D'un coup de pied il le projeta contre la plinthe, avant de tourner les talons et de passer dans la cuisine. Il ouvrit le réfrigérateur, emplit de vin un verre à whisky et s'attabla.

Elle le suivit et s'assit face à lui. Elle voulut couvrir ses mains avec les siennes mais il se dégagea. *Seigneur, cette expression...*

— Tu avais raison, dit-il enfin. Tu avais raison, à propos de Bliss.

Sous le choc de la révélation, elle recula sur sa chaise. Elle se reprit aussitôt et fit de son mieux pour rester très calme.

— Tu veux dire que ce que je crois qu'il s'est passé est réellement arrivé ?

Il vida son verre d'un trait, le remplit à nouveau et regarda par la fenêtre le jardin sous la pluie. Pendant une poignée de secondes, elle pensa qu'il avait oublié sa présence. Elle remarqua le tremblement de ses mains.

— Jack ? Tu as entendu ce que je viens de... ?

— Oui.

— Oui quoi ? Oui, tu m'as entendue ? Ou oui, ce que je pensais s'est bien produit ?

— Oui, je l'ai tué. Et tu as raison : il est probable que je recommencerai. Et ce sera à cause d'Ewan. Tu avais raison.

D'un regard sombre, il examina l'ongle de son pouce. L'ongle noir à tout jamais. Son stigmate. Le sang y stagnait depuis vingt-cinq ans et refusait de s'en retirer.

— Tu avais raison sur toute la ligne, lâcha-t-il.

Rebecca se posa une main sur le front. Elle sentait les prémices d'une migraine monstrueuse. Elle inspira à fond et lui prit la main qui encerclait le verre.

— Ecoute, Jack, tu as fait ce qu'il fallait, d'accord ? Danni va te retirer l'affaire.

— Et elle ? gronda-t-il en désignant d'un mouvement de tête l'entrée et le répondeur éparpillé. Qu'est-ce que je vais faire, pour elle ?

— Je ne sais pas. C'est à toi de décider.

Il libéra sa main et demeura silencieux un long moment.

— Jack ?

Il ne répondit pas. Il imaginait Tracey Lamb sortant libre du tribunal le lundi suivant, venant vers lui à travers la pelouse constellée de marguerites. Elle arborerait son sourire de rat et tendrait la main pour qu'il lui donne l'argent promis. Soudain, il se rendit compte qu'il avait envie de lui administrer le même traitement qu'à Klare. Il ne pouvait en supporter plus, de l'enfer dans lequel Penderecki l'avait plongé pendant si longtemps. Il baissa les yeux et regarda son pouce.

— Les revues et les cassettes, là-haut, dit-il. Si je les versais au dossier, elles suffiraient amplement à l'empêcher d'obtenir la libération sous caution.

— Tu les envoies à Paulina ?

— Elle ne pourra pas me couvrir longtemps.

— Alors à qui ?

— Au représentant du ministère public. Je lui enverrai le tout anonymement. Ça pourrait faire croupir Lamb en prison au moins jusqu'à ce que...

— Jusqu'à ce que tu te sois calmé ?

Il acquiesça.

— Ulysse, dit Rebecca avec l'ombre d'un sourire.

— Quoi ?

— Ça me fait penser à Ulysse, quand il s'attache au mât du navire. Pour résister à l'appel des sirènes.

— Peu importe à quoi ça ressemble.

34

3 août

Le lundi suivant, la police ramena les Church à leur domicile. L'ouvrier était là quand la voiture banalisée remonta l'allée. Tout le monde savait qu'ils avaient failli mourir de faim, on ne parlait que de ça dans le quartier, et chacun y allait de son commentaire sur ce qui avait pu se passer chez eux, « juste sous notre nez. Comment se fait-il qu'on n'ait rien remarqué ? ». L'ouvrier se sentait un peu coupable. Il avait vu les allées et venues de Roland Klare, enfin, une ou deux fois, et il n'y avait pas prêté attention. De toute façon, il n'avait pas l'intention d'en parler à qui que ce soit. Il posa ses outils sur le sol et avança le long de la poutrelle pour observer les Church. Il fut presque étonné de constater à quel point ils avaient maigri. La famille Grassouillet avait perdu du poids.

Un policier sortit du véhicule et écarta les bras comme pour protéger la famille d'éventuels curieux, en regardant par-dessus son épaule pendant que le couple descendait à son tour de la voiture. Il n'y avait pourtant personne, pas de journalistes, aucun photographe, et les rares passants semblaient ignorer la scène. En fait, seul l'ouvrier s'y intéressait, mais le policier paraissait penser qu'il faisait là son devoir. Le travailleur se redressa prudemment quand la femme apparut. Elle portait un pansement sur le nez, en forme de T, mais en dehors de ce détail elle avait grande allure, estima-t-il. Et mince, avec ça, dans cette mignonne petite robe d'été bleue. *Bon Dieu, elle est vraiment sexy.*

Elle ouvrit la portière arrière et tendit les bras à l'intérieur vers l'enfant. Il était vraiment trop âgé pour être transporté par sa mère, mais il s'accrocha à elle sans parler, les yeux fixés sur son cou. Le mari attendait dans l'allée, un peu à l'écart, et il les observait bizarrement, à la dérobée, comme s'il ne voulait pas croiser leur regard. Il suivit sa femme et l'officier de police, à quelques pas de distance. Quand son épouse trébucha légèrement, Hal Church leva instinctivement la main pour soutenir son fils, mais la femme se retourna et lui décocha un regard très bref. Instantanément, son mari baissa la main. Il traîna un peu pendant que la femme et l'enfant entraient, accompagnés du policier.

Incroyable comme une petite perte de poids peut vous donner l'air aussi sain, pensa l'ouvrier. *Voilà une famille bien saine, oui, drôlement saine*. Il fit demi-tour et ramassa sa ceinture d'outils. *Satanés veinards, va.*

Souness avait tenu promesse et donné à Caffery deux semaines de congé d'office, le temps qu'il mette un peu d'ordre dans ses idées et dans sa vie. Lui et Rebecca décidèrent d'aller passer quelques jours dans le Norfolk. Ils avaient pour cela de bonnes raisons. Avant leur départ, il fit un saut à Shrivemoor pour rédiger le rapport d'arrestation. Il s'y rendit tôt, pendant que Rebecca était encore sous la douche, sa valise pas encore faite.

Avec Souness, ils s'assirent dans le bureau et discutèrent en prenant un café. C'était un matin d'août, et la journée s'annonçait chaude, tellement que par la fenêtre l'air semblait avoir été déjà chauffé à blanc par le soleil. La ligne des gratte-ciel de Croydon se découpait avec une netteté métallique contre le fond du ciel. Roland Klare, déclara Souness, se trouvait dans l'aile psychiatrique de la prison de Brixton. Ils l'avaient forcé à endosser des vêtements qui n'empestaient pas l'urine. Il était mentalement malade, ajouta-t-elle, mais il n'en demeurait pas moins un monstre dangereux, et Caffery aurait tout intérêt à cesser de se ronger les sangs pour les crimes qu'il avait commis. Il paierait pour ça.

— Gummer et Peach l'ont tous les deux formellement identifié. C'est un taré, une merde, alors arrêtez de faire cette tête de coupable. Vous n'y êtes pour rien.

Mais la mise au point du rapport, la coordination de leurs mensonges, tout sonnait faux. Il était certain que, quoi qu'ils fassent, le pot aux roses finirait par être découvert, et que le doigt de Dieu percerait les nuages pour le désigner. Il se demandait combien il y aurait encore de Klare, combien de Bliss, et quand tout cela finirait.

— Bon, fit-il en ramassant ses clefs et en se levant. J'y vais, alors.

— Vous partez en vacances, c'est ça ? Vous et Becky ?

— C'est ça, oui.

— Vous avez choisi un point de chute particulier ?

— Non, mentit-il. Pas d'endroit particulier.

Dans la salle des données, Kryotos était appuyée contre son bureau, bras croisés, quand il sortit du bureau. Elle portait une robe bleue à décolleté en cœur impeccablement repassée. Elle avait ôté ses chaussures, et elle étendit une jambe pour l'arrêter quand il approcha. Il stoppa net et contempla le pied nu. Il semblait quelque peu gêné par la situation. Elle lui sourit et il pensa qu'il savait ce qu'elle allait dire.

— Marilyn...

— Tu es très fort, Jack, fit-elle à mi-voix, bien qu'il n'y eût personne alentour pour les entendre. Tu es le meilleur. Tu as réussi à l'agrafer, ce fumier. Tu l'as eu.

Une main dans la poche, l'autre massant sa nuque, Caffery ne savait trop quelle attitude adopter. Il évitait de la regarder en face. Pas question en tout cas qu'il réplique : « Non, tu ne comprends pas. Tu ne me comprends absolument pas. »

— Merci, Marilyn. C'est gentil de dire ça.

— Pas de quoi. (Elle s'écarta du bureau et ouvrit un tiroir.) Du gâteau à l'orange ?

— Non, merci, je...

— Allez, Jack, dit-elle en lui tendant un Tupperware. Tu pourras le déguster avec Rebecca. Fais-moi plaisir, pour une fois. Tu sais qu'en réalité tu en as envie.

Avec un soupir vaincu, il lui décocha un petit sourire de biais.

— Tu n'abandonnes jamais, hein, Marilyn ? dit-il en acceptant le cadeau. Merci, nous le mangerons dans la voiture.

Le ciel était d'un bleu cristallin, une journée parfaite pour une partie de tennis ou un pique-nique sur les pelouses, au bord d'un lac. Heureux de quitter Londres, Caffery roulait tranquillement sur la M 11. Rebecca avait casé les chaussures de marche, tout son matériel de peinture, y compris le chevalet, et le gâteau à l'orange de Kryotos dans le coffre. Elle portait une robe verte en daim, des Ray Ban flambant neuves. Assise sur le siège passager, silencieuse, elle contemplait la ligne des saules étêtés, sur les crêtes distantes, et l'éclat du soleil sur les tracteurs. Toute la semaine, elle avait cultivé une joie de tous les instants. Parfois, elle sentait une sorte de crispation intérieure, à forcer ainsi la nature des choses, mais elle était déterminée à ne pas abandonner. Caffery quitta l'axe principal et bientôt ils s'enfonçaient dans la campagne, sur des petites routes mal entretenues, envahies par les herbes folles, que bordaient de chaque côté des poteaux en béton et des clôtures barbelées. Ils avaient presque l'impression de traverser une base de l'armée désertée.

— Regarde, dit-il en ralentissant. La maison est par là-bas.

Ils s'étaient engagés dans une longue courbe : Rebecca baissa la vitre et passa la tête à l'extérieur pour scruter le chemin devant eux. Une pancarte métallique rouillée était accrochée à une grille, un peu plus loin, et au-delà le chemin disparaissait entre les arbres. La Jaguar sortit du tournant et poursuivit sa route. Rebecca aperçut une carrière désaffectée. Du sommet de l'excavation se déroulaient de longues veines couleur rouille, et en haut de cette falaise artificielle elle vit une caravane nichée dans un bouquet d'arbres, d'où quatre faisans prirent leur envol. Elle remonta la vitre et Jack accéléra légèrement. Ils se dirigeaient vers Bury et Rebecca priait pour qu'il reste calme et serein, que tout se déroule comme ils l'espéraient, quoi qu'il arrive aujourd'hui.

Le centre de Bury St. Edmunds ressemblait à une exposition florale. Impatientes et myosotis débordaient des jardinières, roses, pivoines et ancolies se disputaient la place au bas des murets entourant les jardins. A leur arrivée, ils entendirent les cloches de l'abbaye. Ils se garèrent près du tribunal, achetèrent deux cafés à une buvette non loin de là et allèrent attendre sous le soleil que l'affaire Lamb passe en jugement.

— Tout se passera bien, dit Rebecca.

Ils avaient choisi de se placer quelques mètres derrière une camionnette blanche Securicor garée juste devant la façade. Caffery ne désirait pas être vu par les jeunes avocats de la cour d'assises qui déambulaient sur le gravier en parlant dans leur portable, ou qui mimaient entre eux des swings de golf. Il connaissait peut-être l'un d'entre eux.

— J'en suis sûre, Jack : ça va marcher. Personne ne te prêtera attention. Ils ont les cassettes, tout se déroulera comme prévu. Elle n'obtiendra pas la libération sous caution.

— Je ne sais pas...

Etait-ce l'effet de la caféine ? Il se sentait beaucoup plus nerveux qu'il ne l'aurait cru. Ses mains tremblaient.

— Eh bien, moi je sais pour deux. Tout va bien se passer.

Lorsque l'examen du cas Lamb fut annoncé, ils noyèrent leurs cigarettes dans leurs gobelets, entrèrent dans le bâtiment et gravirent l'escalier qui menait à la galerie ouverte au public. Par la verrière qui occupait la partie supérieure de l'édifice, le soleil inondait la salle. Nulle part on ne pouvait échapper à la lumière, et il régnait sur les lieux une atmosphère de chaleur oppressante. Les visages des huissiers et des officiers de probation luisaient. La galerie publique n'offrait qu'un banc dur en surplomb de celui des prévenus, séparé de la salle proprement dite par une vitre épaisse. Caffery et Rebecca s'assirent. Il déboutonna les poignets de sa chemise et remonta les manches sur ses avant-bras. Rebecca dégrafa le bouton supérieur de son col pour se donner un peu d'air.

— Affaire numéro 111 sur notre rôle. Tracey Lamb, représentée par maître Alvarez.

L'avocate, devina Caffery sans grand mérite, était cette femme boulotte assise à la table de la défense — petite, trapue, engoncée dans un ensemble bleu ciel d'une propreté douteuse qui lui donnait des allures d'hôtesse de l'air au rabais. Mais le représentant du ministère public ? Il scruta les visages. Il n'avait aucune idée de ce à quoi il pouvait ressembler. Il lui fallut un moment pour comprendre qu'il s'agissait du petit homme grisonnant en face d'Alvarez, celui avec la tête de grenouille, habillé d'une chemise bleue et d'une cravate jaune, à croire qu'il voulait concurrencer l'avocate en matière de mauvais goût. Caffery recula un peu le buste, de sorte que ses traits soient dissimulés par la balustrade. Il n'avait aucune envie de se rendre trop visible à l'accusation. *Nerveux, Jack ? Légèrement tendu ?*

Lamb fut escortée dans la salle du tribunal et monta les deux marches menant au banc des accusés. En dépit de la vitre épaisse, Caffery perçut sa respiration rendue sifflante par l'emphysème.

— C'est elle ? chuchota Rebecca en se penchant en avant pour l'apercevoir.

Tracey portait un haut de jogging Nike sur un T-shirt blanc trop étroit pour elle, et elle leur tournait le dos. Quelqu'un toussa.

— L'accusation découle d'un enregistrement vidéo qui est entré en possession de la police il y a déjà plusieurs années, commença le représentant du ministère public, qui s'était levé. La femme figurant sur cette vidéo a par la suite été identifiée par l'officier de police chargé de l'enquête comme étant la prévenue ici présente.

Caffery se tortilla sur le banc et Rebecca posa une main apaisante sur la sienne, mais il ne parvenait pas à se détendre. Le dos de Tracey Lamb se trouvait à moins d'un mètre de lui. Elle plaça son gobelet-crachoir en polystyrène sur la saillie devant elle et ôta son blouson de jogging, dévoilant le T-shirt qui moulait de façon presque obscène les replis graisseux de son buste énorme. Même maintenant, s'il fermait les yeux et évoquait l'image d'un outil d'autopsie dans sa paume, il pouvait imaginer le reste. Il se voyait l'enfonçant dans ce dos, et il savait à quoi cela ressemblerait : il avait vu assez de graisse ensanglantée s'écouler sur les tables d'autopsie. Il se dépeignit ce cœur d'éléphant qui battait sous la cage thoracique.

A cet instant, comme si ses pensées s'étaient diffusées jusqu'à elle, Lamb feignit de tousser. Elle se couvrit la bouche d'une main et inclina la tête de côté, assez pour jeter un coup d'œil à la galerie publique. En l'apercevant, sa première réaction fut la surprise. Puis son attention glissa sur Rebecca et revint à Caffery. Ils s'affrontèrent du regard pendant un temps qui parut interminable à l'inspecteur. Enfin Tracey Lamb baissa la main, découvrant le sourire accroché à ses lèvres. Ses longues dents de lapin dépassaient sur sa lèvre inférieure. Elle lui lança un clin d'œil.

— Mademoiselle Lamb, si vous voulez bien me faire face, je vous prie.

Mme Bethuen, le juge, une femme élancée au port de tête quelque peu hautain, semblait la seule personne à ne pas transpirer dans l'enceinte du tribunal. Sur le grand fauteuil de cuir rouge, sous les armoiries, elle était assise très droite. Avec un calme impérial, elle posa les yeux sur Lamb par-dessus ses lunettes.

— Il s'agit d'un délit très grave. En êtes-vous consciente ?

— Oui, dit Lamb qui s'était retournée mais sans se départir d'une ombre de sourire. Oui, j'en suis consciente.

— Bien. En ce cas, merci de nous accorder votre attention... (Bethuen avait devant elle le registre ouvert au compte rendu de l'audience de Narey.) Je vois que le juge Cook s'est déjà opposé à la libération sous caution... (Elle ôta ses lunettes et toisa la prévenue.) En dépit du fait que l'accusation ne s'y opposait pas. (Un seul de ses sourcils se haussa en accent circonflexe, dans une mimique très expressive.) Il est réconfortant de constater que la loi est toujours appliquée au vingt et unième siècle, n'est-ce pas ? (Elle se tourna vers le représentant du ministère public.) Nous sommes donc réunis aujourd'hui pour statuer sur une nouvelle demande de libération sous caution. C'est bien cela ?

— En effet.

Alvarez, qui sur le banc de la défense faisait aller et venir la pointe de son crayon contre la spirale de son bloc-notes, hocha la tête et s'autorisa un petit sourire qui se voulait confiant.

« Bethuen joue à la dame de fer... avait-elle dit à Lamb juste avant l'audience. Elle aime ça, jouer à la dame de fer, mais en réalité elle est très compréhensive, sous ses airs de Torquemada. Vous serez libre dans une heure. »

Le flic avait reçu le message téléphonique sur son répondeur. Il était venu, et il faudrait jouer serré pour le tenir en laisse, jusqu'à ce qu'elle puisse arranger les choses à la caravane, mais il était là, et c'était le principal. S'il avait l'argent sur lui, ils pourraient conclure leur marché aujourd'hui même.

Le petit homme qui représentait l'accusation se leva pour prendre la parole. Il posa une main sur sa ridicule cravate jaune, comme s'il allait prononcer un serment, et salua le juge d'une légère inclinaison du buste.

— Nous sommes... commença-t-il d'une voix hésitante, nous sommes entrés en possession de... (Il baissa la tête et tourna un des feuillets de son dossier sur la table.) C'est-à-dire que des éléments nouveaux nous sont parvenus... (Dans la galerie publique, Caffery étreignit la main de Rebecca dans la sienne.) Et le ministère public n'a d'autre choix que de s'opposer à la libération sous caution, car ces nouvelles pièces à charge suggèrent très fortement que Mlle Lamb risque de commettre d'autres délits de même nature...

Alvarez bondit sur ses pieds.

— Votre Honneur !

— Oui ?

— L'accusation aurait dû avoir la courtoisie de me communiquer ces nouvelles pièces avant la comparution !

Bethuen chaussa ses lunettes et adressa un sourire glacial au représentant du ministère public.

— Si vous nous expliquiez la nature de ces nouveaux éléments ? Ils suggèrent donc très fortement que la prévenue risque de commettre les mêmes actes ? J'aimerais beaucoup savoir de quoi il s'agit.

Alvarez se rassit. L'homme à la cravate jaune s'éclaircit la voix.

— L'officier de police chargé de l'enquête a visionné quatre autres enregistrements vidéo de même nature que le premier, mais plus récents.

Les épaules de Lamb tressautèrent nerveusement, et son regard fit la navette entre son avocate et l'accusation. A quelques pas derrière elle, Caffery enfonçait les ongles de sa main libre dans sa paume. Il n'aimait pas le ton adopté par Bethuen. Elle ne lui donnait pas le sentiment de porter le représentant de l'accusation dans son cœur. *Il faut que ça marche.* Il se vida lentement les poumons et regarda le bleu du ciel par la verrière. Il avait un goût métallique dans la bouche. Il espérait, il priait pour que cela marche.

Tandis que Bethuen écoutait l'accusation détailler le contenu des vidéos, les épaules voûtées de Lamb parurent se solidifier. Aussi monolithique qu'un iceberg, elle gardait le regard fixé droit devant elle, les deux mains crispées sur le banc des accusés, les articulations des doigts blanchies par la pression. Bethuen inscrivit quelques mots dans le registre, posa son stylo et redressa la tête.

— Bien. La date du procès a déjà été arrêtée au 13 septembre. Je suis sûre qu'elle convient aux parties en présence. (Elle retira ses lunettes et s'appuya des deux coudes sur son bureau.) Ce qui ne laisse plus en suspens que la question de la libération sous caution.

Rebecca frotta doucement le bras de Caffery. Il ne la regarda pas. *Pourvu que ça marche, pourvu que ça marche...*

Les croassements singuliers provenant de la caravane se répercutaient dans la carrière, à travers la forêt et sur les champs. Cinq vaches qui paissaient là cessèrent de ruminer un instant pour relever le mufle. Le son était pareil à un cri étouffé qu'aurait pu pousser un oiseau, ou un animal épuisé. Un petit chien errant au pelage tacheté, qui traversait souvent ce champ, s'arrêta net et regarda vers la carrière. Ses oreilles se dressèrent et frémirent.

Ewan Caffery n'aurait pu dire depuis combien de temps il était ligoté ici. Il ignorait que sept jours s'étaient écoulés depuis le départ de Tracey. Il ne savait pas qu'il avait bu la dernière goutte de la bouteille sous l'évier trois jours plus tôt. Trop épuisé pour continuer de crier, il se tut et s'écroula sur la couchette, aussi loin que les liens le lui permettaient. Il tira encore sur les fils électriques, mais il était maintenant trop faible pour les rompre. Alors il resta allongé sur le flanc. Ses yeux se braquèrent sur Britney Spears qui lui souriait de son camion, dans un champ de blé du Midwest.

Dans le champ, les vaches se remirent à brouter l'herbe, leurs oreilles s'agitant mollement pour chasser les insectes. Le chien se désintéressa de la caravane et s'assit sur son arrière-train pour se gratter avec une de ses pattes arrière.

Bethuen baissa ses lunettes sur son nez et posa un regard aimable sur Tracey.

— Eh bien, mademoiselle Lamb, qu'allons-nous faire de vous ? (Elle entrecroisa les doigts de ses deux mains et sourit.) L'affaire est complexe, n'est-ce pas ?

Mais il ne m'apparaît pas nécessaire de courir consulter les autorités pour savoir ce qu'elles me diraient. Elles me conseilleraient de prendre ces nouveaux éléments très au sérieux. (Elle marqua une petite pause, puis :) En conséquence, j'ai le regret de vous annoncer qu'en application des articles A et B de la loi sur la libération sous caution, vous demeurerez en détention préventive jusqu'à la tenue de votre procès.

— Non ! rugit Lamb et se dressant d'une pièce.

Oui. Caffery serra un peu plus fort la main de Rebecca.

— Ce sera tout. Affaire suivante.

Bethuen adressa un petit signe de tête aux gardes, remit ses lunettes et griffonna quelque chose dans le registre. Lamb fit volte-face et lança un regard brûlant de haine à Caffery. Il la considéra calmement et elle se jeta contre la vitre, qu'elle martela des deux poings.

— Enfoiré de flic ! rugit-elle en écrasant ses poings contre le verre renforcé. Sale connard !

— *Mademoiselle Lamb !* tonna Bethuen en se levant de son fauteuil.

Les gardes de Securicor se précipitaient déjà vers Tracey.

— S'il vous plaît, mademoiselle Lamb...

— Connard de flic, je vais te...

— Tracey ! s'exclama Alvarez en se faufilant entre les bancs pour rejoindre celui des accusés. Calmez-vous, voyons !

— *Non ! Il va me le payer !*

Un garde réussit à lui tordre un bras dans le dos, mais de l'autre main elle frappait toujours la vitre en sautant sur place. Elle virevolta, saisit son gobelet-crachoir et le lança vers Caffery.

— Putain de fumier ! Sale connard !

Le gobelet heurta le verre, et son contenu s'y colla pour couler lentement vers le sol. Caffery se mit debout, sans lâcher la main de Rebecca, et marcha d'un pas mesuré vers la sortie, en tournant un peu la tête pour que Lamb puisse voir la victoire rayonner sur son visage.

— *Maintenant tu sauras jamais, connard ! Jamais !*

Ils descendirent l'escalier, refermèrent la porte de la galerie et rejoignirent rapidement le hall d'entrée. Un instant plus tard, ils sortaient à l'air libre, sous le soleil, avec les mouvements de golf des avocats, l'allée bordée de hêtres, la camionnette de Securicor et toutes les fleurs et les tombes de Bury St. Edmunds.

35

Caffery et Rebecca séjournèrent quelques jours dans le Norfolk, à la limite nord de Bury St. Edmunds, pas très loin du garage de Lamb. Ils dénichèrent un *bed & breakfast* dans une demeure au toit de chaume, avec deux setters roux qui gambadaient dans le jardin. Du chèvrefeuille bordait le cadre de la fenêtre, des roses décoraient les draps et les taies d'oreiller, et sur un plateau on leur avait préparé une bouilloire, des sachets de Nescafé et des biscuits fourrés, sous vide, pour leur souhaiter la bienvenue. Le matin, Rebecca faisait le café avant de revenir se blottir dans le lit auprès de lui.

Parfois, il envisageait leur avenir avec une grande clarté. Parfois, le futur ressemblait à une longue route dégagée, mais à d'autres moments, lors des silences abrupts de Rebecca, dans ses éclats de rire ou ses démonstrations de fausse bravoure, il comprenait que ce ne serait pas facile. Ils ne pouvaient pas récrire leur histoire en quinze jours, il en avait conscience. Pourtant il lui souriait, il l'aimait et il lui tenait la main la nuit, lorsqu'elle dormait, et le matin il s'asseyait sur le bord de la baignoire pendant qu'elle prenait son bain, et ils bavardaient, il la regardait se laver les cheveux et se masser le crâne de ses doigts souples.

Dans une boutique de l'Oxfam, elle fit l'acquisition d'un panama pour homme assez ridicule. Elle roulait des joints et les glissait sous le ruban du chapeau, en les intercalant avec du cerfeuil sauvage. Il lui disait qu'elle était cinglée. « Comme un vendeur d'ivoire ou ce genre de personnage. » A Kings Lynn, elle acheta des lis aux formes étranges et des coquelicots qu'elle rapporta dans leur chambre. Elle les plaça dans un pot de confiture qu'elle déposa sur la pelouse et en exécuta une grande peinture au soleil couchant. Le deuxième jour, ils firent une promenade à pied de plusieurs kilomètres, à travers ces terres anciennes où jadis les tempêtes de sable pouvaient enterrer des villages entiers, entre les terriers de lapins et les fondrières mystérieuses. Ils discutèrent des rêves qu'ils pourraient réaliser s'il vendait sa maison — « Maintenant que tu as repris les rênes de ta vie, Jack » —, de l'avenir radieux que leur offraient l'argent qu'elle possédait et la liberté qu'il venait de reconquérir. Il pourrait acheter un appartement dans Thornton Heath, sans même recourir à un crédit, elle un cottage quelque part à la campagne, dans le Surrey peut-être, ou quelque chose de plus grand par ici, dans le Norfolk. Ils pouvaient aussi partir en voyage. « Un pays d'Amérique du Sud, disait-elle, ou le Mexique, pour admirer les fresques. » Et coulaient ainsi les heures, Rebecca coiffée de son chapeau délirant et Caffery à son côté, très calme en apparence, qui pensait sans cesse : *Je ne peux pas, Rebecca, je ne peux pas*.

— Tu es en train de flancher, dit-elle soudain. Tu n'as pas l'intention de mettre la maison en vente. Je le sens.

Elle avait parlé sans le regarder et continuait de contempler le coucher de soleil.

— Tu as changé d'avis à propos d'Ewan.

— Non, je n'ai pas changé d'avis, dit-il en lui prenant la main car il était temps de partir.

— Si. Tu veux aller voir Tracey à la prison de Holloway.

— Non. Vraiment, non.

Il mentait, bien sûr. Mais il ne pouvait pas lui exposer les raisons profondes de son attitude. Il était incapable de lui expliquer que tout ce qu'il voyait sur la lande sableuse où ils marchaient, tout ce qu'il faisait, tout cela ramenait toujours ses pensées à Ewan. C'était presque pire ici, loin de Londres. Ils retournèrent au *bed & breakfast* en voiture sans échanger un mot de plus, et Rebecca n'aborda plus le sujet de toute la semaine.

Puis, un matin, sans raison apparente, il se réveilla avec l'impression qu'Ewan venait d'entrer dans la chambre.

Il s'assit dans le lit. Le réveil affichait *6 : 20*, le soleil commençait à souligner la silhouette des fleurs sur les rideaux, et près de lui Rebecca dormait à poings fermés. Désorienté, il scruta la pièce. Son cœur battait à se rompre dans sa poitrine, et il s'attendait presque à découvrir Ewan assis dans le fauteuil près de la fenêtre, toujours vêtu de son T-shirt jaune moutarde et de son short, ses Clark aux pieds, et balançant ses jambes.

— Ewan ?

Tout lui semblait soudain différent. Dans la chambre, tout paraissait avoir acquis une légèreté, être comme en apesanteur, s'être détaché de son sens premier. Ses membres étaient détendus, comme s'il avait longtemps porté un fardeau très lourd dont enfin on venait de le délester. Il avait l'impression d'être sur le point de s'élever en flottant vers le plafond.

— Ewan ?

— Jack ? Qu'est-ce qu'il y a ?

Encore somnolente, Rebecca posa une main sur son dos et lui caressa doucement les omoplates.

— Que se passe-t-il ? marmonna-t-elle.

— Rien...

Il laissa retomber sa tête sur l'oreiller et posa une main sur sa poitrine, pour couvrir son cœur aux battements encore affolés.

REMERCIEMENTS

Je tiens à remercier les personnes suivantes, qui ont pris sur leur temps libre pour m'aider ; *Service régional des enquêtes sensibles de Beckenham :* l'inspecteur principal Duncan Wilson et l'inspecteur Daisy Glenister (ainsi qu'André Taylor et John Good, de la Brigade anticriminalité d'Eltham) ; *Groupe de soutien aérien de Lippits Hill :* l'inspecteur Philip Whitelaw, l'officier de police Terry White, Paul Watts, l'officier de police Howard Taylor et Richard Spinks ; *Unité antipédophilie de la police métropolitaine de Londres :* l'inspecteur principal Bob McLachlan et Marion James ; *Prison de Holloway :* David Lancaster (directeur) et l'officier supérieur Peter Collett ; *Direction des services scientifiques de la police pour le sud de Londres :* Dave Tadd. *Ainsi que :* le commissaire de police judiciaire Steve Gwilliam, Adrian Millsom, Neil Sturtivant, Neil Fairweather, Ashley Smith, le docteur Heywood, du service de neurologie du Yeovil District Hospital, tout le monde au service des soins intensifs du Kings Hospital (avec une mention spéciale pour Maura Falvey), le bureau médico-légal de Somerset-Ouest et tout le personnel et les étudiants du département des sciences humaines de la Bath Spa University. Un merci tout particulier à l'inspecteur principal Cliff

Davies, qui m'a consacré son temps avec une générosité sans faille.

Je me dois de remercier également Jane Gregory et Lisanne Radice, Patrick Janson-Smith, Simon Taylor, Jo Goldsworthy, Selina Walker, Prue Jeffreys, Jim Brooks, les Laydon, les Head, Rilke D., Norman D., et ces dames pleines de sagesse que sont Margaret Murphy, Caroline Shanks, Linda et Laura Downing.

Plus que tout, merci du fond du cœur à ceux qui veillent sur ma santé mentale : Mairi Hitomi, ma merveilleuse famille et Keith Quinn.

Impression réalisée sur Presse Offset par

BRODARD & TAUPIN

GROUPE CPI

30493 – La Flèche (Sarthe), le 29-06-2005
Dépôt légal : octobre 2003
Suite du premier tirage : juin 2005

POCKET – 12, avenue d'Italie - 75627 Paris cedex 13
Tél. : 01.44.16.05.00

Imprimé en France